FRANCES GORDON

Nachtwald

Buch

Felicity Stafford, geborene Foljambe, versucht mit dem plötzlichen Tod ihres Mannes Connor fertig zu werden – und mit der Erkenntnis, dass er ihr gigantische Schulden hinterlassen hat. Als pragmatische PR-Fachfrau nimmt Felicity dankbar das Angebot eines bei der Beerdigung aufgetauchten Cousins von Connor an, die Zweihundertjahr-Feier eines Klosters zu organisieren. Für die Dauer der Vorbereitungen siedelt sie daher mit ihrer siebenjährigen Tochter Bryony in das von dichten Wäldern umgebene Kloster um. Zur selben Zeit wird Piers Adair, ein Anthropologe, von finsteren, bruchstückhaften Erinnerungen an seine Kindheit verfolgt, seitdem er sich mit den Bewohnern einer abgelegenen Insel vor der schottischen Küste befasst. Irgendetwas Unerklärliches haftet ihnen an, etwas Wölfisches, das sich auch in den jahrhundertealten Legenden der Inselbewohner wiederfindet. Piers findet heraus, dass dieser Wolfsclan einen Mann namens Karabas auserwählt hat, der die Insel verlassen hat, um die grausige Rache an den Nachkommen der Wolfsjäger des Geschlechts der Foljambe fortzusetzen. Und es scheint, als sei Bruder Karabas nun auf der Jagd nach Felicity und ihrer Tochter…

Autorin

Frances Gordon ist die Tochter eines bekannten irischen Künstlers. Sie wurde in einer Klosterschule erzogen, arbeitete später als Journalistin und in der Rechtsberatung. Inzwischen schreibt sie hauptberuflich und veröffentlicht unter ihrem richtigen Namen Bridget Wood fantastische Romane, während sie als Frances Gordon in ihren Romanen, wie sie sagt, ganz die Anne-Rice-Tradition anstrebt: wenig Blut und viel, viel Gänsehaut! Frances Gordon lebt in Staffordshire.

FRANCES GORDON

Nachtwald

Roman

Aus dem Englischen von
Marie-Luise Bezzenberger

BLANVALET

Die Originalausgabe erschien 1999 unter dem Titel
»Wildwood« bei Headline Book Publishing,
a division of Hodder Headline PLC, London.

Umwelthinweis:
Alle bedruckten Materialien dieses Taschenbuches
sind chlorfrei und umweltschonend.
Das Papier enthält Recycling-Anteile.

Blanvalet Taschenbücher erscheinen im Goldmann Verlag,
einem Unternehmen der Verlagsgruppe Bertelsmann.

Deutsche Erstveröffentlichung Mai 2001

Umschlaggestaltung: Design Team München
Umschlagfoto: Stone/Magnusson
Satz: Uhl + Massopust, Aalen
Druck: Elsnerdruck, Berlin
Verlagsnummer: 35486
Lektorat: Maria Dürig
Redaktion: Petra Zimmermann
Herstellung: Heidrun Nawrot
Made in Germany
ISBN 3-442-35486-2
www.blanvalet-verlag.de

1 3 5 7 9 10 8 6 4 2

1

An dem Tag, an dem Felicity begriff, dass sie Connor verlassen musste, regnete es: ein grauer, hoffnungsloser Regen, der unablässig aus einem bleiernen Himmel herabströmte, die Gärten überschwemmte und gegen die Fenster prasselte, so dass sie nicht sagen konnte, wo das graue Wetter endete und ihr eigenes graues Elend begann.

Der Brief der unbekannten Finanzierungsgesellschaft war ein Teil dieses grauen Elends.

In bedauerndem, jedoch amtlichem Tonfall teilte man ihr mit, dass sich Mr. Connor Stafford mit der Rückzahlung des Kredits, den er vor drei Jahren aufgenommen hatte, mittlerweile inakzeptabel im Rückstand befand, und dass sich die Gesellschaft zu ihrem größten Bedauern gezwungen sah, auf das mit der Hypothek belastete Haus in Nord-London zurückzugreifen, falls die Verbindlichkeiten nicht innerhalb von 14 Tagen beglichen würden. Ein Bevollmächtigter der Gesellschaft würde sich am 25. des laufenden Monats auf dem Grundstück einfinden. Um 12 Uhr mittags, wie der Verfasser des Schreibens angemerkt hatte. *High Noon*.

Felicity kochte sich eine Kanne Tee und griff zum Telefon. Hier hatte ganz offensichtlich irgendjemand einen gewaltigen Fehler gemacht. Es gab keine Hypothek auf das Haus, hatte nie eine gegeben. Ihr Vater hatte es ihr vererbt, fünf Jahre bevor sie Connor kennen gelernt hatte; es gehörte ihr allein. Con konnte es unmöglich mit einer Hypothek belastet haben, alle Urkunden waren auf ihren Namen ausgestellt.

Das Ganze würde sich als geradezu krimineller Irrtum herausstellen. In einem übertrieben freundlichen Entschuldigungsschreiben würde ein Computer dafür verantwortlich gemacht werden, und alles wäre wieder gut. Vielleicht würden sie später sogar darüber lachen können.

Doch es war kein Irrtum, und es würde kein Entschuldigungsschreiben geben. Zu lachen gab es mit Sicherheit nichts. Connor hatte das Haus tatsächlich verpfändet. Während der ersten drei Minuten des Gesprächs erfuhr Felicity, die gegen eine Mischung aus Wut und Panik ankämpfte, dass er mehrfach ihre Unterschrift gefälscht, wissentlich falsche Angaben über die Eigentumsverhältnisse gemacht und der Gesellschaft nicht einen Penny zurückgezahlt hatte. Die Schulden beliefen sich auf unfassbare 130.000 Pfund.

»Einschließlich der Zinsen«, sagte der Mann am anderen Ende der Leitung. Mittlerweile klang er richtig mitleidig. »Der ursprüngliche Kredit belief sich auf fünfundsiebzigtausend Pfund. Das Haus wurde auf einen Hypothekenwert von hundertfünfundsiebzigtausend geschätzt, obwohl der Grundstückswert in Ihrem Stadtteil seither wahrscheinlich ein bisschen runtergegangen ist. Und mit einem Staffelzinssatz von zweiundzwanzigeinhalb Prozent, obwohl die APR natürlich …«

Felicity bekam nicht mehr mit, was er über die APR zu sagen hatte, was immer die APR war. Sie wollte nichts über sinkende Grundstückspreise oder Slums oder Rezessionen hören. Wutentbrannt knallte sie den Hörer auf die Gabel.

Hundertdreißigtausend Pfund. Hundertdreißigtausend! Eine ungeheure Summe. Geradezu obszön.

Es war die letzte Kränkung in einer langen Reihe von immer schlimmeren Demütigungen. Connor eine Szene zu machen war sinnlos; außerdem war er gar nicht zu Hause. Felicity hatte keine Ahnung, wo er steckte. Wahrscheinlich würde er irgendwann um die Mittagszeit herum auftauchen, nachdem er die Nacht weiß Gott wo verbracht hatte, und wahrscheinlich würde er nach Alkohol riechen. Das kam in letzter Zeit ständig vor. Möglicherweise roch er auch nach einer anderen Frau. Auch das kam in letzter Zeit häufig vor.

Sie fand, sie hätte ein Recht darauf, wütend zu sein. Sie fand, sie hätte das Recht, Mordgedanken zu hegen. Noch wusste sie nicht genau, was sie tun sollte, aber weinen würde sie jedenfalls nicht. Bis jetzt hatte sie nicht ein einziges Mal geweint, nicht einmal an dem Tag, als sie unangekündigt nach Hause gekommen war und Connor mit ihrer besten Freundin, diesem Dreckstück, im Bett erwischt hatte. Sie hatte die Kleider des schäbigen Flittchens zum Schlafzimmerfenster hinausgeworfen und die Bettwäsche gleich hinterher. Es war ungeheuer befriedigend gewesen.

Felicity hatte keine Ahnung, was passierte, wenn eine Hypothek fällig wurde. Würde sich eine schweigende Männerschar auf der Straße vor dem Haus versammeln, die hin und wieder auf die Uhr sahen und darauf warteten, dass es zwölf schlug? Und was würden sie tun, wenn sie sich noch im Haus befand? Würden sie sich mit Gewalt Zutritt verschaffen und sie auf die Straße hinaustragen? Was geschah mit den Möbeln? Verkaufte die Gesellschaft sie, um wenigstens einen Teil der Schulden zu decken oder flog die Einrichtung gleich mit hinaus? Bilder von ihren Töpfen und von Bryonys kleinem viktorianischen Stuhl – einem Geschenk ihrer Patentante –, die verloren im Regen standen, schossen ihr durch den Kopf. Dicht gefolgt von einer herzzerreißenden Vision von Bryony selbst, die, fest entschlossen, nicht zu weinen, neben ihrem Stühlchen im Regen stand. Sie trug den leuchtend roten Dufflecoat, den Connor ihr zu ihrem siebten Geburtstag geschenkt hatte, und der ihr Ein und Alles war.

Das durfte einfach nicht passieren. Felicity trank ihren lauwarmen Tee aus und versuchte nachzudenken. Die Küche war hell und anheimelnd – und von blindem Zorn und Verzweiflung erfüllt. Verzweiflung roch nach Geschirrspülmittel mit Zitrus-Aroma und nach der roten Geranie, die in einem

Blumentopf auf dem Fensterbrett stand. Sie wusste genau, was passieren würde, wenn Connor endlich nach Hause kam. Falls er schon wieder nüchtern war, würde er mit an Sicherheit grenzender Wahrscheinlichkeit den liebenswerten reuigen Sünder mimen. Er würde ihr erklären, hinter was für einem tollen Deal er her sei – »wirklich toll, Fliss, wir werden richtig abkassieren« – und dass es deshalb unbedingt nötig gewesen sei, mit ein paar Leuten in einen Club oder eine Bar zu gehen, um den Deal klar zu machen. Er hatte es für sie und Bryony getan, würde er sagen; er wäre unrasiert, sein dunkles Haar wäre zerzaust, und er würde aussehen wie ein liederlicher Schurke aus irgendeinem altmodischen Roman. Wenn er in dieser Stimmung war, würde es schwer werden, seinen Entschuldigungen kein Gehör zu schenken. Und es würde sogar noch schwerer werden, sich nicht dazu überreden zu lassen, die Versöhnung ins Bett zu verlegen.

Wenn er jedoch richtig auf Tour gewesen war, kam er möglicherweise nicht vor heute Abend heim oder vielleicht sogar erst in den frühen Morgenstunden, immer noch betrunken. Und in diesem Fall würde er sie höchstwahrscheinlich dazu zwingen, mit ihm zu schlafen. Felicity wusste längst, dass es nichts mit Liebe zu tun hatte, mit einem Betrunkenen zu schlafen. Es war nicht viel anders, als von einem Fremden vergewaltigt zu werden. Und wenn Verzweiflung nach Zitrus-Spülmittel und Geranien roch, dann hatte Vergewaltigung eine Alkoholfahne und roch nach Knoblauch und abgestandenem Armani-Rasierwasser – und wie in Gottes Namen kam Connor dazu, Armani zu benutzen, wenn er 130.000 Pfund Schulden hatte?

Es war völlig egal, für welche von beiden Rollen er sich entschied, denn er würde nicht dazu kommen, sie zu spielen. Felicity würde ganz einfach nicht hier sein, wenn er zurückkam. Sie wusste nicht, wohin sie gehen sollte, doch sie würde irgendwohin fliehen, wo Connors umwerfender Charme ihr nichts anhaben konnte. Dort würde sie sich einen Anwalt nehmen, sich scheiden lassen, und retten, was an Geld noch zu retten war.

Sie stopfte den verhassten, demütigenden Brief in die Tasche, ging nach oben und zerrte die Koffer aus der Abstellkammer. Sie war gerade dabei, Bryonys roten Mantel zusammenzufalten, als das Telefon klingelte.

Die Stimme war ihr vollkommen fremd – Doktor Soundso, Felicity fand nie heraus, wie er hieß –, doch er rief an, um ihr mitzuteilen, dass ein Mann, von dem er fürchtete, dass es sich um ihren Ehemann handelte, in die Notaufnahme des Krankenhauses eingeliefert worden sei, wo er arbeitet. Der Patient sei sehr schwer verletzt, und sie versuchten, seine Angehörigen ausfindig zu machen.

»Führerschein und Scheckkarte sind auf den Namen Connor Stafford ausgestellt. Und Ihre Telefonnummer steht in seinem Notizbuch.«

»Ja?«

»Er hat einen dunkelblauen Renault gefahren«, sagte der Arzt und las ihr das Kennzeichen vor.

»Ja«, sagte Felicity. »Ja, das ist – ich glaube, das ist mein Mann. O Gott! Ich sollte wohl am besten ins Krankenhaus kommen, nicht wahr? Wo genau …?«

Irgendwo in Marblebone. Felicity war noch nie in ihrem Leben dort gewesen, und Connor, soweit sie wusste, auch nicht. Sie hatte keine Ahnung, warum Connor um drei Uhr morgens durch diesen Teil Londons gefahren und mit dem Auto frontal gegen eine Mauer gekracht sein sollte. Abgesehen davon, dass Con keinen Grund brauchte; er war wohl mit den Leuten zusammen gewesen, mit denen er den neuen Deal machen wollte (»Wir werden richtig abkassieren, Fliss«), oder womöglich war er auch auf dem Rückweg von irgendeiner neuen Frau gewesen.

Als sie nach einer anstrengenden, umständlichen Fahrt das Krankenhaus erreichte, teilten die Ärzte ihr mit, dass es ihnen wirklich schrecklich Leid täte, Mrs. Stafford, sie hätten alles Menschenmögliche getan, aber Connor Stafford sei vor einer halben Stunde seinen Verletzungen erlegen.

Der Pathologe der Klinik beugte sich über den nackten Leichnam, der vor ihm auf dem Tisch lag und runzelte ein wenig die Stirn, während er seinem teils traurigen, teils makaberen Geschäft nachging.

Anfangs hatte es nach einer ganz normalen ›Alkohol-am-Steuer-Autopsie‹ ausgesehen. Trotz gesetzlich verordneter Gurtpflicht und Aufklärungskampagnen gegen Alkohol im Straßenverkehr bekam er nach wie vor viel zu viele solcher Fälle auf den Tisch. Laut Zeugenaussagen war dieser Kerl hier mit 80 Sachen frontal gegen eine Ziegelmauer gekracht. Den Laborberichten zufolge hatte er das Vierfache des zulässigen Alkoholgehalts im Blut gehabt. Im Stillen reduzierte der Pathologe die angebliche Geschwindigkeit des Unfallwagens um die Hälfte, doch den Laborbericht musste er akzeptieren. Einen korrekt dokumentierten Laborbefund konnte man nicht ignorieren.

Anatomische Fakten auch nicht. Mehrmals rief sich der Pathologe ins Gedächtnis, dass in der Natur immer wieder seltsame Abweichungen vorkamen; man brauchte bloß sechs Monate in einer großen Klinik zu arbeiten, um das festzustellen. Seltsame Blutbilder, gelegentlich auch Organe, die nicht dort waren, wo sie sein sollten. Rechtsseitige Herzen waren gar nicht so selten, und ab und zu fand man auch mal einen Blinddarm, der sich nicht am üblichen Platz – am McBurney-Punkt – befand. Scheinbar normale Eltern bekamen bizarr deformierte Babys.

Doch noch nie war ihm etwas dermaßen Seltsames untergekommen wie dieser junge Mann, dessen Leichenzettel ihn als Connor Stafford auswies, Alter: 34; weiß, männlich, mit der Registriernummer 32709/M.

Wie immer Connor Stafford im Leben ausgesehen haben

mochte, im Tode war er auffallend attraktiv, mit dunklem Haar und jener Sorte hoher Wangenknochen, die Dichter als »schön gemeißelt« zu beschreiben pflegten. Wären seine Augen offen gewesen, hätten sie ein bisschen schräg gestanden. Ich wette, du hast zu deiner Zeit eine Menge Herzen gebrochen, dachte der Pathologe. Und eine Menge Schlafzimmer durcheinander gebracht.

Er nähte den Brustkorb zu und überprüfte noch einmal, ob er wirklich alle Proben gekennzeichnet hatte. Ein Fall wie dieser konnte der Klinik unliebsame Aufmerksamkeit bescheren; er durfte sich hier keine Nachlässigkeiten erlauben. Der Mageninhalt, natürlich. Anscheinend hatte 32709/M außer Alkohol auch ein reichhaltiges Abendessen zu sich genommen. Hoffentlich hat's geschmeckt, 32709/M, so wie's aussieht, werde ich bis nach Mitternacht hier zu tun haben. Wie üblich hatte er Gewebeproben aus Leber, Lunge und Nieren sowie etwas Gehirnmasse entnommen. Er hatte nichts vergessen. Die Blutproben hatte er gleich zu Beginn der Autopsie zur Analyse geschickt.

Blut …

Der Labortechniker hatte vor einer Stunde angerufen und gereizt gefragt, ob sie da unten in der Patho vielleicht glaubten, heute sei der erste April und ihnen eine Probe aus dem Zoo untergeschoben hätten.

»Bestimmt nicht.«

»Aha. Na, wenn das so ist, dann habt ihr da unten aber was ganz Merkwürdiges, und an eurer Stelle würde ich dem Himmel danken, dass es tot ist. Wer immer das ist, so eine Zellstruktur hab ich noch nie gesehen. Wir mussten eine ganz neue Bezeichnung dafür erfinden, es hat zu keiner der gängigen Klassifikationen gepasst.«

Die Hautprobe, die er in die Dermatologie geschickt hatte, schien ebenfalls zu keiner bekannten Kategorie zu passen. Das Wort *aberrant* war gefallen. Der Pathologe fügte dies seinen Aufzeichnungen hinzu und nahm mit leichtem Groll zur

Kenntnis, dass nach und nach die ganze Histologie-Abteilung auf Tauchstation ging und dabei emsig die heiße Kartoffel weitergab.

Er brauchte nur noch die Mundhöhle zu untersuchen, dann war er fertig. Mittlerweile hätte ihn keine noch so monströse Missbildung mehr überrascht. Er rückte die helle Lampe über dem Tisch zurecht und öffnete die Kiefer des Toten.

Das war der Moment, in dem er wünschte, der Begriff ›Monster‹ wäre ihm nicht in den Sinn gekommen und er hätte nicht beschlossen, heute länger zu bleiben. Es war kurz vor Mitternacht, und der Regen peitschte gegen die Scheiben. Seine Assistenten waren schon lange fort, und er war allein mit diesem…

…mit diesem dunkelhaarigen, schrägäugigen Wesen, dessen Blut keiner der üblichen Gruppen angehörte, dessen Hautstruktur *aberrant* war, und dessen Zähne so absolut vollkommen waren, dass sie offensichtlich nie die Hand eines Zahnarztes gespürt hatten.

Er zog das Laken über die Leiche und schob Connor Staffords sterbliche Überreste zurück in den Stahlschuber, wo sie darauf warten würden, abgeholt und in der kleinen Kapelle der Klinik aufgebahrt zu werden.

Während er die Tür zur Pathologie abschloss, fragte er sich, ob 32709/M wohl eine einmalige Ausnahme war, oder ob es irgendwo auf der Welt noch andere wie ihn gab.

Die Dunkelheit war schon vor Stunden hereingebrochen, doch in der notdürftig zum Wohnraum umgebauten Scheune war es warm und hell. Die altmodische Küche des ehemaligen Bauernhofs grenzte direkt an die Scheune, und trotz des Sturms, der seit beinahe drei Tagen tobte, konnte man es dort gut aushalten. Ein halbes Dutzend wackeliger Stühle stand um einen großen Tisch mit sauber gescheuerter Platte herum, den irgendjemand dort zurückgelassen hatte. Jetzt war er mit den Aufzeichnungen der Anwesenden bedeckt. Petroleumlampen verbreiteten ein sanftes Licht, und mehrere sorgfältig platzierte Ölöfen spendeten behagliche Wärme.

Die Insel Cruithin Island bekam die volle Wucht des Sturms zu spüren, der offenbar über der ganzen Nordküste Schottlands tobte. Regen und Hagel prasselten gegen die Fenster, und der Wind stöhnte und heulte, so dass die Lampen hin und wieder bedrohlich flackerten. Nach einer Weile erhob sich Nina und zog die Vorhänge vor. Nicht einmal der sachlichste Wissenschaftler konnte sich des Eindrucks erwehren, dass in der Dunkelheit gespenstische Formen lauerten.

Piers Adair ließ den Blick über sein Team schweifen; ein Stapel Unterlagen lag vor ihm auf dem Tisch, doch er schien den Papieren keine Beachtung zu schenken.

»Ich bin zu dem Schluss gekommen, dass unsere anfängliche Hypothese über die Bewohner von Cruithin Island falsch ist«, sagte er. Er hielt inne und fuhr dann gelassen fort: »Sie erinnern sich, dass die meisten von Ihnen geglaubt haben, dies sei eine vollkommen isolierte Siedlung …«

»Ein vergessener Stamm jenseits der Grenzen der Zivilisation«, ließ sich eine männliche Stimme vom anderen Ende des Tisches vernehmen. Piers lächelte.

»Sind Sie schon dabei, das Skript zu verfassen, Toby?«

»Natürlich. Erzählen Sie weiter, Professor.«

»Ich halte es durchaus für möglich«, sagte Piers, »dass einige dieser Siedler aus ganz bestimmten Gründen die Insel verlassen und sich in der Welt außerhalb ihres Lebensraums aufhalten.«

»Was für eine gruselige Vorstellung«, meinte Toby, der immer noch eifrig auf seinem Notizblock kritzelte. »Ich weiß ja nicht, wie es euch damit geht, aber bei dem Gedanken, dass sich ein paar von diesen Wesen auf dem Festland herumtreiben, kriege ich richtige Albträume.«

»Sie haben in Ihrem ganzen Leben noch keine Albträume gehabt, Toby«, erwiderte Piers grinsend. »Wir studieren diese Geschöpfe. Warum sollten sie nicht auch uns beobachten?«

»Äh … Dr. Adair …«

»Ja, Nina?« Die beiden Studentinnen hatten es noch immer nicht geschafft, sich von der Universitäts-Etikette zu lösen und ihn mit seinem Vornamen anzureden. Irgendwann würden sie schon so weit sein. Es freute ihn, dass keine der beiden Probleme mit den ziemlich spartanischen Verhältnissen auf Cruithin Island hatte. Er selbst hatte schon unter sehr viel primitiveren Bedingungen gearbeitet, und er wusste, dass sie sich glücklich schätzen konnten, dies alte Bauernhaus zur Verfügung zu haben, das einen funktionierenden Herd und sogar altertümliche Wasserleitungen zu bieten hatte. Allerdings war das ein Standpunkt, der vielleicht nicht von jedem geteilt wurde, und bestimmt nicht von seinen Doktorandinnen.

Nina sagte nun: »Aber selbst wenn sie das Festland erreichen könnten; sie könnten dort doch bestimmt nicht lange überleben? Ich meine – unter normalen Menschen?«

»Warum nicht?«, fragte Piers.

»Dazu müssten sie über ein hohes Maß an Intelligenz verfügen«, meinte Nina.

»Sie glauben nicht, dass sie intelligent sind?« Piers blickte Nina sehr eindringlich an, und sie gab sich alle Mühe, nicht rot zu werden. Wie er so dasaß, zerzaust und mit Kordhosen und Pullover bekleidet, war Professor Adair unvergleichlich viel attraktiver als im Vorlesungssaal.

»Ich würde sie nicht als intelligent bezeichnen«, meldete sich die zweite Studentin zu Wort. »Ich würde sagen, sie sind gerissen.«

»Tatsächlich?«, hakte Piers nach. »Dann glauben Sie also nicht, dass einige von ihnen unter Menschen leben könnten?«

»Unbemerkt?«

»Ja.«

»Über einen längeren Zeitraum?«

»Ja.«

»Nein, natürlich nicht.«

»Warum nicht?«, fragte Piers wieder.

»Na, weil die Leute es merken würden!«

»Wirklich?«, fragte Piers leise. »Sind Sie sicher?«

Jähes Schweigen machte sich im Raum breit. Nina schielte unbehaglich zu den verhängten Fenstern hinüber.

»Piers, wollen Sie damit sagen, dass diese Geschöpfe bereits Kontakt mit der Außenwelt gehabt haben?«, staunte Toby.

»O ja.«

»Wie kommen Sie darauf?«

»Weil manche von ihnen«, stellte Piers fest, »irgendwann, irgendwo die Sprache der Menschen gelernt haben.«

Diesmal dauerte das Schweigen erheblich länger.

»Natürlich, stimmt«, sagte Toby schließlich. »Ich habe die ersten Tonbandaufnahmen ganz vergessen, die Sie gemacht haben.«

»Reine Glücksache«, erwiderte Piers knapp. »Ich habe die Bänder an der Südseite des Lagers gemacht, wo die Schlucht am schmalsten ist. Die Aufnahmen sind nicht besonders gut; durch die Distanz sind die Stimmen ziemlich verzerrt.«

»Das meiste, was sie sagen, habe ich nicht verstanden«, sagte Nina.

»Nein? Dr. Adair hat sie sehr gut verstanden«, meinte Priscilla.

»Er beschäftigt sich auch schon viel länger mit ihnen als wir.« Nina hatte nicht die Absicht, sich von dieser Ziege Priscilla heruntermachen zu lassen.

»Also, ob nun intelligent oder gerissen, ich würde keinem dieser Wesen über den Weg trauen«, stellte Toby fest.

»Und dabei warst du derjenige, der am Anfang behauptet hat, sie würden sich als ganz gewöhnliche Menschen herausstellen«, bemerkte Priscilla.

»Ich habe gesagt, sie wären Menschen. Von normal war nicht die Rede«, widersprach Toby. »Dietfried sieht das auch so. Nicht wahr, Dietfried?«

Dietfried, der in seine Notizen vertieft war und mit tiefer Bassstimme vor sich hinbrummelte, hob abwehrend eine riesige Hand. »Ich habe mir noch keine Meinung gebildet. Deshalb gehe ich ja gerade meine Notizen durch, also stört mich bitte nicht.«

»Na, von mir aus kann Piers stundenlang über vererbte Lykantrophie und Menschen mit eingekreuzten fremden Genen dozieren«, verkündete Toby. »Für mich sind das gefährliche Wilde.«

»Die Männer sehen toll aus«, murmelte Nina.

»Ich finde sie viel zu dürr«, maulte Dietfried und blickte missbilligend von seinem Block auf. »An einem Mann sollte was dran sein.« Er selbst war nicht eben schlank.

»Ich wusste gar nicht, dass du so nahe an sie herangekommen bist, Dietfried.«

»Doch, ich war am Rand der Schlucht und habe hinübergeschaut. Diese Schlucht ist wie ein Burggraben, der eine abgelegene Zivilisation umgibt«, erwiderte Dietfried mit einem unerwarteten Anflug von Romantik.

»O Mann ...«

»Aber das kommt natürlich von den geologischen Verwerfungen, die für die Verhältnisse hier auf der Insel verantwortlich sind«, fügte er sachlich hinzu, und Nina seufzte gereizt.

Piers trat ans Fenster und zog den Vorhang zurück, um hinauszublicken. Sein Profil zeichnete sich vor dem Glas ab, und Toby dachte: Eins von den Mädchen ins Bett zu kriegen, kann ich vergessen, solange der in der Nähe ist. Sieht aus wie die Antwort auf alle Gebete einer Frau. Das sind natürlich nur diese dunklen Haare, die mal wieder geschnitten werden müssten. Und diese blasse Haut; damit sieht er aus wie Keats im letzten Stadium der Schwindsucht. Nein, sei nicht unfair, es ist mehr als das. Er dachte an all die *Femmes fatales*, von denen es in der Literatur nur so wimmelte und fragte sich, ob es wohl ein männliches Gegenstück dazu gab, und ob er eines davon hier vor sich sah.

Der offizielle Archivar des Teams meldete sich zögernd zu Wort. Er war für ein Semester von der Havard University freigestellt worden und war Professor Adairs britischer Höflichkeit vom ersten Augenblick an erlegen. »Also, was ich nicht verstehe, ist, wie sie mit den Lebensumständen außerhalb von Cruithin zurechtkommen sollten. Hier sind sie doch weitab von jeglicher Zivilisation.« Er fügte hinzu: »Es ist sogar noch viel einsamer, als wir gedacht haben.«

»Ja, sieht so aus, als ob hier seit Jahren niemand mehr gewohnt hat«, stimmte Nina zu.

»Du meinst, außer den Wolfsmenschen?«

»Hör endlich *auf*, Toby!«

»Ich glaube nicht, dass hier in den letzten Jahren jemand gewohnt hat«, sagte Piers.

»An diesem Haus ist jedenfalls seit Jahrhunderten nichts mehr gemacht worden«, meinte Priscilla geringschätzig.

»Wie auch immer«, fuhr der Archivar hartnäckig fort, »diese Typen haben ihr ganzes Leben hier verbracht, oder? Demzufolge können sie wahrscheinlich weder lesen noch schreiben, auch wenn jeder von ihnen ein zweiter Einstein ist. Und das wäre ein ziemliches Problem, wenn sie sich unter – äh – normale Menschen mischen wollen.«

»Das ist eine äußerst interessante Überlegung«, sagte Piers. Der Archivar lief rot an. Wenn die Briten höflich waren, dann waren sie gleich *richtig* höflich.

»Ich glaube nicht, dass das ein Problem wäre«, wandte Toby ein. »Laut Statistik kann ein überraschend großer Prozentsatz der Bevölkerung nicht lesen und schreiben. Die mogeln sich irgendwie durch.«

»O Gott, die von der BBC kommen einem ständig mit irgendwelchen Statistiken.«

»Außerdem«, fuhr Toby unbeirrt fort, »ist es heutzutage keine Schande, sich als Analphabet zu erkennen zu geben.«

»Dazu müssten sie aber erst einmal wissen, was das ist«, gab Nina zu bedenken.

»Sie gehen nach wie vor davon aus, dass diese Geschöpfe keinerlei Kontakt mit der Außenwelt pflegen«, sagte Piers. »Möglicherweise unternehmen sie öfter Ausflüge nach Schottland oder sogar nach England. Vielleicht tun sie das alle, wer weiß? Sie könnten Boote haben – so schwer ist Cruithin nun auch wieder nicht zu erreichen. Wir haben es doch auch geschafft …«

»Mit Mühe und Not«, brummte Dietfried, der nicht für die Seefahrt geschaffen war und mit gewissen peinlichen Unpässlichkeiten zu kämpfen gehabt hatte, als sie versucht hatten, die Insel anzulaufen.

Ein seltenes, jedoch umso strahlenderes Lächeln erhellte Piers' schmales Gesicht, und Nina und Priscilla seufzten hingerissen. Nina hatte einer Freundin anvertraut, wie sehr sie sich auf das Cruithin-Projekt freute. »Willkommen im Club, Schätzchen«, hatte die Freundin geantwortet. »Fast jeder verknallt sich ein bisschen in Piers Adair – Männer *und* Frauen. Doch egal was er in Sachen Sex auch tut, er tut's jedenfalls nicht mit seinen Studenten, also mach dir keine Hoffnungen.«

»Dietfried, haben Sie sich inzwischen eine Meinung gebildet?«, fragte Piers.

»Das kann ich nicht, ehe ich nicht ein paar physiologische Untersuchungen durchgeführt habe«, erwiderte Dietfried. »Aber mir ist etwas aufgefallen, warten Sie, ich zeige es Ihnen. Wo sind denn die Zeichnungen abgeblieben? Ach, ich sehe schon, vielen Dank.« Er setzte seine Brille auf.

»Es gibt innerhalb der Gattung der Caniden sehr viele geringgradige Variationen«, belehrte er seine Zuhörer streng. »In der Gattung *Homo sapiens* natürlich auch. Vielleicht sogar noch mehr. In der Untergattung *Canis lupus* finden wir jedoch eine eigenartige, höchst artspezifische Augenform – schmal und schräg gestellt. Etwa so.« Er verzog sein Gesicht zu einer wüsten Grimasse.

»Aha. Natürlich, alles klar.«

»Ich habe festgestellt, dass diese Leute solche Augen haben«, erklärte Dietfried ernsthaft und schob seine Aufzeichnungen zusammen.

»Wolfsaugen«, flüsterte Nina.

»Genau«, pflichtete ihr Dietfried bei, offensichtlich erfreut über so eine rasche Auffassungsgabe.

»Ich finde, das hört sich nicht besonders wölfisch an«, meinte Priscilla. »Haben Hunde nicht auch schmale, schräge Augen?«

»Nein. Ein Hund, ein Haushund, hat Augen mit runden Pupillen, wie ein Mensch. Füchse oder Schakale haben senkrechte Pupillen – wie ein gerader Strich, von oben nach unten, so.« Dietfried fuchtelte in der Luft herum. »Aber ein Wolf«, fuhr er mit gesenkter Stimme und überraschend unheilschwangerer Betonung fort, »hat schmale Pupillen, die schief stehen… Mir fällt kein passender Ausdruck ein…«

»Diagonal? Geneigt?«

»Geneigt, ja, danke. Unverwechselbar. Hier haben wir ein paar Beispiele.« Er breitete mehrere Zeichnungen auf dem Tisch aus und zeigte mit seinen dicken Fingern darauf.

»Vielen Dank, Dietfried«, sagte Piers höflich, nachdem alle die Zeichnungen in respektvollem Schweigen betrachtet hatten. »Die Bilder sind sehr anschaulich.«

»Ja.«

»Was genau brauchen Sie für Ihre physiologischen Untersuchungen, Dietfried?«

»Blut. Haare. Knochengewebe. Ein bisschen Gehirnmasse wäre schön«, antwortete Dietfried versonnen. Nina griff etwas hektisch nach der Kaffeekanne und schenkte sich nach.

»Von einem lebenden Exemplar?«, fragte Piers.

»Lebend wäre besser, aber tot tut's auch.«

»Ich habe gehofft, dass Sie das sagen.« Piers' Grinsen ließ ihn sehr viel jünger aussehen.

»O Gott, jetzt will er Frankenstein spielen!« Auch Toby griff nach der Kaffeekanne. »Also, das können Sie allein durchziehen, Professor. Wenn Sie glauben, dass ich anfange, die Leichen dieser bizarren Kreaturen auszubuddeln…« Er stellte die Kanne hin und blickte sich in der Runde um.

Niemand sagte etwas.

»Ich wollte nur einen Witz machen«, beteuerte Toby.

»Ich nicht«, erwiderte Piers.

»Ich hab's doch gesagt, er will Frankenstein spielen…«

»Genau.« Piers musterte ihn grinsend über den Tisch hinweg. »Ich werde zu ihrem Friedhof gehen und einen frischen Leichnam ausgraben, damit Dietfried ihn untersuchen kann.«

»Aber… aber die werden Sie sehen!«, protestierte Nina.

»Die haben uns wahrscheinlich alle schon ein halbes Dutzend Mal gesehen«, meinte Toby. »Aber sie hat Recht, Piers. Sie können doch nicht einfach am helllichten Tag in die Höhle des Wolfes marschieren.«

»Ich werde es auch nicht am helllichten Tag tun«, entgegnete Piers. »Sondern mitten in der Nacht.«

2

Es war irgendwie typisch für Connor, fand Felicity. Auf dramatische Weise ums Leben zu kommen, noch dazu an einem völlig unpassenden Ort, so dass jede Menge verwirrende Formalitäten zu erledigen waren.

Es war auch typisch für ihn, an einem Tag begraben zu werden, an dem das Wetter plötzlich umschlug und London einen strahlenden Altweibersommer mit gleißender Sonne und feuchter Hitze bescherte, so dass den Trauergästen in der Kirche die dunklen Anzüge und schwarzen Kleider unangenehm am Körper klebten. Beerdigungen sollten eigentlich nur an kalten Wintermorgen stattfinden, damit der Himmel die eigenen Gefühle widerspiegelte und man sich ein wenig Trost verschaffen konnte, indem man mit den anderen Trauergästen aß, trank und sich aufwärmte, obwohl einem innerlich und äußerlich kalt und elend zu Mute war.

Es waren ziemlich viele Trauergäste, darunter eine ganze Menge Frauen, die Felicity nicht kannte, und die sie ganz bestimmt nicht eingeladen hatte. Einige von ihnen waren in sündhaft teurer Aufmachung erschienen. Sie hielten sich von ihr fern, und wer immer sie auch waren, Felicity ignorierte sie eiskalt. Sie würde den Teufel tun und über Connors Sarg hinweg Höflichkeiten mit seinen miesen Flittchen austauschen. Ein Glück, dass sie das Designerkostüm aus schwarzer Seide angezogen hatte, das ihre langen, wohlgeformten Beine zur Geltung brachte und den Kupferglanz ihrer Haare betonte. Es war schrecklich, sich beim Begräbnis des eigenen Ehemannes Gedanken darüber zu machen, ob man gut aussah – aber nicht, wenn man sich einer ganzen Kirchenbankbesatzung seiner Geliebten gegenübersah. Wenigstens würde ihr der Zorn helfen, die Beerdigung durchzustehen.

Die Ankunft eines Nachzüglers störte die krampfhaft frohgemute Botschaft des Pfarrers von der Wiedergeburt und dem Schwelgen im christlichen Leben. Felicity hörte, wie jemand die Kirche betrat und wie sich mehrere Köpfe nach dem Neuankömmling umdrehten. Sie schaute unbeirrt geradeaus, und erst als das fürchterliche Defilee am Sarg vorbei begann, fiel ihr Blick auf die einsame Gestalt im hinteren Teil der Kirche. Das Kirchenschiff war nicht sehr groß und ziemlich düster, und der Besucher befand sich fast völlig im Schatten. Doch selbst in dem schwachen Licht war deutlich zu erkennen, dass ihm etwas sehr Ungewöhnliches anhaftete. Felicity zweifelte nicht im Geringsten, dass dies der Nachzügler war, der die Unruhe ausgelöst hatte.

Als der Sarg auf die nach Osten gelegene Kirchentür und den kleinen Friedhof zugerollt wurde, fiel ein Streifen blassen Sonnenlichts durch ein Fenster, und Felicity starrte den dunkelhaarigen jungen Mann an. Es war, als hätte sich eine kalte Hand um ihr Herz gelegt. Einen Moment hatte sie fast gedacht…

Sie unterdrückte den Gedanken sofort. Geister suchten

keine Kirchen heim, und ganz bestimmt besuchten sie nicht ihre eigene Beerdigung und musterten ihre Witwen mit einem derart abschätzenden, arroganten Gesichtsausdruck. Doch als sie gemessenen Schrittes weiterging, hämmerte ihr Herz so sehr, dass sie kaum normal atmen konnte, und in ihrem Kopf wirbelten Bilder von geisterhaften Freiern, die unter den Lebenden wandelten, obwohl ihr rechtmäßiger Platz bei den Toten war …

Doch Connor war wirklich tot; er war betrunken bei einem Autounfall ums Leben gekommen und hatte ihr einen Riesenberg Schulden und eine reichhaltige Sammlung zweischneidiger Erinnerungen hinterlassen. Felicity zwang sich dazu, sich zu konzentrieren. Sie holte tief Luft und trat an den Rand des Grabes, um die Zeremonie über sich ergehen zu lassen. Die teuer gekleideten Frauen hielten sich zurück, doch Felicity konnte sie spüren, am Rand der Gruppe von Trauergästen. Hoffentlich traf es jede Einzelne hart, feststellen zu müssen, dass es so viele von ihnen gegeben hatte.

Es war ihr gelungen, die nagende Unruhe, die der Anblick des jungen Mannes mit den beängstigend vertrauten Augen in ihrem Inneren verursacht hatte, niederzukämpfen. Als der Gottesdienst vorüber war, vermied sie es sorgfältig, ihm Beachtung zu schenken. Es gab eine Menge Leute, denen sie für ihre Anteilnahme danken musste. Geduldig ließ Felicity tränenerstickte Umarmungen und einen betont gefühlvollen Händedruck nach dem anderen über sich ergehen, doch die ganze Zeit war sie sich der Tatsache bewusst, dass der Neuankömmling im Schatten einer Zeder stand und sie beobachtete.

Erst als sie sich schließlich auf den Weg zu ihrem Wagen machte, sprach er sie an. Felicity sah ihn aus den Augenwinkeln näher kommen, und die Ähnlichkeit, die hier draußen im Sonnenlicht noch ausgeprägter war, schnitt wieder scharf in ihr Bewusstsein. Das helle Licht ließ das dunkle Haar schwarz wie Zobelpelz erscheinen und betonte die seltsamen

Augen mit den merkwürdigen, fast schräg stehenden Pupillen …

Dann trat er aus dem flirrenden Licht in den tiefen Schatten der Kirchenmauern, und welcher Geist auch immer eben noch auf Erden gewandelt zu haben schien, er war verschwunden. Es war nicht Connor, natürlich nicht; doch es war jemand, der Connor so ähnlich sah, dass Felicity ihre wilden Fantasien für verzeihlich hielt.

Er kam direkt auf sie zu, ergriff ihre Hand und murmelte eine höfliche Beileidsbekundung. Seine Stimme klang angenehm, obwohl er ein klein wenig lispelte. Felicity glaubte, den Hauch eines fremden Akzents zu hören.

»Vielen Dank«, sagte sie. »Und vielen Dank, dass Sie gekommen sind.« Dann wartete sie.

Der junge Mann erwiderte: »Wir kennen uns nicht; ich bin Connors Cousin.« Er lächelte sie an. »Mein Name ist Bruder Karabas.«

Erst jetzt bemerkte Felicity, dass er den schwarzen Habit eines Priesters trug. Auf seiner Brust glitzerte ein kleines Kreuz.

»Man kann sich darüber streiten, wer das schwarze Schaf in der Familie war, Connor oder ich«, sagte Karabas Stafford. Sie saßen in dem Raum, der Connors Arbeitszimmer gewesen war. Die Trauergäste waren die angemessene Stunde lang geblieben und hatten sich mit Sandwiches und Sherry gestärkt, die Felicity sich eigentlich nicht leisten konnte. Sie hatten sich schon vor einer ganzen Weile verabschiedet, doch Felicity hatte Karabas gebeten, noch ein bisschen zu bleiben.

Als er bemerkte, dass Connor das schwarze Schaf der Familie gewesen sei, antwortete sie vorsichtig, sie könne sich gut vorstellen, dass Connor in jeder Familie das schwarze Schaf hätte sein können, doch es fiele ihr schwer, sich einen Mönch in dieser Rolle vorzustellen.

»Oh, heutzutage sind wir die Sünder und Diebe dieser

Welt«, sagte Connors Cousin leichthin. »Wussten Sie das nicht, Felicity?«

Felicity musterte ihn und dachte: Ja, dich kann ich mir gut als Sünder vorstellen. Was ich mir nicht vorstellen kann, ist, was in aller Welt du in einem Kloster verloren hast.

Karabas saß in Connors abgewetztem alten Sessel und trank in aller Gemütsruhe Kaffee. Felicity fand es geradezu unheimlich, ihn so zu sehen. Er war ein paar Jahre jünger als Con – vielleicht 28 oder 29 – doch die Ähnlichkeit war trotzdem verblüffend.

»Ich wusste gar nicht, dass Connor einen Cousin hatte«, meinte sie dann. »Ehrlich gesagt hatte ich keine Ahnung, dass er überhaupt Familie hatte.«

»In unserer Generation haben wir vor einigen Jahren den Kontakt zueinander verloren. So ein blöder Familienkrach.«

»Sie haben sicher die Todesanzeige in der Zeitung gesehen«, meinte Felicity und griff nach der Kaffeekanne.

»Derartige Neuigkeiten sprechen sich schnell herum«, erwiderte Karabas. »Und meine Familie ist gern auf dem Laufenden, was ihre Angehörigen betrifft.«

Felicity fand diese Bemerkung reichlich seltsam. Sie blickte auf und stellte fest, dass er sie eingehend beobachtete. Ihre Augen trafen sich, und plötzlich war es beschämend leicht zu verstehen, warum all diese grässlichen Weiber auf der Beerdigung derart durcheinander gewesen waren. Wenn er sie so angeschaut hat, wie er mich jetzt ansieht, dachte Felicity… Sie hörte sich selbst ruhig fragen: »Noch etwas Kaffee?«

»Danke.« Er reichte ihr seine Tasse, und als sie sie ihm wieder zurückgab, streiften seine Finger ihre Hand. Es war, als hätte sie einen schwachen elektrischen Schlag bekommen. Sie schaffte es gerade noch, nicht zurückzuzucken.

»Als ich von Connors Tod erfahren habe, habe ich überlegt, was ich für seine Angehörigen tun kann«, sagte Karabas.

Er hielt inne, als überlege er, ob er sich richtig ausgedrückt hatte, und Felicity erwiderte: »Das ist wirklich sehr freundlich von Ihnen. Besonders, wo ich doch eine völlig Fremde für Sie bin.«

Karabas verzog die Lippen zu jenem Lächeln, das auf so unheimliche Weise nicht ihm zu gehören schien. »In meiner Familie ist es üblich, sich um die Unseren zu kümmern«, meinte er. »Und auch im Kloster in Cumberland …«

»Ja?«

»Ich bin erst seit kurzem dort, aber dort herrscht derselbe Rudelinstinkt.«

Felicity erinnerte sich daran, dass die katholische Kirche wahrscheinlich besser für ihre Angehörigen sorgte als jede andere Institution auf der Welt.

»Obwohl Sie höchstwahrscheinlich sehr gut versorgt sind.« Karabas sprach sehr vorsichtig, als hielte er sich an ein vorbereitetes Skript. »Wenn dem so ist, verzeihen Sie mir meine Unverfrorenheit.«

Man konnte einem Mönch – nicht einmal diesem Mönch – nicht sagen, dass sein Vetter Geld, das ihm gar nicht gehört hatte, verspielt und für Alkohol und Frauen zum Fenster hinausgeworfen hatte, und dass er sich des Betrugs und der Urkundenfälschung schuldig gemacht hatte, um an dieses Geld zu kommen. Man konnte ihm nicht sagen, dass sein Cousin sich ohne ihr Wissen Versicherungen hatte auszahlen lassen – das hatte Felicity vor zwei Tagen erfahren – und dass sie deshalb derart pleite war, dass sie vor nichts zurückschrecken würde, außer vor Prostitution und Mord. Nicht dass ein Mönch eine dieser Aktivitäten als Lösung vorgeschlagen hätte.

Aber Karabas hatte den Ausdruck ›schwarzes Schaf‹ gebraucht, was darauf hindeutete, dass er Connors Schwächen kannte; deshalb sagte Felicity: »Was meinen Sie denn genau …?«, und hielt inne, denn »etwas tun« konnte bei einem Mönch alles Mögliche heißen, von Messen für Connors Seelenheil bis hin zu Spenden aus kirchlichen Wohltätigkeitsfonds.

»Ich habe natürlich keinerlei Vollmacht«, erwiderte Karabas, »aber mir ist der Gedanke gekommen, dass ich mit dem Vater Abt darüber reden könnte, ob Sie nicht für das Kloster tätig werden könnten.«

»Was für eine Tätigkeit wäre das denn?«

Er bemerkte ihr Misstrauen sofort. »Auf diese Weise wäre sowohl Ihnen als auch dem Kloster gedient, Felicity.«

»Tatsächlich?«

»Zu dem Kloster gehört eine kleine Schule«, erklärte Karabas. »Es sind nur etwa dreihundert Schüler – aber nächstes Frühjahr gibt es die Schule seit zweihundert Jahren.«

»Eine Zweihundertjahrfeier«, ergänzte Felicity fast automatisch.

»Ja. *Genau*, eine Zweihundertjahrfeier.« Es brachte sie völlig aus der Fassung, dass Karabas nicht nur dieselben Augen hatte wie Con, sondern auch dieselbe Angewohnheit, sich gierig auf Themen oder Begriffe zu stürzen und sich ein paar Minuten lang intensiv damit zu beschäftigen, als wolle er sie förmlich absorbieren. Er fuhr fort: »Sie waren doch in der Werbung tätig, bevor Sie Connor geheiratet haben, nicht wahr? Öffentlichkeitsarbeit und Verkaufsförderungs-Strategien?« Er benutzte die Fachausdrücke, als wären sie ihm völlig fremd. Für einen Mönch waren sie das wahrscheinlich auch.

»Ja, das stimmt.« Felicity überlegte, ob sie ihn fragen sollte, woher er das wusste.

»Ich habe Connor nur ein paar Mal gesehen, aber hin und wieder hat er von sich hören lassen«, sagte Karabas, als hätte Felicity ihren Gedanken laut ausgesprochen.

Das war ein bisschen unheimlich; deshalb bat sie: »Erzählen Sie mir von dem Kloster.«

»Der Orden befasst sich hauptsächlich damit zu lehren«, meinte Karabas. »Aber ich glaube, es gibt auch zwei oder drei abgeschiedene Anwesen in verschiedenen Teilen des Landes. Orte, wo man sich ein paar Tage lang von den Belastungen des modernen Lebens erholen kann. Nicht unbedingt für die Mönche selbst, sondern für Menschen aus allen möglichen Berufen.« Wieder kam es Felicity vor, als tastete er sich behutsam durch unbekanntes Gelände.

»Erzählen Sie von der Zweihundertjahrfeier«, bat sie.

»Ich glaube, die Brüder sind auf der Suche nach jemandem, der so etwas organisieren kann«, sagte Karabas. »Es ist ein sehr wichtiges Ereignis für sie – ich war ein paar Mal dabei, als sie darüber geredet haben.«

»Das hört sich interessant an«, sagte Felicity langsam. »Und Sie haben Recht, ich brauche wirklich Arbeit.«

»Ich kann ja fragen, ob sie vielleicht einmal mit Ihnen darüber reden würden«, schlug Karabas vor. Er betrachtete sie mit schief gelegtem Kopf, als lausche er angespannt auf ihre Antwort. Felicity verspürte eine leise Unruhe. Hier geht es doch *wirklich* darum, der Witwe seines Cousins zu helfen, oder? Er ist doch *wirklich* das, was er zu sein vorgibt? Und – großer Gott, erwartet er etwa, dass ich ihm anbiete, hier zu übernachten?

Vorsichtig sagte sie: »Wenn die Mönche wirklich jemanden brauchen, würde ich gern mehr darüber erfahren.« Das hieß vermutlich, dass sie nach Cumberland fahren müsste, doch Bryony ging ab nächste Woche wieder zur Schule, und sie könnte bei einer ihrer Freundinnen übernachten. Die Mütter von Bryonys Freundinnen waren nach Connors Tod sehr freundlich zu ihr gewesen. Das wäre bestimmt kein Problem.

»Ich fahre heute mit dem Nachtzug zurück, aber sobald ich wieder im Kloster bin, frage ich den Vater Abt, ob er Interesse daran hat, sich mit Ihnen zu treffen«, sagte Karabas.

Er legte es also nicht darauf an, die Nacht hier zu verbringen. Felicitys Erleichterung war so groß, dass sie erwiderte: »Das wäre wirklich nett von Ihnen. Aber Sie bleiben doch noch zum Abendessen, nicht wahr? Um Bryony kennen zu lernen.«

Er wurde plötzlich ganz still, und Felicity überlegte, ob sie etwas Falsches gesagt hatte. Hätte sie ihn vielleicht nicht zum Essen einladen dürfen?

Doch dann lächelte er und sagte sehr leise: »Ach ja, Bryony. Ja, Bryony würde ich sehr gern kennen lernen.«

Bryony Stafford kannte sich mit Cousins und Onkels aus, obwohl sie selbst keine hatte. Die anderen Kinder in der Schule hatten welche und machten sich stets ziemlich wichtig damit, und Bryony hatte sich schon immer gewünscht, auch solche Geschichten erzählen zu können. Verwandte zu haben galt eigentlich als ziemlich langweilig; man musste sich dann gut benehmen, und manchmal tranken die Onkel zu viel, und die Tanten waren unfreundlich. Alle sagten übereinstimmend, so toll wäre es gar nicht, und Bryony sollte froh sein, dass ihr das alles erspart geblieben war. Mama sagte, Verwandte wären nicht wichtig, und vor sehr langer Zeit hätte auch Bryony viele Onkel und Tanten gehabt. Sie erzählte Bryony spannende Geschichten über die Leute, die vor ein paar hundert Jahren in ihrer Familie gelebt hatten. Die Leute hatten damals nicht Stafford geheißen, das war Papas Name; sie hatten Foljambe geheißen. Eigentlich war das ein ziemlich komischer Name, aber damals hatten die Leute eben so komische Namen.

Sie hatten mitten in einem alten Wald gewohnt, diese Foljambes. Der König hatte ihnen den ganz besonderen Auftrag gegeben, die Wölfe dort zu jagen. Wölfe waren etwas sehr Schlimmes, die konnte man nicht einfach im Wald herumschleichen und herumlaufen lassen. Das wusste jeder. Jetzt gab es keine Wölfe mehr – das hatte Mama ihr versichert –, aber damals hatte es eine ganze Masse gegeben. Wölfe zu jagen war ziemlich gruselig, aber man konnte ja zum König nicht einfach »Nein« sagen.

Die Foljambes waren die Forstwarte des Königs genannt worden, und es hatte ihnen nichts ausgemacht, Wölfe zu jagen – für sie war das eine Ehre gewesen. Sie hatten jede

Menge tolle Abenteuer erlebt, im Wald oder in den Kriegen, in die sie für ihren König gezogen waren, und ihre Kinder hatten auch viele Abenteuer erlebt, und *deren* Kinder auch. Es gab viele spannende Geschichten über die Foljambes, aber Bryonys Lieblingsgeschichte war die, wie der allererste Foljambe an den Hof des Königs gerufen worden war. Sein Name war Richard gewesen, und der König hatte William der Eroberer geheißen, und Richard hatte zum Königsschloss in Westminster reiten und vor dem König und vor allen Leuten niederknien müssen, und der König hatte ihn zum Königlichen Wolfsjäger ernannt. Und dann hatten alle Leute gejubelt und ein großes Fest gefeiert, und Richard war nach Hause zurückgekehrt und hatte das Haus im Wald gebaut und mit den Abenteuern angefangen.

Irgendwann einmal würden Mama und Bryony das Haus suchen gehen, wo Richard gewohnt hatte. Es wäre jetzt bestimmt nicht mehr so groß, aber Mama glaubte, dass noch ein bisschen davon übrig sein müsste. Das wäre ganz toll, weil Bryony dann so tun könnte, als wäre sie Richards Lady und würde auf einem Schimmel mit rotem und goldenem Zaumzeug reiten. Sie würde ihren roten Mantel mit der Kapuze anziehen, und sie würden bestimmt eine Menge Wölfe töten und dann alle nach Hause gehen und lauter gute Sachen zum Tee essen. Wenn Bryony daran dachte, dass sie zu den Foljambes gehörte, machte es ihr eigentlich gar nichts aus, dass sie keine Tanten oder Onkel oder Cousins hatte.

Dieser Cousin namens Karabas gehörte zu Papas Familie. Papa war seit letzter Woche tot. Bryony verstand nicht so ganz, was das hieß, nur, dass es sehr traurig war, und dass man den, der tot war, nicht wiedersah. Mama hatte gesagt, Papa wäre bei Gott und den Engeln im Himmel, aber Bryony glaubte nicht, dass ihr Vater wirklich im Himmel war. In den Himmel kamen nur gute Menschen, und Papa hatte die Leute zwar zum Lachen gebracht, und jeder hatte ihn gemocht und zu Mama gesagt: »O Fliss, dein Connor ist wirklich ein ganz ausgekochtes Schlitzohr, aber *so was* von charmant!«, doch Bryony wusste, dass Papa kein guter Mensch war. Eigentlich war er zwei Menschen auf einmal – Bryony wusste nicht, wie das möglich war, aber wenn er der böse Mensch war, dann wurden seine Augen ganz anders, und sogar wenn er lächelte, war das irgendwie ein ganz schreckliches Lächeln, als ob er gerne etwas richtig Schlimmes tun würde. Als ob es ihm *Spaß* machen würde, etwas richtig Schlimmes zu tun.

Sie war sich nicht sicher gewesen, ob Karabas auch zwei Menschen auf einmal war, so wie ihr Vater. Er hatte sie angelächelt und gesagt, sie sähe Connor sehr ähnlich, Mama hatte gesagt: »Ja, das wird später bestimmt noch schwer für mich werden«, und sie nach der Schule und nach ihren Freundinnen gefragt, und danach, was sie am liebsten täte. Bryony hatte ihm erklärt, dass sie gern malte und Geschichten schrieb, und Karabas hatte gesagt, Geschichten wären sehr wichtig; vor vielen hundert Jahren hätten sich die Leute immer Geschichten erzählt, und diese Geschichten wären dann weitererzählt worden, und das wäre jetzt die Geschichte, die in der Schule unterrichtet würde. In seiner Familie, sagte er, gäbe es eine sehr alte Tradition, dass man aus Geschichten lernte, die von den Eltern und Großeltern weitergegeben wurden. In verschiedenen Gegenden hätten die Leute andere Sitten, und all die Geschichten seiner Familie zu kennen, hätte ihm geholfen, als er nach Cumberland gekommen war. Vielleicht wollte Bryony ihn ja einmal dort besuchen oder sogar eine Weile bleiben?

Bryony sah Mama Hilfe suchend an, und Felicity fragte vorsichtig: »Wäre das möglich? Dass Bryony dort zur Schule geht?«

»Ich wüsste nicht, warum nicht. Die Schule ist für Jungen und Mädchen.«

Da hatte Bryony gewusst, dass Karabas auch zwei Menschen auf einmal war, denn er hatte sie angesehen, wie sie da in ihrem kleinen Stuhl beim Feuer saß und hatte Papas unheimlichstes Lächeln gelächelt. Und dann hatte er mit einer ganz komischen Flüsterstimme gesagt: »Denn wenn Sie wirklich nach Cumberland kommen, Felicity, dann muss Bryony Sie auf jeden Fall begleiten.«

3

Der junge Team-Archivar aus Harvard war sprachlos vor Stolz, dass er Dr. Adair zu der Begräbnisstätte begleiten sollte. Er war vollkommen überwältigt, anders konnte man es nicht ausdrücken.

Zu seiner immerwährenden Schande lautete sein Name Tybalt T. Fogg. Jeder im Team nannte ihn Tybalt, ohne sich irgendetwas dabei zu denken, nur Priscilla bestand darauf, ihn ›Tibbles‹ zu nennen. Als wäre er eine Katze, großer Gott! Am liebsten wäre er jedes Mal im Boden versunken, wenn sie das sagte.

Während der Diskussion darüber, mitten in der Nacht in das Lager zu schleichen, hatte er zugehört, ohne selbst viel zu sagen. Es war interessant zuzusehen, wie andere miteinander umgingen, und es war wirklich faszinierend, Dr. Adair zuzuhören.

Keiner hatte Dr. Adairs Vorschlag abgelehnt; die Frage war gewesen, wer ihn begleiten sollte.

Toby Friedman hatte rundheraus verkündet, auf ihn könnten sie dabei nicht zählen. Er war hier, um für eine Dokumentationssendung über Lebensweise und Geschichte eines isolierten Stammes zu recherchieren, der möglicherweise von einem altertümlichen nordamerikanischen Wolfsclan abstammte. Vielleicht hatten sie es hier sogar mit irgendeinem sonderbaren genetischen Bindeglied zwischen Menschen und Wölfen zu tun, das Piers Adair auf einer abgelegenen Insel entdeckt hatte. In seinen Instruktionen hätte nichts davon gestanden, Grabkammern auszurauben, fügte er hinzu, und er würde selbst dann keinen Fuß in diese letzte Ruhestätte setzen, wenn sämtliche Fernsehsender der Welt ihn auf Knien darum anflehten und ihm für jede Woche einen Platz zur besten Sendezeit in ihren Programmen versprachen.

Priscilla fand es völlig verrückt, Tote zu exhumieren, egal um welche Tageszeit, und mitten in der Nacht sei so etwas erst recht total wahnsinnig. Für so eine Expedition sei sie nicht zu haben, betonte sie.

Manchmal konnte sie ganz schön wechselhaft sein, die gute Priscilla. Tybalt wusste genau, dass sie sofort dabei gewesen wäre, wenn sie und Dr. Adair hätten allein losziehen sollen, weil sie gehofft hätte, ihn ins Bett zu kriegen. Tybalt war es eigentlich egal, mit wem Priscilla ins Bett ging, aber er konnte es nicht ausstehen, wenn sie Dr. Adairs Arbeit schlecht machte.

Dietfried würde ebenfalls nicht mit von der Partie sein. Er verkündete behäbig, dass er mit Freuden alles analysieren würde, was sie an sterblichen Überresten fänden – er stellte eine ausgesprochen scheußliche Liste der Dinge zusammen, die sie für ihn beschaffen sollten –, das Ausgraben jedoch würde er anderen überlassen.

Nina sagte fast trotzig, sie würde mitgehen, wenn Dr. Adair es wollte. Das Problem bei diesem Angebot war nur, dass Nina offensichtlich schon ihren ganzen Mut zusammenkratzen musste, um es nur auszusprechen. Dr. Adair schaute sie nachdenklich an und meinte, eigentlich bräuchte er keinen Begleiter; im Gegenteil, zu viele Leute würden nur Aufmerksamkeit erregen, wenn sie nachts im Lager herumschlichen.

In diesem Augenblick hörte Tybalt zu seinem Entsetzen seine eigene Stimme sagen: »Ich komme mit, Dr. Adair. Wenn es Ihnen recht ist.«

Und ungefähr im selben Moment knurrte Toby: »Ach, zum Teufel, ich glaube, ich komme lieber doch mit. Okay, Piers, ich bin dabei, aber dass das klar ist: Hier geht's nur darum, der Öffentlichkeit etwas zu bieten, und wenn wir irgendwelche Schwierigkeiten kriegen, verziehe ich mich sofort wieder ins Haus.«

Dr. Adair sah sie beide an und sagte in seiner zurückhaltenden Art: »Vielen Dank, Ihnen beiden. Ich glaube, das wäre wirklich das Beste.«

»Wann geht's los?«, wollte Toby wissen. »Wenn wir schon so was machen, dann sollten wir es am besten schnell hinter uns bringen.«

»Bevor du Fracksausen kriegst?«, stichelte Priscilla.

»Genau.«

»Wir müssen warten, bis der Sturm sich gelegt hat«, meinte Piers.

»Ich meine, um wie viel Uhr?«

»Um Mitternacht«, erwiderte Piers mit unbewegtem Gesicht. »Wann denn sonst?«

Es dauerte noch drei Tage, bis der Sturm so weit abgeflaut war, dass sie sich auf den Weg machen konnten. Es hatte aufgehört zu regnen, doch der Wind trieb nach wie vor Wolken über den Nachthimmel. Er brachte einen kalten, scharfen Geruch mit sich, doch ein heller Mond beleuchtete den Weg.

»Vollmond«, stellte Dr. Adair fest und blickte zum Himmel auf.

»Klar haben wir Vollmond«, sagte Toby. »Was denn sonst, bei so einer kleinen Grabschändung?«

Tybalt fand, dass sie jedenfalls gut ausgerüstet waren, um eine Grabkammer auszurauben. Er hatte einen kleinen Rucksack gefunden, in den sie zwei große Taschenlampen, einen Hammer, ein paar Stemmeisen und Tobys Flachmann gepackt hatten. Tybalt trug außerdem die Videokamera des Teams bei sich, für den Fall, dass sie dieses verrückte Unternehmen filmen wollten.

Während sie sich vorsichtig dem Lager näherten, stellte Tybalt sich vor, wie ihm einzigartige Aufnahmen davon gelangen, wie sie in die Grabkammer eindrangen und dort sensationelle Entdeckungen machten. Dr. Adair würde ihm eine feste Stelle anbieten, sobald er seinen Abschluss in Harvard hatte, und zoologische Forschungsgesellschaften würden ihn darum bitten, den Vorsitz zu übernehmen und Vorträge zu halten. Sein Name würde in den Kreisen der Anthropologen und Zoologen einen festen Platz haben. ›Tybalt T. Fogg?‹ würde es heißen, ›hat der nicht diesen unglaublichen Film über die Wolfsmenschen gedreht?‹ Er überlegte gerade, wie er wohl im Fernsehen wirken würde, als Toby ihm einen Spaten in die Hand drückte und ihm riet, diesen wie ein Gewehr über die Schulter zu legen.

»Wir sehen aus wie drei von den sieben Zwergen auf dem Weg ins Bergwerk«, fügte er hinzu.

»Sollten wir Schneewittchen begegnen, können wir ja Strohhalme ziehen«, grinste Dr. Adair ungerührt.

Das Lager befand sich in der Mitte der Insel, innerhalb der sonderbaren Schlucht, die es in einem vollständigen Kreis umgab und die Dietfried mit einem Burggraben verglichen hatte. Das Team hatte die Schlucht erforscht, so gut es ihnen möglich war, ohne dem Lager zu nahe zu kommen. Sie waren zu dem Schluss gekommen, dass auf Cruithin Island vor langer Zeit eine unerklärliche geologische Verwerfung stattgefunden und diese riesigen Erdspalten verursacht hatte. Nina war dabei, Zeichnungen von den spärlichen, widerstandsfähigen Pflanzen anzufertigen. Der Sturm grollte irgendwo über dem Nordatlantik vor sich hin, und Tybalt schauderte und wickelte sich seinen Wollschal fester um den Hals.

»Wissen wir eigentlich, wo genau die Begräbnisstätte ist, Sir?«, fragte er, als sie sich der Schlucht näherten. Er warf Dr. Adair einen raschen Blick zu und sah, wie jenes leise Lächeln um seine Lippen zuckte.

»Ja, ich weiß wo sie ist«, erwiderte Piers. »Ich habe mir gleich, nachdem wir hier angekommen sind, eine Skizze von der Insel gemacht. An der Nordseite des Lagers liegt etwas, das nach Grabhügeln aussieht. Sie sind jedenfalls zu gleichmäßig geformt, um natürlichen Ursprungs zu sein.«

»Ich kann mich nicht erinnern, so etwas gesehen zu haben«, sagte Toby. »Und ich erinnere mich auch nicht, dass Sie so etwas erwähnt hätten.«

»Habe ich auch nicht«, erwiderte Piers gelassen. »Manchmal ist es besser, nicht gleich mit allem herauszurücken. Übrigens brauchen Sie mich nicht alle fünf Minuten ›Sir‹ zu nennen, Tybalt.«

»Ach ja, okay«, murmelte Tybalt durch den dicken Schal hindurch.

Behutsam gingen sie weiter. »Piers, Sie haben doch wohl die einfachste Lösung dieses Rätsels in Betracht gezogen, oder?«, fragte Toby.

»Dass wir einem gigantischen Schwindel aufgesessen sind?«, entgegnete Piers. »O ja, natürlich. Aber wenn das hier ein Schwindel ist, dann ist er verdammt gut.«

»Auf so etwas sind schon ganz andere hereingefallen, mein Bester«, wandte Toby ein. »Erinnern Sie sich, wie der arme alte Conan Doyle sich von ein paar frechen Schulmädchen weismachen ließ, dass es wirklich Elfen gäbe? Und was ist mit dem Piltdown-Mann?«

Neugierig fragte Tybalt, was der Piltdown-Mann sei.

»Eine der größten Fälschungen der Geschichte«, antwortete Toby. »Ein Schädel, der so um neunzehnhundertzehn herum einer wissenschaftlichen Gesellschaft als prähistorisches Fossil präsentiert wurde, sozusagen als fehlendes Bindeglied in der Entwicklung des Menschen. Vierzig Jahre später stellte sich heraus, dass es sich um einen menschlichen Schädel handelte, an dem der Unterkiefer eines Affen angebracht worden war.«

»O Mann!«, hauchte Tybalt hingerissen. Piers grinste.

»Was den Piltdown-Mann betrifft, mögen Sie Recht haben, Toby, aber das hier ist kein Schwindel. Der Ursprung dieser Geschöpfe ist nachvollziehbar. Hören Sie, ich habe meine Doktorarbeit über den nordamerikanischen Wolfsclan geschrieben, verdammt noch mal. Und Frazer berichtet in *Der Goldene Zweig* von ihnen.«

Toby war sich seines Images als zynischer Fernsehreporter sehr wohl bewusst. »Ach, wirklich? Und wie zuverlässig ist *Der Goldene Zweig*?«

»Oh, eine Menge Leute würden sagen, dass Frazer sich mindestens hundert Märchen hat aufschwatzen lassen«, sagte Piers wegwerfend. »Aber es gab mal einen Schiffbrüchigen namens John Jewitt, im 16. Jahrhundert, der in seinem Tagebuch seine Erlebnisse als Gefangener des Tlokoalan-Wolfsclans geschildert hat. Das Tagebuch beschreibt ein paar Rituale, die er dort gesehen hat. Ich habe ein Exemplar davon auftreiben können, während ich meinen Doktor gemacht habe. Es ist eine ziemlich grausige Lektüre.«

»Und Sie glauben, dass die Geschöpfe hier auf Cruithin etwas mit diesem Wolfsclan zu tun haben?«

»Um das herauszufinden sind wir hier«, erwiderte Piers. »Jewitts Wolfsmenschen waren halbe Tiere. Dem bisschen zufolge, was wir bisher gesehen haben, sind diese hier sehr viel weiter entwickelt.«

»Sie basteln sich da eine ziemlich wilde Abstammungsgeschichte für die Typen hier zusammen«, meinte Toby nachdenklich. »Ich dachte, wir hätten uns darauf geeinigt, das Ganze als eine Form von vererbter Lykanthrophie zu betrachten – schön, vielleicht verstärkt durch jahrelange Inzucht – aber nicht als irgendwas Schlimmeres.«

»Lykanthrophie an sich ist schon schlimm genug«, warf Tybalt ein.

»Sie glauben immer noch, dass es sich hier um Lykanthrophie handelt, nicht wahr, Toby?«, fragte Piers und musterte Toby eingehend. »Interessant.«

»Ein klassischer Fall, würde ich sagen«, antwortete Toby. Er hielt inne. »Wir sind da.«

Direkt vor ihnen lag das Lager.

Es war das fünfte oder sechste Mal, dass Piers die Siedlung zu Gesicht bekam, die vom Team allgemein nur ›das Lager‹ genannt wurde, doch als er sich ihr jetzt näherte, schlug ihm das Herz bis zum Hals. Das Lager befand sich auf der anderen Seite der Schlucht und maß an der breitesten Stelle etwa 45 Meter im Durchmesser. Die Schlucht umgab es auf drei Seiten, an der vierten ragte eine senkrechte Felswand vier bis fünf Meter hoch auf. An ihrem Fuß lagen sechs bis acht große Höhlen. So weit sie es hatten beobachten können, dienten diese als Schlafquartiere.

Toby und Piers hatten zwei Kameras in den Bäumen versteckt; sie hofften, filmen zu können, wie die Lagerbewohner nach Nahrung suchten. Was immer diese seltsame Erdspalte verursacht hatte, war wohl auch verantwortlich dafür, dass Cruithin Island für diese Breiten ungewöhnlich fruchtbar war, wie Piers fand. Die Geschöpfe, die sie beobachteten, bauten offenbar Wurzeln und Gemüse an, von denen sie anscheinend Vorräte anlegten. Außerdem fingen sie Hasen und Kaninchen in Schlingen, die sie außerhalb des Lagers auslegten. Ein paar der jüngeren Lagerbewohner hatte das Team einmal dabei filmen können, wie sie ein paar Schafe schlachteten. Das Fleisch wurde über einem Feuer in der Mitte des Lagers gebraten. Niemand im Team wusste, wo die Schafe hergekommen waren. Die Lagerbewohner hielten vielleicht selbst Tiere auf irgendeiner unzugänglichen Weide, oder sie unternahmen regelmäßig Raubzüge zu benachbarten Inseln oder sogar aufs Festland. Die nächstgelegene Küste des Festlands war öde und wild, trotzdem wurden dort zottige, wetterharte Schafe gehalten. Sobald der Sturm ganz abgeflaut war, wollte Piers das Motorboot nehmen und der Sache nachgehen. Eventuell konnte er irgendwo Gerüchte über gestohlene Schafe aufschnappen.

Er starrte auf das dunkle Lager. Vor einiger Zeit hatte dort ein Feuer gebrannt. Noch immer glühte die Asche hin und wieder im Wind auf.

»Der Wind ist günstig für uns, nicht wahr?«, meinte Toby nach einer Weile. »Er wird verhindern, dass sie uns hören.«

»Andererseits könnte er ihnen Gerüche zutragen«, wandte Piers ein.

»Was denn für Gerüche?«

»Menschengeruch«, sagte Piers.

Gespannt pirschten sie sich um das Lager herum. Piers' Herz hämmerte wild. Das ist das Verrückteste, was ich je getan habe, dachte er. Wir wollen allen Ernstes das Lager betreten. Was machen wir, wenn eins dieser Wesen uns bemerkt?

Weil sie nämlich im Dunkeln sehen können, und weil sie über Sinne verfügen, die es ihnen spielend leicht machen, Menschen zu wittern, meine Lieben…

Er hatte das Gefühl, dass schräg stehende Augen sie aus dem Schatten heraus beobachteten. Doch nichts rührte sich, außer der leise knisternden Asche des sterbenden Feuers. Einen nervösen Moment lang musste er an seine Kindheit denken: sein Vater, der durch den Garten des einsamen Hauses in Derbyshire stapfte und mit ihm zusammen trockenes Gras, Laub und Zweige sammelte; dann zeigte sein Vater ihm, wie man das alles so aufschichtete, dass das Feuer hoch in den Nachthimmel hinaufschoss. »Es muss richtig lodern«, sagte sein Vater. »Das gehört sich so für ein anständiges Lagerfeuer.«

Wie hoch das Feuer hier auch gelodert haben mochte, jetzt war es zu einem schwach glimmenden Häufchen im Herzen des Lagers zusammengesunken.

»Keinen Laut, ihr zwei«, flüsterte Piers, während sie am Rand des schweigenden Lagers entlangkrochen. Das verlöschende Feuer warf unheimliche Schatten und ließ sie Bewegungen sehen, wo sich nichts gerührt hatte. Einmal hielt Tybalt entsetzt inne, weil er glaubte, er habe etwas durch die Schatten huschen sehen. Er drehte sich um und erwartete fast, dass dieses Etwas aus den Schatten auftauchte und jetzt hinter ihnen herschlich. Doch da war nichts, und außer dem Wind war kein Laut zu hören.

»Das ist der Stoff, aus dem die Albträume sind«, flüsterte Toby.

»Stimmt, aber die Bewohner sind alle in den Höhlen und schlafen.«

»Woher wollen Sie das wissen?«, fragte Toby.

»Instinkt.«

»Dann haben Sie nicht nur eine verdammt merkwürdige Erziehung genossen, sondern auch verdammt merkwürdige Instinkte. Ich könnte nicht sagen, ob die da drinnen schlafen oder ob sie gerade Rad schlagen üben.«

»Das ist keine Frage der Erziehung, das kommt davon, wenn man jahrelang mit irgendwelchen seltsamen Kreaturen zu tun hat. Besonders mit Dokumentarfilm-Reportern. Los, weiter. Alles okay, Tybalt?«

»Äh – ja.« Tybalt fand überhaupt nichts okay, doch er hätte sich lieber vierteilen lassen, als das zuzugeben. Er fragte, ob sie nicht schon fast auf der anderen Seite des Lagers angekommen wären.

»Ja. Die Grabhügel müssten direkt vor uns sein«, antwortete Piers, und in derselben Sekunde erblickte Tybalt sie.

Die Hügel sahen äußerst bedrohlich aus. Ungefähr ein halbes Dutzend von ihnen schienen sich dicht beim Fuße der Klippe zusammenzukauern. Das hier ist ihr Hinterhof, dachte er. Und dann: Aber so viele Hügel sind es gar nicht. Wenn diese Kerle schon seit Urzeiten hier sind, müssten es doch mehr sein.

»Vielleicht geht es da tiefer runter, als es den Anschein hat«, sagte Piers leise, und Tybalt zuckte zusammen. Manchmal war es richtig unheimlich, wie Dr. Adair die Gedanken anderer Menschen zu lesen schien. Um seine Fassung wiederzugewinnen, äußerte er die Vermutung, dass es sich bei den Hügeln in Wirklichkeit um unterirdische Grabkammern handelte.

»Oder sogar um Gebeinhäuser, wie – äh – Zoroasters Türme des Schweigens, wo die Vögel das Fleisch von den Knochen gepickt haben.«

»Du lässt dir wirklich keine Gelegenheit entgehen, für ein bisschen Atmosphäre zu sorgen«, bemerkte Toby, und Tybalt grinste verlegen.

Zu den Grabhügeln hinüberzugehen, war mit Abstand das Unheimlichste, was Tybalt je hatte tun müssen. Er rechnete jeden Moment damit, dass sich die Lagerbewohner, die in den dunklen Höhlen auf der anderen Seite dieser Felswand schliefen, auf ihn stürzen würden. Erst als Dr. Adair flüsterte: »Mein Gott, schaut euch das an!«, gelang es ihm, sich wieder auf die Gegenwart zu konzentrieren.

»Was?«, stammelte er. »Was ist?« Seine Stimme schien ein paar Oktaven höher geworden zu sein. Er räusperte sich und begann mit fester Stimme: »Ich sehe nichts ...«

»Da, auf dem Hügel gleich da drüben!«

»Was denn?«

»Das ist eine Steinplatte«, hauchte Toby und blinzelte in die Finsternis.

»Genau.« Piers lief auf den Hügel zu, der ungefähr vier oder fünf Meter lang und vielleicht halb so breit war. Er bückte sich und untersuchte ihn. Als er sich aufrichtete, konnte Tybalt die unterdrückte Erregung in seiner Stimme hören.

»Dieser Stein wurde bearbeitet, um auf den Hügel zu passen«, sagte Piers mit leuchtenden Augen. »Er ist geglättet und auf die richtige Größe zurechtgemeißelt worden, als hätte jemand eine Abdeckung daraus machen wollen, oder einen Deckel ...« Er beugte sich erneut vor, starrte wie gebannt und sagte dann: »Sie hatten Recht, Tybalt – das hier ist kein Grabhügel, jedenfalls nicht im herkömmlichen Sinne des Wortes. Es ist ein Tumulus; in manchen Gegenden wird so etwas auch als Hügelgrab bezeichnet. Ich habe solche Hügel schon einmal in Derbyshire gesehen, wo früher riesige Wälder waren, die von Wölfen nur so wimmelten.«

Tybalt hatte noch nie etwas so Bedrohliches gesehen wie diesen hingeduckten Hügel mit seiner Deckplatte aus rötlichem Stein. Er fischte eine Taschenlampe aus dem Rucksack und wartete mit klopfendem Herzen, was Dr. Adair beschließen würde.

»Es ist eine Grabkammer«, sagte Piers endlich. »Ich bin mir so gut wie sicher. Und ich glaube, diese Steinplatte ist das Dach.« Er starrte Toby und Tybalt über den Hügel hinweg an. Seine Augen leuchteten vor Aufregung, und der Wind zerzauste sein dunkles Haar.

»Bedeutet das, dass wir doch nichts ausgraben können?«, fragte Tybalt. Er verspürte eine seltsame Mischung aus Enttäuschung und angespannter Erwartung. Dies hier bedeutete nichts dergleichen, das wusste er genau.

»Von wegen nichts ausgraben können!«, entgegnete Piers. »Wir gehen da runter!«

»Jetzt gleich?«

»Jetzt gleich«, bestätigte Piers, packte den Spaten und schob das Blatt zwischen Steindeckel und Erdreich.

4

Der Deckel ließ sich viel leichter aufstemmen, als sie gedacht hatten, doch dabei ertönte ein so markerschütterndes Knirschen von Stein auf Stein, dass Tybalt eine Gänsehaut bekam und sich unwillkürlich erneut umdrehte, um in die Schatten zu spähen.

»Keiner da?«, fragte Piers beiläufig. Er wirkte vollkommen unbeteiligt; Tybalt hätte wetten mögen, dass sein Puls nicht schneller ging als sonst.

Er warf wieder einen Blick über die Schulter. »Ich sehe jedenfalls nichts, Sir – ich meine, Dr. Adair.«

Es wäre absurd gewesen, laut zu sagen, dass es nicht eine Frage des Sehens, sondern des Fühlens war. Tybalt hatte das

Gefühl, als ob die Nacht um ihn herum mit leisen raschelnden und scharrenden Geräuschen zum Leben erwachte, und als ob rote, schräg geneigte Augen sie beobachteten.

Gemeinsam zerrten sie den Steindeckel herum, so dass er im rechten Winkel zu dem Tumulus lag. Ein Schwall säuerlichen Gruftgestanks quoll aus der Öffnung. Toby und Tybalt fuhren zurück.

»Widerlich«, meinte Piers. »Alles klar, Tybalt?«

»Bestens«, erwiderte Tybalt schwach, und Piers grinste.

»Nehmen Sie mal einen anständigen Schluck von Tobys Whisky. Und wenn Sie schon dabei sind, können Sie mir auch gleich etwas geben.«

»Wenn dieses Projekt sich noch lange hinzieht, enden wir alle als Alkoholiker«, meinte Tybalt.

Dr. Adair zeigte schweigend mit dem Finger, und Tybalt sah, dass unter der Steinplatte ein Gang mit Wänden aus Felsgestein zum Vorschein gekommen war, der tiefer und tiefer in die Erde hinabführte. Piers schaltete die Taschenlampe ein, wobei er den Strahl mit der Hand abschirmte. Jetzt konnten sie flache, in der Mitte ausgetretene Steinstufen erkennen. Es gab nichts zu sagen; jedem von ihnen war klar, dass sie in die Grabkammer hinuntersteigen würden, und jedem war klar, dass sie es jetzt tun würden.

Piers hielt inne. »Einer von uns sollte hier oben bleiben«, sagte er. »Um Wache zu schieben und uns zu warnen, wenn irgendetwas auftaucht.«

»Das mache ich«, ließ sich Toby sofort vernehmen.

»Okay. Was ist mit Ihnen, Tybalt? Kommen Sie mit runter?«

»Äh – ja, klar.«

»Fein. Toby, um aller heidnischen Götter willen, die je auf Erden gewandelt sind, schlagen Sie Alarm, wenn irgendwas Unfreundliches aus dem Lager kommt. Aber suchen Sie sich zuerst ein Versteck.«

»Ich werde mich im Unterholz verkriechen«, versprach

Toby. »Viel gibt's hier ja nicht davon, aber es wird schon reichen.«

»In Ordnung. Also, Tybalt, es geht los. Denken Sie daran, dass Sie so leicht auftreten müssen wie Agag.«

»Er meint, du musst gehen wie auf Eierschalen«, erklärte Toby.

»Ich *weiß*, was er meint –«

»Na dann, nichts wie runter mit euch.«

Piers ging voran und beleuchtete den Weg vor ihnen mit der Taschenlampe. Tybalt folgte ihm und spürte, wie die uralte Finsternis der steinernen Kammer über ihm zusammenschlug. Eine Minute lang hatte er das Gefühl, keine Luft mehr zu bekommen. Um ihn herum herrschte ein lauerndes Schweigen, das nicht gestört werden sollte; einen Moment war er sich nicht sicher, ob er in der Lage sein würde, weiterzugehen.

Dann jedoch meldete sich die Vernunft zurück. Dies hier war schließlich nur eine alte Grabkammer, gegraben von einem sehr primitiven Stamm. Sie würden sich hier lediglich umsehen, im Interesse der Wissenschaft – und im Interesse von Tobys Fernsehsender. Nein, sei ehrlich, das ist nicht der einzige Grund, sagte er sich. Wir sind wahnsinnig neugierig. Er warf einen Blick auf seinen Begleiter. *Er* ist ganz bestimmt wahnsinnig neugierig, dachte Tybalt.

Die Stufen erstreckten sich vor ihnen in die Tiefe. Tybalt war schon ein gutes Stück weit hinabgestiegen, ehe ihm einfiel, dass er sie vielleicht zählen sollte. Doch sie erreichten unbeschadet das Ende der Treppe. Dr. Adair leuchtete mit der Taschenlampe um sich.

»Gehen wir einfach geradeaus weiter?« Instinktiv hatte Tybalt die Stimme gesenkt, doch die Felswände des Ganges warfen die Worte trotzdem zurück und vervielfältigten sie zu Dutzenden von geisterhaften, flüsternden Echos.

»Ich glaube, einen anderen Weg gibt es nicht«, antwortete Piers. »Der Tunnel ist ziemlich schmal, und wenn ich mich nicht irre, führt er unter das Lager. Wir sollten uns bereithalten, hier schnell wieder abzuhauen, Tybalt.«

»Okay.«

»Seien Sie vorsichtig – hier geht es ganz schön steil bergab.«

Als sie weitergingen, überkam sie das seltsame Gefühl, dass sie sich immer tiefer in eine fremde Welt hineinbegaben, in der die Naturgesetze vielleicht nicht mehr galten und sehr viel ältere und grausamere Regeln herrschten.

»Der Tunnel wird breiter«, raunte Piers plötzlich. »Großer Gott, schauen Sie sich das an!«

Beide blieben wie angewurzelt stehen. Der enge Tunnel mündete in eine riesige Höhle mit hoher, gewölbter Decke. Die Wände waren aus demselben rötlichen Stein wie die Deckplatte, die den Eingang verschlossen hatte, doch sie waren mit etwas bedeckt, das für ihre erstaunten Augen wie Regale aussah. Dutzende von Simsen, die aus den Wänden herausgehauen worden waren.

Und auf den Wandbrettern …

»Eine kleine Katakombe«, sagte Piers leise. »Hier müssen mindestens zehn, fünfzehn Generationen liegen.«

»Alle auf Steinsimsen aufgebahrt«, hauchte Tybalt. Er starrte die Skelette wie hypnotisiert an. Einige waren in der Dunkelheit und der Höhlenluft mumifiziert, so dass noch ledrige Hautfetzen an den Knochen hingen und ihnen einen Anschein von Leben verliehen. »Und sie *sitzen aufrecht*!«, stieß er hervor und vergaß, seine Stimme zu dämpfen, so dass seine Worte in der ganzen Höhle widerhallten. *Sie sitzen aufrecht, sie sitzen aufrecht …* »Sie sind sitzend begraben worden«, sagte Tybalt mit hoher, gepresster Stimme. »Warum haben sie sie so hingesetzt?«

Piers tappte vorsichtig an der Höhlenwand entlang und leuchtete hierhin und dorthin. »Es kommt hin und wieder vor, dass Tote im Sitzen bestattet werden«, antwortete er unbeeindruckt. »Die hier sehen so aus, als ob sie sich ursprünglich in einer eher kauernden Stellung befunden hätten.« Er setzte seinen Rundgang fort und entfernte sich langsam von Tybalt. Auf seinem Gesicht lag ein Ausdruck völliger Versunkenheit.

Tybalt warf einen unbehaglichen Blick über die Schulter. Sie hatten zwei Taschenlampen mitgebracht, und ganz offensichtlich war es jetzt an ihm, sich an der Erforschung der Höhle zu beteiligen. Doch überall um ihn herum lagen schwarze Schatten, wie unheimliche Teiche, in denen alles Mögliche lauern konnte. Er zögerte einen Moment, dann griff er, verärgert über sein eigenes ängstliches Getue, in den Rucksack und holte die zweite Lampe hervor.

Das kalte Licht floss über leere Augenhöhlen und ließ den gespenstischen Eindruck von hellen, wachsamen Augen entstehen, doch Tybalt ließ den Lichtstrahl jetzt entschlossen über die Wände gleiten. Hier gab es nichts zu sehen, außer den Gebeinen auf den Felssimsen, ein Sims über dem anderen. Ob die Wandbretter von Menschenhand geschaffen worden waren oder nicht, sie zogen sich jedenfalls um die ganze Höhle herum …

Sie zogen sich nicht um die ganze Höhle herum. Genau hinter Tybalt, dicht über dem Boden, befand sich eine Öffnung, die so von Spinnweben überzogen war, dass es aussah, als sei ein vermoderter grauer Vorhang davorgezogen worden. Das Ganze wirkte wie ein kleiner, in den Stein gehauener Alkoven; die Öffnung war höchstens einen Meter breit und ebenso hoch. Tybalt kniete nieder und schob den Spinnwebenvorhang behutsam mit dem Griff seiner Taschenlampe zur Seite. Es gab ein leises Geräusch, wie ein bekümmertes Seufzen, und die Spinnweben bewegten sich sacht, als hätte ein kalter Windhauch sie gestreift. Argwöhnisch leuchtete Tybalt in die Kammer. Der Lichtstrahl schnitt tief in die blauviolette Dunkelheit.

Der Alkoven wurde hinter dem Eingang breiter. Einen kurzen Moment lang glaubte Tybalt, die Kammer wäre leer, nur eine kahle Aushöhlung im Fels. Er ließ den Lichtstrahl erneut herumschwenken, und etwas Kaltes schien sich schmerzhaft in seine Eingeweide zu krallen. Hier waren noch mehr Knochen, doch die hier waren viel kleiner. Und obwohl die meisten so dalagen, als wären sie einfach hier hineingeworfen worden, schienen manche …

Er riss mehr von den Spinnweben weg, um einen besseren Überblick zu bekommen. »Äh … Dr. Adair? Ich glaube, das hier sollten Sie sich mal ansehen.«

»Was ist? Was haben Sie gefunden?« Piers durchquerte die Höhle, kniete neben Tybalt nieder und spähte in die grauenhafte Kammer. Ein paar Sekunden lang herrschte erschüttertes Schweigen. Dann sagte Piers leise: »Allmächtiger Gott!«

Stumm verharrten sie nebeneinander auf den Knien. »Kinder«, sagte Piers schließlich leise. »Dutzende von Kinderskeletten. Mein Gott, wie furchtbar!«

»Aber sie sind nicht aufgebahrt worden wie die anderen, nicht wahr?« Tybalts Stimme klang ein wenig zu laut, und er holte krampfhaft Atem. »Dort am Boden – sehen Sie?« Er leuchtete mit der Taschenlampe in die Kammer hinein.

»Ja, ich sehe sie.«

»Es scheint so, als wären sie zum Eingang gekrochen. Die Schädel sind gedreht, so als hätten sie versucht, noch einen letzten Lichtstrahl zu erblicken, ehe man sie hier unten im Dunkeln zurückgelassen hat …« Tybalt verstummte abrupt. Er spürte, wie Dr. Adair ihm Tobys Flasche in die Hand drückte.

»Trinken Sie«, befahl Dr. Adair, und Tybalt nahm gehorsam einen großen Schluck Whisky. Er schauderte und wischte sich den Mund mit dem Handrücken ab. »Tut mir Leid«, stammelte er. »Aber das ist einfach grauenvoll! O Gott, das ist das Schrecklichste, was ich je gesehen habe …«

»Es ist auch das Schrecklichste, was ich je gesehen habe«, sagte Piers, der immer noch die aufgehäuften Gebeine anstarrte. »Wie in einem Konzentrationslager oder nach einer Hungerkatastrophe in der dritten Welt.«

»Sie waren nicht alle tot, als man sie hierher gebracht hat, nicht wahr? Die da drüben, auf dem Boden ...«

»Knochen können sich auch nach dem Tod noch verändern. Sie können sich ausdehnen oder zusammenziehen, je nach Temperatur. Außerdem könnten Erdrutsche an der Oberfläche hier einiges durcheinander gebracht haben.«

Blödsinn, dachte Tybalt, doch er war trotzdem dankbar. »Wie lange, glauben Sie, sind die Skelette wohl schon hier unten?« Es gelang ihm, seine Stimme einigermaßen unter Kontrolle zu halten.

»Ziemlich lange«, antwortete Piers. »Vielleicht seit Jahrhunderten. Nein, ich versuche nicht, Sie zu beruhigen, Tybalt. Wenn in letzter Zeit irgendwelche Massenmorde vorgekommen wären, hätten die Medien davon Wind bekommen, selbst in einer so abgelegenen Gegend wie dieser hier. Mord macht heutzutage Schlagzeilen, und Serienmorde landen auf der Titelseite.«

»Stimmt. Äh – ein paar von den Knochen da sehen aus als ob sie ... angenagt worden wären. Von irgendeinem Tier ...«

»Was auch immer damit passiert ist, es ist schon lange her«, sagte Piers, der immer noch die kläglichen Gebeine anstarrte. »Ich nehme an, dass dies Opfer von Ritualmorden sind, Tybalt. Von Ritualmorden, die über Generationen hinweg praktiziert wurden.«

»Wir sollten sie von hier wegbringen, oder?«

»Lieber nicht. Hier wird eine forensische Untersuchung nötig sein; sie werden bestimmen müssen, wie alt die Knochen und der Staub sind. Das hier ist eine Art Kreuzung zwischen einer Gruft und einem Hexenkessel.« Piers warf noch einen letzten Blick auf die Mitleid erregenden kleinen Skelette. Dann erhob er sich, klopfte sich den Staub von den Hosenbeinen und sagte in völlig normalem Ton: »Wir sollten lieber zusehen, dass wir mit unserem kleinen Grabraub vorankommen. Am besten einen von den unteren Simsen, meinen Sie nicht auch?«

»Damit verletzen wir bestimmt mindestens hundert geheime Bräuche«, wandte Tybalt unbehaglich ein.

»Oh, sicher, aber tun wir's trotzdem«, erwiderte Piers.

Tybalt sah ihn an. »Das hier ist Ihnen sehr wichtig, nicht wahr? Ich meine – Sie haben wirklich das Gefühl, dass Sie das unbedingt tun müssen.«

Einen Augenblick glaubte er, eine unsichtbare Grenze übertreten zu haben. Dann jedoch antwortete Piers sehr leise: »Ja.«

»Also«, fragte Tybalt nach kurzem Schweigen, »wie klaut man einen Toten?«

»Machen Sie den Rucksack leer«, wies Piers ihn an und zog mehrere Plastikbeutel aus der Tasche. »Sie haben doch wohl nicht geglaubt, dass einer von uns eins von diesen Dingern mit bloßen Händen hier rausschleppt, oder?«

»Nein, aber ich bin wirklich froh, das zu hören, Dr. Adair.«

»Und ich bin froh, dass Sie Ihren Sinn für Humor nicht verloren haben, Tybalt.«

»Das ist das Letzte, was mir abhanden kommt«, behauptete Tybalt tapfer.

Als sie mit ihrem unappetitlichen Tun fertig waren, ging Piers noch einmal zu dem Alkoven und leuchtete mit der Taschenlampe hinein. Er erwähnte es Tybalt gegenüber nicht – er hätte mit niemandem darüber sprechen können – , doch er wollte den Kindern still Lebewohl sagen und sie wissen lassen, dass er zurückkehren würde. Natürlich war das vollkommen unlogisch; er wusste genau, dass die Kinder schon seit Gott weiß wie langer Zeit allein in der schweigenden Finsternis gelegen hatten, und er wusste, dass sie schon seit langem tot waren. Manche von ihnen schon seit mehreren Jahrzehnten.

Doch es war nicht der logische, vernünftige Teil von Piers' Denken, der ihn dazu trieb. Es war ein sehr viel untergründigerer, geheimerer Teil. Es war dasselbe, was ihn trotz aller Einwände zu diesem verrückten Unternehmen angetrieben, was ihn dazu gebracht hatte, sich mit allen Mitteln die nötige Unterstützung der Universität zu sichern und die Vereinbarung mit Tobys Fernsehgesellschaft zu treffen.

Als er jetzt in der dunklen Höhle stand, spürte er, wie die Vergangenheit auf ihn einstürmte, um ihn zu verschlingen – seine eigene Vergangenheit und die der jämmerlichen kleinen Opfer, die hier in der Dunkelheit dem Tod überlassen worden waren. Er fühlte die längst vergangene Verzweiflung und die Furcht der Kinder, die durch die Jahrhunderte hindurch über ihn hinwegströmte.

Ich weiß, was hier unten passiert ist, dachte Piers. Er stand völlig reglos. Ich weiß, dass die Kinder in diese fürchterliche finstere Höhle getrieben wurden, und dass sie darum gebetet haben, dass jemand sie retten möge. Sie hatten entsetzliche Angst, doch erst später – als sie begriffen, dass es keine Rettung gab – haben sie um den Tod gebetet, weil das, was ihnen bevorstand, zu grauenvoll war, um es zu ertragen …

Und ihre Gebete sind nach wie vor hier, dachte er, und neigte lauschend den Kopf. Ganz schwach, aber ich kann den Widerhall hören.

Hilf uns… Lass uns nicht mit dem Wolf im Dunkeln allein…

Tybalt war draußen im Haupttunnel damit beschäftigt, die Plastikbeutel mit den Teilen des Skeletts in den Rucksack zu verstauen. Piers leuchtete ein letztes Mal in den Alkoven. Und entdeckte etwas, das er vorher übersehen hatte.

Krüge. Sechs Stück, die auf einem niedrigen Felsbord dicht neben dem Eingang standen; große Steingut-Urnen, ähnlich den Grabkrügen, in denen die Ägypter die Organe aufbewahrt hatten, die dem Toten während des Einbalsamierens entnommen worden waren. Einen Moment lang fragte er sich, ob hier ähnlich vorgegangen worden war, doch dann sah er, dass die Krüge nicht verschlossen waren. Es überlief ihn kalt, und in seinem Kopf drängten sich Bilder all jener finsteren Riten und Sitten, die so untrennbar mit der Geschichte der Menschheit verbunden waren: die alten Ägypter, die sich an den Gliedern der Götter labten, im Glauben, so ihrerseits göttlich zu werden; primitive Stämme, die bestimmte Körperteile ihrer Artgenossen verschlangen – die Leber stand für Tapferkeit, die Hoden für Stärke, die Augen für die Seele …

Du Idiot!, wies er sich selbst zurecht. Du weißt genau, wofür diese Krüge gedacht sind.

Er warf Tybalt über die Schulter einen aufmerksamen Blick zu, dann griff er verstohlen in den Alkoven und packte den am nächsten stehenden Krug. Vorsichtig, um die Gebeine nicht zu berühren, zog er ihn aus der Kammer und verbarg ihn in seinem Rucksack.

»Wir haben es hier mit einem ganz gewöhnlichen Skelett zu tun«, verkündete Dietfried und blickte stirnrunzelnd auf die menschlichen Überreste hinunter, die er auf dem Tisch ausgebreitet hatte. »Der Schädel ist vielleicht ein bisschen schmal, aber sonst gibt es nichts Auffälliges zu entdecken. Das ist eindeutig das Skelett eines Menschen.«

Ehe Dietfried dies aussprach, war Piers nicht bewusst gewesen, wie angespannt er war. Er spürte, wie sich seine verkrampften Muskeln zum ersten Mal seit 48 Stunden wieder lockerten.

»Sind Sie sicher, Dietfried?«, fragte Toby.

Dietfried musterte Toby über seine Brille hinweg und erwiderte, selbstverständlich sei er sicher. Er tippte mit einem feisten Finger auf den Schädel. »Das hier war ein junger Mann, zwanzig, vielleicht auch dreißig Jahre alt. Ich habe jetzt nicht die nötigen Instrumente, um das genau einkreisen zu können, dazu bräuchte ich ein Labor auf dem Festland.«

»Wir können Ihnen doch nicht zumuten …«

»Das wäre ganz und gar keine Zumutung«, beteuerte

Dietfried. »Nina könnte mir assistieren«, fügte er hoffnungsvoll hinzu. Mit einem flauen Gefühl in der Magengrube stellte Nina fest, dass sie sich nicht geirrt hatte, als sie Schwierigkeiten vorausgeahnt hatte.

»Ich sage das ja nicht gern, Dr. Adair, aber irgendwie ist das eine richtige Enttäuschung, nicht wahr?«, meinte sie. »Also, festzustellen, dass es doch nur ganz normale Menschen sind.«

»Du bezeichnest sie schon wieder als normal, Nina.« Toby zog die Brauen zusammen. »Aber ich gebe zu, es ist wirklich ein bisschen enttäuschend.«

Nina fragte, ob der Suchtrupp noch etwas anderes in den Katakomben gefunden hätte. »Irgendwas, was uns weiterhilft?«

Piers zögerte den Bruchteil einer Sekunde. Soll ich es ihnen zeigen?, fragte er sich. Und dann: Natürlich, sei doch nicht blöd. »Ja, da war noch etwas«, sagte er. Er griff in den Rucksack, der neben seinem Stuhl lag. »Dietfried, würden Sie sich das hier einmal ansehen?«

»Was ist das?«, fragte Dietfried misstrauisch.

»Das ist doch bloß ein Krug«, knurrte Priscilla abfällig. Es war bemerkenswert, wie geringschätzig sie sich manchmal anhörte. Um ihre Gönnerhaftigkeit zu kompensieren, beugte sich Nina eifrig vor und musterte das, was Dr. Adair da behutsam auf den Tisch stellte. Und hatte spontan das Gefühl, als sei der ganze Raum von Feindseligkeit erfüllt.

»Das ist nicht einfach nur ein Krug.« Sie schluckte schwer. Das große, bauchige Gefäß, das sich zum Hals hin verjüngte, sah aus wie ein riesiger Vorratsbehälter für Salz oder Zucker. So etwa wie die Einmachgläser, die man als Kind in Großmutters Speisekammer gesehen hatte, nur viel größer. Und dass es keinen Deckel hat, dachte Nina, und starrte den Krug an.

»Ja, Nina, ich glaube auch, dass es sich hier um sehr viel mehr handelt als um einen Steingutkrug«, sagte Piers, hob das Gefäß hoch und drehte es in den Händen. Trotz ihrer unerklärlichen Abneigung gegen den Krug ertappte Nina sich bei dem Gedanken: Ich wollte, er würde *mich* so anfassen. Sie warf einen verstohlenen Blick zu Priscilla hinüber. O verdammt, dachte sie, die denkt genau das Gleiche.

»Ich werde mir das mal anschauen«, meinte Dietfried.

»Schauen wir's uns doch alle an«, forderte Priscilla.

Während sie den Krug der Reihe nach begutachteten, beobachtete Piers sein Team genau. Weder Priscilla noch Toby schienen etwas anderes zu empfinden als Neugier, während Tybalt kurz zurückzuzucken schien.

Als Nina an der Reihe war, packte sie den Krug mit festem Griff und richtete sich entschlossen auf, weil ihr ein wenig schwindlig geworden war und sie nicht wollte, dass Dr. Adair es merkte. Doch sobald sie das Steingutgefäß berührt hatte, waren Wellen des Abscheus durch ihren ganzen Körper geflutet, und sie hatte Mühe, den Krug nicht fortzuschleudern. Er ist böse, dachte sie. Und zwar auf eine sehr *alte* Art böse. Blödsinn, das ist ja lächerlich. Sie zwang sich, den Krug genau zu untersuchen und bat Dietfried sogar, ihr seine starke Taschenlampe und sein Vergrößerungsglas zu leihen. Auf der rauen Innenseite des Kruges zeigten sich dunkle Rückstände, und als sie hineinblickte, glaubte sie, einen schwachen Geruch wahrzunehmen. Blut, dachte sie. Altes, getrocknetes Blut. Aber irgendwann war es einmal frisch und warm, und es ist aus irgendjemandes Körper direkt in dieses Gefäß geflossen… Sie verdrängte den Gedanken, ehe er Gestalt annehmen konnte und gab den Krug hastig an Dietfried weiter.

Dietfried untersuchte ihn mit behäbiger Gründlichkeit. Er stand auf, um noch eine Petroleumlampe zu holen, schob seine randlose Brille zurecht und bat höflich um sein Vergrößerungsglas, das er vor sein rechtes Brillenglas klemmte. »Das Gefäß könnte aus primitiv gebranntem Ton bestehen«, verkündete er schließlich und blickte auf. Sein rechtes Auge wurde durch die Lupe grotesk vergrößert.

»Das dachte ich mir«, sagte Piers leichthin. »Ich habe es in der Höhle mit den Kindern gefunden, unten in der Katakombe.« Er bemerkte den überraschten Blick, den Tybalt ihm zuwarf.

Dietfried stellte den Krug auf den Tisch. »Er ist sehr alt«, meinte er mit gerunzelter Stirn. »Aber auch darüber kann ich nichts Genaues sagen. Es sind noch Spuren von irgendetwas zu sehen, womit die Öffnung verschlossen war – Tierfett vielleicht, so etwas wurde früher dazu verwendet. Was für eine Substanz sich im Innern befunden hat, weiß ich nicht.«

»Menschenblut«, sagte Piers.

»Also, das muss erst einmal analysiert werden.«

»Ich weiß«, erwiderte Piers. »Aber Sie werden feststellen, dass es sich um menschliches Blut handelt.«

»Sind Sie sicher?«, fragte Toby.

»O ja. Ich glaube, dass dies hier einer der heiligen Blutkrüge des Tlokoalan-Wolfsclans ist.«

»*Was?*«

»Das war eins ihrer frühesten Rituale«, erklärte Piers. »Frazer erwähnt es, und auch John Jewitt hat in seinen Aufzeichnungen davon berichtet. Wenn der Wolfsclan einen der Ihren opferte, wählten sie stets ein Opfer aus, das Nachkommen hatte – Kinder oder Enkelkinder –, die kurz vor der Pubertät standen. Sie fingen das Blut des Opfers in Krügen aus Ton oder Steingut auf, und die Kinder wurden gezwungen, das Blut ihrer Vorfahren zu trinken. Wenn sie das aushielten, wurden sie als Erwachsene in den Stamm aufgenommen. Wenn nicht …«

»… wurden sie in die Katakomben geworfen«, ergänzte Tybalt nach einem Augenblick des Schweigens.

»Ich denke schon.«

»Wieso?«, fragte Toby schließlich. »Ich meine – was für eine Logik steckte dahinter?«

»Ich denke, es war eine archaische Form der Zuchtauslese.«

»Sie wollten ihr Erbgut verbessern?«

»Genau. Was immer das auch für ein Erbgut war.« Er blickte sich in der Runde um. »Sie sehen alle ziemlich schockiert aus. Das Blut der Vorfahren zu trinken, war früher ein recht weit verbreiteter Brauch. In der Folklore stößt man ständig darauf.«

»Schon, aber wenn Sie das so erzählen, und dann noch dieser Krug …« Priscilla verstummte, und zum ersten Mal empfand Nina so etwas wie Verbundenheit mit ihr.

»Es gibt da ein altes deutsches Märchen«, sagte Dietfried ernst. »Oder vielleicht ist es auch französischen Ursprungs. Jedenfalls ist es bestimmt nichts für Kinder. Es handelt von einem Kind, das von einem Wolf gefangen genommen wird, und der Wolf zwingt das Kind, Blut zu trinken.«

»Das kenne ich auch«, warf Nina ein. Einen Moment lang war ihre Aufmerksamkeit von dem Krug abgelenkt. »Ich bin darauf gestoßen, als ich meine Examensarbeit geschrieben habe …«

»Über englische Folklore?«, fragte Priscilla gedehnt. Ihre Stimme klang eine Spur herablassend, als wollte sie sagen: Klar, etwas Anspruchsvolleres hätte ich von dir auch nicht erwartet, meine Liebe.

Nina wusste, dass sie sich nie wieder mit Priscilla verbunden fühlen würde. Trotzdem antwortete sie fröhlich: »Über englische und nordeuropäische Folklore, um genau zu sein. Jedenfalls kommt das in einer bretonischen Fabel aus dem 19. Jahrhundert vor. Ich glaube, es ist eine der grausigeren Varianten von ›Rotkäppchen‹. Der Wolf füllt das Blut der Großmutter in Flaschen, und nachdem er sie gefressen hat, bringt er das kleine Mädchen dazu, das Blut zu trinken.«

»Könntest du dich vielleicht ein *bisschen* weniger drastisch ausdrücken, Schätzchen?«, forderte Priscilla, und Toby sagte, er habe schon damit gerechnet, dass irgendjemand früher oder später mit Rotkäppchen anfangen würde.

»Ich hoffe doch nicht, dass wir hier ganz gewaltig auf den

Arm genommen werden, oder?«, sagte Priscilla. »Ich meine, mit diesem Wolfsclan und dem Tagebuch aus dem 18. Jahrhundert.«

»Für eine Fälschung wäre das alles ziemlich aufwendig«, wandte Nina ein. »Und wozu sollte so etwas gut sein?«

»Die Katakomben waren jedenfalls keine Fälschung«, sagte Tybalt sehr bestimmt. »Ich habe sie selbst gesehen, Priscilla, vergiss das nicht.«

»Tibbles, Süßer, wie könnte ich das je vergessen?«

»Wenn wir hier von einer Fälschung dieser Größenordnung reden, dann geraten wir wieder in die Nähe vom Piltdown-Mann. Ganz zu schweigen von William Ireland oder Richard Circenser ...«

»Worauf das alles hinausläuft«, unterbrach ihn Priscilla, »ist, dass man nie mit irgendwelchen Entdeckungen an die Öffentlichkeit gehen sollte, bevor man nicht hundertprozentig sicher ist, dass man damit auf festem Boden steht.«

»Aber ich stehe auf festem Boden«, rief Dietfried aufgeregt. »Ich habe doch gesagt, wir haben hier ein menschliches Skelett und einen Tonkrug, der früher vielleicht mal Blut enthalten hat. Da gibt es nichts dran zu rütteln, und wenn hier irgendwas gefälscht ist, sehe ich nicht, was es sein sollte.«

»Also doch Rotkäppchen«, meinte Priscilla. »Falls es diese großen bösen Wölfe tatsächlich schaffen, aus ihrem Bau zu entkommen. Möchte noch jemand Kaffee?«

5

Als Mama sagte, dass sie vielleicht für eine Weile aus London weggehen und woanders wohnen würden, dachte Bryony zuerst, sie meinte den großen Wald, wo Richard und die Foljambes gelebt hatten. Aber Mama sagte, nein, leider nicht, aber irgendwann würden sie dort hinfahren. Das war ein ganz festes Versprechen.

Bryony wusste, dass man ganz feste Versprechen nicht brechen konnte. Erst einmal würde Mama morgen wegfahren, zu einem Ort, der Bracken hieß. Bryony sollte solange bei den O'Callaghan-Zwillingen bleiben, und das war immer sehr lustig.

Während ihre Mutter verreist war, hatten sie nachmittags Zeichnen in der Schule. Jeder durfte malen, was er wollte, und Bryony zeichnete das Haus, das Richard Foljambe im Wald gebaut hatte, nachdem ihn der König zum Wolfsjäger ernannt hatte. Das Haus kam in vielen von Mamas Geschichten vor, und Bryony wusste genau, wie es aussah. Es war ein riesiges Haus aus grauem Stein, das nicht mit vielen anderen in einer Reihe stand wie die Häuser in London, sondern ganz für sich allein. Es hatte fünf Türen. Zwei waren an der Vorderseite, und eine davon war eine große Eichentür für Besucher, mit einem großen drehbaren Eisenring statt einer Klinke – wie eine Kirchentür. Außerdem gab es noch eine Tür an der Seite, damit die Leute aus dem Wohnzimmer direkt in den Garten hinausgehen konnten, und eine andere, die in die Küche führte. Richard und die Foljambes hatten wahrscheinlich nicht ›Wohnzimmer‹ und ›Küche‹ gesagt, dachte Bryony.

Und dann gab es noch eine kleine Tür aus schwarzem Holz, in der dunkelsten Ecke. Sie war fast ganz hinter Efeu und Steinen verborgen, und wenn man in ihre Nähe kam, roch es dort wirklich grässlich. Das war die Tür zum Keller, und der Keller war der unheimlichste Teil des Hauses, weil die Foljambes da unten all die Sachen aufbewahrten, die sie brauchten, um Wölfe zu fangen. Wenn Bryony das Haus je fände, würde sie sehr genau darauf achten, nicht durch diese Tür zu gehen. Mama hatte ihr nichts von dem Keller oder den Wolfsjagd-Geräten erzählt, aber Bryony wusste es trotzdem. Sie hatte keine Ahnung, woher; das war eine von den Sachen, die man eben wusste, ohne dass jemand sie einem erzählt hätte. Da unten gab es riesige eiserne Fallen, die aussahen wie die Zähne eines Riesen – grausige, grinsende Ungeheuerzähne, die einen am Bein packen und verschlingen konnten, wenn man sich nicht vorsah.

Die Foljambes versteckten die Fallen im Wald und bedeckten sie mit Gras und Farn, und wenn dann die Wölfe durch den Wald geschlichen kamen, traten sie darauf, und die Zähne schnappten zu und brachen ihnen die Beine. Das war natürlich nicht schön, aber wenn man Wolfsjäger war, musste man so etwas tun. Manchmal saßen die Wölfe die ganze Nacht in der Falle mit den Riesenzähnen und heulten vor Schmerz stundenlang, so dass die Leute, die durch den Wald gingen, sich zuflüsterten, schneller zu gehen, falls der Wolf aus der Falle entkam und sie auffressen wollte.

Das Haus gab ein schönes Bild ab, und am Ende der Zeichenstunde wurde beschlossen, es im Kunstraum aufzuhängen. Alle Kinder durften hingehen und es sich ansehen, wie es da an der Wand hing. Es sah prachtvoll aus. Man konnte die grauen Mauern erkennen und die sieben Schornsteine, und hinter dem Haus waren Ställe, weil Richard und seine Familie Pferde brauchten, auf denen sie in den Wald reiten konnten. Man konnte keine Wölfe jagen, ohne dabei auf einem Pferd zu reiten, das wusste doch jeder.

Bryony hatte grüne Flecke auf die eine Mauer gemalt, das war der Efeu, der dort wuchs, und hinter dem Haus standen braune und goldene Bäume, das war der Wald im Herbst. Die anderen Kinder sagten »Oh, ist das ein unheimliches Haus«, oder »Da kann man ja Gespenster durch die Fenster sehen!«

Ein paar aus ihrer Klasse fingen sofort an, Gespenst zu spielen, und die O'Callaghan-Zwillinge schnappten sich das Laken, mit dem Miss Wilson das Fenster verhängte, wenn sie ihnen einen Film vorführte. Sie tanzten darin herum und machten Gespenstergeräusche, bis Miss Wilson hereinkam und sagte, sie sollten sich gefälligst benehmen, schließlich wären sie hier nicht bei den Wilden, und wenn Caroline O'Callaghan das Laken zerrissen hätte, müsse sie morgen in der Pause drinnen bleiben und es wieder heil machen.

Dabei spukte es überhaupt nicht in Richards Haus. Der Keller war nicht sehr schön, doch der Rest des Hauses war in Ordnung. Dort hatten Menschen gewohnt und sich wohl gefühlt.

Es war ein bisschen traurig, London und ihre Freunde zu verlassen, aber es war ja nicht für lange, und die Zwillinge boten an, sie könne sie in den Ferien besuchen kommen. Miss Wilson sagte, sie würde der ganzen Klasse zeigen, wie man Briefe schrieb, damit sie ihr schreiben könnten. Sie erzählte Bryony, dass es sehr spannend sei, umzuziehen; Cumberland sei sehr schön, und Bryony müsse es ihr unbedingt in einem Brief beschreiben oder ein Bild davon malen. Darauf würden sie sich alle jetzt schon freuen.

Das war ja auch alles ganz schön. Das einzig Schlimme daran, woanders hinzuziehen, war, dass Karabas auch dort sein würde. Bryony fragte sich, ob Mama wohl wusste, dass Karabas den gleichen bösen Menschen hinter seinen Augen mit sich herumtrug wie Papa. Sie überlegte, ob sie es ihr erzählen sollte, doch dann fiel ihr ein, dass Mama sich immer noch Mühe geben musste, nicht zu weinen, weil Papa tot war. Es war wohl besser, nichts zu sagen.

Bracken war etwa 30 Kilometer von Caldbeck entfernt. Felicity musste dreimal umsteigen und ein Vermögen für ein Taxi ausgeben, um dorthin zu gelangen. Normalerweise fuhr sie gern mit dem Zug, doch jetzt empfand sie einen heimlichen Groll gegen Connor, der ihren Wagen zu Schrott gefahren hatte, als er ums Leben gekommen war. Mit dem Auto wäre die Reise entschieden einfacher gewesen.

Das Gespräch mit den Leuten von der Finanzierungsgesellschaft war ein Albtraum gewesen, doch sie hatten sich bereit erklärt, das Haus noch nicht einzuziehen. Natürlich wollten sie es so rasch wie möglich verkaufen, um die Schuldenlast zu tilgen, doch die astronomisch hohen Zinsen, die jeden Tag anfielen, ließen Felicity daran zweifeln, dass am Ende viel

Geld für sie übrig bleiben würde. 15 000 oder 20 000 Pfund vielleicht. Das hörte sich an wie eine Menge Geld, doch wenn man keine Wohnung hatte, sah die Sache ganz anders aus. Damit könnte man sich in London nicht einmal eine Besenkammer kaufen. Viel mehr als eine Besenkammer würde sie allerdings woanders wohl auch nicht dafür bekommen, dachte Felicity. Die erste Hälfte der Reise verbrachte sie damit, Connor zu hassen; während der zweiten überlegte sie, wo sie und Bryony wohnen sollten, wenn diese Sache mit den Mönchen vorbei war. Vorausgesetzt natürlich, dass überhaupt etwas aus dieser Sache mit den Mönchen würde.

Der Anblick der Schule trug enorm dazu bei, ihre Stimmung zu heben. Felicity, die momentan einfach nur in harter Währung denken konnte, sagte sich, dass allein dieser Blick ungefähr 1000 Pfund wert sein musste. Der Name der Schule war Bracken Hall. Das riesige graue Herrenhaus war von einem weitläufigen Park umgeben; außerdem gab es mehrere Nebengebäude, in denen früher wohl Pferde und Kutschen untergebracht worden waren. Das Haus sah aus, als wäre es im frühen 16. Jahrhundert erbaut worden, vielleicht für irgendeinen neureichen Grundbesitzer, der vergeblich gehofft hatte, seine eigene Dynastie zu gründen. Hinter dem Haus erhoben sich blau-violette Hügel, zwischen denen sie hier und da Wasser glitzern sah.

»Bergweiher«, erklärte Bruder Dominic mit einem freundlichen Lächeln und reichte ihr über seinen Schreibtisch hinweg eine Teetasse. »Hier oben nennt man sie *Tarns*. Ein hübsches Wort, nicht wahr? Wir versuchen, den Kindern etwas über die hiesige Geografie und Geologie zu vermitteln, obwohl wir uns eigentlich genau an den Lehrplan halten sollen.«

Bruder Dominic war dick und herzlich; er sah aus, als ob das Wort ›zornig‹ in seinem Vokabular nicht existierte. Die Wände seines Arbeitszimmers waren mit Bücherregalen bedeckt, die hauptsächlich Werke über die katholische Kirchendoktrin und das Leben diverser Heiliger enthielten, obwohl Felicity auch ein paar Romane entdeckte. Auf seinem Schreibtisch breitete sich ein behagliches Durcheinander aus, wie bei einem alten Professor. Das Zimmer roch nach Möbelpolitur und sonnendurchwärmtem Holz, und überall herrschte ein Gefühl tiefster Zufriedenheit.

»Karabas hat Ihnen erklärt, um was es geht, nehme ich an?« Bruder Dominic trank seinen Tee mit viel Zucker und hatte dafür gesorgt, dass auch ein Teller mit Teegebäck auf dem Tablett stand. »Erstaunlich, wie Gott für die Seinen sorgt, nicht wahr? Sie helfen uns, und wir helfen Ihnen.«

»Ich hoffe es.« Felicity nahm die Teetasse entgegen.

»Die Sache ist die, wir haben demnächst unser zweihundertjähriges Jubiläum«, erklärte Bruder Dominic jetzt genauer, »und der Vater Abt fand, es wäre schön, dies in angemessener Form zu begehen. Unsere Mittel sind begrenzt – dafür haben Sie sicher Verständnis –, aber wir könnten Ihnen ein kleines Gehalt zahlen, obwohl es für jemand wie Sie wahrscheinlich ein Hungerlohn wäre, Mrs. Stafford.« Er hielt inne, um sein Teebrötchen mit Butter zu bestreichen und einen Löffel voll Honig hinzuzufügen. »Ich sollte noch erwähnen, dass ich die weltlichen Mittel des Klosters verwalte; ich kann Ihnen also in diesen Dingen konkrete Auskünfte erteilen.«

»Natürlich.« Ich bin in der Vergangenheit gelandet, dachte Felicity. Ich betrete eine Welt, von der ich geglaubt habe, dass sie nicht mehr existiert, eine friedliche Gelehrtenwelt, wo die Menschen schöne altmodische Begriffe wie ›weltliche Mittel‹ anstatt ›Finanzen‹ verwenden, und wo um vier Uhr nachmittags Tee serviert wird, mit selbst gebackenem Teegebäck und Honig.

Obwohl es unwahrscheinlich schien, dass dieser freundliche Mönch mit dem rosigen Gesicht sich überhaupt eine derartige finanzielle Zwangslage vorstellen konnte, wie die, in der sich Felicity zur Zeit befand, erwiderte sie seine Ehrlichkeit. »Mir wäre sogar ein Hungerlohn recht.«

»Ah, ich verstehe«, sagte Bruder Dominic mitfühlend. Er nannte ihr eine Summe, und Felicity rechnete hastig im Kopf nach. Es war nicht direkt ein Hungerlohn, allerdings war es auch nicht gerade üppig. Doch es würde reichen.

»Übrigens ist gerade eine der Personalwohnungen frei geworden, die wir Ihnen natürlich gerne zur Verfügung stellen können«, fügte Bruder Dominic strahlend hinzu. »Das würde Ihnen vielleicht ein wenig helfen.«

»O ja. Ja, bestimmt.«

»Unsere Vorgänger haben einen Teil der alten Stallgebäude zu Wohnungen umgebaut; sie sind zwar ein bisschen klein, aber sehr hübsch. Ich glaube, Karabas erwähnte, dass Sie eine Tochter haben?«

»Ja, sie ist gerade sieben geworden.«

»Also käme sie für die zweite Klasse in Frage«, ging Bruder Dominic sofort zum Geschäftlichen über. Während Felicity im Geiste überschlug, ob sie von dem, was die Mönche unter einem Hungerlohn verstanden, die Schulgebühren für ein paar Monate würde bezahlen können, fuhr er fort: »Und da Sie eine Zeit lang zum Personal gehören würden, wäre Ihre Kleine natürlich unser Gast. Miss Mackenzie unterrichtet die zweite Klasse, sie ist eine ausgezeichnete Lehrerin. Sie hat ein wunderbares Talent, die Fantasie der Kinder anzuregen.«

Felicity fand, dass sich das wunderbar anhörte, obwohl Bryonys Fantasie normalerweise keinerlei Anregung bedurfte. »Und Sie selbst – unterrichten die Klosterbrüder nicht?«

»O doch, aber nur bestimmte Fächer. Heutzutage begeben sich nur wenige junge Männer in den Schoß der Kirche, Mrs. Stafford, deshalb sind wir ein sehr gemischter Haufen. Die meisten Lehrer gehören nicht zum Klerus. Aber wir unterrichten die Schüler natürlich in Religion ebenso wie in Fremdsprachen. Zwei unserer Brüder sind Franzosen, und wir haben einen jungen Geistlichen aus Italien, der gerade die erste Hälfte seines Noviziats absolviert hat. Gott sei Dank hat er vorher sein Examen als Lehrer gemacht. Außerdem versuchen wir, den Kindern ein bisschen Latein beizubringen, obwohl sie davon auch im Musikunterricht viel aufschnappen.«

»Choräle?«

»Ja, und ein paar der großen Messen – Mozart, Verdi und Bach. Wir legen viel Wert auf Musik, es gibt einen Schulchor und ein Schulorchester.«

»Wie schön.« Bryony würde sich hier sehr wohl fühlen; der Pomp der religiösen Zeremonien würde ihr gefallen, auch wenn sie nicht alles verstand. Felicity setzte ihre Tasse ab. »Das klingt alles zu schön, um wahr zu sein. Wir sollten uns jedoch erst mal überlegen, was Sie sich für die Zweihundertjahrfeier wünschen, und herausfinden, ob ich die Richtige für Sie bin. Haben Sie irgendwelche Vorstellungen? Abgesehen von den Schulaktivitäten natürlich.«

»Oh, ich habe keinen blassen Schimmer«, strahlte Bruder Dominic. »Und der Vater Abt auch nicht. Er wird nicht jünger, wissen Sie, und wir versuchen, ihm so viel wie möglich abzunehmen.« Er beugte sich vor, und Felicity unterdrückte einen Impuls, über die Schulter zu lugen, ob auch niemand zuhörte. »Manchmal lässt ihn sein Gedächtnis im Stich«, vertraute er ihr an. »Und manchmal fixiert er sich auf bestimmte Dinge. Wahrscheinlich wird er Ihnen von St. Columbanus erzählen. Denken Sie sich nichts dabei.«

»Sicher ...«

»Im Moment hat er es ziemlich mit St. Columbanus«, erklärte Bruder Dominic. »Das ist vollkommen harmlos. Er ist achtundachtzig, und so Gott will, wird er auch achtundneunzig werden, ohne dass es schlimmer wird.«

»Ein schönes Alter.« Felicity fragte sich, ob Klostervorsteher in den Ruhestand treten konnten oder ob sie sozusagen unkündbar waren wie der Papst.

»O ja. Und er hat wirklich viel für den Orden getan. Er hat zwei unserer Häuser der Einkehr quasi ganz allein eingerichtet – allerdings war das vor fast zwanzig Jahren, muss ich hinzufügen. Natürlich konnte er damals noch mehr herumreisen.«

Felicity erinnerte sich, dass Karabas diese Häuser erwähnt hatte. Sie fragte, ob der Orden viele solcher Häuser besäße.

»Vier«, erwiderte Bruder Dominic. »Fast wären es fünf geworden; der Vater Abt wollte auf irgendeiner abgelegenen schottischen Insel ein Zentrum der Einkehr einrichten. Ich weiß nicht, wie er auf diese Insel verfallen ist, aber Bruder Andrew ist hingefahren, um sich umzuschauen. Er berichtete danach, es wäre dort so primitiv, als würde man in eine Zeit vor zweihundert Jahren zurückkehren. Wir mussten den Plan aufgeben.«

»Aber wünschen sich die Leute nicht einen solch ruhigen Ort, wenn sie sich für eine Weile aus der Welt zurückziehen wollen?«, fragte Felicity.

»Ja, aber sie wünschen sich auch elektrisches Licht und fließendes Wasser«, meinte Dominic. »Und eine Möglichkeit, dort hin- und wieder fortzukommen. Bruder Andrew hat erzählt, dass sie zwei Tage lang auf dem Festland warten mussten, ehe sie es wagen konnten, mit dem Motorboot auch nur in die Nähe der Insel zu gelangen.« Er schenkte sich eine zweite Tasse Tee ein und sagte: »Aber lassen Sie uns über die Zweihundertjahrfeier reden. Wir in der katholischen Kirche verstehen nicht viel davon, öffentliches Interesse zu wecken. Von Zeit zu Zeit wird es uns zuteil, allerdings ist das dann nicht unbedingt die Art von Interesse, die wir uns wünschen.« Er schenkte ihr ein einnehmendes Lächeln. »Deshalb würden wir es vorziehen, diese Dinge jemandem zu überlassen, der weiß, was er tut. Wenn Sie uns die Einfälle liefern, können wir uns ja diejenigen aussuchen, von denen wir glauben, dass sie am geeignetsten sind, und es später Ihnen überlassen, sie umzusetzen.«

Es war schon einige Jahre her, dass Felicity eine Präsentation durchgeführt hatte, und ganz sicher nicht in einer solchen Umgebung. Trotzdem sagte sie: »Ich habe mir schon ein paar Gedanken gemacht. Es gibt da etliche Möglichkeiten, die Sie in Betracht ziehen könnten.«

»Das hört sich großartig an.« Bruder Dominic schlug ein Notizbuch auf, strich es glatt und sah sie aufmerksam an.

Felicity gab sich Mühe, nicht den Eindruck zu erwecken, als hätte sie sich sorgfältig vorbereitet. »Also, das sind jetzt erst einmal spontane Einfälle, aber ich habe versucht, das Ganze aus dem Blickwinkel der Kinder zu sehen und den Schwerpunkt auf die Schulbildung zu legen, die sie hier erhalten. Wenn Sie also zum Beispiel etwas auf Landesebene wollen, könnten Sie ein nationales Schülertreffen veranstalten – eventuell ein Theater- oder Musikfestival. Wo man so etwas inszenieren könnte, hängt von den Örtlichkeiten ab, die Ihnen hier zur Verfügung stehen. Möglicherweise sollten Sie die nächste größere Stadt nutzen …«

»Caldbeck«, fiel Bruder Dominic ein, »vielleicht sogar Keswick«, fügte er hinzu, offensichtlich leicht überwältigt von solchen Größenordnungen. Er machte sich ein paar Notizen, dann meinte er: »Ich glaube, die Idee mit dem Musikfestival würde hier großen Anklang finden.«

»Mir gefällt das auch sehr gut. Aber sollte sich das als nicht praktikabel oder als zu umfangreich erweisen, könnten Sie auch einen Essay-Wettbewerb für Schüler ausschreiben. Ich meine, nicht nur ein paar Seiten oder irgendwelche hingekritzelten Aufsätze, sondern ernsthafte Projekte, die von einer Arbeitsgruppe oder einer ganzen Klasse präsentiert werden. Als Ordner oder auch gebunden, vielleicht von den Kindern selbst illustriert, vielleicht auch als Computer-Ausdruck, heutzutage haben ja alle Schulen so etwas. Mit Fotografien, Kunst, Recherchen. Gegebenenfalls sogar als Desktop-Publishing.«

Bruder Dominic schrieb diesen letzten Satz sorgfältig nieder.

Felicity lächelte. »Das Thema sollte das zweihundertjährige Jubiläum widerspiegeln. Wie wäre es mit etwas wie

›Fortschritte des Bildungswesens in den letzten zweihundert Jahren – Von der Schiefertafel zum Computer‹?« Sie merkte, dass er ihr gebannt zuhörte.

»Hinzu kommt, dass Sie hier ein fantastisches Anwesen haben«, fuhr sie fort. »Das habe ich vom Taxi aus gesehen. Ihr Schulchor könnte hier ein tolles Open-Air-Konzert geben, mit Saft, Wein und Essensständen. Hauptsächlich für Verwandte und Freunde, aber auch für wichtige Persönlichkeiten aus der Umgebung. Ich weiß ja nicht, was Ihnen an Mitteln zur Verfügung steht, aber …«

Bruder Dominic beteuerte, die Mittel würden sich schon irgendwie zusammenkratzen lassen.

»Sie könnten Eintrittskarten verkaufen«, schlug Felicity vor. »Das würde helfen. Und es müsste ja auch kein so abgehobenes Zeug sein. Der Sieger des Musikfestivals könnte später ein Konzert geben – das wäre dann der erste Preis.« Sie zögerte und fuhr fort: »Wahrscheinlich haben Sie schon selbst daran gedacht, zur Feier des Jubiläums eine Messe lesen zu lassen. Aber es wäre doch schön, wenn das ebenfalls unter freiem Himmel stattfinden könnte. Es tut mir Leid, auf diesem Gebiet kenne ich mich nicht besonders gut aus, aber Sie könnten doch die höchste Messe lesen lassen, die Sie haben, begleitet von herrlicher Musik …«

Bruder Dominic nickte begeistert und schrieb eifrig mit. »Wunderbar, wunderbar. Fällt Ihnen sonst noch etwas ein? Nicht, dass es noch nötig wäre, aber …«

»Man könnte eine Ausstellung zur zweihundertjährigen Geschichte der Schule veranstalten – wenn Sie genug Platz dafür haben, und es sieht ja ganz danach aus. Wenn nicht, könnte man eventuell das Rathaus der nächsten Stadt nutzen, oder möglicherweise gibt es eine gute Bibliothek in der Nähe. Die Schüler könnten die Ausstellung selbst gestalten. Wie ist es mit den ehemaligen Schülern? Gibt es vielleicht irgendwelche herausragende Persönlichkeiten darunter, die unter Umständen bereit wären, eine Rede zu halten oder sich an einer wohltätigen Auktion für die Schule zu beteiligen – gegebenenfalls für ein neues Schwimmbad oder für Geräte für die Turnhalle oder so etwas.« Sie hielt inne, um Atem zu schöpfen und lächelte ihn an. »Wie mache ich mich bis jetzt?«

Bruder Dominic legte seinen Stift weg, klappte das Notizbuch zu und beugte sich strahlend vor. »Wann können Sie anfangen?«

Felicity stieß einen tiefen Seufzer der Erleichterung aus. »Wäre morgen zu früh?«

Natürlich war morgen zu früh; ihr war vollkommen klar, dass keiner von ihnen das ernst genommen hatte.

Nach dem Gespräch aß sie mit den anderen Mönchen, etlichen Lehrern und den etwa 50 Internatsschülern zu Abend.

»Für mehr Internatsschüler haben wir keinen Platz«, erklärte Bruder Dominic. »Aber ein paar können wir aufnehmen.«

Das Abendessen wurde im Refektorium aufgetragen. Die Schüler hatten sich an sechs Tischen verteilt, während die Mönche und Lehrer an ihrem eigenen Tisch an einem Ende der Halle saßen. »Wir bestehen nicht darauf, dass jeder am Abendmahl teilnimmt«, sagte der Abt. Er war hochbetagt, mit der blassen, durchscheinenden Würde eines gütigen Greises, doch er hatte Felicity herzlich begrüßt. »Das lässt sich nicht immer einrichten. Aber wenn es uns möglich ist, verbringen wir gern diese kurze Stunde am Ende des Tages miteinander. Es ist die Zeit, um unsere kleinen Neuigkeiten auszutauschen; manchmal gibt es Probleme, und es kann helfen, sie gemeinsam zu betrachten. Oder es hat sich etwas Interessantes oder Amüsantes ereignet, und es tut gut, auch so etwas zu teilen. Dies ist eine Gemeinschaft, wissen Sie. Und wir sind alle Freunde in Gott. So hat St. Columbanus es uns gelehrt.«

»Ja, das ist wirklich eine schöne Sitte.«

Felicity hatte zwar damit gerechnet, dass Karabas ebenfalls im Refektorium sein würde; trotzdem war es fast ein

Schock, ihn tatsächlich zu sehen. Er stand ein wenig abseits von den anderen, doch er lächelte sie mit Connors Lächeln an und kam sogleich zu ihr herüber.

»Ich bin froh, dass Sie hier sind«, sagte er und begrüßte sie mit einem kurzen, platonischen Kuss, wie es in religiösen Kreisen üblich zu sein schien. Einen unangenehmen Moment lang kam ihr der Kuss alles andere als platonisch vor, als seine Hände sich plötzlich fest um ihre Schultern schlossen. Sein Körper streifte den ihren, und sie spürte deutlich die Wärme, die von ihm ausstrahlte.

Das Gefühl traf sie wie ein Schlag in den Magen. Um es zu überspielen, antwortete sie: »Ich glaube, ich bin langsam auch froh, hier zu sein.«

»Ja, es ist wunderschön hier.« Er trat einen Schritt zurück, und das Gefühl der Intimität verschwand. »Freut sich Bryony schon darauf, herzukommen?«

»Ich habe ihr noch nicht viel darüber erzählt, für den Fall, dass doch nichts daraus wird«, erwiderte Felicity und sah sich in dem schmalen, spärlich eingerichteten Raum um. »Ich glaube, es wird ihr hier gefallen.«

»Das würde mich freuen.«

Es gab eigentlich keinen Grund dafür, dass sich dies irgendwie bedrohlich anhörte. Felicity setzte zu einer höflichen Antwort an, wurde jedoch durch einen der jüngeren Mönche unterbrochen, der das Tischgebet sprach.

Vier der Internatsschüler trugen das einfache, aber schmackhafte Abendessen auf. Es gab Gemüsesuppe und Fleischpastete, der Nachtisch bestand aus Kompott mit Vanillesoße, und dazu wurde Tee oder Milch getrunken. Die Schüler versorgten sich aus zwei großen Behältern am anderen Ende des Refektoriums selbst mit Getränken. Sie waren lebhaft und machten einen fröhlichen, völlig normalen Eindruck. Einige kicherten reichlich albern, doch alle benahmen sich anständig.

Ich könnte hier leben, dachte sie. Ich könnte hier leben,

und es würde mir Spaß machen, hier zu arbeiten. Und Bryony fände es einfach wunderbar. Bitte mach, dass es klappt. Ich glaube, hier könnte ich sogar Connor vergessen. Und dann blickte sie auf und sah Karabas, der sie aus Connors Augen beobachtete, und eine grässliche kleine Stimme in ihrem Inneren wisperte: Ach, könntest du das wirklich?

Als Bruder Dominic ihr eine Tasse Tee brachte, fragte sie ihn, wie lange Karabas schon im Kloster sei.

»Warten Sie, er ist jetzt … ungefähr seit einem Monat.«

Felicity starrte ihn an. »*Einen Monat?* Ich meine … *erst?*«

»Ja, er ist von einem unserer anderen Häuser hergekommen – irgendwo in Schottland, glaube ich. Komischer Kauz«, fügte Dominic hinzu und blickte kurz zur anderen Seite des Saales hinüber.

»Inwiefern?«

»Nun, er hat eine seltsame Mischung aus Naivität und Weltlichkeit an sich.« Bruder Dominic senkte die Stimme ein wenig. »Von manchen Dingen, die er eigentlich wissen sollte, hat er keine Ahnung – und umgekehrt. Natürlich kommt das bei jungen Mönchen manchmal vor, die aus sehr abgelegenen Gegenden zu uns kommen, wo die Zeit mehr oder weniger an ihnen vorbeigegangen ist. Karabas arbeitet an irgendeiner Abhandlung über Botanik, glaube ich, und wir haben hier eine ziemlich gute Bibliothek. Also ist er wahrscheinlich deswegen hier. Wir behandeln ihn wie einen ziemlich frischen Novizen, denn, ganz unter uns – mit seinem theologischen Wissen ist es nicht weit her. Andererseits«, fuhr Bruder Dominic mit der simplen Unbekümmertheit eines wahrhaft religiösen Menschen fort, »wenn sein Vater ein kleiner Bauer oder so etwas Ähnliches war, kann man wohl auch nicht mehr erwarten. Und wie der Vater Abt zu sagen pflegt, viele der frühen Heiligen waren nicht gerade Gelehrte, was die Theologie betrifft. Schließlich kommt es auf den Glauben und auf die Hingabe an.«

»Selbstverständlich.«

»Sie haben Karabas vorher nicht gekannt?«

»Nein. Mein Mann hatte keinen Kontakt zu seiner Familie, ich habe keinen seiner Angehörigen gekannt. Karabas ist völlig überraschend zur Beerdigung gekommen.«

»Ehrlich gesagt war er für uns auch eine Überraschung«, meinte Bruder Dominic. »Wir hatten noch nie von ihm gehört, bis er plötzlich eines Nachmittags auftauchte und dachte, wir würden ihn erwarten und wüssten Bescheid über ihn.«

»Aber ... Sie wussten doch Bescheid über ihn, oder? Über seine Herkunft und seine Vorgeschichte?« Das ist doch völlig absurd, dachte Felicity.

»Karabas sagt, er hat den Vater Abt einmal gesehen, als er noch sehr klein war, und das hätte großen Einfluss auf ihn gehabt. Der Vater Abt weiß nicht, ob er sich noch an ihn erinnert, aber meistens weiß er sowieso nicht mehr, woran er sich überhaupt noch erinnert. Es soll auch ein Empfehlungsschreiben gegeben haben; nicht dass jemand es tatsächlich gelesen hat. Schließlich kamen wir zu dem Schluss, dass der Vater Abt es wahrscheinlich irgendwo verkramt hat.« In dem Blick, den er dem Abt zuwarf, hielten sich Zuneigung und Gereiztheit die Waage. »Ich habe Ihnen doch erzählt, wie vergesslich er ist, oder?«

»Ja, das haben Sie erwähnt.«

Felicitys Blick wanderte zur anderen Seite des Saales und begegnete Karabas' Augen. »Also hat keiner von uns je von Karabas gehört, bevor er aus heiterem Himmel aufgetaucht ist«, fasste sie stirnrunzelnd zusammen.

6

Bracken Hall war so ziemlich das Schönste, was Bryony je gesehen hatte. Es war ganz schön komisch, in einem Haus zu wohnen, das eigentlich ein Stall war, so dass man nur über den Hof laufen musste, wenn man zur Schule ging. Aber

Mama hatte ihr erklärt, dass sie das mit den Mönchen so abgemacht hatte. In dem Haus war genug Platz für sie beide, obwohl es kleiner war als das Haus in London, und Bryony durfte die Zwillinge einladen, sie in den Ferien zu besuchen. Zwar gab es in dem Stall-Haus nur zwei Schlafzimmer, aber Bruder Dominic hatte gesagt, für ein oder zwei Gäste würde man schon irgendwo Platz finden.

Die Schule hier war überhaupt nicht so wie die Schule zu Hause. Das Schulgebäude war ein riesiges altes Haus, mit lauter Zimmern mit seltsamen Namen, die Bryony noch nie gehört hatte, und es gab eine Kapelle, wo sonntags die Messe gelesen wurde. Mama hatte gesagt, Bryony müsste nicht unbedingt zur Messe gehen, aber es wäre höflicher den Mönchen gegenüber, die doch so nett zu ihnen waren. Bryony fand die Messe schön, besonders die Abendmesse, wenn das Abendlicht durch die bunten Fensterbilder in die Kapelle leuchtete. Es gab immer so schöne Musik dabei, und in einer goldenen Kugel wurde etwas verbrannt, das Weihrauch hieß.

Das Stall-Haus war ganz toll. Mama hatte ein paar von ihren Sachen aus London mitgebracht. Bryony war froh darüber, sie hatte dasselbe Bett und denselben Frisiertisch mit dem welligen Spiegel. Es gab ein Wohnzimmer mit Fenstern, die ganz viele kleine Scheiben mit seltsam verwirbeltem Glas hatten. Bryonys Schlafzimmer war das kleinste Zimmer, das es gab, und die Decke über dem Bett war schräg, so dass sie beim Aufwachen sofort daran denken musste, sich nicht aufzusetzen, damit sie sich nicht den Kopf stieß.

Mama hatte ein kleines Büro in der Schule, wo sie vormittags arbeitete, aber sie war immer um halb vier zu Hause, wenn Bryony vom Unterricht kam. Oft brachte sie sich Arbeit mit, die sie dann am Abend erledigte. Mama sagte, die Arbeit wäre sehr interessant und würde ihr viel Spaß machen. Manchmal ging sie abends zurück in die Schule und aß im Refektorium zu Abend. Bryony durfte nicht mit ins Refektorium, aber wenn Mama dorthin ging, kam eine der Internatsschülerinnen und passte auf sie auf. Sie spielten oder sahen fern, und das war jedes Mal sehr lustig.

Karabas war auch hier. Manchmal wartete er nach der Schule auf Bryony; er schien genau zu wissen, wann ihr Unterricht zu Ende war und dass sie dann durch einen Hof mit vielen Holzbänken lief, wenn sie zurück zum Stall-Haus wollte. Manchmal saßen die Mönche auf diesen Bänken und lasen in kleinen ledergebundenen Büchern. Hin und wieder begleitete Karabas sie zum Stall-Haus. Bryony war sich noch nicht sicher, weil Karabas ja denselben bösen Menschen hinter seinen Augen gehabt hatte wie Papa, aber nach einer Weile kam es ihr so vor, als wäre dieser böse Mensch nicht mehr da. Trotzdem war es bestimmt besser, vorsichtig zu sein.

Wenn man nicht an dies geheime Böse dachte, konnte Karabas eigentlich sehr nett sein. Er wusste eine Menge über die Gegend und über Bäume und Pflanzen, und er kannte viele Geschichten über Wälder und die Menschen, die darin gelebt hatten. Er sagte, dass es ganz in der Nähe von Bracken einen Wald gäbe – einen Nachtwald nannte er ihn, das wäre ein sehr altes Wort für eine ganz bestimmte Art von Wald.

Das war sehr spannend. Bryony erzählte ihm von den Foljambes, wie sie vor Hunderten von Jahren im Wald gelebt und für den König Wölfe gejagt hatten. Das hätte doch auch in einem Nachtwald sein können, oder was meinte Karabas?

Karabas meinte, das wäre bestimmt so gewesen. Jeder, der Wölfe jagen wollte, musste in einem Nachtwald leben, denn das waren die Wälder, die die Wölfe am liebsten mochten. In solchen Wäldern gab es eine ganz bestimmte Art von Dunkelheit, die die Wölfe gern hatten, und weil Nachtwälder so uralt waren, konnte man manchmal Überreste von Wesen finden, die vor Tausenden von Jahren gelebt hatten. Denn vor langer, langer Zeit hatte es noch Magie gegeben, und wenn man sehr viel Glück hatte oder wenn man die alten Wälder so sehen konnte, wie die Wölfe sie sahen, dann konnte man manchmal noch einen kleinen Rest dieser Magie erkennen.

Als Karabas von der Dunkelheit in den Wäldern sprach, hatte Bryony das schreckliche Gefühl, dass der böse Fremde wieder anfing, aus seinen Augen zu blicken. Sie wollte schon sagen, dass sie jetzt ins Haus müsse, weil es Essen gab, aber dann sagte er ›vor langer, langer Zeit gab es Magie auf der Welt‹, und sie vergaß den bösen Menschen und lauschte gebannt. Niemand glaubte wirklich an Zauberei, aber Bryony, die O'Callaghan-Zwillinge und ein oder zwei andere Mädchen waren sich insgeheim einig, dass man ja nie wissen könne. In guten Geschichten stürzten die Leute ständig in irgendwelche anderen Welten. Das passierte, wenn sie magische Schränke durchwühlten oder verzauberte Steine oder Kisten fanden, oder wenn sie in Schlössern oder Höhlen herumstöberten – jedenfalls passierte es.

Aber das Beste war, dass Karabas über die Foljambes Bescheid wusste. Das war wirklich toll; Bryony hatte gedacht, nur sie und ihre Mutter wüssten Bescheid darüber.

Doch Karabas kannte sich aus; er sagte, die Foljambes hätten das Försteramt über Generationen weitervererbt. Noch besser war, dass er auch Richard kannte, Bryonys Lieblings-Foljambe. Er sagte, Richard sei ein sehr guter Wolfsjäger gewesen und das Haus, das er im Nachtwald gebaut hatte, sei sehr berühmt gewesen. Die Leute hätten sich sehr gefreut, wenn sie in Richard Foljambes Haus eingeladen wurden, weil sie sich dort stets großartig amüsierten. Den ganzen Tag wurden Wolfsjagden veranstaltet, und jeden Abend gab es ein gewaltiges Festmahl, mit mehr Wein und gutem Essen, als Bryony sich vorstellen könnte. Richard ließ Gaukler und Jongleure kommen, um seine Gäste zu unterhalten, und manchmal gab es einen Tanzbären oder auch Zigeuner, die Musik machten. Richards Frau war ebenfalls da – ihr Name war Madeleine –, und sie war so schön gewesen, dass die Leute meilenweit gereist waren, nur um sie zu sehen. Bryony freute sich, all diese schönen Dinge über Richard zu erfahren. Jetzt hatte er also eine wunderschöne Frau, die auch noch Madeleine geheißen hatte. Diesen Namen hatte Bryony noch nie gehört.

Und dann sagte Karabas, sie könnten sich den Nachtwald bei Bracken gern einmal ansehen.

»Du hast doch nächste Woche einen schulfreien Nachmittag«, schlug er vor. »Da könnten wir einen Ausflug machen und ein Picknick veranstalten.«

Das Komische war, dass Bryony gerade gedacht hatte, dass sie eigentlich sehr gern mit Karabas in den Nachtwald gehen und noch mehr über Richard hören würde. Doch als Karabas das von dem Ausflug sagte, war sofort der böse Fremde wieder da, und diesmal wurden nicht nur seine Augen anders, auch seine Stimme veränderte sich. Sie wurde ganz leise, heiser und irgendwie klebrig, und es war bestimmt das Grässlichste auf der Welt, mit ihm in einen Nachtwald zu gehen, wo es Zauberei und solche Sachen gab. Bryony fiel wieder ein, dass man sich mit Zauberei sehr vorsehen musste. Das sagten alle.

Also sagte sie mit ihrer allerhöflichsten Stimme, dass sie erst ihre Mama fragen müsste, und überlegte dabei, ob es wohl eine von Bruder Stephens Todsünden wäre, wenn sie Karabas erzählte, Mama hätte nein gesagt.

Das Haus in London hatte schnell einen Käufer gefunden; allerdings hegte Felicity den Verdacht, dass der Kaufpreis um einiges unter dem tatsächlichen Wert lag. Mit ironischer Belustigung nahm sie zur Kenntnis, dass sie mit ihrer Schätzung nicht weit daneben gelegen hatte: Nachdem alle Schulden bezahlt waren und alle Beteiligten ihren Anteil erhalten hatten, blieben ihr gerade noch 17 000 Pfund.

17 000 Pfund. Vielleicht konnte man dafür irgendwo eine Speisekammer kaufen. Wenn sie einen Kredit aufnahm, könnte es als halbwegs vertretbare Einlage dienen. Das Problem bei Krediten war nur, dass man dafür ein einigermaßen geregeltes Einkommen brauchte. Darüber würde Felicity sich

Gedanken machen müssen, wenn die Zweihundertjahrfeier vorbei wäre. Bis dahin deponierte sie das Geld auf einem Sparkonto, erinnerte die zuständige Behörde noch einmal daran, dass sie nach wie vor bisher keinen Penny Witwenpension erhalten hatte – die schienen dort wirklich unendlich lange zu brauchen, bis sich endlich etwas tat –, wies noch einmal auf die Änderung der Adresse hin und vergrub sich erneut in ihrer Arbeit.

Das Jubiläums-Projekt nahm allmählich Gestalt an. Felicity genoss es, im Mittelpunkt der Planung zu stehen. Sie hatte das Gefühl, dass die Mönche mit dem, was sie bisher auf die Beine gestellt hatte, zufrieden waren; auch sie selbst war ziemlich zufrieden damit.

Die Klosterbrüder hatten fast alle ihre Vorschläge gut geheißen. Das Musikfestival sollte das Kernstück der Feierlichkeiten bilden. Nach den Ferien würde der Schulchor beginnen, eine *Missa Solemnis* zu proben – offenbar war das eine hohe Messe mit besonders vielen Chorälen –, und Bruder Martin, der Kantor des Klosters, konferierte eifrig mit Mr. Lucas, dem Musiklehrer, ob man sich an Beethovens Messe in D-Dur versuchen oder lieber auf Nummer Sicher gehen und sich an Bach halten sollte. Es wurde berichtet, der Vater Abt habe seine Zuneigung von St. Columbanus auf St. Gregor übertragen, den Schutzpatron der Heiligen Gesänge.

Einen großen Teil der Zweihundertjahrfeier würde der Chor-Wettbewerb der Schulen und Jugendgruppen einnehmen. Felicity hatte sich mit den meisten Bildungsbehörden des Bezirks in Verbindung setzen können; sie hatte ihnen Informationsmaterial zugeschickt und sie gebeten, es an die Schulen in ihrem Zuständigkeitsbereich weiterzuleiten. Bis jetzt war der Rücklauf ausgezeichnet. Die Vorqualifikationen würden unter der Aufsicht ausgesuchter Personen in den einzelnen Kreisstädten stattfinden, zu denen die Schulen gehörten. Felicity war gerade dabei, eine Liste geeigneter Personen zusammenzustellen, die die Auswahl vornehmen sollten.

Sie hoffte, einen leidlich berühmten Sänger für die Ausscheidungswettbewerbe zu gewinnen, die hier in Cumberland stattfinden sollten. Der Vater Abt hatte eines Abends aus heiterem Himmel verkündet, dass seine Kusine mit einem Verwandten des Grafen von Beck verheiratet sei, dessen Landsitz etwa 60 Kilometer westlich von Calder lag. Sie würden anfragen, ob das Finale dort abgehalten werden könne, meinte der Vater Abt strahlend.

Niemand hatte dem widersprechen wollen, weil niemand sich im Klaren war, ob es sich hier mal wieder um einen der Tagträume des Abts handelte, doch schließlich hatten Felicity und Bruder Andrew, der stellvertretende Prior, einen sorgfältig formulierten Brief an den Verwalter des Grafen geschickt und eine ungemein freundliche Zustimmung erhalten. Der Graf wäre entzückt, Beck Old Hall für diese Gelegenheit zur Verfügung zu stellen; im alten Ballsaal, der dieser Tage kaum noch genutzt wurde, wäre sicher ausreichend Platz, und es wäre wunderbar, den Saal wieder einmal zu benutzen. Während der Touristensaison wurde das Haus an bestimmten Tagen für Besichtigungen geöffnet, so dass man sich in der Lage sähe, am Abend des Finales ein bescheidenes Abendessen und Saft und Wein zu reichen.

»Aber nicht umsonst, nehme ich an«, knurrte Bruder Andrew.

»Nein, aber es kostet nicht viel.«

Bruder Andrew, durch und durch Schotte, meinte, man könne sich darauf verlassen, dass die englischen Aristokraten sich keine Gelegenheit entgehen ließen, ihre Pfründe zu mehren.

Der Graf fügte noch hinzu, dass es ihm ein Vergnügen wäre, die Preisverleihung vorzunehmen. Felicity beriet sich noch einmal mit den Mönchen, suchte in diversen Büchern über Etikette nach der korrekten Anrede für einen Grafen und legte ihrer Antwort ein Programm des Festivals sowie eine Liste mit möglichen Terminen bei. Morag Mackenzie,

Bryonys Klassenlehrerin, erzählte ihr mit hoffnungsvoll glänzenden Augen, dass der Graf in seiner Jugend ein ziemlicher Draufgänger gewesen sei und bekanntlich immer noch gern seine Blicke schweifen ließ.

»Gibt's denn keine Gräfin?«, wollte Felicity wissen, doch Morag meinte, wenn dem so wäre, würde das Seine Lordschaft sicher nicht stören, und ob Felicity fand, dass ihr braunes Samtkleid zu ausgefallen wäre?

»Morag, heutzutage ist nichts zu ausgefallen.« Im Stillen nahm Felicity sich vor, Morag behutsam dazu zu überreden, für den hochwohlgeborenen Gastgeber etwas wirklich Umwerfendes anzuziehen. Sie war nicht gerade eine Schönheit, mit ihrem mausbraunen Haar, doch sie hatte schöne Augen und einen guten Teint. Vorsichtig deutete sie an, dass Samt für den März vielleicht ein wenig zu warm sein könnte; hatte Morag das schon bedacht?

Morag antwortete trübsinnig, das wäre ja alles gut und schön. »Sie haben nämlich leicht reden. Sie würden sogar in einem Mehlsack toll aussehen, mit Ihrer Figur und Ihren Haaren.«

Als Felicity Connor zum ersten Mal begegnet war, hatte er gesagt: »Sie haben Haare wie das Abendlicht im Herbst, das durch die Zweige einer Blutbuche scheint. Sie sind eine Frau, in die ich mich bis über beide Ohren verlieben könnte. Ich glaube, ich werde Sie heiraten.«

»So ein Quatsch!« Felicity hatte nicht damit gerechnet, bei einer völlig normalen Cocktail-Party in Fulham auf einen Geisteskranken zu treffen.

»Das ist kein Quatsch. Sie sind doch nicht etwa schon verheiratet, oder?«

»Nein, aber … wie viel haben Sie schon getrunken?«, hatte sie den zum Verrücktwerden charmanten Fremden gefragt.

»Ich bin nicht betrunken. Aber glauben Sie nicht, dass der menschliche Geist wie ein Instrument ist, und dass man dies Instrument manchmal zum Tönen bringen kann, Felicity?

Glauben Sie nicht, dass unsere Seelen stillschweigend ihre eigenen Netze weben, und dass diese Netze sich von Zeit zu Zeit berühren?« Er hatte sie angegrinst. »Ich bin wirklich nicht betrunken.«

»Dann bin ich's wohl.«

Keiner von ihnen hatte auf dieser Party etwas getrunken – Connor hatte erst viel später mit dem Trinken angefangen – und als er sie im Taxi nach Hause begleitete, war ihnen beiden klar gewesen, wo dieser Abend enden würde. Felicity war 26 und seit sieben Jahren auf sich allein gestellt gewesen. Ihre Mutter war gestorben, als sie 14 Jahre alt gewesen war, ihr Vater fünf Jahre später. Seit vier Jahren lebte und arbeitete sie in London und hielt sich eigentlich für ziemlich vernünftig. Es hatte mehrere Männer in ihrem Leben gegeben; mit zweien davon war es ihr ernst gewesen, einer hatte ihr das Herz gebrochen, ein paar andere waren lediglich kurze Liebschaften gewesen. Doch sie wusste sehr gut, dass man nicht einmal im Zustand der absoluten Unzurechnungsfähigkeit einfach irgendeinen Wildfremden abschleppt, den man erst vor zwei Stunden kennen gelernt hat, und dass man schon gar nicht mit diesem Wildfremden im Bett landet.

Nur – sie hatte den Wildfremden abgeschleppt, war mit ihm im Bett gelandet, und es war unglaublich gewesen, völlig hemmungslos und überwältigend. Natürlich war es eine Art Mittsommer-Wahnsinn gewesen – na gut, Mittseptember-Wahnsinn.

Vier Wochen später gipfelte der Wahnsinn darin, dass sie den Wildfremden heiratete.

Bryony war an jenem Nachmittag gezeugt worden, als ihnen auf dem Weg zum Wochenendhaus eines Freundes in Wales das Benzin ausgegangen war. Anstatt sich zu Fuß zur nächsten Tankstelle aufzumachen, hatten sie den Wagen an den Straßenrand geschoben, und Con hatte sie in das hohe Gras hinuntergezogen und sie leidenschaftlich geliebt, während über ihnen am Himmel Raben ihre Kreise gezogen hatten, das kühle Gras ihre nackte Haut gekitzelt und die Luft nach Hitze und Liebe geduftet hatte ... und der Wochenend-Verkehr nur wenige Meter neben ihnen vorbeigedonnert war, um Himmels willen!

Doch direkt hinter ihnen hatte sich eine wilde Bryonie mit ihren herzförmigen Blättern an irgendeinem Busch emporgewunden, und als Bryony zur Welt kam, hatte sie Felicitys herzförmiges Gesicht und ihr kupferrotes Haar gehabt. Ihr Name hatte von Anfang an festgestanden.

Wenn Con noch am Leben wäre – wenn Con der geblieben wäre, den sie kennen gelernt hatte –, hätten sie sich gelegentlich mit einem Lächeln oder mit einem viel sagenden Blick an diesen Nachmittag erinnert. Und jedes Mal, wenn sie an jener Stelle vorbeigefahren wären, hätte einer von ihnen vorgeschlagen, doch mal wieder anzuhalten, und hin und wieder hätten sie es vielleicht auch getan ...

Wieder stieg Zorn und Bitterkeit in ihr auf, weil es ihr nicht vergönnt gewesen war, richtig um Con zu trauern. Die Erinnerungen wären schmerzlich gewesen, doch es hätten wenigstens Erinnerungen sein sollen, die sie sich hätte bewahren können. Es wären auch gute Erinnerungen gewesen, an leidenschaftliche Morgen und spontane Partys, an Wein und Musik vor dem Kamin im Winter ... und an diese verrückte Reise nach Spanien, als ihnen das Auto verreckt und das Geld ausgegangen war ... an die Nacht, als Bryony geboren wurde und als Con in ihren Armen geweint hatte ...

Doch es hatte keinen Sinn, diese Erinnerungen in Seidenpapier einzuschlagen und zu hoffen, dass sie eines Tages verstaubt und mit Spinnweben bedeckt als gute Erinnerungen wieder zum Vorschein kämen (›*Weil der menschliche Geist wie ein Instrument ist, das man zum Tönen bringen kann ...*‹) Es nützte nichts, weil die guten Erinnerungen untrennbar mit den schlechten vermischt und unwiderruflich von ihnen beschmutzt worden waren. Die wüsten Sauftouren ... die beängstigenden Stimmungsumschwünge, wenn ein Fremder sie aus Connors Augen angeblickt hatte, wie in diesem Gedicht über den Teufel hinter dem Spiegel... Und dann die Frauen... o Gott, ja, die Frauen...

Es war alles nicht wahr, alles Schwindel. Con war ein Lügner, ein Betrüger, der in der Gegend herumvögelte – gut, er war ein reizender Lügner und Betrüger, der in der Gegend herumvögelte –, aber er war nicht der Mensch, für den Felicity ihn gehalten hatte, als sie ihn geheiratet hatte.

Doch wer immer Connor auch gewesen oder zu was immer er auch geworden war, es war unerträglich, dass ihre Trauer davon getrübt wurde und dass der Schmerz über ihren Verlust mit so viel Bitterkeit verwoben war. Geh weg!, schrie Felicity die Erinnerung an Connor in stummer Verzweiflung an. Geh weg, schnell, denn ich kann dich nicht ertragen!

7

Die Mönche nahmen es mit ihrer Post ebenso genau wie mit allem anderen. Felicitys Briefe wurden ihr stets in ihr kleines Büro gebracht, gleich nach dem Gebet um neun Uhr, das die Klosterbrüder als Terz bezeichneten.

»Im Altertum war dies die dritte Stunde«, hatte Bruder Stephen ihr erklärt. »Die Stunde, in der der Heilige Geist zu Pfingsten über die Apostel kam.«

Sie fand unerwarteten Trost darin, von diesen überlieferten Ritualen zu hören und zu begreifen, dass die Mönche von Bracken sich unerschütterlich nach Regeln richteten, die im Laufe von zwei Jahrtausenden entstanden waren. Ich komme allen Ernstes von dir los, Con, dachte Felicity.

Der Brief war nicht der Einzige an diesem Morgen. Zu ihrer Freude waren ein paar neue Anmeldungen für das Festival eingegangen, außerdem hatten zwei Druckereien Kostenvoranschläge für die Herstellung der Jubiläums-Broschüre eingereicht, die anlässlich des Festivals verkauft werden sollte. Ein paar ehemalige Schüler hatten alte Fotos geschickt, und Bruder Dominic und Bruder Andrew hatten eine ausgezeichnete Abhandlung über die Geschichte des Ordens und der Schule verfasst. Felicity hatte zwei Tage im Archiv verbracht und jede Menge Zeitungsartikel und Informationsfetzen über Bracken Halls ersten Besitzer zu Tage gefördert. Der Archivar hatte sogar eine Kostenaufstellung des Baumeisters gefunden, der das Herrenhaus im frühen 17. Jahrhundert gebaut hatte. Mit verblasster, sepiabrauner Tinte war in gestochener Schrift die Summe von 226 Pfund, 17 Schillingen und sechs Pence aufgeführt. Dies ließ Felicitys 17 000 Pfund in einem völlig anderen Licht erscheinen; allerdings wiederum nicht so völlig anders, wenn man bedachte, dass ungefähr 280 Jahre die beiden Beträge trennten.

Der letzte Brief steckte in einem neutralen braunen Umschlag, der den Stempel der Sozialversicherung trug. Ein Sachbearbeiter der Abteilung für Pensionen und Renten, dessen Unterschrift sie nicht entziffern konnte, teilte ihr bedauernd mit, dass Connor Stafford laut ihren Unterlagen während des von Mrs. Stafford angegebenen Zeitraums keinerlei Versicherungsbeiträge entrichtet hätte. Man hätte eine Computer-Recherche durchgeführt, und der einzige Connor Stafford, der in der Datenbank gefunden wurde, sei ein Gentleman aus einem kleinen Ort an der Nordostküste Englands gewesen. Dieser Connor Stafford sei 1975 im Alter von 82 Jahren verstorben und hatte anscheinend keine Angehörigen gehabt. Wenn Mrs. Stafford die Angaben, die sie gemacht hätte, noch einmal bestätigen würde – also vollständiger Name, Geburtsdatum und -ort – und der Behörde alle weiteren Informationen zukommen ließe, die sie finden könnte, würde man die Unterlagen selbstverständlich gern erneut überprüfen. Zum gegenwärtigen Zeitpunkt müsse man ihr jedoch mit tiefstem Bedauern mitteilen, dass sie keinen Anspruch auf staatliche Witwenrente habe. Sollte sie sich in einer Notlage befinden, empfehle man ihr, sich unter Bezug auf das oben angegebene Aktenzeichen an das zuständige Sozialamt zu wenden.

»Natürlich ist da irgendetwas falsch gelaufen«, meinte Karabas und bedeutete Felicity, Platz zu nehmen. Sein kleines Zimmer im Wohntrakt der Mönche war erstaunlich gemütlich. »Ich habe Connor nicht besonders gut gekannt, aber er hat mit Sicherheit existiert, und er war neunzehnhundertfünfundsiebzig auch ganz bestimmt keine zweiundachtzig Jahre alt.«

Felicity hatte sich ihm gegenüber auf einem Stuhl niedergelassen. Zwischen ihnen glühte ein kleines elektrisches Feuer im Kamin. Draußen war es bereits dunkel geworden, und Karabas hatte die kleine Lampe auf seinem Schreibtisch eingeschaltet und die Vorhänge zugezogen. Die Wärme des Feuers hüllte sie ein. Irgendwie ist das ganz schön intim, dachte Felicity. Ich glaube, ich sollte lieber wachsam sein.

»Wissen Sie«, begann sie, »ich fange langsam an zu glauben, dass Connor gar nicht Connor war, dass er die Identität eines anderen Menschen angenommen hat. Ich habe mich schon gefragt, ob ich hier in einen John le Carré-Roman hineingeraten bin.« Sie blickte auf und sah gerade noch seinen verblüfften Gesichtsausdruck. Er hat keine Ahnung, wovon ich rede, dachte sie und verspürte ein leises Unbehagen.

Um es zu überspielen fuhr sie fort: »Aber ich bin sicher, dass das alles nur an einem Computerproblem liegt. So was passiert heutzutage andauernd. Trotzdem wäre es vielleicht eine Hilfe, wenn ich ein bisschen mehr über Connors Familie wüsste. Ich dachte, Sie könnten mir vielleicht sagen, an wen ich mich wenden sollte – an Ihren Vater vielleicht, oder an andere Cousins oder Cousinen ... Nur um mir noch ein paar Informationen zu besorgen, die ich an die Behörde weitergeben kann.«

Eine Minute herrschte Schweigen. Dann fragte Karabas langsam: »Was möchten Sie denn gern wissen, Felicity?«

Es war völlig idiotisch zu glauben, dass sich seine Stimme irgendwie verändert hätte, als er dies sagte. So sachlich wie möglich erwiderte sie: »Nun ja, zum Beispiel wo Connor geboren wurde oder wo seine Familie jetzt lebt. Oder den Mädchennamen seiner Mutter.«

Diesmal dauerte das Schweigen sehr viel länger. Es gefällt ihm nicht, dass ich das frage, dachte Felicity. Doch Karabas ergriff schließlich wieder das Wort. »Mein Vater ist vor ein paar Jahren gestorben. Ich glaube nicht, dass es noch irgendjemanden gibt, der sich an Connors Zweig der Familie erinnert. Er war schon von klein auf ein bisschen mysteriös«, meinte Connors Cousin und sah Felicity mit schief gelegtem Kopf an. Sie starrte ihn an und hatte dabei das Gefühl, dass seine Worte all die Dinge, die sie aus ihrem Kopf verbannt hatte, erneut aufwühlten. Karabas hatte Recht, Con war wirklich mysteriös gewesen, war einfach aus dem Nichts aufgetaucht. Doch irgendwie hatte gerade das sie angezogen.

»Du brauchst nichts über meine Familie zu wissen, Fliss«, hatte er einmal gesagt. »Nichts von dem, was war, bevor ich dir begegnet bin, ist jetzt noch wichtig. Es existiert kaum noch. Ist es nicht viel spannender, dass ich alles Mögliche sein könnte? Ich könnte ein uneheliches Mitglied der königlichen Familie sein, oder ein Zigeunerbaron. Ich könnte der Erbe des Zarenthrons sein, Fliss, oder ein Nachkomme von König Arthur oder William Shakespeare.«

Nur ein einziges Mal hatte er im Ernst von seiner Familie gesprochen. »Ich habe sie schon vor langer Zeit verlassen«, hatte er gesagt, und seine Augen waren plötzlich dunkel geworden und schienen nach innen zu blicken. »Und ich habe meine eigenen Erfahrungen gesammelt. Am Anfang habe ich viel falsch gemacht, aber als ich älter wurde, wurden die Fehler seltener.«

Felicity hatte Cons überschäumende Fantasie pragmatisch betrachtet – obwohl es so unglaublich leicht gewesen wäre, sich in seine wilden Träume hineinziehen zu lassen. Trotzdem hatte er zweifellos etwas Dunkles, Romantisches an sich gehabt. Etwas, das einen an all die Geschichten erinnerte, von dämonischen Liebhabern und silberzüngigen Verführern, in deren Adern kaltes Elfenblut floss, und die ihre Opfer in die grüne Finsternis des Waldes lockten, um sich dort ihrer menschlichen Tarngestalt zu entledigen. Wie sachlich sie auch war, es war beunruhigend leicht, sich Con in einer solchen Rolle vorzustellen. Denn was immer er auch gewesen sein mochte, er hatte die Gabe gehabt, einen Zauber wirken zu lassen, und er wusste um die Töne in den Tiefen des menschlichen Geistes.

Natürlich konnte sie nichts davon offen zugeben, doch als Felicity jetzt Connors Vetter ansah, der ebenfalls wusste, wie man einen Zauber wirkte, sagte sie: »Sie haben Recht, er war wirklich mysteriös.«

»O ja. Ich würde sagen, er hat das manchmal sogar ein bisschen ausgenutzt.«

»Ja. Ja, das stimmt.« Und du machst es genauso, dachte Felicity und erwiderte den Blick seiner sonderbaren Augen.

Mönche umgaben sich doch gewiss nicht absichtlich mit mystischen Geheimnissen, und ganz bestimmt versuchten sie nicht, damit Frauen zu betören. Hier und da stand etwas über einen Pfarrer in der Zeitung, der sich mit einer Frau eingelassen hatte; in letzter Zeit war dies sogar dem einen oder anderen Bischof widerfahren – aber Mönche stellten doch die sanftmütige, gelehrte Seite des Römischen Katholizismus dar. Die besinnliche Seite. Enthaltsam. Felicity starrte Karabas an und dachte: Wenn du enthaltsam lebst, dann bin ich der Erzbischof von Westminster.

Dann lächelte Karabas, und Felicity erkannte, dass er, genau wie Con, einen düsteren, leicht bedrohlichen Charme einsetzen konnte, wann immer er wollte. Genau wie Con konnte er jederzeit ein unheimliches, verführerisches Irrlicht heraufbeschwören, ein teuflisches Schatten-Ich, das vom Licht des Mondes oder eines Feuers geweckt wurde und sein

Opfer mit Augen betrachtete, die ein wenig schräg standen. Und wenn das Opfer nicht aufpasste, würde es tief in das verschlungene Unterholz der Legenden gelockt werden...

Etwas zu laut fragte Felicity: »Was macht Ihre Arbeit? Bruder Dominic sagte, Sie betreiben Studien über die hiesigen Pflanzen... oder waren es Tiere?«

»Ein bisschen von beidem. Dies hier ist eine hochinteressante Gegend«, antwortet Karabas. Felicitys Unruhe ließ etwas nach, denn das seltsame Glitzern seiner Augen verblasste, und er hörte sich fast wieder so an wie sonst.

»Waren Sie noch nie in diesem Teil Englands?«

»Nein, meine Familie stammt aus dem Norden.« Er lächelte. »Aus einer ziemlich abgelegenen Ecke Schottlands.«

Das passte zu dem, was Bruder Dominic gesagt hatte, und Felicity entspannte sich ein wenig. Eine entlegene Region Schottlands, das erklärte wahrscheinlich einiges, unter anderem den eigenartigen Akzent, den sie bisher nicht hatte einordnen können. »Arbeiten Sie hier, in Ihrem Zimmer?«

»Manchmal«, erwiderte er. »Aber ich bin auch viel draußen, um die Pflanzen- und Tierarten zu studieren, die es hier gibt. Das ist besonders interessant.«

»Tatsächlich?«

»O ja«, bekräftigte er leise. »Es ist wirklich faszinierend, wie viele Pflanzen und Tiere sich an ihre Umwelt anpassen. In manchen Fällen durchläuft eine Spezies jahrhundertelange Veränderungen, um sich an ihre Umgebung zu adaptieren. Wussten Sie das, Felicity?« Er sprach ihren Namen aus wie eine Liebkosung.

»Nein«, sagte Felicity.

Karabas beugte sich vor. Das unechte Kaminfeuer warf einen rötlichen Schatten über die obere Hälfte seines Gesichts, und Felicity musste plötzlich wieder an die nichtmenschlichen Verführer denken, die arglose Frauen in den Wald lockten. Der abwegige Gedanke, dass er sein Haar für einen Mönch ungewöhnlich lang trug, schoss ihr durch den

Kopf. Ich glaube fast, wenn ich genau hinsehe, kann ich erkennen, dass seine Ohren in einer leichten Spitze auslaufen. Nur sollte ich wohl lieber nicht so genau hinschauen.

»Die Natur hat bemerkenswerte Fähigkeiten, sich anzupassen. Dort wo ich herkomme, gibt es Lebensformen, die sich verändert haben, um in ihrer Umgebung nicht aufzufallen«, sagte Karabas.

Aus unerfindlichen Gründen klang das fast bedrohlich. »Lebensformen?«, fragte Felicity. »Sie meinen Tiere und Pflanzen?«

»Es gibt Schmetterlinge, die sich als Blumen tarnen können. Es gibt sogar eine Spinnenart mit einer Zeichnung auf dem Rücken, die wie ein Totenschädel aussieht. Da hat die Natur einen Schurken als solchen kenntlich gemacht.«

Er hat meine Frage nicht beantwortet, merkte sie. Laut sagte sie: »Kommt das oft vor? Dass Lebewesen ihre Gestalt verändern, um andere zu täuschen?« Ich kann nicht glauben, dass ich das wirklich gefragt habe, dachte sie.

»Die Natur versieht die Raubgierigsten unter ihren Geschöpfen oft mit einem Zeichen«, erwiderte Karabas, ohne den Blick von ihr abzuwenden. »Wenn Sie richtig hinschauen, Felicity – wenn Sie wirklich genau hinschauen –, dann werden Sie die blutigen Pfotenabdrücke der Natur an den unwahrscheinlichsten Stellen entdecken. Sie sind als Omen gedacht. Sie bedeuten: Jenes Wesen hat Klauen und Zähne. Dieses hier liebt Blut und Menschenfleisch. Kommt ihm nicht zu nahe.«

Was er sagte hörte sich an, als stamme es direkt aus dem *Grand Guignol*. Felicity zwang sich, mit kühler Höflichkeit zu antworten. »Wie interessant. Sammeln Sie auch, äh, Exemplare dieser Lebewesen?« In derselben Sekunde dachte sie: Das war so ungefähr das Bescheuertste, was ich hätte fragen können. Jetzt wird er sagen, o ja, ich habe ein paar wirkliche Prachtexemplare, und das Ganze wird auf die ›Soll ich dir mal meine Schmetterlingssammlung zeigen‹-Nummer hinauslaufen. Ich glaube, ich sollte machen, dass ich hier rauskomme. Sie erhob sich hastig und bemerkte erst jetzt die großen Steingutkrüge, die auf einem Regal neben dem Fenster standen.

»Wofür sind die Krüge da?«

»Die sind für bestimmte Spezies. Für ganz besondere Unterarten.«

Wieder trat eine Pause ein. »Da drin werden tote Tiere aufbewahrt, nicht wahr?«, fragte sie.

»Ja. In gewisser Weise.«

»Sie sehen ganz schön groß aus.«

Sanft sagte er: »Ja, sie sind groß. Aber wenn große Lebewesen getötet oder für längere Zeit aufbewahrt werden, ist das nötig, Felicity.« Wieder klang seine Stimme wie ein Streicheln.

Felicity starrte ihn an und dachte: Alles klar, ich muss hier raus, ehe...

Der Gedanke wurde jäh unterbrochen, als Karabas seine Hände auf ihre Schultern legte. Er will mich küssen, schoss es ihr durch den Kopf. Bloß dass es diesmal kein platonischer Kuss sein wird, sondern viel, viel mehr...

Doch Karabas' Lippen streiften nur leicht ihre Wange, und seine Hände ruhten leicht auf ihren Oberarmen. Felicity holte gerade zittrig Luft für einen Stoßseufzer der Erleichterung, als er plötzlich fest zufasste und sie an sich zog.

Es dauerte kaum vier Sekunden, ehe er sie losließ, doch in diesen Sekunden fühlte sie den harten Druck seiner Erektion an ihren Schenkeln.

Dann trat er zurück und lächelte sie an, und es bestand kein Zweifel daran, wie dieses Lächeln gemeint war. Er bekennt sich dazu! Felicitys Gefühle wirbelten so wild durcheinander, dass sie nicht wusste, was sie eigentlich empfand.

»Gute Nacht, Felicity«, schnurrte Karabas. Er öffnete ihr die Tür und trat einen Schritt zurück, um sie vorbeizulassen.

Bryony schrieb einen Aufsatz für Bruder Stephen. Das gehörte zu den Hausaufgaben, die die zweite Klasse fürs Wochenende aufbekommen hatte, und der Aufsatz war sehr wichtig. Ein Aufsatz war eine Geschichte, und die Geschichte sollte von einem der Heiligen handeln. Es war egal, von welchem; sie durften in die Schulbibliothek gehen und dort alles über die Heiligen lesen und sich dann einen aussuchen.

In der Bibliothek roch es gut nach altem Leder, und man musste ganz leise sein. Miss Mackenzie zeigte ihnen, wo die Bücher über die Heiligen standen. Die Bücher hatten Titel wie *Das Kinderbuch der Heiligen* oder *Das Leben der Heiligen.*

Die meisten Schüler suchten sich Heilige aus, die genauso hießen wie sie, oder sie wählten bekannte Heilige, wie St. Theresa, den heiligen Franziskus oder Johanna von Orleans; Bryony jedoch entschied sich für St. Barnabas. Im *Kinderbuch der Heiligen* stand nicht sehr viel über St. Barnabas, aber Bryony wusste Bescheid über ihn, genauso wie sie auch über den dunklen Keller unter dem Haus im Wald Bescheid wusste, der so scheußlich roch.

Der Tag des heiligen Barnabas war für die Foljambes etwas ganz Besonderes gewesen, denn das war der einzige Tag, an dem es erlaubt war, auch Wolfsjunge zu töten. Meistens hatten die Foljambes im März und im September große Jagden veranstaltet. Dem König war das recht, denn er wollte, dass alle Wölfe getötet würden. Aber er hatte gesagt, Wolfsjunge dürften nur am Tag des heiligen Barnabas gejagt werden, also am 11. Juni. Damals musste man tun, was der König befahl, sonst wurde man ins Schloss gebracht und für ewig in ein Verlies gesperrt.

Bryony hatte nicht vor, das in ihren Aufsatz zu schreiben. Sie wollte nur vom Tag des heiligen Barnabas erzählen, und davon, dass die Foljambes an diesem Tag Wolfsjunge hatten jagen dürfen. Sie schrieb sich das auf ihren Block; so einen brauchte man, um sich Notizen zu machen.

Jeder im Haus der Foljambes bereitete sich sorgfältig auf die Jagd am Tag des heiligen Barnabas vor. Die Jagd fing erst am Abend an, wenn es schon fast dunkel war, aber doch noch nicht ganz. Eigentlich nannte man das Zwielicht, doch als Madeleine Richard geheiratet hatte und in das Haus im Wald gezogen war, hatte sie diese Tageszeit ›die violette Stunde‹ genannt. Sie sagte, dass um diese Zeit ganz tief in allen echten Nachtwäldern ein dunkelblau-violettes Zwielicht herrsche, das wunderschön sei.

Am Abend vor der St. Barnabas-Jagd wurde Richards Knappe, der Edmund hieß, immer in den Keller geschickt, um die Wolfsfallen zu holen. Über Edmund wusste Bryony nicht so viel wie über Richard und die anderen Foljambes. Vielleicht lag das daran, dass Edmund nicht zu der Familie der Foljambes gehörte. Aber sie wusste eine ganze Menge, und sie wusste, dass Edmund den Keller nicht ausstehen konnte. Er war nicht viel älter als Bryony – ungefähr zehn Jahre, glaubte sie – und er war zu den Foljambes geschickt worden, um bei ihnen im Wald zu wohnen und von ihnen großgezogen zu werden. Er musste eine Livree tragen, das war so etwas Ähnliches wie eine Schuluniform. Die Livree war grün und golden und sah wirklich prachtvoll aus. Edmund gefiel das sehr gut. Er fand es schön, bei Richard und Madeleine zu wohnen und zu lernen, wie man mit einem Bogen schießt oder mit einem Falken jagt. Das Einzige, was er in dem Haus im Wald nicht mochte, war der Keller. Er gab sich immer Mühe, nie nach Einbruch der Dunkelheit durch die gruselige Tür zu gehen, und vor allem gab er sich alle Mühe, nie allein dort hineingehen zu müssen. Doch am Abend vor dem Tag des heiligen Barnabas – der König nannte diesen Abend St. Barnabas-Abend, und die Foljambes sagten Wolfsabend dazu – ließ sich das nicht vermeiden. Richard Foljambe hatte Edmund aufgetragen, in den Keller zu gehen und die Wolfsfallen mit den Riesenzähnen zu holen, also blieb ihm nichts anderes übrig.

Man konnte das Böse riechen, sobald man in die Nähe der schwarzen Tür kam, ein säuerlicher, nasser Geruch, wie aus einem alten Abflussrohr, doch am Wolfsabend tat Edmund so, als wäre der Gestank gar nicht da. Er holte den Schlüssel und ging um das Haus herum zu der grässlichen schwarzen Tür. Seit der letzten Jagd war Efeu darüber gewachsen, und Edmund musste ihn zur Seite schieben. Die Tür quietschte, als er sie öffnete. Es hörte sich an, als kratze jemand mit dem Fingernagel über eine Schiefertafel.

Hinter der Tür waren Stufen, die tief hinunterführten, und mit jeder Stufe wurde der Gestank und das unheimliche Gefühl schlimmer. Bryony nahm an, dass Edmund eine Kerze mitgenommen hatte, damit er sehen konnte, wo er hintrat. Es war ein bisschen seltsam, wie deutlich sie alles vor sich sah: Edmund, der die Kerzenflamme mit der Hand gegen den flüsternden Luftzug abschirmte, der dort unten hin und her wehte wie etwas Unsichtbares, das vor sich hinkicherte und sich vorbeugte, um einen mit seinem nach Blut stinkenden Atem anzupusten.

Edmund war sehr vorsichtig mit der Kerze, denn wenn der Flüsterwind sie ausblies, stünde er im Stockfinstern. Und im Dunklen hier unten im Keller zu sein, wäre das Allerschlimmste auf der Welt.

Als er fast am Fuß der Treppe angekommen war, hielt er inne. Von hier aus konnte er im Licht der Kerze die Speere und Piken erkennen, die an der Wand lehnten. Das Licht fiel auch auf die Zähne der Fallen, die rötlich glänzend an der Wand hingen, so dass es aussah, als wären sie mit Blut beschmiert. Ein paar schreckliche Sekunden lang dachte Edmund, sie würden sich bewegen und ihre grinsenden Kiefer auf- und zuklappen, als würden sie miteinander reden: *Oho, aha, da ist ja ein hübscher kleiner Menschenjunge, den wir fressen können. Komm doch näher, kleiner Menschenjunge, damit wir dich besser sehen können.* Das kam natürlich nur von dem flackernden Licht der Kerze; Edmund wusste das genau, und Bryony wusste es auch, aber ein bisschen gruselig war es doch. Eigentlich war es sogar sehr gruselig.

Und dann fiel das Licht auf die kleine Tür am Fuß der Treppe, und Edmund schauderte, denn genau dort hatte er auf keinen Fall hinsehen wollen. Hinter der Tür war ein Schrank, ein sehr, sehr alter Schrank, und das war ein ganz *schlimmer* Ort. Dort hatte der allererste Wolf – das Wesen, wegen dem die Foljambes in den Wald gekommen waren – seine Höhle gehabt, eine Art schwarzes Loch im Boden. Richard hatte sein Haus über der Wolfshöhle gebaut, und er und Madeleine und alle anderen Erwachsenen glaubten, das Wolfswesen sei getötet worden. Doch sie wussten nicht, dass das Wolfswesen einen Sohn gehabt hatte, der jetzt im Nachtwald hauste und manchmal Kinder fing, die er hinunter in seine Höhle schleppte, um sie zu fressen.

Edmund wusste, dass man unbedingt auf Zehenspitzen an dieser entsetzlichen Tür vorbeischleichen musste, und dass man unter gar keinen Umständen durch den Türspalt schauen durfte. Wenn man das tat, blickte man in die Tiefen der Wolfshöhle hinunter, und womöglich würde man dann das Wolfswesen sehen, wie es auf einem Haufen Knochen hockte; das war alles, was von den Kindern übrig geblieben war, die es gefangen hatte. Meistens ließ der böse alte Wolf das Blut der Kinder in Steinkrüge fließen und trank es dann. Manchmal hob er es auch für seine Jungen auf, aber meistens trank er es selbst, weil es ihm so gut schmeckte. Das Blut lief ihm dann am Kinn herab und tropfte auf den Boden, und manchmal lief es unter der Tür hindurch und bildete eine Pfütze. Das tat es auch an diesem Abend, als Edmund auf Zehenspitzen vorbeischlich und versuchte, die Kerze nicht ausgehen zu lassen. Er schaute die Tür nicht an, aber er wusste, dass das Blut darunter hervorsickerte, dick und klebrig und stinkend, und wenn er genau hinhörte, könnte er hören, wie der Wolf hinter der Tür knirschend an den Knochen der Kinder nagte. Es war sehr wichtig, ganz leise zu sein, denn wenn der Wolf ihn hörte, würde er rufen: *Komm doch her, Kleiner*, das sagten Wölfe immer.

Doch wenn Edmund das täte, würde der Wolf mit einem Satz aus seiner Höhle gesprungen kommen und Edmunds Blut in riesige Krüge füllen und ihn später auffressen.

Aber Edmund war an diesem Abend ganz leise, so leise, wie Bryony es wäre, wenn sie das Haus fände und in den Keller ginge. Er huschte zu den Fallen und Speeren hinüber, schnappte sich die, die am nächsten hingen und rannte so schnell er konnte die Treppe hinauf und hinaus in den Garten. Und da war er in Sicherheit.

Solche blutrünstigen Sachen kamen in Mamas Geschichten nie vor; die waren nur schön spannend und gingen am Ende gut aus. Bryony hatte nicht vor, irgendetwas davon in ihren Aufsatz zu schreiben. Vielleicht mochte Bruder Stephen ja keine Geschichten, in denen Wolfsfallen vorkamen und Leute von Wölfen gefressen wurden.

Bryony schrieb also über den Tag des heiligen Barnabas im Wald, und darüber, dass die Foljambes an diesem Tag Wolfsjunge jagen durften, und dass das Zwielicht die violette Stunde genannt worden war. Die Geschichte war wirklich gut; in dem *Kinderbuch der Heiligen* stand, dass St. Barnabas auf Zypern gelebt hatte, und dass sein Name ›Trost‹ bedeutet, also schrieb Bryony das auch in ihren Aufsatz.

Als sie fertig war, zeigte sie ihn ihrer Mutter, die fand, das sei eine richtig tolle Geschichte.

»Ich kann mir nicht vorstellen, wie das Kind ausgerechnet auf St. Barnabas gekommen ist«, sagte Bruder Stephen am Montagabend im Gemeinschaftsraum, als er die Aufsätze der zweiten Klasse las. »Von allen Heiligen ist das derjenige, über den am wenigsten bekannt ist.«

Bruder Dominic, der ebenfalls ein paar der Aufsätze durchgesehen hatte, meinte, Bryony hätte eine bemerkenswert lebhafte Fantasie.

»Ja, sie ist ein aufgewecktes kleines Ding.«

»Wo um alles in der Welt hat sie das mit der Jagd auf Wolfsjunge am Tag des heiligen Barnabas her?«

»Keine Ahnung.« Bruder Stephen schrieb eine leuchtend rote Eins unter Bryonys Aufsatz und nahm sich vor, Miss Mackenzie zu fragen, ob man Bryonys Idee nicht für eins der kleinen Theaterstücke verwenden könnte, die die Schüler der unteren Klassen am letzten Schultag vor den Ferien aufführten. Solche kreativen Projekte brachten den Kindern das Leben der Heiligen und die einfacheren Begebenheiten aus der Bibel nahe. Letztes Jahr hatte die zweite Klasse das Letzte Abendmahl inszeniert; der Hauswirtschafts-Kurs hatte Essen und selbst gemachten Himbeersaft an Stelle von Wein beigesteuert. Die Aufführung war ein großer Erfolg gewesen.

»Haben Sie die literarischen Exkursionen Ihrer Nichte schon gesehen, Karabas?«, fragte Bruder Dominic und blickte auf.

Es entstand eine winzige Pause. Dann sagte Karabas: »Noch nicht.«

»Das müssen Sie unbedingt lesen.«

»Ja, das werde ich tun.«

Wahrscheinlich war es reine Vergesslichkeit, dass Karabas eine halbe Stunde später zum Essen ins Refektorium ging, ohne auch nur einen Blick auf Bryonys Aufsatz geworfen zu haben.

8

Piers hatte gewusst, dass er zu den Katakomben und den jämmerlichen kleinen Skeletten würde zurückkehren müssen. Womit er nicht gerechnet hatte, war, dass er ein derart überwältigendes Bedürfnis verspüren würde, dies so schnell wie möglich zu tun. Es ist fast so, als würden sie nach mir rufen, dachte er, von Entsetzen und Panik erfüllt.

An dem Abend, als sie das Skelett und den Blutkrug untersucht hatten, hatte das Team darüber debattiert, ob sie Nachforschungen in den Katakomben anstellen sollten. Zum Schluss waren sie übereingekommen, dass sie aufs Festland zurückkehren mussten.

»Wir werden das Projekt abbrechen müssen«, verkündete Piers mit ausdrucksloser Stimme. »Wir werden die Insel verlassen, sobald der Seegang etwas nachgelassen hat.« Am anderen Ende des Tisches nickte Dietfried nachdrücklich. »Ich werde die Behörden davon in Kenntnis setzen, was wir gefunden haben und dafür sorgen, dass sie Ermittlungen anstellen«, fuhr Piers fort. »Vielleicht kriegen Sie Ihre Dokumentation ja doch noch, Toby, aber sie wird wohl ein bisschen anders aussehen, als Sie gedacht haben.«

»Ich rechne immer mit dem Unerwarteten, Professor.«

»Es müssen so viele Proben wie möglich aus den Katakomben geborgen werden«, forderte Dietfried. »Von den Felsen und der Erde genauso wie von den Knochen. Piers hat die Katakomben entdeckt, deshalb wird er die Untersuchung bestimmt selbst leiten …«

»Das hoffe ich zumindest, Dietfried.«

»… aber ich würde Ihnen gern dabei helfen«, vollendete Dietfried hoffnungsvoll seinen Satz.

»Selbstverständlich.«

»Bevor hier irgendwer irgendwas leiten kann, muss aber erst etwas wegen der Leute in dem Lager unternommen werden«, warf Tybalt ein.

»Irgendwelche Vorschläge, Tibbles?«

»Ich arbeite dran«, gab Tybalt zurück und funkelte Priscilla mit zusammengebissenen Zähnen finster an. Dietfried brummelte selig vor sich hin; irgendetwas über Bodenproben und die absolute Notwendigkeit, alle Stadien der Untersuchung fotografisch zu dokumentieren.

Nina meinte, sie sollten sich sofort mit dem nächsten Polizeirevier in Verbindung setzen, doch Piers fragte: »Warum?

Es gab keinerlei Anzeichen von Gewalt. Und die Knochen liegen schon sehr lange da unten. Auf ein oder zwei Wochen länger kommt es jetzt auch nicht mehr an.«

»Die Polizei muss natürlich hinzugezogen werden«, stimmte Dietfried zu. »Aber erst, nachdem die Höhlen fachgerecht von Experten abgesichert worden sind.« Dankend nahm er eine zweite Portion des ausgezeichneten Gulaschs entgegen, das Nina zum Abendessen gekocht hatte und stopfte sich geschäftig die Serviette in den Kragen.

Dietfried hat Recht, dachte Piers. Wir dürfen nicht einmal ein Staubkörnchen in der Höhle berühren, solange nicht die richtigen Leute und die richtigen Umstände für eine solche Untersuchung vorhanden sind – und wir die Genehmigung eingeholt haben, Ausgrabungen in den Höhlen vorzunehmen. Großer Gott, diese verdammte Bürokratie! Das wird Wochen dauern! Er ließ sich nichts anmerken, lehnte sowohl eine zweite Portion Gulasch als auch einen Kaffee ab und zog sich bald darauf in sein Zimmer zurück. Dort lag er noch lange wach und hörte, wie auch die anderen nach und nach schlafen gingen. Er bekam eine gedämpfte Unterhaltung zwischen Dietfried und Nina mit. Dietfrieds Bassstimme brummte eindringlich, Ninas Erwiderung klang sanft und bedauernd. Piers hörte, wie Dietfried enttäuscht mit schweren Schritten in sein Zimmer stapfte und grinste vor sich hin.

Doch als sich Stille über das alte Haus senkte, starrte Piers die rissige Zimmerdecke an und versuchte, die Erinnerung an die ermordeten Kinder zu verdrängen, die so lange geduldig im Finstern gelegen hatten. Ich habe ihnen versprochen, dass ich zurückkomme. Ich habe ihnen versprochen, dass ich sie nicht mit dem Wolf im Dunkeln allein lasse …

Rette uns vor dem Wolf, hatten sie ihm in jener Nacht zugeschrien; ihre Furcht war wie ein schmerzerfülltes Echo durch die Höhle gewirbelt. Und ihm war klar gewesen, dass es nicht das schlanke Raubtier mit dem dunkelgrauen Pelz und den gespitzten Ohren war, das die Kinder gefürchtet hatten, sondern die grausige Figur aus dem finstersten aller finsteren Märchen: Perraults *Gevatter Wolf, der dem kleinen Rotkäppchen im Wald begegnete und es fressen wollte*. Es war der geifernde Werwolf, der aufrecht gehen konnte wie ein Mensch, und der schlau genug war, sich Großmutters Kleider anzuziehen, Großmutters Haube aufzusetzen, sich in Großmutters Bett zu legen, die Bettdecke bis zum Kinn hochzuziehen und zu warten, bis das arglose kleine Mädchen an die Tür klopfte. *Tock-tock*, wie Perrault es beschrieb.

Ich kann euch verstehen, dachte Piers, während er die Decke anstarrte. Ich kann euch verstehen, denn vor langer Zeit ist mir das Gleiche passiert.

Vor langer Zeit, als ich nicht älter war als diese Kinder dort unten, und als ich noch geglaubt habe, Albträume wären wahr und könnte einem auch im Wachen begegnen …

Das Haus in Derbyshire war von Albträumen erfüllt gewesen. Am Tage war es sicher, dann war es hell, und manchmal schien die Sonne, und Menschen gingen ein und aus. Die Tage waren angefüllt mit Schule und Hausarbeiten und all den Dingen, die Kinder damals taten. Piers hatte nicht ganz so viele dieser Dinge getan wie seine Schulkameraden, weil seine Mutter gestorben war, als er noch sehr klein gewesen war und er von seinem Vater und zwei Tanten, die in der Nähe lebten, aufgezogen worden war.

Sein Vater war ein Teil des Albtraums gewesen.

Die Tanten waren ledige Schwestern seiner Mutter gewesen, beide um einiges älter als sie, und hatten wenig Verständnis für Kinder gehabt. Sie hatten Piers die Regeln aufgezwungen, die in ihrer eigenen Kindheit, in den Dreißigerjahren, gegolten hatten und die mit den Sechzigerjahren vollkommen unvereinbar gewesen waren. War es denn wirklich nötig, dass er nach der Schule ständig zum Sport oder zu irgendwelchen Clubtreffen ging?, wollten sie wissen. Konnte er sich nicht ein nettes, ruhiges Hobby zulegen? Zu ihrer Zeit hätten Kinder Briefmarken gesammelt oder Naturstudien betrieben. Lesen könnte er doch auch – sie hatten ein ganzes Regal voll alter Kinderbücher, die könnte er gern haben. Piers hatte sich seither oft gefragt, was die Tanten wohl von der heutigen Jugend gehalten hätten.

Doch Tante Vera und Tante Monica hatten ihre Pflicht getan. Schließlich musste ja irgendjemand dafür sorgen, dass der Sohn der armen Helen nicht verwilderte. Außerdem – obwohl sie das niemals laut ausgesprochen hatten – konnte man dem Mann, den Helen in einem Anfall von geistiger Verwirrung geheiratet hatte, nicht über den Weg trauen.

Ein Zigeuner, sagten sie mit gesenkten Stimmen und missbilligend geschürzten Lippen. Ein Kesselflicker, der eines Tages vor der Tür gestanden und etwas verkaufen oder sich nach Arbeit hatte erkundigen wollen. Was es genau gewesen war, hatten sie nie herausgefunden, doch er hatte Helen betört und sie zu Grunde gerichtet. Natürlich war das Ganze romantisch, und er hatte blendend ausgesehen – keine der Tanten hatte das je bestritten, und auch nicht, dass Helens Mann eine gewandte Zunge hatte, wie so viele seines Schlages. Er hatte Helen eine Menge fantastischer Flausen über seine Herkunft in den Kopf gesetzt, dass er in Wirklichkeit gar kein Zigeuner sei, und sie hatte sich von ihm mitreißen lassen. Leichtgläubig, sagte Tante Vera und presste die Lippen fest zusammen. Helen hatte ihn geheiratet, obwohl ihre Schwestern dagegen gewesen waren, doch jetzt, da sie nicht mehr unter ihnen weilte, war es ihre Pflicht, den Jungen aufzuziehen. Romantische Vorstellungen waren ja gut und schön, einem halbwüchsigen Kind war damit jedoch nicht gedient. Außerdem gab es niemand sonst, der diese Aufgabe hätte übernehmen können.

Solange eine der Tanten tagsüber im Haus war, hielten sich die Albträume fern, doch sobald sie fort waren – sobald sich die Tür hinter ihnen geschlossen hatte und die Nacht sich auf das einsame Haus herabsenkte –, kamen sie herangekrochen.

Die Albträume lebten in dem riesigen Wald hinter dem Haus. Der kleine Piers wusste das, genauso wie er wusste, dass sein Vater alle paar Wochen nachts dort hinging, dass er wartete, bis alles dunkel und still war und sich dann aus dem Haus schlich und Piers allein ließ. Es hatte ihm nichts ausgemacht, allein zu sein, denn er war sicher gewesen, dass die Albträume nicht aus dem Wald herauskommen und ins Haus eindringen konnten.

Es gab eine alte Legende, in der es hieß, dass früher in diesem Wald Wesen gehaust hätten, die nicht menschlich gewesen wären, jedoch manchmal aufrecht gingen wie Menschen. Eine andere Legende besagte, dass bis heute kein Mensch je das wahre Herz des Waldes betreten hätte. Piers versuchte, nicht an die Legenden zu denken, doch nachts war das manchmal schwierig.

Nachts erschien ihm das Haus ganz anders als am Tag, und in den Nächten, in denen sein Vater hinausging, kam es ihm sogar noch fremder vor. Es knarrte und machte sonderbare Geräusche, die bei Tag nie zu hören waren. Als Piers klein gewesen war, hatte er sich so tief unter seiner Bettdecke versteckt, dass er nichts mehr sah und hörte. Später jedoch hatte er begonnen, auf der rechten Seite zu schlafen, so dass er die Tür sehen konnte.

Kurz vor seinem neunten Geburtstag waren die Albträume Wirklichkeit geworden. Er hatte wach gelegen und darauf gewartet, dass sein Vater aus dem Wald zurückkam. Die Vorhänge vor dem Fenster hatte er offen gelassen, weil ihm das Muster so gut gefiel, das die alte Eiche vor dem Fenster auf sein Bett warf, wenn der Mond durch ihre Äste schien.

Die Nacht war windig und die Äste der Eiche bewegten sich leicht. Hin und wieder klopfte ein Zweig an die Fensterscheiben. Normalerweise war dies ein vertrautes, freundliches Geräusch, doch in dieser Nacht hörte es sich überhaupt nicht freundlich an. Das Klopfen vermischte sich mit anderen Geräuschen: Knarren und Flüstern, unheimliches Kratzen, bei dem man unwillkürlich an krallenbewehrte Pfoten denken musste, die über die hölzernen Dielen des alten Treppenhauses tappten... Er hörte, wie sich die Gartenpforte leise öffnete und wieder schloss. Sein Vater war zurückgekehrt.

Piers setzte sich kerzengerade auf und zog die Bettdecke fester um sich. Die Tür zu seinem Zimmer war halb offen, und kaltes, blasses Mondlicht fiel in den Flur. Er konnte den Schatten der riesigen Pflanze mit den dunklen Blättern erkennen, die Tante Vera dort hingestellt hatte, ein verzerrter, dunkler Schatten, der aussah, als kauere eine groteske Gestalt neben der Treppe. Als die Stufen knarrten, fuhr er heftig zusammen.

Eine menschliche Gestalt kam verstohlen die Treppe heraufgeschlichen; ihre Umrisse verschmolzen auf schreckliche Weise mit dem Schatten der Pflanze. Sie bewegte sich sehr langsam und hielt nach jedem Schritt inne, um zu lauschen, doch jedes Mal, wenn sie eine weitere Stufe hinaufstieg, wurde ihr Schatten an der Wand deutlicher. Er will mich nicht wecken, dachte Piers und versuchte verzweifelt, seinen rasenden Herzschlag unter Kontrolle zu bekommen.

Er glaubte nicht mehr an Märchen; Märchen waren etwas für Mädchen und kleine Kinder. Doch die Kinderbuch-Sammlung seiner Tanten enthielt auch einige jener Märchen, die für Kinder vollkommen ungeeignet waren, Märchen, deren Ursprung in mehr als einer Hinsicht grauenhaft war. Als Piers jetzt in seinem vom Mondlicht durchfluteten Zimmer lag und zur dunklen Treppe hinüberstarrte, fiel ihm jedes Einzelne dieser Märchen wieder ein. Eins war ihm ganz besonders im Gedächtnis geblieben; er erinnerte sich, wie er unten in dem Zimmer gesessen hatte, das die Tanten als Arbeitszimmer bezeichneten, und wie er langsam und ängstlich die Seiten umgeblättert und sich vor dem grässlichen Bild gefürchtet hatte, das er gleich aufschlagen würde. Das Buch hatte etwas modrig gerochen, und das Papier war brüchig, und Tante Vera hatte gesagt, das Buch hätte ihrer Großmutter gehört – Piers' Urgroßmutter –, und Piers müsse ganz vorsichtig damit umgehen, weil es sehr alt sei. Piers hatte so getan, als fände er das alles wahnsinnig toll und spannend; er hatte versucht, die Tanten nicht merken zu lassen, wie schrecklich er die Zeichnung von dem Wolf fand, der dem hübschen kleinen Mädchen durch den Wald gefolgt war.

Der Wolf hatte sich als Mensch verkleiden und wie ein Mensch sprechen und denken können, und genau das hatte Piers so unheimlich gefunden. Denn die menschliche Verkleidung hatte nicht ganz funktioniert: Auf dem Bild konnte man den Rachen mit den geifernden Zähnen und die verschlagenen roten Augen sehen, die hinter der Maske hervorlugten.

Die Gestalt, die jetzt die Treppe emporschlich, war natürlich sein Vater; Piers wusste das ganz genau. Er konnte sehen, dass der Schatten der eines Mannes war, der ganz normal in Hemd und Hose gekleidet war. Doch es war nicht der Körper, der ihm Angst machte, es war der Kopf. Der Kopf war ein bisschen undeutlich, aber wenn die Gestalt sich nur ein wenig zur Seite drehen würde, könnte er den Kopf im Profil sehen, und das wäre das Grauenvollste, was man sich vorstellen konnte. Denn das Profil wäre nicht das eines Menschen, sondern es würde eine lange Schnauze voller riesiger, entsetzlicher Zähne zeigen … Manchmal nämlich verrutscht die Maske der Menschlichkeit, und der Wolf blickt dahinter hervor.

Die Gestalt erreichte das Ende der Treppe und tappte lautlos über den Flur. Piers stockte der Atem – doch sein Vater ging leise in sein Schlafzimmer und machte die Tür hinter sich zu.

Eines Tages, fürchtete Piers, würde sein Vater aus dem Wald direkt in sein Zimmer kommen. Und dann würde er feststellen, dass der Albtraum von dem Wolf, der sich hinter Menschenhaut und Menschenhaar versteckt, Wirklichkeit war.

Die Albträume hatten mehrere Jahre angehalten; er musste etwa 17 gewesen sein, kurz bevor er angefangen hatte zu studieren, als sie schließlich aufhörten. Zu diesem Zeitpunkt war sein Vater bereits tot gewesen, und die Tanten hatten das düstere alte Haus verkauft. Schlimme Erinnerungen, hatten sie entschlossen behauptet. Er täte besser daran, den Erlös sinnvoll anzulegen und sich später ein neues Haus zu kaufen. Es wäre besser, die Vergangenheit ruhen zu lassen.

Bloß dass ich sie nicht ruhen lassen kann, dachte Piers und betrachtete das abstrakte Muster der Risse im Putz an der Decke des alten Bauernhauses. Ich konnte mich damals nicht davon lösen, und ich kann es auch heute nicht.

Ihm war klar, dass die bedauernswerten kleinen Skelette in der Höhle seine alten Albträume zu neuem Leben erweckt hatten, und dass die Dunkelheit seiner Kindheit in die Gegenwart heraufgewallt war, um ihn einzuhüllen und ihn daran zu hindern, logisch zu denken. Er fragte sich sogar, ob die halb begrabenen Erinnerungen seinen klaren Verstand beeinträchtigten. Für die toten Kinder konnte es doch nicht von Bedeutung sein, dass er noch einmal dorthin zurückkehrte. Auf einer anderen Ebene jedoch wusste er, dass es sehr wohl von Bedeutung war; sein Beruf hatte ihn zu oft in alte Begräbnisstätten geführt. Manchmal hatte ein heiterer Friede über den Toten gelegen – und manchmal nicht. Er erinnerte sich daran, wie die Begräbnisrituale der entsprechenden Religion die Unruhe oft hatten vertreiben und den Frieden wieder herstellen können. Die Höhle der Kinder war der am wenigsten friedvolle Ort, den er je erlebt hatte, und er würde nicht schlafen können, solange er nichts dagegen unternommen hatte.

Ein christliches Begräbnis? Doch es war unwahrscheinlich, dass die Kinder Christen gewesen waren. Sie aus den finsteren, vom Bösen erfüllten Katakomben herausholen und sie an einem sauberen, friedlichen Ort zur letzten Ruhe betten? Doch er durfte die Skelette nicht durcheinander bringen, er durfte einen so wertvollen Fund nur in einem korrekten, sorgfältig kontrollierten wissenschaftlichen Verfahren anrühren. Schlimmstenfalls gehe ich völlig unprofessionell an diese Geschichte heran, dachte er zornig. Bestenfalls bin ich viel zu emotional. Doch der Gedanke an grelle Blitzlichter, die die schaurige Höhle durchzuckten, an emsige, unbeteiligte Hände, die die zerbrechlichen Knochen in Laboren und auf Marmorblöcken ausbreiteten, war ihm plötzlich unerträglich. Auch wenn nur ein romantischer Idiot in die Höhle zurückkehren würde, wollte Piers doch lieber ein romantischer Idiot sein, als nachts wach zu liegen und den flehenden Schreien der toten Kinder zu lauschen, die in seinem Kopf widerhallten.

Er überlegte kurz, ob er wieder jemanden mitnehmen sollte. Zu gefährlich, entschied sein Verstand mit unerschütterlicher Logik. Na klar, meldete sich die geheime kleine Stimme, die mit Logik nichts zu schaffen hatte. Du willst doch bloß nicht zugeben, dass du sentimental bist. Na schön, das will ich wirklich nicht.

Er warf die Bettdecke zurück und zog sich einen dicken Pullover und Kordhosen an. Geräuschlos schlich er sich aus dem stillen Haus.

Dünner Nebel bedeckte den Boden. Piers schauderte; er schlug den Kragen seiner Regenjacke hoch und schritt vorsichtig durch die kalte, feuchte Nacht. Der Nebel schlug sich in seinem Haar nieder, und eiskalte Tropfen rannen seinen Hals hinunter. Er zog die Schultern hoch und wühlte in seinen Taschen nach Handschuhen. Heute Nacht war Cruithin Island der verlassenste Ort auf Gottes Erde.

Am Rand des dunklen, schweigenden Lagers hielt er inne. Diesmal brannte kein Feuer, um unheimliche Schatten zu werfen und schleichende Gestalten zu enthüllen, die gar nicht da waren. Geduckt schlich Piers auf die hingekauerten Umrisse der Grabhügel zu. Der Steindeckel glitt unter seinen Händen leicht zur Seite. Schwarz gähnte ihm die Öffnung entgegen.

Unter der Erde war es kalt, jedoch nicht so kalt wie an der

Oberfläche. Piers knipste seine Taschenlampe an, während er wachsam die Stufen hinabstieg. In der totalen Finsternis wirkte der Lichtstrahl blass. Verdammt, ich hätte doch die größere Lampe mitnehmen sollen, dachte er. Doch er hatte Angst gehabt, ein stärkeres Licht könnte entdeckt werden. Er fühlte die Echos, sobald er den Fuß der Treppe erreichte. Diesmal waren sie stärker, gegenwärtiger, als hätte jene erste Begegnung Trittsteine gelegt und so eine Brücke geschaffen. Einen atemlosen Moment lang glaubte Piers sogar, hören zu können, wie die Geister über diese Brücke huschten. Verzweifelt kämpfte er gegen den Drang an, sich umzudrehen und davonzurennen. Es sind doch nur arme, bemitleidenswerte Geister, und Geister können niemandem etwas anhaben.

Und ich bin hier, um sie zu trösten. Nur darum geht es doch bei dem Ganzen. Ich glaube, ich habe heute Nacht die Grenze zwischen Normalität und Wahnsinn überschritten, aber wenn ich sie hören kann, dann können sie mich vielleicht auch hören. Und wenn ich sie dazu bringen kann, mir zuzuhören – wenn ich ihnen sagen kann, dass sie in Sicherheit sind, dann werde ich bestimmt keine Geister mehr hören.

O doch, das wirst du, sagte die heimtückische kleine Stimme. Das wirst du. Weil diese Geister und Echos viel weiter zurückreichen als nur bis in diese Höhle. Sogar noch weiter als bis in das dunkle alte Haus aus deinen Kindertagen …

Genau in dieser Sekunde flackerte der bleiche Lichtstrahl seiner Taschenlampe und erlosch. Dichte, undurchdringliche Finsternis hüllte ihn ein.

9

Piers verschwendete eine ganze Minute damit, völlig nutzlos zu fluchen. Er verfluchte sich selbst, weil er nicht an eine Reservelampe gedacht hatte, die anderen, weil sie die Ausrüstung nicht überprüft hatten, und sämtliche Batteriehersteller gleich noch dazu. Es sollte verboten werden, Produkte zu verkaufen, die den Käufer im Stich ließen, wenn dieser gerade mit einem Haufen Skelette und ein paar Gespenstern in einer pechschwarzen Höhle steckte.

Die Geister war natürlich noch da. Piers wartete darauf, dass sich seine Augen an die Dunkelheit gewöhnten. Während er hoffte, dass es hier unten vielleicht doch ein wenig Licht gab, taumelte er fast unter dem Ansturm des alten Grauens.

Rette uns vor dem Wolf…

Ich bin wirklich in der Wolfshöhle. Piers kämpfte gegen die aufsteigende Panik. Großer Gott, ich bin mitten drin! Aber irgendwie muss ich hier rausfinden, auch wenn das heißt, dass ich mich durch die Dunkelheit tasten muss, auch wenn ich die dicht gedrängten Schatten der ermordeten Kinder so deutlich spüren kann, wie ich jemals nur irgendetwas in meinem Leben gespürt habe. Ich kann das Blut riechen, und ich kann hören, wie die Knochen knirschen, während die Opfer verschlungen werden…

Er verdrängte die grausigen Bilder und steckte die nutzlose Taschenlampe in die Jackentasche, um sich darauf zu konzentrieren, den Weg nach draußen zu finden. Die Schwärze um ihn herum war nach wie vor undurchdringlich, die absolute Dunkelheit des Stockblinden. Eigentlich sollte es relativ einfach sein, sich an der Wand entlang zu den Stufen zurückzutasten. Piers war sich sicher, dass sein Orientierungssinn noch funktionierte; die Wand des Tunnels müsste rechts von ihm sein. Wenn ich also meine rechte Hand ausstrecke, müsste ich sie berühren – ja, da ist sie. Und wenn ich mich jetzt um 180 Grad drehe und die Wand zu meiner Linken halte, kann ich denselben Weg zurückgehen, den ich gekommen bin.

Die linke Hand fest an die Wand gedrückt, ging er langsam vorwärts. Obwohl er sich einigermaßen sicher war, dass ihn sein Orientierungssinn nicht im Stich gelassen hatte, war es doch nervenaufreibend. Aber er schien sich in die gewünschte Richtung zu bewegen. Dies hier musste die vorspringende Felsnase sein; das bedeutete, dass er dicht vor der Treppe war. Und hier war die scharfe Kurve; jetzt müsste er jeden Augenblick Licht sehen können, das durch die Öffnung am oberen Ende der Treppe hereindrang. Der Boden war ein wenig uneben und fühlte sich unangenehm rau an. Piers' Herz pochte heftiger. Es gab überhaupt keinen Grund, Angst zu haben; das hier war ein bisschen unangenehm – okay, es war ein verdammter Albtraum! –, doch er würde hier rauskommen, auch wenn es etwas länger dauern sollte. Und selbst wenn nicht – natürlich würde er hier rauskommen! –, dann würden die anderen sich denken können, wo er steckte. Wenn er zum Frühstück nicht auftauchte, würden sie nach ihm suchen. Ihm fiel ein, dass er den Steindeckel über dem Eingang offen gelassen hatte. Jeder, der das sah, würde wissen, dass er hier unten war.

Jeder, der das sah … Und wenn die Lagerbewohner den offenen Eingang entdeckten? Diese Vorstellung war so schrecklich, dass Piers sie sofort verdrängte. Von denen kam sowieso keiner jemals hierher. Nein? Woher willst du das wissen; du hast sie doch gerade mal einen Monat lang beobachtet?

Plötzlich stoppte ihn ein Felssims, der sich etwa einen Meter über dem Boden befand, mit voller Wucht ab. Piers schnappte nach Luft und kippte haltlos vornüber.

Er landete mit einem schmerzhaften Aufprall auf einem Haufen langer, dünner Gegenstände, die sich wie Zweige anfühlten. Neues Entsetzen schlug über ihm zusammen. Ein trockener, modriger Atemhauch schien ihm ins Gesicht zu fahren; das Bild, das dies heraufbeschwor, war so unbeschreiblich, dass er sich verzweifelt an den letzten Rest klaren Denkens klammerte, dessen er noch fähig war. Ich bin auf eins der Gebeinsimse in der großen Halle gefallen, das ist alles! Er schauderte.

Er versuchte, sich aufzurichten, doch er war der Länge

nach zwischen den Knochen gelandet und brauchte beide Hände, um sich hochzustemmen. Es war schrecklich. Seine rechte Hand landete auf etwas, was ein Schädel sein musste; die Finger glitten tief in die Augenhöhlen. Er zuckte zurück, als ob er sich verbrannt hätte.

Logisch gesehen hatte das alles gar nichts zu bedeuten, und vernünftig betrachtet hieß es nur, dass er sich gewaltig verfranst hatte. Doch Piers' Nerven waren von der Dunkelheit und den unsichtbaren, wirbelnden Luftströmungen so mitgenommen, dass die Panik ihn zu überwältigen drohte. Würgend kam er auf die Füße, klammerte sich an die Wand und zwang sich, ruhig zu bleiben. Er stand ganz still, wartete darauf, dass sich sein wild hämmerndes Herz beruhigte und wischte sich mit dem Handrücken den Schweiß von der Stirn. Gleich würde er sich wieder auf den Weg machen, und diesmal würde er es hinkriegen …

In diesem Augenblick vernahm er von irgendwo hinter sich ein schwaches Geräusch. Er erstarrte und wandte den Kopf in die entsprechende Richtung. Seine Nackenhaare stellten sich auf. Waren das nur die Knochen gewesen, die sich nach seinem Sturz verschoben hatten? Oder waren es leichtfüßige, leise Schritte gewesen? Schlich sich da etwas durch die Dunkelheit an ihn heran?

Noch ehe er den ersten schwachen Lichtschein entdeckte, begriff Piers, dass die seltsamen Geschöpfe, die er jahrelang gesucht und endlich hier auf Cruithin Island aufgespürt hatte, in die Katakomben hinabgestiegen kamen.

Bizarrerweise erwies sich gerade die Tatsache, dass er auf eins der Simse gestolpert war, als seine Rettung. Sein Orientierungssinn hatte nicht völlig versagt, denn das Licht kam von links. Sobald Piers es erblickte, huschte er zurück in den tiefen Schatten und kauerte sich auf den Knien auf dem Sims zusammen. Sein Herz pochte so heftig, als wolle es seinen Brustkorb sprengen.

Von einem Atemzug auf den anderen, so kam es ihm vor, waren sie in der Höhle. Sie trugen brennende Fackeln und bewegten sich langsam, mit fast ritueller Würde. Es waren mindestens 30; Piers schätzte, dass es etwa ebenso viele Männer wie Frauen waren. Sie waren hoch gewachsen und schlank; eventuell waren sie etwas schmaler gebaut und ihre Gesichtszüge ein wenig schärfer als die der meisten Menschen, doch das war der einzige erkennbare Unterschied. Ihre Kleidung war meist braun oder grün und schien aus grob gewebter Wolle gefertigt zu sein. Die Männer trugen weite Hosen und Westen; fast alle hatten dichte dunkle Bärte, aus denen ihre Zähne weiß hervorleuchteten. Die Frauen trugen Röcke zu den Westen. Sie hatten langes, dunkles Haar; ein paar der Jüngeren hatten es hoch gesteckt und winzige leuchtende Beeren hineingeflochten. Sie hätten ohne weiteres als Zigeuner oder Hippies durchgehen können. Piers spürte einen hässlichen Zweifel in sich aufsteigen. Und wenn ich mich nun geirrt habe? Wenn das hier nichts Schlimmeres ist als die letzten Angehörigen eines alten Volksstammes? Eine vergessene Menschenrasse, durch jahrhundertelange Inzucht gezeichnet und durch vererbte Lykanthrophie immer weiter entstellt? Durch das anerkannte psychische Leiden Lykanthrophie, nicht durch abstruse Gestaltwechsler-Effekte aus irgendwelchen Horrorfilmen.

Doch als die Fackelträger an der Wolfshöhle vorbeidefilierten, fiel der Feuerschein auf ihre Gesichter, und Piers stockte der Atem. Zum ersten Mal sah er ihre Augen, und sie waren genauso, wie Dietfried sie in der Küche des Bauernhauses beschrieben hatte.

Schmale, schräg gestellte Augen mit geschlitzten Pupillen. In normalem Licht wären sie grün gewesen, doch hier in der vom Fackelschein erleuchteten Höhle hatten sie unverkennbar einen roten Schimmer. Wolfsaugen. Piers empfand eine tiefe, archaische Furcht. Die Legende ist Wirklichkeit. Das sind *Wölfe*! Sie gehen aufrecht wie Menschen, und einige von ihnen können die Sprache der Menschen sprechen und verstehen, aber in Wirklichkeit sind sie Wölfe, die hin und wieder die Welt außerhalb ihres Reviers durchstreifen, um schutzlose Frauen zu vergewaltigen und manchmal auch, um zu töten…

Wieder fiel ihm der offene Steindeckel über dem Eingang ein, und einen Augenblick lang krampfte sich sein ganzer Körper vor Angst zusammen. Doch nichts wies darauf hin, dass die Besucher hier unten einen Eindringling vermuteten. Einen Moment überlegte er, ob ihre Sorglosigkeit womöglich nur vorgetäuscht war, um ihm eine Falle zu stellen, aber er ließ diesen Gedanken rasch wieder fallen. Er hatte keine Ahnung, wie weit ihr logisches Denken entwickelt war, doch zu derart subtilen menschlichen Täuschungsmanövern waren sie wohl nicht in der Lage. Der unangenehme Gedanke, dass sie durchaus intelligent genug aussahen, um sich solche subtilen Manöver anzueignen, schoss ihm durch den Kopf. Die meisten von ihnen jedoch gingen offenbar davon aus, dass einer der Ihren den Deckel vor dem heutigen Treffen geöffnet hatte.

Und dann erblickte er im Eingang der Höhle, eingehüllt in Feuerschein und Schatten wie in einen schwarz-roten Mantel, ein Wesen, das so ungeheuerlich war, so absolut unmöglich, dass er für ein paar Sekunden glaubte, den Verstand zu verlieren.

Der Wolf aus den Märchen, halb Mensch, halb Wolf. Er geht aufrecht wie ein Mensch, und auch sein Körper ist der eines Menschen. Doch sein Kopf ist der eines Wolfes. Das ist das Wesen, das vor langer Zeit durch ein altes Haus in Derbyshire geschlichen und dessen zitternder Schatten an der Wand erschienen ist…

Die Vernunft gewann fast sofort wieder die Oberhand. Natürlich war der Wolfskopf nicht echt, alles andere war biologisch unmöglich. Es war der Kopf eines erlegten Wolfes, von jeglichem Muskel- und Gehirngewebe gereinigt, den sich ein hoch gewachsener Mann über den Kopf gestülpt hatte. Es war völlig hirnrissig, auch nur einen Moment lang zu glauben, dass diese Leute in ihrer eigenartigen Abstammungsgeschichte eine genetische Grenze überschritten hatten oder dass während des langwierigen Evolutionsprozesses irgendwann einmal eine unbekannte Verbindung bestanden hätte, eine makabre Brücke, die den Abgrund zwischen Wolf und Mensch überspannte.

Die Stammesangehörigen bildeten einen Kreis; einige saßen mit gekreuzten Beinen auf dem Boden, viele warfen sich jedoch bäuchlings nieder. Die Frauen schüttelten sich das Haar aus dem Gesicht, und ein paar der jungen Männer warfen mit schräg gelegten Köpfen Blicke über die Schultern. Die Ähnlichkeit mit großen Hunden, die sich vergewissern, dass hinter ihnen nichts Feindliches lauerte, war unübersehbar.

Piers hatte sich lange mit diesen Menschen beschäftigt. Er hatte Jewitts verblüffenden Bericht über seine Erfahrungen als Gefangener des Tlokoalan-Wolfsclans wieder und wieder gelesen. Seit ihrer Ankunft auf Cruithin Island hatte er das Filmmaterial, das sie von dem Lager hatten, genau studiert. Ebenso das Logbuch, in dem Tybalt und Dietfried die Aktivitäten der Lagerbewohner und ihre Aufenthaltsorte am Tag und während der Nacht festgehalten hatten.

Das alles hatte ihn jedoch nicht im Geringsten auf das vorbereitet, was er jetzt zu sehen bekam. Nichts hatte ihn auf den Sturm der Gefühle vorbereitet, den diese Geschöpfe in ihm auslösten. Er hielt sie für wild und gefährlich, doch er fühlte sich gleichzeitig wie magisch von ihnen angezogen.

Der Mann mit dem Wolfskopf trat in die Mitte des Kreises und nahm seine schaurige Maske ab. Piers konnte sehen, dass er ebenfalls schwarzes Haar und schräg geneigte Augen hatte, doch irgendwie wirkte er geschliffener, menschlicher als die anderen. Eine unverkennbare Aura der Autorität umgab ihn. Das muss der Schamane sein, dachte Piers, der Wahrsager oder Zauberer. Er ist derjenige, der über die Geheimnisse und Rituale des Stammes wacht; bestimmt hat er diese Aufgabe von seinem Vater übernommen, der sie wiederum von seinem Vater geerbt hat, seit Gott weiß wie langer Zeit. Sein Wort ist Gesetz, es gilt sogar mehr als das eines gewählten Führers.

Der Schamane streckte die Hände aus, und ein leises, erwartungsvolles Knurren, kaum menschlich und mit einem fast sinnlichen Unterton, ertönte aus dem Kreis der Zuschauer. Piers beugte sich so weit vor, wie er es wagen konnte, und sah etwas im Licht schimmern. Zuerst dachte er, der Schamane hielte einen Quarzbrocken in der Hand. Der Stein war etwa pflaumengroß und schien ein blau-violettes Glühen auszustrahlen. Möglicherweise war es ein Amethyst, doch Piers war sich nicht sicher.

Trotz der Sprachfetzen, die das Team hatte auf Tonband aufnehmen können, war es ein Schock, als der Zauberer klar und deutlich sagte: »Bereitet die Zeremonie vor. Macht euch bereit, auf dass einer von euch das Fragment des magischen *Lia Fail* in seinen Körper aufnehmen möge, das *Saxum Fatale*, das vor fast zehn Jahrhunderten von Edmund, dem Knappen Richard Foljambes, in die Welt gebracht und ihm entrissen wurde, als er besiegt unter dem Nachtwald lag und sein Leben aushauchte.«

Nicht einmal wenn es um sein Leben gegangen wäre, hätte Piers sich bewegen können. Er hatte das Gefühl, er wäre schon ein ganzes Leben lang hier unten – mehrere Leben –, und seine Gedanken überschlugen sich. *Lia Fail*. Mein Gott, was würde ich für eine Kamera und ein Tonbandgerät geben, oder einfach nur für Bleistift und Papier!

In der Höhle war es still geworden. Mit dem perfekten Gespür eines Schauspielers für den richtigen Zeitpunkt verkündete der Schamane: »Einer von euch wird heute Nacht den *Lia Fail* empfangen. Und es könnte den Göttern gefallen, dass dieser Eine aus dem Todesschlaf erwacht und jenen unseres Volkes folgt, die vor ihm hinaus in die Welt gegangen sind.«

»Karabas«, murmelten mehrere Stimmen, und ein Schauer des Entzückens lief durch die Menge.

»Karabas«, wiederholte der Zauberer, und diesmal schwang in seiner Stimme so etwas wie Ehrfurcht mit, als er den Namen aussprach.

Er begann den Kreis abzuschreiten, blickte in jedes einzelne Gesicht und suchte nach demjenigen, der dem Ritual unterworfen werden sollte.

»Schwört ihr alle, die ihr Fenris Geist in euch aufnehmen wollt, dass ihr, wenn ihr erwählt werdet und euch die Ehre der Wiedergeburt zuteil wird, in die Welt hinausgehen und die Nachkommen des verfluchten Wolfsjägers des Königs, Richard Foljambe, suchen und vernichten werdet? Wie unser Bruder Karabas es vor kurzem getan hat, und wie andere es seit Jahrhunderten getan haben?«

»Wir schwören es.«

Der Schamane hob die Hände über den Kopf.

»So lasst die Zeremonie beginnen.«

»Ich habe gewartet, bis sie zu sehr mit den Vorbereitungen für ihr Ritual beschäftigt waren, um mich zu bemerken«, berichtete Piers. Er saß in der warmen Küche des Bauernhauses und wärmte sich seine kalten Hände dankbar an einem Becher mit dampfendem Kaffee, den Nina hastig gebrüht hatte. »Und dann bin ich den Tunnel runtergeschlichen und hab gemacht, dass ich wegkam.«

»Sie sind nicht geblieben, um das Ritual zu beobachten?«, fragte Priscilla.

»Nein.«

»Warum nicht?«

»Weil er Schiss vor dem großen bösen Wolf hatte«, belehrte Toby sie geduldig, als spräche er mit einem Kind.

»Genau«, erwiderte Piers kurz angebunden. Mann, Toby, dachte er im Stillen, wenn du wüsstest, *wie viel* Schiss…

»Also, ich kann's Ihnen nicht verdenken«, meinte Nina

schaudernd. »Ich wäre nicht mal für 'ne Million da unten geblieben.«

»Echt nicht? Wie unlukrativ«, schnurrte Priscilla.

»Du wärst natürlich geblieben, nicht wahr?« Nina hatte nicht vor, sich von Priscilla unterbuttern zu lassen.

»Bis zum bitteren Ende, Liebes.«

»Wär mir nicht mal im Traum eingefallen«, brummelte Dietfried. In einen gigantischen Morgenmantel aus grellbunter Seide gekleidet, der seine massige Gestalt nur unzureichend verhüllte, bot er einen spektakulären Anblick.

»Oh, mir auch nicht. Die BBC steht nicht drauf, tote Helden auf der Gehaltsliste zu haben.«

»Mal ehrlich, Priscilla, wärst du wirklich geblieben?«, wollte Tybalt wissen. »Wenn du die ganze Zeit über nur ein paar Zentimeter von denen entfernt gewesen wärst? Also, ich wär *bestimmt* abgehauen.«

»Dich hat keiner gefragt, Tibbles, mein Süßer«, erwiderte Priscilla. »Aber wenn Piers geblieben wäre«, fügte sie hinzu, »wüssten wir jetzt wenigstens, was das für ein Ritual war.«

Piers, dachte Nina und starrte Priscilla wütend an. Jetzt sind wir also schon bei *Piers*, wie?

»Ich weiß, was es für ein Ritual war«, sagte Piers, und Nina unterdrückte den Impuls, Priscilla die Zunge herauszustrecken. Da hast du's, Priscilla Perfekt.

»Und was für eins?«, fragten mehrere Stimmen im Chor. Dietfried hinkte um eine Silbe hinterher.

»Sie wollten einen der jungen Männer töten und abwarten, ob er wieder geboren wird«, eröffnete Piers.

Es herrschte Schweigen. Alle starrten Piers an. »Aber das ist doch...«, setzte Toby an.

»Nein, das ist es nicht«, fiel Nina ihm eifrig ins Wort. »Das ist eins der alten Erweckungsrituale, nicht wahr, Dr. Adair?«

»Genau. Jewitt beschreibt, wie er Augenzeuge einer solchen Zeremonie wurde. Er sagt, dass die Mitglieder des Wolfsclans hin und wieder einem aus ihrem Kreise einen

Stein in den Mund steckten, dem sie magische Kräfte zuschrieben. Dann töteten sie ihn und warteten auf seine Wiedergeburt. Wurde er wiedergeboren, machten sie ihn zu ihrem Anführer und verehrten ihn sozusagen als Halbgott. Deswegen bin ich auch nicht geblieben. Wenn sie mich erwischt hätten, hätten sie mich ebenfalls umgebracht, und ich glaube nicht, dass ich gute Aussichten auf eine Auferstehung gehabt hätte.«

»Ist das mit demjenigen passiert, von dem sie geredet haben?«, wollte Priscilla wissen. »Karabas?«

»Der Schluss liegt jedenfalls nahe. Karabas, wer immer das ist, hat das Ritual über sich ergehen lassen, und weil er überlebt hat, wurde er hinaus in die Welt geschickt.«

»Er hat es überlebt, getötet zu werden?«, fragte Priscilla.

»Hat sich so angehört«, meinte Piers. »Auf jeden Fall muss diese Zeremonie oft genug klappen, um glaubhaft zu sein. Sonst würde doch niemand dabei mitmachen.«

»Ich glaub eher, dass die Typen dabei mogeln«, warf Toby zynisch ein.

Dietfried schlug sich auf seine Seite. »Wahrscheinlich haben sie ihre Opfer mit einem Messer getötet. Und ich könnte mir vorstellen, dass man leicht ein stumpfes Messer benutzen oder irgendeinen Schutz unter den Kleidern tragen könnte. Meinst du so etwas, Toby?«

»Genau das meine ich.«

»Hört sich an, als sei Karabas auf der Suche nach diesen Foljambes«, sagte Tybalt.

»Auf einem ewigen Rachefeldzug gegen die alten Feinde seiner Familie?«, spottete Priscilla. »Wir sind doch hier nicht etwa in irgendeiner Tolkien-Geschichte gelandet, ohne es zu merken, oder?«

»Wolfsjäger des Königs«, sagte Nina nachdenklich. »Das haben sie doch gesagt, nicht wahr? Hat einer von euch schon mal von so einem Amt gehört? Ich jedenfalls nicht.«

»Das ist ein sehr alter Begriff«, erklärte Piers. »Mindestens aus dem Mittelalter, um genau zu sein. Ich nehme an, dass es sich um ein Erbamt gehandelt hat. Es gab damals Waldhüter und Verwalter – ich meine Verwalter im ursprünglichen Sinne des Wortes –, die verschiedene Vergünstigungen dafür erhielten, dass sie nebenbei Wölfe zur Strecke brachten. Normalerweise bestand der Lohn in einem Lehen.«

Hingerissen von diesem neuen Juwel an historischem Wissen, strahlte Tybalt Dr. Adair an.

»Also«, meldete sich Dietfried zu Wort, der sich umständlich Notizen gemacht hatte. »Was tun wir als Nächstes?«

»Wir müssen dafür sorgen, dass wegen der Leichen, die wir gefunden haben, Ermittlungen angestellt werden«, antwortete Piers nachdenklich.

»Aber das wird eine Weile dauern, oder?«

»Na ja, über Nacht wird so etwas nicht erledigt.«

»Und dann suchen wir nach Karabas?«, fragte Tybalt hoffnungsvoll.

»Oder nach den Foljambes«, fügte Nina hinzu.

»Nach beiden.« Piers grinste sie an. »Denken Sie daran, was ich gesagt habe: Gehen Sie ein Problem stets in mehr als einer Weise an.«

»Die erste Grundregel bei der Recherche«, stimmte Toby zu. »Piers, glauben Sie wirklich, dass dieser Karabas das Festland erreicht hat?«

»O ja.«

»Aber wo kriegt er da eine Unterkunft und all so was her?«, fragte Tybalt.

»Ganz einfach. Für den Anfang gibt es die Unterkünfte der Heilsarmee und Wohnheime für Obdachlose, und was weiß ich nicht alles für karitative Einrichtungen«, erwiderte Piers. »Wenn er sich in diesem System einigermaßen zurechtfindet, könnte er eine Zeit lang recht gut klarkommen.« Er hielt inne und fuhr dann so zögerlich fort, als prüfe er jedes einzelne Wort, ehe er es aussprach: »Aber wenn ich Karabas wäre, würde ich mich an den ersten allein reisenden Mann hängen, der mir über den Weg läuft. Davon gibt's Tausende: Obdachlose, Landstreicher, Einzelgänger. Die meisten von denen haben kein Zuhause, manche nicht einmal eine Staatsangehörigkeit. Karabas könnte so einen Mann umbringen und seine Stelle einnehmen. Dann könnte er die Identität seines Opfers annehmen und sich in einen anderen Teil des Landes absetzen. Er hätte eine Sozialversicherungsnummer, eine Geburtsurkunde, alles, was er bräuchte, um sich unbemerkt in der Welt herumtreiben zu können …«

»Alles, was mir dazu einfällt«, sagte Toby nach kurzem Zögern, »ist, dass Sie ziemlich seltsam drauf sein müssen, wenn Sie sich wirklich in Karabas hineinversetzen und sich vorstellen können, was er tun würde.«

»Bin ich auch. Das kommt von meiner Erziehung.«

»Wahrscheinlich haben Sie eher zu viel Frederick Forsyth und John le Carré gelesen«, meinte Toby spöttisch.

Piers grinste. »Okay, vielleicht habe ich meiner Fantasie ein bisschen zu viel Freiraum gegönnt. Was ich aber auf jeden Fall glaube, ist, dass der Rudelinstinkt sich bemerkbar machen wird.«

»Sie meinen, er wird nach irgendeiner Gemeinschaft suchen?«

»Ja. Dort würde er Schutz finden, und außerdem ist das das Leben, das er gewöhnt ist.«

»Wenn er sein ganzes Leben hier auf der Insel verbracht hat, müsste er eine ganze Menge Dinge lernen, und zwar verdammt schnell«, wandte Toby ein.

»Das wäre wohl kein Problem. Ich glaube, diese Leute lernen sehr schnell.« Piers' Stimme klang so total emotionslos, dass Toby ihn misstrauisch musterte.

»Komisch, wie real uns dieser Karabas vorkommt«, sagte Nina leise. »Ich meine – wir reden über ihn, als würden wir ihn kennen.«

»Ich glaube, wir konzentrieren uns auf ihn als eine Art Symbol für den ganzen Clan«, meinte Toby.

»Oh, stimmt, so habe ich das noch gar nicht gesehen.«

»Piers, was hat dieser Schamane in der Höhle noch mal gesagt?«

»Er hat gesagt: ›Richard Foljambe, der vor Jahrhunderten im Nachtwald lebte.‹«

»›Und der einen Knappen namens Edmund hatte‹«, stimmte Nina ein.

»›Der von einem von Karabas' Vorfahren unter dem Nachtwald getötet wurde‹«, vollendete Tybalt den Vortrag. »Was immer das heißt.«

Eine Pause trat ein, während derer alle das Gehörte verarbeiteten. Dann sagte Toby sarkastisch: »Klare Sache, das Ganze wird ein Kinderspiel. Wir brauchen uns nur Aufzeichnungen darüber zu besorgen – vorausgesetzt, dass so was noch existiert –, was vor tausend Jahren irgendwo auf den Britischen Inseln oder sonst wo in der Welt passiert ist. Und wenn jetzt irgendjemand von der Nadel im Heuhaufen anfängt...«

»Ich wüsste verschiedene Möglichkeiten, so eine Suche anzupacken«, setzte Tybalt an.

»O Gott, die Amis an die Front!«

Irgendwann würde ihm Priscilla gegenüber gewaltig der Kragen platzen, und dann würde er ihr unverblümt sagen, was er von ihr hielt. Er war gerade zu diesem erfreulichen Entschluss gelangt, als Dr. Adair zu seiner freudigen Verwirrung auf seine kühle, englische Art sagte: »Tatsächlich, Tybalt? Das wäre wirklich eine große Hilfe. Und ich denke, wir können es uns leisten, dieser Sache nachzugehen. Es wird Wochen dauern, bis wir die Genehmigung kriegen, Ausgrabungen in den Katakomben durchzuführen.«

Tybalt hob schlagartig in himmlische Sphärenträume ab, in denen er und Dr. Adair die Wahrheit über diese Wolfsleute herausfanden und gemeinsam den Pulitzerpreis für das unglaubliche Buch entgegennahmen, in dem sie ihre Entdeckung schildern würden.

»Dr. Adair, was ist der *Lia Fail*?«, fragte Nina.

Dr. Adair sah sie an, und das strahlende Lächeln, von dem die Mädchen immer wieder völlig hingerissen waren, und für dessen Besitz Tybalt seine sämtlichen Backenzähne hergegeben hätte, erhellte plötzlich sein Gesicht. »Ich hab mich schon gefragt, wann jemand endlich darauf kommt, das wissen zu wollen«, meinte er.

»Und was ist das nun?«

»Wörtlich aus dem Keltischen übersetzt, bedeutet es ›Stein der Bestimmung‹«, antwortet Piers. »Eigentlich gar nicht so abwegig, auf einer Insel auf einen Hinweis darauf zu stoßen, die nach den Cruithin benannt ist.«

»Die Ältesten«, flüsterte Nina, und Piers warf ihr einen anerkennenden Blick zu.

»Genau. Die Cruithin werden im Allgemeinen als das älteste Volk der Britischen Inseln betrachtet, das einen eigenen Namen hatte.«

»Ich habe das nachgeschlagen, bevor wir hierher gekommen sind«, gestand Nina. »Die Griechen haben sie Pretani genannt, und die Römer Pikten. Sie haben sich hauptsächlich in Irland angesiedelt, aber man findet auch an der Ostküste Spuren von ihnen – Lindisfarne zum Beispiel –, und auch an der Westküste Schottlands. Daher kommt wohl auch der Name der Insel, nehme ich an.«

»Ja. Cruithin Island ist schottisch, aber eigentlich liegt es näher an der Küste Irlands als man glaubt, wenn man nicht gerade auf eine Landkarte schaut«, meinte Piers.

»Und da ist es auch nur ein Klecks«, warf Dietfried ein, der genau das versucht hatte.

Tybalt wollte mehr über den Stein der Bestimmung wissen.

»Es ist möglich, dass er auf den irischen Stein von Fal zurückzuführen ist, einen Zeremonienstein«, erläuterte Piers. »Priscilla, Sie haben darüber doch mal eine ziemlich gute Seminararbeit geschrieben, nicht wahr?«

»Ja, der Stein von Fal wurde als eine Art Test für die irischen Könige benutzt. Die Leute haben auf der Ebene von Fal wüste Orgien gefeiert, und auf dem Höhepunkt der Orgie musste der Thronanwärter den Stein umarmen. Wenn der Stein schrie, wurde er als rechtmäßiger König anerkannt.«

»Und wahrscheinlich gab's dann zur Feier des Tages noch mehr Orgien«, murmelte Toby vor sich hin.

»Das ist ja richtig Artus-mäßig, Schwerter in Steinen und all so was«, meinte Tybalt begeistert.

»Stimmt«, pflichtete Priscilla ihm bei. »Das sind zur Hälfte Mythen, zur Hälfte Fakten.«

»Ich habe den Stein von Fal immer als ein Bindeglied zu dem Artefakt gesehen, das wir heute als Krönungsstein von Scone kennen«, sagte Piers. »Wir wissen mit Sicherheit, dass er aus Irland stammt. Der Überlieferung nach hat Jakob diesen Stein als Kopfkissen benutzt, als er die Leiter zum Himmel erblickte. Der Stein war jahrhundertelang der Krönungssitz der irischen Könige. Er ist unglaublich alt. Erst im neunten Jahrhundert ist er im schottischen Scone aufgetaucht. *Saxum Fatale* ist die lateinische Bezeichnung dafür, obwohl er im Alten Testament als Stein des Bundes bezeichnet wird.«

»Wie immer das Ding auch heißt, es sieht so aus, als hätten Karabas' Kumpel ein Stück davon in die Finger bekommen«, bemerkte Toby.

»Von Richards Knappen Edmund«, meinte Nina nachdenklich. »Das heißt, sie hielten ihn für wertvoll.«

»Stimmt, und nach dem, was ich gesehen habe, schreiben sie ihm magische Kräfte zu«, ergänzte Piers. »Ich bin allerdings nicht sicher, ob ich alles richtig verstanden habe.«

Die anderen schwiegen eine Weile. Dann sagte Toby: »Karabas zu suchen ist ein ziemlich verrücktes Unterfangen. Ist das auch wirklich richtig? Ich meine, sollten wir uns nicht auf das konzentrieren, was wir haben?«

»Und auf der Insel bleiben?«, fragte Nina schaudernd.

»Hast du etwa Angst vor den Wölfen?«, fragte Priscilla verächtlich.

»Und wie«, gab Nina kurz angebunden zurück.

Piers schaute Toby unverwandt in die Augen. »Ich glaube, es wäre sicherer für uns, die Insel zu verlassen.«

»Sie meinen also, die wissen, dass wir hier sind?«

»Ich halte es für möglich. Und ich glaube, dass Karabas gefunden werden sollte«, antwortete Piers.

»Warum?«

»Nennen Sie es Intuition.«

Du mauerst schon wieder, dachte Toby. Laut sagte er friedfertig: »Okay, Sie sind der Boss.« Dann fügte er hinzu: »Hören Sie, ich will hier nicht ständig den Zyniker markieren, aber dies – dies Gerede von Magie ...«

»Magie hat einmal existiert«, beharrte Dietfried mit Nachdruck. »Das heißt, die Menschen haben geglaubt, dass sie existiert hat.«

»Dietfried hat Recht«, sagte Piers. »Und Seelensteine und Auferstehungs-Steine finden sich in der gesamten Menschheitsgeschichte.« Er grinste, und Nina fand, dass er plötzlich eher aussah wie ein frecher Schuljunge als ein Anthropologie-Professor. »Wenn Sie vor nicht allzu langer Zeit in einer anderen Kultur geboren worden wären, Toby, dann hätte man eine leere Kokosnuss über ihre Wiege gehängt, damit Ihre Seele dort Zuflucht finden könnte, bis Sie stark genug wären, Dämonen abzuwehren. Oder Ihre Seele wäre, wenn Sie krank wären, vorübergehend in der Seelen-Schachtel eines Eskimo-Medizinmannes aufgehoben worden, bis Sie sich wieder erholt hätten. Auf der Gazell-Halbinsel gibt es eine geheime Gemeinschaft, die Anwärter mit einem Seelenstein ausstattet und dann abwartet, ob der Stein von den Elementen gespalten wird. Und ...«

»Vielen Dank, Professor«, sagte Toby.

»Also dieser Stein, den Sie gesehen haben, was immer das auch war, wurde von dem Stamm als Auferstehungsstein betrachtet?«, fragte Nina.

»Ich glaube schon.«

»Mann, ich frag mich ja nur, wo Edmund den herhatte«, grübelte Tybalt laut. »Ich meine, Karabas' Leute haben doch davon geredet, dass sie ihn ihm entrissen hätten, als er sterbend unter dem Nachtwald lag…?«

»Ja, und ist dir klar, dass wir es hier mit noch einer offenen Frage zu tun haben?«, hakte Toby sofort nach. »Wenn diesem Stein wirklich magische Fähigkeiten zugeschrieben wurden, wie kam es dann überhaupt, dass ein einfacher Knappe ihn bei sich hatte? Wenn ihr mich fragt, ist an Edmund mehr dran, als man glauben sollte«, fügte er düster hinzu. »Wenn das hier ein Roman wäre, würde sich herausstellen, dass er Anspruch auf den Thron von England erhoben hat oder so was.«

»Und Sie haben Tybalt als Romantiker abgekanzelt.« Piers' Stimme klang amüsiert. »Sie rutschen gerade selbst ins Reich der Fantasie ab, Toby.«

»Oh, da sind wir alle schon vor einer Ewigkeit gelandet, haben Sie das nicht gemerkt?«

»Aber Tybalt hat Recht«, meinte Nina. »Ich wüsste wirklich gern, wie Edmund an ein Stück vom Stein der Bestimmung gekommen ist.«

10

Irgendwann würde Bryony eine Geschichte über den Zauberstein schreiben, der Edmund gehört hatte. Natürlich musste sie erst noch ein bisschen mehr darüber herausfinden, aber es würde eine tolle Geschichte werden.

Edmunds Mutter hatte ihm den Stein gegeben, als er fortgegangen war, um bei Richard und Madeleine Foljambe zu wohnen. Es war kein normaler Stein, wie man sie im Garten fand; er war lila und wunderschön und glatt wie Seide, weil er schon so vielen Leuten gehört hatte. Er hatte schon Hunderten und Aberhunderten von Leuten gehört. Edmunds

Mutter hatte gesagt, er sei ein winzig kleines Stück von etwas, das der Stein der Bestimmung hieß. Der Stein der Bestimmung war sehr, sehr alt und hatte sehr starke Zauberkräfte. Er stammte aus Irland, und Edmunds eigene Ur-ur-ur-und–so-weiter-Großmutter hatte ihn nach England gebracht. Diese Ur-ur-ur-und–so-weiter-Großmutter war im Wald von Wölfen angegriffen worden, aber bevor die Wölfe sie verschlungen hatten, hatte sie das Stückchen von dem Stein verstecken können, damit ihre Tochter, die damals noch ein Baby gewesen war, es bekommen und für immer in Sicherheit sein konnte.

»Die Wölfe haben diesen Stein von jeher begehrt«, hatte Edmunds Mutter gesagt. »Sie glauben, er würde ihnen große Macht verleihen. Doch wir müssen darüber wachen, ihn von einer Generation zur nächsten weitergeben und dafür sorgen, dass die Wölfe ihn nicht stehlen.«

Bryony hatte Mama nach dem Stein der Bestimmung gefragt, und Mama hatte im Lexikon nachgeschlagen und gesagt, das sei ein großer Steinbrocken, der vor langer Zeit bei der Krönung aller Könige von Irland benutzt worden wäre, und jetzt hieße er der Krönungsstein. Im Jahre 843 hatte man ihn nach Schottland gebracht, in einen Ort namens Scone.

»Wo hast du denn das her?«, hatte Mama gefragt, und Bryony hatte ausweichend geantwortet, dass jemand in der Schule davon geredet hätte. Das hätte sich alles sehr spannend angehört.

»Ich hoffe nur, du kennst den Unterschied zwischen Tagträumen und Wirklichkeit, Bryony«, hatte Mama gesagt und dabei ein bisschen besorgt geklungen.

»Äh ... klar.«

Eines Tages würde Bryony Mama wahrscheinlich erklären können, wie es kam, dass sie sich all diese Dinge so genau vorstellen konnte; zum Beispiel das Haus im Wald und die Wölfe und den Stein der Bestimmung. Es war nicht wirklich so, als ob man sich selbst eine Geschichte erzählte oder sich einen Film ansah. Es war, als ob man tief in seinen eigenen Kopf guckte und den Verstand bis zu Richards Zeit zurückspulte.

Scone war ein ziemlich komischer Name für einen Ort, und 843 war wirklich sehr, sehr lange her; Bryony wusste das. So wie Edmund lange, lange vor Bryony gelebt hatte, so war der Stein lange, lange, bevor Edmund gelebt hatte, nach Schottland gebracht worden.

Edmund wohnte schon seit zwei Jahren in dem Haus im Wald, als es am Wolfsabend einmal besonders heiß war. Im Sommer war es damals immer heiß gewesen, aber es war eine angenehme Hitze gewesen, weil es noch keine Autos und Maschinen gegeben hatte, dafür aber viel mehr Bäume als heute, die Schatten gespendet hatten.

Die Bäume im Wald hatten das Haus wundervoll kühl gehalten. Madeleine Foljambe hatte die Köchin gebeten, Kuchen für all die Gäste zu backen, die zur Jagd auf die Wolfsjungen kommen sollten, so dass es überall nach Äpfeln und Quitten duftete. Es gab auch Fleischpasteten, riesige Käselaibe und frisch gebackenes Brot. Richard hatte die Diener angewiesen, Krüge mit Apfelmost in die Speisekammer zu stellen, wo es am kühlsten war. Und zum Abendessen sollte es Würzwein geben, das war heißer Rotwein mit leckeren Gewürzen: Ingwer, Zimt und Muskat.

Edmund sollte natürlich mit auf die Jagd gehen. Er würde Richards Ausrüstung tragen, und eventuell durfte er diesmal sogar einen Falken mitnehmen. Es machte ihm nicht mehr viel aus, am Abend vor der Jagd die Wolfsfallen aus dem Keller zu holen – das heißt, es machte ihm schon etwas aus, aber er gewöhnte sich allmählich daran. An diesem Abend jedoch war es unheimlicher, als Edmund gedacht hatte. Womöglich war er etwas später dran als das letzte Mal, oder es braute sich ein Gewitter zusammen. Bryony glaubte, dass ein Gewitter im Anzug gewesen war, denn der Himmel hatte eine schreckliche violette Farbe – wie ein riesiger blauer Fleck –

und schien viel tiefer zu hängen als sonst. Es sah aus, als ob er sich gleich auf den Wald herabsenken würde, als ob man ihn berühren könnte, wenn man sich auf die Zehenspitzen stellte. Die Äste der Bäume hingen so tief herab, als baumelten schwere Gewichte daran.

Als Edmund um das Haus herum zu der halb verborgenen kleinen Tür ging, fiel ihm auf, dass überall vollkommene Stille herrschte, und er hielt inne, um den Wald zu betrachten. Normalerweise hörte man viele kleine Raschel- und Trappelgeräusche von Eichhörnchen, Füchsen oder Dachsen, und zur violetten Stunde sangen stets eine Menge Vögel. Edmund kannte all die verschiedenen Vogelstimmen. Bryony war damit nicht so vertraut wie Edmund, aber sie versuchte, es zu lernen. Karabas wollte sie lehren, die Vogelstimmen zu erkennen, das wäre ganz toll.

An diesem Wolfsabend jedoch herrschte Schweigen im Wald, und als Edmund zu der schrecklichen Tür trat, wo der Efeu jedes Jahr dichter wurde, war ihm, als ob ihn jemand aus dem Wald heraus beobachtete. Es war komisch, wie man so etwas manchmal einfach wusste. Einen Moment lang war Edmund beinahe sicher, gesehen zu haben, wie irgendetwas hinter die alten Bäume huschte. Bryony wusste genau, wie er sich gefühlt hatte, und sie wusste auch, wie die Bäume an diesem Wolfsabend ausgesehen hatten: alt, uralt, mit riesigen, knorrigen, grau-violetten Stämmen.

Edmund war sich sicher, dass irgendetwas dort draußen lautlos zwischen den Bäumen herumschlich, und er musste seinen ganzen Mut zusammennehmen, um sich vom Wald abzuwenden und die Kellertür zu öffnen. Er hatte jedoch das eklige Gefühl, dass das, was immer dort im Wald herumgeschlichen war, ihm gefolgt war. Während er die schlüpfrigen Stufen hinunterstieg, musste er sich immer wieder umdrehen, um sich zu vergewissern, dass ihn nichts verfolgte.

Bryony wusste genau, wie der Keller in diesem Moment ausgesehen hatte; das war eines der Kopf-Bilder, das sie am deutlichsten sehen konnte. Schwarze Schatten krochen über den Boden, doch durch die Tür oben an der Treppe, die Edmund offen gelassen hatte, damit er die Fallen leichter hinaustragen könnte, fiel ein wenig Waldlicht herein. Das Waldlicht bildete einen schrägen, blau-grauen Streifen, in dem Millionen kleiner Staubkörnchen tanzten. Dieses blaugraue Licht fiel zum Teil auf die Wolfsfallen, so dass ein paar von ihnen grässlich glitzerten. Edmund wollte sich so viele schnappen, wie er auf einmal tragen konnte und dann so schnell wie möglich die Treppe wieder hinaufflitzen. Bryony hielt das für eine gute Idee. Sie wollte, dass Edmund ganz schnell wieder aus diesem Keller herauskam.

Er war jetzt auf einer Höhe mit der *bösen* schwarzen Tür, und er dachte gerade, alles würde gut gehen, denn heute Abend war dort nichts. Er meinte sogar, dass auch der üble Geruch, von dem ihm immer schlecht wurde, nicht zu bemerken war. Vielleicht war das Wesen nicht mehr da. Entschlossen lief er durch den Keller auf die Wolfsfallen zu. Da hörte er ein leises Knarren.

Edmund hatte den Keller schon zur Hälfte durchquert, doch er hielt sofort inne. Es konnte sein, dass es nur die Tür oben an der Treppe gewesen war, die geknarrt hatte, aber das war nicht sehr wahrscheinlich, denn er hatte sie festgekeilt. Sein Herz begann heftig zu pochen, er fror und ihm war übel vor Angst. Gleich würde er sich umdrehen müssen, um zu sehen, was da geknarrt hatte, doch das wollte er auf gar keinen Fall tun. Denn dann würde er am Ende sehen, wie die schwarze Tür anfing, sich von allein zu öffnen. Eine scheinbar sehr lange Weile geschah gar nichts, und Edmund hoffte schon, dass er sich das Ganze nur eingebildet hatte. Dann passierte wieder etwas, und diesmal war es etwas, das das Blut in seinem gesamten Körper zu Eis werden ließ.

Hinter der schwarzen Tür ertönte eine Stimme, die irgendwie dick und nass klang. »*Komm doch einmal her, Kleiner*«, sagte sie leise.

Und dann, als Edmund entsetzt herumfuhr, sagte die Stimme: *»Schieb den Riegel zurück und mach die Tür auf, Kleiner ...«*

Was Edmund Bryonys Ansicht nach falsch gemacht hatte, war, dass er dem Wunsch der Stimme nachgegeben hatte. Wenn Bryony da unten im Keller gewesen wäre und diese grässliche, klebrige Stimme hätte zu ihr gesagt: ›Komm doch her, Kleine, und mach die Tür auf‹, dann hätte sie das um nichts in der Welt getan. Sie wäre die baufällige Treppe hinaufgerannt, so schnell ihre Beine sie trugen, hinaus in den Wald und zurück ins Haus.

Doch Edmund war nicht davongelaufen. Womöglich hatte das damit zu tun, dass er ein Junge war, weil Jungen damals tapfer sein mussten, oder er hatte gedacht, der Zauberstein, den er bei sich trug, würde ihn beschützen. Bryony hätte sich in diesem Keller nicht einmal auf den mächtigsten Zauberstein der Welt verlassen, und schon gar nicht auf einen Zauberstein, den die Wölfe stehlen wollten.

Aber Edmund hatte sich anscheinend darauf verlassen. Er hatte ihn aus der Tasche genommen und ihn ganz fest in der Hand gehalten; und zu Bryonys Entsetzen war er zu der Tür hinübergegangen. Und dann hatte er genau das getan, was er niemals hätte tun dürfen: Er hatte durch den Türspalt gespäht, und dort, in der schaurigen Finsternis, hatte das Wolfswesen gekauert.

Es war eine Million Mal schlimmer als er es sich vorgestellt hatte. Es war schlimmer als sein allerschlimmster Albtraum. Der Wolf hatte auf ihn gewartet; Edmund hörte, wie er es ihm erzählte, hörte die schreckliche Stimme sagen: *»Hallo, Edmund ... Ich habe auf dich gewartet ...«*

Der Wolf hatte mit gekreuzten Beinen in der Dunkelheit seiner stinkenden Höhle gesessen, doch sobald er Edmund sichtete, erhob er sich auf die Hinterbeine, so dass er aussah wie ein großer Mann. Doch sein Kopf war nicht der eines

Mannes; es war ein riesiger, grinsender, geifernder Wolfskopf, und er war gerade damit fertig, sein letztes Opfer zu verschlingen, denn seine Schnauze war ganz blutig, und von seinen Händen tropfte ebenfalls Blut.

Er hatte auf den Überresten seiner Opfer gehockt, wie Edmund es sich vorgestellt hatte, so dass es einen Moment lang so aussah, als säße er auf einem Scheiterhaufen. Doch der Scheiterhaufen bestand nicht aus Ästen und Zweigen, sondern aus Schädeln und Knochen, und einige der Knochen waren mit Blut befleckt. Und auf dem Boden lagen glitschige Stücke von den Eingeweiden der Opfer – Lebern und Nieren und solche Sachen.

Und die schreckliche Stimme sagte: »*Schieb den Riegel zurück*«, und Edmund sah, wie seine Hand nach dem Riegel griff und ihn zurückschob. Der Wolf sabberte vor Gier, denn er fraß gern kleine Kinder, und am liebsten fraß er hübsche Kinder mit weißer Haut, und Edmund war hübsch und hellhäutig…

Er sagte: »*Und jetzt mach die Tür auf, Kleiner…*«, und Bryony begriff, dass der Wolf nicht hinauskonnte, wenn man ihn nicht dazu aufforderte oder ihm die Tür öffnete. Aber es gab etwas, das Hypnose hieß; der Wolf hatte Edmund hypnotisiert, und Edmund konnte nicht anders, als den Riegel zurückzuschieben und dem Wolf die Tür zu öffnen.

Kaum hatte er das getan, merkte er, dass er einen gewaltigen Fehler gemacht hatte. Er wich zurück, doch zu seinem Entsetzen begann die Tür langsam aufzuschwingen. Er stolperte rückwärts, aber er hatte die Wolfsfallen vergessen, die hinter ihm lagen, und er trat mit dem Fuß genau in eine davon hinein. Plötzlich gab es ein lautes, metallisches Schnappen, und ein fürchterlicher Schmerz zuckte durch seinen Knöchel, als hätten sich spitze Zähne darum geschlossen. Es war eine der Riesenzahn-Fallen, und es tat weh, es tat *weh*, noch nie in seinem ganzen Leben hatte ihm etwas so wehgetan…

Während er dort hilflos am Boden lag, fiel ein riesenhafter dunkler Schatten über ihn und schob sich vor das Dämmerlicht, das durch die Kellertür hereinfiel, so dass der Keller plötzlich schrecklich dunkel war. Eine Stimme sagte: »*Was bist du doch für ein hübscher kleiner Menschenjunge, mein Kleiner …*«

Edmund sah, wie der Wolf auf ihn herablächelte. Es war grauenvoll, denn Wölfe lächeln genauso wenig wie Katzen oder Hunde. Doch dieser Wolf lächelte, weil er sich freute, einen hübschen kleinen Jungen gefangen zu haben und ihn fressen zu können, und der Geifer tropfte ihm aus dem Maul.

Mit seiner dicken, klebrigen Stimme sagte der Wolf: »*Und jetzt, Edmund, wirst du mir den* Lia Fail *geben, und dann werde ich dich fressen.*«

Es war wirklich besser, nicht zu viel an Edmund zu denken, der so nett und so mutig gewesen war, und der die hübsche Livree der Foljambes so gern getragen und eine Mutter gehabt hatte, die ihm den Zauberstein geschenkt hatte, damit ihm nichts zustieße. Aber ihm war doch etwas zugestoßen, am Ende hatte der Wolf ihn doch gefressen. Bryony wusste nicht, was danach passiert war; sie wusste nicht, ob der Wolf irgendetwas von Edmund übrig gelassen hatte, das Richard oder Madeleine hätten finden können.

Bruder Karabas wusste von dem Zauberstein. Er sagte, es sei ein kleines Stück des *Lia Fail* gewesen. Er hatte Bryony erzählt, die Lady, die das Stück des *Lia Fail* nach England gebracht hatte, sei eine irische Prinzessin gewesen, die einen englischen Prinzen namens Bertelin geheiratet habe. Bryony war ganz sicher, dass diese Prinzessin die Lady gewesen war, von der Edmunds Mutter gesprochen hatte.

Bruder Karabas sagte, die Orte hätten damals anders geheißen als heute; Bertelins Vater sei der König von Mercia gewesen. Mercia sei dort gewesen, wo sich heute Derby, Stafford und Nottingham befanden, irgendwo in der Mitte von

England. Mercia bedeutete Sumpfland, sagte Karabas. Damals sei Mercia ein eigenes Königreich gewesen, und Bertelin hatte seine Prinzessin aus Irland dorthin gebracht, damit sie dort mit ihm wohnen sollte.

Bryony fragte, ob sie den Stein auf der Reise bei sich gehabt hätten, und Karabas meinte, das wäre bestimmt der Fall gewesen. Deswegen hätten die Wölfe sie wohl auch angegriffen. Damals waren Reisen eine beschwerliche Sache gewesen und hatten sehr lange gedauert. Bertelin und die Prinzessin hatten unterwegs im Wald Rast gemacht. Dort war auch das Baby zur Welt gekommen, und während Bertelin unterwegs war, um Hilfe zu holen, seien die Wölfe aus dem Wald gekommen und hätten die Prinzessin gefressen.

Das Baby auch?, fragte Bryony mit großen Augen.

Karabas sagte, das sei eine sehr interessante Frage. Die meisten Leute glaubten, dass das Baby ebenfalls gefressen worden sei – dies sei eine sehr bekannte Legende in dieser Gegend. Was die meisten Leute jedoch nicht wussten, war, dass es nicht nur ein Baby gegeben hatte, sondern zwei. Zwillinge. Es war der Prinzessin gelungen, eines der Babys unter den Brombeerranken zu verstecken, ehe die Wölfe es erreichten, und den Stein in das Tuch zu schieben, in das es gewickelt war. Und so hatten die Wölfe das Baby nicht gefunden, und den Stein auch nicht, obwohl sie überall danach gesucht hatten.

Das war ja etwas ganz Neues, und es war richtig toll. Karabas sagte, irgendwann würde er Bryony einmal zeigen, wo das alles passiert sei; an einem Ort namens Ilam. Einer seiner Vorfahren hätte vor langer Zeit einmal dort gelebt. Bertelin war dort begraben, in einer Kirche. Bertelin war ein Einsiedler und dann ein Heiliger geworden, weil er so unglücklich darüber gewesen sei, dass seine Frau von den Wölfen gefressen worden war. Bryony konnte das gut verstehen.

An dem Tag vor dem schulfreien Nachmittag unterhielten sie sich eine ganze Weile darüber. Karabas hatte nicht vergessen, dass er Bryony versprochen hatte, sie in den Nachtwald mitzunehmen; er hatte nach der letzten Stunde auf sie gewartet. Sie hatten Rechnen gehabt, und das hatte den ganzen Tag verdorben, jedenfalls fand Bryony das.

Karabas hörte ihr zu, während sie über den Hof zum Stall-Haus hinübergingen. Er konnte Zahlen auch nicht leiden. Am liebsten mochte er Naturkunde, und zufällig wollte er morgen mit ein paar Schülern der dritten Klasse einen Naturkunde-Ausflug unternehmen. Ihr Ziel war ein Nachtwald, der ganz in der Nähe lag, und dort wollten sie ein Picknick veranstalten, wenn es nicht regnete. Bryony könne gern mitkommen, wenn sie Lust dazu hätte.

Einen Ausflug mit der dritten Klasse zu unternehmen, wenn man selber erst in der zweiten war, war etwas ziemlich Besonderes. Da machte es auch nichts, dass Karabas manchmal ein bisschen unheimlich war, weil ja andere Kinder dabei sein würden. Also sagte sie, sie würde sehr gern mitkommen, vielen Dank. Karabas sagte noch, sie solle nicht ihre Schuluniform anziehen, sondern irgendetwas, worin sie im Wald herumklettern könnte. Feste Schuhe oder Stiefel, und Hosen und dicke Socken. Und vielleicht wäre es besser, wenn sie den anderen Kindern in ihrer Klasse nichts von dem Ausflug erzählte – sonst würden die am Ende eifersüchtig, oder es hieße, sie würde bevorzugt, weil Karabas ihr Onkel war. Bryony sah das ein.

Sie erzählte Mama davon, und Mama sagte ein wenig scharf: »Mit Karabas?«, als könne sie Karabas nicht besonders gut leiden. Doch dann erklärte Bryony ihr das mit der dritten Klasse und dem Nachtwald, und Mama sagte zögernd: »Ich verstehe. O ja, wenn das so ist, dann ist wohl alles in Ordnung.« Sie fragte, wann es losgehen sollte und wann Bryony zurück sein würde, und Bryony antworte, sie würden um halb zwei aufbrechen und unterwegs picknicken, und sie wären wieder zu Hause, ehe es dunkel würde. Mama sagte, sie wolle mit Mrs. Simmons reden, der Klassenlehrerin der Dritten, um sicher zu gehen, dass Bryony wirklich mitkommen durfte, aber anscheinend war Mrs. Simmons schon nach Hause gegangen, ehe Mama mit ihr sprechen konnte.

Mama versprach, ihr ein paar Brote für das Picknick zu machen und ihr außerdem ein paar Schokoladenkekse, ein paar Äpfel und ein großes Stück Kirschkuchen einzupacken. Vielleicht sollte ja jeder etwas zu dem Picknick beisteuern, und dann könnte Bryony den Kuchen und die Kekse mit den anderen teilen.

Bestimmt würde es ein ganz toller Nachmittag werden.

11

Felicity war mit den Probe-Abzügen der Broschüre für die Zweihundertjahrfeier beschäftigt. Die Mönche hatten mehrere Fotografien dafür ausgesucht, hauptsächlich von den verschiedenen Stationen des Werdegangs des Schulgebäudes. Auf einem davon war das Gebäude festlich geschmückt, um den Sieg der Alliierten zu feiern. Außerdem hatten sie Artikel über die Geschichte der Schule und ihre Eröffnung im Jahre 1797 abgedruckt. Sie war gerade dabei, eine Anweisung für den Drucker zu formulieren, ein Foto aus dem Jahr 1900 zu verkleinern und es *unbedingt* in den klassischen Sepia-Brauntönen des Originals abzudrucken, als Morag Mackenzie den Kopf zur Tür hereinsteckte. Sie wolle einen Spaziergang in den Ort machen; ob Felicity Lust hätte, mitzukommen. Sie könnten sich ja ein Mittagessen im Dorfgasthaus gönnen.

»Das wäre schön.« Felicity hatte eigentlich den ganzen Tag arbeiten und zwischendurch nur schnell ein Sandwich essen wollen, doch sie freute sich über die Einladung. Morag war umgänglich und intelligent, und es war schön, hier eine Freundin gefunden zu haben. »Ich muss nur kurz rüber und dafür sorgen, dass Bryony rechtzeitig zu ihrer Naturkunde-Exkursion kommt, aber das dauert höchstens fünf Minuten.«

»Was für eine Naturkunde-Exkursion?«, fragte Morag.

»Bruder Karabas macht einen Ausflug mit der dritten Klasse, und er hat Bryony gefragt, ob sie mitkommen will. Es…« Felicity hielt inne, weil Morag sie verständnislos anstarrte. »Was ist los?«

»Die Dritte, sagen Sie?«

»Ja.«

»Eine Naturkunde-Exkursion?«

»Ja.«

Morag war schon halb aus der Tür gewesen, doch jetzt kam sie wieder zurück. »Felicity, die ganze Unterstufe spielt heute Nachmittag in der Turnhalle Trivial Pursuit. Es ist ein schulinterner Wettkampf. Am letzten schulfreien Nachmittag haben sie das auch gespielt – natürlich die Version für Kinder unter zehn Jahren –, und es war so ein Riesenerfolg, dass Sue Simmons und Bruder Dominic beschlossen haben, es zu wiederholen.«

Felicity hörte ihre eigene Stimme sagen: »Dann muss ich irgendwas falsch verstanden haben. Vielleicht sind es Ihre Schüler, die heute einen Ausflug machen. Oder eine andere Klasse.«

Morag schaute Felicity über den übervollen Schreibtisch hinweg an. »Felicity, keines der Kinder geht heute auf einen Ausflug.«

»Aber sie war sich ganz sicher. Sie hat gesagt, um halb zwei sollte es losgehen.« Felicity sah auf die Uhr. »Sie wollte um zehn nach eins drüben im Haus sein, gleich nach dem Mittagessen, wenn es zum Schulschluss klingelt…«

»Da klingelt es gerade«, meinte Morag. »Ich komme mit rüber, okay? Bestimmt ist das Ganze bloß ein Missverständnis.«

Wieder hörte Felicity ihre eigene Stimme. »Ja. Bestimmt.«

Bryony war weder im Haus noch irgendwo sonst auf dem Schulgelände zu finden. Die beiden Novizen, die Bruder Joseph im Refektorium halfen, konnten nicht mit Sicherheit sagen, ob sie sie gesehen hatten. Der eine glaubte, er hätte sie beim Mittagessen gesehen, doch der andere meinte, nein, das sei ein anderes Mädchen gewesen, nicht Bryony Stafford. Bryonys Klassenkameraden sagten, sie sei gar nicht zum Mittagessen gegangen; nach der letzten Stunde – Lesen – sei sie irgendwohin verschwunden. Irgendjemand hatte gesehen, wie sie ihre Straßenschuhe angezogen hatte, aber irgendjemand anderes bestritt dies. Felicity war sich nicht sicher, inwieweit sie sich auf die Aussagen einer Horde Siebenjähriger verlassen konnte.

Bruder Dominic, der in aller Gemütsruhe davon überzeugt war, dass das Ganze nur ein harmloses Missverständnis sei, schickte zwei Novizen los, um Bruder Karabas zu suchen. Felicity und Morag liefen zurück zu Felicitys Haus. Dort hastete Felicity in Bryonys winziges Zimmer.

»Was wollen Sie denn dort?«

»Nachsehen, ob ihre Schuhe und Jacken noch alle da sind.«

Morag trat näher. »Und?«

Felicity sank aufs Bett. »Ihr roter Mantel und ihre Stiefel sind weg.«

Es war ungeheuer wichtig, nicht in Panik zu geraten, keine voreiligen, unhaltbaren Schlüsse zu ziehen. Sie musste ganz ruhig bleiben, sie durfte sich nicht gehen lassen und vor allen Leuten die Nerven verlieren.

Trotzdem hatte sie das Gefühl, als hätte sie plötzlich keine Kraft mehr in den Beinen, so dass sie auf Bryonys Bett sitzen bleiben musste. Schließlich murmelte sie: »O Gott. O mein Gott, Morag, wo hat Karabas sie hingebracht?«

Ein paar Minuten herrschte Schweigen. Felicity merkte, dass in Morags Kopf die Alarmglocken schrillten, obwohl sie äußerlich gelassen blieb. Sie traut Karabas genauso wenig wie ich, schoss es ihr durch den Kopf.

»Schauen wir uns die Geschichte mal vernünftig an«, sagte Morag langsam. »Zuerst: Sind Sie sicher, dass Karabas sie wirklich heute Nachmittag mitnehmen wollte?«

»Ja. *Ja*! Sie wollten ein Picknick machen.« Felicity zwang sich, ruhig zu antworten. »Ich habe ihr ihre Lieblingsbrote geschmiert, und ….« Sie verstummte, weil sie gefährlich nahe daran war, hysterisches Zeug zu reden. Mit aller Kraft riss sie sich zusammen. »Bestimmt gibt es eine logische Erklärung für das Ganze.« Und was, zum Beispiel?, fragte sie sich im Stillen.

Die einfachste Erklärung wäre natürlich, dass Bryony Karabas falsch verstanden hatte. Die Zweiteinfachste wäre, dass Felicity Bryony falsch verstanden hatte. Doch als sie das laut aussprach, entgegnete Morag sofort: »Ich kann mir nicht vorstellen, dass Sie sich bei so was irren würden, und ich glaube auch nicht, dass Bryony da etwas durcheinander bringen würde. Sie ist ungewöhnlich intelligent.« Felicity wünschte sich, Bryony wäre alles andere als intelligent, weil das bedeuten könnte, dass das Kind diese Geschichte mit Karabas und dem Naturkunde-Ausflug missverstanden hatte und sich dementsprechend irgendwo in Sicherheit befand.

»Wiederholen Sie mal ganz genau, was Bryony gesagt hat.« Morag lehnte sich an die schmale Fensterbank und verschränkte resolut die Arme vor der Brust.

»Na ja, dass Karabas sie und die dritte Klasse auf eine Naturkunde-Exkursion in irgendeinen Wald hier in der Nähe mitnehmen wollte, und dass sie Wildblumen sammeln und Vogelstimmen bestimmen wollten. Es schien eine völlig normale Sache zu sein – ich meine, in London wäre das natürlich etwas anderes, da gibt's schließlich keine Wälder und all so was, aber hier …« Wieder war sie kurz davor, wirres Zeug zu plappern, deshalb brach sie mitten im Satz ab und setzte neu an. »Ich wollte noch mit Mrs. Simmons sprechen, um sicher zu sein, dass das wirklich in Ordnung geht, doch sie war schon weg. Aber Bryony wusste genau Bescheid: dass sie ihre

Schuluniform nicht anzuziehen brauchte, dafür aber feste Schuhe; und sie fand, dass ihre Gummistiefel wohl am besten wären …« Der Gedanke an Bryonys Kinderfüße in ihren leuchtend roten Gummistiefeln war fast zu viel für Felicity. Sie atmete mehrmals tief durch.

»Hören Sie«, sagte Morag schnell, »es gibt wirklich keinen Grund, sich Sorgen zu machen. Ganz bestimmt nicht. So wie es aussieht, ist Bruder Karabas bloß ein paar Stunden mit seiner Nichte unterwegs.« Ihre Stimme klang ruhig und energisch zugleich. Felicity war ihr zutiefst dankbar.

»So gesehen hört es sich ganz normal an.« Und das wäre es auch, dachte sie, wenn es nicht gerade Karabas wäre.

»Es ist auch ganz normal, Felicity. Wir sollten uns deswegen nicht aufregen, und ich glaube auch nicht, dass wir die Polizei benachrichtigen sollten.« Sie sagte nicht »jetzt schon«, doch Felicity war sich sicher, dass sie beide die un ausgesprochenen Worte gehört hatten.

»O nein, natürlich müssen wir die Polizei nicht einschalten«, stimmte sie zu. Hoffentlich bemerkte Morag nicht, dass sie am liebsten auf der Stelle bei der Polizei angerufen hätte, um dann selbst loszustürzen und nach Bryony zu suchen. Weil ich Karabas keinen Fußbreit über den Weg traue; er ist genau wie Connor, und am Schluss – vielleicht sogar von Anfang an – hatte Connor etwas sehr Bedrohliches an sich.

»Sie bleiben hier, falls sie doch noch auftaucht«, ordnete Morag an. »Ich erkundige mich, ob sonst noch irgendjemand etwas von dieser Exkursion gehört hat. Es ist ja möglich, dass Karabas tatsächlich ein paar Kinder mitgenommen hat – von sich aus, meine ich. Er ist schließlich noch nicht lange hier; vielleicht war ihm nicht klar, dass er so was vorher mit Bruder Stephen oder Bruder Dominic hätte absprechen müssen. Und ich werde Bruder Dominic fragen, ob seine beiden Novizen irgendetwas gefunden haben.«

Zweifellos war das das Vernünftigste. Fast verrückt vor Ungeduld wartete Felicity und bemühte sich, nicht ständig zum Telefon hinüberzusehen. Ein einziger Anruf würde Funkstreifen und große, kompetente Polizisten auf den Plan rufen, die ihr beruhigend auf die Schulter klopfen und sagen würden: »Keine Sorge, Mrs. Stafford, wir haben die Kleine bestimmt bald gefunden.«

Felicity wünschte sich plötzlich verzweifelt, jemand würde ihr die Schultern tätscheln und behaupten, dass Bryony bestimmt bald gefunden würde. Sie wollte fest daran glauben, dass es wirklich so geschehen würde.

Sie stellte fest, dass sie sich heftig nach Connor sehnte. Er hatte Bryony geliebt, hatte in der Nacht, als sie geboren wurde, vor Rührung geweint und ihr später stundenlang Geschichten erzählt, auch als sie noch viel zu klein gewesen war, um sie zu verstehen. Das schien vollkommen gleichgültig gewesen zu sein; Bryony hatte ihm wie gebannt gelauscht... Hatte sie dabei all diese seltsamen, manchmal beunruhigenden Bruchstücke von Mythen und Märchen aufgeschnappt?

Wenn Connor nicht gestorben wäre, hätten er und Bryony während ihrer Teenagerzeit bestimmt eine Menge Spaß gehabt. Con hätte sie von Partys und von der Diskothek abgeholt und so getan, als sei er entsetzt darüber, wie sie sich anzog, was sie mit ihrem Haar anstellte und was für Musik sie hörte. Er hätte mit ihr geduldig all die Dramen und Krisen geteilt, die alle Teenager durchlitten, und er hätte ihre Tränen getrocknet, wenn irgendein Junge ihr das Herz gebrochen hätte...

Nur hätte es möglicherweise in punkto Jungen Probleme ganz anderer Art gegeben, denn Mädchen mit sehr attraktiven Vätern hatten es oft schwer, normale Beziehungen aufzubauen. Und Con hatte umwerfend sein können, wenn er es darauf angelegt hatte; er hatte unglaublich gut aussehen und unverschämt charmant sein können. Außerdem war er der letzte praktizierende Romantiker gewesen – das hatte er Felicity an jenem Nachmittag erzählt, als Bryony gezeugt worden war...

Wie viel davon war Schall und Rauch gewesen? Con hatte sich als übler Gauner herausgestellt; er hatte irgendein krummes Ding mit der Sozialversicherung gedreht und bei diesen Halsabschneidern in London gigantische Schulden gemacht. Am Schluss war er kaum noch zu Hause gewesen. Die halb begrabenen Erinnerungen zogen in einer unbarmherzigen Parade durch ihren Kopf.

Doch was immer Connor gewesen oder nicht gewesen war, an diesem schrecklichen Nachmittag schmerzte es unendlich zu wissen, dass er nicht miterleben würde, wie seine hübsche, kluge Tochter heranwuchs. Verdammt, warum bist du nicht hier, um mir zu helfen, das hier zu überstehen?, rief Felicity im Geiste. Das ist *typisch* für dich, einfach abzukratzen, und ich kann sehen, wie ich mit dieser Geschichte hier klar komme. Allerdings gab es keine Garantie dafür, dass Connor jetzt bei ihr gewesen wäre, wenn er nicht gestorben wäre, dachte sie. Bei seinem Verschleiß hätte er sich mit Sicherheit noch vor Bryonys zwölftem Geburtstag mit irgendeinem blonden Flittchen abgesetzt.

Als Morag in Begleitung von Bruder Dominic zurückkehrte und berichtete, dass sich die gesamte Unterstufe auf dem Schulgelände aufhielte – die Schüler der fünften Klasse, die Trivial Pursuit für unter ihrer Würde hielten, hörten im Aufenthaltsraum Popmusik –, raffte Felicity verzweifelt die letzten Reste ihrer Selbstbeherrschung zusammen. »Sicher machen wir uns ganz unnötige Sorgen. Aber …«

»Sicher«, sagte Bruder Dominic. »Aber um auf Nummer Sicher zu gehen, rufen wir lieber die Polizei.«

Morag warf einen Blick aus dem Fenster, und Felicity fragte sofort: »Haben Sie irgendwas gesehen?«

»Nein.« Morag musterte sie mitleidig. »Es wird nur allmählich dunkel.«

Die Polizisten waren ebenfalls der Meinung, dass kein Anlass zur Sorge bestünde. Das Ganze würde sich bestimmt als

Missverständnis herausstellen. Doch zur Beruhigung würden sie die in einem solchen Fall übliche Suche in die Wege leiten. Die Beamten waren alle sehr freundlich.

Der Inspektor war ein großer, väterlicher Mann. Seine Leute würden zuerst das Schulgelände absuchen, informierte er sie, natürlich ganz unauffällig, um die anderen Kinder nicht zu ängstigen. Doch es käme nicht selten vor, dass ein Kind auf einer Toilette eingeschlossen würde, oder hinfiel, sich den Kopf anschlug und das Bewusstsein verlor. Zunächst wollten sie solche Dinge ausschließen. Dann würde eine Beamtin die anderen Kinder befragen, um festzustellen, wann Bryony am Vormittag was getan hatte. Das sei in solchen Fällen das normale Vorgehen, erklärte der Inspektor gelassen. Felicity war ihm dankbar dafür, dass er es so aussprach, als würde er jeden Tag vermisste Kinder wiederfinden.

Eine Stunde verging, und Felicity saß in ihrem kleinen Wohnzimmer und versuchte nicht ständig aus dem Fenster zu sehen, wo das Licht eines trüben Novembernachmittags rasch der Dämmerung wich. Sie versuchte nicht daran zu denken, wie verhasst Bryony diese frühe Dunkelheit war. In London war sie immer ganz schnell an ein paar Häusern mit dichten Hecken aus Goldregen und Eibe vorbeigegangen. Man könne schließlich nie wissen, was sich alles in solchen Hecken verbarg, hatte sie sehr ernsthaft erklärt.

Felicity schaltete alle Lampen ein. Die Vorhänge ließ sie offen; falls Bryony die Auffahrt heraufkam – *wenn* Bryony die Auffahrt heraufkam –, würde sie das hell erleuchtete Fenster sehen, das sie willkommen hieß. Sie stand am Fenster und starrte in die Dämmerung hinaus, während ihre Finger unablässig eine Falte des Vorhangs drehten und sie wieder glatt strichen. Bitte, *bitte*, lass sie plötzlich auftauchen, betete Felicity, und wie ein unheimliches Echo sagte Bruder Dominic, der bei ihr geblieben war, als die Polizisten sich an die Arbeit gemacht hatten: »Wir beten alle dafür, dass Bryony wohlauf ist, Felicity. Die Jüngeren unter den Brüdern helfen beim

Suchen – das wissen Sie ja –, aber die Älteren sind alle in der Kapelle.«

Seine Worte berührten sie tief in ihrem Inneren. Felicity, die, abgesehen von Hochzeiten, Taufen oder Beerdigungen, nur zu Weihnachten und Ostern in die Kirche ging, wagte nicht zu antworten, weil sie fürchtete, die Fassung vollkommen zu verlieren.

»Und natürlich beten wir auch für Sie«, fuhr Bruder Dominic fort. »Darum, dass Ihnen die Kraft gegeben werden möge, diese schwere Prüfung durchzustehen.«

»Das ist sehr freundlich von den Brüdern«, brachte sie heraus. »Aber eins verstehe ich nicht.«

»Was denn?«

»Können wir – oder die Polizei – nicht einfach alle Orte abfahren, wo man eine Naturkunde-Exkursion durchführen könnte? Und dann dort suchen? Wenn mehrere von uns losfahren würden …«

»Felicity«, erwiderte Bruder Dominic sanft, »das hier ist ein Naturschutzgebiet. Beck's Forest ist der nächstgelegene Wald, aber auch der kleinste, und selbst der erstreckt sich über mehr als zwanzigtausend Quadratkilometer. Wir könnten allein dort ein ganzes Jahr lang suchen und weder Karabas noch Bryony finden.«

»Oh«, seufzte Felicity niedergeschlagen. »O ja, ich verstehe. Das war mir nicht klar.«

Dominic sah sie mitleidig an. »Können wir irgendjemanden anrufen, der sich um Sie kümmert? Jemanden, den Sie jetzt gern bei sich hätten.«

Die Polizeibeamtin hatte sie das auch gefragt, doch Felicity war niemand eingefallen. Sie hatte Freunde in London, doch man konnte von anderen Leuten nicht verlangen, mal ebenso 500 Kilometer weit zu fahren. Bis sie hier ankämen, wäre Bryony bestimmt gefunden. »Nein, niemand, vielen Dank«, antwortete sie. »Morag war wirklich eine große Hilfe.«

»Ja, sie ist eine treue Seele, unsere Morag. Möchten Sie lieber allein sein? Jeder hat seine eigene Art, mit schwierigen Situationen umzugehen, und wenn Sie lieber …«

Sie schaffte es, zu sagen: »Ich bin ziemlich froh, dass Sie hier sind. Aber wenn Sie zu tun haben …«

»Ganz und gar nicht«, versicherte Bruder Dominic ruhig und zog sich unauffällig auf einen Stuhl in der Zimmerecke zurück, wo er sein Brevier hervorzog und sich darin vertiefte.

Felicity fand dies ungeheuer tröstlich. Sie dachte gerade darüber nach, wie freundlich alle hier zu ihr waren und versuchte gleichzeitig, nicht zu bemerken, wie dunkel es wurde, als der Inspektor an die Tür klopfte. Ihr Herz machte einen Satz, und sie wandte sich vom Fenster ab. Doch er würde nicht anklopfen, wenn sie Bryony gefunden hätten; er würde nur anklopfen, wenn er etwas Unerträgliches zu berichten hätte …

Ihre Stimme klang gefasst, als sie »Herein!« rief. Der Inspektor sah irgendwie – Felicity suchte nach dem richtigen Wort – verwirrt aus.

Doch es war Bruder Dominic, der sich zu Wort meldete. »Gibt es etwas Neues?«

Er schien so ruhig, dass Felicity fragen konnte: »Haben Sie etwas gefunden?«

»Sozusagen«, antwortete der Inspektor. Er schaute sie beide an und fügte hinzu: »Wir haben Bruder Karabas gefunden.«

»›Gefunden‹? Heißt das, ihm ist etwas zugestoßen?«, fragte Bruder Dominic.

»O nein, er ist gesund und munter. Er war den Nachmittag über in Beck, um etwas im Ortsarchiv nachzulesen. Er ist gerade mit dem letzten Bus zurückgekommen.«

»Was ist mit Bryony?«

»Bruder Karabas sagt, er wüsste nichts von einem Naturkunde-Ausflug.« Der Inspektor blickte sie mit dem gleichen mitleidigen Gesichtsausdruck an wie vor ihm Morag Mackenzie und Dominic.

Jähes Schweigen senkte sich über das Zimmer. Felicity merkte, dass sie sich tief in ihren Sessel drückte, in den sie sich erschöpft hatte fallen lassen – so als wolle sie sich in einer dunklen Stille vergraben, wo sie nicht hören müsste, was der Inspektor gleich sagen würde. Denn wenn er es einmal ausgesprochen hätte, würde es Bryony zu einem jener Kinder machen, über die man in der Zeitung las oder in den Fernsehnachrichten hörte: *»Seit Dienstagmittag vermisst…«, »…wurde zum letzten Mal gesehen, als sie mit einer Freundin die Schule verließ…«*

Der Inspektor sagte genau das, was sie nicht hatte hören wollen. Er machte das sehr behutsam, doch es war klar, worauf er hinauswollte: »Mrs. Stafford, haben Sie ein neueres Foto von Bryony?«

Es war fast stockfinster, als der Inspektor das Haus wieder verließ, und der Regen peitschte gegen die Scheiben. Das Wohnzimmer war warm, gemütlich und sicher; doch Felicity würde sich nie wieder warm und geborgen fühlen können, wenn Bryony tot war.

Der Inspektor hatte das Foto von Bryony an ihrem siebten Geburtstag mitgenommen. Kopien davon würden an Tankstellen, Bushaltestellen und Bahnhöfen verteilt werden. Und natürlich waren sie bereits dabei, die umliegende Gegend abzusuchen.

»Kann ich nicht suchen helfen?« Es war unerträglich, einfach nur hier zu sitzen und zu warten. Doch der Inspektor meinte, das sei keine gute Idee. Erstens könne Bryony jeden Moment auftauchen, und dann müsse Felicity hier sein. Zweitens seien seine Männer für solche Dinge ausgebildet und kannten außerdem die Gegend genau. Er wiederholte, was Bruder Dominic ihr bereits von dem gewaltigen Ausmaß der geschützten Wälder erzählt hatte, tätschelte ihr die Schulter und machte sich geschäftig auf den Weg.

Morag und Bruder Dominic begleiteten ihn. Morag musste die jüngeren Schüler beim Abendessen beaufsichtigen, doch sie würde später wiederkommen. Wenn Felicity irgendetwas brauchte, egal was, bräuchte sie nur in Bruder Andrews Büro anzurufen.

Felicity hatte gedacht, sie würde es vorziehen, allein zu sein, doch kaum hatte sich die Tür geschlossen, überkam sie erneut die Panik. Bryony war irgendwo dort draußen in der Finsternis, verängstigt und durchfroren. Das Lampenlicht spiegelte sich in der Fensterscheibe, so dass Felicity die Auffahrt nicht mehr sehen konnte. Sie schaltete das Licht aus und ließ nur das kleine elektrische Feuer im Kamin brennen. Ja, so war es besser. Sie zerrte die Steppdecke von ihrem Bett, wickelte sich hinein und hockte sich auf die breite Fensterbank. Wenn Bryony die Auffahrt heraufgestapft kam, würde Felicity sie sehen.

Sie lehnte ihren schmerzenden Kopf an das kalte Glas der Scheibe. Kleine Rinnsale rannen außen daran hinunter. Die Nacht weinte, weil Bryony verloren gegangen war. Aber ich wage es nicht, zu weinen, denn wenn ich damit anfange, kann ich sicher nicht mehr aufhören.

Sie schlief nicht wirklich ein, doch eine Zeit lang trieb sie in einem unruhigen, halb wachen Zustand dahin, in dem sie Geschöpfe mit verschlagenen Gesichtern erblickte, die versuchten, Bryony in das verschlungene Dickicht uralter Wälder zu locken, um ihr dort unaussprechliche Dinge anzutun. Con war auch da; er schlich zwischen den flüsternden Bäumen dahin und war auf unheimliche Weise ein Teil dieses makaberen Waldes … O Con, *warum* bist du jetzt nicht hier! Sie schlang die Arme um ihren Körper, um die schmerzhafte Sehnsucht zu unterdrücken, die Sehnsucht nach Con, der nie zurückkommen würde.

In jenem schrecklichen Wald regnete es, genau wie hier, ein schwacher, trostloser Nieselregen, der unablässig von einem bleigrauen Himmel fiel und von den Zweigen der alten Bäume troff, so dass das einzige Geräusch das stetige Tropfen des Wassers auf dem Waldboden war. Erschöpft vor Angst, verloren in den dunklen Gefilden ihres Albtraums, konnte Felicity es ganz deutlich hören. Sie hörte, wie sich das Geräusch plötzlich unmerklich veränderte; jetzt war es nicht mehr das Tropfen des Regenwassers, sondern eisige Finger, die gegen eine bereifte Fensterscheibe klopften, oder gefrorene Tränen, die von den skelettartigen schwarzen Bäumen draußen fielen …

Tock-tock, *tock-tock* … Und jetzt war es fast, als versuche etwas, das ausgeschlossen worden war, einen Weg hinein zu finden. Connor, der ihren einsamen Schmerzensschrei gehört hatte …? Der kam, um sie zu holen, weil sie zugelassen hatte, dass Bryony verloren gegangen war? *Sei doch nicht albern!*

Das Geräusch ertönte von neuem. Tock-tock-tock. Oder war es: *Lass-mich-rein, lass-mich-rein*? War es das leise, tückische Flehen eines Toten, der sich durch die stürmische Nacht zur Tür seiner früheren Liebsten geschleppt hatte? In dem Augenblick zwischen Schlafen und Aufwachen sah Felicity Cons Gesicht sehr deutlich vor sich, und es war nicht das dunkle, sardonische Gesicht des Mannes, den sie geheiratet hatte, es war das jenes unnahbaren, hohläugigen Wesens, das auf dem Tisch in der Leichenhalle gelegen hatte.

In diesem Augenblick brach nacktes Grauen durch die Visionen, die sie einhüllten. Wenn, nur einmal angenommen, Connor wirklich der gespenstische Bräutigam aus den Schauergeschichten war, und wenn er heute Nacht sein vermodertes Leichentuch abgeworfen und sich aus seinem steinernen Sarg erhoben hatte, um sich durch Sturm und Nacht seinen Weg zu suchen …?

Felicity rang nach Luft und riss die Augen auf. Das Zimmer war dunkel, und obwohl nach wie vor Nachtmahre in den Schatten herumspukten, waren es nicht mehr die unwirklichen Albträume der schaurigen, bedrohlichen Nachtwälder. Sie befand sich in einem ganz gewöhnlichen, warmen Zimmer in Bracken, und das Pochen war nichts Schlimmeres als ein Klopfen an der Tür. Sie wandte den Kopf, so dass sie die Tür sehen konnte.

Dort draußen stand jemand und wartete darauf, über die Schwelle gebeten zu werden...

Es gab keinen Grund, plötzlich ein beklemmendes Gefühl der Vorahnung zu verspüren, keinen Grund dafür, dass sich die Haare in ihrem Nacken unvermittelt prickelnd aufrichten sollten. Doch Felicity spürte es trotzdem; mit einem neuerlichen Stich der Angst fiel ihr ein, dass sie die Tür nicht verriegelt hatte. Wer auch immer dort draußen stand, klopfte noch einmal. Sehr leise. Verstohlen. Als wolle er nicht, dass ihn außer Felicity jemand hörte.

Wahrscheinlich war es jemand, der dachte, sie habe es vielleicht trotz allem geschafft, einzuschlafen, und der sie nicht aufwecken wollte. Erleichtert klammerte sich Felicity an diesen Gedanken und holte Atem, um den Besucher zum Eintreten aufzufordern. Als sie dies getan hatte, begann sich die Klinke sehr langsam zu senken. Felicity presste sich gegen die kalte Fensterscheibe, ihre Hand legte sich unwillkürlich über ihren Mund. Die Tür öffnete sich, und ein paar Sekunden lang, in denen ihr Herz still zu stehen schien, glaubte sie tatsächlich, die dunkle Gestalt, die dort stand, sei Connor, der zurückgekehrt war. Auch als er ins Zimmer trat und das Licht des künstlichen Feuers seinen unechten Schatten über seine Augen warf, schlugen ihre Gefühle noch die verrücktesten Purzelbäume.

Natürlich war es nicht Connor; Connor war tot, war von der zerschmetterten Karosserie seines Wagens zerfetzt und begraben worden – Felicity hatte an seinem Grab gestanden und zugesehen, wie der Sarg in die Erde gesenkt worden war. Und außer in den Romanen Lovecrafts und der schaurigen Erzählung von Leafnu wandelten die Toten nicht auf Erden.

Und doch. Und doch.

»Darf ich reinkommen?«, fragte Karabas leise und wartete auf ihr Nicken, ehe er vollends ins Zimmer trat.

12

Fast augenblicklich schien die ganze Situation wieder völlig normal zu sein. Karabas' Stimme klang wie immer, als er fragte: »Habe ich Sie erschreckt? Das wollte ich nicht. Ich möchte Sie nur sprechen, aber wenn Sie lieber allein sein möchten, gehe ich wieder.«

Er hörte sich so ernsthaft und so mitfühlend an, und er blickte so besorgt auf sie herab, dass Felicity sofort Gewissensbisse verspürte, weil sie einen unaussprechlichen Verdacht gegen ihn gehegt hatte.

Sie erhob sich von der Fensterbank und trat zu dem kleinen Sofa, das Morag vor den Kamin geschoben hatte. »Ist schon in Ordnung, Sie haben mich nicht erschreckt.« Sie setzte sich, und Karabas nahm neben ihr Platz. Er trug einen dunkelgrauen Pullover und schwarze Hosen; in dieser Kleidung wirkte er irgendwie robuster und weltgewandter als in seiner üblichen braunen Kutte. Er musterte sie ein paar Sekunden und fragte leise: »Hatten Sie keine Angst, mich hereinzubitten, Felicity?«

Seine Frage kam so unerwartet, dass sie glaubte, sie hätte sich verhört. »Es tut mir Leid, dass Sie in diesen Schlamassel hineingeraten sind«, sagte sie. »Aber Bryony schien sich wegen des Ausflugs so sicher zu sein ...«

»Ich habe ihr wirklich versprochen, dass wir irgendwann einmal zu einem der Wälder hier fahren«, meinte Karabas. »Wir haben noch keinen genauen Tag verabredet, aber sie meinte, das würde ihr Spaß machen. Mir übrigens auch.«

So wie er das sagte, hörte es sich an, als wäre all dies noch möglich. »Glauben Sie, dass sie noch am Leben ist?«, fragte Felicity. Zum ersten Mal hatte sie gewagt, diese Frage laut auszusprechen.

Und Karabas antwortete ohne das geringste Zögern: »Oh, sie ist noch am Leben, Felicity.«

Schweigen. Felicity hatte auf die beiden Glühstäbe des elektrischen Kaminfeuers geblickt, jetzt jedoch wandte sie den Kopf, um ihn anzusehen. Und sofort zersplitterte die dünne, oberflächliche Glasur der Normalität, und etwas Dunkles, Bedrohliches begann hervorzusickern. Karabas beobachtete sie, nicht offen und direkt, um sie seines Mitgefühls zu versichern, auch nicht heimlich, als wolle er sie nicht beunruhigen. Er beobachtete sie aus den Augenwinkeln, verschlagen und berechnend. Felicity starrte ihn an und fühlte, wie die Vergangenheit erneut emporbrandete und über ihr zusammenschlug.

Denn genauso hatte Connor gewirkt. So hatte er am Schluss ausgesehen, in all den Nächten, in denen er seine Spielchen mit mir getrieben hat, wenn er mich halb zu Tode geängstigt und ihn das wahnsinnig scharf gemacht hat … Und die vielen Male, die er frühmorgens nach Hause geschlichen kam und nach Alkohol und dem Parfum einer anderen Frau gerochen hat, und wenn der Sex dann irgendwie bizarr wurde, und manchmal sogar brutal … und wenn er sich über mich lustig gemacht hat, weil ich davor zurückgeschreckt bin …

Halt das alles fest, sagte sie sich. Halt das fest und hör auf, dir einzureden, das hier wäre leichter zu ertragen, wenn Con hier wäre. Es wäre überhaupt nicht einfacher, vielleicht wäre es sogar schlimmer. Denn Con war in Wirklichkeit grausam und verantwortungslos, und im Grunde ist es gut, dass er nicht mehr da ist.

Doch Connor war noch da, er war hier in diesem Zimmer – er war Teil des Schattens und Teil der Angst. Er blickte aus Karabas' Augen, und als Karabas sich vorbeugte und seinen Arm um Felicitys Taille legte, drang ein kleiner Funke des Trostes durch das eisige Elend, das sie umgab. Sie lehnte sich an ihn, erlaubte sich einen Moment zu glauben, dass dies hier Connor war, jener Connor, den sie geheiratet hatte: betörend, liebenswert und faszinierend. Ich sollte das nicht tun, dachte sie. Es ist Karabas gegenüber nicht fair. Sie musste an jenen Abend denken, als er sie an sich gedrückt und sie seine unmissverständliche Erregung gespürt hatte. Sie hatte das schon längst als unwichtig abgehakt; wahrscheinlich reagierte selbst der devoteste Mönch gelegentlich unwillkürlich auf die Nähe einer Frau.

Gleich setze ich mich wieder richtig hin, beruhigte sie sich. Doch es war so tröstlich, sich an ihn zu schmiegen und endlich wieder diese warme, männliche Stärke zu spüren.

Sehr leise sagte Karabas: »Sie wissen doch, dass Sie *wirklich* nicht so mit mir allein sein sollten, Felicity, oder?«

»Ja«, hörte sie ihre eigene Stimme wie aus den Tiefen eines Traums heraus antworten. »Wir hören ja auch gleich wieder auf, nicht wahr?«

»O ja«, sagte Karabas, und sein Arm schloss sich fester um sie. Seine Finger streiften ihre Brust, und in ihrem Kopf schrillte eine Alarmglocke. Ich missverstehe ihn schon wieder, dachte sie. Oder ich schätze das hier falsch ein. Er ist ein *Mönch*! Er lebt im Zölibat! Bestimmt ist das hier nur ein ungeschickter Versuch, mich zu trösten.

Doch als er sie noch fester an sich zog, war ihr klar, dass sie ihn nicht missverstanden oder falsch eingeschätzt hatte, und dass sie sich sofort sehr bestimmt und doch möglichst taktvoll von ihm losmachen musste.

Sie setzte sich auf und entwand sich dabei seinen Händen. »Sie sind sehr freundlich, Karabas«, sagte sie leichthin. »Alle hier sind so nett zu mir. Ich glaube, wir machen lieber das Licht an, nicht wahr? Das wäre doch viel gemütlicher. Und ich mach uns Tee oder einen Kaffee.« War das als höfliche Formulierung von ›Finger weg‹ deutlich genug gewesen? Habe ich ihm zu verstehen gegeben: ›Wir tun am besten so, als ob gar nichts passiert wäre?‹ O Gott, ich glaube nicht. Was für merkwürdige Augen er hat. Ich glaube, ich sollte da lieber nicht allzu lange hineinsehen. Und was für ein schmales Lächeln er hat. Con hat manchmal auch so gelächelt.

»Haben Sie Angst vor mir, Felicity?«, fragte er.

»Ich… nein. Nein, natürlich nicht.«

»Das sollten Sie aber«, sagte er. »Oh, Felicity, Sie sollten sehr, sehr große Angst vor mir haben.« Seine Stimme klang sanft, und doch konnte Felicity diesmal das verhaltene Knurren darin hören. Die Panik, die dichter unter der Oberfläche gelauert hatte, als sie es sich selbst eingestanden hatte, brach sich Bahn, und sie streckte die Hand aus, um ihn abzuwehren.

Er stieß sie hart gegen die Armlehne des Sofas und drückte sie, halb über ihr liegend, fest in die Kissen. Mit zorniger Stimme fuhr sie ihn an: »Lassen Sie mich los! Karabas, lassen Sie mich *sofort* los, sonst rufe ich um Hilfe!« Ich bin nicht wirklich in Gefahr, sagte sie sich verzweifelt, ein paar Dutzend Leute sind in Rufweite, und wenn er völlig durchdreht, brauche ich nur zu schreien.

»Hören Sie auf damit«, befahl sie laut. »Sie meinen das nicht ernst, und ich will das nicht. Falls ich Sie etwas anderes habe glauben lassen, tut es mir Leid…«

Als Antwort schlug er ihr ins Gesicht. Felicity keuchte und riss instinktiv die Hände hoch, um sich zu schützen. Sofort packte er ihre Handgelenke und hielt sie mit schmerzhaftem Griff fest.

»Schrei nicht«, knurrte er. »Und hetz mir auch nicht die Polizei auf den Hals. Wenn du das tust, stirbt Bryony, und zwar noch heute Nacht.« Er blickte auf sie herab. »Hast du *jetzt* Angst?«, fragte er, und Felicity, deren Gesicht von seinem Schlag brannte, starrte ihn entsetzt und ungläubig an.

»O mein Gott, Sie haben sie also doch mitgenommen! Sie hatte also doch Recht mit dem Ausflug… lassen Sie mich *los*!« Fast schluchzend vor Angst und Wut, wehrte sie sich heftig.

»Sie war so arglos«, sagte Karabas. »So willig. Du hast keine Ahnung, wie einfach es war.« Er sprach langsam und undeutlich, fast als wäre er betrunken, und in seinen Augen spiegelte sich das rote Licht des elektrischen Feuers. Glühende rote Augen. Felicity hörte auf sich zu wehren; ihre Gedanken rasten in ihrem Kopf. Bryony lebt noch, hat er gesagt, also ist noch Zeit, sie zu finden. O Gott, lass mich nicht den Kopf verlieren, und bitte, Gott, mach, dass er mir sagt, wo sie ist.

Sie zwang sich, mit ganz normaler Stimme zu sprechen. »Sagen Sie mir, warum Sie sie versteckt haben.« Hatte sich das unverfänglich genug angehört? Ja, sein eiserner Griff lockerte sich ein wenig. Genug, dass sie sich losreißen und zum Telefon oder zur Tür stürzen könnte. Nein. »Ich meine, warum ausgerechnet Bryony?«

»Weil ich von einem sehr, sehr alten Geschlecht abstamme, dessen Angehörige einen Eid leisten«, sagte Karabas.

»Was für einen Eid?«

»Die Nachfahren Richard Foljambes zu suchen und zu vernichten«, antwortete er, als erkläre er einem sehr begriffsstutzigen Kind eine völlig einfache Tatsache.

Der alte Name – er klang irgendwie französisch und mittelalterlich – war das Letzte, was Felicity zu hören erwartet hatte. Ihre Mutter hatte geglaubt, der Name sei ausgestorben.

Doch die Legende, die dumme, sentimentale Legende, war nicht ausgestorben. Sie erinnerte sich, wie ihre Mutter ihr die alten Geschichten erzählt hatte, so wie sie sie 20 Jahre später Bryony erzählt hatte. Es waren glorreiche, harmlose Geschichten gewesen; Märchen, die die ohnehin blühende Fantasie eines Kindes noch weiter anfachten. Geschichten von Abenteuern und tapferen Taten, von edlen Rittern und Königen auf goldenen Thronen ... Richard, der das Haus im Wald gebaut hatte, und Thomas, der kurz vor der Magna Charta zum Ritter geschlagen worden war. Die Zwillinge – deren Namen vergessen waren und von denen nur die Erinnerung an ihren Mut in der Schlacht geblieben war –, die Edward Plantagenet auf einem der späten Kreuzzüge gefolgt und 1301 mit ihm gegen die Schotten ins Feld gezogen waren …

Die Königlichen Wolfsjäger, die seit der Zeit Williams des Ersten England von den Wölfen gesäubert haben …

Nur hatte sie es sorgfältig vermieden, die Wölfe zu erwähnen, als sie Bryony diese Geschichten erzählt hatte.

Karabas betrachtete sie mit schief gelegtem Kopf. Dann sagte er: »Das war der Eid, den Connor vor zehn Jahren geschworen hat.«

Die geballten Erinnerungen verschwanden. »*Connor* hat geschworen, meine Familie zu vernichten?«

»O ja. Aber er hat seine Mission aus den Augen verloren. Er wurde …«, – eine Pause, und dann wieder dieses fürchterliche, verkniffene Lächeln –, »menschlich«, fuhr Connors Vetter fort. »Er hat sogar in die Familie eingeheiratet, die zu vernichten er geschworen hatte, und hat einen Nachkommen gezeugt.«

»Bryony«, flüsterte Felicity.

»Ja. Siehst du, mit ihr haben wir nicht gerechnet. Biologisch gesehen hätte sie gar nicht geboren werden dürfen. Natürlich haben wir in Erwägung gezogen, dass du eine Affäre hattest …«

»Sie haben *was*?«

»Aber das haben wir wieder verworfen«, fuhr Karabas fort. »Sie ist eindeutig Connors Tochter.« Er sah sie eindringlich an. »Und sie hat die Erinnerungen ihrer Rasse«, sagte er leise. »Von beiden Eltern. Als wir das bemerkt haben, haben wir begriffen, dass Connor tatsächlich den allergrößten Verrat begangen hatte. Er war zu tief in deine Welt hineingeraten, Felicity, und er hatte eine sehr gefährliche Grenze überschritten. Deshalb musste er sterben. Wir beobachten die Unseren genau, musst du wissen. Wenn einer unserer Brüder in die Welt hinausgeht, halten wir sehr enge Verbindung mit ihm. Connor ist mehrmals zu uns zurückgekehrt, und wir wussten genau, was er tat. Wir wussten, dass er die Identität eines Mannes angenommen hatte, der keine Angehörigen hatte und seit zwanzig Jahren tot war – das war natürlich so geplant.« Er lächelte flüchtig. »Wir haben schon vor langer Zeit unsere eigenen Mittel und Wege entwickelt, in eure Welt einzudringen. Wir haben Nischen gefunden, wo wir uns ohne Schwierigkeiten unter die Menschen mischen können und wo wir ohne allzu viele Fragen akzeptiert werden. Diesen Ort hier – Bracken Hall – haben wir schon vor einigen Jahren entdeckt, obwohl dies das erste Mal ist, dass wir ihn benutzen.« Er musterte sie eingehend. »Manchmal müssen wir unsere Pläne ein bisschen umstellen, aber wir machen selten Fehler.«

Felicity hatte das Gefühl, ihr ganzes Leben als Ehefrau habe sich plötzlich in einem Gewirr von Fäden aufgelöst, die unlösbar miteinander verknäult um sie herumlagen. Die Zeiten, wo er ohne Erklärung tagelang nicht nach Hause gekommen war. Die seltsamen Lücken in Cons Wissen über ganz gewöhnliche, alltägliche Dinge. Die Tatsache, dass der einzige Connor Stafford, der dem Sozialamt bekannt war, ein längst verstorbener Mann ohne Familie gewesen war. Con hat seine Identität angenommen, dachte sie. Jedenfalls hatte ich in einem Recht, das ist tatsächlich wie ein Frederick Forsyth-Roman. Und als die Fäden begannen, ein neues Muster zu weben, drängten sich zwei Gedanken in den Vordergrund: Wie viel von all dem glaube ich wirklich? Und – noch beängstigender: Wenn das wahr ist, wie sehr habe ich mich dann in Con geirrt?

Sie griff eine Tatsache aus dem verworrenen Knäuel auf. »Haben Sie ihn umgebracht?«

»Ja. Wenn ein Mitglied des Rudels gegen die Regeln verstößt, muss es aus dem Rudel entfernt werden«, erwiderte Karabas, und Felicity vernahm das unheimliche Echo der christlichen Religion: Wenn dich dein Auge zum Bösen verführt, dann reiß es raus.

»Aber – Con ist doch bei einem Autounfall gestorben.«

»Con ist gestorben, weil ich schon in seinem Wagen war,

als er an jenem Abend eingestiegen ist. Er war natürlich bei einer Frau gewesen – das war von Anfang an Connors Schwäche.«

»Ja«, sagte Felicity hilflos und unglücklich.

»Ich hatte mich hinten im Auto versteckt – es war übrigens sehr hilfreich, dass er einen Kombi gefahren hat, so konnte ich mich hinter die Rücksitze kauern. Als er schnell genug war, habe ich mich aufgerichtet. Er hat mich im Rückspiegel gesehen und vor Schreck die Kontrolle über den Wagen verloren.«

Felicity war von dieser albtraumhaften Serie von Enthüllungen wie betäubt. Diese letzte Offenbarung jedoch beschwor ein derart lebhaftes Bild herauf, dass einen Moment lang alles andere dahinter verblasste. Mit grausiger Klarheit sah sie Con vor sich, wie er durch die Nacht fuhr – wie er die düstere, schlecht beleuchtete Straße erreichte, wo sich der Unfall ereignet hatte – und plötzlich ein fremdes Augenpaar im Rückspiegel erblickte.

»Er ist gestorben«, sagte Karabas hinterhältig. »Aber es hat eine Weile gedauert. Ich habe ihm beim Sterben zugesehen, Felicity.«

Der Gedanke ›Das hätte er mir nicht erzählen müssen‹ drängte sich an die Oberfläche ihres Bewusstseins, und ihm folgte ein unerwartetes Auflodern der Wut, das ihr neue Kraft verlieh. Ich werd's dir zeigen, du abartiges Geschöpf, dachte Felicity, und klammerte sich mit aller Kraft an diesen willkommenen Zorn. Ich werde herausfinden, wo du Bryony hingebracht hast, und wenn ich mich mit dem Teufel persönlich einlassen muss. Und wenn das hier vorbei ist, dann werde ich mich mit der Frage auseinander setzen, ob Con irgendwelche genetischen Schranken durchbrochen hat, und ich werde mich sogar dem schrecklichen Gedanken stellen, dass er allein und hilflos gestorben ist, während dieses Ungeheuer zugesehen hat…

Laut fragte sie: »Aber hätten Sie nicht auch getötet werden können?«, und hörte zufrieden, dass ihre Stimme völlig emotionslos klang.

»Sicher«, erwiderte Karabas sofort. »Aber ich habe nur ein paar Prellungen abgekriegt. Ich habe mich abgesetzt, ehe der Krankenwagen kam. Aber ich war bereit zu sterben. Ich wäre für mein Volk gestorben; es wäre ein ehrenvoller Tod gewesen.«

»Dann wäre Bryony in Sicherheit gewesen.«

»Nein. Dann hätte ein anderer nach ihr gesucht.«

»Wieso?«

»Wir müssen sie untersuchen. Sie prüfen.«

»Prüfen?«

»Hast du noch nie von dem uralten Ritual gehört, bei dem das Blut der Vorfahren getrunken wird, Felicity?«, raunte er.

Übelkeit drohte sie zu überwältigen, doch sie kämpfte dagegen an. »Der Vorfahren …?«

»Der Vorfahren des Volkes ihres Vaters«, erklärte Karabas. »Und dorthin werde ich sie bringen. Ich werde sie zu meinem Volk bringen, und sie wird bei uns bleiben, bis sie dreizehn ist. Dann wird sie sich dem Ritual unterziehen. Es wird ihre letzte Prüfung sein. Wenn sie wirklich die Wesenszüge meines Volkes geerbt hat, wird sie ohne Zögern an dem Ritual teilnehmen und das Blut trinken.«

Der Gedanke, ihre hübsche, reinliche Tochter könnte sechs oder sieben Jahre lang von einem fremdartigen Stamm gefangen gehalten und dann gezwungen werden, etwas derart Widerliches zu tun, war unerträglich. Verzweifelt klammerte sie sich an einen Strohhalm. »Aber warum haben Sie sie jetzt schon geholt? Warum haben Sie nicht gewartet, bis sie dreizehn ist?«

»Dann wäre sie schon zu sehr von deiner Welt geprägt. Wir wollen sie so, wie sie jetzt ist – formbar. Belehrbar. Noch bereit, an Märchen und Zauberei zu glauben.«

»Und wenn sie die Prüfung nicht besteht?«

»Dann wird sie sterben, wie alle Kinder, die bei der Prüfung versagen. Außerdem würde sie bis dahin zu viele unserer überlieferten Geheimnisse kennen, als dass man sie am Leben lassen könnte.«

Hätte sie nicht auf dem Sofa gesessen, wäre sie zusammengebrochen. »Wo ist sie jetzt?«, brachte sie heraus.

»An einem Ort, wo man sie nicht finden wird.«

Wieder fühlte Felicity, wie die Panik Übelkeit erregend in ihr aufwallte, doch sie fragte: »Wo kommen Sie wirklich her? Was sind Sie?«

»Hin und wieder – vielleicht alle zehntausend Jahre, oder sogar alle hunderttausend Jahre – schlägt die Evolution eine unerwartete Richtung ein. Manchmal überspringt sie eine Entwicklungsstufe, verpasst hier und da ein Glied in der Kette. Aber manchmal«, fuhr er leise fort, »verfehlt sie mehr als ein Bindeglied; manchmal kommt sie ganz und gar vom Wege ab und stolpert in einen finsteren, dornigen Hohlweg ohne Ausgang. In dieser Finsternis können seltsame Dinge entstehen.«

»Die Natur gerät in eine Sackgasse.«

»Genau. Seit vielen Generationen hat es eine klare Trennlinie gegeben, mit den Menschen auf der einen und den Tieren auf der anderen Seite. Mein Volk hat in der Schattenwelt gelebt, die dazwischen liegt.« Zum ersten Mal bemerkte Felicity eine flüchtige Traurigkeit in ihm. Bitte lass ihn weiterreden; jeden Augenblick kann jemand hereinkommen, und dann bin ich in Sicherheit, und Bryony auch, das heißt, wenn wir sie finden können …

Die Vernunft, die in Karabas' Augen zu erkennen gewesen war, während er sprach, begann zu verschwimmen, und wieder erfüllte eine namenlose Bedrohung den Raum. Er packte Felicitys Handgelenke fester und beugte sich näher zu ihr. Sein Atem streifte warm ihre Wange. Und sein Gesicht verändert sich, dachte sie ungläubig, es wird schmaler und irgendwie spitzer … nein, das bilde ich mir nur ein.

»Warum sind Sie hierher zurückgekommen? Warum haben Sie Bryony nicht gleich zu Ihren Leuten gebracht?«, fragte sie.

»Ach, Felicity«, entgegnete Karabas, und in seiner Stimme schwang echte Belustigung mit. »Ich bin zurückgekommen, um meine Spuren zu verwischen. Ich bin zurückgekommen, um dich zu töten.« Er musterte sie eingehend. »Du weißt zu viel, verstehst du, und wenn sie ernsthaft anfangen, nach Bryony zu suchen ... Selbst wenn ich dir nichts von meinem Volk erzählt hätte, die Polizei würde Nachforschungen über Connor anstellen. Du könntest ihnen Dinge erzählen, die für uns gefährlich wären.« Er ließ ihre Handgelenke los und tappte quer durchs Zimmer zur Wohnungstür. Sie hörte, wie er den Riegel vorschob.

Felicity setzte sich abrupt auf. Ihr Verstand arbeitete auf Hochtouren, erwog und verwarf ein halbes Dutzend Dinge, die sie tun könnte. Sie könnte nach etwas greifen, das sie als Waffe benutzen konnte – die Tischlampe, oder die Buchstütze aus Marmor –, doch er würde sofort merken, was sie vorhatte und sich auf sie stürzen. Er wird mich mit Leichtigkeit überwältigen, dachte sie, egal, was ich tue.

»Und jetzt, mein Schatz«, grinste Karabas und lehnte sich mit dem Rücken gegen die Tür, »kann keiner mehr reinkommen.« Er ließ seinen Blick an ihr hinauf- und hinunterwandern. »Aber zuerst das Vergnügen. Du hast mich schon lange gereizt, Felicity. Zieh dich aus.«

»Nein!«

»Mach schon.« Er kam auf sie zu und stand vor ihr. Felicity bemühte sich, nicht zurückzuzucken. »Mach schon«, wiederholte er sehr leise. »Denk an Bryony, ganz allein dort draußen im Dunkeln und in der Kälte. Wenn du mich der Polizei auslieferst, wirst du sie mit Sicherheit nie wieder sehen. Sie wird verhungern und erfrieren, ehe du sie findest. Vergiss das nicht, Felicity.«

»Aber ... wenn jemand kommt ...«

»Schick ihn weg. Sag, du versuchst zu schlafen.«

Felicity erhob sich. Sie zwang ihren Verstand, sich irgendwie von dem, was hier geschah, zu distanzieren und schlüpfte rasch aus ihren Kleidern. Der unechte Feuerschein verbreitete ein rotes Leuchten im Zimmer, und der Regen prasselte gegen das Fenster, dessen Vorhänge immer noch geöffnet waren. Es war ein grauenhaftes Zerrbild all jener Winterabende, die sie mit Con geteilt hatte, in denen sie einen Riesenhaufen Kissen vor dem Kamin aufgestapelt und sich die halbe Nacht lang sinnlich und geruhsam geliebt hatten … aber ich wage es nicht, an Con zu denken. Ich werde an Bryony denken, daran, dass dies helfen wird, damit sie am Leben bleibt, wenigstens heute Nacht – ja, so kann ich das hier überstehen. Und ich werde es überstehen, dachte sie entschlossen. Ich werde es überstehen, und ich werde sie finden. *Bestimmt.*

Er wird mich vergewaltigen … ja, natürlich wird er das tun. Jetzt gleich, hier auf diesem Sofa, und ob all dies Zeug über irgendwelche Eide und die Foljambes jetzt wahr ist oder nicht, ich kann es nicht darauf ankommen lassen. Wenn ich um Hilfe schreie, sehe ich Bryony wirklich nie wieder. O Gott, sie ist irgendwo da draußen im Dunkeln … Ich habe keine Wahl, dachte sie in stummer Verzweiflung. Und ich würde mit dem Teufel persönlich vögeln, wenn sie das retten könnte!

Karabas beobachtete sie jetzt aus zusammengekniffenen Augen, und Felicitys Muskeln begannen vor Anspannung zu schmerzen, während sie darauf wartete, dass er den nächsten Schritt machte. Gerade fragte sie sich ein wenig benommen, ob er sich auch ausziehen würde, als er sich ungeduldig den Pullover über den Kopf zerrte und dabei sein dunkles Haar zerzauste. Dann streifte er seine Hose ab. Weiches, glänzendes dunkles Haar bedeckte seine Brust, wucherte zwischen den Beinen, zog sich an den Innenseiten seiner Oberschenkel hinab. Sein harter Penis ragte steif daraus hervor.

Er kam auf sie zu, und es war unfassbar, aber er lächelte, und es war Cons Lächeln – ein bisschen betreten, reizend und mit einem Hauch von Gefahr, bei dem man plötzlich an all die Ammenmärchen von den schlanken, schönen jungen Männern denken musste, die sich in eine Aura düsterer Romantik hüllten wie in einen Mantel, die sich jedoch manchmal ganz plötzlich verwandelten, so dass böse, hungrige Wesen aus ihren Augen funkelten... die Märchen, dass es vor langer Zeit Kreaturen gegeben hatte, die menschliche Gestalt annehmen konnten, jedoch Gefallen an Menschenfleisch fanden. *Weil die Evolution manchmal seltsame Wege geht und die menschliche Rasse hin und wieder unerwartete Abzweigungen nimmt... Und die menschliche Gestalt macht es mir umso leichter, dich aufs Kreuz zu legen, mein Schatz...*

Jetzt jedoch schmolz die äußere Schale der Menschlichkeit dahin. O mein Gott, dachte Felicity, ich habe Halluzinationen. Das hier kann unmöglich wirklich passieren...

Mit einem Satz stürzte er sich auf sie, erstickte sie fast unter seinem Körper und schob in einer unaussprechlich intimen Geste die Hand zwischen ihre Beine. Felicity drehte sich der Magen um, doch sie klammerte sich an den Gedanken, dass es bald vorbei sein würde. Ging bei Vergewaltigungen nicht immer alles sehr schnell, weil der Vergewaltiger meist übermäßig erregt war? Bitte lass ihn so scharf sein, dass er schon nach ein paar Sekunden kommt, betete sie im Stillen.

Er zwängte ihre Beine mit der Hand weiter auseinander; dann drang er mit Gewalt in sie ein. Felicity schrie vor Schmerz auf. Ich halte das nicht aus, schoss es ihr durch den Kopf, und Panik stieg in ihr hoch. Doch dann begann er sich zu bewegen, nicht hektisch oder brutal, wie sie erwartet hatte, sondern fließend, als bestünde sein Körper aus glatter Seide. Der warme, goldene Geruch nach etwas Wildem, unsagbar Maskulinen erfüllte die Luft, und ein paar trügerische Sekunden lang spürte Felicity, wie ihr Körper dem seinen antwortete.

Und dann flutete die Erinnerung über sie hinweg und schwemmte das Gefühl fort. Dies war kein mysteriöser, romantischer Geliebter; dies war eine Monstrosität, ein Mutant, aus einer Verirrung der Natur entstanden, das Ungeheuer, das Bryony entführt und Con getötet hatte. Unbändiger Hass flammte in ihr auf, und Felicity griff ohne zu zögern danach. Während der endlosen Minuten, die jetzt folgten – während Karabas sich gleichmäßig und ohne Hast bewegte und seine steigende Erregung wie ein Leuchtfeuer von ihm ausstrahlte –, hielt Felicity sich an diesem Hass fest. Als er endlich im Orgasmus erschauerte, packte sie eine Woge des Abscheus – *Er ist ein Wolf!* –, und für ein paar Sekunden glaubte sie, den Verstand zu verlieren. Aber ich hab es hinter mir, dachte sie. Es ist vorbei, er ist fertig, und jetzt kann ich mich darauf konzentrieren, Bryony zu retten.

Karabas erhob sich und blickte auf sie herab. Das Licht des künstlichen Feuers warf unheimliche Schatten über sein Gesicht; es verlieh ihm die unverwechselbare Gestalt eines Wolfskopfes, so dass es einen grauenvollen Augenblick lang schien, als stünde dort ein Wesen mit dem Körper eines Menschen und dem Kopf eines Wolfes.

Breitbeinig stand er vor ihr, und sie bemerkte, dass er trotz der unauslöschlich in ihr Gedächtnis eingegrabenen Ejakulation seines fremdartigen Samens in ihren Körper immer noch auf geradezu obszöne Weise erregt war. Felicity schauderte vor Ekel, und die zaghafte Hoffnung, dass das Schlimmste hinter ihr läge, löste sich in Nichts auf. Es war ein Fehler gewesen, zu glauben, das finstere Geschöpf aus jenen grauenvollen Abwegen der Natur sei verschwunden und die Vergewaltigung wäre vorüber.

Diesmal riss er sie in einem Wirbel heißen, goldenen Geruchs und gefletschter Zähne zu Boden, und sie spürte, wie seine Nägel – harte, gekrümmte Wolfskrallen – blutige Striemen in ihre Haut gruben. Einen kurzen, blendenden Augenblick lang war ihr, als löse sich die Gegenwart um sie herum auf, als könne sie weit in die Vergangenheit blicken und all die blutigen Schlachten sehen, die ihre Urahnen mit den wilden Kreaturen des Waldes ausgefochten hatten, die zu vernichten sie geschworen hatten...

Im trüben Licht des unechten Feuers schob er sich hinter sie und zwang sie auf die Knie. Als er ihre Schenkel erneut auseinander drängte, begriff sie, dass ihr die eigentliche Vergewaltigung erst noch bevorstand.

13

Bryonys Nachmittag hatte eigentlich ziemlich gut angefangen. Karabas hatte sie um Viertel nach zwölf von der Schule abgeholt und gesagt, dass sich der Plan ein wenig geändert hätte: Sie würden früher zum Nachtwald fahren, jetzt gleich, und dort das Picknick als Mittagessen veranstalten, weil es um diese Jahreszeit zu früh dunkel wurde, um am Nachmittag zu picknicken.

Das sah Bryony ein, und ihre Brote, den Kuchen und die Schokokekse konnte man ja genauso gut zu Mittag essen. Außerdem war heute Mittwoch, und das bedeutete, dass es in der Schule Fleischpudding zum Mittagessen geben würde. Dabei vertat sich Bruder Joseph oft mit den Zutaten, so dass man zu dem Speck und den Bratwürsten, die ganz okay waren, etwas auf den Teller geklatscht bekam, was in der zweiten Klasse schlicht Pampe genannt wurde.

Sie überlegte, ob sie ihrer Mutter Bescheid sagen sollte, dass sie früher picknicken würden, aber Karabas sagte, das sei schon in Ordnung, er hätte vorhin bei ihr im Büro vorbeigeschaut und es ihr selbst erzählt. Also ging Bryony ins Stall-Haus und zog ihre Schuluniform aus. Dann zog sie einen Wollpullover und einen grauen Rock an, und darüber ihren roten Dufflecoat. Für einen Nachtwald war der genau richtig, und sie hatte rote Gummistiefel, die dazu passten. Es würde bestimmt ganz toll werden.

Die dritte Klasse kam allerdings nicht mit. Die Ärmsten,

Karabas sagte, sie hätten jetzt doch Unterricht. Dann würden er und Bryony sich eben allein amüsieren, sagte er, und außerdem gäbe es so auch mehr zu essen für jeden. Bryony wäre lieber nicht allein mit Karabas gefahren, wegen diesem unheimlichen Fremden, der manchmal aus seinen Augen schaute, aber so was konnte man ja nicht sagen, das wäre unhöflich.

Sie hatte gedacht, dass sie mit einem Bus zum Nachtwald fahren würden; das wäre lustig gewesen. Die Busse hier waren anders als die in London, wo die Leute immer drängelten und unfreundlich waren. Mama hatte Bryony zweimal am Samstag mit nach Caldbeck genommen, seit sie hier waren. Die Busse waren gemütlich die Straße entlanggegondelt, und der Fahrer hatte sogar ein paar Mal angehalten und jemand aufgelesen, der am Straßenrand stand und winkte. Die Leute, die im Bus saßen, kannten sich alle gegenseitig, und der Fahrer kannte auch jeden.

Zu ihrer Überraschung führte Karabas sie zu den Garagen, wo der Minibus der Schule stand, und ein paar Autos, die den Lehrern gehörten. Miss Mackenzie hatte einen roten Mini, und Mr. Lucas, der Musiklehrer, hatte einen Sportwagen. Die Mädchen in der Oberstufe waren alle verknallt in Mr. Lucas, und die Jungen alle in den Sportwagen.

Aber sie würden bestimmt nicht mit dem Auto zum Nachtwald fahren, weil Karabas nicht fahren konnte, das wusste Bryony. Doch dann schob er etwas aus der Garage, was dort im Schatten gestanden hatte, und Bryony sah erstaunt, dass es ein Motorrad war.

Das Motorrad war glänzend schwarz, mit ein paar silbernen Streifen hier und dort, und es war sehr groß. Normalerweise fuhren Mönche wohl nicht auf so etwas herum, aber Karabas meinte, so wären sie schnell am Ziel, und Spaß würde es auch machen. Bryony könnte hinten draufsitzen, und sie müsste einen Regenponcho überziehen, weil man das beim Motorradfahren so machte. Er hatte schon einen zweiten Regenponcho für sie bereitgelegt, und einen zweiten

Sturzhelm auch. Der Poncho war dunkelgrün und reichte ihr bis auf die Fußspitzen. Der Helm war ein bisschen zu groß und rutschte ihr auf die Nase, wenn sie nicht aufpasste, doch sie konnte trotzdem alles sehen. Sie schoben das Motorrad die ganze Auffahrt hinunter bis vor das Schultor, und dann ließ Karabas den Motor an.

Bis zu diesem Moment hatte Bryony es geschafft, nicht darüber nachzudenken, ob sie Angst hatte oder nicht. Es war schade, dass die dritte Klasse nicht mitkam, aber sie freute sich auf den Nachtwald und darauf, Wildblumen zu pflücken und Kastanien zu sammeln, die sie dann für die Kastanienturniere der zweiten Klasse benutzen konnte, und darauf, den Vogelstimmen zuzuhören. Karabas sagte, alle Tiere hätten ihre eigene Sprache, die ganz anders sei als die der Menschen. Vor langer Zeit hätten die Menschen die Sprache der Tiere sprechen können, und Menschen und Tiere wären nicht so verschieden gewesen wie heute. Es sei ein Jammer, dass diese Verständigung nicht mehr möglich sei, sagte er, obwohl man manchmal in ganz abgelegenen Gegenden noch auf Menschen stieß, die das Geheimnis bewahrt hatten.

Das war sehr interessant, und Bryony fragte hoffnungsvoll: »Gibt es im Nachtwald auch Leute, die das können?« Karabas sagte, das sei eins der Dinge, die sie heute Nachmittag herausfinden wollten; man könne nie wissen, was in einem Nachtwald alles zu finden sei.

Wenn Karabas so redete – wenn er von vergessenen Sprachen erzählte, oder davon, wie man die Höhlen von Füchsen und Dachsen finden konnte –, dann war das so spannend, dass es ganz leicht war, den Fremden hinter seinen Augen zu vergessen. Doch als er sich auf den schwarzen Ledersitz des Motorrades schwang und den Motor aufheulen ließ, fiel es ihr wieder ein, und nun hatte sie plötzlich Angst, weil jetzt etwas passierte. Etwas, das angefangen hatte, sobald er auf das Motorrad gestiegen war, und das irgendwie Teil des Fremden war, der hinter Karabas' Augen wohnte.

Was immer auch hier geschah, war nichts, was man sehen konnte, aber Bryony wusste ganz genau, dass er sich verwandelt hatte. Er hatte sich in seinem Innern verwandelt, als sei der geheime, grausige Fremde leise aus einem dunklen Versteck gekrochen und würde jetzt auf dem Motorrad sitzen und sie anschauen.

Einen Moment lang hoffte sie, das käme daher, dass Karabas nicht die braune Kutte anhatte, die die Mönche sonst an Wochentagen trugen.

Was ihn wirklich total verändert aussehen ließ, war der Sturzhelm. Wenn er den abnahm, würde er bestimmt nicht mehr unheimlich aussehen. Der Helm war schwarz, und irgendjemand hatte dunkelrote, geschwungene Linien darauf gemalt; wenn man lange genug hinschaute, kam es einem so vor, als seien diese roten Striche grausame, schräg liegende Augen.

»Steig auf, Bryony«, sagte Karakas, und Bryony merkte sofort, dass dies die Stimme des bösen, gierigen Fremden war, der hinter Karabas' Augen hauste. Ängstlich trat sie einen Schritt zurück.

»Bryony«, schnurrte die gierige Stimme leise, »willst du denn nicht mit in den Nachtwald?«

»Also, eigentlich weiß ich gar nicht mehr, ob ich mitkommen möchte«, sagte sie zögernd. Sofort röhrte das Motorrad lauter.

»Aber du hast es versprochen«, sagte das schreckliche Wesen. »Du hast versprochen, dass du in den Nachtwald mitkommst. Es ist gar nicht weit, es wird nicht lange dauern, bis wir da sind.«

Bryony merkte, dass sie sich nicht herausreden konnte, also trat sie zu dem knurrenden Motorrad und kletterte auf seinen Rücken. Sie fand das gar nicht schön, und als sie schließlich oben saß, war es genauso schrecklich, wie sie erwartet hatte. Der Sitz war mit irgendeinem harten, kratzigen Zeug bezogen, und der Motor grollte und knatterte. Es war, als ritte man auf dem Rücken eines Tieres mit derber, rauer Haut und harten, knubbeligen Knochen, die unter einem zitterten und sich bewegten. Und es war sogar noch schrecklicher, sich mit beiden Armen an diesem schwarz gekleideten Geschöpf mit den glitzernden Helm-Augen festhalten zu müssen, das auf so unheimliche Weise nicht mehr Karabas war.

Als das Motorrad brüllend die Straße hinunterschoss, riss ihr der Wind fast den Atem vom Mund, und die Häuser und Bäume flitzten so schnell vorbei, dass man sie gar nicht richtig erkennen konnte. Bryony kam es so vor, als ob sie durch Bracken fuhren und an einem Wegweiser vorbeikamen, auf dem ›Caldbeck‹ stand, doch sie war sich nicht sicher, weil sie so schnell fuhren. Man musste sich ganz fest an den Fahrer klammern, und wenn das Motorrad um eine Biegung fuhr, musste man sehr gut aufpassen und sich richtig in die Kurve legen, damit es nicht ins Wackeln kam. Das war überhaupt nicht einfach.

Als sie eine ziemlich weite Strecke zurückgelegt hatten, kam das Motorrad schließlich röhrend zum Stehen, und Karabas glitt von seinem Sitz und half ihr beim Absteigen. Und dort, direkt vor ihnen, war der Nachtwald.

Der Wald war genauso, wie Bryony ihn sich vorgestellt hatte. Die Bäume – Hunderte und Aberhunderte von Bäumen – standen so dicht beieinander, dass es bestimmt immer dunkler wurde, je tiefer man in den Wald hineinging. Zwischen den Bäumen gab es kleine, gewundene Pfade; keine Wege, wie Menschen sie benutzten, sondern ganz schmale Pfade, die von den Tieren stammten, die hier herumhuschten, wenn niemand zusah.

Das Beste war, dass es an einem Ort wie diesem durchaus Zauberdinge geben konnte. Bryony erinnerte sich gut daran, dass Karabas gesagt hatte, Nachtwälder seien so uralt, dass man darin manchmal noch Reste von Magie finden konnte.

Jeder konnte sehen, dass man in diesem Nachtwald leicht in eine Zauberwelt hineinstolpern oder sich in einem verwunschenen Land wiederfinden könnte. Vielleicht stieß man sogar auf ein Hexenhäuschen oder begegnete jemandem, der von einem bösen Zauberer verhext worden war. Bryony wusste natürlich, dass es solche Dinge nur in Märchen für ganz kleine Kinder gab, und dass diese Märchen nicht wahr waren, aber ein kleiner Teil von ihr dachte: Man kann ja nie wissen.

Sie schoben das Motorrad ein ganzes Stück in den Wald hinein, damit es nicht von jemandem, der zufällig vorbeikam, gestohlen wurde. Karabas behauptete, das könne leicht passieren. Er nahm den Sturzhelm ab und zog den Regenponcho aus, und Bryony riskierte einen schnellen Blick. Jetzt sah er nicht mehr so gruselig aus; das war gut.

Sie war froh, den Poncho und den Helm abnehmen zu können. Jetzt konnte sie in ihrem roten Mantel und den knallroten Gummistiefeln durch den Wald stapfen und in Laubhaufen springen. Langsam fühlte sie sich besser, und als sie anfingen, über die Foljambes zu reden, fühlte sie sich richtig toll. Während sie sich unterhielten, wanderten sie immer tiefer in den Nachtwald hinein. Hier, in der Nähe des Herzens des Waldes, waren die Bäume so dicht, dass ihre Äste hoch über ihren Köpfen völlig miteinander verflochten waren. Dadurch war es hier ziemlich dunkel, aber Karabas sagte, in Nachtwäldern sei es fast ständig dunkel. Bryony wusste das natürlich auch.

Es war ein ganz toller Nachtwald; Bryony gefiel er sehr. Der Boden war mit Laub bedeckt, so dass es sich anfühlte, als ginge man über einen federnden Teppich, und überall roch es gut; warme, goldene Gerüche, bei denen man an Lagerfeuer und knisternde, vertrocknete Blätter auf dem Waldboden denken musste.

Karabas erzählte ihr von Thomas Foljambe, der vom König zum Ritter geschlagen worden war und danach Sir

Thomas Foljambe geheißen hatte. Das war nicht Richards König gewesen; Thomas hatte viel später gelebt als Richard.

»Hundert Jahre später?« Es war wichtig, in solchen Dingen Klarheit zu schaffen.

»O ja«, antwortete Karabas, und Bryony wackelte vor lauter Vorfreude darauf, mehr zu hören, in ihren roten Gummistiefeln mit den Zehen. Mama hatte nicht viel über Thomas gewusst. Sie meinte, das Interessanteste an Thomas sei, dass er sehr reich geworden war und das Haus im Wald viel größer ausgebaut hatte. Doch Bryony wusste, dass der spannendste Teil von Thomas' Leben erst viel später angefangen hatte, als er schon sehr alt gewesen war und die Zwillinge geboren wurden. Nach Richard mochte sie die Zwillinge von allen Foljambes am liebsten.

Karabas kannte die Zwillinge, doch er wusste ihre Namen nicht, deshalb erzählte Bryony ihm von ihnen, als sie unter den Bäumen dahingingen. Die Zwillinge hatten Robin und Alain geheißen. Das waren schöne Namen, und es war echt schade, dass Thomas schon so alt gewesen war, als sie geboren wurden, denn er hätte sie bestimmt gern kennen gelernt, und sie hätten sicher gern einen Urgroßvater gehabt. Das hätte jeder gern, weil Urgroßväter so viel über interessante, spannende Dinge wussten, die passiert waren, bevor man selber geboren worden war.

Robin und Alain hatten in dem Haus im Wald gewohnt, das zu dieser Zeit viel größer gewesen war. Eine Milchkammer war gebaut worden, wo Käse gemacht und Butter in einem großen hölzernen Fass gestampft wurde. Dann gab es noch einen Vorratsraum, wo die Damen des Hauses Lavendel und Rosmarin trockneten und Gewürze mahlten. Dort roch es immer ganz wunderbar, obwohl man, wenn man draußen vor der Tür stand und die Augen schloss, noch ganz schwach den Geruch von glitschigem Blut und knirschenden Knochen aus der Wolfshöhle wahrnehmen konnte. Die neuen Räume waren an die alten Hauswände angebaut worden, und die niedrige, mit Efeu bewachsene Kellertür lag nur noch im Schatten, so dass die Leute daran vorbeigingen, ohne zu merken, dass sie da war.

Die Zwillinge jedoch hatten gewusst, dass die Tür da war, und sie hatten auch gewusst, dass sich dort unten die Wolfshöhle befand. Das hatte ihnen nicht gefallen, aber sie hatten sich nicht so sehr gefürchtet wie Edmund, weil sie zu zweit und fast immer zusammen waren. Thomas hatte auch über den Keller Bescheid gewusst, denn inzwischen gab es in der Familie eine Legende über Edmund, die vom Vater an den Sohn weitererzählt wurde, und jeder dachte, dass es in dem Keller spukte. Thomas behauptete, es sei Edmund, der dort unten umgehe, und dass *sein* Urgroßvater Messen für Edmunds Seelenheil hatte lesen lassen. Bryony war sich nicht ganz sicher, was das bedeutete.

Die Zwillinge wussten, was Edmund tatsächlich zugestoßen war. Sie hatten keine Ahnung, woher sie das wussten, genauso, wie auch Bryony keine Ahnung hatte, woher sie all das wusste. Doch sie wussten es, und sie wussten auch von dem magischen *Lia Fail*, den Edmund von seiner Mutter bekommen hatte, und den der böse alte Wolf gestohlen hatte, nachdem er Edmund aufgefressen hatte.

Mit zwölf Jahren schworen die Zwillinge einen heiligen Eid, dass sie den *Lia Fail* für ihre Familie zurückgewinnen würden. Alain meinte, das sei eine Möglichkeit, Edmund zu rächen, und Robin stimmte ihm zu. Damals hatten die Leute solche Dinge sehr ernst genommen, und einen Eid zu schwören war eine sehr ernste Angelegenheit; man durfte den Schwur auf keinen Fall brechen. Wenn sie Edmunds Stein nicht zurückbekommen konnten, wollten sie versuchen, ein kleines Stück vom echten Stein der Bestimmung aufzutreiben. Robin meinte, das würde ihnen genauso viel Macht gegen die Wölfe verleihen, wie die Wölfe gegen sie hatten, und Alain stimmte ihm zu.

Sie schworen den Eid in dem Keller, schlichen am Abend

vor ihrem 13. Geburtstag dort hinunter, als alle anderen beim Abendessen saßen. Morgen würden sie mit dem Rest der Familie und einigen der Dienstboten an dem langen Tisch in der großen Halle essen, weil man damals mit 13 Jahren als erwachsen galt. Deshalb schworen sie den Eid am letzten Abend, bevor ihr Leben als Erwachsene begann, damit sie damit weitermachen konnten, Edmund zu rächen, sobald sie 13 waren.

Sie zündeten Kerzen an und stellten sie in kleinen, geschwungenen Silberleuchtern überall im Keller auf. Bryony hätte das nie gemacht, nicht mal für 100 Pfund, aber Robin und Alain taten es, denn sie hassten den grässlichen alten Wolf, der Edmund verschlungen hatte. Es gab keine Fallen mit Riesenzähnen mehr hier unten; die Wolfsfallen wurden jetzt im Stall aufbewahrt, wo die Stallburschen sich um sie kümmerten, sie ölten und polierten. Der Keller war lediglich ein leerer, staubiger alter Raum, und nachdem Alain und Robin die Kerzen angezündet hatten, konnte man den Schmutz auf dem nackten Boden sehen.

Allerdings war der Keller in Wirklichkeit gar nicht leer, denn ab und zu schlichen sich die Wölfe immer noch in die dunklen Tunnel unter dem Keller, fanden den Weg in die Höhle hinter der Tür und warteten dort gierig auf kleine Kinder. Es war ein Glück, dass an dem Abend, als die Zwillinge ihren Schwur leisteten, kein Wolf dort lauerte.

Die beiden knieten sich genau in der Mitte des Kellers hin, so dass sie die Tür zur Wolfshöhle sehen konnten. Sie nannten diese Tür die Wolfstür, und ein paar Sekunden lang dachte Robin, er hätte dahinter ein Geräusch gehört, ein grausiges Scharren, so als ob Wolfskrallen ungeduldig an der Tür kratzten. Und dann glaubte Alain, die Tür hätte sich von ganz allein ein paar Zentimeter weit geöffnet. Sie warteten, die Blicke starr auf die Tür geheftet, und hielten vor Angst den Atem an, doch es rührte sich nichts, und es war auch nichts mehr zu hören. Also machten sie mit der Zeremonie für ihren Eid weiter. Bryony sah sie ganz deutlich vor sich, wie sie dort in dem stinkenden Keller knieten. Beide hatten rot-goldenes Haar; Alains Haar war ein bisschen röter als Robins, und Robins Augen waren ein bisschen blauer als die von Alain.

Zuerst sprachen sie ein Gebet, und dann schworen sie feierlich vor Gott, dass sie Edmund rächen würden, der vor 150 Jahren in diesem Hause gestorben war, und dass sie die Nachkommen des Wolfswesens, das ihn getötet hatte, jagen und sie alle töten würden. Und schließlich, als die Kerzen herabgebrannt waren und die Schatten über den Boden krochen, schworen sie, dass sie landauf, landab nach dem alten magischen Stein der Bestimmung suchen würden, jenem verzauberten *Lia Fail*, den Edmunds Ur-Ur-und-so-weiter-Großmutter aus Irland mitgebracht und den Edmunds Mutter ihm anvertraut hatte, damit er ihn vor dem Wolf beschützen sollte.

Sie hatten keine Ahnung, wie sie das anstellen sollten, aber sie wussten, dass sie es irgendwie schaffen würden.

Erst als Bryony und Karabas aufhörten, über die Zwillinge und den Stein der Bestimmung zu reden, bemerkte Bryony, wie dunkel es inzwischen geworden war.

Sie hatten auf einer kleinen Lichtung gepicknickt, und als sie fertig waren, lehnte Karabas sich an einen Baumstamm und begann von der alten Magie der Nachtwälder zu erzählen.

Doch erst als er sagte: »Kannst du die Magie um uns herum nicht fühlen, Bryony?«, fiel ihr wieder ein, dass sie Angst hatte. Überall herrschte so ein seltsames Schummerlicht – die violette Stunde –, und der Nachtwald kam ihr auf einmal ziemlich unheimlich vor.

»Komm mit, Bryony, wir gehen noch tiefer in den Wald«, forderte Karabas sie auf, und als sie gerade sagen wollte, dass sie lieber zurückgehen wollte, packte er sie plötzlich. Sie hörte gieriges, hechelndes Atmen, als er sie an sich presste.

Er hob sie hoch und schritt langsam, aber stetig in den tiefsten, dunkelsten Teil des Waldes. Zu Tode erschrocken schaffte es Bryony, einen Blick auf sein Gesicht zu werfen, und plötzlich erkannte sie, dass dieser Andere, der Fremde, der aus seinem Versteck gekommen war, gar kein Fremder war: Er war eins der Wolfswesen, die sich im Keller des Hauses im Wald versteckt und Edmund und all die anderen Kinder gefressen hatten.

Sie schluckte heftig und fragte: »Wo gehen wir denn hin?« Das Wolfswesen blickte auf sie herab. »Ich bringe dich in die Hütte im Herzen des Waldes«, schnurrte er. »Und dort werde ich dich einschließen und allein lassen.«

Wieder fletschte er erfreut die Zähne. »Und dann«, fuhr er leise fort, die Lippen dicht an ihr Ohr gepresst, »und dann, meine Kleine, mitten in der Nacht, wenn niemand in der Nähe ist, komme ich zurück und bringe dich zu den richtigen Wölfen.«

14

Felicity hatte die neuerliche Schändung ihres Körpers nur ertragen, indem sie sich an den brennenden Hass klammerte, der so unerwartet in ihr aufgeflammt war, und indem sie sich ständig sagte, dass sie Bryony nur retten konnte, wenn sie überlebte.

Nach einem letzten, obszönen Stoß zog er sich zurück, und Felicitys Körper gehörte wieder ihr. Sie kippte halb vornüber auf den Kaminvorleger und war sich nur allzu bewusst, dass er nach wie vor hinter ihr stand. Obwohl sie sich geschworen hatte, keine Schwäche zu zeigen, konnte sie ein paar Minuten lang nur zitternd und nach Atem ringend dort kauern, während sie darauf wartete, dass er noch einmal über sie herfiel. Doch die Minuten zogen sich schier endlos hin, und schließlich wagte sie es, sich umzudrehen und ihn anzusehen.

Er hatte sich wieder angezogen, stand mit dem Rücken zum Feuer und betrachtete sie. Das Licht umgab ihn wie ein scharlachroter Heiligenschein, doch sie konnte sein Gesicht erkennen, seine Augen; sie sah, dass er den Kopf schief gelegt hatte, als lausche er auf ihre Gedanken. In seinen Augen lag ein freundlicher Ausdruck des Bedauerns. Felicitys Nacken und Arme waren mit blutigen Kratzern von seinen Fingernägeln bedeckt, Körper und Geist fühlten sich gleichermaßen zerschunden an. Genauso hatte Connor hin und wieder ausgesehen. Doch Con konnte nichts für das, was er manchmal getan hatte, und unter all ihrer Furcht glomm ein kleiner Funken verstörter Dankbarkeit auf. Zum ersten Mal sah sie Cons verschlungene Täuschungsmanöver in einem anderen Licht, und zum ersten Mal verstand sie, dass er versucht hatte, sich unbemerkt in einer ihm völlig fremden Welt zurechtzufinden.

Abgesehen davon, dass Con eine ganze Weile unter Menschen gelebt hatte, dass er tief in ihre Welt eingetaucht war und dass er eine unsichtbare genetische Grenze überschritten hatte, als Bryony gezeugt wurde.

Plötzlich wandte Karabas den Kopf und starrte zum Fenster hinüber. Er hat etwas gehört, dachte Felicity, noch ehe ich es bemerkt habe, aber jetzt höre ich es auch. Stimmen, und Leute, die über den Hof laufen. Sie griff nach ihrem Pullover und zog ihn an. Karabas trat ans Fenster, drückte sich in die flache Fensternische und spähte hinunter.

»Die Polizei«, sagte er. »Sie kommen zurück. Sie sind im Hof, gleich werden sie vor deiner Tür stehen.« Er kam zu ihr zurück und packte erneut ihre Handgelenke. Seine Augen glühten. »Hör zu, Felicity, ich schlage dir einen Handel vor. Sorg dafür, dass ich sicher vom Schulgelände komme, und ich verspreche dir, dass Bryony nichts passiert.«

»Ich glaube Ihnen kein Wort...«

»Du hast gar keine andere Wahl. Pfeif sie zurück. Wenn sie mir folgen, bin ich trotzdem als Erster bei ihr, und ich werde sie auf der Stelle töten.« Sein Gesicht war dicht vor dem ihren, und ihr wurde übel. »Und ich kann sehr schnell töten, wenn ich muss«, fügte er hinzu.

»Nein!«, rief Felicity und bemühte sich verzweifelt, nicht die Nerven zu verlieren. »Nein! Die Polizei wird gleich hier sein –, und sie wird Sie wegen Kidnapping verhaften und Sie mitnehmen ...«

»Und mich einsperren?«, fragte er sanft. »Würdest du zulassen, dass sie mich hinter Gitter bringen, Felicity? Würdest du mir das tatsächlich antun?«

Hinter Gittern. Im Käfig. Erschreckend deutlich stieg das ungebetene Bild vor ihrem inneren Auge empor. Doch es war nicht Karabas, den Felicity durch das kleine Fenster einer Gefängniszelle starren sah, es war Con. Cons dunkle Augen, erfüllt von hoffnungslosem Schmerz ... Verzeih mir, Con, ich habe es nicht gewusst ... ich habe nicht gewusst, dass ich nachsichtig mit dir hätte sein müssen ...

»Und wenn ja, wie willst du Bryony dann jemals finden?«, fragte Karabas.

»Natürlich werden wir sie finden ...« Doch sie warf einen Blick auf die tiefe Finsternis vor dem Fenster und dachte an die unzähligen Quadratkilometer dunklen Waldes.

»Meinst du wirklich? Sie ist sehr gut versteckt, Felicity.« Ihre Blicke begegneten sich; Felicity zuckte zurück und erwartete fast, dass er sie erneut angreifen würde. Wenn er sie nun als Geisel nahm? Wusste er überhaupt, was eine Geisel war?

Doch er ließ ihr Handgelenk los und ging wieder zum Fenster. »Sie ist ganz allein da draußen. In der Dunkelheit und der Kälte.«

»Sie werden sie finden!«, rief sie. »Letztendlich werden sie sie doch finden.«

»Und wenn nicht? Oder wenn sie zu spät kommen?«

Diesmal sah sie Bryony vor sich, allein und verängstigt, wie sie verzweifelt versuchte, nicht zu weinen; ihr kleines Gesicht war weiß und in ihren Augen standen Furcht und Verwirrung. Wieder fühlte Felicity, wie sie die Kräfte verließen. Sie sank auf das Sofa. O mein Gott, was soll ich bloß tun?

»Wenn du der Polizei etwas erzählst, verlierst du Bryony unwiderruflich«, sagte Karabas. »Das sind die Bedingungen für den Handel, Felicity.« Er beugte sich vor, öffnete das Fenster und schwang die Beine über das Fenstersims. Als er leichtfüßig draußen auf dem Gras landete, hörte Felicity Schritte vor der Tür. Sie rief den Polizisten zu, sie mögen eine Sekunde warten, zog sich fertig an und schaffte es schließlich, die Tür zu erreichen und sie zu öffnen. Sie zitterte so heftig, dass sie glaubte, sie würde auseinander brechen.

Bruder Dominic, Morag und der Inspektor standen auf der Schwelle.

Einen Moment lang wirbelten Felicitys Gedanken zurück zu Karabas' Worten: *Wenn du der Polizei etwas erzählst, verlierst du Bryony unwiderruflich ...*

Ich weiß nicht, was ich machen soll. Ich weiß nicht, ob er die Wahrheit gesagt hat. Ich weiß nicht, ob ich ihm trauen kann. O Gott, ich würde es nicht überleben, Bryony zu verlieren! (*Sie wird da draußen in der Dunkelheit und in der Kälte sein, Felicity ...*) Wenn ich ihn davonkommen lasse, werden wir dann je herausfinden, wo er sie hinbringt?

Dann gewann die Vernunft wieder die Oberhand, denn natürlich traute sie ihm nicht, und die normalen menschlichen Werte – Ehrlichkeit, Versprechen, Wahrheit – galten nicht für ihn.

Sie blickte den Inspektor an und sagte ohne Umschweife: »Karabas hat Bryony entführt. Ich glaube, er will sie an irgendeinen entlegenen Ort bringen, wo seine Verwandten leben. Jetzt ist keine Zeit, das alles zu erklären. Er hat mich angegriffen und ist durchs Fenster geflohen, als er Sie kommen hörte. Er hat gesagt, wenn wir die Suche einstellen, passiert ihr nichts, aber wenn Sie versuchen, ihn zu verhaften, würde sie noch heute Nacht sterben, weil wir sie nie finden würden.«

Morag Mackenzie wollte etwas sagen, doch Felicity schüttelte verzweifelt den Kopf. »Und er hat gesagt, wenn Sie versuchen, ihm zu folgen, ist er trotzdem als Erster dort und würde sie umbringen, ehe Sie sie erreichen … Aber ich traue ihm nicht, wirklich nicht …« Ihre Stimme bebte verräterisch; sie holte tief Atem und sagte: »Bitte … ich weiß nicht, was ich machen soll.«

Ein kurzes Schweigen trat ein. Sie konnte sehen, dass der Inspektor im Stillen die Situation einschätzte und verschiedene mögliche Maßnahmen erwog und verwarf. Irgendwie wirkte er schwerfällig, fast ein bisschen dumm, aber Felicity glaubte, dass er keins von beidem war.

»Wenn er das Schulgelände verlässt, können meine Männer ihm unauffällig folgen«, sagte der Inspektor mit der Miene eines Mannes, der einen wohl überlegten Entschluss gefasst hat. »Nein, keine Angst, wir sind für so etwas ausgebildet, Mrs. Stafford. Wenn er zu Fuß ist, wird es kein Problem, ihm auf den Fersen zu bleiben, ohne dass er etwas merkt.« Er ging zu dem immer noch offen stehenden Fenster hinüber und blickte hinaus. »Ich kann nichts sehen, aber er könnte noch irgendwo da draußen im Schatten herumlungern. Sind Sie sicher, dass er Bryony hat, Mrs. Stafford?«

»Ja.« Erklären konnte sie das Ganze später.

»Und Sie glauben, er will dorthin, wo er sie versteckt hat?«

»Ja!«

»Kann er Auto fahren?«

»Nein«, setzte Bruder Dominic an, und im selben Moment sagte Morag: »Jedenfalls hat er keinen Führerschein.«

»Wir können fast mit Sicherheit davon ausgehen, dass er auf kürzestem Wege dorthin zurückkehrt, wo er sie versteckt hat«, sagte Felicity. »Und ich muss ihm folgen – das verstehen Sie doch, nicht wahr?«

»Aber Sie können doch nicht…«, begann Morag. »Felicity, Sie sind verletzt!«

»Das sind nur Kratzer.«

»Aber Sie bluten…«

»Ich bin okay.« Felicity war schon auf halbem Wege zur Tür.

»Warten Sie, Mrs. Stafford.« Der Inspektor sprach eindringlich in sein kleines Funkgerät. »Er ist noch auf dem Gelände«, hörte Felicity ihn sagen. »Bleibt an ihm dran, aber passt auf, dass er euch auf keinen Fall bemerkt. Das hat unbedingt Vorrang, das Leben des Kindes könnte davon abhängen – haben Sie verstanden? Er weiß, dass wir hier sind, aber er denkt, er hat der Mutter solche Angst eingejagt, dass sie uns zurückgepfiffen hat.« Er hielt inne, und eine verzerrte Stimme erwiderte etwas, das sich ganz so anhörte wie »Verdammt naiv von ihm, Sir.«

Der Inspektor sah Felicity an. »Machen Sie sich keine Sorgen, meine Männer wissen, wie sie sich in einer solchen Situation…« Er brach ab, als das Funkgerät knisterte und dieselbe Stimme leise und angespannt meldete: »Wir haben ihn, Sir!«

»Ausgezeichnet! Passt auf, dass ihr ihn nicht aus den Augen verliert.«

Eine Pause entstand, dann meldete sich die Stimme wieder: »Wir haben hier ein kleines Problem, Sir. Unser Freund hat gerade ein Motorrad aus dem Stallgebäude geholt und schiebt es die Auffahrt runter zur Straße. Wenn wir ihm mit dem Wagen folgen, kriegt er das sofort spitz…«

»Auf keinen Fall mit dem Wagen verfolgen!«, entschied der Inspektor ohne zu zögern. »Hat er euch bemerkt?«

Wieder eine Pause. Felicity wartete zum Zerreißen gespannt. Dann war die körperlose Stimme erneut zu hören: »Kann ich mir nicht vorstellen. Die Garage geht nach hinten raus, und anscheinend benutzt er den Fußweg, der am Sportplatz entlangführt, der ist breit genug für ein Motorrad. Er hat den Motor noch nicht angelassen – schiebt die Kiste gerade über den Sportplatz.«

»Dann will er zum hinteren Tor«, meinte Bruder Dominic. »Zu dem, das auf die Straße nach Caldbeck hinausführt.«

»Wie lange wird er brauchen, um die Straße zu erreichen? Wenn er dabei das Motorrad schiebt?«

»Mindestens zehn Minuten.«

Der Inspektor runzelte die Stirn. »Das heißt …«

»Das heißt, dass ich ihm folgen kann«, fiel Felicity ihm ins Wort. »Ich nehme eins der Autos, die zur Schule gehören …«

»Das ist absolut gegen die Vorschriften …«

»Ich pfeif auf die Vorschriften!«, gab Felicity zurück.

»Sie sollten lieber hier bleiben und das uns überlassen …«

»Ich bleibe nicht hier!«, fuhr Felicity auf. »Wenn's sein muss, klaue ich meinetwegen ein Auto.«

Sofort schaltete sich Morag ein: »Nicht nötig, Felicity. Wir nehmen meinen Wagen, ich fahre Sie.« Sie warf dem Inspektor einen Blick zu. »Es ist ein Mini, und Karabas würde sich nie Gedanken über einen Mini machen, der zufällig gerade die Straße entlanghoppelt.«

Der Inspektor blickte gequält von einer zur anderen. »Da ist was dran«, meinte er. »Es verstößt natürlich gegen sämtliche Regeln, aber für Regeln haben wir in so einer Situation keine Zeit, und wir dürfen Bryony auf keinen Fall noch mehr gefährden.« Er hielt inne und überlegte fieberhaft. »Okay, wir riskieren es. Aber ich werde Ihnen folgen, Mrs. Stafford – nein, keine Angst, ich nehme unser Zivilfahrzeug, und ich werde ausreichend Abstand zu Ihnen halten, das verspreche ich Ihnen. Die Wagen haben alle Funkgeräte, so dass wir unterwegs andere Einheiten benachrichtigen und im Zweifelsfall die Autos austauschen können, wenn er uns bemerkt.«

»Was werden Sie tun, wenn er … dort ankommt, wo immer er hin will?«

»Das entscheiden wir, wenn wir wissen, wo er hin will«, entgegnete der Inspektor. »Hören Sie, Mrs. Stafford, Miss

Mackenzie, Sie müssen mir fest versprechen, dass Sie sich raushalten, sobald wir ihn haben, und wenn es irgendwelchen Ärger gibt, fahren Sie auf kürzestem Weg zurück zur Schule. Versprechen Sie mir das?«

»Ich hol meinen Mantel.« Felicity stürzte ins Schlafzimmer hinüber, ohne Moragss Antwort abzuwarten.

»Ich fahre mit, Inspektor«, erbot sich Bruder Dominic. »Ich kenne die Gegend hier ziemlich gut, und ich werde dafür sorgen, dass den beiden nichts passiert.«

Der Inspektor fuhr sich hektisch mit der Hand durchs Haar. »Zwei Frauen und ein verdammter Mönch! Der Chef vierteilt mich, wenn das schief geht.« Dann nickte er. »In Ordnung, aber fahren Sie nicht los, bis ich Ihnen sage, dass unser Freund die Straße erreicht hat. Ich gehe jetzt runter; wenn Sie losfahren können, blinke ich zwei Mal mit meiner Taschenlampe. Wenn Sie sich ans Fenster stellen, müssten Sie das sehen können.« Er eilte aus dem Zimmer, und Felicity empfand eine überwältigende Zuneigung für ihn, weil er die Lage so schnell erfasst und sofort begriffen hatte, dass Bryonys Sicherheit wichtiger war als sämtliche Vorschriften.

»Sie müssen diese Wunden irgendwie behandeln, Felicity«, sagte Morag, praktisch wie immer, und Felicity wurde sich bewusst, dass sie wahrscheinlich an einem Dutzend Stellen blutete, wo sie bei jener grauenhaften letzten Attacke die Nägel, die keine menschlichen Fingernägel gewesen waren, auf ihren Armen, und die Zähne, die keine menschlichen Zähne gewesen waren, in ihrem Nacken gespürt hatte. Und das waren nur die Spuren, die man sehen konnte.

Sie schreckte vor dem Gedanken zurück, eilte in das winzige Badezimmer und schnappte sich eine Packung Kosmetiktücher, einen feuchten Waschlappen und ein Handtuch. Morag war ihr gefolgt und suchte im Medizinschränkchen nach Jod.

Als sie wieder ins Wohnzimmer kamen, sagte Bruder Dominic, der besorgt am Fenster stand: »Da ist das Signal!«, und sie stürzten hinaus und rannten über den Hof zur Garage.

»Beten Sie zu Gott, dass die Karre sofort anspringt«, hörte Felicity Morag Bruder Dominic zuflüstern.

Gott – oder wer auch immer – war bis jetzt eindeutig auf ihrer Seite. Morags Mini sprang schon beim ersten Versuch an.

Während sie die lange, breite Auffahrt zum Haupttor hinunterrollten, gelang es Felicity mit Hilfe des kleinen Spiegels in der Sonnenblende auf der Beifahrerseite, die schlimmsten Kratzer abzutupfen. Es war vollkommen egal, wie sie aussah, aber Bryony könnte einen fürchterlichen Schreck bekommen, wenn ihre Mutter völlig aufgelöst und blutend auf der Bildfläche erschien, um sie zu retten. Wenn sie Bryony fanden, würde sie sich zusammenreißen müssen, um sie nicht noch mehr zu ängstigen. All ihre Instinkte würden ihr befehlen, ihre Tochter an sich zu reißen und sie so festzuhalten, dass nichts Böses jemals wieder Gewalt über sie haben könnte. Doch damit könnte sie ihrerseits Schaden anrichten, weil das Bryony bewusst machen könnte, wie groß die Gefahr gewesen war, in der sie geschwebt hatte. Wenn Karabas sich ihr gegenüber einigermaßen normal verhalten hatte, war es denkbar, dass Bryony, mit ihrer blühenden, fast übersinnlichen Fantasie, das Ganze für ein großes Abenteuer hielt und die Gefahr gar nicht erkannt hatte. Felicity überlegte gerade, wie wahrscheinlich das war, und wie weit sie sich gehen lassen dürfte, als Morag sich über das Lenkrad beugte und sagte: »Ich glaube, da vorn ist er.«

Felicity erblickte ihn in derselben Sekunde, und die primitive Furcht kehrte zurück. Die Straße führte steil bergauf nach Caldbeck, doch hin und wieder verlief sie in Serpentinen; dann war das Motorrad über ihnen und schien direkt auf sie zuzukommen. Mittlerweile war es stockfinster, doch sie konnten das Motorrad erkennen; es war eine schnittige, niedrige Maschine. Das Geschöpf, das auf ihr durch die Nacht raste, hatte sich tief über den Lenker geduckt, und einen grauenvollen Moment lang war es unmöglich, das lang gestreckte röhrende Motorrad und den Fahrer klar voneinander zu trennen. O Gott, ich kann nicht glauben, dass das wahrhaftig passiert, dachte Felicity.

»Ist die Polizei hinter uns, Bruder Dominic?«, fragte Morag.

»Sie sind da«, meldete Bruder Dominic, nachdem er sich mit den üblichen Schwierigkeiten, die der enge Rücksitz eines Minis mit sich brachte, umgedreht hatte, um aus dem Heckfenster zu spähen. »Aber sie sind ziemlich weit weg. Wenn er ihre Scheinwerfer sieht, wird er vermutlich keinen Verdacht schöpfen.«

»Felicity«, sagte Morag, während sie der Straße weiter folgten, »ich möchte ja nicht neugierig sein, aber ich verstehe nicht, warum Karabas Bryony entführt hat und dann noch mal zurückgekehrt ist.«

»Das ist eine sehr lange Geschichte, Morag, und ich bin mir nicht sicher, ob selbst ich das alles verstehe.«

»Der Mann ist nicht normal«, knurrte Bruder Dominic.

»Nein«, stimmte Felicity zu. »Bestimmt nicht.«

»Aber ist ihm denn nicht klar, dass er mit Sicherheit geschnappt und wegen … wegen Kidnapping angeklagt werden wird?«, fragte Morag, und Felicity war klar, dass sie den Begriff ›Kidnapping‹ als Ersatz für ein anderes, schlimmeres Wort verwendet hatte.

Vorsichtig entgegnete sie: »Na ja, wie Bruder Dominic eben gesagt hat, er ist nicht normal. Wahrscheinlich denkt er über solche Dinge nicht nach.«

Die Wahrheit war, dass es Karabas gar nicht darauf ankam, ob er erwischt oder überführt wurde, es war ihm sogar egal, ob er im Gefängnis landete, weil seine Leute dann einfach jemand anderen schicken würden, um Bryony zu holen … Normale Vorstellungen von Recht und Ordnung galten für ihn nicht, weil er nicht wirklich menschlich war.

»Er biegt ab«, rief Morag und unterbrach ihre Überlegungen. »Seht mal – er ist von der Straße runter.«

»Ja, stimmt ...«

»Oh, verdammter Mist, sieht aus, als ob er in den Wald fährt!«, stieß Morag wütend hervor.

Bruder Dominic beugte sich vor und sagte ohne den leisesten Hauch eines Tadels: »Geben Sie Gas, Morag! Wenn er erst mal im Wald ist, haben wir ihn verloren.«

Es war sehr ruhig und still im Nachtwald. Bryony wusste nicht genau, wie spät es war, weil es schwierig war, im Dunkeln die Zeit zu schätzen. Es war noch nicht ganz finster, aber fast.

Es war sehr wichtig, keine Angst zu haben, obwohl sie ganz allein war und Karabas sie in dieser grässlichen alten Hütte eingeschlossen hatte und zurückkommen wollte, sobald es richtig dunkel war. Das hatte er gesagt, und dann war er weggegangen; er hatte die Hütte hinter sich abgeschlossen und war leise durch das dichte Unterholz geschlichen. Bryony hatte ganz angestrengt gelauscht und gerade noch das Brummen des Motorrades hören können.

Es war schrecklich hier in der Hütte, aber es war noch viel schrecklicher, daran zu denken, dass Karabas mitten in der Nacht zurückkommen und sie zu den richtigen Wölfen bringen wollte. Bryony schluckte und wischte sich entschlossen mit der Hand über die Augen. Sie brauchte überhaupt keine Angst zu haben; Mama würde sie holen, bevor Karabas wieder auftauchte. Sie würde sich wundern, wo Bryony steckte, und sie würde in den Nachtwald gehen und die Hütte finden, und sie würde auch wissen, wo der Schlüssel war, um die Tür aufzuschließen. Wahrscheinlich würde das alles schon sehr bald passieren.

Überall um die Hütte herum war der Wald. Wenn ein bisschen Wind durch die Bäume wehte, bogen sich die Äste und klopften an die Fenster – tock-tock, als würde jemand um die

Hütte schleichen und versuchen, hineinzugelangen. Vielleicht waren es ja die Bäume selber. In manchen Büchern wurden die Bäume lebendig, doch in den Büchern, die Bryony kannte, waren die Bäume immer freundlich. Aber die Bäume in diesem Nachtwald sahen nicht so aus, als wären sie freundlich; wenn sie zum Leben erwachen würden, wären sie bestimmt böse und gemein.

Bryony dachte an Alain und Robin, weil sie sich gut vorstellen konnte, dass die beiden jetzt hier wären. Sie hatten viel Zeit in ihrem eigenen Nachtwald verbracht und die Bäume gut kennen gelernt, während sie sich im Bogenschießen geübt hatten. Dabei hatten sie sich besonders viel Mühe gegeben, weil ein neuer König gekrönt worden war, ein prächtiger Mann mit goldenem Haar und goldenem Bart, der Edward der Erste genannt wurde und von dem es hieß, dass er bestimmt viele Kriege führen würde. Er selbst hatte gesagt, dass er einen Kreuzzug veranstalten würde, wenn er Zeit dafür hätte. Alain sagte, ein Kreuzzug wäre eine gute Gelegenheit, den *Lia Fail* zu suchen. Um mit auf den Kreuzzug zu dürfen, müssten sie die allerbesten Bogenschützen werden, die es je gegeben hatte. Robin stimmte ihm zu.

Wenn die Zwillinge durch den Nachtwald wanderten, war es stets Sommer und heller Nachmittag: Goldenes Sonnenlicht schien durch die Bäume, und meistens sangen die Vögel, und das Haar der Zwillinge leuchtete wie zwei große, struppige Chrysanthemen.

An Alain und Robin und ihren Nachtwald zu denken, ließ Bryony für eine Weile vergessen, dass Karabas zurückkommen wollte, um sie zu holen. Sie hatte die Hütte genau erforscht und versucht, die Tür aufzudrücken, aber es war eine starke, dicke Tür, und auch das Schloss war dick und stark. Die Hütte gehörte den Leuten, die sich um den Wald kümmerten; an der Wand hing ein Schild, und Bryony hatte das meiste darauf entziffern können: ›Eigentum der Nationalpark-Verwaltungsbehörde, Abteilung Forstwesen. Betreten für Unbefugte verboten‹. Mit ›Verwaltungsbehörde‹ und ›Forstwesen‹ hatte sie sich ein wenig schwer getan, weil das schwierige Wörter waren, aber am Schluss hatte sie sie doch richtig hingekriegt, glaubte sie.

Anscheinend bewahrten hier die Forstwesen-Leute die Werkzeuge auf, die sie brauchten, um tote Äste von den Bäumen zu hacken und das Laub von den engen, gewundenen Pfaden zu fegen, die Spaziergänger im Sommer gern benutzten.

In einer Ecke standen ein paar große Krüge aus Steingut. Es war nichts drin, sie hatte nachgeschaut, aber sie rochen ganz fürchterlich. Ihr war von dem Geruch richtig schlecht geworden. Die Krüge sahen irgendwie komisch aus, wie sie so ganz für sich allein dastanden. Bryony gefielen sie überhaupt nicht.

In einer anderen Ecke waren Töpfe mit Farbe und ein Haufen Wegweiser mit kleinen roten Pfeilen. Auf manchen der Wegweiser standen Namen wie Patterdale und Troutbeck und Stickle Tarn. Es waren hübsche Namen, sie hörten sich an wie aus irgendwelchen Märchen, und Bryony konnte sich sehr gut vorstellen, wie diese Orte aussehen mussten.

Entschlossen dachte sie an all diese Orte, so lange sie konnte, weil sie dann nicht zu den Steinkrügen hinübersehen musste und auch nicht merkte, wie gruselig der Nachtwald wurde. Sie hörte, wie die Bäume draußen miteinander flüsterten, und das Klopfen am Fenster war auch wieder da. Tock-tock … tock-tock …

Es sah allmählich so aus, als hätte Mama Schwierigkeiten, sie zu finden. Damit hatte Bryony nicht gerechnet. Sie wusste, dass Mama zwar kommen würde, doch vielleicht war es besser, aus dieser Hütte zu verschwinden und sich im Wald zu verstecken. Die Bäume machten ihr ein bisschen Angst, aber wenn Karabas zurückkam, würde er nicht mehr Karabas sein, sondern er würde wieder ein Wolf sein. Bryony wollte es lieber mit den Bäumen zu tun haben als mit einem Wolf.

Die Hüttentür war abgeschlossen, aber in den Geschichten flüchteten die Leute oft durchs Fenster. In den Geschichten kam nicht vor, wie sie das schafften, wenn das Fenster so hoch oben war wie dieses hier, aber wenn sie den größten Farbeimer unter das Fenster zerren könnte, müsste es gehen. So etwas nannte man einen Plan, und gleich fühlte sie sich viel besser.

Der Farbeimer war sehr schwer. Also zerrte und schob sie ihn immer nur ein kleines Stück auf einmal über den Boden, bis er unter dem Fenster stand. Gut, dass sie ihre Gummistiefel angezogen hatte. Der Eimer schrammte über den Boden und machte dabei ein Geräusch, von dem einem die Zähne wehtaten. Sie war froh, als er endlich am richtigen Fleck stand und sie hinaufsteigen konnte.

Es war ein bisschen grässlich, herauszufinden, dass auch das Fenster abgeschlossen war. Bryony war gar nicht froh darüber. Sie setzte sich auf den Farbeimer und überlegte, wie sie die Fensterscheibe kaputtkriegen könnte.

Man konnte ein Fenster nicht einfach mit der Hand einschlagen, aber man konnte etwas hindurchwerfen, so wie die O'Callaghan-Zwillinge es im Sommer gemacht hatten, als sie im Garten Kricket gespielt hatten und Susie O'Callaghan den Ball genau durchs Küchenfenster geschlagen hatte. Es hatte einen Riesenkrach gegeben und eine Woche lang kein Taschengeld.

Hier gab es keine Kricketbälle, aber da lagen ja die Wegweiser. Bryony holte ganz tief Luft, hob den Patterdale-Wegweiser auf und warf ihn mit aller Kraft gegen das Fenster.

Der Wegweiser krachte mitten durch die Scheibe, die sofort zersprang. Lauter kleine, glitzernde Scherben prasselten auf den Fußboden. Das Patterdale-Schild segelte hinaus und landete mit einem dumpfen Plumps auf dem Waldboden. Bryony wartete noch ein bisschen, damit ihr keine Scherben auf den Kopf fielen, dann stieg sie wieder auf den Farbeimer. Das hier war der schwierige Teil, doch sie schaffte es, mit dem Troutbeck-Wegweiser den Rest der Glasscheibe aus dem Rahmen zu schlagen. Dann kletterte sie hinaus. Bis zum Boden ging es ein ganz schönes Stück hinunter; sie landete auf den Füßen, und ein heftiger Schmerz zuckte von ihren Fersen bis zu ihrem Kopf hinauf. Doch kurz darauf war der Schmerz wieder weg, und das Wichtigste war, dass sie aus der Hütte mit den ekligen, stinkenden Steinkrügen herausgekommen war.

In diesem Moment hörte sie das Grollen des Motorrades, das zwischen den Bäumen hindurch auf sie zukam.

15

Sobald sie nach ihrer Klettertour durch das Fenster wieder zu Atem gekommen war, rannte Bryony in den Wald, weit weg von dem knurrenden Motorrad, und weit weg von Karabas, der in Wirklichkeit ein Wolf war und sie fressen wollte.

Ihr Mantel blähte sich hinter ihr; Brombeerranken verhakten sich darin und zerrten daran, so dass es sich anfühlte, als wollten lange, kratzige Finger sie zurückhalten. Doch sie wäre um nichts in der Welt stehen geblieben. Sie rannte so schnell sie konnte und schaute hin und wieder über die Schulter, um sich zu vergewissern, dass Karabas nicht hinter ihr herkam. Nach einer Weile bekam sie Seitenstechen und musste anhalten, um sich vorzubeugen und mit den Fingern ihre Zehen zu berühren. Das hatte ihr Mama geraten, um einen solchen Schmerz zu vertreiben. Dann blickte sie sich um. Eigentlich hatte sie gedacht, sie wäre in Richtung der Straße gelaufen, doch es war ein sehr großer Nachtwald, und dieser Teil war ihr vollkommen fremd. Das war gar nicht gut.

Hier war es leider überall unheimlich; Bryony hatte nicht erwartet, dass die Bäume *so* gruselig sein würden. Es waren alte, *uralte* Bäume, und wenn man genau hinschaute, sah man, dass sie grässliche, hämische Gesichter in der Mitte ihrer Stämme hatten. Die Gesichter waren alle verschieden, so wie bei Menschen auch. Es würde bestimmt nicht lange dauern, bis diese Gesichter sich auf einmal zu einem schrecklichen Baumriesen-Grinsen verzerrten und bis die Wurzeln plötzlich aus dem Boden kamen, so dass sie auf sie zuschwanken konnten. Wenn sie unter diesen Bäumen hindurchging, würden sich die Äste einfach herabsenken und ihr Haar packen, und eine scheußliche, hölzerne Stimme würde sagen: »*Hallo, kleines Mädchen*«, das sagten nämlich alle schrecklichen Geschöpfe in einem Nachtwald, wenn sie einen zu fassen bekamen.

Und dann würden die Bäume sie unter die Erde zerren, und sie würde dort für immer gefangen sein, mit all den ekligen Wurzeln und Würmern und Schnecken. Aber von Karabas aufgefressen zu werden, wäre noch schlimmer.

Sie konnte das brummende Motorrad nicht mehr hören, das war gut, aber dafür konnte sie andere Geräusche hören, und das war gar nicht gut. Eine Minute lang stand sie ganz still und lauschte. In alten Wäldern gab es oft böse Zauberei; diese böse Magie konnte sich Hunderte von Jahren verstecken und überraschend wieder zum Vorschein kommen und einen packen. Am besten hielt sie sehr genau Ausschau nach allem, was wie böse Zauberei aussah.

Der Himmel war schwarz, doch ein heller Mond schien durch die Bäume, und Bryony konnte erkennen, wohin sie ging. Mondlicht war blass und sehr hübsch, man konnte so tun, als sei es geschmolzenes Silber, das über die Äste der Bäume gegossen worden war, so dass funkelnde Tropfen zu Boden fielen. Wahrscheinlich hatten die Foljambes auch manchmal bei Mondschein Wölfe gejagt. Wenn sie an die Foljambes dachte, fühlte sie sich ein bisschen mutiger. Sie würde so tun, als ob Alain und Robin bei ihr wären, das hatte sie schon in der Hütte gemacht. Und wenn dann etwas Schlimmes passieren sollte, würde sie überlegen, was die beiden jetzt unternehmen würden, und dann würde sie genau das Gleiche tun, weil es ganz bestimmt das Richtige wäre.

Nach einer Weile waren die Bäume mit einem Mal nicht mehr silbrig-grün. Sie wurden dunkler, als ob jemand sie mit dickem, roten Licht angestrichen hätte und sie noch nicht ganz trocken wären. Bryony gefiel das überhaupt nicht.

Das rote Licht kam von einer Lichtung, die ein kleines Stück vor ihr lag. Es war ein ziemlich hässliches rotes Licht. Wenn das böse Zauberei war, würde sie davonrennen, so schnell ihre Beine sie trugen. Aber vielleicht war es ja doch keine, vielleicht war es ein Haus, wo sie an die Tür klopfen und die Leute bitten könnte, sie nach Hause zu bringen. Sie durfte nicht mit Fremden reden, Mama hatte ihr das streng verboten. Aber wenn man sich in einem Nachtwald verirrt hatte, musste man schließlich irgendwie wieder hinausfinden.

Doch das rote Licht kam nicht von einem Haus, es kam von einem Lagerfeuer, einem düsteren kleinen Feuer, über dem etwas in einem schwarzen Kessel brodelte. Es erinnerte einen an das Innere dunkler Höhlen und an geheime Tierbaue, wo böse Hexen scheußliche Zaubertränke brauten. Bryony musste an all die Geschichten von Hexen denken, die mitten in uralten Wäldern hausten und Kinder fingen, die sie in Käfige sperrten und mästeten, um sie dann in den Backofen zu stecken. Gleich darauf wünschte sie, das wäre ihr nicht gerade jetzt eingefallen. Was immer in dem Kessel war, roch genauso, wie Kinder riechen würden, wenn man sie kochte. Obwohl das jetzt wahrscheinlich sehr albern war. Bryony schlich ein bisschen näher heran, um zu sehen, was da vor sich ging.

Sechs Männer hockten um das Feuer herum. Obwohl sie auf dem Boden saßen, konnte man sehen, dass sie groß und breit waren. Sie trugen schmutzige Kleidung, mit großen, weiten Jacken. Die Jacken hatten große Taschen und waren verfilzt und voller Flecke. Zwei der Männer trugen Messer am Gürtel, und einer hatte einen Hut mit heruntergezogener Krempe auf. Alle trugen große, klobige Gummistiefel, und der Mann mit dem Hut rauchte eine Pfeife. Der Rauch zog zwischen den Bäumen hindurch, es roch nach alten Männern und ungewaschenen Füßen.

Eine leichte Brise zog über die Lichtung, und Bryony roch jetzt keine ungewaschenen alten Männer mehr, sondern sie bemerkte wieder diesen schrecklichen Geruch aus dem Kessel. Die Männer sahen nicht sehr freundlich aus. Sie hatten so kleine Augen, als würden sie ständig blinzeln, und ihre Gesichter waren grob und schief. Als einer von ihnen etwas sagte, klang seine Stimme rau und kratzig, als wäre seine Kehle voller Kies.

Er zeigte mit dem Finger auf den Kessel und sagte: »Die werden ein prima Abendessen abgeben.«

»Schön saftig«, meinte ein anderer. »Wir haben Glück gehabt, gleich zwei auf einmal zu erwischen.«

»Bist du sicher, dass dich keiner gesehen hat?«, wollte der mit der Pfeife wissen.

»Nö. Ich bin schnell wie der Blitz.«

»Letzte Woche hab ich drei Stück erwischt«, sagte der Pfeifenraucher.

»Drei, das ist gut.«

Der Mann, der gesagt hatte, dass sie Glück gehabt hätten, zwei auf einmal zu erwischen, hob eine lange Gabel auf, tauchte sie in den brodelnden Kessel und fischte etwas heraus. Es war rosa und sah aus wie Fleisch.

Die grobgesichtigen Männer nickten sich gegenseitig zu, als würden sie sich über irgendetwas freuen. »Sind beide schön durch«, sagte einer. »Und dazu jetzt ein paar Blonde, um sie runterzuspülen, wie wär's?«

»Das wär gut«, sagte der Mann mit dem Hut, und Bryony begriff entsetzt, was das für Männer waren.

Es waren keine Zauberer und auch keine Wolfswesen wie Karabas, aber sie waren genauso schlimm. Es waren *Trolle*. Bryony war sich absolut sicher. Es waren Wald-Trolle – manchmal lebten Trolle auch unter Brücken, aber die hier kamen aus dem Wald –, und sie lauerten Kindern auf, um sie zum Abendessen zu kochen. Diese Trolle hier hatten erst kürzlich zwei erwischt – sie hatten es selbst gesagt –, und jetzt kochten sie sie, und sie würden sie essen und dazu etwas trinken, was Blonde hieß, um sie hinunterzuspülen.

Gerade als Bryony das alles begriffen hatte, wandte einer der Trolle den Kopf und schaute angestrengt ins Dunkle.

»Hast du jemanden gesehen?«, fragte der mit dem Hut.

»Ich hab was gehört.«

»War bloß Einbildung.«

»Nein, war's nicht.« Der Troll erhob sich – er war genauso groß, wie Bryony gedacht hatte –, trampelte vom Feuer weg und spähte in den Schatten. Gleich würde er sie sehen, und dann würde er sie mit seinen riesigen Pranken packen und sie in den Kochtopf werfen und sie kochen …

»Hey, es ist ein kleines Mädchen in einem roten Mantel«, sagte der Troll. »Hallo, meine Kleine.«

Bryony schluckte und stolperte blindlings zurück in die schützende, wirbelnde Dunkelheit unter den Bäumen.

Felicity hatte schon in dem Augenblick, als Karabas durch ihr Fenster verschwunden war, gewusst, dass sie ihm folgen würde. Doch erst, als er und sein seltsam schauriges Motorrad in der Dunkelheit des Waldes verschwanden, nahm der Plan in ihrem Kopf Gestalt an. Er entwickelte sich nicht langsam und verworren, sondern von einer Minute auf die andere – sofort verständlich, mit sauber beschnittenen Kanten und glatt polierten Oberflächen.

Sie beugte sich vor und spähte in die Dunkelheit. »Morag, fahren Sie doch bitte hier auf den Grünstreifen, ja? Ja, genau. Toll. Stellen Sie den Motor und die Scheinwerfer aus und hören Sie zu, was wir als Nächstes tun werden.«

Bruder Dominic, der sich sorgenvoll daran erinnerte, was er dem Inspektor zugesichert hatte, mischte sich ein. »Augenblick mal, wir tun überhaupt nichts als Nächstes. Sie haben versprochen, dass Sie beide es auf keinen Fall auf eine Konfrontation ankommen lassen würden …«

»Ich habe gar nichts versprochen«, wehrte Felicity sofort ab.

»Ich schon«, entgegnete Bruder Dominic. »Und ich finde, wir sollten auf die Leute des Inspektors warten.«

»Das geht nicht«, widersprach Felicity. »Wir können nicht zulassen, dass sie einfach in den Wald stürmen und Karabas sie bemerkt. Dann war alles umsonst.«

»Aber Karabas ist doch so oder so schon im Wald untergetaucht«, wandte Morag ein.

»Ja, aber wir können immer noch den Spuren des Motorrades folgen. Selbst wenn er das Ding irgendwo in die Bäume geschoben und es dort zurückgelassen hat, hat es bestimmt Radspuren hinterlassen.« Ohne einem der beiden die Chance zu geben, etwas zu erwidern, öffnete sie die Beifahrertür und schwang die Beine aus dem Wagen.

»Ich gehe ihm nach«, sagte sie. »Sozusagen als Lockvogel. Ich werde gerade so viel Lärm machen, dass er weiß, dass ich da bin, und Sie beide folgen mir in einiger Entfernung. *Vorsichtig*. Einverstanden? Ich glaube nicht, dass einem von Ihnen dabei Gefahr droht – ich bin diejenige, hinter der er her ist.«

»Das kommt überhaupt nicht in Frage«, erwiderte Dominic. »Das Einzige, was wir auf gar keinen Fall tun dürfen, ist, uns trennen.«

»Tut mir Leid, Bruder Dominic, aber genau das müssen wir tun.«

»Dann lassen Sie mich den Lockvogel spielen.«

»Nein, wenn er Sie sieht, schöpft er sofort Verdacht. Ich werde ihm nicht verdächtig erscheinen – oder jedenfalls nicht auf diese Weise.« Felicity warf einen verzweifelten Blick auf die grün-schwarze Masse von Beck's Forest. Jede Sekunde, die sie mit Reden verschwendete, wurde Karabas' Vorsprung größer. Doch sie musste Morag und Dominic überzeugen; sie brauchte ihre Hilfe. Deshalb fuhr sie hastig fort: »Karabas denkt, er hat mir solche Angst eingejagt, dass ich die Suche abgeblasen habe – das war natürlich ungeheuer dumm von ihm, aber er hat keine ... äh, in mancher Hinsicht ist er halt ungeheuer dumm. Wenn er also nicht weiß, dass die Polizei gesehen hat, wie er Bracken verlassen hat – und wir gehen davon aus, dass er das nicht weiß –, dann wird er einfach denken, dass ich ihm Hals über Kopf hinterhergehetzt bin, wenn er mich sieht. Wahrscheinlich wird er glauben, dass ich mir ein Auto ausgeliehen habe; vielleicht hat er sogar Ihren Mini wieder erkannt, Morag. Und er wird sich auf mich stürzen und mich in seine Höhle schleppen.«

»Das mit dem Auf-Sie-Stürzen ist genau das, was mir Sorgen macht«, meinte Bruder Dominic.

»Höhle?«, fragte Morag im selben Moment.

»Versteck«, verbesserte Felicity sich und verfluchte sich innerlich selbst. »Und ich *will* ja, dass er sich auf mich stürzt. Das ist die eigentliche Möglichkeit, sein Versteck zu finden. Mein Gott, die Polizei macht so was doch andauernd!«

»Ja, die sind aber auch speziell dafür ausgebildet«, wandte Morag ein. »Okay, ich finde die Idee auch gut, aber warum kann die Polizei das nicht übernehmen?«

»Weil das zu lange dauern würde. Er hat Bryony irgendwo da drin versteckt!«, erwiderte Felicity und hörte die wachsende Panik in ihrer eigenen Stimme. Sie unterdrückte sie; Panik würde Bryony nicht helfen. Nach einem tiefen Atemzug sagte sie: »Ein Lockvogel der Polizei wäre zu aufwendig, dazu wären zu viele Leute nötig, mit Autos, die kommen und wieder abfahren, und Funkgeräten, die überall rumknistern. Aber ich kann in dreißig Sekunden im Wald sein, und wenn Sie mir folgen, können Sie sofort zur Straße zurücklaufen und die Leute des Inspektors zum Rettungseinsatz beordern, wenn Sie gesehen haben, wo er mich hingebracht hat.«

»*Anhören* tut sich das ja wie eine gute Idee«, meinte Morag zögernd.

»Das ist es auch.« Felicity erhob sich, ehe Bruder Dominic sich aus den Tiefen des Rücksitzes befreien oder Morag aussteigen und um den Wagen herumgehen konnte. Sie schlug die Tür des Minis so laut zu, dass man es bis in den Wald hinein hören musste und verschwand wie ein Schatten in der Dunkelheit von Beck's Forest.

Bruder Dominic, ein wahrhaft devoter Mönch, für den das Zölibat eine weitaus weniger schwere Prüfung gewesen war als für die meisten anderen seiner Glaubensbrüder, sandte ein stummes Gebet um göttlichen Beistand zum Himmel empor, als er aus dem Auto stieg. Dann ließ er noch ein zweites, inbrünstigeres Gebet folgen, dass sie Bryony fänden, ehe Karabas sie erreichte. Und währenddessen war er sich mit leisen Schuldgefühlen der Tatsache bewusst, dass es zu den kleinen Vorzügen des Klosterlebens gehörte, sich nicht mit den verzwickten Gedankengängen der Frauen herumschlagen zu müssen.

Doch es war völlig unmöglich, dass er zwei Frauen sich einer solchen Gefahr aussetzen ließ. Es widerstrebte ihm schon zutiefst, eine von ihnen gehen zu lassen, doch Felicity war einfach losgerannt, ehe er sie hätte aufhalten können. Deshalb sagte er: »Hören Sie, Morag, Sie bleiben hier beim Auto, und ich folge Felicity allein.«

»Aber ...«

»Eine Person, die Felicity folgt, wird weniger Aufmerksamkeit erregen als zwei«, sagte Bruder Dominic fest. »Und außerdem sind Sie so die Verbindung zwischen uns und dem Inspektor.« Er hielt einen Moment inne. »Felicity hat Recht; es besteht so gut wie keine Gefahr. Sobald wir wissen, wo Karabas Bryony hingebracht hat, können wir die Polizei rufen, und die kann dann sofort in den Wald einfallen.«

»Na gut«, erwiderte Morag widerwillig. »Der Inspektor parkt übrigens ungefähr anderthalb Kilometer hinter uns. Ich weiß nicht, ob Sie ihn sehen können, er hat seine Scheinwerfer ausgeschaltet. Aber er ist da.«

Sofort kam sich Bruder Dominic viel mutiger vor. Er richtete sich auf und sagte: »Dann würde es uns noch mehr helfen, wenn Sie zurückfahren und ihm berichten, was hier vorgeht.« Morag nickte und ließ den Motor an, und Bruder Dominic schritt über den Grasstreifen und in den Wald hinein.

Ein feiner Nebel hing zwischen den Bäumen und ließ den ganzen Wald schwarz und silbern schimmern. Bruder Dominic konnte Felicity gerade noch sehen; sie hatte einen ziemlichen Vorsprung, doch er konnte die grüne Jacke erkennen, die sie vorhin angezogen hatte. So weit, so gut. Ihm fiel wieder ein, dass er genug Abstand halten musste, und er hielt an und ließ sie noch ein Stück weiter vorausgehen, ehe er sich sorgfältig erneut auf den Weg machte.

Es war seltsam, wie Schritte bei Nacht im Wald widerhallten, selbst wenn man auf weichen Farn trat, und wie anders die nächtlichen Geräusche sich anhörten als die, die man am Tag hören konnte. Tagsüber war der Wald ein schönes Fleckchen Erde, er kam oft mit den Kindern her, und die Leute vom Forstamt waren immer gern bereit, bei den Naturkunde-Projekten der Schule behilflich zu sein. Jetzt jedoch war der Wald kein schöner Ort. Rascheln war zu hören, huschende Füße. Bruder Dominic warf einen nervösen Blick über seine Schulter und wünschte, er hätte Felicity diesen verruckten Plan ausgeredet.

In diesem Moment bemerkte er zwei Dinge. Er hatte Felicity aus den Augen verloren. Und irgendetwas schlich durch den Wald hinter ihm her.

Er begriff, dass er die leisen, verstohlenen Schritte dicht unter der Oberfläche seines Bewusstseins schon seit ein paar Minuten gehörte hatte. Wieder spähte er über die Schulter nach hinten. Sicher war es nur ein Fuchs oder ein Wiesel, das viel mehr Angst vor ihm hatte als er selbst vor ihm. Nicht dass er wirklich Angst gehabt hätte.

Doch die Schritte hatten etwas Bedrohliches, Zielstrebiges, als hätte die Kreatur, die dort herumschlich, die Nähe eines Menschen gespürt und sagte sich nun: *Das* ist ja ein Leckerbissen! Bruder Dominic wünschte, er wäre nicht auf das Wort *Leckerbissen* verfallen.

Ein leises Knurren ertönte hinter ihm, und er fuhr herum. Das Unterholz teilte sich, das Knurren war erneut zu hören, und irgendetwas schoss durch den Wald auf ihn zu … etwas, das vielleicht einmal ein Mann gewesen sein mochte, jedoch kein Mann mehr war. Etwas Hageres, Hungriges, mit reißenden Krallen und geifernden Zähnen …

Er hatte keine Zeit zu schreien, und gewiss keine Zeit nachzudenken. Panik überflutete ihn, und dann war die Kreatur auch schon über ihm und er sah nur wirbelnde Schwärze und spürte Zähne, die sich tief in seine Kehle gruben. Die Schwärze verschwamm in würgendem Schwindel, rote Blitze durchzuckten sie, denn Rot war die Farbe des Schmerzes, und es schmerzte, es schmerzte unvorstellbar … Seine Halswirbel knirschten zwischen den Zähnen der Kreatur, sein Fleisch wurde weggerissen. Irgendjemand musste ihm doch zu Hilfe kommen … Hilflos klammerte er sich an die Worte eines Gebets, doch irgendetwas tief in seinem Inneren gab nach. Er fühlte etwas Nasses zwischen den Beinen und begriff, dass seine Blase und sein Schließmuskel den Dienst versagt hatten.

Der Schmerz strömte in einer donnernden, pulsierenden Flut schreiend aus ihm heraus; doch es war ein stummer Schrei, denn das Wesen hatte ihm die Kehle durchgebissen. Er spürte den plötzlichen harten Aufprall, als er auf den Waldboden geschleudert wurde, und dann beugte sich der Angreifer über ihn, und durch den reißenden Schmerz spürte er heißen Atem an seinem Hals und Zähne, die erneut tief in seine Kehle bissen.

Der Schmerz begann sich in eine kalte Dunkelheit aufzulösen, und als er nichts mehr sah und hörte und die letzte Finsternis sich über ihn senkte, wusste er nicht, dass die Kreatur schließlich von ihm abgelassen hatte.

Auf jeden Fall sah er nicht mehr, wie sich das Dickicht raschelnd hinter dem dunklen Angreifer schloss, als dieser wieder im Wald verschwand.

Felicity hatte erwartet, dass Beck's Forest unheimlich sein würde, wie jeder Wald bei Nacht. Sie hatte damit gerechnet, dass er von Huschen und Rascheln erfüllt sein würde. Doch sie hatte gedacht, dass sie so sehr darauf konzentriert sein würde, Karabas' Aufmerksamkeit auf sich zu lenken, dass ihr das alles nichts weiter ausmachen würde.

Es machte ihr etwas aus. Kaum hatten die Bäume sich um sie geschlossen, als sie sich auch schon einer bedrohlichen Finsternis bewusst wurde, die sich auf sie herabsenkte. Einen Moment lang konnte sie sie fast fühlen, wie ein schweres, zermalmendes Gewicht. Je tiefer sie in den Wald eindrang, desto deutlicher empfand sie diese Bedrohung, und je genauer sie die Bäume betrachtete, desto mehr schienen diese sich unmerklich zu verwandeln. Vor Felicitys angsterfüllten Augen wurden die Äste plötzlich zu langen Fingern, und die Stämme waren knorrig und verwittert, so dass man, wenn man genug Einbildungskraft besaß, verschlagene, grinsende Gesichter darauf erkennen konnte. O Gott, hatte Bryony mit ihrer blühenden Fantasie das etwa auch gesehen?

Allmählich hatte sie das Gefühl, als sei sie schon ziemlich lange unterwegs, und nichts deutete darauf hin, dass Karabas in der Nähe war. Felicity zögerte und ging dann weiter, lauschte und spähte, aber außer dem Geraschel nächtlicher Wesen rührte sich nichts. Doch sie konnte sich des Eindrucks nicht erwehren, dass die Vergangenheit sie begleitete, dass die Schatten ihrer berühmten Vorfahren bei ihr waren und sie führten, zum Herzen des düsteren Waldes, wo Bryony gefangen gehalten wurde. Bryonys geliebter Richard war hier, natürlich... Und Thomas, der bei der Unterzeichnung der Magna Charta dabei gewesen war... Die Zwillinge, die mit Edward I. in die Schlacht geritten waren. Felicity konnte sie weder hören noch sehen, doch sie war sich ihrer Gegenwart immer stärker bewusst. Die Körperlosen, die um Mitternacht unter Zaubereichen und hungernden Bäumen umgehen …? Doch es war noch lange nicht Mitternacht, und um Mitternacht würde Bryony wohlbehalten wieder zu Hause sein, und … *Irgendwas beobachtet mich, dort, unter dem Baum da drüben!*

Die Erkenntnis krachte förmlich gegen ihr Bewusstsein; sie erstarrte auf der Stelle, und das Herz schlug ihr bis zum Hals. War es so weit? Sie sollte inzwischen eigentlich ziemlich weit von der Straße entfernt sein, doch es war schwer, das genau zu sagen. Zu wissen, dass Bruder Dominic mit Sicherheit in Rufweite war, obwohl sie ihn nicht sehen konnte, war tröstlich. Sie starrte das dichte Gebüsch an und sah, wie es sich ganz leicht bewegte. Irgendein harmloses kleines Tier, das zu seinem Bau huschte? Oder etwas anderes? Sie trat näher, die Farnwedel teilten sich und sie erblickte etwas Glitzerndes, das aussah wie glotzende, gierige Augen, die sie beobachteten … *Riesige, hungrige Augen, weil es Augen gibt, die deine Seele verschlingen können, Liebes …*

Zuerst glaubte sie, sie hätte sich das Ganze nur eingebildet. Sie versuchte, nicht daran zu denken, dass es hier noch andere gefährliche Dinge geben könnte, als ein leises, heiseres Grollen aus dem Gebüsch ertönte. Eis rieselte in ihre Magengrube, und wieder hörte sie das Geräusch. Felicity starrte wie hypnotisiert das Gebüsch an, doch es war unmöglich, etwas anderes auszumachen als ein dichtes Gewirr von Blättern und Wurzeln. Sie rief sich ins Gedächtnis, dass Bruder Dominic ganz in der Nähe war und trat noch einen Schritt näher.

Das gesamte Gebüsch schien sich zu verwandeln, und dahinter erkannte sie das schwarz-silberne Motorrad, das wie ein Raubtier zwischen den Brombeerranken kauerte. Wieder ertönte das Grollen, und diesmal erkannte sie es. Es war das Geräusch des Motors. Dann ist er auch hier, dachte sie, hin und her gerissen zwischen Panik und fast freudiger Erwartung. Er ist hier – hat er mich die ganze Zeit umkreist und mich irgendwie hierher geführt? Er dreht den Motor ganz sachte hoch und lässt ihn dann wieder leiser werden, so dass es sich anhört wie ein Knurren.

Der Scheinwerfer der Maschine flammte plötzlich blendend hell auf, wie ein einzelnes, dämonisches Auge, das zwischen den Bäumen hindurchstarrte. Felicity schnappte nach Luft. Und dann, von einer Sekunde auf die andere, war Karabas plötzlich da; er sprang aus dem Gebüsch hervor, und seine Gestalt zeichnete sich vor dem weißen Scheinwerferlicht deutlich ab. Er trug immer noch dieselben dunklen Kleider wie vorhin und sein Kopf war unbedeckt. Ein dünner Nachtnebel stieg auf, und der Strahl des Scheinwerfers schnitt durch die Dunkelheit, während blaue und violette Schwaden außerhalb des Lichts wild durcheinander tanzten und die uralten Bäume verbargen. Es war, als stünde er mitten auf einer Bühne.

Er kam auf sie zu. Sein dunkles Haar war feucht und sah aus wie der Pelz eines Tieres. Sein Mund war mit etwas Dunklem, Klebrigem beschmiert, und als er die Hände nach ihr ausstreckte, tropfte etwas Rotes, Dickflüssiges davon herab …

Ein scharfer Schmerz schoss beim Anblick der blutigen Hände und der schrecklichen Lefzen durch ihr Bewusstsein. Zum ersten Mal fühlte sie, wie ihre Entschlossenheit nachließ. Doch sie verharrte regungslos, und es gelang ihr sogar, dem Ausdruck der wahnsinnigen, unmenschlichen Augen standzuhalten, als Karabas nach ihr griff.

Er schleppte sie tiefer in den Wald und schritt zügig aus, als kenne er sich hier gut aus. Schließlich machte er vor einer kleinen Hütte halt; kein Fertighäuschen, aber aus Holzteilen zusammengebaut. Felicity, die sich bemühte, sich so viel wie möglich einzuprägen, nahm an, dass es irgendetwas mit der

Verwaltung des Nationalparks zu tun hatte, oder vielleicht war es auch ein Informationszentrum für Wanderer oder Vogelkundler. Zornig fragte sie: »Ist Bryony hier? Haben Sie sie hierher gebracht?«

»Sie ist hier«, antwortete Karabas. Er setzte sie ab, hielt sie jedoch mit der linken Hand fest gepackt. »Wenn du jetzt wegrennst, kannst du dich darauf verlassen, dass ich dich einhole, Felicity. Und vergiss nicht, ich finde dich immer, egal, wo du hinläufst.«

»Für jemanden, der nur entfernt mit der menschlichen Rasse verwandt ist, können Sie erstaunlich gut mit Klischees umgehen«, gab sie zurück. Doch ihr Herz hämmerte in rasendem Stakkato. Gleich würde sie bei Bryony sein und wissen, ob es ihr gut ging oder ob dieses Ungeheuer ihr etwas angetan hatte …

Als wüsste er, wie es in ihr aussah, ließ Karabas sich Zeit. Er zog einen Schlüssel aus der Tasche, schloss mit der freien Hand die Tür auf und öffnete sie.

Das Erste, was Felicity erblickte, als die Tür nach innen schwang, war das zerbrochene Fenster und der Farbeimer, der darunter stand. Gleichzeitig sah sie, dass die Hütte leer war. Erleichterung flutete über sie hinweg. Bryony war geflohen. Sie hatte das Gleiche getan, was sie immer machte, wenn sie sich irgendetwas von einem hohen Regal holen wollte. Sie hat den Farbeimer unter das Fenster gezerrt, die Scheibe eingeschlagen und ist hinausgeklettert, dachte Felicity. Die Erleichterung war so überwältigend, dass die Hütte einen Moment lang zu kippen schien und vor ihren Augen verschwamm. Sie musste sich mit einer Hand an der Wand abstützen.

Erst ein paar Minuten später wurde ihr Karabas' Anwesenheit wieder bewusst. Er war mit einem Satz in die Hütte gestürzt und hatte sie durchsucht, als glaubte er, seine Beute hätte sich irgendwo versteckt. Aber hier gibt es nichts, wo man sich verstecken könnte, dachte sie. »Sie ist Ihnen entwischt, Karabas«, sagte sie laut. »Sie ist entkommen.«

»Ja«, erwiderte er und wandte sich ihr zu. »Aber du nicht, Felicity, oder? Und jetzt werde ich dich fesseln und hier lassen. Und dann gehe ich in den Wald, um Bryony zu holen.«

16

Bryony hatte geglaubt, vor den Trollen davonlaufen zu können. Doch obwohl sie so schnell von ihrem stinkenden Feuer und dem grässlichen schwarzen Kessel mit den gekochten Kindern weggerannt war, wie sie konnte, musste sie dabei ein Geräusch gemacht haben. Sie konnte hören, wie sie ihr fast sofort folgten.

Der Boden zitterte unter ihren schweren Schritten, und sie stießen laute Rufe aus.

»Hinterher!«, schrien sie.

»Lasst sie nicht abhauen, Jungs!«

Der mit der kratzigen Stimme brüllte: »Ihr dürft sie nicht aus den Augen verlieren!«, und Bryony schluchzte auf, weil das alles genau die Sachen waren, die Trolle immer zu sagen pflegten. Sie holten sie ein; vielleicht hatten sie Zauberstiefel, in denen sie so schnell rennen konnten wie Riesen. Als sie anfingen, sich zuzurufen, sie nicht entwischen zu lassen, fiel ihr plötzlich eine der Geschichten über die Zwillinge ein. Alain hatte gern Tagebuch geschrieben, und einmal, als die Zwillinge mit dem goldenen König namens Edward Schlachten geschlagen hatten, hatte er geschrieben: *Der König riet uns, nicht vor dem Feinde zu weichen, sondern ihm entgegenzugehen, seien die Feinde nun Wölfe oder nur Männer. Dies ist eine sehr gute Taktik. Dem Feinde entgegenzugehen, sagte der König, ist die Handlungsweise des wahren Kämpfers.*

Robin, der nicht immer alles ganz so ernst nahm wie Alain, hatte hinzugefügt: *Auch ist dies nicht das, was der Feind von einem erwartet, und das ist stets ein kluger Schachzug.*

Die Trolle würden erwarten, dass Bryony weiter vor ihnen davonlief; sie würden nicht damit rechnen, dass sie anhielt und sich versteckte. Also tauchte Bryony in das Unterholz und warf sich mit klopfendem Herzen platt auf den Boden. Sie konnte durch das Gebüsch nichts erkennen, nur die winzigen, tanzenden Lichtpünktchen, die Bruder Stephen Glühwürmchen nannte. Im Mondlicht konnte man sie genau sehen, sie flogen im Zickzack überall herum und zogen dünne leuchtende Striche in die Dunkelheit.

Sich an Alains Plan zu halten, half ihr, sich ein bisschen sicherer und sehr viel mutiger zu fühlen. Eventuell würden die Trolle ja weiter durch den Wald rennen, womöglich sogar bis zum Morgengrauen. Das wäre toll, denn Trolle mussten sich vor dem Tageslicht verstecken, sonst schmolzen sie wie Kerzenwachs. Das wusste schließlich jeder.

Aber die Trolle waren ganz in der Nähe; sie stocherten im Dickicht herum und riefen einander zu, dass sie das kleine Mädchen unbedingt finden mussten.

Bryony drückte die Wange auf den weichen, federnden Waldboden. Ihr Herz pochte. Bitte mach, dass sie mich nicht finden. Bitte lasst mich nicht im Stich, Zwillinge, ich hab das Gleiche gemacht wie ihr.

Über ihrem Kopf schossen die tanzenden Glühwürmchen plötzlich in alle Richtungen davon, und der Boden unter ihrem lauschenden Ohr bebte noch stärker. Die Trolle kamen genau auf sie zu.

Sie konnte überhaupt nichts tun, außer ganz still liegen zu bleiben und zu hoffen, dass sie sie nicht sehen würden. Bryony schaffte es, nicht zu weinen, doch sie hatte schreckliche Angst.

Und dann teilte sich der Farn, und eine Trollstimme sagte: »Da ist sie ja!«, und Trollarme streckten sich nach ihr aus und hoben sie auf, und der ganze Wald begann sich zu drehen, als wäre sie auf einem Karussell, nur war es ein Karussell, von dem einem schlecht wurde, und es kreiselte sie direkt auf einen riesigen schwarzen Mund zu, der anfing, sich zu öffnen. Während er weiter und weiter vor ihr gähnte, wehrte Bryony sich heftig, und der Troll sagte: »Na, na, Süße, du brauchst mich nicht gleich zu beißen.« Das war das Grässlichste, was er bis jetzt gesagt hatte.

Der schwarze Schlund verschluckte sie, und von ganz weit weg hörte sie den Troll sagen: »Da soll mich doch einer! Sie ist ohnmächtig geworden!«

Die sechs Männer mit den schleppenden Bauernstimmen und den großen Taschen kamen überein, dass dies eine Situation sei, in der man sehr schnell entscheiden musste, was das Wichtigste war. Prioritäten, so nannte man das. Man brauchte nicht allzu viel Grips, um einzusehen, dass es hier Priorität hatte, die Kleine wohlbehalten aus dem Wald zu schaffen und herauszufinden, wo sie hingehörte. Behutsam hoben sie Bryony auf und machten sich in einer ernsten Prozession auf den Weg. Jack, der den Posten des Anführers bekleidete, sofern sie überhaupt einen Anführer hatten, sagte, sie sollten zur Hauptstraße gehen, wo es eine Telefonzelle gab, und die Polizei anrufen.

Das Seltsame jedoch war, dass sie alle die feindselige Atmosphäre bemerkten, die heute Nacht im Wald herrschte, obwohl keiner von ihnen besonders viel Fantasie hatte. Es war, als würde irgendwas ziemlich Unangenehmes sie aus einem Versteck heraus beobachten – genauso war's. Sie würden froh sein, hier rauszukommen, obwohl ihr Abendessen gerade so richtig schön am Kochen gewesen war. Außerdem waren sie froh, dass sie zu sechst waren, falls irgendwas aus der Dunkelheit gesprungen kommen sollte.

Doch erst, als sie die kleine Lichtung erreichten, die hier in der Gegend Beck's Glade hieß, wurde das unangenehme Gefühl schlimmer, und erst, als sie schon halb auf der Lichtung waren, sahen sie, was da halb auf, halb neben dem Pfad lag.

Einen Moment lang standen sie nur da und glotzten es an,

denn selbst in dem schwachen Licht war deutlich zu erkennen, dass hier etwas sehr Scheußliches passiert war. Sogar Jack, der Älteste, der in Burma gewesen war und nach dem fünften Bier mit einigen wüsten Geschichten aufwarten konnte, kratzte sich am Kopf und sagte, so eine Schweinerei hätte er noch nie gesehen.

»Das ist ein Tier«, sagte er schließlich. »Irgendein großes Vieh, das kalt gemacht und halb aufgefressen worden ist.«

»Nein, das da ist viel zu groß für ein Tier.«

»Und es sieht auch gar nicht so aus.«

»Na, was soll's denn sonst sein?«

»Weiß nicht, aber ich schau's mir mal an. Bleibt zurück, Jungs.«

»Was ist mit der Kleinen?« Sie war immer noch ohnmächtig oder schlief, und sie überlegten, ob sie sie zu einem Arzt bringen sollten.

»Dauert ja nicht lange. Und möglicherweise können wir irgendwas tun ...«

Es gab nichts, was man hier noch hätte tun können, das wussten sie alle, aber man konnte auch nicht einfach so verschwinden. Aus der Nähe gesehen war das, was da lag, eindeutig ein Mensch – auch das wussten sie alle. Man konnte Haare sehen, und Augen. Und grauenvolle Wunden – riesige, klaffende Risse im Fleisch; Haut und Knochen waren in Fetzen gerissen worden. Der Mund – jedenfalls das, was noch davon übrig war – war unwahrscheinlich weit aufgerissen, wie in einem letzten, verzweifelten Schmerzensschrei, und die Hände waren in einer flehenden Geste ausgestreckt. Was oder wer immer die Haut so zerfetzt hatte, hatte sein Werk vollendet, indem es die Kehle herausgebissen hatte – richtig rausgebissen! Grausige Fleischfetzen lagen auf dem Boden verstreut, blutig und weißgeädert.

Die Männer sahen all das, und dann erkannten sie entsetzt die wohl bekannte braune Kutte der Mönche von Bracken.

Ein paar Minuten wusste keiner, was zu tun sei. Sie mussten die Kleine in Sicherheit bringen, und jetzt das hier! Und ehrlich gesagt fürchteten sie sich ein bisschen; so eine alberne Furcht, die einen dazu brachte, ständig über die Schulter zu schauen, für den Fall, dass etwas unter den Bäumen lauerte. Jack erinnerte sie daran, dass sie heute Abend öfter so seltsame Schleichgeräusche im Wald gehört hatten. Wenn das nun der Mörder gewesen war? Am besten brachten drei von ihnen auf kürzestem Wege die Kleine in Sicherheit, meinte er, und die anderen gingen telefonieren. Besser, so weit wie möglich zusammenzubleiben und sich in zwei Dreiergruppen aufzuteilen.

Jack war es auch, der vorschlug, dass sie die Kleine in die Forsthütte bringen sollten, anstatt sie durch den ganzen Wald zu schleppen; schon, weil es eine ungemütlich kalte Nacht war. Die Hütte war nicht weit entfernt. Natürlich würde sie abgeschlossen sein, aber in diesem Fall wäre es bestimmt gerechtfertigt, sie aufzubrechen. Und wenn sie erst mal drin waren, konnten sie die Kleine schön warm einpacken, während die anderen Hilfe holen gingen.

Irgendwer rief nach Bryony, und obwohl dieser Jemand sehr weit weg war, war es eine vertraute Stimme.

Bryony dachte über die Stimme nach. Es war jemand, den sie sehr gut kannte, und wenn sie es nur schaffen würde, aus dem schwarzen Mund herauszuklettern, könnte sie auch antworten.

Zögernd öffnete sie die Augen, und da war überhaupt kein gähnender schwarzer Schlund, und sie war in ihrem eigenen Bett im Stall-Haus, und Mama saß neben ihr. Natürlich war sie es gewesen, die nach ihr gerufen hatte.

Mama sagte sofort: »Es ist alles gut, Bryony, du bist zu Hause bei mir, und dir kann gar nichts passieren.« Ihre Stimme klang zittrig, als müsste sie sich Mühe geben, nicht zu weinen. Doch dann sagte sie: »Nimm mal einen kleinen Schluck hiervon«, und sie hörte ein Glas klirren und schmeckte kühlen Orangensaft.

Bryony nippte gehorsam an dem Saft und stellte fest, dass ihre Kehle ganz trocken und kratzig war. Um sich Klarheit zu verschaffen, sagte sie: »Ich war im Nachtwald.«

»Ich weiß. Aber sobald ich wusste, wo du warst, bin ich losgegangen, um dich zu holen.«

»Da war eine Hütte mit so ekligen Krügen, aber ich hab das Fenster kaputtgemacht...«

»Ich weiß Bescheid über die Hütte, Liebling.« Mama drückte sie an sich. Es fühlte sich toll an, so gedrückt zu werden, und das schöne Parfüm zu riechen, das Mama immer benutzte.

»Eigentlich war das ziemlich gruselig«, sagte Bryony ein wenig unsicher.

»Ich weiß... ich weiß fast alles, was passiert ist, und ich habe die Hütte gesehen, und du hast Recht, da war es wirklich gruselig. Wenn du magst, kannst du mir den Rest erzählen; von mir aus können wir uns den ganzen Tag darüber unterhalten, und du kannst mir all die Sachen erzählen, die ich noch nicht weiß. Aber ich muss sagen«, – Mamas Stimme wurde wieder ganz zittrig, – »dass du wirklich sehr tapfer warst, da draußen im Wald. Wirklich sehr tapfer. Ich war sehr, sehr stolz auf dich, dass du durch das Fenster geklettert und Karabas entwischt bist.« Mamas Stimme zitterte ganz stark, und in ihren Augen glänzten Tränen.

»Ich hab mich nicht verirrt.« Bryony fand, das sollte geklärt werden. »Also, nicht richtig verirrt.«

»Nein, natürlich nicht. Miss Mackenzie und ein netter Polizist sind mitgekommen, um dich nach Hause zu bringen. Und ein paar Wilderer haben uns geholfen – weißt du das noch?«

»Wilderer?«

»Ja, sie haben sich große Sorgen um dich gemacht. Sie haben dich im Wald gefunden und dich wieder in die Hütte gebracht, während sie Hilfe geholt haben.« Gott sei Dank, dachte Felicity im Stillen inbrünstig. Sie würde nie vergessen, wie die Gesichter dieser Männer gestrahlt hatten, als sie die Hütte aufgebrochen und sie gefunden hatten.

»Die Wilderer sitzen drüben im Wohnzimmer«, fuhr sie fort. »Es ist zwar sehr eng, aber das stört sie nicht. Miss Mackenzie macht Tee für sie. Die meisten sitzen auf dem Boden.«

Bryony überlegte, ob sie Mama sagen sollte, dass das in Wirklichkeit Trolle waren. Vielleicht wäre das nicht sehr höflich, wenn Mama sie nett fand und Miss Mackenzie Tee für sie kochte. Wilderer war womöglich nur ein anderes Wort für Troll. Und dann fiel ihr wieder ein, dass Trolle bei Tageslicht schmelzen, und sie fragte: »Ist es schon Morgen?« Das könnte ein guter Test sein, obwohl es natürlich gar nicht schön wäre, wenn dann der ganze Teppich voll geschmolzenem Troll wäre.

Aber Mama sagte: »Noch lange nicht. Es ist gerade mal Mitternacht. Du warst noch nie um Mitternacht auf.«

»Nein, ich meine – dann ist es also noch lange dunkel?«

»Vor sechs Uhr morgens wird es nicht hell. Warum?«

»Ach, nur so. Was sind Blonde?«

»Was?«

»Blonde. Das ist was zum Trinken, nicht wahr?«

»Ich glaube, so sagen die Leute hier zu Bier«, überlegte ihre Mutter. »Wir fragen Bruder D…« Sie hörte abrupt auf zu reden und biss sich auf die Lippen. Dann fragte sie: »Bryony, du siehst doch nicht doppelt, oder?«

»Nein, wieso?«

»Na ja, du bist ohnmächtig geworden, als die Wilderer dich aufgehoben haben, und…«

»Bin ich wirklich ohnmächtig geworden? Richtig ohnmächtig?« Bryony war so beeindruckt, dass sie kurzfristig sogar die Trolle vergaß.

»Ja. Dr. Barnes war hier und hat dich untersucht.«

»War ich okay?«

»Alles bestens.«

»Und was ist mit …« Bryony schluckte. »Was ist mit Karabas?«

»Ach, der ist schon längst weg«, sagte Mama sofort.

»Er hat mich in den Nachtwald mitgenommen.«

«Ja, ich weiß. Ich fand, das war keine gute Idee, deswegen habe ich Miss Mackenzie gebeten, zum Wald zu fahren, um dich zu holen.«

Bryonys Unterlippe zitterte. »Es war überhaupt nicht toll da in der alten Hütte.«

»Das weiß ich, Liebling, und ich verspreche dir, dass so etwas nie wieder geschieht.«

»Er ist böse, nicht wahr? Karabas? Ich meine, richtig böse.« Sie blickte auf die Bettdecke hinunter. »Er ist ein Wolf.«

Es gab eine Pause, als ob Mama überlegte, was sie antworten sollte. Schließlich sagte sie mit einer ganz *vorsichtigen* Stimme: »Er ist nicht gesund. Manche Menschen – nur ganz, ganz wenige – werden krank im Kopf und benehmen sich ein bisschen komisch. Sie glauben dann, sie wären alles Mögliche.«

»Nein, er war echt ein Wolf, und er wollte …« Sie hielt inne, denn daran zu denken, dass Karabas ein Wolf war, war wirklich schrecklich. Es war eventuell besser, nicht daran zu denken. »Jedenfalls war's ziemlich gruselig.«

Dieses Mal rutschte Mamas Stimme tatsächlich ins Weinen ab, und es war gut, dass Mrs. Mackenzie an die Tür klopfte, um zu fragen, ob es Bryony gut ginge und ob Mama eine Tasse Tee wollte.

»Bryony geht's gut«, antwortete Mama und suchte nach einem Taschentuch. »Ach, verdammt … achte gar nicht auf mich, Liebling, ich bin bloß ein bisschen albern.« Sie putzte sich die Nase und sagte: »Uns geht's beiden gut, Morag. Wir haben uns gerade ein wenig darüber unterhalten, was passiert ist, und morgen reden wir weiter, wenn Bryony möchte. Aber eine Tasse Tee hätten wir beide gern.«

Hoffnungsvoll sagte Bryony: »Und ich hätte auch gern

was zu essen.« Vorwurfsvoll fügte sie hinzu: »Schließlich hab ich im Nachtwald kein Abendessen gekriegt.«

»Ach mein Liebling, du kannst ein Zehn-Gänge-Menü haben, wenn du möchtest«, sagte Mama.

Felicity ließ den Blick durch das überfüllte Wohnzimmer schweifen und dachte, dass Glück – echtes, unverfälschtes Glück, so stark, dass man es beinahe greifen konnte – ein Zimmer voll zufällig zusammengewürfelter Menschen war. Und Bryony, die in ihrem Bett saß und eifrig Rühreier und Bananeneis in sich hineinstopfte.

Dr. Barnes, der gegen elf Uhr vorbeigekommen war und Bryony sorgfältig untersucht hatte, hatte mit Grabesstimme etwas von Therapie und Kinderpsychologen gesagt, doch Felicity hatte mit fester Stimme erwidert, darüber würden sie sich Gedanken machen, wenn es notwendig würde. Das Beste für Bryony wäre, so schnell wie möglich zum normalen Alltag zurückzukehren und diese ganze Episode hinter sich zu lassen, dachte sie im Stillen. Sie würden so viel – oder so wenig – darüber reden, wie Bryony wollte, und Felicity würde sich bemühen, dem Kind ehrliche, leicht verständliche Antworten zu geben, die ihr nicht noch mehr Angst machten.

(Und Karabas? Wie willst du ihr Karabas erklären? Wie willst du sie warnen, dass er entwischt ist und immer noch irgendwo da draußen lauert …?)

Sie unterdrückte die wispernde Stimme und wandte ihre Aufmerksamkeit wieder der bunt gemischten Gruppe zu, die sich in das kleine Wohnzimmer gezwängt hatte. Die unerschütterliche Morag Mackenzie schenkte ringsum Tee aus einer riesigen Kanne ein, als sei sie die Gastgeberin einer Schul-Teeparty, und Bruder Stephen und Bruder Andrew waren in der Fensternische in eine lebhafte Diskussion mit dem Inspektor vertieft. Dr. Barnes stand bei ihnen; er und der Inspektor erläuterten anscheinend gerade den verworrenen Ablauf einer gerichtsmedizinischen Untersuchung. O Gott,

Bruder Dominic! Meine Schuld, natürlich. Wenn ich nicht auf diese verrückte Idee gekommen wäre, den Lockvogel zu spielen … Er hat noch versucht, es mir auszureden. Wenn die Erleichterung, Bryony unversehrt wiederzuhaben, nachlässt, werde ich unter dieser Schuld zusammenbrechen.

Die Wilderer saßen glücklich und zufrieden in der Mitte das Zimmers. Sie hatten ihre Gummistiefel an der Wohnungstür ausgezogen, um nur ja Mrs. Staffords hübschen Teppich nicht dreckig zu machen, und ihre unbeschreiblichen Jacken sorgfältig an die Garderobe gehängt. Der Älteste hatte höflich um Erlaubnis gebeten, seine Pfeife anzuzünden, und Felicity hatte sofort Ja gesagt und sich alle Mühe gegeben, keine unfreundlichen Gedanken über Räucherstäbchen und Raumspray zu hegen. Das ganze Haus würde noch tagelang nach merkwürdigem Pfeifenrauch und sehr nachlässig gewaschenen Männern riechen.

Die Männer hatten ihre Geschichte bereits mehrmals erzählt. Bestimmt würden sie sie noch sehr viel öfter zum Besten geben, besonders in den umliegenden Kneipen. Wahrscheinlich würde keiner von ihnen im nächsten Monat seine Zeche selbst zu zahlen brauchen. Sie wären gerade beim Abendessen gewesen, hatten sie berichtet. Was, sei wohl egal, hatten sie mit einen schrägen Seitenblick auf den Inspektor hinzugefügt. Es gab schließlich kein Gesetz dagegen, dass man an einer Feuerstelle in Beck's Forest ein Lagerfeuer machte und *seine eigenen Kaninchen* zubereitete.

»Überhaupt keins«, hatte der Inspektor grienend bestätigt, und Felicity mochte ihn gleich noch lieber.

Sie hätten also dagesessen und ihr Kaninchenragout gekocht, sagten die Wilderer, und sich auf das eine oder andere Bier gefreut, das sie dazu trinken wollten. Um die Wahrheit zu sagen, wären sie eine Zeit lang ziemlich beunruhigt gewesen, weil man im Wald so seltsame, verstohlene Geräusche gehört hätte.

»Wahrscheinlich meine Leute«, meinte der Inspektor. »Nächsten Monat schicke ich die ganze Bande auf einen Fortbildungskurs in geräuschloser Beschattung.«

Ach so, sagten die Wilderer. Jedenfalls hätten sie hochgeschaut, und da hätten sie plötzlich das kleine Mädchen entdeckt, das sie aus dem Gebüsch heraus beobachtet hätte. Na, sie wären ja sozusagen völlig platt gewesen, denn normalerweise liefen die Kurzen um diese Zeit doch nicht draußen herum, und schon gar nicht mutterseelenallein. Also wirklich nicht!

»Ich bin ja so froh, dass Sie sie gesehen haben«, sagte Felicity, und die Wilderer strahlten. Sie erzählten, dass sie sofort aufgesprungen seien – und dabei das Ragout ganz vergessen hätten – und versucht hätten, die Kleine einzuholen. Hoffentlich hätten sie sie nicht erschreckt, mit all dem Krach und dem Gebrüll, aber sie hätten Angst gehabt, sie aus den Augen zu verlieren.

»Bestimmt nicht«, versicherte Felicity und nahm sich vor, morgen mit Bryony auch darüber zu reden.

Sie seien hinter ihr hergerannt, so schnell sie konnten, quer durch den Wald, und gerade, als sie sie erreicht hätten, wären sie auf dieses andere Ding gestoßen.

»Bruder Dominics Leiche«, flüsterte Felicity.

Als die Wilderer die Auffahrt von Bracken Hall hinuntergingen, überlegten sie, wie komisch es doch sei, dass sie heute der Polizei einen Dienst erwiesen hatten, anstatt ihr aus dem Weg zu gehen. Falls der Inspektor den Verdacht gehegt hatte, dass sie in Beck's Forest Hasen und Kaninchen gejagt haben könnten, so hatte er ein Auge zugedrückt.

Natürlich hatten sie Mrs. Stafford und Miss Mackenzie nichts Genaues über die Leiche erzählt; schließlich musste man auf die Ladys ja Rücksicht nehmen. Das Schrecklichste an der ganzen Sache war, dass dieses tollwütige Wesen, das Bryony Stafford entführt, den guten Bruder Dominic zerrissen und Mrs. Stafford in der Hütte eingesperrt hatte, immer noch frei herumlief. Die Wilderer schauderten ein bisschen bei diesem Gedanken, obwohl es schon fast Morgen war und ein kaltes graues Licht sich am östlichen Himmel zeigte.

Erst als sie am Gasthof zum Schwarzen Eber vorbeikamen, fiel ihnen auf, dass sie heute Nacht wirklich und wahrhaftig Helden gewesen waren. Es gab nicht viele Leute, die von sich behaupten konnten, in ein und derselben Nacht nicht nur eine, sondern gleich zwei Ladys gerettet zu haben. Sie begannen sofort, Pläne zu schmieden, wie sie am nächsten Abend ihre Geschichte im Schwarzen Eber präsentieren wollten. Eine gute Geschichte musste schließlich richtig erzählt werden.

17

Tybalt war im siebten Himmel. Dr. Adair hatte ihm angeboten, in London bei ihm zu wohnen, und er hatte außerdem gesagt, dass sie bei ihrer Suche nach den Nachfahren der Foljambes mit Sicherheit viel Zeit in der Bibliothek des British Museum und dem öffentlichen Archiv in Richmond verbringen würden. Die ersten paar Stunden der Rückreise von Cruithin Island verbrachte Tybalt in einer Art seliger Trance, wobei er ab und zu die Worte ›British Museum‹ und ›Bibliothek‹ vor sich hinmurmelte wie einen Zauberspruch.

Dr. Adair hatte ihn gewarnt, dass sie vielleicht einen ganzen Monat lang suchen und überhaupt nichts finden würden. Oder sie könnten schon am ersten Tag auf genau das stoßen, was sie brauchten. Man könne das unmöglich vorhersagen; Tybalt müsse auf alles gefasst sein.

»Aber das gehört dazu«, meinte Dr. Adair, als sie auf die Fähre fuhren, die sie zum Festland hinüberbringen sollte. Tybalt warf ihm einen verstohlenen Blick zu und sah das Leuchten in seinen Augen. *So* macht er das mit den Frauen, dachte er. So kriegt er sie also rum. Mit diesem kurzen, unerwarteten Aufblitzen von irgendetwas unter der Oberfläche, das ganz anders ist als seine äußere Fassade. Was immer das aber ist, ein gelehrter Anthropologe tut so was jedenfalls nicht.

Sie hatten die Tür des Bauernhauses auf Cruithin Island abgeschlossen und fuhren mehr oder weniger im Konvoi nach London, wobei sich Tybalt und Toby am Steuer mit Dr. Adair abwechselten, während Nina, Priscilla und Dietfried ihnen in Priscillas Auto folgten.

Dr. Adair war der schlechteste Autofahrer, dem Tybalt je begegnet war. Zuerst hatte er Todesangst, dann jedoch ergab er sich in sein Schicksal. Wenigstens konnte er es nicht schlechter machen, wenn er selbst mit Chauffieren an der Reihe war.

Während sie an einer unregelmäßigen Hügelkette entlangfuhren, die laut Dr. Adair auch das Rückgrat Englands genannt wurde, diskutierten sie darüber, wie sie es anstellen sollten, die Foljambes zu finden. Als Erstes würden sie versuchen, Hinweise auf Ernennungsurkunden oder Lehensbriefe von Forstwarten zu finden. Mehrmals sprach Dr. Adair von ›Pipe Rolls‹, und Tybalt hoffte insgeheim auf eine Erklärung für diese seltsame Bezeichnung. Er war froh, als Toby fragte: »Was in aller Welt sind Pipe Rolls, Piers?«

»Die Schatzkammer-Abrechnungen von England«, antwortete Dr. Adair leichthin, als handele es sich hier nicht um eine wahre Fundgrube mittelalterlicher Schätze. Tybalt, der sich innerlich krümmte, als sie trotz des Gegenverkehrs einen Lastwagen überholten, versuchte ihn durch reine Willenskraft dazu zu bewegen, weiterzureden. Nach einer Weile sagte er tatsächlich: »Die Aufzeichnungen gehen zurück bis zur Zeit Heinrich des Ersten. Er war der erste König, der Steuereinnahmen dokumentieren ließ. Das war so ungefähr …«

»Im zwölften Jahrhundert«, sagte Tybalt ehrfürchtig. »O Mann!«

»Die Aufzeichnungen enthalten Aufstellungen der Steuern, die von den Sheriffs eingetrieben wurden«, dozierte Dr. Adair, während der Wagen mit weit überhöhter Geschwindigkeit dahindonnerte. »Wenn wir Glück haben, finden wir dort Einträge über die Foljambes. Wenn wir sehr viel Glück haben, können wir uns von dort aus bis zu der heutigen Generation vorarbeiten.«

»Ach ja, natürlich, wir gehen ja davon aus, dass Karabas hinter den Nachfahren her ist, nicht wahr?«

»Das war der Eid, den sein Stamm in den Katakomben geschworen hat.«

»Aber sagt mal, setzen wir da nicht eine ganze Menge einfach so voraus?«, wandte Toby ein. »Was ist, wenn es gar keine Nachfahren von Richard Foljambe gibt? Ich meine, keine, die noch leben.«

»Wenn Karabas' Volk immer noch schwört, sie zu jagen und zu töten, dann glauben sie, dass sie noch am Leben sind«, meinte Tybalt. »Es hört sich an, als sei das für sie etwas ganz Normales: die Foljambes Jahrhunderte lang zu beobachten und ab und zu Kundschafter auszuschicken, um nach ihnen zu suchen.«

»Ich frage mich, ob sie so auch den *Lia Fail* von diesem Knappen gekriegt haben«, grübelte Toby. »Ich wüsste wirklich gern, wo der ihn herhatte. Und ich wüsste auch gern, ob dieser Diebstahl geplant war – ich meine, wie genau war das alles berechnet?«

»Oh, ich denke, es war sehr genau berechnet«, sagte Piers vage und sah, wie Tybalt sich umdrehte und ihn neugierig musterte. »Wenn sie den Stein für einen Wiedergeburtszauber hielten, haben sie wahrscheinlich schon seit Generationen geplant, ihn in ihren Besitz zu bringen.«

»Ja, weil … Piers, Sie wissen schon, dass Sie in der falschen Spur sind, wenn Sie hier auf die Autobahn abbiegen wollen, oder?«

Ein haarsträubendes Lenkmanöver schloss sich diesem

Satz an. Tybalt hoffte inständig, dass britische Autobahnen sicherer waren als britische Landstraßen.

»Was mir nicht gefällt, ist diese Geschichte, dass der Stamm die Foljambes beobachtet. Karabas' Leute sind doch keine Telepathen, Herrgott noch mal!«

»Wie kommen Sie darauf?«, fragte Dr. Adair sehr leise, und Tybalt sah, wie er Toby im Rückspiegel einen Blick zuwarf.

Toby, der aus dem Fenster geguckt und den sonderbaren Ausdruck in Dr. Adairs Augen nicht bemerkt hatte, erwiderte: »Na, ich kann mir nicht vorstellen, dass die mit einer Kristallkugel da oben auf Cruithin Island sitzen und gucken, was in England sonst noch so los ist. Jedenfalls hoffe ich, dass es nicht so ist, weil die Vorstellung ziemlich schauerlich ist!« Er verstummte, und Tybalt sah, dass Dr. Adair starr auf die Straße schaute.

»Man muss doch nicht wirklich bis zu Heinrich dem Ersten zurück, um die Familie zu finden?«, wollte Toby wissen. »Oder doch?«, fügte er einen Moment später hinzu.

»Wenn Sie Ihre Notizen lesen würden, anstatt sie in meinem Auto zu verstreuen«, erwiderte Piers, »wüssten Sie, dass Richards Diener …«

»Edmund.«

»Richtig, Edmund, vielen Dank, Tybalt – dann wüssten Sie, dass Edmund offenbar den *Lia Fail* ›vor mehr als zehn Jahrhunderten‹ nach England gebracht hat.«

»Das heißt, Richard hat – na, sagen wir mal, elfhundertirgendwas gelebt.«

»Ja. Und Heinrich Beauclerc, der Heinrich der Erste von England war, und Heinrich von Anjou, der Heinrich der Zweite war, haben sich das zwölfte Jahrhundert ziemlich redlich geteilt, was das Regieren Englands angeht«, sagte Piers. »Das bedeutet, wir haben wenigstens einen Ausgangspunkt.«

»Nach was für Hinweisen sollen wir denn suchen?«, fragte Tybalt.

»Nach Ausgaben. Besondere Zuwendungen für Dienste im Namen der Krone. Und nach Einnahmen, Pacht zum Beispiel. Wahrscheinlich auch Steuern. Im frühen zwölften Jahrhundert galten noch ein paar normannische Gesetze. Ich glaube, es gab damals sogar noch das *Danegeld.*«

»O Mann«, hauchte Tybalt und fügte *Danegeld* seinem wachsenden Repertoire an magischen Wörtern hinzu, während eine düstere Stimme vom Rücksitz her irgendetwas von Einkommenssteuer und ›alles das Gleiche‹ murmelte. Tybalt grinste. Dann sagte er besorgt: »Aber waren die Foljambes denn... äh... reich genug für all so was? Ich hab sie mir eigentlich als so eine Art Holzfäller vorgestellt, die in einer Hütte im Wald gelebt haben.«

»Was bist du doch für ein romantischer Kindskopf«, meinte Toby.

»Ich denke, ein gewisses Vermögen müssten sie besessen haben«, meinte Piers. »Anscheinend hatte Richard Bedienstete – Edmund war ein Diener.«

»Ach ja, stimmt.«

»›Forst‹ ist in diesem Kontext ein etwas missverständlicher Begriff.« Mit gerunzelter Stirn manövrierte Piers sich an einem stark frequentierten Autobahnkreuz vorbei. »Zur Zeit der Normannen und des Hauses Plantagenet bezeichnete man so das Kronland, das für das königliche Jagdwild bestimmt war... haben Sie was gesagt, Tybalt?«

»Nein«, hauchte Tybalt, der gerade die Worte *Normannen* und *Plantagenet* in seine Litanei aufnahm.

»Eigentlich ging es darum, dem Hof Gelegenheit zum Jagen zu verschaffen«, erklärte Piers. »Das Gebiet wurde lediglich so bezeichnet, weil dort die Forstgesetze galten. Im zwölften Jahrhundert war das vermutlich nichts anderes als ein Jagdrevier. Schreiben Sie auch mit, Toby?«

»Ist der Papst katholisch?«, gab Toby zurück. »Ich will ja nicht schon wieder von der Nadel im Heuhaufen anfangen, aber um elfhundertsonstwas war doch bestimmt der größte

Teil von England bewaldet. Fahren Sie eigentlich immer so, Piers?«

»Nur wenn ich lästige Fahrgäste hinten drin habe. Und meinen Fahrstil haben schon schlechtere Menschen als Sie überlebt.«

»Wo wir gerade von Überleben sprechen, wird's nicht langsam Zeit, anzuhalten und was zu essen?«

»Ein paar Kilometer weiter ist ein Restaurant«, verkündete Tybalt, dem die Straßenkarte unterstand.

»Er meint 'ne Raststätte«, sagte Toby grinsend. »Überhöhte Benzinpreise, überteuerte Getränke und Plastiksalate. Gehört alles zu unserem schrulligen englischen Lebensstil, Tybalt.«

Tybalt hoffte, Toby würde auch weiterhin an dem Projekt teilnehmen. Es war manchmal nicht leicht zu merken, wann er etwas ernst meinte und wann nicht – das kam von diesem untergründigen britischen Humor –, aber er war wirklich in Ordnung.

Hier wird die Vergangenheit aufbewahrt, dachte Tybalt, als er und Dr. Adair in einen langen Raum mit lederbezogenen Tischen geführt wurden. Gelehrte Beschaulichkeit schien in der Luft zu liegen. Ein großer Teil der Vergangenheit ist hier – und was nicht hier ist, ist an anderen Orten untergebracht, die ganz genauso aussehen. Als würde jedes Jahrhundert in einen sorgfältig beschrifteten Karton gepackt, wenn es vorüber ist, und dann wird der Karton katalogisiert und in einem Regal eingeordnet.

Das ist es, was mit englischer Geschichte passiert. Sie bewahrt sich selbst, nicht weil jemand sie in Kampfer oder Lavendel einschlägt oder sie mit einem Zauberbann belegt, sondern wegen ihrer tatsächlichen Substanz. Weil so viel davon in schnörkeliger Handschrift auf braunem Pergament niedergeschrieben wurde. Als der Bibliothekar sie diskret auf die Computer im Raum nebenan hinwies, begriff Tybalt, dass der

Prozess des Erhaltens und Bewahrens sich gewandelt hatte und an das Zeitalter der Technologie angepasst worden war.

Er setzte sich an einen der Tische. Wenn man die Siegel der Vergangenheit wirklich brechen könnte – wenn man das magische Passwort herausfinden könnte, das sie hervorsprudeln ließe –, dann würde die Vergangenheit nicht nach Lavendel, vertrockneten Rosenblättern oder Magie duften. Sie würde nach blutigen Kriegen und Revolutionen riechen, nach Intrigen, Verrat und Winkelzügen. Weil dieses Land von Seeräuberei, Heldentum und Magie durchdrungen ist, von Königsmord und Aufständen, dachte Tybalt. Es ist von kleinen Bauern und Poeten und Königen geprägt. O mein Gott, und ich werde wirklich ein kleines Stückchen davon entschlüsseln.

Dr. Adair marschierte gelassen zwischen den verwirrenden Katalogen herum. Er suchte stapelweise Referenzbände und wissenschaftliche Arbeiten zusammen und füllte dann Bestellzettel für ein paar Dutzend weitere aus. Innerhalb einer Stunde wurden diese ihnen von einem Bibliotheksassistenten so ehrfürchtig an den Tisch gebracht, als wäre es die Heilige Schrift. Verdammt, irgendwie war es ja auch die Heilige Schrift. Tybalt war plötzlich froh, dass er den Laptop nicht mitgebracht hatte, den ihm sein Vater zum Abschied geschenkt hatte. Er wäre hier völlig fehl am Platze gewesen. Gewissenhaft schlug er einen einfachen linierten Notizblock auf und legte einen billigen Plastikkugelschreiber daneben.

Die Entdeckung, dass er viele der frühen Dokumente nicht entziffern konnte, war ein unwillkommener Schock. Entsetzt blickte er Dr. Adair an.

»Ein paar von denen hier sind lateinisch, Tybalt. Die nehme ich mir vor, und Sie kümmern sich um das spätere Zeug.«

Tybalt holte tief Luft und griff nach einem Stapel Dokumente, die nicht aussahen, als wären sie lateinisch. Sie sahen im Grunde genauso unbegreiflich aus wie das Original der

Heiligen Schrift, doch mit eiserner Konzentration versuchte er, sich in die Leute hineinzuversetzen, die diese verblassten Seiten beschrieben hatten. Mühsam gelang es ihm, ein paar Wörter zu entziffern.

»Je länger Sie lesen, desto leichter wird es Ihnen fallen, Tybalt«, sagte Dr. Adair leise. »Man muss sich darauf einstellen.« Wieder musste Tybalt an Dr. Adairs unheimliche Fähigkeit denken, die Gedanken anderer zu erraten.

Er versank klaftertief in der Vergangenheit. Nicht in einem großartigen, endlosen Sturz, wie er es sich gewünscht hatte, sondern ganz allmählich, als sinke er in ein riesiges Federbett. Was ihn betraf, konnten sie gern einen ganzen Monat hier verbringen, wie Dr. Adair ihn scherzend gewarnt hatte. Zum Teufel, so wie sich die Bücher auf dem Tisch vor ihnen stapelten, sah es mehr nach einem ganzen Leben aus.

Obwohl es nicht einen ganzen Monat dauerte, verbrachten sie doch gut zwei Wochen mit ihrer Suche, ehe Tybalt auf ein unscheinbares Buch stieß, das die Geschichte eines Ortes abhandelte, von dem er noch nie gehört hatte. Es war zusammen mit einem Haufen Rechnungen, die von irgendwo aus der Grafschaft Derbyshire stammten, auf ihrem Tisch gelandet. Tybalt hatte sich die letzten zwei Tage geduldig durch diesen Haufen gewühlt, ohne auch nur den geringsten Hinweis auf irgendeinen Foljambe zu finden.

Das Büchlein sah aus wie eins der Bücher über Lokalgeschichte, die manchmal in Bibliotheken zum Verkauf auslagen. Zu Hause hatte Tybalt so etwas schon oft gesehen. Es war 1920 erschienen und nannte sich *Eine Schilderung des Krieges von 1296, als Seine Majestät König Edward I. – der Hammer der Schotten – den Großen Stein der Bestimmung eroberte.*

Der Inhalt war staubtrocken und ungefähr so romantisch wie eine Verdauungsstörung, doch er kämpfte sich tapfer durch die schwülstige Prosa und las, wie Edward den Stein der Bestimmung aus der Abtei von Scone geraubt hatte.

Dann hatte er sich nach England abgesetzt und den Stein mitgenommen, was Tybalt für eine von Edwards besseren Ideen hielt. Man konnte schließlich einem Haufen kriegerischer Pikten nicht einfach ein fast heiliges Artefakt klauen, ohne dass es mächtigen Ärger gab.

Tybalt las die letzten Seiten, auf denen der unbekannte Autor sich in ungeahnte Tiefen der Langeweile herabließ, indem er alle Namen aufführte, die auf der Steuerliste eines päpstlichen Legaten namens Ragimund gestanden hatten.

Am Ende des ersten Drittels standen die Namen Alain und Robin Foljambe. Tybalt starrte die Seite an und wagte kaum zu blinzeln, damit die Namen nicht plötzlich verschwanden. Er revidierte seine Meinung über den unbekannten Autor, riss sich zusammen und las mit Vergnügen, wie Alain und Robin Foljambe – von denen berichtet wurde, dass sie in einer Schlacht bei Berwick die Bogenschützen Seiner Majestät angeführt hatten – dem König offenbar auf dem Schlachtfeld gehuldigt und sodann mit ungefähr einem Dutzend anderer als Ehrengarde gedient hatten, die auserwählt worden waren, den Stein der Bestimmung nach Westminster zu bringen.

Es war alles so toll, dass Tybalt sich bremsen musste, um nicht vor Freude in Indianergeheul auszubrechen. Pflichtbewusst blätterte er die Seite um und las eine lähmend detaillierte Schilderung darüber, wie viele gepanzerte Ritter Edward als Kundschafter entsandt hatte und was nach der Schlacht von Berwick mit den Toten und Verwundeten geschehen war.

Doch ganz am Ende des Büchleins berichtete der Autor kurz über einen seltsamen Zwischenfall, der sich ereignet hatte, als die Truppen des Königs und die Ehrengarde eine Nacht lang in Derbyshire Rast gemacht hatten. Der Legende nach war der Stein hier während der Nacht auf unerklärliche Weise beschädigt worden. Edwards Männer hatten ihn über Nacht zur Sicherheit in irgendjemandes Keller oder Milchkammer untergebracht, doch am nächsten Morgen entdeckten sie zu ihrem Schrecken, dass der berühmte Stein der Bestimmung, das Symbol ihres jüngsten Triumphes, entstellt worden war.

Der prosaische Autor war der Meinung, dass diese Geschichte nichts anderes sei als das Bruchstück irgendeiner romantischen Fabel. Allerdings, fuhr er düster fort, deutete einiges darauf hin, dass im 12. Jahrhundert in der Wildnis Derbyshires etwas Unerwartetes geschehen war:

Denn wenn man bis zum heutigen Tage Westminster besucht und Edwards Krönungsstuhl besichtigt, kann man den Makel am Krönungsstein selbst sehen. Ein kleines Stück, nicht größer als der Daumennagel eines Mannes, scheint abgesplittert zu sein.

18

»Die Foljambes haben den Stein also doch zurückbekommen«, meinte Nina und stützte das Kinn in die Hände, nachdem Tybalt mit glühenden Wangen von seinem Fund berichtet hatte.

»Sie haben etwas Gleichwertiges erhalten«, verbesserte Priscilla.

»Und euch ist doch klar«, fügte Toby hinzu, »dass ihr, wenn ihr heute Westminster besucht und den Krönungsstuhl besichtigt, weder den Stein noch den Kratzer zu sehen bekommt, weil wir den Stein nämlich vor ein paar Jahren an die Schotten zurückgegeben haben.«

Das Team hatte sich in Piers' Arbeitszimmer versammelt, um die Ergebnisse ihrer jeweiligen Recherchen zusammenzutragen. Der Raum war unordentlich und anheimelnd; ein paar bequeme, abgewetzte Stühle standen herum, und Bücher lagen überall verstreut. Piers und die Mädchen tranken Wein, Toby und Tybalt hatten sich jeder ein Bier aufgemacht, und Dietfried hatte es sich mit einem großen Pils in einem riesigen Sessel gemütlich gemacht.

»Wahnsinn, all das rauszufinden«, sagte Nina zu Tybalt, der seine Notizen auf den Tisch gelegt hatte.

»Ich find's sehr gut, dass man den Stein zurückgebracht hat«, verkündete Dietfried. »Ich bin der Ansicht, dass man einem Volk seine Schätze zurückgeben sollte. Und fangt jetzt bloß nicht damit an, wie die Nazis im Zweiten Weltkrieg geplündert haben«, fügte er schwerfällig hinzu. »Ich hab's nicht mit den Nazis, ich bin ein braver deutscher Bürger und ein guter Christenmensch dazu.« Strahlend lächelte er alle anderen im Allgemeinen und Nina im Besonderen an. Tybalt wand sich innerlich vor Unbehagen über diesen ungeschickten Versuch, witzig zu sein.

»Es ist der erste objektive Beweis dafür, dass die Familie wirklich existiert hat«, sagte Dr. Adair, der bestimmt in seinem ganzen Leben noch nie ungeschickt gewesen war.

»Oder dass zumindest der Name existiert hat«, brummte Toby. »Lasst uns mal auf dem Teppich bleiben, Leute.«

»Toby hat Recht«, meinte Piers. »Möchte jemand noch Wein? Oh – ich kann auch Kaffee machen. Moment, ich werf nur eben die Kaffeemaschine an.«

Als er aus der Küche zurückkehrte, breiteten Nina und Priscilla gerade ihre eigenen Aufzeichnungen auf dem Tisch aus.

»Also«, begann Priscilla geschäftsmäßig. »Nina und ich waren im öffentlichen Archiv in Richmond, und dort sind ebenfalls Foljambes aufgeführt.«

»Wir haben sogar einen Hinweis in den Pipe Rolls gefunden«, fügte Nina hinzu, die nicht vorhatte, Priscilla das Feld kampflos zu überlassen. »Entschuldigung, Toby, hast du was gesagt?«

»Ich hab nur gestöhnt. Wenn ich sterbe, finden sie wahrscheinlich die Worte ›Pipe Rolls‹ in mein Herz graviert.«

»Das Einzige, was in deinem Herzen eingraviert ist, ist die Adresse der nächsten Kneipe.«

»Lasst Nina doch mal ausreden«, verlangte Dietfried und warf Toby einen wütenden Blick zu.

»In den Pipe Rolls – oh, wissen überhaupt alle, was Pipe Rolls sind? Weil ...«

Piers grinste. »Wir wissen es, Nina. Erzählen Sie weiter.«

»Die Foljambes werden in den Pipe Rolls drei Mal erwähnt.« Nina tat so, als müsse sie in ihren Unterlagen nachsehen, als wären die Fakten nicht unauslöschlich in ihrem Hirn gespeichert. »Einmal ging es um Thomas Foljambe, der 1214 zum Ritter geschlagen wurde – dafür hat er eine jährliche Zuwendung von zwei Pfund und zwei Schilling gekriegt –, aber in zwei Einträgen wurden Zahlungen an die Familie dokumentiert, die sie für bestimmte Dienste empfangen haben.« Sie blickte mit leuchtenden Augen in die Runde. »Ratet mal, was das für Dienste waren.«

»Wölfe jagen!«, sagten mehrere Stimmen gleichzeitig. Dietfrieds Bass rumpelte eine Silbe hinterher.

»Ja. *Genau!* Und es war echt unheimlich, das da eingetragen zu sehen. Aber 1160 und 1161 wurden ihnen jeweils fünfundzwanzig Pfund ausgezahlt ...«

»Die sie zweifellos sofort auf den Kopf gehauen haben ...«

»Der dritte Eintrag«, unterdrückte Priscilla jegliche Zwischenbemerkungen, »beschreibt wieder eine Zahlung, diesmal an zwei Männer namens Foljambe. Die Vornamen waren nicht aufgeführt, aber sie wurden in die Normandie geschickt, um dem französischen König zu helfen, sein Reich von Wölfen zu säubern. Das war ... Moment, ich hab's hier irgendwo ...«

Piers beugte sich vor. Seine Augen glühten. »Haben Sie rauskriegen können, wo diese Wolfsjäger gelebt haben?«

»Ja«, antwortete Nina atemlos. Sie hielt inne und sah sich am Tisch um. Wenn sie so aufgeregt war, war sie bildhübsch. Piers wunderte es nicht, dass Dietfried hoffnungslos verliebt war.

»Sie haben in Derbyshire gelebt«, verkündete Nina wie ein Soldat, der dem Imperator die Kriegsbeute zu Füßen legt.

»Derbyshire?«, fragte Toby. »Schon wieder Derbyshire?«

»Aber das ist doch ...«

Tybalt stockte und starrte Piers an. »Da haben doch Alain und Robin und die Leute des Königs damals mit dem Stein der Bestimmung Rast gemacht, 1297... als jemand ein Stück davon abgeschlagen hat.«

»Stimmt«, sagte Piers. »Und das heißt ...«

»Ich will ja hier nicht das Hausmütterchen spielen oder so«, sagte Priscilla genau in diesem Moment. »Aber brennt da draußen in der Küche nicht irgendwas?«

Die Kaffeemaschine war durchgeschmort, weil Piers so sehr mit der Diskussion beschäftigt gewesen war, dass er vergessen hatte, Wasser einzufüllen. Verärgert versenkte er die Maschine im Mülleimer und öffnete ein Glas Instant-Kaffee. Am Vormittag war er im Supermarkt gewesen, und auf einer Platte waren Käse, Leberpastete und französische Baguette angerichtet. Nina trug das Tablett ins Arbeitszimmer, und Dietfried stürzte sofort hinzu, um ihr zu helfen, wobei er den kleinen Tisch umwarf, auf dem Toby sein Bier abgestellt hatte.

Als das Bier schließlich aufgewischt, der Tisch wieder aufgerichtet und das Essen verteilt worden war, lehnten sich die Mitglieder des Teams zurück und blickten ihren Anführer hoffnungsvoll an.

»Na schön. Der kleinste gemeinsame Nenner«, sagte Piers leichthin. »Alle Wege führen zurück nach Derbyshire. Ich frage mich, ob der Wolfsclan dort irgendwann einmal eine Siedlung gehabt hat.«

»Dass die Foljambes in Derbyshire gelebt haben, scheint Sie nicht besonders zu überraschen«, meinte Toby, der gerade aus der Küche zurückkam, wo er das restliche Bier aus dem Kühlschrank geholt hatte.

»Wirklich nicht?«, fragte Piers geistesabwesend. »Möchte noch jemand Wein? Dietfried, möchten Sie noch was zu essen?«

Dietfried nahm sich ein Riesenstück Pastete, bestrich eine große Scheibe Brot mit Butter und fragte: »Glauben Sie, dass Karabas dort hinwill? Nach Derbyshire? Um nach den Nachkommen zu suchen?«

»Ja, Dietfried, genau das glauben wir. Wahrscheinlich ist er sogar schon dort«, erwiderte Toby. »Wenn man bedenkt, dass er schon seit Wochen unterwegs ist.«

Das ließ alle verstummen, mit Ausnahme von Dietfried, der Nina ausführlich erklärte, dass sie jetzt vor zwei verschiedenen Problemen stünden. »Einmal das Problem, Karabas zu finden, der wahrscheinlich nichts Gutes im Schilde führt. Aber andererseits ist da auch noch unsere ursprüngliche Absicht, nämlich, diesen Stamm zu erforschen.«

»Dietfried hat die Sache genau auf den Punkt gebracht.« Mühelos übernahm Piers wieder die Führung. Tybalt sah ihn an und fragte sich, ob er sich diese natürliche Autorität selbst angeeignet hatte, oder ob man mit so etwas geboren wurde, wie Frauen mit ihrer sexuellen Anziehungskraft.

Piers dachte im Augenblick weder an Autorität noch an sexuelle Anziehungskraft. Er war froh, seine Studenten wiederzusehen und freute sich über die Resultate, die sie bei ihrer Suche erzielt hatten. Die Entdeckung, dass diese Ergebnisse sie unaufhaltsam zurück nach Derbyshire führten, hatte ihn erschüttert, doch er dachte, niemand hätte das bemerkt. »Toby, glauben Sie, dass Sie noch ein bisschen länger an der Wolfsjagd teilnehmen können?«

»Um mit Ihnen ins finsterste Derbyshire vorzudringen? Ich bin dabei.«

»Das würde mich freuen«, sagte Piers. »Zum einen sind Sie besser darin, Geschichten auszugraben und Informationen aus den Leuten herauszuholen, als wir alle. Außerdem haben Sie Rückendeckung von der BBC, falls es nötig sein sollte.«

»Und ich dachte schon, es wäre wegen meines sprühenden Humors und meines umwerfenden Charmes«, erwiderte

Toby gespielt beleidigt. »Ich muss Rücksprache mit meinen Herren und Meistern halten. Aber wahrscheinlich wird es darauf hinauslaufen, dass ich Ihre Nachforschungen noch eine Weile verfolgen soll – auf so was stehen die in meiner Abteilung; die meisten von uns arbeiten an einem halben Dutzend Sachen gleichzeitig. Das kommt erstens davon, dass die Bosse denken, wir hätten sonst nichts zu tun, und zweitens kann man so Storys, die sich als Flop erweisen, fallen lassen, ohne dass allzu große Löcher entstehen. Wir sind den Einschaltquoten hilflos ausgeliefert, mein lieber Junge. Ging's bei Ihrer Frage um Geld?«

»Ja.«

»Na ja, so wie die Dinge liegen, könnte es die Seifenblase, die die goldenen Eier legt, zum Platzen bringen, diese Dokumentation jetzt zu drehen. Aber wenn Sie Karabas und die Nachkommen der Foljambes aufspüren könnten, gäbe das einen viel besseren Film ab, als ursprünglich geplant. Um genau zu sein, es wäre ein echter Knüller, und an so was könnte ich schon noch ein, zwei Monate dranbleiben. Schließlich heiligt der Zweck die Mittel, was nichts anderes heißt, als dass die Ausgaben gerechtfertigt wären – besonders wenn es noch irgendwelche lebenden Nachkommen der Foljambes gibt, die sich interviewen lassen.«

»Ich hab mal ein Interview mit jemand gesehen, der behauptet hat, er wäre der letzte überlebende Nachkomme von Dracula«, sagte Nina. »Des richtigen Dracula, meine ich – Vlad der Pfähler.«

»Wie reizend«, meinte Priscilla gedehnt.

»Nein, aber es war wirklich faszinierend. Der Typ hat Stammbäume gezeigt, um seine Abstammung nachzuweisen.«

»Ach ja?«

»Dann fahren wir also alle nach Derbyshire?«, fragte Tybalt voller Hoffnung.

»Ich wüsste nicht, warum wir das nicht tun sollten. Wahrscheinlich wird es noch endlos lange dauern, bis wir wieder auf die Insel zurück können. Und wir würden ja immer noch an unserem ursprünglichen Projekt arbeiten. Wir besorgen uns eine Unterkunft in Derbyshire, sozusagen als Basislager…«

Piers hielt inne, und Dietfried fragte: »Ist das ein Problem?«

»Nein, ganz und gar nicht.« Verdammt, dachte Piers, ich will nicht, dass das passiert. Ich will nicht dorthin zurück. Laut sagte er: »Ich kenne dort ein Haus, wo wir für ein oder zwei Monate wohnen können.« Ehe jemand nachfragen konnte, fuhr er fort: »Also, Nina, Sie können schon mal die Adressen von Archiven und ähnlichen Stellen heraussuchen, damit wir wissen, wo wir anfangen sollen. Derbyshire ist groß, es umfasst den ganzen Peak District. Es wird Ihnen gefallen, Tybalt. Dort gibt es jede Menge kleiner Dörfer; sehr englisch und noch ganz unberührt.«

»Toll.«

»Kennen Sie sich dort aus?«, fragte Priscilla.

»Das habe ich jedenfalls mal getan«, antwortete er ausweichend. »Zum Teil ist es dort ganz schön einsam.«

»Sollten wir die Polizei benachrichtigen?«, fragte Nina. »Wegen Karabas?«

»Wir könnten wohl sagen, dass sich möglicherweise ein potenziell gefährlicher Mann in ihrem Gebiet herumtreibt«, meinte Piers. »Aber ich glaube nicht, das wir der Polizei unsere Wolfsclan-Geschichte verkaufen können. Jedenfalls nicht, ehe die Ermittlungen in Cruithin Island richtig angelaufen sind und wir mehr Beweise haben.«

»Sie haben etwas von einem Haus gesagt, Piers«, fing Toby an.

»Ja, es gibt da ein Haus am Rande eines Dorfes namens King's Thane«, sagte Piers schnell. »Es liegt ganz in der Nähe eines großen Waldes, der zu einem Nationalpark gehört – das wäre ein ausgezeichnetes Basislager.«

»Und wem gehört dieses Haus?«

»Mir«, erwiderte Piers gleichmütig.

Er hatte sich mit voller Absicht nur beiläufig über das Haus geäußert, weil er nicht wusste, ob er in der Lage sein würde, es zu betreten, und ob die Erinnerungen dort nach wie vor auf ihn warteten.

Ebenso absichtlich hatte er in der Diskussion das Wort »Wolf« benutzt, weil ihm zunehmend klar wurde, dass das ganze Team immer noch davor zurückschreckte. Sicher lag das lediglich an irgendeinem Atavismus, doch es war ein beachtliches Beispiel rassenspezifischer Erinnerung.

Rassenspezifische Erinnerungen. Wie viel davon waren echte Atavismen, und wie viel waren Kindheitserinnerungen? Wie zuverlässig waren sie? Und wie zuverlässig waren seine eigenen Erinnerungen an seine sonderbare Kindheit und an das düstere, geheimnisvolle Haus in King's Thane?

Die Tanten hatten nie ein Wort über das Haus verloren, ebenso wenig, wie sie das Wort »Wolf« in den Mund genommen hatten. Erst am Abend vor seinem 14. Geburtstag, in einer Mittsommernacht, hatte er die Wahrheit über seine Familie erfahren.

Er hatte nicht an Wölfe gedacht, und auch nicht an seinen Vater. Er lag im Bett, aus alter Gewohnheit so, dass er die Tür sehen konnte, und freute sich auf seinen Geburtstag. Es war von einem neuen Fahrrad die Rede gewesen, und seine Tanten waren über ihre Schatten gesprungen und hatten ihm erlaubt, ein paar Freunde einzuladen. Sie würden Fruchtpunsch und Apfelmost trinken und Schallplatten hören. Für die meisten Leute war das eine ziemlich zahme Geburtstagsfeier, für Tante Vera und Tante Monica jedoch grenzte es an bacchantische Orgien.

Piers hatte die Einladungen sorgfältig formuliert, und sie waren mit Freuden angenommen worden. Ein paar Mädchen würden auch kommen. Die meisten hatten wissen wollen, ob Piers' Vater ebenfalls da sein würde. Sie hatten ihn alle bei der letzten Schulfeier gesehen, als Piers den Essay-Wettbewerb gewonnen hatte. Er sah wahnsinnig gut aus, einfach fantastisch; es musste doch toll sein, so einen Vater zu haben. Mindestens zwei von ihnen hatten Piers prüfend betrachtet und gesagt, er sähe seinem Vater ähnlich. Piers selbst fand seinen Vater die meiste Zeit eigentlich völlig normal, aber er war nicht ganz so normal, wie die Väter anderer Leute. Er wusste, dass sein Vater neben anderen Eltern exotisch und verwegen wirkte.

Die Tanten waren wegen der bescheidenen Geburtstagsparty total aus dem Häuschen; gestern Abend hatte er gehört, wie sie über seine Mutter geredet hatten. Die arme Helen, sie wäre so froh gewesen, ihren Jungen so heranwachsen zu sehen. Und dann hatten sie über ›diesen Mann‹ gesprochen, der vor so vielen Jahren mit solcher Arroganz in ihrer aller Leben getreten war und Leid und Verderben über sie gebracht hatte. Wie sehr die Tanten seinen Vater auch verabscheuten, sie nutzten doch jede Gelegenheit, über ihn zu lästern.

Es war ungefähr zehn Uhr, und Piers hatte gerade das Licht ausgeknipst, nachdem er noch eine Weile gelesen hatte. Es war noch so hell draußen, dass er eigentlich gar keine Lampe gebraucht hätte. Er trieb gerade in jenem angenehmen Zustand zwischen Wachen und Schlafen dahin, als ihn ein Geräusch im Bett hochfahren ließ. Leise Schritte tappten über den Treppenabsatz und die Treppe hinunter. Sein Vater verließ auf einem seiner seltsamen nächtlichen Streifzüge das Haus.

Piers glaubte schon lange nicht mehr an Märchen. Er wusste sehr gut, dass die Fabelwesen in diesen Geschichten nicht existierten und wahrscheinlich auch niemals existiert hatten. Doch er wusste, dass es böse, verschrobene Männer und Frauen gab. Er wusste Bescheid über Sex, zum Teil durch das kichernde Geflüster auf dem Schulhof, zum Teil aus dem Biologieunterricht, und daher wusste er auch, was Vergewaltigung war und hatte außerdem eine sehr vage Vorstellung von der Bedeutung des Wortes Inzest. Er wusste, dass es Menschen gab, die zum bloßen Vergnügen kleine Jungen und Mädchen folterten und dann die Leichen in einsamen Mooren versenkten. Und der größte Teil seines Verstandes wusste auch, dass sein Vater nie zu so etwas fähig wäre.

Doch ein Teil seines Verstandes traute seinem Vater nicht ganz, und heute Nacht drängte sich dieser Teil in den Vordergrund und fragte, ob es nicht besser sei, die Wahrheit zu erfahren, ein für alle Mal? Er warf die Bettdecke zurück und schlüpfte in seine Kleider.

Minuten später schlich er auf Zehenspitzen hinter seinem Vater her durch die Nacht.

Piers hatte seither oft gedacht, dass er an jenem Abend die düstere Traumwelt betreten hatte, die unbemerkt neben der normalen, alltäglichen Welt existiert. In den Jahren, die folgten, fragte er sich gelegentlich, ob er jemals wieder wirklich herausgekommen war.

Die selten beachtete, selten eingestandene Unterseite seiner Natur kehrte sich an diesem Abend nach oben: die Seite, die genau wusste, dass es eine dünne, unsichtbare Mauer gab, einen Vorhang, der die reale Welt von der anderen trennte und diese ausschloss. Manchmal jedoch – wenn der Mond tief am Himmel stand und es nach Geißblatt duftete, oder in einer berauschenden Sommernacht, wenn man sich aus dem Schlafzimmerfenster lehnte und eine vibrierende Erwartung in der Luft lag, als führe jemand mit dem Finger am Rand einer gigantischen Glasschüssel entlang… in solchen Nächten war der Vorhang so dünn, dass er praktisch durchsichtig war und alles Mögliche hindurchschlüpfen konnte.

Ich höre mich an wie Peter Pan, dachte Piers ärgerlich. Ich werde ihm einfach ganz vorsichtig nachschleichen und sehen, wo er hingeht. Und wenn ich das herausgefunden habe, flitze ich zurück nach Hause und verkrieche mich unter der Bettdecke, und er wird nie rauskriegen, dass ich ihm gefolgt bin.

Sein Vater hatte die alte Ziegelmauer erreicht, die den Garten umgab, und trat zu einer Tür, die man vom Haus aus nicht sehen konnte, weil sie hinter alten Apfel- und Birnbäumen verborgen war. Es waren zu wenige, um von einem Obstgarten zu sprechen, doch seine beiden Tanten taten es trotzdem. Sein Vater schloss die Tür auf, und Piers zögerte und sah sich um. Traute er sich, ihm dort hinaus zu folgen? Würde er ihn bemerken? Sein Vater würde die Tür bestimmt von der anderen Seite aus abschließen; diese Tür war immer abgeschlossen, wegen der Landstreicher, die durch die Gegend streiften. Wenn die Tür wieder abgeschlossen ist, brauche ich mich nicht zu entscheiden, dachte Piers halb enttäuscht, halb erleichtert.

Die Tür war nicht verschlossen. Sie schwang geräuschlos auf, als würde sie häufig benutzt und wäre sorgfältig geölt, damit sie nicht quietschte. Piers holte tief Luft, warf noch einmal einen Blick über die Schulter und trat hindurch.

Es war eine jener Nächte, in denen der Mond tief am Himmel stand und nichts sich in dem gewaltigen alten Wald zu rühren schien. Piers hatte das unbehagliche Gefühl, dass er schließlich doch in der Traumwelt hinter dem Vorhang gelandet war. Vielleicht war das ein gefährlicher Ort, doch er konnte nicht mehr zurück.

Er konnte seinen Vater im Mondlicht deutlich erkennen: das schmale, intelligente Gesicht, dunkel und gut geschnitten, mit hohen Wangenknochen und zusammengekniffenen Augen. Er hatte dunkles, ein wenig lockiges Haar, das ihm im Nacken bis über den Kragen reichte und in Koteletten auslief.

Irgendjemand hatte einmal zu Tante Vera gesagt, Helens Mann wäre unglaublich sexy, und Tante Vera hatte ihn von oben herab mit einem eisigen Blick bedacht und geantwortet, darüber hätte sie sich noch nie Gedanken gemacht.

Je tiefer sie in den Wald eindrangen, desto unsicherer fühlte Piers sich. Sein Vater war direkt vor ihm und schritt ohne zu zögern durch die Bäume dahin. Wo immer er auch hinging, er kannte den Weg offenbar sehr genau.

Nach einer Weile lichteten sich die Bäume, und sie erreichten eine Lichtung voll umgestürzter Baumstämme und niedergetretenem Farn. Piers fuhr zurück, doch sein Vater lief zielstrebig über die Lichtung. Piers wartete und spähte in den Wald, um zu sehen, wo sein Vater hingegangen war. Links von ihm war etwas Großes, Schwarzes, das jedoch auch keinen Hinweis darauf geben konnte, wo sein Vater abgeblieben war.

Es war ein Haus. Ein düsteres, graues Haus, dessen Fenster vergittert und mit Läden verrammelt waren. Eine kalte Hand schloss sich um sein Herz. Wer baute denn mitten im Wald ein Haus? Und wer würde dort wohnen?

Er würde nicht auf das Flüstern in seinem Kopf hören und das Haus inspizieren, *ganz bestimmt nicht*. Mitten in der Nacht zu einem unheimlichen alten Haus in der Mitte eines ebenso unheimlichen Waldes zu gehen, war wirklich das Letzte, was man tun sollte.

Aber wenn sein Vater nun dort war? Und wenn er auf diese Weise ein für alle Mal das Geheimnis lüften könnte, das seinen Vater umgab?

Das mache ich nicht, dachte Piers fest entschlossen.

19

Natürlich tat er es doch. Er wusste genau, dass er sich nicht mehr in ›Peter Pan‹ befand, sondern in ›Hänsel und Gretel‹ gelandet war. Und doch schlich er, wie von einem unsichtbaren Faden gezogen, auf das Haus im Wald zu.

Als er näher kam, sah er, dass es viereckig war und aus roten Ziegeln bestand, nicht aus grauem Stein, wie so viele

Häuser in Derbyshire. Es war viel größer, als es vom Wald her den Anschein gehabt hatte. Eine Ziegelmauer umgab das Haus, nicht so hoch, dass man es nicht mehr hätte sehen können, aber doch hoch genug, um Eindringlinge abzuhalten. Es wäre schwer, da hinüberzuklettern, doch es wäre nicht unmöglich. Vor dem Tor war ein schmiedeeisernes Gitter mit einem schweren schwarzen Vorhängeschloss angebracht.

Der Faden zog weiter an ihm, und er sah, wie seine Hand das Gitter aufstieß. Eine kleine, hoffnungsvolle Stimme in seinem Kopf sagte, das Tor wäre bestimmt abgeschlossen, doch das war nicht der Fall. Piers tat einen tiefen, zittrigen Atemzug und schlüpfte hindurch. Alles war ordentlich und gut erhalten, doch das Haus machte einen geduckten, lauernden Eindruck und die Fenster im Erdgeschoss sahen aus, als wären sie mit schweren Läden oder dicken Vorhängen bedeckt worden, sobald es dunkel geworden war.

Er hatte keine Ahnung, was er als Nächstes tun sollte. Ein polierter Messingklopfer zierte die Tür, doch den hochzuheben und ihn gegen die schwere Eichentür fallen zu lassen, wäre der blanke Wahnsinn gewesen. Er erwog gerade, um das Haus herumzuschleichen und nachzusehen, ob er irgendwo Licht entdecken konnte, als er auf der anderen Seite der Tür Schritte hörte.

Es war schrecklich. Die Schritte waren langsam, doch sie klangen fest, und Piers blieb wie angenagelt stehen, hin und her gerissen zwischen Panik und wachsender Neugier.

Die Schritte hielten an der Tür inne, und er hörte ein Geräusch, als hätte derjenige, der dort stand, Schwierigkeiten mit dem Türschloss. Piers hörte nicht wirklich eine Stimme »Verflixtes Schloss!« sagen, doch er spürte es. Kreischend glitt der Bolzen zurück.

Aller Entschlossenheit zum Trotz befand er sich so tief in jener Halbwelt dunkler Mythen, dass es ihn nicht im Mindesten überrascht hätte, wenn eine krächzende Stimme gesagt hätte: »Tritt ein, du wirst erwartet.« Was er jedoch stattdessen sah war eine rundliche, rotwangige Frau in mittleren Jahren, mit grau meliertem Haar, die einen einfachen Tweedrock und einen Pullover mit V-Ausschnitt trug. Was er hörte, war eine freundliche Stimme, die ihn hereinbat und dann ins Innere des Hauses rief, der Junge sei da, genau wie sie es prophezeit hätte.

Einen schrecklichen Augenblick lang drohte die Szene wieder zum Albtraum zu werden. Und dann öffnete sich eine Tür am Ende des Flurs, und Piers erblickte seinen Vater, der dort stand und ihn betrachtete.

Die fremde Frau führte sie in ein kleines Zimmer am anderen Ende des Flurs. »Hier ist es wärmer«, sagte sie.

Dicke Vorhänge waren vor die Fenster gezogen worden, und in einem kleinen Kamin brannte ein Feuer. Das Zimmer war gemütlich, doch die Möbel waren altmodisch; es fühlte sich seltsam unpersönlich an, wie ein Hotel oder ein Wochenendhaus. Vor dem Feuer standen zwei Sessel. Piers' Vater bedeutete ihm, in einem davon Platz zu nehmen und setzte sich in den anderen. Eine Karaffe mit goldfarbener Flüssigkeit stand neben ihm.

Nachdem die Frau gegangen war, sagte eine Zeit lang keiner von ihnen ein Wort. Dies war eine seltsame Eigenheit seines Vaters: Er konnte jemand anderem ohne Worte Gefühle oder Stimmungen übermitteln, und manchmal konnte er auch die Gefühle oder Stimmungen anderer Menschen spüren. Piers hatte das ein oder zwei Mal selbst versucht, und mehrmals war er dicht davor gewesen, zu erfassen, was andere Leute dachten oder fühlten. Doch er hatte nicht die leiseste Ahnung, was sein Vater jetzt gerade dachte.

Nach einer Weile brach sein Vater das Schweigen. »Ich bin froh, dass du gekommen bist, Piers. Ich habe mir schon gedacht, dass du eines Tages auftauchen würdest. Emma war felsenfest davon überzeugt.« Er legte den Kopf zurück, und Piers sah feine Linien der Erschöpfung in seinen Augenwinkeln.

»Ist Emma die Frau, die mich reingelassen hat?« Das interessierte ihn eigentlich nicht die Bohne, doch er musste unbedingt herausfinden, wie sich seine Stimme anhörte. Ein bisschen schrill, aber nicht zu sehr.

»Ja, das war Emma.« Glas klirrte, als sein Vater sich ein wenig Brandy einschenkte. Er blickte ihn über den Rand des Glases hinweg an, während er trank, und Piers sah plötzlich, wie sich die Dunkelheit, die seinen Vater seiner Meinung nach ständig umgab, unmerklich veränderte.

»Du musst mir jetzt genau zuhören, Piers«, sagte sein Vater, und Piers stockte der Atem, denn jetzt sah er wieder so *anders* aus. Sein Herz begann wie wild zu pochen. Ich bin im Begriff, etwas Unglaubliches zu erfahren. Ich werde das große Geheimnis ergründen. Will ich das überhaupt?

»Ich werde dir von deiner Mutter erzählen«, sagte sein Vater behutsam. »Ich hab's satt, dass mich diese beiden verbitterten alten Schachteln immer als Schurken hinstellen. Ich habe mich in den letzten Jahren hundert Mal mit ihnen darüber gestritten, ob du die Wahrheit erfahren solltest oder nicht. Aber du wirst morgen vierzehn, und du bist jetzt alt genug.«

»Meine Mutter ist tot«, sagte Piers fast trotzig. »Ich weiß alles darüber.«

»O nein, das tust du nicht«, erwiderte sein Vater. »Das tust du nicht, Piers.« Er stockte, doch seine nächsten Worte waren das Allerletzte, was Piers erwartet hätte. »Deine Mutter lebt noch, Piers.«

Der seltsame Raum mit den altmodischen Möbeln drehte sich um ihn wie ein Schwindel erregender Brummkreisel, in dem das Feuer und der Kaminvorleger miteinander verschwammen. Ihm war übel, er hatte das Gefühl, in einen Strudel hineingezogen zu werden. Er packte die Armlehnen des Sessels, um nicht ohnmächtig zu werden. Langsam hörte das Zimmer auf, sich zu drehen. Er fühlte, dass sein Vater auf eine Antwort von ihm wartete. »Das glaube ich dir nicht«, brachte er schließlich heraus.

»Ob du es glaubst oder nicht, ändert nichts daran, dass es wahr ist.«

»Sie ist hier, in diesem Haus, nicht wahr? Deshalb kommst du so oft hierher.«

»Ja. Sie ist seit dreizehn Jahren hier eingesperrt.«

Also hatte er sich 13 Jahre lang nachts aus dem Haus gestohlen. 13 Jahre lang war er durch den dunklen, uralten Wald geschlichen. Piers würgte den Gedanken ab. »Wieso? Ich meine, wieso ist sie eingesperrt?«

»Weil sie ... nicht ganz normal ist.«

»Du meinst, sie ist verrückt?«

Eine Pause entstand. Das hat ihn verletzt, dachte Piers. Gut. Mir tut das hier schließlich auch weh.

»Verrückt ist ein harter Ausdruck«, sagte sein Vater. »Sie kann tagelang völlig normal sein. Doch dann verändert sie sich und ist plötzlich ... gestört. Zum Glück«, fügte er bitter hinzu, »hat deine Familie genug Geld, damit sie gut versorgt werden kann. Ein paar Frauen, die auch hier im Haus wohnen, kümmern sich um sie. Eine davon ist Krankenschwester, die sich auf Geisteskranke spezialisiert hat.«

»Emma.«

»Ja, Emma ist eine von ihnen. Sie ist eine herzensgute, freundliche Seele, und was wir in den letzten Jahren ohne sie angefangen hätten, kann ich mir überhaupt nicht vorstellen.« Er stellte sein leeres Glas ab und beugte sich vor.

Piers starrte ihn an. An diese Nacht werde ich mich mein Leben lang erinnern, dachte er plötzlich. Und jedes Mal wird sich die Erinnerung mit dem Geräusch eines prasselnden Kaminfeuers, diesen grauenvollen viktorianischen Ofenfliesen und dem Geruch eines fremden Hauses vermischen. Und mit dem Mitleid für meinen Vater und der Feststellung, dass er gar nicht unheimlich oder geheimnisvoll ist, sondern hager und zerrissen und traurig, weil ihm vor langer Zeit etwas Schreckliches passiert ist. Und was immer das war, passierte nach wie vor.

Dann sagte sein Vater: »Was du verstehen musst, Piers, ist, dass in unserer Familiengeschichte nicht ich der Schurke bin. Ich habe Helen nicht zu Grunde gerichtet. Sie war es, die mein Leben ruiniert hat.

Deine Tanten haben nicht ganz Unrecht. Aber sie liegen auch völlig falsch. Sie haben Recht, wenn sie sagen, ich sei ein Zigeuner gewesen. Aber ich war kein Zigeuner von der Sorte, die in einem klapprigen Wohnwagen lebt und hausiert oder aus der Hand liest. Da liegen sie falsch.

Ich war ein Zigeuner von der besten Sorte: einer von denen, die sich vom herkömmlichen Leben und von den herkömmlichen Menschen abgewandt haben und durch die Welt ziehen. Meine Familie stammt aus Irland. Sie waren Grundbesitzer, aber sie waren völlig verarmt. Und arrogant waren sie – großer Gott, meine Verwandten waren die arrogantesten Kreaturen auf Gottes Erde. Sie hätten niemals zugegeben, dass sie das letzte Aufflackern einer völlig überholten Lebensweise darstellten. Ich bin mir nicht mal sicher, ob sie das überhaupt selbst begriffen hatten. Sie haben sich nie eingestanden, dass ihr Vermögen schon längst den Bach hinuntergerauscht war, und dass wir uns unseren Lebensunterhalt draußen in der weiten Welt selbst verdienen sollten wie die meisten Menschen.

Sie blieben in ihrem Haus, wo ihre Familie seit fast vierhundert Jahren gelebt hatte – nur dass der alte Kasten schon nahe am Verrotten war, als ich geboren wurde. Es war ein riesiges, verfallenes altes Herrenhaus, Piers, und obwohl es nicht einen einzigen intakten Ziegel in den Mauern oder eine einzige heile Schindel auf dem Dach gab, konnte ich manchmal verstehen, warum sie so daran festhielten. Selbst während es uns über dem Kopf zusammenfiel, war es das schönste Haus von ganz Irland – und Irland ist wirklich sehr schön, Piers. Die Sonne schien so warm durch die Fenster herein; es waren Rautenfenster, obwohl der Kitt zerbröselte und das Glas völlig verzogen war. Aber die Sonne hat das nie gestört.

Sie hat die durchgetretenen Stellen in den Teppichen beschienen und die Vorhänge ausgebleicht, bis nur noch Fetzen übrig waren.« Er hielt inne und starrte ins Feuer.

»Aber wenn man durch die Zimmer ging«, fuhr er leise fort, »konnte man das Bienenwachs riechen, mit dem Generationen von Hausmädchen die Möbel poliert hatten, und im Garten duftete es nach Lilien und Geißblatt, die dort seit der Zeit Heinrichs des Achten wuchsen, als das Haus gebaut worden war. Die Iren haben nie besonders viel für Heinrich den Achten übrig gehabt, aber meine Familie ist unter ihm reich geworden.« Piers' Vater verstummte nachdenklich, und Piers konnte sehen, dass er tief in die Vergangenheit zurückgeglitten war und den unpersönlichen, vom Feuer erhellten Raum gar nicht mehr wahrnahm.

»In diesem Garten gab es Moosrosen, die schon seit dem 16. Jahrhundert dort standen. Und uralte Bäume, unter denen Schlüsselblumen wuchsen. Und geborstene Statuen, die völlig von Flechten überwuchert waren, lugten aus irgendwelchen versteckten Winkeln hervor. Es war eine richtige Wildnis, aber eine sehr romantische Wildnis, und wenn man auf der Terrasse stand und nach Westen schaute, konnte man in der Ferne die Berge sehen. Meine Mutter – deine Großmutter, Piers – ging immer im Garten spazieren, als hätte sie alle Zeit und alles Geld der Welt, und als sei die ganze Welt nur zu ihrer Erbauung erschaffen worden. Sie hat immer weiße Kleider getragen und einen riesigen Hut, und sie hat Schlüsselblumen und Glockenblumen und riesige Liliensträuße gepflückt und sie überall im Haus in großen Kupferkrügen aufgestellt.

Als ich sechzehn war, konnte ich es nicht mehr aushalten. Ich konnte diese Weltfremdheit nicht mehr ertragen, dass sie sich standhaft weigerten, der Realität ins Gesicht zu sehen. Um diese Zeit waren wir dicht vorm Bankrott; der Gerichtsvollzieher hat praktisch in unserer Küche gewohnt.« Er griff nach der Brandykaraffe. Behutsam fragte Piers: »Du bist... weggegangen?«

»Ja. Ich habe mich nach England durchgeschlagen und von dort in andere Länder. Ein oder zwei Mal habe ich auf Handelsschiffen angeheuert, die nach Osten fuhren. Ich habe in verschiedenen Städten in Bars gearbeitet. Meistens habe ich es nicht so genau genommen. Ein paar Mal habe ich auch für Geld mit Frauen geschlafen, die älter waren als ich. Du verstehst doch, was ich meine?«

»Ja.« Mittlerweile war Piers viel zu gebannt von der Geschichte, als dass ihm diese Enthüllung peinlich gewesen wäre.

Sein Vater schaute ihn über den Rand des Brandyglases hinweg an. »Soll ich weitererzählen?«

»Ja, bitte.«

»Irgendwie habe ich genug verdient, um nicht zu verhungern. Und dann kam ich zu einem großen Haus in einem Dorf in Derbyshire – einfach nur, weil ich dort noch nie gewesen war. Und da bin ich einem Mädchen begegnet.«

»Meiner Mutter.«

»Ja.« Er betrachtete Piers einen Moment und sagte dann: »Sie war das schönste, faszinierendste Geschöpf, das ich je gesehen hatte, und ich habe sie auf der Stelle begehrt.«

Selbst wenn es um sein Leben gegangen wäre, hätte Piers jetzt kein Wort herausgebracht. Er fühlte, wie sich um ihn herum und in seinem Inneren eine würgende Spannung aufbaute. Die eine Hälfte seines Selbst dachte: Ich will das nicht hören. Ich will mir keine verstaubte Liebesgeschichte anhören, das wird bestimmt unangenehm und peinlich. Doch die andere Hälfte wusste, dass das alles nicht zählte.

Sein Vater sah ihn nicht länger an; er starrte mit abwesendem Blick ins Feuer. »Ich habe gesagt, sie war schön und faszinierend. Ich habe nicht gesagt, dass es diese verderbte, in Elfenbein gefasste Schönheit war, von der die Dichter erzählen. Ich habe nicht gesagt, dass es der trügerische Sirenenzauber aus Gedichten war.

Damals hatte sie dunkles Haar, wie eine Wolke, und dunkle Augen, und ihre Haut war hell wie Buttermilch. Sie sah aus wie die verzauberte Heldin einer alten Romanze, und sie war einfach unwiderstehlich.« Die Linien in seinem Gesicht glätteten sich vorübergehend. »Trotz der Art und Weise, wie ich lebte, war ich damals innerlich immer noch ein ziemlicher Romantiker«, gestand er, und als er lächelte, fühlte Piers wieder den Zauber, der von ihm ausging. »Ich habe mich selbst als Ritter gesehen, der sie aus ihrem verwunschenen Schloss rettet – oder sie aus ihrem Zauberschlaf erweckt.« Er musterte ihn fragend, und Piers nickte, um zu zeigen, dass er verstand.

»Und natürlich würde Helen umgekehrt die Prinzessin mit dem reinen Herzen sein, die mich aus meinem zügellosen Leben erlöste. Was uns beiden nicht klar war«, fügte er mit einem schiefen Lächeln hinzu, »war, dass ich eigentlich ganz gern zügellos gelebt habe.

Helens Eltern – deine Großeltern – waren gestorben, als sie sechzehn war, und sie war mehr oder weniger von ihren Schwestern aufgezogen worden. Von deinen beiden Tanten.« Er presste die Lippen zusammen, und Piers erkannte, dass er die Tanten genauso wenig leiden konnte wie sie ihn.

»Aber sie konnten nicht verhindern, dass wir heirateten. Bis zu Helens einundzwanzigstem Geburtstag waren es nur noch drei Wochen – damals war man mit einundzwanzig volljährig –, und sie konnten nichts dagegen unternehmen.«

»Haben sie's versucht?«, fragte Piers hingerissen.

»O Gott, und ob sie es versucht haben! Jeden Tag sind sie mit einem Dutzend Einwänden angekommen. Ich habe natürlich nicht darauf gehört, genauso wenig wie Helen. Der Einzige, mit dem ich wirklich etwas anfangen konnte, war der Dorfpriester – Stephen Berry.« Wieder blitzte sein Lächeln auf. »Hätte man sich ja denken können, dass ein Ire was mit einem Priester anfangen kann.«

»Ein katholischer Priester?« Das war eine Überraschung.

»Ein katholischer Priester. ›Martin Adair‹, hat er sehr eindringlich zu mir gesagt, ›Martin Adair, wissen Sie auch, worauf Sie sich da einlassen?‹ Und ich war anmaßend genug zu glauben, ich wüsste es«, sagte sein Vater.

Sehr lange sprach keiner von ihnen ein Wort. Dann zerbrach ein Scheit im Kamin, und Funken stoben empor. Piers zuckte zusammen.

Doch das Geräusch hatte den Bann gebrochen; er konnte wieder sprechen. »Und wie geht's jetzt weiter? Ich meine, jetzt, wo ich weiß, dass sie noch lebt? Kann ich sie sehen?« Er stellte fest, dass er es noch nicht über sich brachte, »meine Mutter« zu sagen. »Würdest du mich zu ihr bringen?«

»Bist du sicher, dass du sie sehen willst?«

»Nein, überhaupt nicht. Aber ich glaube, ich muss wohl, oder?«

Als Antwort ging sein Vater zur Tür und rief leise nach Emma. Piers blieb, wo er war und versuchte zu hören, was sie sagten. Sie flüsterten fast, und die ersten Sätze konnte er nicht verstehen, doch sie schienen unterschiedlicher Meinung zu sein. Dann sagte Emma: »Vergessen Sie nicht, dass sie seit Jahren kein Kind mehr zu Gesicht bekommen hat.« Aus irgendeinem Grund überlief es ihn dabei kalt.

Schließlich kam sein Vater wieder ins Zimmer. »Emma meint, du solltest deine Mutter nicht besuchen«, sagte er. »Sie glaubt, es konnte gefährlich werden.«

»Für mich?«

»Na ja, möglicherweise. Außerdem könnte es dich aus der Fassung bringen.«

Langsam sagte Piers: »Aber wenn ich gehe, ohne sie gesehen zu haben, werde ich dauernd daran denken. Ich werde immer wissen, dass sie hier ist, und dass ich sie eines Tages doch besuchen muss.« Als sein Vater darauf nichts erwiderte, fügte er hinzu: »Ich würde lieber jetzt gleich sehen, was es zu sehen gibt, anstatt es mir ständig vorstellen zu müssen.«

Sein Vater warf einen Blick auf die Uhr auf dem Kaminsims und stand auf. »Dann lass uns gehen.«

Eigentlich wollte Piers seine Mutter, die auf so bizarre Weise von den Toten auferstanden war, gar nicht wirklich sehen. Doch er folgte seinem Vater aus dem Zimmer, das plötzlich Sicherheit zu verheißen schien, und stieg hinter ihm eine schmale Treppe mit polierten Eichenstufen und einem reich geschnitzten Geländer hinauf.

Die Räume lagen an der Rückseite des Hauses – »Mit Blick auf den Wald«, meinte sein Vater, als sie einen engen Flur entlanggingen, dessen Bodendielen knarrten und sich hier und da gefährlich neigten. Sie kamen an zwei oder drei geschlossenen Türen vorbei; die Türrahmen waren verzogen, und Licht schimmerte durch die Fugen. Es war sehr still, und in der Luft hing ein Geruch nach Lavendel und Traurigkeit.

Wir gehen zurück, dachte Piers. Wir gehen zurück in die Vergangenheit, die mein Vater vorhin hervorgeholt und ausgebreitet hat. Wir sind ganz dicht dran, ich kann es spüren. Ich habe das Gefühl, gleich werde ich auch die Menschen auf mich zukommen sehen: meine Mutter mit ihrer verderbten Sirenenschönheit; meine Tanten, vielleicht ein wenig sanfter, weil sie jünger sind als jetzt; mein Vater als zügelloser, romantischer junger Mann …

»Das hier ist der alte Teil des Hauses«, sagte sein Vater. »Deine Weston-Ahnen haben es gebaut – das ist die Familie deines Großvaters mütterlicherseits. Komisch, nicht wahr, wenn man bedenkt, dass meine Familie ihr prachtvolles Anwesen mit dem Rosengarten zur gleichen Zeit gebaut hat, als deine Familie sich auch ein Haus gebaut hat – dieses hier. Man kann noch Teile der ursprünglichen Tudor-Strukturen erkennen. Was die Tudors gebaut haben, hatte Bestand.«

»Was ist mit dem Haus passiert?«

»Es ist abgebrannt. Wahrscheinlich war es früher ziemlich groß; die Westons waren eine recht bedeutende Familie.«

»Wer hat es niedergebrannt?«

»Keine Ahnung. Ich weiß nicht mal, ob es überhaupt jemand niedergebrannt hat; es könnte auch ein Versehen gewesen sein. Aber das Feuer hat alles zerstört, bis auf die Fundamente und die Dienstbotenquartiere. Das ist der Teil des Hauses, wo wir jetzt gerade sind.«

Sein Vater redete, als wäre das alles sehr interessant, doch Piers konnte die Gleichgültigkeit aus seinen Worten heraushören. Er begriff, dass Häuser oder Besitztümer seinem Vater nicht wirklich wichtig waren, obwohl er wusste, dass es sich gehörte, Tudor-Häuser zu bewundern. Piers war sich ganz und gar nicht darüber im Klaren, ob er seinem Vater vertraute oder nicht, oder wie viel von dieser fantastischen Geschichte er wirklich glaubte. Doch als sein Vater ihn eine kurze gewundene Treppe hinunterführte und vor einer kleinen Tür mit einem großen schwarzen Schloss Halt machte, folgte er ihm ohne zu zögern.

»Hinter dieser Tür liegen ein paar Räume mit verschlossenen Türen und vergitterten Fenstern«, sagte sein Vater und blickte auf Piers hinunter. »Du musst das nicht tun...«

»Ich weiß. Ich will es auch gar nicht tun.« Piers versuchte, sein wild pochendes Herz zur Räson zu bringen. »Aber wegrennen werde ich auch nicht.«

»Natürlich nicht«, sagte sein Vater. Er schloss die Tür auf und öffnete sie.

20

Das Erste, was er sah, war das Mondlicht, das silberne Streifen auf den Boden malte. Als er zum Fenster auf der anderen Seite des Zimmers schaute, erblickte er die Gitterstäbe: dicke Eisenstangen, dicht nebeneinander angebracht, die die Wildnis aus- und die Bewohnerin des Zimmers einsperrten.

Die Bewohnerin des Zimmers...

Sie hatte ihn längst entdeckt, als er schließlich den Kopf wandte, um sie anzusehen. Sie saß in einem großen altmodischen Schaukelstuhl in einer Ecke des Raumes und schaukelte sachte vor und zurück. Selbst in dem trüben Dämmerlicht konnte Piers sehen, dass sein Vater die Wahrheit gesagt hatte: Früher einmal war Helen Adair, damals noch Helen Weston, sehr schön gewesen.

Spuren dieser Schönheit waren nach wie vor zu erkennen. Die wallende Mähne war verschwunden, doch das Haar selbst war immer noch dunkel. Es war kurz geschnitten; einzelne Strähnen ringelten sich um die Wangen und über der blassen Stirn. Die Haut, hell wie Elfenbein, war das Auffälligste an ihr; das feinknochige Gesicht war glatt und zart. Überrascht begriff Piers, dass seine Mutter nicht älter sein konnte als die Eltern der meisten seiner Schulfreunde. Wenn sie seinen Vater mit 21 Jahren geheiratet hatte, musste sie noch unter 40 sein.

Und sie lächelte ihn an und streckte ihm die Hände entgegen.

Piers wusste nicht, ob er zu ihr gehen und sie begrüßen sollte. Wusste sie überhaupt, wer er war? Hilfe suchend wandte er sich seinem Vater zu, doch der betrachtete die vor sich hinschaukelnde Gestalt mit solcher Trauer, dass Piers schnell wieder wegguckte.

Das Schaukeln wurde langsamer und hörte schließlich ganz auf. Niemand sprach, niemand rührte sich, und das Schweigen schien so dicht zu werden, dass Piers das Gefühl hatte, fast davon erdrückt zu werden.

Und dann, ohne Vorwarnung, veränderte sich das Schweigen, die Stimmung im Raum wandelte sich, und die Frau im Schaukelstuhl klatschte entzückt in die Hände. »Endlich hast du ihn hergebracht, Martin«, rief sie. An Piers gewandt fuhr sie fort: »Du ahnst ja gar nicht, wie oft ich ihn gebeten habe, dich sehen zu dürfen.«

»Ich dachte, er ist jetzt alt genug, um es zu verstehen.«

»O ja, natürlich ist er das. Was für ein hübscher Bursche du bist, Piers«, sagte sie. »Du hast ein bisschen Ähnlichkeit mit meinem Vater, glaube ich.« Sie betrachtete ihn nachdenklich mit schief gelegtem Kopf. »Ja, du siehst meinem Vater wirklich ähnlich.«

Piers bekam langsam das Gefühl, er sei nicht in *Peter Pan* gelandet, sondern in einer Geschichte von Lewis Carrol. Das hier war eindeutig die Welt hinter dem Spiegel, wo nichts wirklich das war, was es zu sein schien und wo sich alltägliche Dinge verzerrten und verwandelten, wenn man sie betrachtete.

»Du bleibst doch noch ein bisschen und unterhältst dich mit mir, nicht wahr, Piers?«, bat seine Mutter. »Es gibt so vieles, was ich wissen möchte – über deine Schule und deine Freunde, über alles, was dir Spaß macht, und was du einmal werden möchtest, wenn du erwachsen bist. Martin, kann er nicht noch ein bisschen bleiben?«

Sie sprach atemlos und eilig, als müsse sie sich ständig selbst einholen. Piers fand das ausgesprochen attraktiv. Es kam ihm so vor, als betone sie die Worte ein wenig fremdartig, doch vielleicht lag das auch nur an ihrer seltsamen Art, Sätze aneinander zu reihen. Möglicherweise kam das daher, dass sie hier in solcher Abgeschiedenheit lebte. Sie war so hübsch und so traurig, und sie blickte ihn und seinen Vater mit so viel sehnsüchtiger Hoffnung an, dass ihn das Mitleid traf wie ein Schlag aufs Herz. Sein Vater hatte gesagt, dass sie manchmal lange Phasen hatte, wo sie ganz normal war, bestimmt war dies hier so eine Phase. Trotzdem erschrak er, als er seine eigene Stimme antworten hörte: »Natürlich bleibe ich.«

»Oh, ich hab's gewusst! Wie schön! Also komm, setz dich hierher, mir gegenüber, damit ich dich sehen kann, und Martin kann Emma bitten, dir ein bisschen Apfelsaft zu bringen, oder was immer du sonst möchtest. Martin, würdest du so nett sein?«

Sein Vater zögerte. Er blickte Piers an, und dieser glaubte, ihn verstanden zu haben: Sei vorsichtig! Doch dann sagte er nur: »Warum nicht?«, und verließ das Zimmer. Piers hörte, wie der Schlüssel auf der anderen Seite der Tür im Schloss umgedreht wurde, dann entfernten sich die Schritte seines Vaters auf dem Flur.

»Das ist ein schreckliches Geräusch, nicht wahr?«, fragte seine Mutter. »Das von einem Schlüssel im Schloss?«

»Na ja, eigentlich schon.«

»Setz dich mir gegenüber«, sagte sie wieder. »Du müsstest jetzt fast vierzehn sein, stimmt's?«

Piers nahm auf einem Stuhl Platz, der dem Schaukelstuhl gegenüber stand, und sagte, morgen wäre sein 14. Geburtstag.

»Ein schönes Alter.« Helen Adair nickte. »Besonders für einen Jungen. Mit vierzehn sind Jungen immer so hübsch.«

Das war eine komische Formulierung. Piers verspürte ein leises Unbehagen, doch er unterdrückte es rasch wieder. Sie war schließlich schon sehr lange eingesperrt. Plötzlich jedoch sagte sie eindringlich: »Schnell, Piers, du musst mir jetzt gut zuhören.« Das Unbehagen kehrte zurück.

»Was ...«

»Ehe Martin zurückkommt ... ehe Emma zurückkommt ... ich werde dir die Wahrheit sagen. Du solltest die Wahrheit wissen, Piers.«

Piers sprang von seinem Stuhl auf und versuchte zurückzuweichen, doch ihre Hand schoss blitzschnell vor und packte sein Handgelenk. »Ich verstehe nicht ...«, begann er.

Sie zog ihn näher zu sich heran. »Die Wahrheit ist ganz anders als die Geschichten, die sie dir erzählen werden«, sagte sie, und Piers bemerkte entsetzt, dass sich ihre Stimme veränderte, sie klang plötzlich undeutlich und verwaschen.

»Er wird dir erzählen, ich hätte ein Kind getötet, dass es ein vollkommen sinnloser Mord war. Das haben sie jedenfalls alle die ganze Zeit über behauptet, weißt du, all diese Jahre.«

Piers versuchte sich loszureißen und blickte verzweifelt über die Schulter zu der verschlossenen Tür hinüber. Sein Gefühl von vorhin, dass hier alles irgendwie verzerrt schien, hatte ihn nicht getrogen. Wenn es jemals etwas Normales hier drin gegeben hatte, dann löste es sich jetzt rasch in Luft auf, und an seiner Stelle strömte etwas so vollständig Wahnsinniges ins Zimmer, dass er glaubte, darin ertrinken zu müssen. Die unvorstellbar starke Hand krallte sich nach wie vor um sein Handgelenk, und er hätte sich nur losreißen können, indem er auf sie losgegangen wäre. Doch das war für ihn unvorstellbar.

Jäh ließ sie seine Hand los, so dass Piers fast hintenüber gefallen wäre. »Hier ist die Wahrheit: Ich habe wirklich ein Kind getötet, aber es war nicht so, wie sie sagen, und es war bestimmt nicht sinnlos ...«

Sie versetzte den Schaukelstuhl erneut in Bewegung, vor und zurück. Der Stuhl knarrte dabei; es hätte ein beruhigendes, behagliches Geräusch sein müssen, doch das war es nicht.

Der Stuhl warf einen Schatten an die Wand, Piers konnte ihn deutlich erkennen. Er fühlte, wie sich der Wahnsinn mit Grauen mischte, und dieses Grauen war ihm wohl vertraut.

Jetzt wusste er mit absoluter Gewissheit, dass die finsteren Ängste seiner Kindheit Wirklichkeit waren, dass es tatsächlich Menschen auf der Welt gab, die nicht das waren, was sie zu sein schienen. Er starrte dies Geschöpf an, das da in einem Streifen Mondlicht vor sich hinschaukelte, und all die schrecklichen Geschichten fielen ihm wieder ein, von Kreaturen, die neben dem Herd saßen und so taten, als wären sie normal, doch wenn sie sich umdrehten und einen ansahen, waren sie überhaupt nicht normal, und ganz bestimmt nicht menschlich. Sie hatten schräge Augen, diese Kreaturen, und grinsende Lefzen und eine Schnauze – einen riesigen, geifernden Rachen, der nur darauf wartete, kleine Kinder zu verschlingen ...

Was immer das Wesen im Schaukelstuhl war, es war nicht mehr seine Mutter. Es beugte sich vor, und seine dicke, klebrige Stimme sagte: »Es war dein Bruder, Piers. Hast du das nicht gewusst? Haben sie dir nie von dem anderen kleinen Jungen erzählt, der nicht überlebt hat? Hast du nicht gewusst, dass du einmal einen Bruder gehabt hast?«

Die Haare in Piers' Nacken stellten sich auf. Verzweifelt lauschte er auf die zurückkehrenden Schritte seines Vaters, doch er zwang sich, seine Stimme ganz ruhig klingen zu lassen. »Das glaube ich dir nicht.«

»Oh, es stimmt. Du hattest einen Bruder. Er wurde drei Jahre vor dir geboren. Martin und diese beiden grässlichen alten Jungfern werden dir erzählen, dass ich ihn umgebracht habe.«

Während Piers noch überlegte, was er sagen sollte, lächelte Helen Adair und fuhr fort: »Und das habe ich auch getan.« Sie hielt inne, und Piers konnte sehen, dass sie die Erinnerung in ihrem Kopf genau betrachtete. »Martin und meine Schwestern haben geglaubt, es sei eine vorübergehende geistige Umnachtung gewesen. Sie haben das Ganze vertuscht, weil sie dachten, ich wäre verrückt. Aber ich war nicht verrückt, Piers, nicht im Geringsten. Damals nicht, und jetzt auch nicht, nicht wahr? *Nicht wahr?*«

Piers warf erneut einen verstohlenen Blick auf die Tür. Doch selbst wenn er es bis dorthin schaffen könnte, die Tür war verschlossen, und sie wäre sicher sofort hinter ihm her. Und sie hatte schon einmal einen Jungen getötet, sie hatte seinen Bruder getötet.

»Warum?«, brachte er mühsam heraus. »Warum hast du ihn umgebracht?«

»Weil er mit dem Makel behaftet war, Piers. Hast du noch nie davon gehört? Es kam vor vierhundert Jahren über diese Familie, und es ist immer noch da. Manchmal überspringt es Generationen – manchmal vier oder fünf auf einmal. Aber dann taucht es wieder auf. Ich wusste gleich nach seiner Geburt, dass dein Bruder damit behaftet war. Er durfte nicht am Leben bleiben.«

Sie drehte sich halb in ihrem Stuhl und deutete auf eine Eichentruhe, die unter einem Fenster stand. »Siehst du, Piers?«, sagte sie, und Piers dachte: O Gott! O Gott, gleich wird sie mir sagen, dass sie ihn umgebracht und seine Leiche da drin versteckt hat. *Und dass er immer noch da drin ist...*

»Schau in die Truhe, mein Liebling«, säuselte seine Mutter. »Mach den Deckel auf und sieh dir an, was darin ist.«

Schau in die Truhe, mein Liebling, denn vielleicht findest du dort den verwesten, faulenden Leichnam deines Bruders...

Von hilflosem Abscheu erfüllt, stellte Piers fest, dass er tatsächlich das Zimmer durchquert hatte und vor der Truhe stand, genau dort, wo das Mondlicht den meisten Schatten warf. Er sah, wie seine Hand nach dem Deckel griff und ihn anhob. In der Truhe würde nichts sein – *natürlich* würde da nichts drin sein! –, außer vielleicht ganz alltäglichen Sachen. Zu Hause in der Eingangshalle stand eine Truhe, die fast genauso aussah; die Tanten bewahrten dort Decken und Bettwäsche auf, und Tante Monica legte immer Lavendelzweige zwischen die Wäsche, so dass einem der Duft ins Gesicht stieg, wenn man den Deckel öffnete.

Die Eichentruhe in Helen Adairs Zimmer enthielt keine Decken und duftete nicht nach Lavendel. Piers holte tief Luft, schloss die Augen halb und hob den Deckel. Er ließ sich leicht bewegen, als würde er häufig geöffnet. Als würde oft jemand zu der Truhe schleichen, den Deckel anheben und sich an dem Anblick weiden. Ein schwacher Gestank drang ihm in die Nase; er schauderte und zwang sich dann, in die Truhe zu sehen. Die Wirklichkeit konnte nicht schlimmer sein als das, was er sich vorstellte.

Natürlich lag dort keine Leiche. Die Truhe war leer, bis auf zwei große Steingutgefäße. Sie sahen fast so aus wie Tante Veras Töpf mit Mehl, die in der Speisekammer standen. Altmodische Gefäße mit dunkelbraunen Rändern. Doch Piers starrte sie an, und sein Herz begann wie rasend zu pochen.

»Das sind Blutkrüge«, erklärte seine Mutter leise. »Sie sind seit vierhundert Jahren in meiner Familie von einer Generation an die nächste weitergegeben worden. Ich habe sie immer versteckt, weil ich Angst hatte, dass, wenn ich deinen Bruder nicht getötet hätte – wenn ich es nicht fertig gebracht hätte –, sie mich eingesperrt hätten, damit ich es nicht ein zweites Mal versuchen könnte. Und dann wäre er eines Tages zurückgekommen und hätte diese Krüge benutzt.«

»Wofür denn?«, flüsterte Piers.

»Er hätte mich oder eine deiner Tanten getötet und dann das Blut getrunken«, antwortete Helen. »Womöglich hätte er gewartet, bis er selbst einen Sohn gehabt hätte, und dann hätte er seinen Sohn gezwungen, davon zu trinken. Sie glauben, das müsste so sein, weißt du. Sie glauben, sie müssten das Blut ihrer Vorfahren trinken, um das Erbe weiterzugeben. Martin und meine Schwestern haben das nie verstanden. Ich schon.«

Sie erhob sich und kam langsam auf ihn zu. »Ich frage mich, ob du es verstehst, Piers?«, sagte sie, und plötzlich war die undeutliche, lallende Stimme verschwunden und an ihrer Stelle erklangen die sanften, lockenden Töne einer Verführerin. Zu seinem Entsetzen verspürte Piers ein leichtes Zucken sexueller Erregung. Es verging sofort wieder, doch er wusste genau, dass er es gespürt hatte, und er würde sich für den Rest seines Lebens daran erinnern und sich dafür schämen.

Sie stand jetzt sehr dicht neben ihm, er konnte ihren Atem in seinem Nacken spüren.

»Ich frage mich, ob du auch mit dem Makel behaftet bist«, sagte sie leise, dicht an seinem Ohr. »Sie haben dich mir natürlich gleich nach der Geburt weggenommen, sie haben gesagt, man könne mir kein zweites Kind anvertrauen. Sollen wir nachsehen, ob auch du es in dir trägst, Piers? Heb einen der Krüge auf.«

Ich muss mitspielen, dachte Piers angewidert.

Die Krüge waren kühl und glatt. Mit beiden Händen hob

er vorsichtig einen davon aus der Truhe; er war schwer und fühlte sich tot an. Als er ihn auf den Boden stellte, merkte er, dass die Innenseite mit etwas Dunklem beschmiert war.

»Heb ihn hoch«, sagte die grauenhafte Stimme. »Du kannst das Blut immer noch riechen.«

Als sie dies sagte, schien ihm ein schwacher, säuerlicher Gestank ins Gesicht zu schlagen. Er schauderte und sah auf, direkt in die starrenden, wahnsinnigen Augen, und er wusste, dass der Albtraum ihn getäuscht hatte: der Albtraum, in dem sein Vater die Treppe heraufgeschlichen kam und sein Schatten nicht ganz zu seinem Körper passte, war nicht wahr. Sein Vater war nicht jenes lauernde Wolfswesen, war es nie gewesen.

Es war seine Mutter.

Als er sich über den Krug beugte, vernahm er hinter sich den Schlüssel im Schloss und dann das Wutgeheul seiner Mutter, als sein Vater durchs Zimmer eilte und sie von ihm wegzerrte.

»Ich glaube nicht wirklich, dass sie dir etwas getan hätte«, sagte Piers' Vater, als sie wenig später zusammen durch den Wald zurückgingen. »Aber ich bin froh, dass ich rechtzeitig wieder da war.«

»Ich auch.«

»Es ist wie ein Albtraum, sie so einsperren zu müssen. Jedes Mal denke ich, dass es leichter wird, aber es wird immer schlimmer.«

»Ja.«

Der Wald schien sich unmerklich verwandelt zu haben; während sie den schmalen Pfad entlangliefen, kam es Piers vor, als drängten sich die Bäume an sie heran, um zu lauschen, was diese beiden Eindringlinge sagten. Hin und wieder hörten sie das kaum vernehmbare Quieken von Fledermäusen, und einmal schwang sich direkt vor ihnen eine jagende Eule mit tödlicher Grazie durch die Luft.

Piers war sich irgendwie nicht sicher, ob all dies tatsächlich geschah. Halb rechnete er damit, dass er träumte und jeden Moment aufwachen würde.

Nach ein paar Sekunden des Schweigens fragte er: »Stimmt es, was sie gesagt hat? Hatte ich wirklich einen Bruder?«

»O ja.«

»Und hat sie ihn echt umgebracht?«

»Ja. Wir haben es damals vertuschen können. Da gab es einen Arzt, der wohl sehr in deine Tante Monica verliebt war. Wir haben ihn dazu gebracht, einen Totenschein auszustellen, und es gab ein ganz normales Begräbnis. Pater Berry hat uns geholfen. Er wusste, was wirklich passiert war. Um ehrlich zu sein«, fuhr Martin Adair nachdenklich fort, »ich habe immer geglaubt, dass Pater Berry mehr über die Westons wusste, als er zugegeben hat.«

Später – wenn er so ungefähr 92 Jahre alt war – würde er es eventuell unterhaltsam finden, sich vorzustellen, dass jemand tatsächlich in Tante Monica verliebt gewesen sein sollte. Irgendwann, dachte Piers, würde er vielleicht auch gern mehr über den unbekannten Pater Berry erfahren. Momentan jedoch konnte er seine geistige Energie einzig und allein auf das konzentrieren, was heute Nacht geschehen war.

»Sie – meine Mutter – hat von einem Erbe gesprochen«, sagte er zögernd.

»Sag ruhig Helen, wenn du sie nicht Mutter nennen willst.«

Das hatte sein Vater sehr gut beobachtet. »Na ja, okay. Danke. Äh – Helen hat irgendwas davon gesagt, dass ein Erbe weitergegeben wird. Sie hat gesagt, vor vierhundert Jahren wäre irgendwas über unsere Familie gekommen, und das wäre immer noch da. Was hat sie damit gemeint?«

Ihre Blicke begegneten sich. »Ich weiß es nicht«, erwiderte Martin Adair.

»Tust du doch!«

Sie blieben stehen und musterten sich gegenseitig. Piers bemerkte, dass die Müdigkeit im Gesicht seines Vaters in den letzten paar Stunden einem Ausdruck der Erschöpfung gewichen war. Endlich sagte er: »Ich weiß nur sehr wenig. Genau genommen ist es eine alte Legende. So eine lächerliche alte Geschichte, auf die die Leute sich stürzen und ein Riesengetue darum veranstalten. Sie scheint ungefähr zur selben Zeit aufgetaucht zu sein, als das Haus abgebrannt ist, deswegen ist sie den Leuten wohl im Gedächtnis geblieben.«

»Was ist das für eine Legende?«

»Ich kenne nur Bruchstücke davon«, antwortete sein Vater. »Und was ich weiß, ist wahrscheinlich ziemlich ungenau. Aber ich weiß, dass deine Mutter die Legende kannte. Ich glaube, es hat sie in den Wahnsinn getrieben. Pater Berry war derselben Meinung und Dr. Blundell auch – das war Tante Monicas Verehrer.«

Dazu gab es nichts zu sagen. Piers wartete.

»Was immer Helen herausgefunden oder gehört hat«, fuhr sein Vater fort, »hat sie glauben lassen, dass vor langer Zeit etwas...«, er stockte, als suche er nach dem richtigen Wort, »...etwas Widernatürliches in unsere Familie gekommen ist. Etwas, das ständig wieder auftauchte und auch in folgenden Generationen auftauchen würde. Wie ein Webfehler in einem Stoffballen. Sie hat gedacht, dein Bruder hätte diesen Makel geerbt. Sie war ehrlich davon überzeugt, dass sie richtig gehandelt hätte, als sie ihn getötet hat.«

»Und deswegen habt ihr es vertuscht?«

»Ja.«

»Gibt es diesen Makel wirklich?«, fragte Piers. Als sein Vater nicht antwortete, bohrte er nach: »Du glaubst, dass es ihn gibt, nicht wahr? Hab ich ihn auch?«

»Ich weiß es nicht«, sagte sein Vater, und Piers fühlte, wie sich etwas Kaltes, Elendes in seinem Magen umdrehte.

Als sie sich dem Waldrand näherten und in einiger Entfernung die Lichter ihres Hauses erblickten, sprach sein Vater weiter. »Ich habe nie die ganze Geschichte herausfinden können – ich wollte es auch nie wirklich herausfinden –, aber es heißt, dass fünfzehnhundertnochwas eine Lady aus der Weston-Familie von einem Geschöpf vergewaltigt wurde, von dem das ganze Dorf – und die Bewohner der Nachbardörfer – behaupteten, dass es ein Werwolf gewesen sei. Neun Monate später hat sie unter strengster Geheimhaltung ein Kind zur Welt gebracht.«

Piers war verblüfft, wie wenig ihn das überraschte. Er dachte eine Weile darüber nach und fragte dann: »Das kann aber doch nicht tatsächlich passiert sein, oder?«

»Natürlich nicht. Das Leben ist schließlich kein Horrorfilm. Aber damals war Aberglaube an der Tagesordnung. In jedem Dorf im ganzen Land gab es im Durchschnitt einmal im Monat eine Hexenjagd; die Leute hatten meistens nichts anderes zu tun. Also hatte King's Thane natürlich auch seine eigene Hexe, oder seinen …«

»Was ist aus ihm geworden?«, unterbrach ihn Piers. »Aus dem Wolfswesen?«

»Ich weiß es nicht«, antwortete sein Vater und schaute ihm gerade in die Augen.

Behutsam bohrte Piers nach: »Und meine – Helen hat das geglaubt? Dass es seit vierhundert Jahren einen … einen Werwolf-Makel in der Familie der Westons gibt?« Er betrachtete seinen Vater. »Ich glaub's einfach nicht, dass ich das gesagt habe.«

»Ich auch nicht.« Unsicher lächelten sie sich an.

»Das hört sich alles an wie etwas aus einem Albtraum«, meinte Piers endlich.

»O ja. Ich lebe seit Jahren in diesem Albtraum. Wir alle tun das – nicht zuletzt Helen. Und deine Tanten natürlich auch. Sie haben immer mir die Schuld an dem gegeben, was passiert ist.«

»Warum das denn?«

»Ach, sie dachten, Helens Wahnsinn hätte etwas damit zu

tun, dass sie mich geheiratet hat«, erwiderte sein Vater ausweichend. »Die Nöte des Kindbetts und so.« Piers bemerkte, dass er sich vor ihm zurückzog; offenbar gab es bei diesem Thema weiteres verbotenes Terrain. »Ich hab den Albtraum auch gehabt«, gestand er dann.

»Das kommt davon, dass du ein gutes Gespür für die Gefühle anderer hast.«

»Na, ich wünschte jedenfalls, ich hätte das nicht.« Piers zögerte einen Moment. »Als ich klein war, hab ich immer gedacht, du würdest dazugehören. Ich meine, wirklich dazugehören. Ich hab dich oft beobachtet, wie du die Treppe raufgeschlichen bist, wenn du aus dem Wald zurückgekommen bist, und ich hab mir eingebildet, einen Wolf zu sehen.«

»Vielleicht stimmte das ja. Vielleicht habe ich irgendwas mit zurückgebracht – irgendeine Aura.«

»Wäre das möglich?«

»Hör zu, Piers, ich glaube nicht an Werwölfe, die Menschenfrauen vergewaltigen, aber da, wo ich aufgewachsen bin, haben die Leute nachts Milch für die Kobolde vor die Tür gestellt, und selbst heute noch schließen sie in bestimmten Nächten die Türen zwei Mal ab und hängen Kruzifixe vor die Fenster. Es gibt eine Menge Dinge auf der Welt, von denen wir nichts wissen, und wahrscheinlich ist es auch besser, dass wir nichts davon wissen. Aber es tut mir Leid«, fügte er in einem völlig anderen Ton hinzu, »dass du solche Angst ausgestanden hast und dich nicht getraut hast, einem von uns davon zu erzählen.«

»Ich bin darüber hinweggekommen«, behauptete Piers und wusste, dass das nicht stimmte.

»Gut. Mach so weiter. Oder erzähl mir das nächste Mal davon, und wenn es eine Lösung gibt, werden wir gemeinsam danach suchen. Die Antwort zu wissen, hilft manchmal.« Martin schaute Piers an. Die Bäume warfen verästelte Schatten auf sein Gesicht; Piers konnte nicht sagen, ob ihn dies sehr alt oder sehr jung aussehen ließ.

»Nichts von alledem hat irgendetwas mit deinem Leben zu tun, Piers. Es ist eine Tragödie, aber es ist nicht deine Tragödie – es darf deine Entscheidungen nicht beeinflussen. Und auf gar keinen Fall darfst du es als eine Art verrückten, romantischen Kreuzzug betrachten und es dir zur Lebensaufgabe machen, die Wahrheit herauszufinden.«

»Nein, natürlich nicht«, sagte Piers. Aber ich nehme an, genau das werde ich tun, dachte er. Denn vor langer Zeit, in den Tagen der Tudors, ist etwas unglaublich Böses in das Haus im Wald eingedrungen. Und ich glaube nicht, dass es dieses Haus je wieder verlassen hat.

21

»Von dem ursprünglichen Gebäude ist nicht mehr viel übrig«, sagte Piers auf der Fahrt nach Derbyshire. »Aber ein kleiner Teil steht noch.«

Toby, der neben ihm saß, fragte: »Und wie alt ist der ursprüngliche Teil?«

»Tudorzeit«, antwortete Piers. »1520 oder so. Aber das Hauptgebäude wurde erst viel später gebaut – im frühen 19. Jahrhundert, glaube ich.«

Auf dem Rücksitz stieß Tybalt einen glückseligen Seufzer aus.

»Landadel«, stellte Toby fest. »Sie sind doch nicht etwa irgend so ein aristokratischer Großgrundbesitzer, oder?«

»Großer Gott, nein. Es ist nur ein Haus, das seit Jahren im Besitz meiner Familie ist. Normalerweise ist es vermietet, aber die letzten Mieter sind ausgezogen, und der Makler hat noch keinen Ersatz gefunden.« Er zögerte einen Moment. »Es ist nicht gerade jedermanns Traumhaus, deshalb ist es nicht ganz einfach, Mieter zu finden.«

»Wieso nicht?«

»Ach, es liegt ziemlich einsam«, sagte Piers ausweichend.

»In der Nähe von einem kleinen Gewirr von Dörfern – in der Gegend dort nennt man sie die Thanes, King's Thane ist das größte. Aber es gibt keine Geschäfte oder Supermärkte in der Nähe, und bei schlechtem Wetter fällt manchmal der Strom aus. Außerdem hat das Haus eine ungünstige Größe; zu groß für eine Durchschnittsfamilie, zu klein, um dort irgendein Unternehmen anzusiedeln.« *Und es gibt nur sehr wenige Leute, die mit der Atmosphäre zurechtkommen, die dort herrscht.*

»Haben Sie je dort gewohnt?«, fragte Tybalt hoffnungsvoll.

»Nein. Ich glaube, ich war nicht länger als eine Stunde dort, seit ich vierzehn war.«

»Oh.« Tybalt klang so enttäuscht, dass Piers fragte: »Was ist los?«

»Ach, ich hab wohl gedacht, Sie würden sich eventuell mit der Folklore dieser Gegend auskennen. Mit den Geschichten über die Familien, die da mal gelebt haben und so.«

»Sind ›die Familien, die da mal gelebt haben‹ die Foljambes?«

»Äh, na ja, schon.«

»Nein, keine Ahnung«, sagte Piers kurz angebunden. »Sonst hätte ich es gleich am Anfang erwähnt.« In der nächsten Sekunde wünschte er, er hätte das nicht gesagt, denn Tybalt lief knallrot an und stammelte, er hätte Dr. Adair nicht kränken wollen. Er sah so zerknirscht aus, dass Piers meinte: »Schon gut, Tybalt, ich weiß, was Sie gemeint haben.« Er hielt inne und fuhr dann fort: »Ich habe bis zu meinem achtzehnten Lebensjahr in King's Thane gelebt, aber ich hatte eine recht seltsame... na ja, ich bin von zwei älteren, sehr strengen Tanten aufgezogen worden. Mit den Leuten aus der Gegend hatten wir überhaupt nichts zu tun. Selbst wenn es dort von Foljambes nur so gewimmelt hätte, hätte ich nichts davon gewusst.«

Er hatte absichtlich in leichtem Tonfall gesprochen, innerlich jedoch wünschte er sich, er hätte das Haus nicht als Unterkunft angeboten. Es wäre kein Problem gewesen, für einen Monat ein Ferienhaus oder eine Pension für das Team zu finden. Doch in London, wo die Erinnerungen sicher unter Verschluss gewesen waren, war es ihm als ideale Lösung erschienen. Jetzt, als er durch den Wald fuhr, fragte er sich, ob er dem gewachsen sein würde. Es würde natürlich interessant werden zu sehen, ob einige der Studenten die besondere Atmosphäre des Hauses bemerkten. Tybalt vielleicht, und auch Nina, die morgen gemeinsam mit Priscilla eintreffen würde. Dietfried würde nächste Woche mit dem Zug nachkommen. Piers nahm sich vor, ihre Reaktionen genau zu beobachten.

Er bog von der Straße ab und lenkte den Range Rover den Fahrweg hinauf, der vor zehn Jahren angelegt worden war, nachdem seine Eltern gestorben waren. Der Weg endete dort, wo nach Piers' Ansicht früher die Rückseite des Hauses gewesen sein musste. Wenn man von dieser Seite kam, brauchte man nicht durch den Wald zu gehen, wofür er sehr dankbar war. Doch der Wald war trotzdem da, düster und bedrohlich, und Piers fühlte, wie die Unterströmungen sofort nach ihm griffen, als er von der Straße herunterfuhr. Ein unbehaglicher Schauer überlief ihn, als das Haus in Sicht kam, unter dessen tief herabgezogenem Dach ihm die Fenster wie lidlose Augen finster entgegenglotzten.

Der Range Rover schaukelte und holperte auf dem unebenen Pfad bis vor das Haus. Piers parkte auf dem rechteckigen Asphaltparkplatz.

»Ich bin seit Jahren nicht mehr hier gewesen«, sagte er, während er den Motor abstellte und sich Mühe gab, das Haus nicht direkt anzusehen. »In den letzten fünfzehn Jahren habe ich nur drei oder vier Mal kurz vorbeigeschaut, um mit dem Verwalter zu reden. Aber das Haus sollte in einigermaßen gutem Zustand sein; die letzten Mieter sind erst vor einem Monat ausgezogen. Laut Vertrag waren sie verpflichtet, das Haus renoviert zu übergeben, und der Verwalter hat alles andere regelmäßig überprüfen lassen.«

Und trotzdem will ich nicht hier sein. Ich will nicht hier sein, und ganz sicher will ich dieses Haus nicht wieder betreten. Weil dort drinnen alles Mögliche auf mich warten könnte...

Er zog die Schlüssel aus der Tasche und gab sie Tybalt. »Schließen Sie bitte die Haustür auf, Tybalt«, bat er und hörte mit Genugtuung, dass seine Stimme vollkommen normal klang. »Toby und ich laden die Vorräte aus und bringen sie rein.«

Tybalt genoss jede Minute dieses Unternehmens. Er genoss das Wissen, dass er sich in einem jener alten Winkel Englands befand, die Touristen kaum je zu Gesicht bekamen und deren Existenz die Engländer selbst nur selten eingestanden. Er genoss es, dass sie in einem Haus wohnen würden, das teilweise noch aus dem 16. Jahrhundert stammte. Insgeheim war er Dr. Adair dankbar dafür, dass er dem Bild, das Tybalt von ihm hatte, so genau entsprach. Es passte exakt in dieses Bild, dass Dr. Adair zu einer Familie gehörte, die ein unglaublich altes Haus besaß.

Der Wald entsprach ebenfalls seinen Erwartungen. Er ragte hinter dem Haus in die Höhe und war das Unheimlichste, was Tybalt je gesehen hatte. Es war später Nachmittag, als sie ankamen; der Tag neigte sich dem Ende zu, und schon seit ein paar Stunden fiel ein leichter Nieselregen, so dass der Wald in Nebelschwaden gehüllt war, als sie vor dem Haus hielten. Tybalt seufzte ekstatisch.

Doch keine fünf Minuten nachdem er die Schwelle überschritten hatte, stellte er fest, dass dies das grauenvollste Haus war, in dem er je gewesen war. Wenn es möglich gewesen wäre, es zu verlassen, ohne unhöflich zu erscheinen, wäre er abgehauen, als wäre ihm der Teufel persönlich auf den Fersen.

Er hatte keine Ahnung, warum er so empfand; innen sah das Haus eigentlich völlig normal aus. Es gab ein paar Wohnräume und ein kleines Arbeitszimmer, alle mit schwerem, altmodischem Mobiliar eingerichtet. Die Kamine waren mit grellbunten Kacheln eingefasst, die bis vor 20 Jahren als hässlich gegolten hatten, jetzt jedoch begehrte Sammlerstücke waren. Außerdem gab es eine große Küche nebst Speisekammer und einen Raum, von dem Dr. Adair geistesabwesend sagte, dies sei wohl einmal ein Blumenzimmer gewesen. Im oberen Stockwerk befanden sich vier oder fünf Schlafzimmer, und die sanitären Einrichtungen waren zum Glück auch ganz okay.

Obwohl Tybalt das Alter des Hauses aufrichtig zu würdigen wusste und ihm angesichts des Waldpanoramas, das man hier von nahezu jedem Fenster aus sehen konnte, fast schwindlig wurde, empfand er doch die erdrückende Aura von Schmerz und Einsamkeit, die hier herrschte, als schier unerträglich.

Am schlimmsten war es in dem Teil des Hauses, der noch aus der Zeit der Tudors stammte. Dr. Adair führte sie herum, und als er fast gelangweilt verkündete: »Ach ja, das hier ist der Tudor-Trakt«, als wäre das völlig belanglos, hatte Tybalt das Gefühl, als habe ihn irgendetwas an der Kehle gepackt und geschüttelt. Er hatte erwartet, von diesem Teil des Hauses völlig hingerissen zu sein, doch er empfand lediglich ungeheure Erleichterung, als sie wieder nach unten gingen. Er war sogar noch erleichterter, als sie begannen, die weitere Suche zu planen.

Sich darauf zu konzentrieren, die Nachkommen der Foljambes ausfindig zu machen und schließlich auch Karabas aufzuspüren, würde bestimmt helfen, die Geister zu vertreiben. Nicht dass er an Geister glaubte.

Felicity hatte festgestellt, dass es half, die Geister zu vertreiben, wenn sie sich auf Bracken Halls Zweihundertjahrfeier konzentrierte.

Die Polizei hatte sie noch ein paar Mal befragt; der Inspektor war stets freundlich und väterlich gewesen. Natürlich würden sie weiter nach dem Mann suchen, der im Kloster als Bruder Karabas bekannt gewesen war, und sie würden sie über weitere Entwicklungen auf dem Laufenden halten.

»Erwarten Sie nicht, dass ich ihn identifiziere, Inspektor, oder vor Gericht gegen ihn aussage«, hatte Felicity gesagt. Der Inspektor hatte sie lange angesehen und dann gefragt: »Haben Sie Angst vor der Öffentlichkeit?«

»Ja, natürlich.« Bryony dem Medienrummel auszusetzen, den ein Verfahren wegen Kidnapping unausweichlich mit sich brachte, war völlig undenkbar.

»Wenn Sie ihn fassen und ich Ihnen irgendwie helfen und dabei anonym bleiben kann, werde ich das tun«, sagte Felicity nach kurzem Schweigen. »Aber ich meine wirklich anonym, nicht als Miss oder Mrs. X, mit Fotos in allen Zeitungen, damit auch jeder Bescheid weiß.« Sie hielt inne. »Und wenn er Kontakt zu mir aufnimmt, werde ich es Sie wissen lassen.«

»Glauben Sie, dass er das tun wird?«

»Eigentlich nicht, aber möglich ist alles.«

Weil Karabas Bryony haben will, und vermutlich versucht er es erneut...

»Ganz offensichtlich ist er verrückt«, sagte sie. »Verrückte entwickeln doch manchmal Fixierungen, nicht wahr? Obsessionen?«

»Manchmal. Wir bleiben in Verbindung, Mrs. Stafford«, erwiderte der Inspektor, nachdem er sie ein weiteres Mal eindringlich gemustert hatte. »Versuchen Sie inzwischen nicht zu vergessen, dass das Leben weitergeht.«

Und das Leben ging tatsächlich weiter, selbst wenn man vor Schuldgefühlen über den schrecklichen Tod eines unschuldigen Mönches fast verging, selbst wenn man Bryony am liebsten an irgendeinem sicheren Ort eingesperrt und sie nie aus den Augen gelassen hätte. Selbst wenn man feststellte, dass man sich angewöhnt hatte, jedes einzelne Zimmer abzusuchen, ehe man sich traute, die Tür abzuschließen.

»Und selbst dann stehe ich noch jede Nacht vier oder fünf Mal auf, um mich zu vergewissern, dass ich auch tatsächlich abgeschlossen habe«, gestand Felicity Morag Mackenzie.

»Meine Güte, Sie glauben doch nicht etwa, dass er wieder auftaucht?«

»Nicht unbedingt, aber ich stelle mir dauernd vor, dass er in irgendeiner dunklen Ecke lauert und nur darauf wartet, hervorzustürzen. Ich würde am liebsten ständig ins Klassenzimmer rennen, um nachzuschauen, ob Bryony da ist, wo sie sein sollte.«

»Wir passen schon auf Bryony auf, Felicity, Sie können sich auf uns verlassen«, beruhigte Morag. »Hören Sie, Sie werden darüber hinwegkommen. Das Leben geht weiter – ja, ich weiß, das ist ein Klischee, aber deswegen ist es nicht weniger wahr. Sie sehen ziemlich fertig aus, wenn ich das mal so direkt sagen darf.«

»Ich fühle mich auch noch ganz schön mies.« Felicity wollte nicht über die regelmäßigen Anfälle von würgendem Grauen reden, die sie quälten. »Ich werde mal Vitaminpillen nehmen oder so was.«

»Ach Quatsch, Vitaminpillen!«, wehrte Morag ab. »Wir versuchen's erst mal mit einem großen Gin pro Nase. Ich hab welchen mitgebracht, und eine Flasche Tonic hab ich auch hier.« Felicity fand das ungeahnt hilfreich, nicht so sehr wegen der heilenden Wirkung des Gins (die wohl eher fraglich war), als vielmehr wegen Morags etwas ruppiger Hilfsbereitschaft. Ihr fiel auch auf, dass die meisten Angehörigen des Lehrstabs es sich zur Gewohnheit gemacht hatten, abends noch einmal bei ihr vorbeizuschauen, fast immer unter einem sorgfältig zurechtgelegten Vorwand. John Lucas, der Musiklehrer, brachte ein Tonband, das sie vielleicht bei der Jubiläumsfeier verwenden könnte; oder einer der Mönche hatte irgendwelche neuen Informationen über die Schule ausgegraben. Bruder Andrew brachte die Fahnen für die Jubiläumsbroschüre oder Fotos, die überprüft werden mussten. Eine der

Lehrerinnen feierte ihren Geburtstag und lud Felicity zum Abendessen ein. John Lucas fuhr sie und Morag zu der Feier und brachte sie hinterher nach Hause; zwei Schülerinnen der sechsten Klasse passten so lange auf Bryony auf. Felicity hatte schon fast vergessen, wie es sich anfühlte, sich fein anzuziehen und einen ganzen Abend mit Erwachsenen zu verbringen. Diese Beispiele des Lebens in einer Gemeinde im wahrsten Sinne des Wortes rührten sie zutiefst.

Bruder Andrew hatte sich lange mit ihr über Bruder Dominic unterhalten.

»Wir können Gottes Plan nie zur Gänze erfassen«, sagte er. »Wir können nur anhand des Wenigen handeln, was Gott uns zu wissen gestattet. Das ist alles, was jeder von uns tun kann. Niemand von uns hätte vorausahnen können, was diese Kreatur tun würde. Sie dürfen sich nicht die Schuld für das geben, was passiert ist, Felicity. Sie haben getan, was Sie unter den gegebenen Umständen für das Richtige hielten. Bedenken Sie auch, dass es Dominics eigene Entscheidung war, Sie zu begleiten.«

Der Abt hielt eine Ansprache vor Schülern und Lehrern. Bruder Dominics Tod sei ein schmerzlicher Verlust, doch sie sollten alle daran denken, dass er zu Gott heimgekehrt sei; mehr könne ein frommer Mensch sich nicht wünschen. Felicity, die mit den anderen Lehrern hinten in der großen Aula saß, fand, dass dies eine sehr schöne Umschreibung war, so einfach und freundlich, dass selbst die Kleinsten unter den Schülern etwas damit anfangen konnten.

Wie gütig sie alle sind, dachte sie, als sie wieder in ihrem kleinen Büro saß und ihre Gedanken zwang, sich auf die Aufgabe zu konzentrieren, wegen der sie hier war. Wie gütig und wie liebenswert, und wie ich sie *beneide*, dass sie einen gewaltsamen Tod als Heimkehr zu Gott betrachten und fromm an göttliche Pläne und an eine unergründliche, wohlwollende Vorsehung glauben können. Und wie wenig sie doch gegen die Welt gewappnet sind.

Denn wie könnte einer von ihnen je verstehen, wie es war, physisch und psychisch in eine brodelnde Halbwelt hinuntergezerrt zu werden, wo unheimliche Seitenwege und unheilvolle Sackgassen lauerten, in die die Menschheit sich hin und wieder verirrte – Seitenwege und Sackgassen, aus denen manchmal grauenvolle Wesen schlüpften, die nie hätten geboren werden dürfen.

Und dann überlegte sie voll Abscheu, ob sie wohl je vergessen könnte, wie sie sich ein paar schreckliche, trügerische Minuten lang tatsächlich zu einem solchen Wesen hingezogen gefühlt hatte. Aber für einen Moment hat er mir Connor zurückgebracht!, rechtfertigte sich ihr Verstand flehentlich. Ich war halb wahnsinnig vor Angst um Bryony, und es war, als ob Connor – der echte Connor, der Connor, den ich geheiratet habe – für eine Weile zu mir zurückgekommen wäre.

Das Entsetzen blieb auch während der Weihnachtstage. Wie sich herausstellte, feierte Bracken Hall das Christfest auf eine Art und Weise, die Dickens alle Ehre gemacht hätte. Obwohl die Schüler nicht dabei waren, kamen fast alle Lehrer zu dem wahrhaft üppigen Weihnachtsessen.

»Was ist denn mit Ihrer Familie?«, fragte Felicity Morag.

»Das hier ist meine Familie«, antwortete Morag und deutete mit einer abrupten Geste auf die um den langen Tisch versammelten Mönche.

Vier Schüler, deren Eltern im Fernen Osten arbeiteten, blieben während der Feiertage in der Schule. Sie taten Felicity Leid, weil sie nicht bei ihren Eltern sein konnten, doch die vier taten sich mit Bryony zusammen, und als Bryonys Freundinnen, die O'Callaghan-Zwillinge, für drei Tage zu Besuch kamen, bildeten sie alle eine liebenswerte, jedoch derart lebhafte Bande, dass Bruder Joseph sagte, genauso gut könnte die ganz Schule voll sein, vom Krach her mache es keinen Unterschied. Die O'Callaghan-Zwillinge fanden Bracken Hall ganz toll und stürzten sich mit Feuereifer in Morag Mackenzies Vorbereitungen für ein Theaterstück, das bei der Zweihundertjahrfeier aufgeführt werden sollte. Sie unternahmen begeisterte Streifzüge auf den Dachboden, wo die Truhen mit den Kostümen und die Kulissen für die Schulaufführungen untergebracht waren. Die Zwillinge wollten fragen, ob sie in den Osterferien wiederkommen könnten, weil sie so viel wie möglich von der Jubiläumsfeier miterleben wollten.

Morag und John Lucas planten eine Aufführung, in der alle Schüler der Unterstufe die gesamte Geschichte der Schule darstellen sollten, angefangen bei der Gründung im Jahre 1540. Bryony ist völlig in Ordnung, dachte Felicity, während sie zuhörte, wie sie den Zwillingen alles Mögliche über die Kostüme und die Aufführung erzählte. Sie hat das Ganze in einer ihrer Fantasiewelten untergebracht, und ich glaube, das ist wirklich das Beste, was sie tun konnte.

Erleichtert wandte sie sich wieder den Vorausscheidungen für den Chorwettbewerb zu, die kurz vor Weihnachten stattgefunden hatten. Acht Schulen hatten sich für das Viertelfinale qualifiziert. Die Mönche waren hoch erfreut gewesen, dass sich so viele Schulen an dem Wettbewerb beteiligt hatten.

Felicity hatte Unterkünfte für die Teilnehmer an den Endausscheidungen besorgt. Bruder Stephen, der das Amt des Finanzverwalters übernommen hatte, das Bruder Dominic innegehabt hatte, hatte sie auf ein paar gute Jugendherbergen in der Nähe hingewiesen. Obwohl Felicity sie noch nicht selbst besichtigt hatte, hörte es sich an, als wären sie für ihre Zwecke durchaus geeignet. Das Problem war nur, dass die meisten Schulen auch ihre Lehrer schickten, und dass die Eltern der Teilnehmer wahrscheinlich auch kommen wollten. Vielleicht sollten sie die Zuschauerzahl begrenzen oder die Eltern bitten, selbst für Unterkunft zu sorgen.

Unten in der Halle ertönte die Glocke zum Mittagessen, doch sie beschloss, weiterzuarbeiten. Eigentlich fühlte sie sich nicht besonders gut, also konnte es wohl nicht schaden, das Mittagessen ausfallen zu lassen. Sie war gerade dabei, einen Brief an die Schulen zu entwerfen, die ins Halbfinale kommen würden, als ihr mit einem Mal übel wurde, so dass sie zur Lehrertoilette stürzte und sich würgend über das Becken beugen musste.

Erst als sie sich danach kaltes Wasser ins Gesicht spritzte, brandete eine plötzliche, entsetzliche Erkenntnis wie eine Flutwelle gegen ihren Verstand an.

Der fremde Arzt aus Caldbeck war freundlich und sich seiner Diagnose vollkommen sicher. Der Test wäre positiv, sagte er. Es gäbe überhaupt keinen Zweifel. Felicity sah, wie er zu einer Gratulation ansetzte und fiel ihm hastig ins Wort: »Das war nicht geplant. Ich bin… mein Mann ist letztes Jahr gestorben, und das hier ist das Resultat einer Vergewaltigung vor ein paar Monaten.«

Der Arzt betrachtete sie einen Moment lang. »Das ist wirklich sehr schlimm. Natürlich gibt es da ein paar mögliche Lösungen.«

»Abtreibung.« Felicity starrte ihn an und dachte: Wäre das nicht für alle das Beste?

»Ja, das wäre eine Möglichkeit. Natürlich können Sie sich mit einer unserer Beraterinnen darüber unterhalten. Es hat noch ein oder zwei Wochen Zeit, bis sie eine Entscheidung treffen müssen.« Er schrieb etwas auf ihre Patientenkarte. Irgendwie war es tröstlich, dass Ärzte das immer noch taten, anstatt ein paar Daten in einen Computer einzugeben.

»Sind Sie zur Polizei gegangen?«

»Ja.« Die Frage erschien ihr seltsam.

»Es ist nur so, dass manchmal, wenn der Vergewaltiger dem Opfer bekannt ist – ein Familienmitglied zum Beispiel –, die Polizei nicht hinzugezogen wird.«

»Oh, ich verstehe. Nun, sie wurde hinzugezogen«, erwiderte Felicity. »Aber das Ganze wurde ziemlich heruntergespielt. Meine kleine Tochter war ein paar Stunden lang entführt – der Mann ist einfach verschwunden, als alles vorbei war.«

Wieder schien er entweder zu verstehen oder zumindest Mitgefühl zu empfinden. Doch er fragte: »Hat die Polizei Sie aufgefordert, nach der Vergewaltigung einen Bluttest durchführen zu lassen, Mrs. Stafford?«

Das kam so unerwartet, dass es sie einen Moment lang fast aus der Fassung brachte. »Nein. Hätten sie das tun sollen?«

»Es ist üblich«, erwiderte der Arzt unverbindlich. »Reine Routine, um sicherzugehen, dass nichts übertragen wurde.«

»O Gott!« Felicity starrte ihn an. »Großer Gott, Sie meinen AIDS, nicht wahr? Aber das ist das Letzte…«

»Was Ihnen in den Sinn gekommen wäre? Natürlich, das ist verständlich. Aber es wäre reine Routinesache, sicherzugehen, dass Sie nicht HIV-positiv sind.« Er sagte das, als wäre es eine völlig unbedeutende Nebensache. »Ich kann Ihnen jetzt gleich eine Blutprobe abnehmen und sie ins Labor schicken, wenn Sie wollen.«

»Ja, in Ordnung.« Nach dem ersten Schrecken hatte Felicity sich wieder gefangen. Sie hielt es für ausgeschlossen, dass Karabas AIDS hatte, doch dies zu erklären wäre so mühselig und aufwendig, dass es einfacher wäre, den Bluttest vornehmen zu lassen.

Als sie ihren Ärmel wieder herunterkrempelte, sagte der Arzt: »Lassen Sie mich wissen, was Sie in Sachen Abbruch zu tun gedenken. Und denken Sie daran, wir haben speziell ausgebildete Berater, an die Sie sich wenden können. In allen Fragen.«

Vergewaltigung, unerwünschte Schwangerschaft, AIDS. Felicity zwang sich, ihre Stimme völlig normal klingen zu lassen. »Sie waren sehr freundlich. Ich werde ein oder zwei Tage über all das nachdenken, dann komme ich wieder.«

Der Albtraum war mit einem Mal noch bedrohlicher geworden. Die Nacht, als Karabas Bryony entführt und Felicity vergewaltigt hatte, ließ sich nicht mehr in die Vergangenheit, ins Vergessen abschieben, während das Leben weiterging. Sie war zu etwas geworden, das seine grausige Hand weit in die Zukunft hineinstreckte.

Aber ich glaube nicht, dass ich eine Abtreibung durchziehen kann. Felicity hatte sich in der Ecke des abgewetzten Sofas zusammengerollt und starrte in den grauen Winterregen, der an den Fensterscheiben hinunterglitt. Ich weiß, es ist völlig legal und keine große Sache, und dass so etwas für viele Leute nicht mehr bedeutet als ein Besuch beim Zahnarzt, aber ich glaube nicht, dass ich das auch so sehe. Wie sagt doch Polonius in *Hamlet*? »Dies über alles: Sei dir selber treu.« Es kommt auf die innerste Überzeugung an, und darauf, dieser Überzeugung treu zu bleiben. Und meine innerste Überzeugung ist, dass ich das nicht tun kann.

Aber wovon soll ich leben, wenn die Zeit bei den Mönchen vorbei ist? Es wird schon so schwer genug werden, einen Job zu finden und Bryonys Stundenplan mit irgendwelchen Babysittern zu koordinieren, die nach der Schule auf sie aufpassen. Und das ist auch etwas, womit du dich abfinden musst: Wenn du nicht wieder für eine Schule arbeiten kannst – was sehr unwahrscheinlich ist –, wirst du Bryony jeden Tag für ein paar Stunden Fremden anvertrauen müssen, Leuten, die nichts von Karabas und von dem wissen, was hier oben passiert ist. Leute, die nicht wissen, und denen du wohl auch nichts davon sagen solltest, dass sie auf der Hut vor einem liebenswürdigen, unheimlichen Mann sein müssen, der behauptet, ihr Onkel zu sein – und vielleicht sogar wirklich ihr Onkel ist –, der sie aber in Wirklichkeit zu irgendeinem gottverlassenen Stamm von Missgeburten verschleppen will! Die Tatsache, dass das melodramatisch ist, ändert nichts daran, dass es wahr ist.

Arbeit zu finden und sie mit Bryony zu koordinieren, würde schwierig sein, doch Felicity glaubte, dass sie das schon irgendwie geschafft hätte. Arbeit zu finden und sie mit

Bryony und einem Säugling zu koordinieren, wäre praktisch unmöglich. Sie hatte keine Ahnung, wie sie das anstellen sollte.

Sie hatte auch keine Ahnung, was sie für dieses Kind empfinden würde.

22

»Ich weiß nicht, wie ich mit dem Kind zurechtkommen soll«, sagte Felicity, die Bruder Andrew gegenüber saß. »Ich weiß nicht, ob ich das schaffe. Aber ich werde es versuchen.« Das Wort »Abtreibung« schien, obwohl gerade noch unhörbar, bedrohlich im Raum zu hängen, deshalb fuhr sie fort: »Lassen Sie uns das ein für alle Mal aus der Welt schaffen: Ich weiß, dass eine Abtreibung für Ihre Kirche – für jede Kirche, nehme ich an – nicht in Frage kommt. Nun, für mich auch nicht.«

»Ich bin sehr froh, dass Sie das sagen, Felicity«, sagte Bruder Andrew, und zum ersten Mal erkannte Felicity für einen Moment, welch eiserne Regeln das Leben dieser Männer formten. Es war, als stieße man unerwartet auf etwas Festes, Sicheres, und das gab ihr unglaublich viel Kraft; es zeigte, dass es auf dieser Welt noch Rechtschaffenheit und Glauben gab. Felicity holte tief Luft und stürzte sich ins kalte Wasser.

»Ich finde es schrecklich, das sagen zu müssen, aber ich habe gegrübelt und gegrübelt und die Situation aus allen erdenklichen Blickwinkeln betrachtet. Die einzige Möglichkeit, die ich sehe, ist, Sie um finanzielle Unterstützung zu bitten.«

»Ah«, sagte Bruder Andrew. Es war unmöglich zu erraten, was er dachte.

»Das soll kein Erpressungsversuch sein«, sagte sie. »Und es wird auch keiner werden, das möchte ich gleich klarstellen. Wenn es für Sie aus irgendwelchen Gründen nicht möglich ist, mir zu helfen, dann brauchen wir nie wieder über diese ganze Geschichte zu reden. An die Öffentlichkeit werde ich ganz sicher nicht damit gehen. Aber ...« Sie stockte. Dies war der schwierige Teil, der Teil, den sie zu Hause geprobt und sogar als improvisiertes Skript niedergeschrieben hatte.

»Aber ich werde mich finanziell in einer extrem schwierigen Situation befinden, wenn ich Bracken nach der Zweihundertjahrfeier verlasse«, zwang sie sich fortzufahren. »Und wenn nicht ein gewaltiger Glücksfall eintritt, sitze ich dann mehr oder weniger auf der Straße.«

War das so richtig gewesen? Sie glaubte schon. Sie hatte absichtlich nicht gesagt »Bryony und ich sitzen dann auf der Straße«, damit sie nicht glaubten, sie wolle Mitleid schinden.

»Es sieht so aus, als ob sowohl mein Mann als auch der Mann, den wir als Bruder Karabas gekannt haben, zu irgendeiner seltsamen Sekte gehören, die irgendwo in der Abgeschiedenheit haust.« Felicity hatte lange nach dieser einigermaßen akzeptablen Erklärung gesucht. »Karabas hat mir ein bisschen davon erzählt, an dem Abend, als ... als er Bryony entführt hat.«

»Sie haben keinerlei Hinweise darauf, wo er herkommt?«

»Nein. Ich habe nicht alles verstanden«, erwiderte Felicity. »Und ich glaube, er hat mir nur einen Bruchteil erzählt, obwohl es ein paar seltsame Eigenheiten meines Mannes erklärt – besonders, warum er nie etwas in die Renten- oder Sozialversicherung eingezahlt hat. Das heißt zunächst mal, dass ich keine Witwenrente kriege. Ich habe also nicht nur keine Bleibe, sondern auch kein Einkommen.«

»Ich verstehe«, meinte Bruder Andrew und kritzelte etwas in sein Notizbuch.

»Außerdem hat Connor mir einen Riesenhaufen Schulden hinterlassen.« Irgendwie schaffte Felicity es, nicht mit den Zähnen zu knirschen. Es war so verdammt peinlich, auch nur darüber reden zu müssen. »Ich habe mein Haus verkaufen müssen, und danach stand ich mit kümmerlichen siebzehntausend Pfund da.« Widerlich, dachte sie wütend. Absolut widerlich, all das ans Tageslicht zu zerren und es vor Fremden auszubreiten. Rasch sagte sie: »Ich erzähle Ihnen das alles nicht, weil ich auf Mitleid aus bin oder so was. Ich möchte nur, dass Sie verstehen, in was für einer Lage ich bin.«

»Ein Problem zu verstehen, ist manchmal schon die halbe Lösung«, meinte Bruder Andrew, und Felicity fühlte leise Hoffnung in sich aufsteigen.

Doch sie sagte: »Leider sind siebzehntausend Pfund keine Lösung. Es macht sogar alles noch schwieriger, weil es gleichzeitig zu viel und zu wenig ist.«

»Könnten Sie das näher erklären?«, bat Bruder Andrew. »Wir sind eigentlich in weltlichen Dingen einigermaßen auf dem Laufenden, aber …«

»Ja, tut mir Leid. Es ist zu wenig, weil man dafür auch in den billigsten Wohngegenden keine Wohnung kaufen kann. Als Anzahlung wäre es genug, aber um einen Kredit zu bekommen, bräuchte ich einen einigermaßen vernünftigen Job. So viel also zum Thema Wohnungskauf. Aber etwas zu mieten ist genauso schwierig, weil ich sicher den meisten Vermietern ein geregeltes Einkommen nachweisen muss.«

Sie beugte sich vor. »So oder so, ich werde arbeiten müssen. Das ist okay, ich will ja arbeiten und unabhängig sein. Einen Job irgendwie mit Bryony zu vereinbaren, wird nicht einfach, aber es wäre nicht unmöglich. Aber ich sehe nicht, wie ich das mit einem Baby hinkriegen soll – jedenfalls nicht für die nächsten zwei, drei Jahre. Ich habe meines Wissens nach keine Familie. Meine Eltern sind tot; meine Mutter wurde von einer entfernten Verwandten aufgezogen, zu der sie den Kontakt verloren hat, nachdem sie geheiratet hatte. Deshalb habe ich meine Verwandten nie kennen gelernt, ich kenne sie nur durch die Erzählungen meiner Mutter.«

Sie hielt inne, um ihre Gedanken zu sammeln. »Ich weiß, dass man als allein erziehende Mutter Unterstützung beantragen kann oder dass der Staat Leuten, die sich in echten Zwangslagen befinden, unter die Arme greift. Ich wäre mir auch nicht zu gut, so etwas in Betracht zu ziehen. Aber da sind die siebzehntausend Pfund wieder ein Problem. Solange davon noch etwas übrig ist, kriege ich keine Unterstützung, weder für Wohnung noch für Unterhalt.«

»Aber Sie glauben, dass Ihnen vielleicht von unserer Seite her Hilfe zusteht?«, fragte Bruder Andrew.

Seiner Stimme war nicht zu entnehmen, wie er über das Gehörte dachte. Felicity blickte ihm gerade in die Augen und antwortete: »Ich weiß es nicht. Ich weiß nur nicht, an wen ich mich sonst wenden soll.«

»Ich glaube, wir haben eine Lösung gefunden«, teilte Bruder Andrew ihr drei Tage später mit.

»So schnell?« Felicity hatte erwartet, dass die Katholische Kirche ungefähr mit der gleichen Geschwindigkeit arbeitete wie die Mühlen Gottes.

»Nun ja, es hätte auch schneller gehen können, aber wir mussten uns mit der Leitung unseres Ordens in Verbindung setzen. Und natürlich mussten wir wenigstens der Form halber den Vater Abt konsultieren.« Sein schmales Schottengesicht verzog sich zu einem verschwörerischen Lächeln.

»Ja, natürlich.« Felicity presste die Hände gegeneinander. Sie würde sich keine Angst anmerken lassen, auf gar keinen Fall. Sie atmete ein paar Mal tief durch.

»Für die Kirche ist es nicht so leicht, einfach einen Scheck auszustellen«, sagte Bruder Andrew. »Obwohl das in Ihrem Falle das Nächstliegendste wäre.«

Felicity fragte sich, ob die Ordensleitung glaubte, sie versuche die Kirche zu schröpfen, um auf eine Luxus-Kreuzfahrt zu gehen oder sich eine Villa in Südfrankreich zu kaufen.

»Aber es werden gewisse Fonds unterhalten, um ... Übertretungen einzelner Ordensmitglieder zu kompensieren.« Wieder warf er ihr einen verschwörerischen Blick zu und sprach dann mit einem Gesichtsausdruck weiter, der zu sagen schien: Zum Teufel mit diesem verschämten Getue. »Meistens geht es dabei um Priester, die sich mit Frauen eingelassen oder die Probleme mit dem Trinken haben, verstehen Sie?«

»Oh, natürlich.«

»Ich habe gehört, man sagt auch ›Bar- und Bettfonds‹ dazu«, meinte Bruder Andrew mit beißendem Spott. »Aber das tut wohl nichts zur Sache.«

»Eher nicht.« Wenn Bruder Andrew Witze über das Ganze machte, konnte die Entscheidung doch nur zu ihren Gunsten ausgefallen sein.

»Was wir Ihnen also vorschlagen wollen«, fuhr Andrew fort und blätterte in seinem allgegenwärtigen Notizbuch, »ist, Kapital zu investieren, um ein Haus zu erwerben, in dem Sie ein sicheres Mietverhältnis eingehen, allerdings zu einer rein symbolischen Miete – irgendwas Lächerliches, wie zum Beispiel fünf Pfund jährlich, denke ich. Sie könnten dort wohnen, so lange Sie wollen, aber wenn Sie ausziehen, würde es wieder an die Kirche zurückfallen.«

»Ja, ich verstehe.« Das hörte sich wunderbar an, besser, als Felicity zu hoffen gewagt hatte.

»Wir planen unsere Investitionen sehr langfristig, Sie verstehen«, fuhr er fort. »Und obwohl wir aus dieser hier sehr lange keinen Gewinn erhalten würden, hätten wir doch später – von mir aus in siebzig, achtzig Jahren – das Haus, was immer es dann wert sein mag. Immobilien …«, plötzlich sah Bruder Andrew eher aus wie ein gewiefter Börsenmakler, »sind nach wie vor die beste langfristige Geldanlage. Grundstücke sind natürlich am allerbesten. Grundstücke können nicht niedergebrannt oder zerstört werden, und sie können auch nicht einfach das Weite suchen.«

»Dürfte ich bei der Auswahl des Hauses mitreden?«, fragte Felicity.

»O ja. Ich weiß noch nicht genau, wie viel wir ausgeben

können, aber die Summe wird mit Sicherheit den heutigen Immobilienpreisen angemessen sein. Kein Herrenhaus, aber auch keine Bruchbude. Wir werden Ihnen bei der Auswahl ziemlich freie Hand lassen, obwohl wir natürlich ein paar Bedingungen stellen müssen.«

Felicity überlegte, ob sie wohl fragen konnte, was das für Bedingungen seien, doch während sie noch an einer höflichen Formulierung feilte, sagte Andrew: »Wir wollen natürlich sichergehen, dass Sie nichts Baufälliges aussuchen oder etwas, das in ein paar Jahren abgerissen werden muss, weil dort eine Autobahn oder so etwas gebaut wird.«

»Wie ist es mit dem Standort?«

»Nun ja, wir würden Sie bitten, Häuser zu meiden, die meilenweit von jeglicher Zivilisation entfernt sind, für den Fall, dass wir dort einmal jemanden unterbringen wollen – oh, und ebenso solche, die in irgendwelchen Neubaugebieten oder mitten in einer Großstadt liegen. Da könnte es schwierig werden, wenn wir irgendwann vielleicht wieder verkaufen wollen.« Andrew schaltete von Börsen- auf Immobilienmakler um. »Aber abgesehen davon hätten Sie freie Hand.«

»Die Einschränkungen kann ich gut verstehen«, sagte Felicity.

»Hier in der Gegend wollen Sie nicht bleiben?«

»Nein«, erwiderte sie nach einem Augenblick des Zögerns. »Ich würde gern bleiben, und ich weiß auch, dass es das Vernünftigste wäre – besonders, wenn Bryony dann weiter hier zur Schule gehen könnte. Aber ich könnte mir die Schulgebühren nicht leisten, selbst wenn sie nur tagsüber hier ist.« Sie hatte keine Ahnung, was sie sagen sollte, wenn die Lösung, die die Mönche gefunden hatten, auch Bryonys weiteren Schulbesuch einschloss. Doch Bruder Andrew nickte nur.

»Bryony weiß, dass das hier nicht für immer ist. Ich glaube, deswegen hat sie die ganze Entführung auch so gut weggesteckt – das alles ist nicht wirklich real für sie. Deshalb würde ich lieber umziehen, bevor sie Bracken als Zuhause betrachtet.«

»Ja, das verstehe ich«, meinte Bruder Andrew. »Und außerdem haben Sie Angst, dass er zurückkommen könnte. Karabas.«

»Ja«, flüsterte Felicity. »Ja, das habe ich.«

Halb erwartete sie, dass er gezwungen fröhlich antworten würde: »Oh, das tut er bestimmt nicht.« Doch er tat es nicht. Er schaute sie einen Moment lang nachdenklich an und sagte dann: »Da ist mehr dran, als man auf den ersten Blick sieht, nicht wahr?«

»Ja.«

»Das dachte ich mir. Wir wollen nicht neugierig sein, aber wenn Sie darüber reden möchten, sind wir jederzeit für Sie da.« Und ohne ihr Zeit zum Antworten zu geben, fuhr er fort: »Also, nachdem Sie so offen über Ihre Finanzen geredet haben – darf ich Sie jetzt fragen, wie lange Sie glauben, dass Sie mit den siebzehntausend Pfund aus dem Verkauf Ihres Hauses auskommen können?«

»Wenn Sie mir so großzügig helfen, haben Sie wohl das Recht, mich alles zu fragen, was Sie wollen«, erwiderte sie dankbar. Sie dachte kurz nach. »Wenn ich keine Miete zahlen oder einen Kredit abstottern muss, schätze ich, es sollte für drei oder vier Jahre reichen.«

»So ungefähr haben wir es auch gerechnet. Also werden wir Sie für die ersten fünf Jahre, die Sie dort wohnen, als eine Art Verwalterin einsetzen. Genau genommen sind Sie das ja auch, schließlich kümmern Sie sich um kirchlichen Besitz. Das ist ein völlig legitimer Posten auf der Abrechnung, der mit einer jährlichen Vergütung von 3500 Pfund zu Buche schlägt.« Er blickte von seinen Notizen auf. »Ich weiß, das ist nicht viel, aber zusammen mit dem Haus und den Zinsen Ihres kleinen Kapitals ...«

»Für Sie ist es möglicherweise nicht viel, für mich bedeutet es Sicherheit«, sagte Felicity. »Zumindest bis ich wieder arbeiten kann. Ich kann Ihnen gar nicht sagen, wie dankbar ich Ihnen bin.«

»Schön. Na ja, da gibt es ein kleines *quid pro quo*. Wir erwarten von Ihnen, dass Sie das Haus in gutem Zustand erhalten – innen und außen, den Garten eingeschlossen.

»Selbstverständlich.«

»Kleinere Reparaturen müssen vom Gehalt des Verwalters bestritten werden, fürchte ich. Renovierungen, verstopfte Abflussrohre, neue Dichtungen an den Wasserhähnen und all so was.«

»Das ist absolut fair.« Wenn sie bei der Auswahl des Hauses sorgfältig war, sollte das kein allzu großes Problem sein. Moderne kleine Gebäude waren meist nicht sehr reparaturbedürftig.

»Und außerdem«, sagte Bruder Andrew und schlug eine neue Seite in seinem Notizbuch auf, »habe ich der Ordensleitung erzählt, wie begeistert wir davon sind, wie Sie Bracken Halls Zweihundertjahrfeier gestalten, und ich habe vorgeschlagen, dass wir Sie weiterempfehlen, wenn in einer anderen Diözese eine Spendenaktion ansteht. Sie haben doch sicher schon verschiedene Spendenaufrufe gehört oder gelesen und von den Restaurierungs-Fonds gehört, die eingerichtet werden, wenn eine Kathedrale zu verfallen droht?«

»Ja.«

»Wir haben zwar unsere eigenen Spendenausschüsse und -komitees, aber oft werden für eine Weile Fachleute von außerhalb hinzugezogen, um alles zu organisieren. So etwas wird nicht regelmäßig geschehen, aber es wird wohl Gelegenheiten geben, wo Sie bei der Öffentlichkeitsarbeit helfen können, bis die Dinge ins Rollen geraten. In diesem Fall würden wir nicht davon ausgehen, dass Sie umsonst arbeiten, aber …«

»Aber Sie würden auch nicht davon ausgehen, das volle Gehalt zu zahlen«, vollendete Felicity lächelnd seinen Satz.

»Natürlich nicht. Ich hoffe trotzdem, dass es dazu kommt, es hört sich toll an.«

»Der Erzabt war sehr angetan von dieser Idee. Er wird natürlich an der Jubiläumsfeier teilnehmen, und er möchte Sie gern kennen lernen.«

»Sie sind mehr als großzügig«, sagte Felicity. »Ich meine nicht nur den Hauskauf und das Gehalt.«

»Wir tragen einen großen Teil der Verantwortung für das, was passiert ist«, erwiderte Bruder Andrew ernsthaft. »Bryony ist in sehr ernste Gefahr geraten. Und Sie wurden von jemandem brutal angegriffen, dem Sie zu Recht vertraut haben, weil Sie dachten, er wäre ein Mitglied unseres Ordens. Na gut, wir haben das auch gedacht, aber wir hätten ihn nicht so ohne weiteres in Bracken Hall aufnehmen dürfen. Wir hätten uns vergewissern sollen, wem wir unsere Tür öffnen.«

Felicity schaffte es, bei diesen Worten nicht zu erschauern. Andrew klappte sein Notizbuch zu und sagte: »Sie hatten Recht damit, uns um Hilfe zu bitten, Felicity. Ich bin froh, dass wir Ihnen auch tatsächlich helfen können.« Er lächelte sie an, und sie dachte, dass er in seiner Jugend durchaus das eine oder andere weltliche Herz in Aufruhr versetzt haben könnte.

»Sie sollten bald anfangen, sich nach einem passenden Haus umzusehen«, sagte er.

Nach dem Abendessen griff Felicity nach einem alten Autoatlas, hielt ihn mit geschlossenen Augen zwischen den Handflächen und ließ ihn dann aufs Geratewohl aufklappen. Das war nicht ganz so albern, wie blindlings eine Nadel in die Landkarte Englands zu stechen, aber viel fehlte nicht.

Irgendwie überraschte es sie nicht, dass der Atlas sich auf der Seite geöffnet hatte, die Derbyshire und den Peak District zeigte. Es hatte sogar etwas Unvermeidliches an sich. Du hast die ganze Zeit über gewusst, dass du dorthin wolltest, dachte sie. Dorthin, wo alles angefangen hat, wo deine Großeltern gelebt haben – und vielleicht immer noch leben –, zurück zum Ursprung all der überlieferten Geschichten. Wahrscheinlich waren diese Geschichten bis zur Unkenntlichkeit ausgeschmückt worden, trotzdem waren sie bezaubernd und erinnerten einen daran, dass es vor langer Zeit andere Welten und andere Sitten gegeben hatte. Sie waren durchzogen von der Vergangenheit, von Abenteuern und von jener romantischen Poesie, die seit 600 Jahren aus der Mode gekommen war. Doch Felicity hatte sie als Kind geliebt, so wie Bryony sie heute liebte.

Hier auf der Straßenkarte waren die Schauplätze dieser Geschichten, so vertraut wie eine altbekannte Litanei.

Tissington und Ilam und Thorpe. Kaum mehr als Punkte auf der Karte, und so wie es aussah, unberührt von wuchernden Neubaugebieten, nach wie vor von Ackerland, Hügeln und Tälern umgeben. Weiter im Norden lag Buxton, mit seinen berühmten Höhlen und dem begehrten Quellwasser, und etwas weiter östlich war Bakewell zu finden, ein Marktflecken, durch den man nicht hindurchfahren konnte, ohne dass jemand einen Witz darüber machte, dass hier all die Torten herstammten. Wenn sie dort wohnten, würde Bryony Bakewell-Torte zum Tee kriegen, und den köstlichen Salbeikäse aus Derby. Felicity ließ ihren Blick über die Seite schweifen. Gleich würde sie finden, wonach sie suchte.

Und da waren sie, kaum zu sehen, wie es ihrem Platz in der Hierarchie solcher Dinge entsprach, aber doch unverkennbar vorhanden. Sie lagen zwischen den Hügeln eingebettet, dicht bei Thor's Cave, der alten Höhle von Thor, und in Sichtweite des Manifold River. Ein etwas unordentlicher Haufen, als wären sie von einer achtlosen Hand hingeworfen und danach nicht aufgeräumt worden: jene Ansammlung winziger Dörfer, die alle zusammen als die Thanes bezeichnet wurden. Der Name traf Felicity tief in ihrem Inneren und brachte unzählige Geschichten aus ihrer Kindheit ans Tageslicht.

Thane St. Mary mit der wunderschönen alten Kirche der Jungfrau Maria, in deren Kirchhof sich teilweise noch Gräber aus dem Jahr 1535 fanden. Felicity hatte sich diesen

Friedhof stets als einen gespenstischen, düsteren Ort vorgestellt, in immer währenden Nebel gehüllt, aus dem die Grabkreuze finster hervorragten.

Und dort war Croyse Thane, eine Verballhornung des französischen Wortes *croix*, von dem auch der Begriff *crusade*, Kreuzzug abstammte. Croyse Thane war nach den namenlosen Zwillingen benannt, die mit Edward Plantagenet auf einen der Kreuzzüge gezogen waren.

Etwas weiter südlich lag King's Thane, wo Francis, der Foljambe aus der Tudorzeit, den Vorsitz über eine Art Hexenprozess geführt hatte. Die Verwandten, die sie aufgezogen hatten, hatten angenommen, dass irgendjemand – eventuell der Dorfpriester – es für wert befunden hatte, eine Niederschrift von dem Prozess anzufertigen und King's Thane einen bescheidenen Platz in der Geschichte zu sichern. Sie hatten zwar nicht geglaubt, dass die Aufzeichnungen noch existierten, doch wenn Felicity dort hinzog, wäre es sicher interessant, danach zu suchen.

Was ist mit Karabas? Und wenn er mir nun folgt? Doch noch während der Gedanke Gestalt annahm, schob ihn ein anderer zur Seite. Bestimmt würde Karabas nie auf die Idee kommen, ausgerechnet dort nach ihr und Bryony zu suchen. Und die Gegend war weitläufig genug, dass sich eine allein stehende Frau und ein kleines Mädchen dort niederlassen konnten, ohne Aufmerksamkeit zu erregen. Wieder schaute Felicity auf die Karte. Die Namen der Dörfer schienen zurückzuzwinkern: das Croyse Thane der Zwillinge. King's Thane. Thane St. Mary.

Und dort, ganz am Rand, etwas abgelegen, war der Ort, wo einst der große Familiensitz der Foljambes gestanden hatte, wo Richard Foljambe vor langer, langer Zeit sein bescheidenes kleines Haus – das sich später zu einem riesigen Anwesen auswachsen sollte – gebaut und Wölfe für den Normannenkönig gejagt hatte.

Bishops Thane.

23

Felicity hatte es geschafft, die Industriegebiete im Nordwesten einigermaßen zu meiden, doch ein Teil der Route führte unvermeidlich an den Vorstädten von Manchester vorbei. Graue Fabrikdächer hoben sich vor dem Himmel ab. Es war kurz vor ein Uhr, und vom grauen Januarhimmel fiel Schneeregen. Als die Autobahn eine Biegung machte, kam eine der Fabriken in ihr Blickfeld, und sie konnte die Arbeiter sehen, die zur Mittagspause aus dem Gebäude strömten. Sie spähte durch die Windschutzscheibe von Morags Mini; ein paar Sekunden war es, als blicke sie in ein Bild von Lowry.

An der nächsten Raststätte machte sie Halt, um ein Sandwich zu essen und noch einmal die Straßenkarte zu Rate zu ziehen. Es war keine sonderlich schwierige Fahrt, doch ohne Auto wäre die Reise ein Albtraum gewesen. Felicity war Morag unendlich dankbar dafür, dass sie sie mehr oder weniger gewaltsam auf den Fahrersitz gedrückt und ihr die Schlüssel aufgenötigt hatte.

»Ohne Auto finden Sie nie ein Haus«, hatte Morag gesagt. »Ich lasse Sie für das Wochenende in meine Versicherung einschließen – ja, ich weiß, dass Sie mir die Gebühren zurückzahlen, das brauchen Sie nicht zu sagen. Die Kiste ist vielleicht nicht mehr ganz jung, aber ein paar tausend Meilen hält sie schon noch durch. Sie hat mich nie im Stich gelassen, und außerdem war sie gerade in der Werkstatt, Sie dürften also keine Probleme damit kriegen.«

Felicity nahm sich vor, Morag zum Dank ein schönes Geschenk mitzubringen. Irgendwas aus der Gegend, eine Keramik vielleicht. Als sie aufgebrochen war, hatte sie gezwungen beiläufig gesagt: »Sie haben doch ein Auge auf Bryony, nicht wahr, Morag?«

»Na, sicher. Wir werden alle ein Auge auf sie haben. Sie wird in den beiden Nächten in einem der Schlafsäle der zweiten Klasse übernachten – kann's kaum noch erwarten. Samstagmorgen findet ein Federballturnier statt, und danach nehme ich die ganze Bande mit nach Keswick. Sie wird die ganze Zeit Leute um sich haben; ich hab sogar was läuten hören, dass Samstagnacht eine Mitternachts-Party steigen soll. Die kleinen Ungeheuer wollen Pizza und Krapfen in den Schlafsaal schmuggeln, können Sie sich vorstellen, wie es da am nächsten Morgen aussehen wird? Aber ich werde ausnahmsweise ein Auge zudrücken.«

»Es ist nur – wenn er zurückkommt...«

Genau wie Bruder Andrew, versuchte auch Morag nicht, ihr das auszureden. »Verständlich, dass Sie sich Gedanken machen. Aber der Kerl war kein Idiot, und ich glaube, der ist viel zu gerissen, um so was auch nur in Erwägung zu ziehen. Trotzdem wird ständig einer von uns auf Bryony aufpassen – ohne dass sie es merkt natürlich. Außerdem haben wir die Telefonnummer von dem Hotel, wo Sie wohnen werden, das Prior's Arms.«

Als Felicity Derbyshire erreichte, wurden Dörfer und Siedlungen spärlicher, und zu beiden Seiten der Straße erstreckte sich hügeliges Ackerland. Hatte der Anblick der Stadt sie an Lowry erinnert, so war dies, als ob man in ein Landschaftsgemälde von Roland Hilder geraten wäre, mit einer Vogelperspektive nach der anderen, wie in einem dreidimensionalen Kinderbuch. Kleine Nebenstraßen zweigten von der Hauptstraße ab wie kleine Raupen, die entschlossen vom Stängel einer Pflanze fortkriechen. Die Ortsnamen konnte es nur hier im Herzen Englands geben: Wincle, Danebridge und Ramshorn.

Der Verkehr hatte stark nachgelassen, und Felicity war froh, dass sie einen Teil ihrer Aufmerksamkeit der Landschaft widmen konnte. Sie hatte festgestellt, dass ihr beim Anblick eines Motorrads nach wie vor fast das Herz stehen blieb; auf der Autobahn hatte sie mehrere gesehen, und eines schien ihr zu folgen, als sie in Richtung Cheshire von der Autobahn abfuhr. Sie hatte es nervös im Rückspiegel beobachtet und sich dabei selbst die Leviten gelesen. Um Himmels willen, Tausende von Motorrädern waren heute auf den Straßen unterwegs! Doch sie war trotzdem erleichtert, als das Motorrad abbog, als sie die Grenze zwischen Cheshire und Derbyshire erreichte.

Die Vergangenheit wurde immer lebendiger und Felicity fühlte freudige Erwartung in sich aufsteigen. Ich werde es alles selbst sehen, dachte sie. All die Orte aus all den Geschichten.

Doch unter der Vorfreude lauerte auch Angst. Würde sie und Bryony hier wirklich sicher sein? Würde Karabas herausfinden, dass sie Bracken verlassen hatten, und würde er mit der ihm eigenen unheimlichen Intuition wissen, wohin sie gegangen waren? Denn wenn er so viel über die Geschichte ihrer Familie wusste, dann wusste er bestimmt auch, dass sie hier gelebt hatte, er würde wissen, dass der Sitz der Foljambes vor langer Zeit halb Bishops Thane umfasst hatte. Würde er damit rechnen, dass Felicity hierher ziehen würde, oder verstand er genug von Täuschungsmanövern, um zu denken, dass dies der letzte Ort wäre, an dem sie Zuflucht suchen würde?

Doch es gab keinen Grund für ihn, in dieser Gegend herumzuschnüffeln; niemand aus der Familie der Foljambes lebte noch hier. Felicity fuhr langsamer und suchte nach Hinweisschildern, die ihr den Weg nach Bishops Thane zeigen würden. Wahrscheinlich würde sie sich überall, wo sie und Bryony hingehen würden, Sorgen wegen Karabas machen. Und irgendwo mussten sie ja schließlich wohnen.

Das Prior's Arms lag auf halbem Weg zwischen Bishops Thane und Thane St. Mary. Felicity fand es ohne größere Schwierigkeiten. Sie fuhr durch Kings Thane – es war größer und offensichtlich wohlhabender, als sie gedacht hatte. Nachdem sie ein paar Mal falsch abgebogen war, fand sie es schließlich.

Das Hotel stand ein wenig abseits der Straße; seinem Äußeren nach hätte es jederzeit in den beiden letzten Jahrhunderten erbaut worden sein können. Drinnen neigten sich die Fußböden und die Decken waren so niedrig, dass man den Kopf einziehen musste, wenn man durch eine Tür ging. Felicity machte sich nach der Fahrt rasch etwas frisch, trank in dem kleinen Empfangszimmer, das angenehm nach Holzrauch roch, eine Tasse Tee und machte sich auf den Weg, um die Immobilienmakler der Gegend abzuklappern. Sie würde den Nachmittag damit verbringen, sich Informationsmaterial über möglicherweise geeignete Verkaufsobjekte zu beschaffen, das sie am Abend durchsehen wollte. Den größten Teil des Samstags hatte sie für Besichtigungen in Frage kommender Häuser vorgesehen.

Der Schneeregen hatte aufgehört und die Landschaft ringsum glitzerte vor Nässe wie von Tau. In der Ferne lagen die Wälder der Nationalparks; hier und dort war im Gras und auf den Spitzen der Bäume Reif zu sehen, als wäre Quecksilber vom Himmel getropft. An einem Tag wie diesem konnte man sich gut vorstellen, dass Gespenster neben einem wandelten, doch Felicity war fest entschlossen, sie nicht zu beachten. Heute musste sie praktisch denken, sie musste ein geeignetes Haus finden, das den Mönchen gefiel und das wohnlich und leicht zu unterhalten war.

Es sollte eigentlich nicht schwer sein, ein modernes Haus mit zwei oder drei Schlafzimmern und einem kleinen Garten zu finden, das nicht allzu weit von der nächsten Buslinie, den nötigen Geschäften und einer guten Schule entfernt war.

Das Haus war das vierte, das sie besichtigte. Es lag am Rand von Bishops Thane und stand allein am Ende eines Feldweges. Riesige alte Bäume bildeten einen malerischen Hintergrund. Es hieß Charect Cottage und war das schönste Haus, das Felicity je gesehen hatte.

Und das baufälligste.

Schon als sie das Auto anhielt, ahnte sie, dass sie diesem Cottage verfallen war, und als sie den Schlüssel ins Schloss steckte und die Haustür aufstieß, war sie sich dessen sicher.

Das Erdgeschoss bestand aus zwei Zimmern, eines auf jeder Seite der Haustür. Im größeren befand sich ein offener Kamin in einem Winkel; ein Erkerfenster ging auf einen völlig verwilderten Garten hinter dem Haus hinaus. Hinter dem kleineren Zimmer lag ein ziemlich düsterer, viereckiger Raum mit einem tiefen, altmodischen Spülbecken und einem einzelnen rostigen Wasserhahn, der aussah, als hätte er die letzten zehn Jahre damit verbracht, zu tropfen. Ansonsten wies absolut nichts darauf hin, dass dies hier als Küche gedacht war. Es war ziemlich dunkel, weil das Fenster zum Waldrand hinausging.

Doch eine moderne Kücheneinrichtung konnte eingebaut und die antiquierten Wasserleitungen erneuert werden. Felicitys wunderschöner alter walisischer Küchenschrank würde sich hier drin fantastisch machen, und der große Eichentisch mit der schön gemaserten Platte auch. Den Boden müsste man mit Steinplatten fliesen, und darauf dann vielleicht ein Binsen- oder sogar ein Flickenteppich …

Die Treppe knarrte beängstigend, doch wenigstens gaben die Stufen nicht unter ihr nach, und sie kam unbeschadet im Obergeschoss an. Dort fand sie einen großen, L-förmigen Flur, von dem zwei große und ein kleines Schlafzimmer abgingen. Auf dem Treppenabsatz auf halber Höhe befand sich eine geräumige Abstellkammer hinter einer kleinen Tür. Für ein Schlafzimmer war sie ein bisschen zu klein, aber man könnte ein Badezimmer daraus machen.

Dies hier als Zuhause für Bryony und sich selbst in Erwägung zu ziehen, war völlig verrückt. Selbst wenn die Mönche das Unternehmen finanzierten, es war immer noch verrückt. Mit aller Kraft um einen letzten Rest Sachlichkeit bemüht, nahm Felicity die Schlafzimmer sorgfältig in Augenschein und suchte nach feuchten Stellen an der Decke. Nichts. Eventuell war das Dach also in Ordnung. Sie ging wieder nach unten und überlegte sich, ob sie Trockenfäule wohl am Geruch erkennen würde.

Doch im Erdgeschoss drang nur ein schwacher Geruch nach getrockneten Kräutern aus der Küche, und in dem Zimmer mit dem Kamin roch sie einen Hauch von Lavendel. Es war unglaublich ruhig hier, und Felicity hatte das Gefühl, durch einen Spalt in der Zeit geschlüpft zu sein und sich an einem Ort zu befinden, wo alle Uhren langsamer gingen und schließlich still standen. Oder als ob sie gleich anfangen würden, rückwärts zu gehen …

Sie saß in der Fensternische und starrte in den verwilderten Garten hinaus. Es wurde langsam dämmerig, und sie empfand ein Gefühl tiefen Friedens. In diesem Haus könnte ich leben, dachte sie, und lehnte den Kopf gegen die Wand. Ich fühle mich ungeheuer sicher hier – als hätte irgendetwas ein Schutzschild um dieses Haus herum gewebt. Vielleicht spukt es hier ein bisschen, aber ich glaube, das stört mich nicht, denn wenn hier etwas umgeht, dann ist es etwas Sanftes, ein bisschen Trauriges.

Natürlich war sie völlig übergeschnappt; sie sollte sich lieber um die neue Doppelhaushälfte bemühen, die sie heute Vormittag besichtigt hatte: zweieinhalb Schlafzimmer, Wohnzimmer, Essecke in der Küche, Bad und Zentralheizung.

Noch einmal wanderte sie durch die Zimmer. Ich werde irgendwas Schreckliches finden, dachte sie halb hoffnungsvoll. Gleich werde ich auf etwas stoßen – einen Riesenmangel – was den Kauf ein für alle Mal unmöglich macht.

Doch es war nichts zu finden. Um ein paar der Fenster herum fanden sich Spuren von Feuchtigkeit, doch das schien an den morschen Fensterrahmen zu liegen. Fließendes Wasser gab es nur aus dem rostigen Kaltwasserhahn über dem alten Ausguss, doch als Felicity ihn aufdrehte, floss sofort Wasser heraus, zunächst braun, nach ein paar Minuten jedoch wurde es klar. Strom gab es offenbar, obwohl die Leitungen dem Aussehen der Lichtschalter nach ungefähr zur Zeit des Zweiten Weltkriegs verlegt worden waren. Bei einem so kleinen Haus dürften neue Leitungen wohl nicht allzu teuer sein.

Sie ging zurück ins Wohnzimmer mit der Kaminnische und betrachtete die alten Ziegel des Kamins, die Eichenbalken an der Decke und den wuchernden Lavendel, der sich gegen das Erkerfenster drängte. Das Gefühl unendlicher Sicherheit kehrte zurück und mit ihm altmodische Worte: ein sicherer Hafen. Zuflucht.

Das kommt überhaupt nicht in Frage, sagte sie sich entschlossen. Auf gar keinen Fall. Die Mönche werden nicht mitspielen, sie wollen etwas Modernes, Einfaches, womit sie keinen Ärger haben und das sie irgendwann problemlos wieder verkaufen können. Je eher ich mir dieses wunderschöne verfallene Haus aus dem Kopf schlage, desto besser.

Erst als sie die Haustür sorgfältig wieder hinter sich abschloss, warf sie einen genaueren Blick auf die umliegende Landschaft und auf den Wald selbst.

»Der Makler sagt, ursprünglich wurde Charect Cottage 1520 gebaut«, berichtete Felicity. »In einem der Zimmer sind sogar noch Spuren des Originalgebäudes zu sehen, es gibt da eine wunderschöne getäfelte Kaminnische. Das Haus hieß Charect Cottage, als es noch größer war, und der Name wurde beibehalten.«

»Ich glaube, *charect* ist ein veraltetes Wort für einen Zauberbann«, meinte Bruder Andrew nachdenklich. »Einen Zauberspruch, der niedergeschrieben wird, um Böses abzuwehren.«

Das ist es also, dachte Felicity. Deswegen dieses Gefühl absoluter Sicherheit, dass nichts mir etwas anhaben kann. Das Haus ist durch einen Zauberbann geschützt, und nichts Böses kann es jemals betreten – deshalb wusste ich, dass ich dort vor Karabas sicher sein würde! Blödsinn, sagte die zynische Hälfte ihres Verstandes. Mittelalterlicher Aberglaube.

»Das ist ja interessant«, sagte sie laut. »Wenn Sie dem Ganzen noch etwas nachgehen wollen, versuche ich, mehr darüber herauszufinden.« Weil es wichtig war, absolut sachlich zu bleiben, fuhr sie fort: »Das ursprüngliche Haus ist abgebrannt, das Cottage ist etwa hundert Jahre später errichtet worden. Man hat einen Teil der Originalstruktur erhalten können, zum Beispiel den Kamin. Und ein paar von den Deckenbalken sehen auch ziemlich alt aus. Aber der größte Teil des Hauses wurde 1740 gebaut, für den Wildhüter oder den Verwalter eines größeren Anwesens.« Sie fand, ihre Stimme hätte bei diesem letzten Satz beiläufig genug geklungen. Schließlich hast du keine Ahnung, dass dieses Anwesen, auf dem das Cottage gebaut wurde, das der Foljambes war.

»Klingt faszinierend«, meinte Bruder Andrew.

»Das ist es auch.« Felicity blickte ihn geradeheraus an. »Es ist absolut nicht das, wonach ich gesucht habe. Das Cottage selbst ist 250 Jahre alt, und Teile davon – jedenfalls ganz bestimmt das Fundament – sind doppelt so alt. Es ist baufällig, völlig veraltet, und der Wald fängt praktisch an der Türschwelle an.«

Bruder Andrew wartete.

»In ein paar Monaten soll es versteigert werden, zusammen mit ein paar anderen kleineren Häusern. Es ist noch kein Mindestpreis festgesetzt worden, aber der Makler hat eine Summe angedeutet, die etwa der Hälfte dessen entspricht, was Sie investieren wollten. Es könnte möglicherweise auch für das Dreifache weggehen – Cottages auf dem Land sind sehr begehrt.«

Sie beugte sich vor. »Ich weiß, dass sich das alles furchtbar unpraktisch anhört, Bruder Andrew, aber überlegen Sie: Wenn Sie das Haus tatsächlich für diesen Preis kaufen können, könnten Sie die andere Hälfte des Betrages ausgeben, um es zu modernisieren …« Sie hielt inne, und er führte ihren Satz zu Ende, genau, wie sie gehofft hatte.

»Und wir würden ein Haus besitzen, das mindestens doppelt so viel wert ist, wie wir dafür bezahlt haben«, sagte er nachdenklich. »Ja, ich verstehe.«

»Und da heißt es immer, die Kirche sei nicht käuflich«, murmelte Felicity, und er schenkte ihr sein unerwartetes, bezauberndes Lächeln.

»Wie ist die Gegend? Ich meine, gibt es in einigermaßen vertretbarer Nähe von diesem Bishops Thane Geschäfte, Straßen und einen Bahnhof?«

»Ohne Auto sitzt man ziemlich auf dem Trockenen«, erwiderte Felicity. »Aber man ist nicht völlig aufgeschmissen. Es gibt einen Dorfladen, ein Postamt und einen Bus. Die nächste Schule ist, glaube ich, in Ashbourne – das ist ungefähr zehn Kilometer entfernt. Das Haus kommt einem einsamer vor, als es tatsächlich ist, weil es auf einem zwei Quadratkilometer großen Stück Freiland steht und man von drinnen keine anderen Häuser sehen kann. Es liegt etwas abseits von der Hauptstraße, an einer kleinen Straße, eigentlich mehr ein Feldweg.«

»Da müsste man sich also wegen des Wegerechts erkundigen«, sagte Andrew. Er hielt inne und Felicity wartete. »Wie Sie schon sagten, es kommt mit ziemlicher Sicherheit nicht in Frage«, fuhr er endlich fort. »Aber als langfristige Investition könnte es für uns sehr viel besser geeignet sein. Vielleicht sollte man ein paar Kostenvoranschläge für die nötigen Modernisierungen einholen. Könnten Sie das erledigen? Ich meine, rechtzeitig zur Versteigerung?«

»O ja«, antwortete Felicity, die keine Ahnung hatte, ob das möglich wäre.

»Ortsansässige Firmen wären am besten. Schauen Sie mal, was Sie tun können, und wir werden die Zahlen an unseren Finanzausschuss weiterleiten. Wenn es nicht ganz unmöglich aussieht, werde ich versuchen, dass ein Architekt der Kirche das Haus vor der Auktion inspiziert. Wann ist die? Oh, am 28. Das ist ein paar Wochen nach unserer Zweihundertjahrfeier? Aber machen Sie sich nicht zu viele Hoffnungen.«

»Nein, natürlich nicht.«

»Es hört sich an, als sei das ein faszinierendes Fleckchen Erde.«

»Das ist es auch«, sagte Felicity.

Bryony freute sich, dass sie bei dem Theaterstück mitmachen durfte, das davon handelte, wie Heinrich VIII. 1540 Bracken Fields verschenkt hatte. Die ganze Unterstufe würde dabei mitspielen, wie Heinrich den Hofherren eine Pergamentrolle überreichte. Das Ganze würde auf dem Hockeyfeld stattfinden, und die anderen Schüler und Lehrer und eine Menge Besucher würden auf Stühlen sitzen, die an diesem Nachmittag dort aufgestellt werden sollten. Es würde während dieser Woche noch eine Menge anderer Veranstaltungen geben, aber das Schauspiel war die erste.

»Ihr werdet die Feier eröffnen«, sagte Miss Mackenzie, als sie bei der Probe das große Kichern kriegten. »Und deshalb muss auch alles stimmen. Wer sich nicht konzentriert, darf nicht mitspielen.«

Die Oberstufen-Schüler hatten im Kunstkurs die Pergamentrolle angefertigt, mit krakeligen Buchstaben und bunten Verzierungen am Anfang jedes Satzes, und die Mitglieder des Schulorchesters würden sich als Troubadoure verkleiden und die gleiche Musik spielen, die die Leute damals gespielt hatten.

»*Nicht* ›Greensleeves‹«, verwahrte sich Mr. Lucas verzweifelt. »Wenn mich noch einmal jemand fragt, ob wir ›Greensleeves‹ spielen, übernehme ich keine Verantwortung für das, was ich dann tue.«

Bryony würde an diesem Nachmittag eine Hofdame sein; sie würde ein langes grünes Samtkleid tragen, und über dem Haar ein Haarnetz mit Glitzerteilchen drin. Sie musste nichts sagen, aber sie sollte ganz vorn stehen und lächeln, wenn das Pergament übergeben wurde, und dann würde sie mit den anderen singen.

Das alles war einfach toll. Alle waren fürchterlich aufgeregt, und andauernd wurden Schüler für Theater- oder Orchesterproben aus dem Unterricht geholt, und dann musste der Vater Abt einen Zettel mit einem Namen aus einem Hut ziehen, um zu sehen, wer nach dem Chor-Finale der Gräfin von Beck einen Blumenstrauß überreichen durfte.

Bruder Stephen erzählte jedem, dass es wahrscheinlich das ganze Osterwochenende regnen werde, und die Schüler, die sich als Troubadoure verkleiden wollten, machten sich Sorgen, dass die Federn auf ihren Mützen nass werden oder der Regen die Geigensaiten kaputtmachen könnte. Das war das Dumme an Open-Air-Veranstaltungen, man musste sich Sorgen um das Wetter machen.

»Es geht überall drunter und drüber«, meinte Bruder Andrew im Lehrerzimmer.

»Es ist ja nur für ein paar Tage«, brummelte Bruder Joseph behaglich.

»Ich glaube trotzdem, dass es regnen wird«, unkte Bruder Stephen düster.

24

Es regnete nicht. Nachdem sich so viele Leute so viel Mühe gemacht hatten und derart viele Würdenträger nach Bracken gekommen waren, hatte es das Wetter wohl nicht gewagt, schlecht zu werden, dachte Felicity.

Morgens war ihr regelmäßig noch leicht übel, doch es war ihr gelungen, das vor Morag und den anderen Lehrern zu verbergen. Wahrscheinlich würde sie Morag von dem Kind erzählen, kurz bevor sie Bracken verließ. Bryony würde sie es erst sagen, wenn sie sich in Charect Cottage niedergelassen hatten. Falls sie es schaffte, Charect Cottage zu kaufen. Es war wichtig, das immer wieder zu betonen, wie einen Zauberspruch. Jedenfalls war es gut, dass sie noch schlank genug war, um ihre üblichen Kleider zu tragen, denn es kam darauf an, sachlich und kompetent zu wirken.

Nach einigem Nachdenken zog sie ein blaues Leinenkostüm aus der Tiefe ihres Kleiderschranks hervor. Das Kostüm hatte sie für die Hochzeit einer Freundin in London gekauft, in einer anderen Welt und in einem anderen Leben. Sie würde es zu allen Veranstaltungen tragen können, am Tag mit einer einfachen weißen Bluse und bei den etwas formelleren Anlässen wie dem Chorfinale mit ihrer violetten oder der safrangelben Seidenbluse. Für die Abendgesellschaft des Grafen könnte sie sich im Grunde etwas Ausgefalleneres erlauben, doch sie hatte ja noch das weinrote Kostüm oder das bernsteinfarbene Seidenkleid von Jasper Conran.

Nachdem sie diese Entscheidungen getroffen hatte, zog sie das Leinenkostüm an, schlüpfte in bequeme Schuhe mit nicht zu hohen Absätzen, bürstete sich das Haar und betrachtete sich im Spiegel.

Kühle, effiziente Eleganz in Marineblau und Weiß blickte ihr entgegen. Vor einem Monat hatte sie sich in Keswick einen neuen Haarschnitt verpassen lassen, einen glatten, kastanienbraunen Pagenschnitt. Nicht schlecht, dachte sie kritisch. Sie verspürte ein plötzliches Prickeln freudiger Erwartung, gemischt mit Lampenfieber. Die nächsten vier Tage waren der Höhepunkt von vier Monaten harter Arbeit und sorgfältiger Planung; es durfte einfach nichts schief gehen. Sie würde von früh bis spät auf Abruf sein, ständig im Einsatz; sie würde schnell denken müssen, denn wie genau man so etwas auch immer durchplante, irgendetwas Unerwartetes passierte auf jeden Fall. Toll, dachte Felicity und grinste ihr Spiegelbild an. Sie hatte vergessen, wie viel Spaß so etwas machte.

Sie steckte den Hausschlüssel in die Jackentasche und nahm das Klemmbrett mit den verschiedenen Listen der Namen und Veranstaltungen und den Zetteln, auf denen festgelegt war, wer wofür zuständig war und wer wann wo zu sein hatte. Dann machte sie sich auf den Weg in die Schlacht.

Mit jener verwirrenden Art, die kleine Kinder oft an sich haben, drohte die Aufführung der Unterstufe, die die Geschichte Bracken Halls darstellen sollte, dem Rest der Feier die Schau zu stehlen.

Felicity saß neben Morag Mackenzie, die den ganzen Morgen zwischen den Klassenzimmern und dem Hockeyfeld hin und her gerannt war, Kinder beaufsichtigt und nach in letzter Minute notwendig gewordenen Dingen gefahndet hatte. Trotzdem hatte sie es geschafft, sich umzuziehen. Nach zahlreichen bangen Sitzungen hatte Felicity Morag mit ihrem schlichten Gesicht und den mausbraunen Haaren die üblichen Beige- und Brauntöne ausreden können, die sie praktisch unsichtbar werden ließen. Für die Feier hatte Morag sich einen Hosenanzug in Grün und Bronzebraun zugelegt, den sie unglaublich gewagt fand, der jedoch ihrer Figur und ihrem Teint schmeichelte.

»Jetzt sind die Krümel auf sich allein gestellt«, japste sie, als sie dankbar auf den Stuhl sank, den Felicity für sie frei gehalten hatte, und die umherwimmelnden Schüler betrachtete, die von John Lucas geschickt zusammengetrieben wurden. »Wenn sie jetzt etwas falsch machen, kann ich nichts daran ändern.«

»Sie werden fantastisch sein, das wissen Sie doch.«

»Widerliche kleine Monster«, knurrte Morag gleichzeitig aufgebracht und liebevoll.

»Jedenfalls sind die Zuschauer voll bei der Sache. Haben Sie gesehen, wie viele Eltern hier sind?«

Viele Eltern waren zu der Feier gekommen, worüber die Mönche sich sehr freuten. Etliche hatten außerdem angefragt, ob es noch Plätze für jüngere oder ältere Geschwister gäbe, worüber Felicity sich freute, weil dies zeigte, dass das Programm nicht nur Eltern anzog. Leute, die in der Nähe wohnten, besuchten nur die Veranstaltung, an der ihr eigener Sprössling teilnahm, eine überraschend große Anzahl jedoch würde das ganze Wochenende über bleiben. Felicity hatte geholfen, für einige von ihnen Hotelzimmer zu buchen, und sie, Morag und John Lucas waren in den Genuss von drei freien Mittags- und zwei kostenlosen Abendessen gekommen, mit denen der Hotelmanager Bracken gegenüber seine Dankbarkeit zum Ausdruck gebracht hatte.

»Der Vater Abt ist da«, berichtete Morag, die sich umgedreht hatte und die Menge musterte.

»Bruder Joseph auch?«, fragte Felicity grienend.

»Oh, der arme liebe Joseph.«

Der Vater Abt hatte sich unerwartet an die mittelalterliche Tradition erinnert, der zufolge Klöster allen Reisenden Gastfreundschaft anzubieten hatten. Entschlossen hatte er verfügt, dass Eltern und Besucher aus Brackens eigener Küche zu verpflegen seien. Dieses Edikt hatte Bruder Joseph, der schon an und für sich nicht der Gelassenste unter den Mönchen war, in hektische Aktivität ausbrechen lassen. Schließlich wurde das Problem gelöst, indem die Schülerzahl der Hauswirtschaftskurse während der Woche vor der Feier verdoppelt, die brandneue Tiefkühltruhe im Refektorium vorübergehend beschlagnahmt und als zusätzliche Veranstaltung eine Cocktail-Party der Oberstufe anberaumt wurde.

»Die Schüler können Getränke und Essen herumreichen, und wir können ein paar ihrer Arbeiten ausstellen«, meinte Bruder Andrew. »Das Ganze ist doch wirklich kein Problem.«

»Die Arbeiten sind auch nicht das Problem, sondern das *Kochen*«, jammerte Bruder Joseph verzweifelt. Später hörte man ihn angesichts des Versuchs der vierten Klasse, eine Spinat-Quiche zu fabrizieren, in lautes Wehklagen ausbrechen.

Die fünfte Klasse war dafür, das vornehme Bufett zu boykottieren und stattdessen auf dem Tennisplatz eine Grillparty mit Hamburgern und Spare Ribs zu veranstalten. Außerdem erreichte ein Gerücht über verbotenerweise in einem Schlafsaal der sechsten Klasse gebrauten Rumpunsch das Lehrerzimmer, abgesehen davon war jedoch alles glatt gegangen.

Die Aufführung war ein Triumph. Die kleineren Kinder waren ernst und eifrig bemüht; die Älteren waren von Morag sanft und von John Lucas und Bruder Stephen weniger sanft gedrillt worden, so dass sie nicht auf peinliche Altklugheiten verfielen und sich das Schauspiel, wie Heinrich VIII. dem unbekannten Gentleman die Schenkungsurkunde überreichte, in aller Pracht entfalten konnte.

Das Schulorchester spielte die passende Musik dazu, angefangen mit Madrigals, über Volkslieder von 1590, als das ursprüngliche Herrenhaus errichtet worden war, um schließlich in der Zeit vor zweihundert Jahren zu enden, als die Schule gegründet worden war. Für diese letzte Darbietung fiel der Chor der Mönche mit ein, die in ihren braun-weißen Feiertagsroben in einer langen Prozession über das Hockeyfeld zogen und dabei *a capella* gregorianische Kirchenlieder sangen. Ohne Aufregung sammelten sie sich am südlichen Ende des Spielfeldes, und als sich die geübten Männerstimmen nahtlos und seidenweich mit den helleren Stimmen der Kinder mischten, senkte sich Schweigen über die Zuschauer.

Felicity hatte plötzlich einen Kloß im Hals. Das hier war so unaussprechlich schön – auf so *englische* Art schön –, so angefüllt mit Glück und der unkomplizierten Freude der Klosterbrüder selbst. Sie wünschte, sie könnte die Hand ausstrecken und diesen Augenblick und dieses Gefühl ergreifen, könnte sie aufbewahren, so dass sie sie später hervorholen und die ländliche Schönheit eines englischen Nachmittags erneut erleben, den Gesang und die alte Musik hören und die leuchtende Güte der Mönche sehen könnte, die nicht von dieser Welt zu sein schien.

Die Veranstaltung endete mit einer hinreißenden Darbietung des Schulliedes, in das alle Anwesenden einstimmten, sowie donnerndem Applaus seitens der begeisterten Eltern und Besucher. Felicitys ernste Stimmung wandelte sich radikal beim Anblick von John Lucas' empörter Miene, als ein Vater entrüstet wissen wollte, warum für die Tudor-Zeit nicht ›Greensleeves‹ gespielt worden sei, und sich mit der Bemerkung an die Umstehenden wandte, dass man ›Greensleeves‹ doch nun wirklich hätte spielen können.

Während der etwas ruhigeren Stunde zwischen der Aufführung und dem heftig umstrittenen Dinner der Oberstufe ging sie gerade über den Hof, als die Andeutung einer Bewegung sie abrupt über ihre Schulter blicken ließ. Es gab überhaupt keinen Grund für ihre plötzliche Unruhe, es war gerade halb sieben, und obwohl die Sonne langsam unterging und die Landschaft mit rotgoldenem Licht übergoss, war es noch lange nicht dunkel, noch nicht einmal dämmerig. Und außerdem war sie nicht allein, überall in der Schule und auf dem Gelände wimmelte es von Menschen.

Doch auf dem von dem sonnigen Nachmittag noch warmen Hof, der auf drei Seiten von grauen, mit Wein bewachsenen Mauern eingefasst war, schien sich nichts zu rühren. Die sinkende Sonne spiegelte sich in den Rautenfenstern im ersten und zweiten Stock, und es war leicht, sich einzureden, dass dieses Licht ihr einen Streich gespielt hatte. Doch sie wusste, dass das nicht stimmte. Die Bewegung, was immer es auch gewesen sein mochte, war nicht aus dem Gebäude gekommen, sie war hier auf dem Hof gewesen. Sie stand ganz still und spürte unmissverständlich, dass sie beobachtet wurde. Langsam drehte sie sich um und spähte in die Ecken des Hofes. Da war die Bewegung wieder. Felicitys Herz machte einen riesigen Salto.

Es schien, als wäre er eben noch nicht da gewesen, und dann stand er plötzlich nur wenige Meter von ihr entfernt. Seine Augen, die auf so unheimliche Art nicht die seinen waren, beobachteten sie ohne zu blinzeln; die leichtfüßige, muskulöse Anmut, weder ganz tierhaft noch völlig menschlich, war ausgeprägter als sie es in Erinnerung hatte.

Er hatte sich seit jener Nacht, in der er Bryony entführt hatte, einen Bart stehen lassen; das ließ ihn finsterer und wilder erscheinen. Doch seine Stimme war dieselbe.

»Ich habe auf dich gewartet, Felicity«, sagte er leise. Sie zögerte und warf erneut einen Blick über die Schulter. Niemand war zu sehen, und wahrscheinlich war auch niemand in Hörweite. Wieder schaute sie ihn an; ihre Gedanken überschlugen sich. Sollte sie davonlaufen und Alarm schlagen, oder sollte sie ihn in ein Gespräch verwickeln, in der Hoffnung, dass jemand käme?

»Es hat keinen Sinn, um Hilfe zu rufen«, sagte Karabas. »Es ist niemand in der Nähe, dafür habe ich gesorgt.«

»Sie haben also wieder einmal den richtigen Moment abgewartet, wie?« Erstaunt und erleichtert hörte Felicity, dass ihre Stimme kalt und fest klang.

»Ich wollte mich vergewissern, dass du noch hier bist.«

»Ich bin noch hier.« Sie ließ Bitterkeit in ihren Worten durchklingen. »Ich weiß nicht, wo ich sonst hin soll.«

»Ja, nicht wahr? Connor hat dich ohne Geld oder Zuhause zurückgelassen, stimmt's?«, schnurrte Karabas. »Du siehst, Felicity, wir wissen Bescheid darüber.«

»Schön für Sie«, antwortete Felicity sarkastisch, doch ein kleines Triumphgefühl regte sich in ihrem Inneren. Er hatte nicht erraten, dass sie vorhatte, Bracken zu verlassen; er war davon ausgegangen, dass sie bleiben müsste. Sie sah ihn an. Ihr habt viel über die Welt von heute gelernt, du und dein Volk, Karabas, aber nicht genug. Ihr habt nicht gelernt, dass die Menschen sich gegenseitig helfen, wenn es Schwierigkeiten gibt. Ich werde dich austricksen, Karabas, dich und deinen verrückten Stamm.

»Sind Sie hergekommen, um sich über mich lustig zu machen?«, fragte sie. »Oder bloß um nach mir zu sehen?«

»Ich bin hier, um dich daran zu erinnern, dass ich Bryony immer noch haben will«, erwiderte er.

»Nun, Sie werden sie nicht bekommen. Sie werden sie niemals bekommen.«

»O doch, das werde ich.« Er trat einen Schritt auf sie zu.

»Bleiben Sie stehen!« Felicity wich zurück. Zum ersten

Mal klang ihre Stimme schrill vor Angst. »Kommen Sie ja nicht näher, sonst schreie ich hier alles zusammen!«

»Schrei ruhig. Bevor jemand da ist, bin ich längst weg. Schreien wird dir nichts nützen, mein Schatz.«

Mein Schatz… O Gott, da war es wieder – dieser Hauch sinnlicher, makaberer Sexualität.

»Man wird Sie kriegen«, sagte sie.

»Die haben mich letztes Mal auch nicht gekriegt, oder? Obwohl du gegen unser Abkommen verstoßen hast, Felicity.«

»Wir hatten kein Abkommen!«, gab sie zornig zurück. »Eher würde ich mit dem Teufel persönlich ein Abkommen treffen als mit Ihnen!«

Unverhofft lächelte er. Durch den Bart wirkten seine Zähne sehr weiß und sehr kräftig. »Abkommen oder nicht, wir wollen Bryony nach wie vor haben«, sagte er. »Wir wollen wissen, ob ihre Empfängnis nur eine Laune der Natur war, oder ob sie wirklich den Anfang eines neuen Weges für die menschliche Rasse bedeutet.« Er musterte sie eine Minute lang; seine Augen glitten über ihren Körper. Ohne Vorwarnung leuchteten sie plötzlich auf.

»So«, sagte er. »Es ist also tatsächlich passiert, oder? Du hast ein Kind von mir empfangen. Faszinierend.«

»Ich lasse es abtreiben«, sagte sie sofort.

»Ach, Felicity.« Seine Stimme war leise und seidenweich. »Würdest du wirklich unser Baby umbringen?«

»Ich wollte, ich könnte die Erinnerung daran umbringen, wie es gezeugt worden ist!«

Er sah sie einen Moment lang an und sagte sehr leise: »Nein, das tust du nicht.«

»O Gott, doch! Es war grauenvoll! Jede einzelne Sekunde! Ich hasse Sie!«

»O nein, das tust du nicht«, wiederholte er.

Sie starrten sich an, und zu ihrem Entsetzen zuckte plötzlich die Erinnerung an jene vom Feuerschein beleuchtete

Nacht, als er sie mit dieser Mischung aus Wildheit und Sinnlichkeit vergewaltigt hatte, durch ihren Kopf.

»Siehst du?« Karabas' Lächeln schien fast echte Zuneigung auszudrücken. »Ab jetzt werde ich dich noch genauer beobachten.«

Blitzartig packte sie eine Furcht ganz anderer Art. »Sie wollen sie beide! Sie wollen Bryony haben, und jetzt wollen Sie auch das ungeborene Kind.«

»Natürlich.«

Selbstverständlich wollte er sie beide haben. »Also dann«, sagte Felicity mit gespielter Schroffheit, »das heißt ja wohl, dass ich bis nach der Geburt eine Gnadenfrist eingeräumt bekomme. Aber damit kommen Sie nicht durch. Das ist Ihnen doch klar? Sie wissen, dass die Polizei nach Ihnen sucht.«

»Ach, Felicity«, erwiderte er mit sanfter, liebkosender Stimme, die ihre Haut kribbeln ließ (vor Angst? Ja, natürlich vor Angst!). »Gerade du solltest doch wissen, wie gut ich mich tarnen kann.«

Die Sonne sank rasch, doch als er das sagte, schien das ersterbende Licht über ihn hinwegzufluten; es verlieh ihm jene grauenhafte, verführerische Schönheit, an die sie sich von jener Nacht her gut – nur allzu gut – erinnerte.

»Ich werde ständig in deiner Nähe sein.« Er trat einen Schritt näher. »Du wirst nie sicher sein, wo ich bin. Du wirst dir einbilden, mich in den schattigen Ecken des Gartens zu sehen, oder hinter dir auf einer einsamen Straße.« Er hielt inne. »Und manchmal wirst du glauben, dass ich bei dir im Haus bin«, fuhr er fort. »Denn ich bin sehr geschickt darin, unbemerkt in Häuser einzudringen. Ich schleiche mich tagsüber hinein und verstecke mich, bis es dunkel ist – bis alle Türen gegen Eindringlinge verschlossen sind. Denk daran, wenn du nachts deine Tür abschließt, Felicity. Denk daran, dass du mich vielleicht nicht ausschließt, sondern mich mit dir zusammen einschließt ...«

Einen schrecklichen Moment lang glaubte Felicity, seine

Lippen und sein Unterkiefer würden schmaler, verwandelten sich in eine Wolfsschnauze. Unwillkürlich wich sie einen Schritt zurück, doch ehe sie etwas sagen konnte, drehte er sich um, glitt rasch über den dunkler werdenden Hof und verschwand im Schatten der hereinbrechenden Dämmerung.

Von verwirrenden, widersprüchlichen Gefühlen und quälender Unentschlossenheit erfüllt, blieb Felicity zurück. Ihr erster Impuls war, zum nächsten Telefon zu stürzen und die Polizei anzurufen, doch sie verwarf den Gedanken wieder. Jetzt die Polizei zu rufen hätte keinen Sinn. Bis die Beamten hier wären – bis sie sich einen Weg durch die Menschenmassen auf dem Schulgelände gebahnt hätten – wäre es längst zu spät. Bis dahin wäre er längst weit fort. Denn er ist der Wanderer, der unbeschwert bei Nacht reist, und niemand sieht ihn oder ahnt auch nur, dass er da ist... Und ich habe nicht die geringste Vorstellung, wo er sein könnte.

Noch mehr sprach jedoch dagegen, dass es Bryony nicht wieder gut zu machenden Schaden zufügen könnte, die ganze Geschichte wieder aufzurühren. Nie würde Felicity Bryonys kalkweißes, entschlossen tapferes Gesicht in jener Nacht vergessen, als Karabas sie entführt hatte. Anscheinend hatte Bryony es gerade einigermaßen geschafft, das Ganze zu verarbeiten, und sie würde alles tun, damit es auch so bliebe.

Momentan sind wir in Sicherheit. Er hat gesagt, wir sind sicher vor ihm, bis das Kind geboren ist. Und bis dahin bin ich meilenweit weg, in Charect Cottage, dem sicheren Hafen – o bitte, mach, dass es klappt! –, und ich werde mich so still und heimlich aus Bracken davonschleichen, dass Karabas nichts merkt – bis es für ihn zu spät ist. In der Zwischenzeit ging das Leben weiter, wie ihr jeder prophezeit hatte, und jetzt ging die Zweihundertjahrfeier weiter, und sie musste ihren Job machen.

Mehr oder weniger auf gut Glück zerrte Felicity für das Abendessen in Beck Old Hall das bernsteinfarbene Seidenkleid aus dem Schrank. Verwirrende Erinnerungsfetzen kamen mit dem Kleid ans Tageslicht: sie und Connor bei einem außergewöhnlich festlichen Dinner im Dorchester, Connor förmlich im Smoking, sie in bernsteinfarbener Seide. Das war der Abend gewesen, als er mit einer Riesenflasche *Je reviens* und dem unglaublich teuren braunen Samtmantel aufgetaucht war. »In diesen Farben siehst du aus wie ein Geschöpf aus einer Waldfabel«, hatte er gesagt. »Eine Waldnymphe oder eine Najade.«

Felicity hatte es genossen, in dem Samtmantel ins Foyer des Dorchester zu rauschen, und sie hatte es auch genossen, wie sich die Frauen um Connor geschart hatten. Damals hatte sie ihm noch vertraut. Jetzt, aus dieser Entfernung gesehen, konnte sie nicht sagen, ob sie damals blasiert oder einfach nur naiv gewesen war.

Als sie in London ihre Sachen gepackt hatte, war der braune Mantel nirgends zu finden gewesen, doch das Seidenkleid hatte sie in einen der Koffer gelegt. Als sie es jetzt anzog, roch es immer noch nach *Je reviens*. Felicity setzte sich abrupt auf das Bett, als die Erinnerungen auf sie einprasselten. *Je reviens… ich komme zurück…*

Ach, verdammt, dachte sie und blinzelte wütend, um die Tränen zurückzuhalten. Connor, ich will mich nicht so fühlen! Ich *will* nicht ständig an dich denken, und ich will vor allem nicht, dass du mich aus den Augen dieser schrecklichen Kreatur anschaust! Hastig griff sie nach ihrem Mantel und verließ das Haus.

Als sie Beck Old Hall erreichte, wo sich bereits alle für das große Finale des Chor-Wettbewerbs im Ballsaal versammelten, war es zu spät, etwas anderes zu tun, als Panikattacken zu dämpfen und dann zuzusehen, wie John Lucas die Darbietungen der drei Finalisten dirigierte. Sie hatten sich auf drei Finalisten geeinigt, anstatt auf zwei, weil Morag gemeint hatte, zwei Verlierer könnten sich gegenseitig trösten, während einer mehr darunter leiden würde. Aus dem gleichen Grund wurde auch ein gemeinsamer zweiter Preis vergeben, ein Ticketblock für Philharmonie-Konzerte der BBC im kommenden Sommer für beide Schulen.

»Diese kleinen Banausen werden wahrscheinlich rumjammern, dass sie lieber zu einem Popkonzert wollen«, hatte John Lucas düster prophezeit. »Aber wir machen es trotzdem.«

Felicity glaubte, dass es ihr gelang, so zu tun, als wäre nichts passiert. Sie antwortete völlig normal auf das, was zu ihr gesagt wurde, lauschte mit angemessenem Interesse und Geduld den Lehrern der anderen Schulen, die ihre Teilnehmer an dem Wettbewerb in den höchsten Tönen priesen, führte die kleinsten und nervösesten der Finalisten zur Toilette und fand Papiertücher für die, die ihre Taschentücher vergessen hatten.

Dann kümmerte sie sich um den Bischof, der, von Wohlwollen durchdrungen, einen halben Tag früher als erwartet zur morgigen Hohen Messe angereist war, erinnerte sich sogar noch daran, dass man einen Bischof mit »Eure Exzellenz« anredete und schickte einen enthusiastischen Fünftklässler als Läufer los, der auf den Stufen Wache halten sollte, um die Teilnehmer von Bracken Hall rechtzeitig vom verfrühten Eintreffen ihres Prälaten in Kenntnis zu setzen.

Danach wehrte sie die recht deftigen Annäherungsversuche des Grafen ab und hoffte inständig, dabei taktvoll genug vorgegangen zu sein – Morag hatte Recht gehabt, was den Grafen und seine Vergangenheit als Draufgänger betraf –, und sank schließlich dankbar auf einen Stuhl in der Halle.

25

»Es bleibt nur noch eins zu tun«, sagte Felicity, die wieder einmal Bruder Andrew in dem stillen Zimmer mit den Bücherregalen gegenübersaß. »Und das ist, so unauffällig wie möglich zu verschwinden.«

»Warum in aller Welt haben Sie denn damals nichts gesagt?«, fragte er als Antwort. Fast im selben Atemzug fuhr er fort: »Nein, schon gut, ich verstehe Ihre Gründe.« Er runzelte die Stirn. »Ich glaube, Sie haben Recht, Bracken möglichst unauffällig zu verlassen.«

»Der Job hier ist sowieso zu Ende. Ich wollte, es wäre nicht so.«

»Wir auch. Es war schön, Sie hier zu haben. Und Bryony auch. Aber Sie werden doch wiederkommen und uns besuchen?«

»Natürlich.« Felicity hoffte, dass das möglich sein würde. »Aber ich glaube, wir sollten warten, bis ich weit weg und in Sicherheit bin, ehe wir der Polizei erzählen, dass Karabas wieder aufgetaucht ist. Bis dahin muss das absolut geheim bleiben.«

»In Ordnung«, sagte Andrew nach ein paar Sekunden. »In der Schule weiß sowieso niemand, wo Sie hin wollen – außer Morag Mackenzie, und auf Morag können Sie sich verlassen.« Er machte eine Pause. »Wir sollten uns wohl über Charect Cottage unterhalten, nicht wahr?«

»Ja.« Felicity beugte sich vor und presste die Hände gegeneinander. Es ärgerte sie, dass ihr Herz plötzlich heftiger pochte. »Die Gutachten und Kostenvoranschläge sind so weit ganz zufrieden stellend.«

»Ja. Wie ich sehe, sind die Gutachter verhalten optimistisch und die Baufirmen gedämpft pessimistisch.«

»Ja, aber besser als umgekehrt«, erwiderte Felicity. »Sie wollen doch nicht, dass Ihr Gutachter die Lage für hoffnungslos hält und die Baufirma Ihnen freudestrahlend erzählt, da wäre kaum etwas dran zu machen, um dann mit einer Riesenliste von Dingen anzukommen, die überholt werden müssen, sobald sie angefangen haben.«

»Auch wieder wahr.« Andrew fuhr fort, die Gutachten zu studieren, die Felicity gestern für ihn gesammelt hatte. Sie kannte sie alle mittlerweile praktisch auswendig; was jedes Einzelne von ihnen und auch alle zusammen besagten, war, dass sich das Haus in einem erbärmlichen Zustand befand. Strom- und Wasserleitungen mussten komplett überholt, die Wände isoliert, das Gebälk imprägniert und ein Bad und eine Küche eingebaut werden. Wer immer sich all das aufhalste, musste entweder komplett verrückt oder steinreich sein, möglicherweise auch beides. Doch abgesehen davon war die Bausubstanz und das Fundament – vom Dach gar nicht zu reden – sehr viel besser erhalten, als es dem Alter des Hauses nach zu erwarten gewesen wäre. Abschließend hieß es, dass sich der derzeit lächerlich geringe Wert des Hauses wahrscheinlich verfünffachen würde, wenn die Modernisierungsarbeiten angemessen durchgeführt wurden.

»Was meinen Sie?«, fragte Felicity. »Wird es gehen? Ich meine, wenn ich es für den Mindestpreis kriegen kann und die ganzen Baumaßnahmen organisiere und niemandem damit auf die Nerven gehe – glauben Sie, dass die Kirche bereit ist, das zu finanzieren?«

»Werden Sie damit fertig? Das wird eine Menge Arbeit.« Erneut sah er die Unterlagen durch.

»Ja.« Felicity unterdrückte die Erregung, die plötzlich in ihr aufstieg. »Ja, das kriege ich hin.«

»Wie wollen Sie sich dort fortbewegen? Es hört sich an, als wäre das Cottage ziemlich weit draußen.«

»Darüber habe ich auch schon nachgedacht. Ich glaube, wenn ich sehr sparsam bin, kann ich genug Geld für einen kleinen Gebrauchtwagen locker machen. Um ehrlich zu sein«, fuhr sie fort und überlegte, wie weit sie gehen sollte, »hat Morag vor, sich etwas Größeres anzuschaffen als ihren Mini. Ich habe noch nicht mit ihr gesprochen, aber das wäre durchaus eine Möglichkeit.«

»Verstehe. Wahrscheinlich müssten Sie einziehen, bevor alle Arbeiten abgeschlossen sind. Wäre das ein Problem?«

»Nein. Von mir aus schlafe ich auch im Schlafsack auf dem Fußboden, während sie das Haus um uns herum neu aufbauen…«

»Wir leihen Ihnen gern einen Campingkocher«, meinte Bruder Andrew, und wieder blitzte sein bezauberndes Lächeln auf.

Bryony fand es ziemlich traurig, Bracken zu verlassen, obwohl sie gewusst hatte, dass sie nur für kurze Zeit hier sein würden. Sie hatte gedacht, sie würden nach London zurückfahren, aber Mama sagte, nein, sie würden ganz woanders hinziehen, und dabei lächelte sie dieses besondere Lächeln, das sie in Bryonys Augen zur allerschönsten Frau der Welt machte. Und dann hatte Mama gefragt, wie Bryony es fände, in der Nähe des Nachtwaldes zu wohnen – des richtigen, echten Nachtwaldes, wo Richard Foljambe und die Zwillinge und Thomas, der Sir Thomas geworden war, gelebt hatten.

Das war bestimmt das Allertollste, was Bryony in ihrem ganzen Leben je passiert war, und überhaupt in jedermanns Leben überall auf der Welt. Bryony hörte ganz genau zu, obwohl in ihrem Inneren alles vor Freude Purzelbäume schlug, und Mama erklärte ihr, dass sie vielleicht in einem Haus am Rande des Nachtwaldes wohnen könnten.

Es war das schönste kleine Haus, das es gab, sagte Mama, und Bryony konnte sehen, dass sie das hatte, was Bryony das *Leuchten* nannte, und das hatte sie in letzter Zeit fast gar nicht mehr gehabt, weil Papa gestorben war und sie nicht viel Geld besaßen. Aber jetzt leuchtete sie, und sie erzählte, dass sich am Freitag ein paar Maurer und Klempner das Haus ansehen würden, und am Samstag war die Auktion, bei der das Haus verkauft werden würde. Miss Mackenzie hatte gesagt, Bryony könnte einen halben Tag schulfrei bekommen, und sie würde ihnen ihr Auto leihen; das hieß, dass Bryony mit Mama fahren und das Haus am Nachtwald anschauen konnte. Und wenn es Bryony gefiel, und all den Maurern und den anderen Leuten auch, dann würden sie versuchen, es bei der Auktion zu kaufen.

Bryony war begeistert von Bishops Thane, genau wie von den anderen Orten auch. Mama hatte ihr die Schilder gezeigt, als sie vorbeigefahren waren: Thane St. Mary und Croyse Thane, das nach Alain und Robin benannt war, und in dessen Mitte ein eisernes Kreuz stand, als Denkmal dafür, dass sie auf einen Kreuzzug gegangen waren.

»Und da geht's nach King's Thane – das ist das größte von all den Dörfern hier«, sagte Mama und zeigte die Straße hinunter.

»Echt? Warst du da schon mal?«

»Noch nicht.« Stirnrunzelnd schaute Mama in den Rückspiegel. »Verdammter Verkehr«, murmelte sie vor sich hin. »Diese verflixten Motorräder, die ständig mitten auf der Straße fahren müssen.« Und gerade als Bryony anfing, sich an Karabas und sein grollendes Motorrad zu erinnern, sagte Mama plötzlich: »Guck mal, wir sind da. Das da ist das Prior's Arms, da werden wir wohnen«, und Bryony war so hingerissen von dem Gedanken, in einem richtigen Hotel für Erwachsene zu wohnen, dass sie überhaupt nicht mehr an Leute auf schwarzen Motorrädern denken konnte, die wie zähnefletschende Wölfe aussahen.

Mama bog von der Straße ab und parkte neben dem Hotel. »Wir packen unsere Sachen aus, trinken schnell eine Tasse Tee, und dann müssen wir uns mit den Leuten von der Baufirma treffen.«

Als sie zu dem Haus fuhren, konnte Bryony von der Straße aus den Wald sehen, eine riesige grün-goldene Mauer, und sie wusste sofort, dass das der Nachtwald war – der richtige Nachtwald, wo die Foljambes Wölfe gejagt und Richard und Madeleine ihr Haus gebaut hatten. Der Wald, wo Edmund und all die anderen Leute aus all den Geschichten gelebt hatten. Es war so wunderbar, dass sie gar nichts sagen mochte, und Mama schien das zu verstehen, denn sie sagte auch nichts.

Der Nachtwald war grün und golden, weil es schon fast

Frühling war. Ein bisschen Sonnenlicht schimmerte durch die Blätter, und sogar von hier aus konnte sie kleine, gewundene Pfade zwischen den Bäumen erkennen. Sie wusste genau, wie es sich anfühlen würde, auf diesen Pfaden zu gehen: ganz weich und ganz leise, wegen all der Blätter und Farnwedel, die im Herbst darauf gefallen waren, und man könnte lautlos dahintappen, ohne dass einen jemand hörte oder merkte, dass man da war. Und während man so dahinging, würde man die Vögel singen und vielleicht auch Kaninchen und Eichhörnchen herumhuschen hören. Und das Komischste – das Allerkomischste – daran war, dass Bryony, seit sie all die Geschichten gehört und von dem Nachtwald und all den Leuten gewusst hatte, die dort gelebt hatten, insgeheim immer gedacht hatte, es müsse dort finster und unheimlich sein. Vielleicht würde man dort tagsüber gern herumlaufen, aber bestimmt nicht nachts, und *ganz* bestimmt nicht allein.

Doch Bryony sah sofort, dass der Nachtwald kein bisschen schaurig war. Er war wunderschön und freundlich, und sie würde sich nie vor ihm fürchten, auf keinen Fall so, wie sie sich vor dem Nachtwald bei Bracken gefürchtet hatte. Wenn sie hier wohnten, würde sie bestimmt oft in den Wald gehen und dabei wissen, dass Edmund und die Zwillinge und all die anderen auch hier herumgelaufen waren.

Das Haus war das schönste Haus, das sie je gesehen hatte. Es lag direkt am Waldrand, genau wie Mama gesagt hatte, und es machte überhaupt nichts, dass es ein bisschen verfallen war. Mama sagte, Bryony könnte das Zimmer haben, das nach hinten zum Wald hinausging, und sie könnte selbst aussuchen, in welchen Farben es gestrichen werden sollte. Bryony fand, Grün wäre schön, dann würde es aussehen, als wäre der Wald mitten im Zimmer. Das wäre toll.

Mama war mit zwei Männern verabredet, die von einem Badezimmer und einer Küche redeten, die sie bauen wollten, und Zeichnungen machten, um zu zeigen, wie das ging. Sie würden etwas anlegen, was man eine Sickergrube nannte, mit etwas drin, was Ätzkalk hieß. In der Schule in Bracken hatten die anderen von Sachen, die richtig schrecklich waren, immer gesagt, sie seien *ätzend*, zum Beispiel eine Doppelstunde Mathe bei Mr. Bryant oder Latein bei Bruder Andrew. Aber das hier war wohl eine andere Art von ätzend, vermutete Bryony.

In einem der Zimmer im Erdgeschoss gab es einen Kamin, der bis zur Decke reichte, mit einem Alkoven auf jeder Seite. Sie saß lange davor, während Mama über Bäder und Küchen sprach, und nach einer Weile war ihr, als hätte früher jemand hier gewohnt, der abends gern auf diesem Platz gesessen und das Kaminfeuer betrachtet hatte. Es war jemand gewesen, der traurig und einsam gewesen war und sich gefürchtet hatte; aber es war nicht gruselig, das zu fühlen, sie bekam nur großes Mitleid mit diesem Jemand.

Bryony hatte das Gefühl, dass es eine Frau gewesen war, die Isobel geheißen hatte, und dass sie in dem Haus gewohnt hatte, das hier gewesen war, bevor dieses Cottage gebaut wurde. Mama hatte gesagt, vor Hunderten von Jahren hätte hier ein anderes Haus gestanden. Dort könnte Isobel gewohnt haben; warum sollte das nicht so gewesen sein? Außerdem hatte wahrscheinlich auch noch eine Dienerin hier gewohnt, denn Isobels Familie war ziemlich reich gewesen.

Bryony entschied, dass Isobel sich vor Hunderten von Jahren in einen Mann verliebt hatte, der ganz unerwartet in ihrem Dorf aufgetaucht war. Sie hatte sich richtig ernsthaft verliebt, nicht wie die Leute im Werbefernsehen oder in den Popsongs, mehr wie die in traurigen Filmen oder Büchern. Der Mann hatte sehr gut ausgesehen und war sehr charmant gewesen, so dass ihn am Anfang jeder gemocht hatte, aber am Schluss hatte er etwas so Schlimmes getan, dass alle sehen konnten, dass er in Wirklichkeit böse und gemein war. Das konnte sehr wohl wirklich so passiert sein, Bryony wusste das wegen Karabas. Sie war sich nicht sicher, was dieser Mann getan hatte, aber sie dachte, dass die Leute in Isobels Dorf ihn dafür bestraft hatten. Sie hatten auch Isobel bestrafen wollen, aber die war in Charect Cottage versteckt worden.

Mama hatte erzählt, dass Bruder Andrew dachte, *charect* wäre ein Wort für einen Zauberspruch, den jemand aufgeschrieben hatte, um damit Böses oder Krankheiten abzuwehren. Das war doch schön, hatte Mama gesagt; sie schien sich zu freuen, dass sie in einem Haus wohnen würden, das durch einen Zauberspruch vor allen schlimmen Dingen geschützt war.

Doch in ihre Kaminecke gekuschelt, begriff Bryony, dass der Zauber, der einst um Charect Cottage und seine Gärten gewirkt worden war, nichts mit Krankheiten zu tun gehabt hatte. Es war nicht nur ein einfacher Zauberspruch gewesen, der alle mögliche schlimmen Dinge fern halten sollte.

Es war ein sehr starker, genauer Zauber gewesen, und er war für die traurige, ängstliche Lady Isobel geschrieben worden, die solche Angst vor den Dorfbewohnern und vor dem Mann, in den sie verliebt war, hatte, dass ihre Dienerin den Zauberspruch besorgt hatte, um sie zu beschützen. Danach hatte sie sich sicher gefühlt.

Felicity hatte erwartet, dass die Euphorie der letzten 24 Stunden bei der Auktion verfliegen würde, doch sie hatte sich geirrt.

Die Aussicht, ein Gebot für Charect Cottage abzugeben, machte sie zwar nicht direkt nervös, doch ihr war klar, dass sie sich hier auf unbekanntem Gelände befand. Natürlich war es lächerlich, an all die Witze über Leute zu denken, die bei Versteigerungen lediglich geniest oder einem Freund zugewunken hatten und sich plötzlich im Besitz eines heruntergekommenen Herrenhauses mit 30 Zimmern fanden, ohne Dach, dafür aber mit Plumpsklo. Trotzdem fiel ihr so was leider ein.

Die Auktion fand in einem der Räume im Obergeschoss des Prior's Arms statt, was ungeheuer praktisch war. Felicity erklärte Bryony, dass sie ganz still sein müsse, während all die Häuser verkauft wurden, und gab ihr einen Katalog, in dem die sechs Versteigerungsposten aufgelistet waren. Charect Cottage war Posten Nummer vier, so dass Felicity die anderen Bieter beobachten und sich mit der ganzen Prozedur vertraut machen konnte. Sie hielt eine kleine, viereckige Karte in der Hand, auf die groß und deutlich die Zahl 21 geschrieben war; so konnte der Auktionator sie identifizieren. In ihrer Handtasche befanden sich die Namen und Adressen der Anwälte der Diözese.

Während sie darauf warteten, dass die Auktion begann, blätterten sie in dem Katalog und versuchten zu erraten, welcher der Anwesenden sich für welches Haus interessierte. Bryony, die gerne andere Leute beobachtete, war fasziniert von diesem Spiel.

In dem Katalog waren Fotos von allen zum Verkauf stehenden Häusern, doch wer immer Charect Cottage fotografiert hatte, hatte es offenbar nicht für nötig gehalten, einen sonnigen Tag abzuwarten. Dem Foto nach konnte man es für die trostloseste Hütte halten, die je gebaut worden war. Felicity zeigte Bryony das Bild und sagte, wenn sie Glück hätten, würde es die anderen Käufer abschrecken, und niemand würde versuchen, sie zu überbieten.

»Früher war es nicht so klein«, sagte Bryony nachdenklich und zeichnete mit dem Finger die Konturen des düsteren Gebäudes nach. »Früher war es ein großes Haus.«

»Ja, früher hat da mal ein anderes Haus gestanden. Ich glaube, es waren sogar zwei.«

»Das allererste Haus war ziemlich groß«, meinte Bryony. »Es hatte Balken außen an den Wänden, und hinter dem Kamin war ein geheimes Versteck.«

Felicity blickte sie forschend an. »Sag mal, Liebling, ist das jetzt wieder eine von deinen Geschichten, oder hast du irgendjemand über Charect Cottage reden hören, seit wir hier sind?«

»Nein, das stimmt alles, da war ein Versteck, und man musste ein Stück von der Täfelung zur Seite schieben und die Leute, die in die falsche Kirche gegangen sind, oder manchmal auch Mönche, mussten sich da drin verstecken.« Bryony überlegte, ob sie von Isobel erzählen sollte, aber Mama schaute sie schon wieder so besorgt an, wie sie es öfter tat, wenn Bryony versuchte, ihr die Gedankenbilder zu erklären. Deshalb sagte sie: »Der Mann mit der Brille geht gerade auf die Bühne. Heißt das, dass die Auktion jetzt anfängt?«

»Sieht so aus. Sei jetzt still, ich möchte sehen, wie die anderen Leute für die Häuser bieten, damit ich weiß, was ich machen muss.«

Der Auktionator trat an den bereitstehenden Tisch und ergriff einen Hammer. Felicity beobachtete ihn und hörte genau zu. Sie wünschte, ihr Herz würde aufhören, so zu rasen. Doch als die Nummer vier aufgerufen wurde, machte es einen gewaltigen Sprung, und sie verstand plötzlich, warum sich manche Leute bei Versteigerungen so mitreißen ließen.

Der Auktionator schlug vor, mit einem Mindestgebot von 25 000 Pfund zu beginnen, Felicity hielt ihre Karte hoch und sah, wie er nickte. Ihre Erregung wurde noch heftiger. Jetzt gilt's!

26

Felicity und Bryony feierten den Kauf von Charect Cottage mit einem Abendessen im Prior's Arms.

Mama rief in Bracken Hall an, und Bryony hörte, wie sie mit Bruder Andrew sprach. »Fünfundzwanzigtausend. Doch, wirklich! Nein, ich konnte es auch nicht glauben! Nein, es gab kein einziges Gegengebot.« Es gab eine Pause, dann sagte Mama: »Nein, mit dem Haus ist alles in Ordnung. Die haben es praktisch auseinander genommen und jeden Ziegel einzeln untersucht, bevor sie es wieder zusammengesetzt haben.« Und dann fuhr sie langsam, als wäre ihr eben etwas eingefallen, fort: »Ich nehme an, es könnte mit irgendeinem Aberglauben zusammenhängen – besonders mit dem Namen. Nein, mich stört das nicht im Geringsten, natürlich nicht.« Sie legte auf, sah Bryony an, als überlege sie, ob sie etwas sagen sollte oder nicht und fragte dann: »Bist du so weit?«

Sie hatten im Speisesaal des Hotels gegessen, ein richtiges Menü für Erwachsene: zuerst Suppe, dann Huhn und zum Nachtisch Schokoladenpudding. Mama hatte ein Glas Wein getrunken und Bryony ein Ginger Ale.

»Du kriegst noch einen Schluckauf und kannst dann nicht schlafen«, warnte Mama.

»Kann ich sowieso nicht, wegen dem Haus. Können wir noch mal hinfahren und es angucken?«

»Jetzt?«

»Na ja, weil, ich will sehen, wie es im Dunkeln aussieht.« Bryony aß den letzten Rest von ihrem Pudding und legte bedauernd den Löffel hin. Es war immer schade, wenn Schokoladenpudding aufgegessen war, und dieser hier war besonders lecker gewesen.

»Du spinnst ja«, meinte Mama, aber ihre Augen leuchteten. »Wenn wir jetzt da rausfahren, können wir aber nicht ins Haus hinein. Ich kriege die Schlüssel erst am Montag, wenn der Scheck bei der Bank eingegangen ist.«

Bryony hatte nur mit halbem Ohr zugehört. »Ich will ja gar nicht reingehen. Ich möchte nur noch mal den Wald und das Haus sehen.«

Felicity warf einen Blick zum Fenster, wo bereits die Schatten gegen die Scheiben drängten. Zu diesem verwilderten, einsamen Grundstück hinausfahren, jetzt, in der hereinbrechenden Dunkelheit? Aber es ist doch ein Zufluchtsort, dachte sie. Und vielleicht würde es ihnen beiden Frieden bringen. Sie sah wieder Bryony an.

»Na schön«, meinte sie grinsend. »Gut, dass ich nur ein

Glas Wein getrunken habe, wenn ich heute Abend noch mal fahren muss.«

Charect Cottage war genauso schön, wie Bryony es in Erinnerung hatte, und der Nachtwald war einfach toll. Er war voller geheimnisvoller Schatten, und die gewundenen Pfade waren zwar noch da, sahen aber ganz anders aus. Schließlich war dies der echte Nachtwald, wo die Wölfe gelebt hatten, und irgendwo in diesem Riesenwald war das Haus, wo Richards Knappe Edmund von dem Wolfswesen im Keller getötet worden war. Vielleicht waren das Haus und der Keller sogar noch da. Das hätte ihr eigentlich Angst machen müssen, stattdessen war es so aufregend, dass sie mit den Zehen wackelte.

Charect Cottage war ein gutes Haus, auch wenn es am Rande des Nachtwaldes lag. Isobel hatte gewusst, dass sie in Charect Cottage, das damals Charect House geheißen hatte, sicher war. Bryony und ihre Mutter würden dort auch sicher sein.

Auf dem Rückweg mussten sie mit Miss Mackenzies Mini auf das Gras am Straßenrand ausweichen, um einen Range Rover vorbeizulassen. Als er neben ihnen war, hob der Mann am Steuer die Hand.

»Kennst du den?«, fragte Bryony und drehte sich um, um durch das Rückfenster zu schauen.

»Nein, der hat sich nur bedankt, weil ich ihn vorbeigelassen habe. Jedenfalls …« Mama fuhr langsamer und blickte im Rückspiegel dem Range Rover nach, der in der Dunkelheit davonfuhr.

»Was denn?«

»Komisch, dass du das fragst«, sagte Mama langsam. »Einen Moment lang kam er mir irgendwie bekannt vor.« Sie runzelte die Stirn, als dächte sie scharf nach. »Nein, Unsinn, natürlich kenne ich ihn nicht. Hier ist schon wieder das Prior's Arms.«

Es war spannend, wieder ins Hotel zu gehen, das sich so

spät ganz anders anfühlte. Es war fast zehn Uhr. In der kleinen Bar saßen noch Leute und tranken, und Bryony durfte an der Rezeption nach ihrem Schlüssel fragen.

Piers wusste, dass dieses wachsende Gefühl, Karabas wäre ganz in der Nähe, völlig idiotisch war, doch er konnte ihn trotzdem fühlen.

Sie waren seit mehreren Wochen in King's Thane und erkundeten sorgfältig die Gegend; zunächst am südlichen und östlichen Rand des Ortes. Irgendwo mussten sie schließlich anfangen. Sie hatten das Gebiet in vier Quadranten aufgeteilt, und Nina und Priscilla waren in der Bibliothek in Matlock gewesen und hatten eine Liste aller Meldestellen, Archive und Zweigstellen der Bibliotheken gesammelt, wo sie nach Hinweisen auf die Foljambes suchen konnten.

Doch bis jetzt hatten sie nichts gefunden, und Piers war mehrmals drauf und dran gewesen, das ganze Projekt abzublasen. Was mache ich hier?, dachte er. Wie komme ich dazu, in dieses Haus zurückzukehren?

Jede Nacht brachte entsetzliche Albträume mit sich, aus denen er schweißgebadet und nach Luft schnappend auffuhr. Es waren die Albträume seiner Kindheit, rasche, flüchtige Bilder des Grauens, das in jener uralten, ewigen Welt lauerte, die neben dieser lag, schreckliche Dinge, die sich manchmal aus den Albträumen ins Schlafzimmer eines Kindes schlichen, das eine zu lebhafte Fantasie hatte …

Seine Mutter war natürlich auch da, wanderte durch die Landschaften des Albtraums, streckte gierige, gekrümmte Hände, die vom Blut seines toten Bruders troffen, nach seinem Bett aus, um ihn zu streicheln. Doch wenn sie lächelte, jenes grauenhafte, verführerische Lächeln, das Piers 20 Jahre lang nicht losgelassen hatte, spürte er zu seiner Schande immer noch, wie er hart wurde. Geh weg!, schrie er das entsetzliche Wesen an, das ihm mit so schrecklicher Verlockung winkte. Geh weg, ich bin fertig mit dir!

Tybalt war derjenige, der den alten Druck von dem Haus fand. Er hatte die Aufgabe zugewiesen bekommen, in den Bibliotheken nach Büchern zu suchen, die sich mit der umliegenden Gegend befassten, und war schon ganz trübsinnig geworden, weil er nichts finden konnte. Eines langweiligen, regnerischen Vormittags hatte er sich das Haus selbst vorgenommen. Ein Haus, dessen Fundament noch aus der Tudorzeit stammte, verkündete er ernst, müsste doch ein paar Anhaltspunkte zu bieten haben.

»O Gott, er wird den Dachboden umkrempeln, wenn Sie nicht aufpassen«, sagte Toby, der inzwischen noch an zwei anderen Projekten arbeitete, jedoch etwa alle zehn Tage in King's Thane vorbeischaute.

»Ich würde nie irgendwas ohne Dr. Adairs Erlaubnis tun…«, setzte Tybalt empört an.

»Tybalt, mir ist es egal, wo Sie sich umsehen«, meinte Piers. »Von mir aus können Sie in den Schornsteinen hochklettern, wenn Sie glauben, dass Sie da drin etwas Brauchbares finden.«

Tybalt kletterte weder die Schornsteine hoch noch ging er auf den Dachboden. »Jedenfalls jetzt noch nicht«, murmelte er. Doch in einem trübe beleuchteten Alkoven dicht bei der Hintertreppe, die keiner von ihnen benutzte, hatte jemand einen verblassten, gerahmten Druck aufgehängt, der das ursprüngliche Weston House zeigte. Tybalt brachte ihn zum Abendessen herunter; das Haar fiel ihm in die Stirn und ließ ihn noch jünger aussehen, als er ohnehin war.

Das Team war stillschweigend übereingekommen, die Küche als Konferenzraum zu nutzen. Wie Nina meinte, konnte man dort nach dem Essen gemütlich Kaffee trinken und sich darüber austauschen, was man Neues herausgefunden hatte, die Kaffeemaschine stets in Griffweite. Piers dachte, es läge daran, dass die Küche der einzige Raum war, der von der latenten Bedrohung verschont geblieben war, die den Rest des Hauses erfüllte. Doch das behielt er für sich.

Der Holzrahmen war trocken und gesprungen, und der Druck selbst fleckig vor Feuchtigkeit, doch Tybalt zeigte ihn voller Freude herum.

»Das ist das Haus, so wie es 1535 ausgesehen hat«, erklärte er ernst. »Na ja, ich nehme an, so hat es für einen Künstler ausgesehen. Jedenfalls war es groß und hatte diese niedlichen verdrehten Schornsteine mit diesen Dingern oben drauf.«

»Tudor-Schornsteine.« Priscilla beugte sich vor, um besser sehen zu können.

»Sag ja nichts gegen einen Tudor-Schornstein und seinen Aufsatz«, bemerkte Toby. »Die waren Meister in Sachen Schornstein und Aufsatz, die Tudors.«

»Wissen Sie, was mit dem Haus passiert ist, Piers?«, fragte Priscilla.

»Es ist abgebrannt«, erwiderte Piers. »1540 oder so, glaube ich.«

»Stimmt genau. Hier ist ein Aufkleber hinten drauf, da steht: ›Weston House vor dem Brand 1540‹.«

»Der Mädchenname meiner Mutter war Weston«, sagte Piers unwillkürlich.

»Wirklich?«

»Ja, wirklich.«

Tybalt verarbeitete diese Information mit Vergnügen. »Dieser Druck ist von – äh –, ich glaube, 1780. Dann ist er wohl anhand einer Zeichnung angefertigt worden, die irgendwer gefunden hat, oder?«

»Warum ist das Haus abgebrannt?«, fragte Nina. »Ich meine, was hat das Feuer verursacht?«

»Keine Ahnung. Aber es muss ziemlich schlimm gewesen sein. Nur das Fundament ist übrig geblieben. Oh, und die Dienstbotenquartiere.«

Tybalt war hingerissen davon, wie beiläufig sein Idol über die Bediensteten der Familie redete.

»Selbst wenn man davon ausgeht, dass der Künstler übertrieben hat, es war ein wunderschönes Haus, nicht wahr?« Nina betrachtete den Druck und seufzte hingebungsvoll.

»Ich störe eure Schwärmerei ja nur sehr ungern, aber bringt uns das mit den Foljambes irgendwie weiter?«, fragte Priscilla. »Oder mit Karabas?«

»Ich fürchte nicht«, meinte Piers. »Es ist sehr interessant, Tybalt, aber ich glaube, Sie sollten lieber weiter die Bibliotheken durchforsten. Tut mir Leid, dass das eine etwas öde Aufgabe ist.«

Tybalt erlitt augenblicklich einen Anfall übermenschlicher Ernsthaftigkeit und beteuerte, es wäre ganz und gar nicht öde, im Gegenteil, es wäre ihm eine Ehre.

Toby war es, der einwarf: »Ich sage Ihnen, was Tybalt tun könnte, Piers. Vielleicht kommt ja mehr dabei raus.«

»Ja?«, fragte Piers, während Tybalt hoffnungsvoll aufblickte.

»Kirchen«, meinte Toby. »Hat Nina nicht aus der Bibliothek in Matlock eine Liste der umliegenden Kirchen besorgt?«

»O ja, hab ich.«

»Es ist erstaunlich, was man alles auf Friedhöfen und in Kirchenregistern findet. Wenn Tybalt sich die älteren Kirchen vornimmt und nachschaut, ob da irgendwelche Foljambes auf den Friedhöfen herumlungern oder auf irgendwelchen Gedenktafeln erwähnt sind...«

»Gute Idee«, meinte Piers. »Wie wär's, Tybalt?«

»Das wäre *super*«, strahlte Tybalt mit glühenden Wangen.

»In Thane St. Mary gibt es eine Kirche, die ist ziemlich alt«, bemerkte Piers. »Ich war als Kind ein paar Mal da. Dort könnten Sie anfangen.«

Es war eine sehr gute Idee von Toby gewesen, die Kirchen zu überprüfen, und es war wirklich fantastisch, so durch die englische Landschaft zu fahren. Tybalt hatte sich Dr. Adairs Range Rover und Dietfrieds Straßenkarte ausgeliehen und gleich nach dem Frühstück sorgfältig seine Route geplant. Er folgte Dr. Adairs Rat und begann mit der Kirche der Heiligen Jungfrau Maria. Die Liste, die Nina besorgt hatte, lieferte wertvolle Hintergrundinformationen. Anscheinend war Thane St. Mary zur Zeit der Reformation eines der hartnäckigsten Bollwerke des papistischen Englands gewesen, obwohl es im Bürgerkrieg mit sehr viel Glück Cromwells Vandalen entgangen war. Es war wirklich der totale Hammer, wie häufig man hier über solche Bruchstücke der Geschichte stolperte.

Doch mit der Kirche von Thane St. Mary anzufangen, war ein bisschen enttäuschend. Sie war viel kleiner, als Tybalt erwartet hatte, obwohl die Gemeinde in einem Ort wie diesem vermutlich nicht besonders groß gewesen sein konnte. Er spähte respektvoll durch die Tür und schätzte, dass dort ungefähr 60 Menschen Platz hätten. Es herrschte jene gewaltige Stille, die man in den meisten Kirchen findet, und es roch schwach nach Feuchtigkeit, kalten Steinen und Politur. Ehrfurchtsvoll schlich Tybalt auf Zehenspitzen rund um den Innenraum und suchte nach Denkmälern, Grabplatten oder Gedenktafeln.

In der Westwand befand sich ein wunderschönes Rosettenfenster, das abends sicher ein großartiges Schauspiel bot, wenn die Sonne dahinter unterging. Außerdem gab es seltsam geformte Wasserspeier und einen alten, tiefen Taufstein, in dessen Unterseite die Jahreszahl 1420 kaum noch lesbar eingemeißelt war. Er entdeckte sogar eine verstaubte, halb zerfallene Papiergirlande, die über einen Knauf drapiert war. Darunter war eine kleine, handgeschriebene Karte, die erläuterte, dass es Sitte gewesen sei, solche Girlanden auf den Sarg unverheirateter Frauen zu legen. Man nannte sie auch Jungfernkränze. Tybalt fand das ziemlich grässlich.

Keine Spur von den Foljambes.

Ein wenig verzagt schloss er die schwere Eichentür hinter sich und ging dann noch einmal hinein, um ein bisschen Geld in die Kästen für die Kollekte zu werfen, die gleich neben der Tür standen. Es wäre wirklich der Gipfel der Unhöflichkeit, einfach ungebeten in einer Kirche herumzustiefeln und dann noch nicht einmal etwas zu spenden. Nach einigem Nachdenken steckte er sowohl in den Kasten mit der Aufschrift »Restauration der Kirche« als auch in den, auf dem »Bedürftige« stand, ein paar Pfundnoten.

Der Friedhof war bedrückend, doch er verspürte eine starke Verbundenheit mit diesem Ort. Es war noch recht früh, und dünne Nebelschwaden hingen überall. Die Gräber lagen ringsum verstreut; ein bisschen willkürlich, fand Tybalt, der an die ordentlichen Rasenflächen der Friedhöfe seines Heimatlandes gewöhnt war, und der Boden war sehr uneben. Doch er erschauerte bis in die Tiefen seiner romantischen Seele, als er sah, dass auf manchen Gräbern alte, reich verzierte angelsächsische Kreuze standen.

Natürlich rechnete er nicht damit, etwas zu finden. Um ehrlich zu sein, verlor er langsam den Mut, was diese Suche betraf, obgleich es toll gewesen war, den alten Druck von Weston House zu finden. Der Nebel löste sich in einem kalten Nieselregen auf, die Sorte, die einen bis auf die Haut durchnässte, bevor man überhaupt bemerkt hatte, dass es regnete. Tybalt schauderte, schlug den Kragen hoch und ging verbissen weiter. Schmale, schlecht gepflegte Wege wanden sich zwischen den Gräbern hindurch, und die Bäume ließen ihre dunkelgrünen, vor Nässe triefenden Zweige tief herabhängen.

Er hatte die ältesten Gräber erreicht. Es herrschte tiefe Stille und ein Gefühl vollkommener Verlassenheit, als käme fast nie jemand her. Tybalt überraschte das nicht.

Und dann war es ohne Vorwarnung plötzlich da. Am hintersten Ende des Gottesackers, fast verborgen hinter mehreren kunstvoll gearbeiteten Grabsteinen, auf denen geflügelte Engel Schriftrollen hochhielten, die wohl das Buch des Jüngsten Gerichts darstellen sollten. Auf dem einsamen, schmalen

Grab unter den alten Zedern gab es keine Steinengel oder Schriftrollen. Dichtes Gras hatte den Grabhügel überwuchert, und Tybalt hätte ihn wahrscheinlich übersehen, wenn ihm nicht der kleine Grabstein aufgefallen wäre. Der Stein war umgekippt, als sich die Erde gesetzt hatte und war wie betrunken zur Seite gesunken, doch irgendwann in den vergangenen Jahrhunderten hatte jemand einen kleinen Rosmarinbusch mitten auf das Grab gepflanzt.

In den schiefen Grabstein waren die üblichen lateinischen Gedenkworte eingemeißelt. Tybalt war nicht sehr gut in Latein, aber ein bisschen hatte er zwischenzeitlich lernen müssen. Er versuchte gar nicht erst, die Worte zu übersetzen.

Denn dort, genau in der Mitte, stand in verwitterten, jedoch nach wie vor lesbaren Lettern, dass hier Sir Francis Foljambe, 1515–1560, ruhte, der unverheiratet und ohne Nachkommen gestorben sei und dessen Seele sich der Herr erbarmen möge.

»Sie waren also wirklich hier«, sagte Nina.

»Sieht so aus. War ganz schön unheimlich, das Grab da zu finden. Ich, äh, ich hab ein paar Polaroids davon gemacht.« Tybalt machte ein Gesicht wie ein zufriedener Retriever, als er die Fotos auf den Tisch legte.

»Du hast Recht, es ist wirklich unheimlich«, meinte Nina und gab die Bilder an Dietfried weiter. »Ich weiß ja nicht, wie's euch geht, aber ich hab ein ganz komisches Gefühl, wenn ich daran denke, dass wir Recht hatten und dass sie tatsächlich hier gelebt haben.«

»Und dass sie auch fünfzehnhundertsechzig noch hier gelebt haben«, fügte Tybalt hinzu, der inzwischen begriffen hatte, dass 1560 für die Briten ungefähr das Gleiche war wie gestern.

Dietfried betrachtete die Fotos eingehend. »Das ist wirklich sehr gut. Aber ich weiß nicht, wie wir jetzt weiter verfahren sollen.«

»Erwarte bloß nicht, dass ich dir das sage, Schatz, ich bin nur eine arme, unterdrückte Forscherin.«

»Wir kommen Karabas' Volk langsam näher«, sagte Nina unvermittelt. »Nicht wahr, Piers?«

»Entweder wir kommen ihnen näher, Nina«, antwortete Piers leise, »oder ...«

»Oder?«

»Oder sie uns.«

Ein reichlich bedrücktes Schweigen folgte, dann sagte Piers forsch: »Ist ja egal, wer wem näher kommt. Wenigstens wissen wir, dass wir im richtigen Teil des Landes sind. Jetzt müssen wir nur noch herausfinden, wo genau sie gelebt haben.«

»Ich nehme an, Sie glauben, dass wir, wenn wir das wissen, automatisch Karabas finden, der es sich in der Ruine des stattlichen alten Familiensitzes gemütlich gemacht hat und schon den roten Teppich für uns ausgerollt hat«, bemerkte Toby.

»Sind wir nicht deswegen in Derbyshire?«, fragte Priscilla. »Wir waren uns doch einig, dass er hierher kommen würde.«

»Ja, weil er geschworen hat, die Nachkommen der verfluchten Foljambes zu finden und zu vernichten«, murmelte Toby.

»Hör endlich *auf* damit!«

Piers grinste, doch er sagte: »Hört mal, jetzt, wo wir fündig geworden sind, sollten wir lieber unsere Vorgehensweise ändern. Wir machen uns eine Liste aller großen Häuser in der Gegend und versuchen zu erkunden, wem sie gehört haben oder wer dort gewohnt hat. Von einigen sind bestimmt nur noch Ruinen übrig, und ein paar sind möglicherweise vom National Trust oder von *English Heritage* übernommen worden. Aber wir können es uns nicht leisten, auch nur ein Einziges zu übersehen.«

»Wir könnten mit den Einheimischen hier reden«, schlug Nina eifrig vor. »Ich weiß, Sie haben damals nichts von der

Familie gehört, als Sie hier gewohnt haben, Piers, aber ich glaube nicht, dass die Foljambes längere Zeit hier gelebt haben könnten, ohne Spuren zu hinterlassen.«

»Und auf dem Grab, das ich gefunden habe, stand *Sir* Francis«, fiel Tybalt ein. »An einen Sir würden sich die Leute doch erinnern, oder?«

»Nun, nicht unbedingt.«

»Äh … auf dem Grab war ein Rosmarinbusch gepflanzt.«

»Und?«

»Na ja, äh …, Rosmarin steht für Erinnerung.«

»Oh, ich verstehe. Also wollte jemand, dass man sich an ihn erinnert«, sagte Toby. »Piers, Sie haben doch gesagt, Sie sind früher in Thane St. Mary zur Kirche gegangen. Haben Sie das Grab damals nicht gesehen?«

»Ich war nie auf dem Friedhof«, erwiderte Piers, und Tybalt sah ihn an und dachte: O Mann, das ist wieder seine ›Finger-weg‹-Stimme, aber richtig!

Sofort sagte er: »Das Grab ist sehr weit von der Kirche entfernt. Da könnte man ein ganzes Jahr jeden Sonntag zum Gottesdienst gehen und es nie zu Gesicht bekommen.« Er bemerkte, wie Dr. Adair ihm einen raschen Blick zuwarf und glaubte, Dankbarkeit darin zu erkennen.

»Na, jedenfalls nehme ich an, dass wir alle möglichen Geschichten erfahren, wenn wir anfangen, richtig nachzubohren«, meinte Toby.

»Ich halte nichts vom Nachbohren«, wandte Dietfried steif ein. »Da kriegen wir nichts als Klatsch, so was können wir nicht brauchen.«

»Doch, genau das brauchen wir«, beharrte Toby. »Klatsch ist der Stoff, aus dem Dokumentarfilme gemacht werden, Dietfried. Wo wäre die Geschichte ohne Klatsch? Sam Pepys, die Paston-Briefe und …«

»So habe ich das noch gar nicht betrachtet«, gab Dietfried klein bei. »Entschuldige bitte.«

»Aber klar doch«, erwiderte Toby todernst.

»Wo ist denn die Karte abgeblieben?«

Die Karte, stellte sich heraus, war auf dem Boden abgeblieben, wo sie im Laufe des Abendessens gelandet war. Dietfried kroch unter den Tisch, um sie zu holen und tätschelte dabei mit elefantöser Koketterie Ninas Knöchel. Stirnrunzelnd breitete er danach die Karte auf dem Tisch aus und verfügte, dass sie das Gebiet aufteilen und ihre Suche weiter ausdehnen sollten. »Ich gehe nach Westen«, verkündete er mit der Inbrunst eines Pioniers aus dem 19. Jahrhundert, wobei er mit einem feisten Finger auf die Karte einstach. »Denn ich glaube, dass wir dort in den Wäldern Karabas finden werden.«

»Die Wälder«, sagte Piers leise. »Ja, wenn Karabas wirklich hier ist, dann wahrscheinlich in einem Wald.«

»Das glaube ich auch.« Dietfried war erfreut, dass seine Begründung Anklang fand. »Deswegen werde ich dorthin gehen – nach Miller's Dale und nach Monyash, die liegen beide am Rand des Nationalparks. Es ist nicht besonders weit, aber ich werde ein Auto brauchen.« Wehmütig fügte er hinzu: »Außerdem hätte ich gern jemanden dabei; ich kriege das mit dem Fahren auf der linken Straßenseite nicht hin.«

Entsetzt hörte Nina sich selbst sagen: »Wenn uns Priscilla ihren Wagen leiht, komme ich mit.« Dietfried strahlte sie an und begann umgehend, mit typisch deutscher Präzision ihre Route zu planen.

»Ich habe gelesen, dass es in Miller's Dale eine Fabel gibt, wonach ein Werwolf auf einer bestimmten Straße sein Unwesen treiben soll«, meinte er. »Das werden wir uns mal ansehen, und dann sollten wir mal hier vorbeischauen, in Ilam. Da gibt's eine Geschichte über einen Heiligen, der mit einem Wolf gekämpft hat.« Er setzte seine randlose Brille auf und musterte seine Mitstreiter entschlossen. »Sein Name war Bertelin, und er ist es wert, sich näher mit ihm zu befassen. Die verschiedenen Fäden unserer Legende sind alle da.«

»Wölfe, wo man hinschaut«, stimmte Toby zu. »Piers,

machen Sie mit bei der Suche nach dem stattlichen Familiensitz? Wenn ja, müssten wir uns wegen der Autos was einfallen lassen ...«

»Erst mal nicht, Toby«, erwiderte Piers nachdenklich. »Da gibt es einen alten Freund, den ich besuchen muss.«

27

Pater Stephen Berry bedeutete Piers, sich zu setzen, nahm ihm gegenüber Platz und musterte ihn voll Interesse.

»Ich bin froh, dass du gekommen bist«, sagte er. »Weißt du, ich dachte, ich würde dich nie wieder sehen.«

Die Jahre hatten Stephen Berry schrumpfen lassen. Piers hatte ihn als dick und herzlich in Erinnerung; jetzt jedoch war er hager, und seine Haut hatte das pergamentartige Aussehen des hohen Alters. Rasch rechnete Piers im Kopf nach. Pater Berry konnte auf keinen Fall viel älter als 65 sein, doch jetzt, verborgen in seinem warmen kleinen Haus am Nordrand von Ashbourne, sah er eher aus wie 85. Wir haben ihm das angetan, dachte Piers. Die Wölfe haben ihn zu einem alten Mann gemacht.

Piers war sofort aufs Herzlichste begrüßt und in ein Hinterzimmer geführt worden, das offenbar gleichzeitig als Arbeits- und als Esszimmer genutzt wurde. Überall lagen Bücher herum, auf dem Esstisch stand eine etwas klapprige Schreibmaschine, und daneben lag ein Stapel Papier, möglicherweise die Rohfassung einer Predigt. Pater Berry hatte keine eigene Kirchengemeinde mehr, doch er half gelegentlich in verschiedenen Gemeinden der Umgebung aus, wenn deren Amtsinhaber krank oder verreist waren oder einfach zu viel zu tun hatten.

»Also«, sagte Pater Berry plötzlich und fixierte Piers mit einem forschenden Blick. »Du bist hier, um die Wahrheit über deine Familie zu erfahren, oder?«

»Kennen Sie die Wahrheit?«

»Ich bezweifle, dass irgendjemand je die ganze Wahrheit erfahren wird«, erwiderte Pater Berry. »Dein Vater hat einen Teil davon herausgefunden, als er Helen Weston geheiratet hat. Und ich habe einen Teil herausgefunden, als ich nach Kings Thane gekommen bin. Du hast natürlich selbst ein wenig von diesen beiden Teilen herausgefunden. Unglücklicherweise warst du damals zu jung, um das nötige Augenmaß dafür zu haben.« Er lehnte sich zurück und betrachtete Piers durch halb geschlossene Lider »Ist irgendetwas passiert – in letzter Zeit passiert –, dass du wieder angefangen hast, nachzugraben?«

Für Piers war es unvorstellbar, diesen Mann, der mehr über ihn wusste als jeder andere, anzulügen. »Ich bin bei meiner Arbeit – ziemlich unerwartet – wieder auf die Legende gestoßen.« Er stockte und berichtigte sich dann: »Nein, das stimmt nicht ganz. Es war nicht unerwartet.«

»Erzähl.«

Piers sammelte seine Gedanken. »Vor ungefähr sechs Monaten habe ich angefangen, an einem Projekt zu arbeiten, bei dem es um einen seltsamen Volksstamm auf einer entlegenen schottischen Insel geht. In der Geschichte des Stammes scheint es bizarre Ähnlichkeiten mit den Ritualen der Wolfsrudel zu geben, und die Universität hat mich gebeten, das Team zu leiten, weil dies ein Teilgebiet der Anthropologie ist, in dem ich mich ziemlich gut auskenne.« Er hielt inne. »Ich muss zugeben, ich habe das Ganze manipuliert.«

»Ja?«

»Ich wollte von jeher dorthin. Mit oder ohne Team. Schließlich habe ich die Universität dazu gebracht, einen Teil des Unternehmens zu finanzieren, und die Uni hat die BBC dazu gewonnen, einen Teil der Kosten zu tragen. Das hat es sehr viel leichter gemacht; ich konnte das Unternehmen in aller Öffentlichkeit durchziehen, als wissenschaftliche Forschung und Recherche für einen Dokumentarfilm.«

»Es ist Cruithin Island, nicht wahr?«

»Ja.«

Pater Berry sah Piers nachdenklich an. Er ließ sich viel Zeit dabei, zwei Tassen Tee einzuschenken, und erst als er damit fertig war, fragte er mit völlig neutraler Stimme: »Du hast dich all diese Jahre hindurch an den Namen erinnert?«

»Ich habe ihn nie vergessen.«

»Nein, natürlich nicht. Und du hast von den Verwaltern die Erlaubnis bekommen, auf der Insel zu wohnen?«

»Ja. Es sind dieselben, die sich um die Vermietung von Weston House kümmern, das hat es einfach gemacht.« Dankbar trank Piers den heißen Tee. »Sie haben mir ein altes Bauernhaus zur Verfügung gestellt – weiß der Himmel, wie alt es war oder wann zum letzten Mal jemand dort gewohnt hat.«

»Haben sie dir gesagt, wem es gehört?«

»Nein, wegen der Schweigepflicht. Alle Gebühren wurden direkt an die Agentur gezahlt. Aber ich hatte den Eindruck ...«

»Ja?«

»Dass sie das Haus für jemanden verwalteten, der schon älter ist, und dass der Besitz nach seinem – oder ihrem – Tod wahrscheinlich an die Krone zurückfallen wird.«

»Jemand, von dem erwartet wird, dass er ohne Nachkommen stirbt«, meinte Pater Berry versonnen.

»Ja.«

»Piers, du wirst mir meine Neugier hoffentlich verzeihen, aber du hast gesagt, du kennst dich auf diesem Gebiet gut aus ...«

»Ja?«

»Hast du dir diesen Weg, diese Laufbahn, mit Absicht ausgesucht? Wegen dem, was passiert ist, als du klein warst?«

»Ich weiß nicht«, sagte Piers zögernd. »Aber ich weiß, dass es einfach zu viele Verbindungen zwischen dem Cruithin Island-Projekt und der Legende von King's Thane gab, als dass ich sie hätte ignorieren können.« Er beugte sich mit leuchtenden Augen vor. »Alles, was wir über diesen Stamm wussten, waren Gerüchte. Es gab Andeutungen über ihre Lebensweise und ihre äußere Erscheinung – sie haben große Ähnlichkeit mit Wölfen, aber das kann auch durch jahrelange Inzucht kommen. Gar nicht mal unattraktiv, um ehrlich zu sein. Aber ich dachte, das Ganze würde sich als eine Form von Lykantrophie herausstellen, ich meine die richtige Krankheit, nicht diesen Horrorfilm-Gestaltwandler-Quatsch. Ich dachte, wenn ich beweisen kann, dass es sich um erbliche Lykantrophie handelt…«

»Dann könntest du Helens Wahnsinn einer akzeptablen Kategorie zuordnen?«

»Ja. Dann hätte ich eine Erklärung für ihr Verhalten. Ich meine, eine Erklärung, mit der ich leben könnte.« Er lehnte sich in seinem Stuhl zurück. »Aber ich bin mir gar nicht sicher, ob es überhaupt Lykantrophie ist. Wir stoßen ständig auf völlig abstruse Übereinstimmungen. Und wir haben Steingutkrüge in den Höhlen dieses Stammes gefunden…«

»Ah, ja«, sagte Pater Berry. Dann fuhr er sehr sanft fort: »Sie glauben also auch, dass Erbgut weitergegeben wird, indem man das Blut der Vorfahren trinkt?«

»Ja.« Piers war dankbar für Pater Berrys Intuition. »Und jetzt hat uns eine Spur bei unseren Nachforschungen hierher geführt. Zu den Thanes, und ich habe immer mehr das Gefühl, dass ich kurz davor bin, die Verbindung zwischen diesem Stamm und der Weston-Legende zu entdecken.«

»Du glaubst, da gibt es eine Verbindung?»

»Ich weiß es nicht. Aber wenn Sie sich noch daran erinnern, was… Helen in jener Nacht gesagt hat…«

»Ja«, antwortete Stephen Berry leise. »Ja, ich erinnere mich.« Stirnrunzelnd hielt er inne. »Meinst du mit Weston-Legende diese alte Werwolf-Fabel?«

»Sie glauben gar nicht, wie froh ich bin, dass Sie das sagen, Pater.«

»Werwolf?«

»Fabel.«

Pater Berry lächelte.

»Das Problem ist nur, ich weiß nicht, ob ich weitermachen kann, ohne zu wissen, was auf mich zukommt«, sagte Piers.

»Du musst weitermachen, nicht wahr?«

Piers sah ihm gerade in die Augen. »Es ist keine unwiderrufliche Mission. Aber es wäre schwierig, jetzt aufzuhören. Es würden eine Menge Fragen gestellt werden. Auf jeden Fall müsste ich der Uni und der BBC sehr gute Gründe für den Abbruch nennen können – die denken, das könnte ein gutes Thema für eine Dokumentarsendung sein.«

»Es wäre bestimmt faszinierend«, meinte Pater Berry mit jener sanften Ironie, an die Piers sich noch gut erinnerte.

Er lächelte. Dann sagte er, wobei er seine Worte mit Bedacht wählte: »Ich glaube, ich muss wissen, was ich möglicherweise entdecken könnte. Damit ich wenigstens vorbereitet bin. Ich weiß nicht genau, wie viel Sie von dieser… Fabel wissen. Das wusste ich noch nie. Aber ich dachte, vielleicht erzählen Sie mir das, was Sie wissen. Es gibt so viele Lücken, und ich weiß nicht, wie viel von all dem Fakten sind, und wie viel bloß Legende.« Er trank seinen Tee aus, dankbar für den kleinen warmen Kern, den dieser in seinem Inneren erzeugte.

»Nun ja, die Legende vom Werwolf hat sich jedenfalls gehalten«, sagte Pater Berry und rührte in seinem Tee. »Ich habe sogar etwas von einem Werwolf gehört, der bei Millers Dale sein Unwesen treiben soll.«

Piers erinnerte sich, dass Dietfried behauptet hatte, auch etwas davon gehört zu haben.

»Aber solche seltsamen Geschichten findest du in fast jedem Dorf in ganz Europa«, meinte Pater Berry. »Bei deinem Beruf weißt du das besser als ich.« Er machte eine Pause und fuhr dann fort: »Piers, deine Familie hat sich vor vierhundert Jahren gegen die Welt verschworen. Was immer damals passiert ist, sie haben es vor der Welt verborgen. Ich kenne die

Wahrheit nicht, ich kenne nur die Legende.« Wieder hielt er inne und sprach dann weiter. »Aber meinst du nicht, du solltest dich erst mit dem auseinander setzen, was vor zwanzig Jahren passiert ist, ehe du anfängst, dich mit dem zu beschäftigen, was vor vierhundert Jahren geschehen ist?«

In jenen Tagen – vor 20 Jahren – war Pater Berry der energische Priester von King's Thane und Thane St. Mary gewesen, und Piers' Vater hatte sich reumütig auf seine Religion besonnen und war mit seinem Sohn ein paar Mal zur Messe gegangen.

»Entweder es macht Klick bei dir oder nicht«, hatte er gesagt. »Du kannst daran glauben oder nicht, ganz wie du willst. Aber wenigstens weißt du dann, welche Möglichkeiten du hast.«

Die alte Kirche von Thane St. Mary hatte Piers gefallen, ebenso wie Pater Berrys Stimme, die sich hob und senkte und mit der Musik verschmolz, und das Wissen, dass hier etwas Solides, Dauerhaftes war, das von einer Generation an die nächste weitergegeben wurde. Doch für ihn war es wenig mehr gewesen als eine Gruppe von Leuten, die sich versammelten und auswendig gelernte, sinnlose Worte aufsagten.

»Schade«, hatte Martin gesagt, als Piers ihm dies gestanden hatte. »Aber ich war in deinem Alter genauso. Wir machen trotzdem ein paar Jahre so weiter; schaden wird's dir nicht, und die Kirche wird dir ein paar Grundwerte vermitteln. Wenn du zu einem hart gesottenen Sünder wirst wie ich es bin, bist du vielleicht eines Tages froh darüber, dass es die Kirche gibt.«

Piers, der sich mittlerweile sehr viel besser mit seinem Vater verstand, hatte gegrinst und geantwortet: »Du wirst doch wohl auf deine alten Tage nicht anfangen zu bereuen, oder?«

»Na, sagen wir mal, ich gehe auf Nummer Sicher. Aber hör zu, denk immer daran, dass Stephen Berry ein anständiger Mensch ist, auf den man sich in schwierigen Situationen verlassen kann. Vergiss das nie, Piers, das ist auch etwas, worüber du eines Tages eventuell froh sein wirst.«

Mit 14, und dann mit 15, hatte Piers dies nicht vergessen, obwohl er sich keine Situation vorstellen konnte, in der ihm keine andere Wahl bliebe, als einen Priester um Hilfe zu bitten. Doch durch eine seltsame Fügung des Schicksals war es der Abend vor seinem 16. Geburtstag gewesen – Sommersonnenwende –, als er, wie in einen Albtraum, in ebenjene Situation hineingestolpert war.

Und da hatte er verstanden, was sein Vater gemeint hatte. Er hatte gewusst, dass Pater Berry der einzige Mensch war, der ihm helfen konnte.

Das Haus im Wald war ihm nie aus dem Kopf gegangen. Es war zwei Jahre her, dass er seinem Vater durch die Bäume nachgeschlichen war, doch die unheimliche Anziehungskraft ließ nicht nach.

Er hatte keine Ahnung, wie viel er von dem glaubte, was er erfahren hatte. Sehr lange war er sich auch nicht sicher, ob sein Vater nicht seinen eigenen Zauber gewirkt und eine Geschichte erfunden hatte, die es einem 14-Jährigen leichter machen sollte, zu akzeptieren, dass seine Mutter verrückt war.

Dass sie verrückt war, stand außer Frage; Piers hatte es selbst erlebt und war überzeugt davon. Hin und wieder sah er seine Mutter als tragisches Opfer: eine verdammte Heldin, der das Schicksal ihre eigenartige Abstammung als Bürde auferlegt hatte. Manchmal jedoch sah er sie als schreckliches, ausgehungertes Wesen, eine finstere Übeltäterin, gefesselt von dem schaurigen Zauberbann, der geifernd hinter ihren Augen lauerte und gelegentlich seinen Schatten mit den triefenden Reißzähnen auf eine mondbeschienene Wand warf…

Sie glauben, sie müssen das Blut ihrer Vorfahren trinken, hatte sie gesagt. *Sie glauben, so würden sie ihr Erbe weitergeben…*

In der modernen Welt war das so absolut unglaublich, dass man darüber gar nicht nachzudenken brauchte. Doch er dachte darüber nach, und zu seinem Entsetzen begann eine kleine, heimtückische Stimme in seinem Verstand zu wispern, wenn er nachts im Bett lag. Und wenn es doch wahr ist? Wenn es tatsächlich eine uralte, unerkannte Rasse auf der Welt gibt, nicht ganz Mensch, nicht ganz Wolf, sondern irgendwo dazwischen? Und wenn dieses Wolfserbe weitergegeben werden muss – und das nur geht, indem man das Blut seiner eigenen Vorfahren trinkt?

Und wenn es nun *schön* wäre, das zu tun?, flüsterte die Stimme, und dabei lag ein leises, erotisches Schnurren darin, das die Innenseiten seiner Schenkel mit Samtfingern zu streicheln schien und sofort eine heftige Reaktion auslöste. Wenn es nun das Aufregendste wäre, was du je erlebt hast? Hin und her gerissen zwischen hilfloser Erregung und brennendem Abscheu vor sich selbst, mühte sich Piers in diesen Nächten, die Stimme auszuschließen, doch sie drang jedes Mal aufs Neue zu ihm durch.

Doch am schlimmsten waren die Nächte, wenn die Stimme sagte: *Und wenn Helen Adair gar nicht verrückt ist …? Wenn das, was sie quält, gar kein Wahnsinn ist, der von einem Bruchstück einer alten Legende ausgelöst worden ist …? Wenn es das alles wirklich gibt?*

Schließlich war er erneut zu dem Haus gegangen. Er hatte immer schon gewusst, dass er das tun würde. Er hatte sich aus seinem Zimmer geschlichen; in der stillen, düsteren Küche war er stehen geblieben und hatte sich umgeschaut. Die Erinnerung daran, wie der Wahnsinn seiner Mutter so jäh aufgeflammt war, hatte ihn nie verlassen. Was ist, wenn sie diesmal auf mich losgeht?, dachte er. Wenn sie sich auf mich stürzt und ich nicht mehr dazu komme, um Hilfe zu rufen? Ich brauche eine Waffe, irgendetwas Kleines, Wirkungsvolles.

Er warf einen Blick auf den altmodischen Hackklotz in der Ecke, wo die Küchenmesser aufbewahrt werden, doch er scheute davor zurück, etwas mitzunehmen, was möglicherweise tödlich sein könnte. Schließlich entschied er sich für einen kleinen Schlägel mit schwerem Kopf zum Fleischklopfen, der seiner Meinung nach massiv genug war, um jemandem einen kräftigen, jedoch nicht lebensgefährlichen Schlag zu versetzen. Er steckte ihn in die Tasche und schlich zur Gartentür hinaus.

Wieder war es Mittsommernacht. Der bleiche Mond stand tief über den Bäumen, und der Wald schien an der Grenze in etwas Verzaubertem, Heidnischem zu verharren. Als er unter den Bäumen dahinschritt, wurde ihm erneut bewusst, dass er sich jener anderen, verborgenen Welt näherte, dass er die unsichtbaren Schleier zur Seite schob und auf die sagenumwobene, niedrige Tür in der Mauer zutrat: die Tür, durch die Dichter und Philosophen oft zu gehen behaupten, die gewöhnliche Sterbliche jedoch selten zu Gesicht bekommen, und durch die sie gewiss nie wieder zurückkehren, um von ihren Abenteuern auf der anderen Seite zu berichten...

Wieder bat Emma ihn herein, und wieder schien sie nicht überrascht zu sein.

»Sie hat nach dir Ausschau gehalten«, berichtete Emma. »Den ganzen Tag hat sie in den Wald hinausgestarrt. ›Heute Abend kommt er, Emma‹, hat sie ständig gesagt. »›Er wird kommen, weil ich *weiß*, dass er kommt.‹«

Das Gefühl der Unwirklichkeit wurde noch stärker. »Woher soll sie das denn wissen?«, fragte Piers.

»Das kann ich dir nicht sagen. Aber ich bringe dich in ihr Zimmer, wenn du möchtest. Du verstehst doch, dass du vor ihr auf der Hut sein musst, nicht wahr?«

»Ja, ich verstehe.« Und diesmal bin ich bewaffnet... Laut sagte er: »Ist schon in Ordnung, Emma. Ich will nur ein bisschen bei ihr sitzen und mit ihr reden.«

Als sie den Flur hinuntergingen, der in den alten Teil des Hauses führte, fragte Emma plötzlich: »Du hast morgen Geburtstag, nicht wahr? Sechzehn?«

»Ja.«

»Vielleicht hat sie deshalb gewusst, dass du heute kommen würdest«, meinte Emma, und Piers begriff mit einem Mal, warum er so lange gewartet hatte: Nicht auf seinen Geburtstag, sondern auf die Mittsommernacht, wenn dunkle Magie sich rühren und die Stimmen der Vorfahren erwachen mochten, genau wie sie in einer Nacht vor zwei Jahren erwacht waren, als Helen Adair ihren Sohn mit Augen angeblickt hatte, die nicht menschlich waren. *Ich muss herausfinden, ob sich diese Nacht wiederholen lässt*, dachte er.

Der Raum mit dem vergitterten Fenster, das auf den verwilderten Wald hinausging, war genauso wie damals. Die Gestalt saß still in ihrer Ecke, und Mondlicht sickerte durchs Fenster und zeichnete federartige Muster auf den Boden. Piers wusste nicht, was er tun sollte, falls Emma darauf bestehen sollte, im Zimmer zu bleiben, doch zu seiner Erleichterung zögerte sie nur kurz und sagte dann, bevor sie ging: »Ich bleibe in Rufweite.«

Wieder war er allein mit seiner Mutter. Er atmete tief durch und trat vor, um ihr gegenüber Platz zu nehmen.

Anfangs dachte er, es würde nichts geschehen. Er dachte, er hätte die Situation falsch eingeschätzt – oder auch nur falsch verstanden –; ihre Augen schienen ausdruckslos, bis auf den leeren Blick einer Geisteskranken. Diesmal erkennt sie mich nicht, dachte er. Er wusste nicht, ob er erleichtert oder enttäuscht darüber war.

Sie begann in ihrem Stuhl zu schaukeln, zuerst langsam, fast unmerklich, dann immer schneller, bis der Schatten wieder über die Wand zuckte und Piers fühlte, wie er erneut in jene andere Nacht hineingezogen wurde.

»Wieso bist du wieder hier, Piers?«, fragte Helen Adair, und Piers zuckte zusammen. Sie wusste also, wer er war.

Er zögerte und antwortete vorsichtig: »Um mit dir zu reden. Um zu versuchen zu verstehen …«

»Ja?«

»Das, was du mir letztes Mal erzählt hast.«

»Dass ich deinen Bruder getötet habe?«

»Ja.« Piers gab sich alle Mühe, den Schatten an der Wand zu ignorieren. Der Schatten verwandelte sich nicht, natürlich nicht, genauso wenig, wie seine Mutter sich verwandelte. »Bitte erzähl mir davon. Ich muss das verstehen.«

»Von dem jungen Mann, der vor vierhundertfünfzig Jahren nach King's Thane kam? In Wirklichkeit war er gar kein Mann.« Sie beugte sich vor; ihre Augen glühten. »Sein Name war Marcus Fitzglen, und er kam von einem Ort namens Cruithin Island. Doch während er hier war«, sagte Helen Weston, »hat er in dieser Familie ein Kind gezeugt.«

Piers hörte den plötzlichen listigen Unterton in ihrer Stimme und fuhr zurück, doch ihr Gesicht war ihm jetzt so nahe, dass er ihren Atem warm auf seiner Wange spüren und den Geruch ihres Körpers riechen konnte. Sie roch ein wenig krank.

»Du hast den Makel geerbt, nicht wahr?«, sagte sie unvermittelt. »Ich kann es sehen – genau wie ich es bei deinem Bruder gesehen habe.« Ihre Worte klangen etwas undeutlich, und Piers sah mit einer Mischung aus Erleichterung und Panik, dass an ihrem Wahnsinn kein Zweifel sein konnte: Er leuchtete rot in ihren Augen. Er wollte sich von seinem Stuhl erheben, doch ihre Hand streckte sich nach ihm aus und schloss sich um sein Handgelenk.

Er riss sich los und stand auf; mit einer Hand tastete er nach dem Schlägel in seiner Tasche, doch sie war schneller. Mit einem einzigen Satz sprang sie aus ihrem Stuhl auf und schmetterte eine zur Faust geballte Hand gegen seine Kehle, so dass es ihm den Atem verschlug. Er würgte und wehrte sich, versuchte, nach Emma zu rufen, doch das Wesen, das seine Mutter war, presste sich bereits gegen ihn und umschlang ihn mit seinen Armen.

»Du bist ein Nachkomme von Marcus Fitzglen«, lallte die

grausige Stimme. »Und deshalb musst du sterben.« Wahnsinn ergoss sich in einer roten, brüllenden Flut in den Raum, genau wie in jener Nacht vor zwei Jahren. Piers setzte sich erneut zur Wehr und fühlte, wie sich ihr Griff fester um ihn schloss.

»Wenn ich dich nicht töte«, krächzte Helen, »wirst du all die Dinge tun, die er getan hat. Eines Tages wirst du das Blut trinken, Piers, und du wirst es *genießen* ... Du bist so schön.« Ihre Stimme war dick vor Irrsinn. »Es ist eine Schande, dich umzubringen, wo du doch so schön bist.« Eine Hand hob sich und strich über seine Kehle.

Zu Piers' Entsetzen reagierte sein Körper genauso, wie er es in all den Nächten getan hatte, wenn er wach gelegen hatte. Hilfloses, primitives Verlangen durchflutete ihn. Schrecklich! Widerlich! Aber gleich werde ich mich losmachen. Ich warte, bis sie abgelenkt ist, dann stoße ich sie zur Seite und renne zur Tür. Jetzt? Ja! Er spannte seine Muskeln, doch sofort schlossen sich die dünnen, harten Finger unbarmherzig um seine Kehle. Piers wand sich, und der Griff der Hände wurde fester. O Gott, sie will mich erwürgen! Er versuchte, ihre Finger aufzubiegen; seine andere Hand tastete nach dem Schlägel mit dem schweren Kopf.

Das Zimmer wirbelte in eine schreckliche Schwärze hinein, und durch die Schwärze zuckten rote Lichter. Piers fühlte, wie seine Kräfte nachließen. Es kam ihm wie eine Ewigkeit vor, bis seine Hand sich schließlich um den Schlägel schloss und ihn aus seiner Tasche zerrte.

Mit letzter Kraft hob er ihn und schlug damit auf die klammernden, würgenden Finger ein. Der eiserne Griff um seinen Hals löste sich sofort, und er stieß sie von sich. Seine Kehle brannte, und er zitterte heftig, doch er konnte wieder atmen. Er bewegte sich auf die Tür zu, den Schlägel fest in der Hand. Nur noch eine Minute – ein paar Sekunden –, dann würde er genug Luft kriegen, um nach Emma zu rufen, doch wenn er die Tür erreichte, könnte er auch dagegenhämmern, um sie auf sich aufmerksam zu machen.

Helen Adair stand mitten im Zimmer und stierte ihn verwirrt an. In ihren Augen lag der verständnislose Ausdruck eines verletzten Tieres, und sie streckte ihm ihre zerschundenen Hände entgegen.

»Du hast mich geschlagen, Piers. Warum hast du mich geschlagen?«

Piers fühlte, wie ihm das Mitleid ins Herz schnitt. Doch er sagte: »Komm… komm nicht näher.« Seine Stimme war nur ein heiseres Flüstern, doch er dachte: Es ist gut, ich habe sie abgewehrt, und ich glaube, ich habe ihr nichts Schlimmeres als ein paar blaue Flecken verpasst. Wenn ich es bis zur Tür schaffe…

Und dann stürzte sie sich ohne Warnung auf ihn, warf sich unter kreischendem Gelächter in die Luft und riss ihn zu Boden. Ihre zu Klauen gekrümmten Finger fuhren über sein Gesicht, er konnte spüren, wie die Nägel blutige Kratzer hinterließen.

Einen Moment zögerte er, den Schlägel immer noch fest umklammert. Seine Fantasie beschwor Bilder von unter dem Schlag brechenden Knochen herauf. Dann brandeten die Worte seiner Mutter wieder ätzend über seinen Verstand. *Du hast die Augen, die Lippen, das Gesicht von Marcus Fitzglen… Du hast den Makel geerbt, nicht wahr? …NICHT WAHR?*

»*Nein!*«, schrie Piers. Furcht und Wut durchzuckten ihn, und ohne zu zögern hob er den Schlägel und ließ ihn diesmal auf ihren Kopf niederkrachen.

Sie sank zusammen und fiel hilflos zu Boden, eindeutig bewusstlos. Piers kämpfte sich auf die Füße und starrte auf sie hinab. Angst und Abscheu kochten in ihm, und der unkontrollierbare Drang, jeden sichtbaren Beweis des grauenhaften, unmöglichen Makels zu vernichten, hämmerte auf sein Gehirn ein.

Der Schlägel war eine leichte Waffe; mit wilder Leidenschaft und mörderischer Wut geführt, war er jedoch tödlich.

Schluchzend vor Entsetzen, jedoch unfähig, aufzuhören, drosch Piers wieder und wieder auf den zerschmetterten, blutenden Schädel ein. Erst als Emma ins Zimmer gestürzt kam, bemerkte er, dass sein Gesicht und seine Hände mit Helen Adairs Blut und ihrer Hirnmasse bespritzt waren.

Und dass seine Mutter tot war.

»Natürlich hast du in Notwehr gehandelt.« Stephen Berry schenkte Piers in seinem Arbeits- und Esszimmer erneut Tee ein.

»Ja, natürlich.« Aber der Schlägel, dachte Piers. Was ist, wenn ich den Schlägel mitgenommen habe, weil ich von Anfang an vorhatte, sie zu töten? Und warum habe ich nach dem ersten Schlag nicht aufgehört?

»Ich weiß, dass es Notwehr war, Piers«, sagte Pater Berry. »Und dein Vater wusste es auch. Sonst hätten wir dir nie geholfen.« Er blickte von dem Teetablett auf und musterte Piers unverwandt.

Piers nahm die Tasse und lehnte sich mit verschatteten Augen zurück. Nach kurzem Schweigen sagte er: »Helen hat von Marcus Fitzglen geredet, als sei er eine Art übernatürliches Wesen. Als sei er aus der Nacht aufgetaucht, hätte jedermann bezaubert, so dass sie sich in trügerischer Sicherheit wiegten, hätte mit irgendeiner längst vergessenen Lady des Weston-Clans ein Kind gezeugt und sei wieder verschwunden. Sie hat von Cruithin Island gesprochen, als würden dort Halbgötter auf Erden wandeln.«

»Und, tun sie das?«, fragte Pater Berry scherzend.

Piers lächelte widerwillig. »Ich habe keine gesehen. Aber Pater Berry, da muss mehr dran gewesen sein, als meine Mutter mir erzählt hat.«

Pater Berry nippte gedankenverloren an seinem Tee. »Ich habe in der hiesigen Folklore nie einen direkten Hinweis auf Marcus Fitzglen gefunden«, sagte er schließlich. »Und wie du weißt, lebe ich schon seit einer ganzen Reihe von Jahren in dieser Ecke von Derbyshire. Was ich allerdings gefunden habe, sind vage zeitgenössische Beschreibungen einer Art Hexenprozess, der fünfzehnhundertvierzig in King's Thane stattgefunden hat.« Er sah Piers eindringlich an. »Nun weiß ich aber, dass die Hexenjagden in diesem Land erst sehr viel später richtig losgingen ...«

»Siebzehntes Jahrhundert«, sagte Piers automatisch. »James der Erste war paranoid, was Hexen anging.«

»Genau. Und es gab schon vor James' Zeiten jede Menge Hexenjagden. Aber ich habe mich häufig gefragt, ob der Hexenprozess von King's Thane nicht in Wirklichkeit etwas Schlimmeres war.«

»Der Prozess gegen Marcus Fitzglen? Weswegen? Und ist das nicht ein bisschen weit hergeholt?«

»Die Anklage hätte sogar auf Hexerei lauten können«, meinte Pater Berry nachdenklich. »Was das weit Hergeholte betrifft – nun ja, die offiziellen Gerichtsunterlagen für das ganze Jahr fünfzehnhundertvierzig wurden ein Jahr später durch einen Brand vernichtet. Außerordentlich günstig für die Westons, findest du nicht?«

Piers verspürte einen Stich der Enttäuschung. »Das schließt also eine Quelle aus, der wir hätten nachgehen können.«

»Na ja, da gibt's noch eine Möglichkeit«, sagte Pater Berry. »Allerdings ist nicht sehr viel dran.«

»Ja?«

»Vor langer Zeit war es Tradition in meiner Familie, dass der dritte Sohn Priester wurde. In dem Jahr, in dem Marcus Fitzglen nach King's Thane kam, hieß der dritte Sohn Simeon. Er war mein mehrfacher Uronkel – eine ganze Menge ›Urs‹, würde ich sagen –, und nach allem, was ich gehört habe, war er so etwas wie ein Abtrünniger. Aber er hat seinem Vater gehorcht und ist Priester geworden.« Pater Berry hielt inne und lächelte. »Ich dagegen habe mich nur deshalb der Kirche zugewandt, weil ich es so wollte.

Aber Simeon hat meiner Familie einen kleinen Anspruch auf die Nachwelt verschafft«, fuhr er fort. »Er kam als Gemeindepriester nach King's Thane und hat ein oder zwei Bücher über die Folklore der Gegend geschrieben, während er hier war. Er hat sich sogar als Dichter versucht. Teile seiner Bücher sind erhalten geblieben, und sie sind ziemlich gut. Die Gedichte dagegen waren fürchterlich.«

Er verstummte wieder und Piers beugte sich gespannt vor. »Sie glauben, Simeon hat die Geschichte von Marcus Fitzglen niedergeschrieben?«

»Fünfzehnhundertvierzig wäre es doch für den Gemeindepriester durchaus akzeptabel gewesen, als Gerichtsschreiber zu fungieren, oder?«

»Ja, der Priester war oft der Einzige, der lesen und schreiben konnte. Aber Sie sagten doch, die Unterlagen wären alle verbrannt?«

»Die offiziellen Unterlagen schon«, erwiderte Pater Berry und griff nach der Teekanne. »Aber Simeon hat gern geschrieben. Er hat Ereignissen gern seinen eigenen Stempel aufgedrückt – in den offiziellen Unterlagen wäre ihm das nicht möglich gewesen.«

Piers starrte ihn an. »Sie meinen, er hat einen privaten Bericht darüber geschrieben?«

»Das könnte sein. Er hat ziemlich viel über die Thanes und über das tägliche Leben und Treiben der Menschen geschrieben.«

»Das Tagebuch eines Landpfarrers«, murmelte Piers nachdenklich. »Aber hören Sie, wenn er wirklich etwas über Marcus geschrieben hat, würde das heute noch existieren?»

»Ich weiß es nicht. Es ist nicht dort, wo man es erwarten würde – Archive, örtliche Bibliothek –, da habe ich schon nachgeschaut. Ich weiß nicht, ob das daran liegt, dass die Westons ihr Geheimnis bewahren wollten, oder ob es ganz einfach nichts zu finden gibt.«

»Oh.« Piers war einigermaßen verwirrt.

»Aber es gibt einen Ort, wo ich noch nicht gesucht habe«, meinte Pater Berry. »Und der ist einen Versuch wert.«

»Und wo?«

»In Weston House«, antwortete Pater Berry. »Auf dem Dachboden. Noch eine Tasse Tee, Piers?«

28

Piers wartete, bis alle gegangen waren, ehe er auf den Dachboden stieg.

Nina und Dietfried brachen nach dem Frühstück gemeinsam zu ihrer Expedition nach Miller's Dale auf. Sie waren ein seltsames Paar. Nina trug einen langen Rock aus bedruckter indischer Baumwolle, eine Weste und Schnürstiefel. Über ihr blondes Haar hatte sie sich einen schwarzen Samthut im Stil der Zwanzigerjahre gestülpt. Piers fand, dass sie auf eine sehr unschuldige Weise bezaubernd aussah. Dietfried, der Feldforschung ernst nahm, war in einen absonderlichen Tweedanzug gekleidet, mit Khakihemd und Strickkrawatte. Vergeblich versuchte Piers sich vorzustellen, wie sie in irgendeinem Landgasthaus zusammen Mittag aßen.

Tybalt verleibte sich ein gigantisches Frühstück ein und verkündete in einem Ausbruch von Wohlbefinden und Aufrichtigkeit, er verstünde jetzt, was die Leute meinten, wenn sie sagten, Englands Spezialität sei der Frühling. Es würde ein toller Tag werden, meinte er, und er sei ganz verliebt in dieses Land. Er zog den Arbeitsplan zu Rate, stellte fest, dass er mit dem Abwasch an der Reihe war und schepperte fröhlich mit dem Geschirr im Ausguss herum. Danach fuhren er und Priscilla Toby zum Bahnhof, wo er den Zug nach London nahm. Von dort aus wollten sie möglichst viele Kirchen durchstöbern, auf der Suche nach weiteren Foljambes, die dort vielleicht unter dem Rasen lagen. Piers hoffte nur, die beiden würden sich nicht allzu sehr in die Haare geraten.

Trotzdem war es später Nachmittag, als er endlich in den alten Teil des Hauses hinüberging und sich zwang, die geschlossene Tür nicht anzusehen, die einst zum Zimmer seiner Mutter geführt hatte. Vorsichtig steuerte er die kleine, halb verborgene Treppe am Ende des Korridors an. Der Boden war hier uneben und schwarz vor Alter, und Piers verharrte einen Moment und betrachtete die Stufen, die sich emporwanden. Am oberen Ende der Treppe befand sich eine kleine Tür; sie war in Schatten gehüllt, doch Piers konnte sehen, dass es halb Tür und halb Bodenluke war. Dahinter lag der alte Dachboden des ursprünglichen Gebäudes.

Dort stand er lange und versuchte sich dazu durchzuringen, weiterzugehen. Seine Gefühle waren so verworren, dass es unmöglich war, einzelne Emotionen aus diesem Morast herauszulösen und zu identifizieren. Angst und Abscheu, mit Sicherheit; außerdem jedoch wachsende Neugier und ein Gefühl des Besitzanspruchs. Was immer er auf dem Dachboden finden mochte – wenn es überhaupt etwas zu finden gab –, war die Geschichte seiner eigenen Familie und deren eigene Legende.

Das Haus war kühl und sehr still, obwohl durch irgendein halb geöffnetes Fenster das sanfte Gurren einer Taube aus dem goldenen Nachmittag hereindrang. Die alten Balken knarrten leise in der Hitze des Tages, und das sonnendurchwärmte Holz roch warm und staubig. Piers hatte das Gefühl, als strecke die Vergangenheit die Hand nach ihm aus und zöge ihn hinein. Er holte tief Atem und stieß die Bodentür auf.

Der Dachboden erstreckte sich fast über die gesamte Länge des Hauses; er bestand aus einer Reihe von weiträumigen Kammern, immer eine hinter der anderen. Wo der neue Teil des Hauses begann, waren die Kammern ziemlich grob aneinander gefügt, doch niedrige Querbalken und geschwärztes Holz zeigten, wo noch Teile des Originalbaus existierten. Der Boden war einigermaßen eben und sah leidlich stabil aus, doch an einigen Stellen war der Abstand zwischen Boden und Dachbalken so gering, dass er sich tief würde bücken müssen, um darunter hindurchzupassen.

Ausrangierte Haushaltsgegenstände lagen haufenweise herum. Piers erblickte eine altertümliche Mangel, eine Anzahl Stühle mit zerbrochenen Lehnen und andere Möbel. Das meiste stammte offenbar aus der spätviktorianischen Zeit. Teekisten, große Truhen, Kisten voller Bücher, Zeitschriften und alten Grammofonplatten, Zeitungen und Zeitschriften, die zu Bündeln verschnürt waren.

Das Spätnachmittagslicht drang an mehreren Stellen durchs Dach, wo sich offenbar Schindeln gelockert hatten – Piers nahm sich vor, den Verwalter darauf anzusprechen –, und Staubkörnchen tanzten in den goldenen Strahlen.

Stille und Schweigen herrschten auf dem Dachboden, doch es war kein gutes Schweigen. Die Stille hatte etwas Brütendes, Wachsames an sich. Piers fühlte, wie ihn eine Gänsehaut überlief; im gleichen Moment glaubte er eine Bewegung im Schatten zu sehen – fast, als sei eine kaum erkennbare Gestalt außer Sicht gehuscht. Helen! Kauerte sie in den Schatten und sah zu, wie er sich in die alte Legende vertiefte? Mit ihrem eingeschlagenen Schädel und ihrer bösen, in Elfenbein gefassten Schönheit?

Er vertrieb die Bilder, ehe sie in seinem Kopf Wurzeln schlagen konnten. Hier oben war nichts außer dem abgelegten Plunder der Jahrzehnte. Er schaute sich um. Wenn jemand hier oben gewesen wäre, hätte er oder sie über den Boden gehen müssen, und die dicke Staubschicht war offensichtlich seit Jahren unberührt, eventuell sogar seit Jahrhunderten.

Aber tote Geschöpfe hinterlassen keine Fußspuren, mein Lieber...

Piers schauderte und sah sich nach Lichtschaltern um. Er konnte Schwalben im Dachgesims kratzen hören, die zwitschernd ein- und ausflogen, während sie ihre Nester bauten. Waren das aber wirklich Schwalben? War da nicht in Wirklichkeit jemand verborgen und lachte sehr leise? Jemand, der flüsterte. *Du hast Marcus Fitzglens Vermächtnis geerbt, Piers... Du bist so schön, und du hast die Augen und das Gesicht... Hast du es dir immer noch nicht eingestanden, Piers?* Aufhören!

Am Übergang von dem viktorianischen Teil zum Tudorbau fand er einen Lichtschalter und betätigte ihn mit einem forschen Klicken. Freundliches gelbes Licht durchflutete den Boden, und Piers fühlte sich sofort besser. Er betrachtete den Dachboden kritisch und strebte dann zu den ältesten der Teekisten hinüber.

Die Schatten wurden länger, und die Schwalben hatten ihr geschäftiges Treiben längst eingestellt, als Piers sich über den Teekisten aufrichtete, die er gerade durchsuchte. Er dehnte seine schmerzenden Rücken- und Nackenmuskeln und schaute auf die Uhr. Ihm fiel ein, dass er versprochen hatte, für das Abendessen zu sorgen. Widerstrebend ging er hinunter in die Küche.

Irgendjemand hatte eine große Packung Hühnerfleisch aus dem Gefrierschrank genommen, was zumindest ein Lichtblick war. Piers legte das Fleisch in eine Kasserolle, goss Wein und Brühe dazu, schnitt ein paar Pilze klein, tat sie ebenfalls in die Kasserolle und schob das Ganze in den Ofen. Dann wusch er ein paar große Kartoffeln und legte sie zum Backen auf den Boden des Ofens.

Als er wieder hinaufstieg, wusste er, dass das, was er suchte, ganz nahe war. Er sagte sich, dass es mehrere Wochen dauern würde, den Dachboden zu durchforschen, und dass Simeon Berrys Aufzeichnungen über den Prozess wahrscheinlich sowieso nie existiert hatten. Und selbst wenn, wären sie längst vernichtet worden.

Er empfand es als nahezu unvermeidlich, dass er unten in der dritten Kiste, die er öffnete, den unauffälligen dünnen

Band fand. Das Buch war offenbar in Leder gebunden, das früher einmal wohl grün oder braun gewesen sein mochte, jetzt jedoch zu einem unbestimmten Grau verblasst war. Der Einband war trocken und rissig, die Buchstaben verwischt und undeutlich. Piers fühlte, wie sein Herz schneller zu schlagen begann. Behutsam öffnete er das Buch, wobei ein Schauer trockener kleiner Flocken aus den zerfallenden Seiten rieselte. Der unverwechselbare Geruch von stockfleckigem Papier und Gelehrsamkeit stieg auf. Schön. Als öffne man die versiegelten Jahrhunderte der Vergangenheit.

Auf dem Vorsatz waren ein paar Worte hingekritzelt – eine unleserliche Unterschrift und eine Art Widmung. Ein Datum stand auch da – September 1541 –, und der Titel war klar und deutlich auf der rechten Seite gedruckt. Das Thema der folgenden Seiten, so verkündete er, war *Eine Darstellung des erschrecklichen Verfahrens gegen Marcus Fitzglen, zusammengestellt und verfasst von Pater Simeon Berry aus Gerichtsurkunden, seinen eigenen Betrachtungen sowie den mannigfaltigen Legenden, die sich um diese Kreatur ranken.*

Das ist es, dachte Piers, und starrte das Buch an. Hier drin steht die Wahrheit, die Legende, der Ursprung des schrecklichen Geheimnisses, das vor so vielen Jahrhunderten über meine Familie gekommen ist. Ich brauche nur das Buch zu öffnen, um die Vergangenheit aufzuschließen und das Rätsel zu lösen. Werde ich das tun? O Gott, ja, und ob ich das tun werde!

Aus irgendwelchen Gründen, die er nicht identifizieren konnte, nahm er das Buch nicht mit hinunter in sein Zimmer, wo er bequem hätte lesen können. Lag es daran, dass Berrys Buch so sehr Teil dieses schweigenden, von Spinnweben überzogenen Dachbodens war? Oder daran, dass er Helens Gegenwart sehr deutlich spürte und dies hier ebenso ihre Entdeckung war wie die seine?

Er setzte sich auf eine zerfledderte Chaiselongue und begann zu lesen.

Stephen Berrys Vorfahr beschrieb den Schauplatz seiner Erzählung mit überraschend lebhaften Metaphern. Piers hatte halb damit gerechnet, durch schwülstige, blumige Prosa waten zu müssen und sich nur mit Mühe konzentrieren zu können. Doch nachdem er den Stil und den Sprachrhythmus erfasst und seine Augen sich an die etwas unleserliche Schrift gewöhnt hatten, war das ganz und gar nicht der Fall.

Simeon Berry schilderte eloquent, wie sich die Dorfbewohner am Tage des Prozesses versammelt hatten. Er beschrieb, wie sie ihre kleinen Gehöfte und Hütten verlassen, sich in den niedrigen Gerichtssaal mit den Holzdielen gedrängt und den Geruch von ungewaschenen Leibern und erhitzter, gieriger Erwartung mit sich gebracht hatten. Piers konnte den stickigen Raum mit dem feierlich dreinblickenden Richter und den gespannten Gesichtern beinahe vor sich sehen; er konnte das verschwitzte Fleisch der Zuschauer riechen. Das Verfahren habe im Juni stattgefunden, berichtete Berry, und es sei erstickend heiß gewesen. Dies verlieh ihm unverhofft etwas Freundliches; Piers stellte ihn sich als stämmigere Version seines gegenwärtigen Verwandten vor, ständig außer Atem wegen seiner Leibesfülle. Berry mochte einer jener rundgesichtigen, dicklichen Gottesmänner der damaligen Zeit gewesen sein, die Sorte Priester, die einen guten Schluck Wein und gemütlichen Klatsch zu schätzen wussten.

Berry hatte das Talent, mit Worten Bilder zu erzeugen; seine Schilderung des Angeklagten, der in den Gerichtssaal geführt wurde, war erstaunlich lebhaft.

»Er setzte sich heftig zur Wehr«, schrieb Berry, »wie die wilde Bestie, als die wir alle ihn mittlerweile erkannt hatten. Er knurrte seine Häscher an, so dass seine Zähne nass und glänzend zu sehen waren, und versuchte, ihnen mit seinen schmalen Händen die Augen auszukratzen. Schließlich legten sie ihn in Eisen. Sie mussten ihn fluchend und um sich schlagend vor den Richter zerren, der an seinem Hohen Tische saß. Ein Raunen des Entsetzens ging durch die Zuschauer, und so manche sah sich verstohlen um und schlug dabei das Kreuz vor der Brust.«

Piers musste an den religiösen Aufruhr denken, der damals in England geherrscht hatte. Es war nicht auszumachen, auf welcher Seite der episkopalen Kluft Berry gestanden hatte, doch Piers hätte wetten mögen, dass der wackere Pater sein Mäntelchen nach dem Wind gehängt hatte.

Berry beschrieb Fitzglen als zerlumpt und unrasiert; das dunkle Haar sei ungekämmt und vom tagelangen Aufenthalt in den Verliesen unter dem Gerichtsgebäude schweißverklebt gewesen. So hager sei er gewesen, berichtete Berry in einem neuerlichen rhetorischen Ausbruch, dass die harten, spitzen Knochen des Bösen, das in ihm hauste, zu sehen waren, und seine glühenden Augen hätten die Zuschauer hasserfüllt gemustert.

»Hager, mit schmalen glühenden Augen und dunklem Haar.« Piers starrte die Worte an, und für einen Augenblick war er wieder in den Katakomben auf Cruithin Island und beobachtete einen seltsamen Volksstamm dabei, wie sie einen Kreis bildeten und ihre schaurigen, uralten Riten durchführten. Er zwang sich dazu, dem Ganzen mit angemessener wissenschaftlicher Distanz zu begegnen, doch obwohl er mehrmals »Bauern-Aberglaube des sechzehnten Jahrhunderts« vor sich hinmurmelte, half auch das nicht viel.

Nachdem Berry derart gewissenhaft die Bühne für sein Stück bereitet hatte, wandte er sich dem Verlesen der Anklageschrift zu.

Die nächste halbe Seite enthielt lediglich Präliminarien. Berry musste mit Lichtgeschwindigkeit gekritzelt haben, wenn er dies alles *verbatim* mitgeschrieben hatte. Piers war inzwischen so sehr an den Text gewöhnt, dass er diese Einleitungen überspringen konnte. Die Anklage selbst wurde von dem Richter in roter Robe und Perücke mit der geballten Wucht und Ehrfurcht der damaligen Zeit vorgetragen. Piers war so tief in die Erzählung eingetaucht, dass er förmlich hören konnte, wie sich Schweigen über die Menge senkte und wie die Stimme des Richters klar und deutlich ertönte.

»Marcus Fitzglen, Ihr werdet angeklagt, mehr als zwölf Mädchen geschändet und auf unmenschliche Weise ums Leben gebracht sowie die Hexenkunst ausgeübt zu haben.«

Massenmörder und Serienvergewaltiger, dachte Piers. Mit einer Prise Schwarzer Magie. Na ja, es ist nicht schlimmer, als ich erwartet habe. Und nach all dieser Vorarbeit war das das Mindeste.

»Insbesondere«, endete die Anklageschrift, »werdet Ihr angeklagt, Mistress Isobel Weston geschändet zu haben.«

Isobel Weston. Piers starrte die Seite an, und obwohl er den Namen nie gehört hatte, schien sein Verstand vertraut damit zu sein. Isobel Weston, ja, genau, so hatte sie geheißen.

Der erste Zeuge, der aufgerufen wurde, war anscheinend Marcus' Diener gewesen, sein Name wurde schlicht mit Walter angegeben. Er wurde nach der Lebensweise seines Herrn und nach dessen Beziehung zu Miss Weston befragt. Berry hatte die Gabe, die Personen in seiner Erzählung zum Leben zu erwecken, und Piers hatte das Gefühl, dass Walter seinen Auftritt genossen hatte.

Sein Herr hätte schon immer etwas für hübsche junge Mädchen übrig gehabt, sagte er, und Piers hörte seine Durchtriebenheit noch aus der gedruckten Seite heraus. Walter hörte sich an wie einer jener frettchengesichtigen Halbwüchsigen, die sich in der U-Bahn zu dicht neben Frauen stellten und ihren Unterleib an sie drückten. Mistress Weston habe seinem Herrn schon bald, nachdem sie im Dorf angekommen seien, ins Auge gestochen, und er hätte sie sehr oft besucht. Ja, diese Besuche hätten oft des Nachts stattgefunden und manchmal auch, wenn bekannt gewesen wäre, dass ihr Vater nicht daheim sein würde. Er glaube nicht, dass sein Herr wegen Mistress Weston nach King's Thane gekommen sei, sagte Walter. Es hätte wohl mehr mit irgendeinem Eid zu tun gehabt, der in der Familie seines Herrn weitergegeben worden war, und einmal hätte er Walter erzählt, dass ein Vorfahre von ihm eine Weile in Ilam gelebt hätte. Doch das sei schon Hunderte von Jahren her, meinte Walter.

Näher befragt, gab er endlich zu, dass sein Herr in gewissen Stimmungen nicht so war wie andere Menschen. Wenn der Hunger über ihn kam, schätze er den Geschmack von Blut, offenbarte Walter, und Piers konnte das feuchte Zungenschnalzen in seiner Stimme förmlich hören.

»Er *schätzt* den Geschmack von Blut?«, fragte der Richter.

Ja, das sei etwas, was sich seit vielen Jahren vererbt hatte. Piers sah Walter fast vor sich, wie er prahlerisch in dem heißen, stickigen Saal stand und seinen kurzen Ruhm genoss, zu dumm, um zu bemerken, dass er aller Wahrscheinlichkeit nach dabei war, sich selbst ebenfalls eine Strafe einzuhandeln. Er konnte das halb lüstern-entzückte, halb entsetzte Aufkeuchen hören, das im Raum ertönt war.

Walter wurde hinausgeführt, und Hugo Weston wurde aufgerufen. Isobels Vater, dachte Piers.

Master Weston hatte das Gericht anscheinend ausgesprochen streitlustig davon in Kenntnis gesetzt, dass er zunächst nichts dagegen einzuwenden gehabt hätte, dass der Fremde Marcus Fitzglen seiner Tochter den Hof machte. Ganz im Gegenteil, sagte er, es sei schließlich ein hartes Los für einen Mann, eine mutterlose Tochter aufzuziehen und einen guten, rechtschaffenen Ehemann für sie zu finden. Doch Fitzglen sei ins Dorf gekommen, und Isobel habe ihm gefallen – und warum auch nicht? Piers sah ihn vor sich, stiernackig und mit gerötetem Gesicht, wie er seine Zuhörer trotzig musterte.

Selbstverständlich. Er hätte ihr also den Hof gemacht?

Das war wohl so gewesen. Außerdem schien Isobel Weston recht häufig mit Fitzglen allein gewesen zu sein, schließlich, meinte Master Weston herausfordernd, hätte nichts dagegen gesprochen. Doch eines Abends, Pater Berry würde das bestätigen – Pater Berry hatte hier eine kleine Fußnote eingefügt, in der er dem Leser erklärte, dass er dies in der Tat bestätige –, sei Hugo heimgekommen, nachdem er mit ein paar Freunden Bier getrunken hatte. Es gab doch keinen Grund, warum ein Mann sich nicht einen geselligen Abend mit seinen Nachbarn gönnen sollte, oder?

Nein, überhaupt keinen.

Im Erdgeschoss seines Hauses hätte nirgends Licht gebrannt, berichtete er. Dabei hätte er sich nichts gedacht. Isobel, so hatte er geglaubt, hatte sich vermutlich schon zur Ruhe begeben. In Isobels Zimmer sei ein wenig Licht zu sehen gewesen. Das hatte ihn dazu veranlasst, kurz hineinzuschauen, um ihr eine gute Nacht zu wünschen. Und es war nur gut, dass er dies getan hatte, denn ein solcher Anblick hatte sich seinen Augen noch nie dargeboten, ja, er bezweifelte sogar, dass je ein Christenmensch dergleichen ansichtig geworden war – außer in der Bibel, natürlich.

Man überredete ihn dazu, dem Gericht zu beschreiben, was er gesehen habe. »Meine Tochter lag auf dem Bett, splitternackt, mit gespreizten Beinen, wie es eher einer Hure geziemt als einer anständigen Frau. Und über ihr stand diese Kreatur, die sich Marcus Fitzglen nennt.«

Er hielt inne. »Und weiter?«, fragte der Richter. »Er war ... war er nackt? Vielleicht sogar«, fügte er mit unerwartetem Taktgefühl hinzu, »in einem Zustand der Erregung?«

»Erregung!«, stieß Master Weston hervor. »Bei Gott, das kann man wohl sagen! Einen Stängel wie ein Bulle hat er gehabt, und er war gerade dabei, zwischen ihren Schenkeln einzufahren!« Hier wurde er von den anwesenden Dorfbewohnern unterbrochen, von denen die meisten sich nicht scheuten, diese neueste Enthüllung mit zotigen Bemerkungen zu bedenken. Erfüllt von rechtschaffenem Zorn wartete Master Weston, bis der Richter diesem ungebührlichen Ausbruch Einhalt geboten hatte, und präsentierte dann seinen nächsten Beweis.

»Außerdem, Euer Ehren, würde ich vor dem König selbst beschwören, dass das Gesicht jener Kreatur nicht mehr das

Antlitz eines Menschen war, sondern das eines zähnefletschenden Wolfes.«

Dies ließ die unflätige Stimmung im Gerichtssaal auf der Stelle in laute Bestürzung umschlagen. Mehrere Zuschauer wurden mit Gewalt aus dem Saal entfernt, während den anderen angedroht wurde, einen Tag im Stock zu verbringen, um sie zur Ruhe zu bringen.

Endlich fragte der Richter, was Master Weston angesichts dieses unglaublichen Anblicks getan habe. Master Weston schien genau das getan zu haben, was jeder aufrechte, gottesfürchtige Mann an seiner Stelle getan hätte. Zornig war er hineingestürmt, hatte das Ungeheuer an seiner widernatürlichen Schulter gepackt und es aufgefordert, auf der Stelle sein Haus zu verlassen.

Die Mühe hätte er sich sparen können. Als Antwort sei Marcus Fitzglen knurrend und fauchend zu ihm herumgefahren, sagte Hugo, habe ihm ins Gesicht geschlagen und ihn mühelos zu Boden gestreckt, als wäre er ein kleines Kind.

Und dann?

Und dann, bei Gott, habe er sein Teufelswerk fortgesetzt, berichtete der empörte Master Weston. Er sei auf seinen lautlosen Satanspfoten zum Bett zurückgeschlichen und habe sich an Ort und Stelle seinem verderbten Vergnügen hingegeben.

Er … hat Eurer Tochter vor Euren Augen beigewohnt?

Genau das habe er getan, bei Gott!, antwortete Hugo. Habe sie mit seinem riesigen Rammbock aufgespießt, und mit seinen verfluchten Hüften habe er gearbeitet wie ein besessener Drescher! *Und das alles*, fuhr Hugo fort, während ihr armer Vater hilflos zusehen musste und ihm das Blut aus seiner gebrochenen Nase übers Gesicht strömte, und die Rippen seien gewiss auch gebrochen gewesen.

Der Richter, der allem Anschein nach zwischen dem Wunsch nach klaren Fakten und einer gewissen, unausbleiblichen Lüsternheit hin und her gerissen war, hatte sich daraufhin erkundigt, wie denn das Ganze geendet hätte. Wie umsichtig der geplagte Richter diese Frage auch formuliert, und wie sehr der getreue Berry sich auch bemüht hatte, sie für die Nachwelt abzumildern – Hugo Westons Antwort hatte an Eindeutigkeit nichts zu wünschen übrig gelassen.

»Er hat seinen Samen in ihren Leib verströmt, und dann hat er den Kopf zurückgeworfen und ein Triumphgeheul ausgestoßen wie ein Wolf, der den Mond anheult.«

Genau in diesem Moment vernahm Piers mit echtem Zorn das Geräusch eines Autos, das neben dem Haus hielt. Türen wurden zugeschlagen, und Priscilla rief Tybalt zu, er solle dichter beim Haus parken.

Der Zauberbann des 16. Jahrhunderts zersplitterte, und die Gegenwart kehrte zurück. Piers hörte, wie unten im Haus Türen geöffnet und geschlossen wurden, dann klirrte Geschirr in der Küche. Schuldbewusst erinnerte er sich an die Kasserolle, die er im Ofen ihrem Schicksal überlassen hatte. Hoffentlich war das Huhn noch genießbar.

Es war unmöglich, Simeon Berrys halb makabere, halb satirische Schilderung jetzt zu Ende zu lesen. Behutsam schloss Piers das Buch und schob es in die Tasche. Dann ging er nach unten, um nachzusehen, was aus dem Abendessen geworden war.

29

Nina und Dietfried hatten einen sehr schönen Tag verbracht. Dietfried hatte erstaunlich altmodische Wesenszüge an den Tag gelegt und Nina behandelt, als sei sie aus Meißner Porzellan. Sie fand das eigentlich sehr liebenswert.

Zuerst waren sie nach Ilam gefahren, wo die seltsame Fabel von St. Bertelin ihren Ursprung hatte. Nina folgte Dietfried pflichtschuldigst durch das Dorf, einen Ort wie aus dem Bilderbuch, in dessen Mitte ein steinernes Denkmal stand.

Als sie die Kirche entdeckten – es war die Kirche zum Heiligen Kreuz –, ließ sich Dietfried wortreich über sächsische, normannische und frühenglische Baustile aus. Er stellte sich mitten in die Kirche und trug den gesamten Inhalt der Informationsbroschüre für Kirchenbesucher vor. Dort wurde die Legende von Bertelin, dem Prinzen von Stafford erzählt, und von seiner unglückseligen Reise durch das alte Reich von Mercia, auf der seine Frau und sein neu geborenes Kind von Wölfen verschlungen worden waren.

»Und hier ist sogar Bertelins Grabmal!«, rief Dietfried und stürmte aufgeregt den Mittelgang hinunter. »Und da ist ein riesiger Wolf abgebildet, der einen Menschenkopf verschlingt!« Seine Stiefel dröhnten auf dem Steinboden und seine Stimme hallte in der kleinen Kirche wider. Nina fragte sich, was sie tun sollte, wenn jemand hereinkäme.

Sie aßen in einem Landgasthof zu Mittag, und Dietfried wurde sehr ernst und beschrieb Nina genau, wie geehrt er sich gefühlt hätte, als Dr. Adair ihn gebeten hatte, bei dem Projekt mitzumachen. »Er hat zwei Mal Gastvorträge an der Uni gehalten, wo ich studiere, und er gilt dort als hervorragender Wissenschaftler.«

»Hier auch, Dietfried.« Nina griff nach ihrer Schultertasche. »Wollen wir weiter, oder willst du noch Pudding?«

»Das sollte ich wohl lieber bleiben lassen«, erwiderte er und deutete bedauernd auf seine Leibesfülle. »Aber ich habe auf der Karte gesehen, dass sie hier Schokoladenkuchen haben.« Ergeben legte Nina ihre Tasche wieder hin, während Dietfried freudig zur Bar marschierte. »Mit Sahne«, wies er die Kellnerin ängstlich besorgt an.

Nina hoffte nur, dass ihm im Auto nicht übel werden würde.

Natürlich wurde ihm nicht übel. Gegen vier Uhr, nachdem sie ein paar enttäuschende Notizen über mehrere verfallene Herrenhäuser zusammengetragen hatten, die alle eher nicht in Frage kamen, fand er vielmehr, dass nun eine Teepause angezeigt wäre.

»Um uns aufzuheitern«, meinte er, während sie eine gewundene Straße entlangfuhren, die durch einen Wald führte. »Schließlich haben wir nichts vorzuweisen, und der englische Vier-Uhr-Tee ist eine wunderbare Einrichtung.«

»Ich glaube, wir müssen hier links abbiegen.« Nina hatte die unhandliche Karte zu einem kleinen Rechteck gefaltet.

»Mit Teebrötchen und Marmelade und Schlagsahne …«

»Nein, *links*, Dietfried …«

»Und vielleicht Sandwiches mit Ei und Kresse, oder mit Schinken, richtig schön rosa und saftig …«

Sie verstummten gleichzeitig und starrten in den Wald. Dietfried ließ das Auto auf den Grasstreifen rollen und schaltete den Motor aus. Sie spähten zwischen den Bäumen hindurch.

»Das ist die Ruine eines sehr großen Hauses«, bemerkte Dietfried nach einem Moment des Schweigens.

»Sieht jedenfalls so aus.« Nina kämpfte mit der Karte. »Hier ist aber nichts verzeichnet. Ich meine, hier ist keins von diesen kleinen Symbolen, die einen Ort von besonderer historischer Bedeutung oder so was anzeigen.«

»Wir sollten lieber jeden Stein umdrehen.«

»Stimmt. Wo ist denn mein Notizbuch? Und deine Kamera?«

Der Nachmittag schien düsterer zu werden, als sie tiefer in den Wald eindrangen. Die oberen Äste der Bäume bildeten ein dichtes Dach über ihren Köpfen, durch das auch an einem hellen Sommertag nur hier und da blasse Lichtstrahlen dringen würden. Dichtes Unterholz wucherte überall, Dietfried musste es ab und zu niedertrampeln, um ihnen einen Weg zu bahnen. Er tat dies wie ein Ritter, der sich durch eine von Drachen bevölkerte Wildnis kämpfte, damit seine Dame sicher hindurchschreiten konnte. Schade nur, dass er zu dick war, um diese Rolle glaubhaft zu spielen.

Die Bäume lichteten sich, als sie sich der Ruine näherten. Nina fand, dass es so aussah, als ob hier jemand vor sehr langer Zeit den Wald gerodet hatte, um ein Haus zu bauen. Der

Wald war zurückgekehrt, doch es war leicht, die Bäume zu erkennen, die seitdem nachgewachsen waren.

Die Ruine, die man von der Straße aus so deutlich hatte sehen können, lag viel tiefer im Wald, als Dietfried oder Nina gedacht hatten. Als sie sie endlich erreichten, fanden sie auf den ersten Blick nicht viel mehr vor als einen Haufen Steine.

»Das ist eine Art optische Täuschung«, meinte Nina, da Dietfried bereits wieder im Trübsinn versinken wollte. »Als ob du dir ein Ölgemälde oder ein Aquarell ansiehst. Aus der Nähe gesehen sieht es ganz komisch aus; erst wenn du ein Stück zurücktrittst, siehst du das ganze Bild. Wir haben von der Straße aus das ganze Bild gesehen.»

»Und jetzt sieht's ganz komisch aus.« Niedergeschlagen begann Dietfried, die Trümmer näher zu untersuchen.

Es war Nina, die den von Flechten bedeckten Torweg entdeckte, halb von den Bäumen verborgen und von wuchernden Farnen und Brombeerranken bedeckt.

»Das sieht aus wie der Eingang zu einem Hof«, sagte sie und zeigte darauf. Sie bemerkte, dass sie instinktiv die Stimme gesenkt hatte.

»Das schauen wir uns an.« Dietfrieds Gesicht leuchtete auf, und er preschte vorwärts. »Komm, Liebling.«

Nina war sich ganz und gar nicht sicher, ob es ihr gefiel, plötzlich Dietfrieds *Liebling* zu sein. Und sie war sich noch weniger sicher, ob sie herausfinden wollte, was hinter diesem Torbogen lag. Doch Dietfried war schon ein ganzes Stück voraus gegangen, und alles war besser, als in diesem Teil des Waldes allein zurückzubleiben, der ihr immer unheimlicher vorkam. Schließlich ging es darum, alle großen Häuser – Ruinen oder nicht – zu überprüfen, für den Fall, dass sich dort ein weiteres Teil des Puzzles fand. Nina stellte sich vor, wie Piers' Augen aufleuchten würden, wenn sie mit der Nachricht nach Hause kämen, dass sie den alten Familiensitz der Foljambes gefunden hätten. Sie gestattete sich ein paar Sekunden der Vorfreude, ehe sie Dietfried folgte.

Die Sonne versank bereits hinter dem Horizont und sandte flache Feuerspeere durch die Bäume. Sie konnten die Straße nicht mehr sehen und auch keine Autos mehr hören, die gelegentlich vorbeifuhren. Als sie unter dem verfallenen Torbogen hindurchschritten, schien das düstere Schweigen intensiver zu werden, als würde der ganze Wald sie abwartend beobachten.

»Ich glaube, das hier war mal die Vorderseite eines sehr großen Hauses«, sagte Dietfried und pflanzte sich vor dem Hauptteil der Ruine auf. »Mit einem Garten. Siehst du, das da vor uns waren die Außenmauern des Gebäudes.«

»Ja.«

Dietfried stieg mit völlig versunkenem Gesichtsausdruck zwischen den Steinen herum. Einmal bückte er sich und untersuchte etwas, was wie das Bruchstück eines riesigen Kaminsimses aussah. Dies schien ihn so zu faszinieren, dass Nina zu ihm hinüberging, um es sich ebenfalls anzusehen.

Die Sonne war inzwischen verschwunden, und Schatten begannen zwischen die Bäume zu kriechen. Sie unterdrückte das Bedürfnis, hastig zum Auto zurückzukehren.

»Hier haben wir eine Art Wappen«, verkündete Dietfried. Er zog eine Taschenlampe hervor und richtete sie auf das Bruchstück. Es war etwa zwei oder zweieinhalb Meter hoch, doch es hatte ganz offensichtlich zu einer sehr viel höheren Wand gehört. Etwa anderthalb Meter über dem Boden befand sich ein enormer, geschwungener Kaminsturz, der von unzähligen Feuern geschwärzt war.

»Ich kann es nicht genau erkennen«, sagte Dietfried ärgerlich. »Das Wappen ist total verwittert, und außerdem ist es zu dunkel.« Seine Nase berührte fast die raue Oberfläche. »Aber das hier könnte ein Wolf sein. Es ist sehr gut möglich, dass das hier das gleiche Emblem ist wie auf Bertelins Grabmal in der Kirche von Ilam. Der Wolf, der den Menschenkopf verschlingt.«

»Ich glaube nicht, dass das ein Wolf ist, der einen Menschenkopf verschlingt«, sagte Nina. »Ich glaube, das ist ein Mensch, der einen Wolfskopf verschlingt.«

Sie sahen sich an. »Das Familienwappen der Foljambes?«, fragte Dietfried.

»Ich weiß nicht. Aber wenn sie eins gehabt haben, glaubst du nicht, das da irgendwo ein Wolf drauf gewesen wäre?«

»Wir sollten weitersuchen«, meinte Dietfried entschlossen. »Womöglich gibt es noch andere Hinweise. Vielleicht taucht das Wappen ja noch mal woanders auf, wo es besser erhalten ist.«

»Heute Abend?« Ein unheimliches grünes Zwielicht breitete sich im Wald aus, und der Gesang der Vögel erstarb langsam.

»Wir schauen uns nur kurz um«, versicherte Dietfried beruhigend. »Und dann fahren wir nach Hause.«

Sie gingen den Weg zurück, den sie gekommen waren, bis sie wieder vor den Trümmern der Außenmauern standen. Nina hatte ein seltsames, nicht sehr angenehmes Gefühl dabei, so zwischen diesen geborstenen Steinen herumzulaufen. Sie war froh, dass Dietfried da war.

»Ich glaube, wir könnten einen Grundriss von dem Haus zeichnen«, sagte er. »Den können wir den anderen zeigen.«

»Das ist eine gute Idee«, erwiderte Nina. Dann blickte sie sich um. »Nur – dauert das lange? Ich habe das Gefühl, dass wir hier nicht besonders willkommen sind.«

»Das ist wirklich kein sehr anheimelndes Plätzchen«, gab Dietfried zu. »Ich beeile mich, und morgen kommen wir wieder und machen Fotos. Das Licht taugt jetzt nicht mehr zum Fotografieren.«

»Das Licht taugt zu fast gar nichts mehr, Dietfried.«

»Deswegen mache ich ja auch nur den Grundriss.«

»Okay.«

Während er die Umrisse der Ruinen zeichnete, dachte Nina an die Menschen, die hier gelebt hatten. Es war einfach, sich das bescheidene kleine Haus vorzustellen, das zuerst hier gestanden hatte – vielleicht eine Hütte für den Förster oder den Verwalter irgendeines Guts. Eine kleine Familie, vielleicht mit einem Sohn – ja, sie konnte einen kleinen Jungen vor sich sehen, der hier heranwuchs und das Handwerk seines Vaters erlernte, was immer das auch gewesen sein mochte, wie immer die Familie auch geheißen haben mochte …

Hatten sie Foljambe geheißen, und waren sie Wolfsjäger gewesen?

Haben wir tatsächlich den Nachtwald gefunden? Und sind die Leute, die hier gewohnt haben, die, die wir suchen?

Schaudernd sah sie sich um. Wenn je ein Wald die Bezeichnung Nachtwald verdient hatte, und wenn je ein Wald die uralte Heimstatt von Wölfen gewesen war, dann war es dieser.

Sie erhob sich und ging zur linken Seite der Ruine hinüber, wo Steintrümmer und verrottende Holzstücke ein wenig vom Hauptgebäude entfernt lagen.

»Dienstbotenquartiere«, meinte Nina, als Dietfried zu ihr herüberkam. Der Grundriss war fast fertig. »Oder vielleicht eine Milchkammer oder so was.«

»Schauen wir uns das mal genauer an«, schlug Dietfried vor. Die Nacht senkte sich jetzt allen Ernstes über den Wald, und das grüne Zwielicht wich einer sanften, violetten Dunkelheit. Nichts rührte sich. Nina schauderte wieder und wünschte gleich darauf, sie hätte sich beherrscht, denn Dietfried bot ihr sofort seine Jacke an.

»Mein Mantel ist eigentlich recht warm, danke«, erwiderte sie. »Aber es ist trotzdem nett von dir.«

Die kleinere Ruine war nicht annähernd so verfallen wie das Haupthaus. »Da steht fast noch das komplette Gebäude«, sagte Nina. »Siehst du, da, unter all dem Efeu? Sieht aus wie eine Art Schuppen. Ich glaube, da ist sogar eine Tür.«

Sie sahen sich an. Der Wald war jetzt sehr finster und sehr still. »Nimm bitte die Lampe«, meinte Dietfried. »Ich schaue erst mal, ob das wirklich eine Tür ist. Dann überlegen wir uns, ob wir da reingehen wollen.« Er trat vor und begann, den Efeu wegzureißen. Nina leuchtete ihm mit der Taschenlampe.

Sie sahen beide sofort, dass dort tatsächlich eine Tür war: eine kleine Eichentür, schwarz vor Alter. Die oberen Balken, die nicht vom Efeu geschützt gewesen waren, faulten, ansonsten war die Tür jedoch einigermaßen stabil. Ein gewaltiger Ring aus schwarzem Eisen war als Türgriff eingelassen worden.

Dietfried betrachtete die Tür zweifelnd. »Möchtest du, dass wir da mal reinschauen?«

»Äh ... eigentlich nicht. Nicht im Dunkeln.«

Der Efeu lag in einem riesigen Haufen vor der Tür und verbarg teilweise ihre untere Hälfte. Um zur Tür zu gelangen, würden sie darüber hinwegklettern müssen. Doch jetzt konnte man erkennen, dass die Tür in einem ungewöhnlichen Winkel eingefügt worden war; sie neigte sich nach unten und nach innen. Vielleicht hatte sich das ganze Gebäude mit der Zeit verzogen, oder die Tür hatte sich nach unten geöffnet, wie eine Kellerluke. Beim Anblick dieser Tür hatte Nina das gleiche ungute Gefühl, das sie zuvor in der Ruine gehabt hatte. Doch anstatt sich eine Familie vorstellen zu können, die hier glücklich und normal gelebt hatte, rief diese Kellertür etwas sehr viel Finsteres in ihr hervor. Sie ließ sie an altes, uraltes Unglück und an all die grausamen Wesen denken, die je auf Erden gewandelt waren und es nach wie vor taten.

Sie packte Dietfried am Arm. »Nein – lass uns zurückgehen!«, stieß sie hervor. »*Bitte*, lass uns zurückgehen.«

»Na, na, du brauchst nicht gleich in Panik zu geraten.« Dietfried ergriff ihre Hand und tätschelte sie. »Ich lass nicht zu, dass dir was passiert.«

»Äh, na ja, danke.« Nina zog ihre Hand weg und hoffte nur, dies höflich genug getan zu haben.

Langsam gingen sie durch den dunklen Wald und diskutierten über ihre Entdeckung. Dietfried zog es vor, keine voreiligen Schlüsse zu ziehen; er erinnerte Nina daran, dass es in Derbyshire jede Menge Wappen mit Wölfen gegeben haben könnte und dass es die Pflicht jedes Wissenschaftlers sei, seine Daten zu verifizieren.

»Ach was, ich pfeife auf Wissenschaftlichkeit und Verifizierungen«, entgegnete Nina. »Natürlich ist das das Anwesen der Foljambes – ich spür's in allen Knochen.«

»Ich sage ja nur, dass wir das gründlich überprüfen sollten, bevor wir irgendwelche Mutmaßungen anstellen, und…« Dietfried brach ab, als Nina plötzlich stehen blieb und sich umblickte. »Was ist los?«

»Ich glaube, wir haben uns verirrt«, sagte Nina.

30

Es bestand überhaupt kein Anlass zur Panik. Sie hatten in der Ruine lediglich die Orientierung verloren und waren nach rechts abgebogen statt nach links, oder vielleicht auch nach links statt nach rechts, und so waren sie tiefer in den Wald hineingeraten. Dies hier war schließlich kein prähistorischer Urwald, der sich über endlose Meilen erstreckte, bis man wieder in die Zivilisation zurückfand; dies war ein Nationalpark, um Himmels willen. Sie brauchten nur weiterzugehen und dabei Wegmarken zurückzulassen, damit sie nicht im Kreis gingen. Irgendwann würden sie auf einen Wegweiser stoßen, der ihnen den Weg zur Straße anzeigen würde.

All dies versicherten Nina und Dietfried einander mit großer Entschiedenheit. Dietfried meinte, es gäbe absolut keinen Grund, sich Sorgen zu machen, abgesehen natürlich von der Tatsache, dass es Zeit zum Abendessen war. Er machte verschiedene Vorschläge, wie sie den Weg markieren könnten. Sie könnten Fetzen aus seinem Notizbuch an die Bäume heften oder einen Bindfaden hinter sich abspulen, wie Theseus im Labyrinth des Minotaurus. Nina hatte den Eindruck, dass ihm allmählich das Gefühl für die Realität abhanden kam.

»Warum machen wir nicht einfach kleine Kerben in die Baumstämme, an denen wir vorbeikommen?«

»Wenn wir alte Druiden wären, würden wir es nie wagen, die Bäume zu verletzen, indem wir kleine Kerben da reinschneiden«, bemerkte Dietfried. »Man würde uns durch den Bauchnabel an einen Baum nageln und uns so lange um den Stamm herumtreiben, bis unsere Eingeweide darum herumgewickelt wären.«

»Wir sind aber keine alten Druiden. Wir können die Stämme mit dem Autoschlüssel markieren, und außerdem haben wir ja noch die Taschenlampe. Und wenn du jetzt auch nur ein Sterbenswörtchen sagst, von wegen die Batterie wäre fast leer«, fuhr Nina nachdrücklich fort, »dann nagele ich dir den Nabel an den nächsten Baum und wickele deine Eingeweide höchstpersönlich drum herum!«

»Aha. Kannst du irgendwo Scheinwerfer sehen, von der Straße?«, fragte Dietfried.

»Nein«, erwiderte Nina nach ein paar Sekunden.

»Ich auch nicht. Wir gehen hier lang«, beschloss Dietfried. »Und wir werden jetzt nicht ans Abendessen denken.«

»Das ist das Letzte, woran ich denke.«

Sie waren etwa eine Viertelstunde lang vorsichtig durch den Wald getappt, als Dietfried plötzlich stehen blieb und mit gedämpfter Stimme sagte: »Da ist ein Licht zwischen den Bäumen.«

»Wo? Was für ein Licht?« Nina spähte zwischen den Stämmen hindurch.

»Eins, das sich bewegt.«

»Oh, um Gottes willen...« Und dann sah Nina es auch. Ein ziemlich trübes, schwankendes Licht. Als ginge jemand mit einer Laterne durch den Wald.

»Was immer das ist, es kommt jedenfalls auf uns zu«, sagte sie ein wenig unsicher.

»Ich pass schon auf dich auf, Liebling«, verkündete Dietfried. Wahrscheinlich war Dietfrieds Schutz gar nicht erforderlich, denn es gab keinen Grund anzunehmen, dass das Licht irgendetwas anderes zu bedeuten hatte, als dass dort jemand seinen – völlig legalen – Angelegenheiten nachging. Es konnte sich natürlich um einen Wilderer, einen Landstreicher, einen Spiritisten oder ein aufgescheuchtes Pärchen handeln, und keiner dieser Leute wäre sonderlich erbaut darüber, bei seinem oder ihrem Tun gestört zu werden. Doch selbst dann gab es keinen Anlass für Nina, sich zu fürchten oder dieses lächerliche Gefühl zu haben, in eine unheimliche Märchenwelt hineingezogen zu werden, wo Fremde mit finsteren Absichten durch dunkelnde Wälder streiften und altmodische Laternen hoch hielten, um ahnungslose Reisende in ihr Knusperhäuschen zu locken… Reiß dich zusammen!, befahl sie sich streng.

Nach diesem Vorgeplänkel war es fast ein wenig verwirrend festzustellen, dass das Licht – welches sich als eine große Taschenlampe herausstellte – von einer Frau getragen wurde, und zudem noch festzustellen, dass diese schon recht betagt war.

Die alte Dame rief sie vergnügt an und kam direkt auf sie zu, als hätte sie noch nie etwas von den Gefahren der modernen Zeit gehört, wie Gewalt, Raub oder Vergewaltigung. Dietfried hatte seine eigene Taschenlampe höflich gesenkt, wie ein umsichtiger Autofahrer, der den Gegenverkehr nicht blenden will. Nina konnte sehen, dass die Frau hoch gewachsen und schlank war und noch sehr vital wirkte. Sie mochte etwa 70 sein, allerdings sehr rüstige 70. Das Alter hatte sie trocken und scharf werden lassen, und ihr Gesicht war wettergegerbt, als ob sie viel Zeit im Freien verbrachte. Sie hielt einen Gehstock in der Hand und trug eine grüne Regenjacke und einen abgetragenen Filzhut.

»Hallo«, sagte sie, hob grüßend den Stock und schaltete die Taschenlampe aus, um sie in die Jackentasche zu schieben. »Haben Sie sich verirrt?«

Nina war plötzlich sehr froh, dass Dietfried bei ihr war. Was für Unzulänglichkeiten er auch aufzuweisen hatte, auf jeden Fall strahlte er eine ruhige, unerschütterliche Autorität aus, gepaart mit höflicher Liebenswürdigkeit. Mit kräftiger Stimme erwiderte er: »Schönen guten Abend. Ja, wir haben uns gründlich verfranst.«

»Irgendwo dahinten bei der Ruine sind wir falsch abgebogen«, warf Nina ein und zeigte vage in die betreffende Richtung.

»Ach nein, tatsächlich? Wie ärgerlich. Aber vielleicht kann ich Ihnen helfen. Wo haben Sie Ihr Auto denn abgestellt? Oder sind Sie Wanderer?«, fügte sie mit einem zweifelnden Blick auf Dietfrieds Leibesfülle hinzu.

»Nein, wir sind mit dem Wagen unterwegs. Er steht auf der Straße nach King's Thane«, sagte Nina, ehe Dietfried zu einer Beschreibung ihrer Tour ansetzen konnte, die einem Reiseführer zur Ehre gereicht hätte.

Die wettergegerbte Dame unterzog sie einer näheren Betrachtung. »Sind Sie aus King's Thane, oder sind Sie nur auf der Durchreise?«

»Wir wohnen in King's Thane«, begann Dietfried.

»Aber nur vorübergehend«, fiel Nina ihm ins Wort.

»Das ist ja wirklich interessant. Es kommen nicht oft Leute nach King's Thane.«

Dietfried öffnete den Mund, um zu erklären, warum sie in King's Thane waren und was sie dort taten. Er grunzte überrascht, als Nina ihm kräftig auf den Fuß trat. Man erzählte Fremden, denen man mitten in einem dunklen Wald begegnete, doch nicht seine gesamte Lebensgeschichte, jedenfalls nicht, wenn man noch Herr seiner Sinne war. »Wir wären Ihnen wirklich sehr dankbar, wenn Sie uns zeigen könnten, wie wir wieder zur Straße zurückgelangen«, sagte sie.

Zu ihrer Verwirrung erwiderte die alte Dame: »Keine Namen, keine Fragen, wie?«, und lachte kurz und rau auf. »Sie haben ganz Recht. Schließlich könnte ich eine IRA-Terroristin sein oder die Anführerin eines Hexenkults oder der Kopf einer Bande von Drogenschmugglern. Bin ich natürlich nicht«, fügte sie hinzu, während Dietfried bei dem bloßen Gedanken an dergleichen ungläubig mit der Zunge schnalzte. »Aber Sie sind ziemlich weit von der Straße entfernt, meine Lieben.«

Das ›meine Lieben‹ klang ganz natürlich, so, wie es auf dem Lande üblich war. »Sie sind viel näher an der Straße, die wir hier die obere Straße nennen – die, die oberhalb von Bishops Thane verläuft – als an der nach King's Thane«, erklärte sie und deutete mit ihrem Stock. »Sie würden fast eine Stunde brauchen, um Ihren Wagen zu erreichen, aber bis zur oberen Straße sind es nur fünfzehn Minuten. Das wäre wohl das Beste. Besonders jetzt, wo es dunkel ist.«

»Aha«, meinte Dietfried.

»Ich sage Ihnen, was wir tun könnten«, sagte die Dame. »Mein Haus ist gleich da drüben«, wieder fuchtelte sie mit ihrem Stock. »Kommen Sie einfach mit, dann können wir dort anrufen, wo Sie wohnen und Ihre Freunde bitten, Sie abzuholen. Oder«, schlug sie einfallsreich vor, »wir können ein Taxi aus Thane St. Mary kommen lassen, das Sie zu Ihrem Wagen bringt. Mit dem Auto ist es nicht weit.«

»Wir möchten Ihnen aber keine Umstände ...«, begann Nina.

»Das sind keine Umstände«, wehrte die Dame ab. »Und ich sehe ja, dass Sie keine Landstreicher oder Straßenräuber sind.«

Nina und Dietfried wechselten einen raschen Blick. Dann sagte Nina: »Vielen Dank. Wir werden uns ein Taxi rufen, wenn Sie nichts dagegen haben.«

»Selbstverständlich nicht. Hier entlang.«

Während ihre Begleiterin sie durch den Wald führte, meinte Nina: »Ich hoffe, Sie nehmen mir diese Frage nicht übel, aber ...«

»Fragen Sie ruhig.«

»Haben Sie keine Angst, so ganz allein nachts im Wald herumzulaufen?«

»Du meine Güte, überhaupt nicht«, erwiderte die Dame lachend. »Ich habe mein ganzes Leben hier verbracht, der Wald ist mein Freund. Außerdem bin ich sozusagen bewaffnet.« Sie hob den Stock; ein Klicken ertönte und eine Furcht einflößende Messerklinge schoss aus dem unteren Ende hervor. Sie wedelte damit herum und lächelte. »Sehr nützlich, um sich einen Weg durch dies verflixte Unterholz zu bahnen oder auch, um Angreifer abzuwehren.«

»Wir sollten uns vorstellen«, meinte Dietfried. »Ich bin Dr. Dietfried Valk, und dies ist Miss Scott.«

»Nina.« Nina streckte die Hand aus.

»Hallo, Nina und Doktor«, sagte die alte Dame. »Ich bin Madeleine – einfach nur Madeleine, keine Titel, keine Sperenzchen. Und hier ist mein Haus, und wie Sie sehen, brennt dort Licht in den Fenstern und eine Lampe über der Haustür.« Sie lächelte sie erneut an. »Wie in den besten Märchen. Das hier war mal das Torhaus des Guts – als es noch ein Gut hier gab, das ist sehr lange her. Aber ich hab's gern einfach und unkompliziert, und deshalb ist es genau das Richtige für mich.«

Das Haus war aus grauen Steinen gebaut, mit einem Fenster auf jeder Seite der Tür. Eine Rauchspirale stieg aus dem Schornstein auf, und ein Blauregen rankte sich an einer der Mauern empor. Bei Tageslicht musste er vor dem grauen Stein einen brillanten Farbeffekt abgeben.

»Ein schönes Haus«, lobte Nina aufrichtig.

»Ja, das ist es. Jetzt liegt es natürlich ein bisschen zu nahe an der Straße; die haben sie vor fünfzehn Jahren gebaut, trotz aller Proteste der Anwohner. Ich habe damals mitprotestiert«, erzählte sie. »Wir haben das Büro unseres Landtagsabgeordneten gestürmt und eine Petition überreicht, und einen Protestmarsch haben wir auch organisiert. Die Straße haben sie trotzdem gebaut, aber ich hatte seit Jahren nicht mehr so viel Spaß gehabt. Jetzt campieren die Protestler draußen auf den Bäumen oder graben Tunnel. Ich finde, das geht ein bisschen zu weit. Aber vielleicht werde ich auch einfach nur alt.«

»Sie haben also schon immer hier gelebt?« Nina hoffte nur, dass diese ruppige, liebenswerte alte Dame einen dazu passenden Ehemann drinnen im Haus hatte, und erwachsene Kinder, die sie oft besuchten.

»Ja, die Leute hier betrachten mich als die lokale Exzentrikerin. Ich kümmere mich nicht weiter darum.« Sie nahm den Stock in die linke Hand und mühte sich mit dem Türschloss ab. »Die rechte Hand will nicht mehr so richtig«, brummte sie schroff. »Kleiner Schlaganfall im letzten Jahr. Keine große Sache, aber manchmal ist es schon lästig.«

»Kann ich Ihnen ...«

»Nein, ich hab's schon.« Die Tür schwang nach innen auf, und Nina bemerkte den Duft von Lavendel und Bienenwachs.

»Das Telefon steht auf dem Tisch im Flur. Rühren Sie sich, wenn Sie die Nummer von der Taxizentrale brauchen. Sagen Sie denen, es ist für mich, dann schlagen die Ihnen nichts auf den Fahrpreis drauf. Die kennen mich«, meinte Madeleine. »Und ich nehme doch an, Sie hätten gern eine Tasse Tee, nicht wahr? Oder vielleicht was Stärkeres?«

»Eine Tasse Tee wäre wundervoll.« Nina fror nach der langen Wanderung durch den Wald. »Soll ich Ihnen helfen, während Dietfried telefoniert?«

Als sie im Wohnzimmer saßen, Tee tranken und auf das Taxi warteten, das sie zur Straße nach King's Thane und zu ihrem Auto bringen sollten, begann Nina behutsam, das Gespräch wieder auf die Ruine zu bringen.

»Wenn Sie schon so lange hier wohnen, dann wissen Sie doch sicher gut über die Gegend hier Bescheid, Madeleine.«

»Das will ich meinen. Ich wohne jetzt seit fast einundsiebzig Jahren hier. Meine Familie hat schon seit Generationen hier gelebt. Ich bin in diesem Haus geboren worden, und ich erwarte, hier zu sterben, allerdings erst in ziemlich ferner Zukunft.«

»Sie haben mit Sicherheit noch eine ganze Menge Jahre vor sich«, meinte Dietfried und lächelte unverhofft. Nina war ihm dankbar; sie hätte gern dasselbe gesagt, aber irgendwie hörte sich so eine Bemerkung besser an, wenn sie von einem Mann kam. Selbst wenn dieser Mann nur der behäbige Dietfried war.

»Wohnen Sie allein?«, fragte sie.

»Die beste Art und Weise zu leben. Ich habe ein Mädchen, das mir ein paar Mal die Woche beim Putzen hilft. Nettes Ding, hält mich auf dem Laufenden, was die moderne Welt betrifft. Erzählt spannende Geschichten, aber wenn ich das höre, bin ich immer froh, dass ich nicht mehr achtzehn bin. Ich glaube, sie hat's ein bisschen zu sehr mit den Herren – sagt man das so?«

Sie lächelte gewinnend, und Nina erwiderte: »Na ja, wahrscheinlich schon.«

Dietfried runzelte missbilligend die Stirn.

»Haben Sie Familie?« Nina zögerte ein bisschen bei dieser Frage, für den Fall, dass es sich anhörte, als wollten sie ihre Gastgeberin aushorchen, oder – noch schlimmer – als planten sie einen Einbruch, doch Madeleine antwortete: »Meine Eltern sind tot – nun, das kann man bei jemand in meinem Alter ja auch erwarten. Sie hatten beide keine Geschwister, und ich auch nicht.«

»Oh, ich verstehe.«

»Und geheiratet habe ich auch nie, wenn es das war, was Sie als Nächstes fragen wollten, meine Liebe.« Sie schenkte Nina eine zweite Tasse Tee ein. »Aber«, ihr faltenreiches Gesicht verzog sich plötzlich zu einem schelmischen und sehr einnehmenden Grinsen, »ich hatte eine Tochter. Ein Riesenskandal war das. Damals gab's noch keine liberale Gesellschaft, und manche sagen, die liberale Gesellschaft hat uns hier in den Thanes vergessen. Doch ich hatte eine uneheliche Tochter, was in den Vierzigerjahren ein schlimmeres Schicksal war als der Tod, deshalb wurde alles vertuscht, und die Kleine wurde zu einer entfernten Kusine gebracht.«

»Wie ... traurig«, sagte Nina.

Madeleine stieß erneut ihr abruptes Lachen aus. »Das war vor mehr als fünfzig Jahren. Das einzig wirklich Traurige an der ganzen Geschichte war, dass ich mich von einem Schuft habe einwickeln lassen. Hier in dieser Gegend ziehen wir die Schurken an, und meine Familie zieht mehr davon an als alle anderen. Es heißt sogar, im sechzehnten Jahrhundert hätten wir mal einen wegen Hexerei eingesperrt. Also, mein Schurke war kein Hexenmeister, das weiß ich genau.« Sie tätschelte Ninas Hand. »Das sind alte Geschichten, Liebes. Ich war damals siebzehn und dachte, ich wüsste alles besser, was man mit siebzehn natürlich nie tut. Und sie war ja bei Verwandten, meine Tochter. Und wenigstens bin ich, wie Jane Eyre, nicht unbegehrt geblieben. War das Jane Eyre?«

»Keine Ahnung«, erwiderte Nina.

»Ein langweiliges Weibsbild, fand ich immer.«

Nina sah, wie Dietfried Luft holte, um sich in einem langatmigen Vortrag über viktorianische Literatur zu ergehen. Hastig fragte sie: »Haben Sie nie etwas von Ihrer Tochter gehört.«

»O doch, ein paar Mal«, antwortete Madeleine. »Sie ist nach London gezogen und hat geheiratet – 1967 war das –, hat mir meine Kusine geschrieben. Nett von ihr. Aber sie ist ziemlich jung gestorben – meine Tochter, meine ich. Das hat mir meine Kusine auch geschrieben.«

»Oh, das tut mir Leid.«

»Sie hatte auch eine Tochter«, meinte Madeleine. »Meine Enkelin. Stellen Sie sich das vor, eine erwachsene Enkeltochter zu haben, die man nie kennen gelernt hat. Sie hat vor ein paar Jahren geheiratet. Meine Kusine hat mir ein Foto von der Hochzeit geschickt. Bildhübsches Mädchen, und sie hat den attraktivsten Mann geheiratet, den ich je gesehen habe – nicht, dass man Fotografen trauen kann. Ich hoffe, sie ist glücklich mit ihm.«

»Vielleicht lernen Sie Ihre Enkelin ja eines Tages doch noch kennen«, sagte Nina.

»Vielleicht. Aber ich rede viel zu viel von mir. Kommt davon, wenn man allein lebt. Erzählen Sie mir von Ihnen; machen Sie hier Urlaub?«

»Meine Freunde und ich interessieren uns für die örtliche Geschichte«, erklärte Dietfried.

Für Dietfried, dachte Nina, war das erstaunlich taktvoll und ziemlich clever. Er gab ihr damit die Möglichkeit, ganz natürlich zu sagen: »Wir haben uns die Ruine angeschaut, als wir uns verlaufen haben.«

»Vielleicht hat die ja mal irgendeiner reichen Grundbesitzerfamilie gehört?«, forschte Dietfried nach, und Nina unterdrückte das Bedürfnis, ihm zu sagen, er solle mit der Schönfärberei aufhören. Hoffnungsvoll fügte er hinzu: »Wissen Sie eventuell etwas über die Ruine?«

»Natürlich«, erwiderte Madeleine. »Das ist alles, was vom Landsitz meiner Familie übrig geblieben ist.«

»Oh, ich wusste nicht …«

Madeleine setzte ihre Teetasse ab. »Ach, das ist schon lange her, dass da überhaupt noch was gestanden hat. Mindestens ein paar hundert Jahre. Mir bedeutet das alles nichts, Liebes.«

Nina fühlte sich, als taste sie sich über sehr dünnes Eis. »Wir haben uns mit einigen Aspekten der hiesigen Lokalgeschichte beschäftigt. Vielleicht sind wir dabei ja auch auf Ihre Familie gestoßen?«

»Nicht, wenn Sie nicht sehr tief gegraben haben«, meinte Madeleine. »Aber früher waren sie hier in der Gegend mal das, was die Leute als führende Familie bezeichnen.«

Nina war, als stecke sie bis zum Hals in einem brodelnden Hexenkessel. »Wie interessant. Wirklich bemerkenswert, die eigene Familiengeschichte so weit zurückverfolgen zu können. Das ist etwas, was den meisten Leuten heutzutage verloren geht, nicht wahr?«

»Ich weiß nicht, ob es am Ende so sehr darauf ankommt. Jedenfalls glaube ich, der ursprüngliche Familienname ist inzwischen verschwunden.«

»Wie lautete denn der ursprüngliche Name Ihrer Familie?«, fragte Nina.

»Früher lautete er mal Foleschamp«, antwortete Madeleine. »Französisch, natürlich. Meine Familie hat Foulsham daraus gemacht.«

Nina setzte zu einer Erwiderung an und hielt inne.

»Aber viele Jahre lang«, setzte Madeleine hinzu, »war meine Familie in dieser Gegend unter dem Namen Foljambe bekannt.«

Mit völlig ausdrucksloser Stimme verkündete Dietfried: »Das Taxi ist da.«

Die meisten Fenster von Weston House waren hell erleuchtet, als sie schließlich dort eintrafen. In zweien davon waren die Vorhänge nicht zugezogen.

Als sie mit Dietfried den Pfad hinaufmarschierte, blickte Nina zum ersten Stock hinauf. In dem großen Zimmer, das nach vorn hinausging, verbreitete eine gelbe Tischlampe einen sanften Schein. Piers' dunkelhaariger Kopf war über einen kleinen Schreibtisch gebeugt, und selbst von hier aus konnte Nina erkennen, dass sich Papiere auf dem Tisch stapelten.

Sie lächelte. Es war schön, daran zu denken, dass sie das Haus betreten würde, wo Piers war, und es war absolut fantastisch, ihm berichten zu können, dass sie das erreicht hatten, weswegen sie nach Derbyshire gekommen waren. Sie hatten das Haus der Foljambes und einen lebenden Nachkommen von ihnen gefunden.

31

Piers war in sein Zimmer geflohen, sobald es ihm nach dem Essen möglich gewesen war, sich höflich zurückzuziehen.

Die Kasserolle, deren Kreation in einer anderen Zeit und einem anderen Leben stattgefunden zu haben schien, war nicht verkocht, doch es war äußerst knapp gewesen. Piers hatte sie gerade noch aus dem Ofen gerettet und hatte mit Tybalt und Priscilla gegessen, wobei es ihm schien, als sei er durch eine Glasscheibe von den beiden getrennt. Er hatte versucht, Tybalt mit gebührender Aufmerksamkeit zuzuhören, der nicht nur einen äußerst produktiven Arbeitstag hinter sich hatte, sondern vor lauter Vorfreude auf den morgigen Tag kaum still sitzen konnte.

Als Priscilla während des Essens ans Telefon ging und bei ihrer Rückkehr berichtete, dass Nina und Dietfried sich offenbar verirrt hatten, aber innerhalb der nächsten Stunde zurück sein würden, brummte er geistesabwesend: »Oh. Oh, schön.« Dann half er, den Tisch abzuräumen.

Es war fast neun Uhr, als er schließlich eine Entschuldigung murmelte, sich eine ordentliche Portion Whisky eingoss und sich ein wenig schuldbewusst in sein Zimmer schlich. An seinem Schreibtisch Platz zu nehmen und Pater Berrys Buch erneut aufzuschlagen, kam ihm seltsam vertraut vor.

Berry selbst sagte als Nächster aus. Er berichtete dem Gericht, wie zunächst niemand auf die Idee gekommen war, irgendwelche Zweifel an Marcus Fitzglen zu hegen, als dieser vor ein paar Monaten im Dorf aufgetaucht war. Er hatte den Anschein eines reichen Gentleman gehabt – er hatte mit seinem Diener im Gasthof zum Schwarzen Bullen Quartier genommen –, er war liebenswürdig und ansehnlich gewesen, und es hatte niemandem zugestanden, nach seiner Herkunft zu fragen. Die Bürger hatten ihn mit Freuden in ihren Häusern willkommen geheißen, und auch er selbst, hatte Berry anscheinend halb entsetzt, halb erleichtert hinzugefügt, habe überlegt, ob er ihn nicht einladen sollte, ein oder zwei Wochen im Pfarrhaus zu wohnen. Fitzglen war ein gewandter Gesprächspartner, schilderte Berry, als wollte er sich rechtfertigen, dass die Menschen seine Gesellschaft genossen. Nun, das wüssten Seine Ehren ja bereits aus eigener Erfahrung.

Seine Ehren hatten bei dieser Bemerkung offenbar düster genickt.

Erst vor kurzem, fuhr Berry fort, hätte das Gerede begonnen. Anscheinend waren einige der Dorfmädchen verschwunden, und als er sich Hugo Westons Geschichte angehört hatte, war Berry entsetzt klar geworden, dass es seine Pflicht war, Marcus Fitzglen gegenüberzutreten.

Am Schluss waren sie dann eine ganze Gruppe gewesen, berichtete er, denn außer zwei Bauern aus Thane St. Mary, die beide ihre Töchter verloren hatten, hatte Berry noch den Gentleman aus Bishops Thane mitgenommen.

Sir Francis Foljambe, den ältesten Sohn des Geschlechts der Wolfsjäger Seiner Majestät.

Piers hatte halb damit gerechnet, doch der Anblick des Namens, schwarze Schrift auf hellem Papier, versetzte ihm doch einen Schock. Er starrte darauf; in seinem Inneren wirbelten die Gefühle wild durcheinander. Es ist wahr, dachte er. Die Legenden fügen sich zusammen, sie verbinden sich, und sie sind wirklich wahr.

Die vier Männer waren nach dem Abendessen zum Gasthof zum Schwarzen Bullen gegangen. Berry hatte den guten Wollrock getragen, den ihm die wohlhabenden Gemeindemitglieder geschenkt hatten, denn die Abende waren auch um diese Jahreszeit kühl. Jeder der Bauern hatte eine Laterne bei sich gehabt, und Sir Francis hatte einen großen Fuchs am Zügel geführt, wie es sich für einen Gentleman seines Standes ziemte, obwohl er nicht aufgesessen war, sondern neben

Berry zu Fuß einhergeschritten war und aufs Verbindlichste mit ihm geplaudert hatte.

Der Gasthof lag in der Mitte des Dorfes; sie waren eingetreten, um zu fragen, ob sie um ein freundliches Wort mit Master Fitzglen bitten dürften. Keiner von ihnen hatte zu diesem Zeitpunkt vorgehabt, etwas anderes als freundlich zu sein, erklärte Berry; sie alle hatten glauben wollen, dass es eine ganz gewöhnliche, normale Erklärung für dies alles gäbe.

Gerade als sie durch die Tür treten wollten, war Mistress Ablepiece, die den Gasthof führte (und zwar ganz ausgezeichnet, wie Berry beiläufig einflocht), herausgekommen und hatte gesagt, dass Master Fitzglen nach dem Abendessen ausgegangen sei, falls er derjenige wäre, nach dem sie suchten.

Nun, meinte Berry, einen Moment lang hätten sie nicht gewusst, was sie tun sollten. Seine Ehren wüssten ja zweifellos, wie es war, wenn man sich dazu durchgerungen hatte, eine unangenehme Aufgabe anzupacken und diese einem dann plötzlich entrissen wurde. Berry hatte geargwöhnt, dass Marcus Fitzglen ihn absichtlich mied. Sir Francis dagegen war sich dessen anscheinend sicher gewesen.

»Diese Kreatur führt nichts Gutes im Schilde«, hatte er gesagt. »Wir sollten versuchen, ihn zu finden.«

»Aber wo …«

»Im Wald«, erwiderte Sir Francis mit leuchtenden Augen. »Er wird im Wald sein, wie seinesgleichen.«

»Sollen wir ihm folgen?«

»Genau das«, hatte Sir Francis entgegnet und sich sofort aufgemacht. Berry und die beiden Bauern waren ihm schnurstracks gefolgt, ein wenig außer Atem, denn Sir Francis war ein Gentleman von schlankem Wuchs und war rasch ausgeschritten, während man Berry und die beiden Bauern getrost als beleibt bezeichnen konnte.

Piers unterdrückte ein Lächeln und las weiter.

Spät am Abend war der Wald ein Furcht einflößender Ort,

und die Männer waren froh über die beiden Laternen. Sir Francis war vorangeeilt, während seine Augen unablässig die Bäume und das Unterholz abgesucht hatten. Hier hatte Pater Berry ein paar Sätze eingefügt, um zu erläutern, dass Sir Francis den kraftvollen, schlanken Körperbau hatte, der seinem ganzen Geschlecht zu Eigen war, ebenso das rotblonde Haar und die leuchtend grauen Augen.

Sir Francis war neben Berry gegangen, und nach einer Weile hatte dieser sich ein Herz gefasst und gefragt, ob sie sich am Ende geirrt haben und Marcus Fitzglen vielleicht gar nicht im Wald sein könnte.

Doch Sir Francis hatte sofort geantwortet: »Die Kreatur ist ganz in der Nähe, Pater. Meine Familie hat seit so vielen Generationen Jagd auf diese Unholde gemacht, dass wir sie sehr gut verstehen. Marcus Fitzglens Artgenossen sind stets hierher zurückgekehrt, seit St. Bertelin einen der Ihren erschlagen hat.«

Berry hatte beklommen um sich geblickt. »Und ... und Ihr seid wirklich sicher, dass er tatsächlich hier ist, Sir Francis?«

»Sehr sicher.« Sir Francis hatte kurz innegehalten und dann hinzugefügt: »Mein Großvater glaubte, dass bei jeder Jagd die Zeit käme, wenn der Jäger seine Beute spüren könne. Heute Nacht bin ich der Jäger, und ich spüre die Gegenwart unserer Beute. Er ist hier, in diesem Wald.«

Lauschend waren sie weitergegangen, die beiden Bauern hatten ängstlich um sich geschaut und sich gefragt, wie viel Schutz ihr Priester und Sir Francis ihnen wohl bieten konnten. Selbst Berry, der gehofft hatte, sich als unerschrocken zu erweisen, fühlte Furcht in sich aufsteigen.

Unheimliche Stille herrschte im Wald, und Berry hatte das immer stärkere Gefühl gehabt, dass sie sich etwas Finsterem, Bösem näherten. Die Laterne, die er trug, warf einen dünnen, gelben Lichtstrahl auf den Pfad, die dunklen Bäume ragten gespenstisch daneben auf. Leise hatte Sir Francis gesagt: »Dort. Lichter – seht Ihr?«

»Ja.«

Sir Francis hatte den Kopf zur Seite geneigt und angespannt gelauscht. »Horcht.«

Einer der Bauern sagte: »Ich höre überhaupt...« Dann verstummte er, denn jetzt hörten sie es alle.

Tief im Herzen des dunklen Waldes grub jemand in der Erde.

In der heutigen Zeit hätte der brave Pater als Autor von Horror-Romanen ein Vermögen verdienen können, dachte Piers. Er schenkte sich Whisky nach und las weiter.

Auf die düsteren, flackernden Lichter zuzugehen war, als schreite man den Pforten der Hölle entgegen, berichtete Berry. Sir Francis ging voraus, und wenn er Furcht empfand, so ließ er sich nichts anmerken. Berry folgte ihm und hielt ein Kruzifix hoch. Die beiden Bauern bildeten die Nachhut.

Das Licht kam von einer kleinen Lichtung, wo angespitzte Stöcke in den Boden gerammt waren, deren obere Enden hell brannten. Die Flammen loderten purpurn und scharlachrot, so dass Berrys erster Eindruck, sich der Hölle zu nähern, nicht im Mindesten abwegig erschien.

Als sie näher kamen, hörten sie schweres Atmen, als kämpfe jemand mit einer gewaltigen Aufgabe. Marcus Fitzglen stand in der Mitte der Lichtung. Er war nackt, und ein paar Sekunden sah Berry – unverkennbar und ohne jeden Zweifel –, dass er eine albtraumhafte Mischung von Mensch und Bestie war: Seine Glieder waren die eines Menschen, doch hier und da waren sie von schwarzem Fell bedeckt. Entsetzt erblickte er geschwollene Geschlechtsorgane, die zwischen pelzigen Schenkeln aufragten.

Und dann wandte Marcus Fitzglen den Kopf, und der Spuk verschwand. Nun war er nicht mehr und nicht weniger als ein Wahnsinniger, der im Begriff war, sich auf sein Opfer zu stürzen.

Sein Opfer war Isobel Weston.

Sie war nackt und an einen Baum gefesselt. Ihre Hände waren über ihrem Kopf zusammengebunden und das Seil an einem hohen Ast befestigt worden. Die Beine waren gespreizt, ihre Knöchel waren jeweils an eine Baumwurzel gebunden. Ihr Haar fiel lose über ihre Schultern, und sie blutete an einem Dutzend verschiedener Stellen. Als Marcus herumfuhr und die Eindringlinge wütend anstarrte, sahen sie mit Schrecken, dass die untere Hälfte seines Gesichts blutverschmiert war. Berry nahm dies alles in sich auf und erblickte dann auch den scheeläugigen Walter, der einen großen Spaten in den Händen hielt. Auf der anderen Seite der Lichtung befand sich ein tiefer, halb fertig gestellter Graben.

Sir Francis zögerte nicht. Er warf die Zügel seines Pferdes über einen niedrigen Ast und stürmte sogleich vorwärts. Marcus Fitzglen stand regungslos da und musterte ihn. Beide waren annähernd gleich groß und gleich schlank gebaut, doch jeder von ihnen vermittelte den Eindruck unermesslicher innerer Macht. Berry schien es, als ob sie einander erkannten, obwohl sie sich nie begegnet waren, als ob sie auf einer Ebene jenseits der menschlichen Rede und des menschlichen Hörvermögens miteinander sprachen.

Und dann lächelte Marcus und breitete in einer grotesken Begrüßungsgeste die Arme aus, als wolle er sagen: Willkommen in meinem Versteck, ihr Menschen. Und diese Geste und dieses Lächeln steigerten Berrys Angst um das Hundertfache; plötzlich fielen ihm ein Dutzend verworrene Bruchstücke alter Mythen ein. Die Waldgötter und Dämonen mit dreieckigen Gesichtern, die auf gespaltenen Hufen durch die Nacht schlichen … Die Fabelwesen, halb Frau, halb Bestie, die ihr geisterhaftes Haar mit den zugespitzten Knochen ihrer Opfer kämmten … Die Wölfe, die wie Menschen auf Erden wandelten, die jedoch finstere, blutige Spuren zurückließen …

»Seine Augen waren zu Schlitzen verengt, als er Sir Francis betrachtete«, schrieb Pater Berry. »Doch sie leuchteten rot, seine Lefzen hoben sich, und er bleckte die Zähne. Uns allen war klar, dass wir so schnell wie möglich Mistress Weston erreichen und sie losbinden mussten, doch ich glaube, dass wir einen Moment lang wahrhaftig von der schieren Macht, die aus den Augen dieser Kreatur blitzte, hilflos gebannt waren.«

Piers tastete nach dem Whiskyglas und las weiter.

Sir Francis sah Fitzglen einen Moment lang an und sagte dann leise: »Wie ich sehe, schaufelt Euer elender Helfershelfer bereits ein Grab für Euer nächstes Opfer, Werwolf.«

Marcus Fitzglen lachte, stürzte sich mit einem einzigen Satz fauchend auf Sir Francis und riss ihn nieder. In einem wirbelnden Knäuel aus rotblondem Haar, Zähnen, Krallen, Fäusten und rot leuchtenden Augen krachten die beiden zu Boden.

Die beiden Bauern stürmten nun vorwärts, doch Walter, der Diener, schoss über die Lichtung, riss eine der Fackeln aus dem Boden und stieß sie ihnen ins Gesicht. Der jüngere Bauer fuhr mit einem Schmerzensschrei zurück und schlug die Hände vor die Augen. Berry roch den fürchterlichen Gestank versengter Haare und blieb stehen, unschlüssig, ob er dem Mann helfen oder Sir Francis zu Hilfe eilen sollte.

»Und mein Zögern kam uns teuer zu stehen«, berichtete er nüchtern. »Denn diesen Moment nutzte Walter, um mit der brennenden Fackel auf mich und den anderen Bauern einzudringen. Er bedrohte uns mit dem flammenden Ast und hob den Spaten. Wir war zu zweit gegen einen und hätten ihn ohne Mühe überwältigen sollen, doch er hatte bereits unseren Gefährten zu Boden gestreckt und ihn geblendet, und wir waren beide auf der Hut.«

Aus zwei gegen einen wurden plötzlich zwei gegen zwei. Marcus Fitzglen sprang auf und ließ Sir Francis halb bewusstlos am Boden liegend zurück. »Walter!«, rief er. »Halt die Menschen zurück, während ich das Werk dieser Nacht vollende.« Mit jähem Erschrecken fiel Berry wieder auf, wie wohlklingend – wie *kultiviert* – Fitzglens Stimme war.

»Das Werk dieser Nacht?«, hatte der Richter gefragt, und Piers stellte sich vor, wie er sich vorbeugte, um besser hören zu können.

Pater Berry hatte den Seiten seines Buches anvertraut, dass es ihm schwer gefallen sei, dem Gericht die folgenden Ereignisse zu schildern. »Denn«, erklärte er, »ich war ein Mann Gottes und lebte noch dazu im Zölibat.«

Mit einem ironischen inneren Grinsen sagte sich Piers, dass der Pater in Wirklichkeit wahrscheinlich keinerlei Schwierigkeiten damit gehabt hatte, den nächsten Teil zu erzählen.

Fitzglen hatte sich nicht weiter um die Eindringlinge geschert. Mit grenzenloser Gleichgültigkeit hatte er ihnen den Rücken zugekehrt und war über den Waldboden zu Mistress Weston hinübergelaufen, die noch immer hilflos an den Baum gefesselt war. Berry hatte gesehen, wie sie den Kopf hob und ihm entgegenblickte; er hatte einen Ausdruck entsetzter Faszination auf ihrem Gesicht bemerkt.

»Sie fürchtete ihn sehr, doch gleichzeitig war sie in seinem Bann«, merkte Berry an. »Und obgleich sie so fest gebunden war, fiel auf, dass sie sich nicht gegen ihre Bande sträubte.«

Marcus hatte sich vor sie gestellt und die Hände ausgestreckt, um ihren Körper zu liebkosen. Als er die Hände zwischen ihre Schenkel schob, entrang sich ihr ein leises Stöhnen – der zölibatäre Berry sah sich nicht in der Lage, zu beurteilen, ob dies aus Angst oder vor sinnlicher Erregung geschah.

Marcus legte die Hände an den Baumstamm, und dann, genau wie er es vor den Augen von Isobel Westons empörtem Vater getan hatte, drang er mit einem leichten, glatten Stoß in den Leib seines Opfers ein.

Das Seltsame daran, schrieb Berry jetzt wieder vertraulich, das, was er dem Gericht nicht zu beschreiben gewagt, ja, es nicht einmal versucht hatte, war, dass dem Ganzen auf einmal nichts Abstoßendes, Bestialisches oder auch nur besonders Grausames anhaftete. Das flackernde Licht der Fackeln ergoss sich über die beiden nackten Körper. Fitzglen war schlank, jedoch wohlgeformt, und seine Haut schimmerte wie Satin. Isobel war eine zerbrechliche Gestalt; ihr dunkles Haar umrahmte ihr weißes kleines Gesicht wie eine Wolke, ihr Körper hob sich elfenbeinweiß vor dem dunklen Hintergrund der Bäume ab.

Fitzglen hatte sich rhythmisch und gleichmäßig bewegt; der Ausdruck *seidig* hatte sich ungebeten in Berrys faszinierten, entsetzten Verstand geschlichen. Er war machtlos, konnte nichts tun, um Fitzglen aufzuhalten, konnte die Augen nicht von den beiden Gestalten abwenden, die in unendlich intimer Umarmung miteinander verbunden waren.

Als Fitzglens Bewegungen schneller wurden, war Berry sogar der aberwitzige Gedanke durch den Kopf geschossen, dass die Kreatur zumindest nicht die Sünde Onans begehen und seinen Samen auf den Erdboden vergießen würde. Und trotzdem konnte er den Blick nicht abwenden. Voller Scham war er sich bewusst, dass sich seine eigene, bisher streng im Zaume gehaltene Männlichkeit zu regen begann, während er beobachtete, wie sich Fitzglens muskulöse Schenkel und schmale Hüften immer rascher bewegten. In den letzten Sekunden sah er die beiden Leiber gleichzeitig auf dem Höhepunkt der Erregung erbeben.

Der Richter, offenbar in seliger Unkenntnis von Pater Berrys psychischer und physischer Reaktion, hatte gefragt, ob einer von ihnen versucht hätte, etwas dagegen zu unternehmen?

Piers war froh darüber; er hatte sich bereits dasselbe gefragt. Berry antwortete, das hätten sie ja gern getan, sie hätten sich um den jungen Bauern gesorgt, der sich mit versengten Augen auf dem Boden gewunden hätte, und um Sir Francis, der aus den Bisswunden blutete, die ihm Marcus Fitzglen zugefügt hatte. Doch der Diener Walter hatte sie im Schach gehalten, er hätte mit der Fackel nach ihnen gestoßen, wenn sie auch nur versuchten, einen einzigen Schritt vorwärts zu machen.

»Wir konnten nichts tun«, sagte Berry.

Marcus Fitzglen, der sein seltsames, wundersames Vergnügen genossen hatte, war schließlich auf die beiden Männer losgegangen. »Knurrend und um sich schlagend«, schrieb Berry. »Nackte, rasende Erregung ging von ihm aus, und ich glaubte bereits, mein letztes Stündlein habe geschlagen. Wir alle glaubten das.«

In diesem Moment hatte ein Geräusch aus dem Inneren des Waldes sie aufgeschreckt, und sie hatten sich umgedreht und ins Dickicht gespäht.

»Dies wäre eine Gelegenheit gewesen, den verworfenen Walter und seinen gottlosen Herrn zu überwältigen«, berichtete Berry. »Doch was wir erblickten, erfüllte uns mit lähmender Furcht.«

Was sie sahen, waren Lichtpunkte, die sich durch den Wald näherten, so dass es einen grauenvollen Moment wirkte, als käme eine Horde rotäugiger Bestien durch die Nacht genau auf sie zu. Selbst Berry geriet in Panik, denn wenn Marcus Fitzglen tatsächlich einen Pakt mit den dunklen Mächten geschlossen hatte, um jene Furcht erregende, wölfische Gestalt annehmen zu können, die sie vor kurzem gesehen hatten, was mochte ihm dann jetzt aus der Finsternis zu Hilfe kommen? Sein Kopf füllte sich mit Visionen von Dämonen aus den feurigen Kammern der Hölle, bewaffnet mit rot glühenden Mistgabeln, oder grinsenden Teufel, die Schriftstücke schwenkten, welche seine sofortige Anwesenheit im tiefsten und heißesten ihrer Höllenfeuer einforderten.

Ein paar Sekunden hatte er reglos vor Entsetzen die feurigen Lichter angestiert, und dann hatten sie sich in die brennenden Fackeln einer Prozession verwandelt. Dort waren keine tanzenden Dämonen, sondern nichts Schlimmeres als die Bürger der Thanes, die ebenso wie Berry und Sir Francis hinter Marcus Fitzglen her waren und ihre eigene derbe Gerechtigkeit walten lassen wollten.

Da hatte er die Gelegenheit beim Schopf gepackt und war über die Lichtung geeilt, um zunächst Mistress Weston in seinen guten Wollrock zu hüllen und dann nach Sir Francis zu sehen. Als er diesem gerade auf die Beine half, stürmten die Bürger der Thanes aus dem Wald, Hugo Weston an der Spitze.

»Wir sind hier, um den Wolf zu holen!«, rief er und trat mit kämpferisch vorgerecktem Kinn vor die anderen hin. »Wir wollen den Wolf haben, und wir werden dafür sorgen, dass er bekommt, was ihm zusteht!«

Die Männer und Frauen hinter ihm griffen den Schlachtruf auf.

»Der Wolf! Der Wolf!«

»Verbrennt den Wolf!«

»Schützt unsere Frauen!«

Das grelle Licht der Fackeln fiel auf Marcus Fitzglen, und in diesem Moment konnte Berry deutlich die Wolfsmaske über den menschlichen Zügen erkennen. Die Dörfler sahen es auch; ein Keuchen das Entsetzens ging durch die Menge, und sie stürzten vor. Berry glaubte schon, Fitzglen würde an Ort und Stelle lebendig verbrannt werden. Sein Kopf wirbelte vor Unschlüssigkeit, doch Sir Francis, bleich und blutverschmiert, hob die Hand. Mit einem sehr menschlichen Anflug von Neid stellte Berry fest, dass die Menge schlagartig verstummte.

»Ihr sollt euren Wolf haben«, sagte Sir Francis. »Aber zuerst müsst ihr uns gestatten, ihn vor Gericht zu stellen, nach dem Gesetz des Landes.«

»Er ist des Mordes und der Schändung schuldig«, brüllten etliche Dorfbewohner.

»Und der Hexerei!«, schrien mehrere andere.

»Wenn dem so ist, werden wir ihn schuldig sprechen«, erwiderte Sir Francis. »Und ihr habt mein Wort, dass er seine Strafe erhalten wird.«

»Aufhängen?«, rief Master Weston verächtlich. »Das ist viel zu gut für diese Bestie.«

»Verbrennt ihn!«, johlten die Bürger. »Verbrennt ihn und schickt ihn zur Hölle, wo er hergekommen ist!«

Ein eigentümliches und nicht sehr angenehmes Lächeln hatte um Francis Foljambes Lippen gespielt. Berry hatte ihn verblüfft angeschaut, denn er hatte bei diesem Mann noch nie irgendwelche Anzeichen von Grausamkeit bemerkt.

Doch Sir Francis ergriff erneut das Wort, und obwohl er mit leiser Stimme sprach, waren seine Worte doch für alle Anwesenden verständlich. »Wir werden ihn so bestrafen, wie meine Familie seinesgleichen seit fünfhundert Jahren bestraft hat.«

»Und wie?«, begehrten ein paar hasserfüllte Stimmen zu wissen.

»Ihr werdet sehen. Ergreift ihn vorerst und werft ihn ins Verlies des Gerichtsgebäudes.«

Zunächst schienen die Dörfler besänftigt. Sie hatten ein paar Minuten miteinander gemurmelt, doch die Mehrheit schien sich einig gewesen zu sein, dass man, wenn man Sir Francis' und Berrys Worten nicht trauen konnte, überhaupt niemandem trauen durfte.

Sechs starke Männer, unter ihnen der Schmied und seine beiden Söhne, waren nötig gewesen, um Fitzglen zu überwältigen, und noch einmal zwei, um Walter zu bändigen. Schließlich war es ihnen jedoch gelungen, Marcus die Hände zu fesseln und einen Strick um seinen Hals zu schlingen, so dass er sich bei einem Fluchtversuch halb selbst strangulieren würde. So hatten sie ihn und den mittlerweile katzbuckelnden Walter durch den Wald geschleppt. Dann erst hatten Sir Francis und Berry Isobel Weston losbinden können.

Unglücklicherweise jedoch, schrieb Berry – wobei er plötzlich einen salbungsvollen Ton anschlug –, gab es in jeder Mehrheit eine Minderheit, und wo immer menschliche Gefühle zu Tage traten, zeigte sich auch menschliche Eifersucht.

Aus den hinteren Reihen der Menge ertönte eine scharfe Stimme, erfüllt von Missgunst und Groll.

»Das ist die Geliebte des Wolfes!«, kreischte sie. »Isobel Weston! Was sollen wir mit ihr machen? Soll sie etwa davonkommen?« Berry sank der Mut, als er in dem Sprecher einen kräftigen jungen Mann aus Croyse Thane erkannte, der gehofft hatte, Isobel zur Frau zu nehmen.

Sein Ruf hatte ein Echo gefunden.

»Das Wolfsliebchen! Isobel Weston, die es mit dem Wolf getrieben hat!«

»Isobel Weston!«

»Da ist sie!«, peitschte der abgewiesene Freier die anderen Bürger auf. Berry sah, wie Master Westons feistes Gesicht plötzlich totenbleich wurde.

»Verbrennt die Wolfshure!«, schrien die Dörfler.

»Hängt die Hexe auf!«

Die kleine Flamme des Zorns fand neue Nahrung. Sie raste durch die Menge und fachte ihre Feindseligkeit erneut an. Wieder stürmten sie vor, die gierigen Gesichter gerötet, das des ehemaligen Verehrers an der Spitze. Bedauernd gestand Berry, dass er nur einen einzigen Blick auf die rasende Menge geworfen hatte und daraufhin hastig einen Schritt zurückgetreten war. Hugo Weston, der um das Leben seiner Tochter fürchtete, hatte sich ihnen in den Weg gestellt. Er war zur Seite gestoßen worden, und die Dorfbewohner hatten sich auf Isobel gestürzt.

Und wieder hatte Sir Francis nicht gezögert. Ehe noch jemand begriff, was er vorhatte, hatte er Mistress Weston gepackt, sie halb in den Sattel seines Pferdes gehoben, halb geworfen, und war hinter ihr aufgesprungen. Bevor einer der Bürger ihn erreichen konnte, riss er seinen Fuchs herum und galoppierte in die Dunkelheit.

Einige der Männer hatten versucht ihm zu folgen, berichtete Berry, doch das Pferd und seine beiden Reiter waren rasch von der Nacht verschluckt worden. Die Menge war um ihr Opfer gebracht worden, und der verschmähte Freier um seine Rache. Und, fügte Pater Berry hinzu, der sich innerhalb von zwei Absätzen zum zweiten Mal an seine Berufung erinnerte, Männer, die vor anderen zum Narren gemacht wurden, neigen dazu, unkluge Entscheidungen zu treffen.

Diesmal war es nicht nur eine einzige Stimme, die Strafe für Mistress Weston forderte. Diesmal waren es sämtliche Bewohner der Thanes.

Piers blätterte weiter, um des braven Priesters ausführliche Beschreibung von Isobel Westons weiterem Schicksal zu lesen. Doch entweder war Berry an das Beichtgeheimnis gebunden gewesen – Piers versuchte vergeblich, sich zu erinnern, ob das römische Ritual der Beichte 1540 bereits für ungesetzlich erklärt worden war –, oder er hatte sich diese Geschichte aufgehoben, um seinen Lesern im Schlusskapitel eine dramatische Lösung anbieten zu können. So wie er Berry kannte, war das wahrscheinlicher.

Eigentlich war es egal, denn wenn in den folgenden 400 Jahren nicht eine Menge Leute eine Menge Lügen erzählt hatten, dann, da war Piers sich sicher, hatte Isobel Weston Marcus Fitzglens Kind zur Welt gebracht. Ein Kind, das überlebt hatte, um die Geschichte seiner eigentümlichen Herkunft an folgende Generationen weiterzugeben.

Das Einzige, was Piers nicht wusste, war, ob die wutentbrannten Dorfbewohner und der enttäuschte Freier Isobel schließlich doch gefunden und sie bestraft hatten. Ebenso wenig wusste er, wohin Francis Foljambe sie gebracht hatte.

32

Nachdem Mama und sie selbst eine Weile in Charect Cottage gewohnt hatten, kam es Bryony so vor, als wüsste sie, wie Isobels Haus ausgesehen hatte und wo die einzelnen Zimmer gewesen waren. Das Haus war damals ganz anders, aber die Zimmer waren ziemlich genau an der gleichen Stelle gewesen.

Der Garten war natürlich auch an derselben Stelle gewesen, obwohl Bryony glaubte, dass damals wohl andere Sachen darin gewachsen waren. Mama meinte, wenn sie mit dem Cottage fertig wären, könnten sie versuchen, einen altmodischen Garten anzulegen, etwas, was man einen Boskettgarten nannte, und dazu einen Kräutergarten. Das wäre bestimmt toll. Sie war im Garten herumgelaufen und hatte darüber nachgedacht, wo sie die Blumen hinpflanzen würden und wie ein Boskettgarten wohl aussah. Isobel hatte Pflanzen mit wunderschönen Namen gehabt, Goldlack, Schwarzäugige Susanne oder Maßliebchen. Bryony hatte gerade daran gedacht, als sie auf die unsichtbare Linie gestoßen war, wo Isobels Dienerin den Zauberspruch aufgesagt hatte.

Es war ein sehr geheimer Zauber gewesen, und wenn die Dienerin dabei erwischt worden wäre, hätte man sie lebendigen Leibes verbrannt, weil sie ihn von einer Hexe gekauft hatte. Isobel hatte sich gefürchtet, seit sie in dieses Haus gebracht worden war, aber ohne den Zauber hätte sie sich noch viel mehr gefürchtet. Die Dienerin hatte gesagt, sie wären in Sicherheit, und sie brauche keine Angst zu haben, aber Isobel hatte viel Zeit in ihrem Zimmer verbracht, wo sie auf der gepolsterten Fensterbank gesessen und in den Wald hinausgeschaut hatte. Bryony glaubte, dass ein Teil von Isobel den Wald beobachtet hatte, damit die Dorfbewohner nicht kamen, um sie als Hexe zu verbrennen, doch ein anderer, geheimer Teil wünschte sich, der Mann, der aussah wie Karabas, würde kommen und sie holen. Bryony war sich nicht sicher, wie dieser Mann hieß, aber er war wohl dunkelhaarig gewesen und hatte sehr gut ausgesehen, und Isobel hatte ihn sehr geliebt. Erst als sich herausgestellt hatte, dass er böse und gemein war, und nachdem er das mit Isobel gemacht hatte, wovon sie ein Baby kriegte, hatte sie sich verstecken müssen.

Bryony verstand nicht ganz, wie das mit den Babys ging, nur, dass man das, was man dafür tun musste, lieber nur dann machen sollte, wenn man jemanden wirklich richtig liebte und sich völlig sicher war. Mit jemandem wie Karabas sollte man so etwas nicht machen, und Isobel hätte das auch nicht mit jemandem tun sollen, der wie Karabas aussah.

Am Tag nachdem sie in das Haus gezogen waren, war die Dienerin ausgegangen. Sie hatte einen Mantel mit einer Kapuze getragen, damit man ihr Gesicht nicht sehen konnte. Sie war zur Dorfwiese gegangen und zum Bäcker und zum Metzger und hatte heimlich belauscht, was die Leute so redeten. Sie hatte gehört, dass der Karabas-Mann im Gefängnis war und wahrscheinlich sterben musste, und dass die Leute fanden, Isobel müsse auch sterben.

Das war schrecklich, und deshalb hatte die Dienerin sofort den Zauberspruch besorgt. Man musste um den Garten herumlaufen und ihn dabei halb aufsagen, halb singen, so dass er einen schützenden Kreis um das Haus bildete. Den Kreis konnte man nicht sehen, Bryony dachte sich, dass man ihn wohl auch nicht hatte sehen sollen. Aber wenn man langsam ging und sich fest konzentrierte, konnte man ihn fühlen. Er knisterte sehr leise, dicht am Boden, und um die Tageszeit, die die Foljambes die violette Stunde genannt hatten, konnte man ihn ganz schwach hören, als ob er leise vor sich hinsänge. So hatte Bryony ihn auch gefunden – sie hatte das Knistern gefühlt und das Singen gehört, als sie den Garten erkundet hatte. Es war toll, in einem Haus zu wohnen, wo es einen Zauber gab, der vor sich hinsang. Bryony gefiel das. Es gefiel ihr auch, dass Isobel während all der Monate, die sie hier mit ihrer Dienerin gewohnt hatte, den Zauber ebenso gehabt hatte. Sie konnte sich gut vorstellen, dass Isobel an warmen Abenden das Fenster weit aufgemacht hatte, und dass sie den Zauber singen gehört und sich sicher gefühlt hatte.

Doch trotz des Zaubers hatte Isobel gedacht, dass die Leute sie schließlich finden würden. Sie konnte fühlen, wie sie immer näher und näher rückten, und eines Tages würden sie durch den Wald kommen, das Haus sehen und erraten, dass sie dort wohnte. Vielleicht würden sie die Fenster einschlagen oder die Tür aufbrechen, um hineinzugelangen, und dann würden sie sie hinauszerren und sie töten.

Bryony fand es ziemlich komisch, dass die Leute auf dem Dorf so lange hatten suchen müssen, denn Bishops Thane war nicht sehr weit von den anderen Dörfern der Thanes entfernt. Aber damals konnte man sich eben nicht mal schnell ins Auto setzen und irgendwo hinfahren.

Bryony fing gerade an, sich zu fragen, ob einer der Foljambes etwas damit zu tun gehabt hatte, und wenn ja, welcher, als etwas Unglaubliches passierte.

Zuerst war es ein ganz normaler Samstagnachmittag gewesen; sie hatten zu Mittag gegessen und waren gerade dabei, die Vorhänge in Bryonys Zimmer aufzuhängen. Das Zimmer war jetzt schon sehr schön; es war grün-weiß tapeziert, und überall waren alle möglichen Dinge frisch weiß gestrichen. Die Tischler, die unten in der Küche neue Schränke zimmerten, hatten ihr eine Sitznische unter dem einen Fenster gebaut, und einen Schreibtisch unter dem anderen.

Das Zimmer war also sehr schön, es fehlten nur noch die Vorhänge, die sie letzte Woche auf einem Markt gekauft hatten. Bryony hatte es auf dem Markt sehr gut gefallen, sie waren den ganzen Tag draußen gewesen und hatten in einer Bäckerei zu Mittag gegessen, wo sie riechen konnte, wie hinten im Laden frisches Brot und Kuchen gebacken wurden. Sie konnten überall hinfahren, weil Mama Miss Mackenzies Mini gekauft hatte. Sie würden sehr vorsichtig damit umgehen müssen, sagte Mama, aber es war gut, dass sie das gemacht hatte.

Mama stand auf der Trittleiter und hängte die Vorhänge auf, und Bryony hielt die Leiter fest, weil man nie auf eine Trittleiter steigen sollte, ohne dass jemand sie festhielt. Da hörten sie das Hämmern des Türklopfers, und Mama sagte: »Ach, verflixt, das ist bestimmt wieder irgend so ein Vertreterfritze oder die Zeugen Jehovas oder so was. Aber wir sollten wohl auf jeden Fall mal nachsehen. Hör zu, wenn es die Zeugen Jehovas sind, sagen wir, wir gehören zur Gemeinde der Heiligen Brüder von Plymouth, und wenn es ein Vertreter ist, sagen wir, wir sind Bankräuber, die sich hier versteckt halten, okay?«

»Okay«, kicherte Bryony. Mama war super, wenn sie so war wie jetzt.

Vor der Tür stand kein Vertreter und auch nicht die Zeugen Jehovas. Es war eine hoch gewachsene alte Dame mit einem verbeulten Filzhut und einem Gehstock. Sie sah Mama einen Moment lang eindringlich an und sagte dann: »Verzeihen Sie, wenn ich hier einfach so hereinplatze, meine Liebe, aber ich glaube fast, wir sind miteinander verwandt.«

Als Mama sie bloß anstarrte, fügte die Dame hinzu: »Ich bin Madeleine Foulsham, und wenn Ihre Mutter Serena hieß, dann bin ich, glaube ich, Ihre Großmutter.«

Es war das Tollste, was Bryony je erlebt hatte. Das hier war natürlich nicht Richards Madeleine von damals, das begriff sie sofort, aber ein paar Minuten, ganz am Anfang, war sie sich nicht sicher gewesen und hatte die alte Dame mit großen Augen angestarrt als wäre sie ein Geist.

Aber Geister klopfen nicht am helllichten Nachmittag höflich an die Tür und warten, bis man sie hereinbittet. Und Geister tragen keine grünen Wachsjacken und stützen sich nicht auf einen Stock, und sie lächeln auch nicht wie ein leicht verschrumpelter, rotbackiger Apfel. Sie entschuldigen sich auch nicht dafür, dass man ihnen helfen muss, in einem Sessel Platz zu nehmen und beteuern nicht, dass es wirklich lästig ist, wenn man sich nicht mehr richtig bewegen kann, aber dass es viel zu langweilig sei, darüber zu reden, und sie hätte ja auch nur Mühe beim Hinsetzen und beim Aufstehen.

Madeleine Foulsham saß im Sessel und schaute Mama mit einem Gesicht an, wie Bryony es noch nie zuvor bei jemandem gesehen hatte. Es war das Gesicht eines Menschen, der sich lange, lange nach etwas absolut Wunderbarem gesehnt hat und es – gerade, als er geglaubt hatte, es nie zu finden – plötzlich vor sich sieht.

Bryony rollte sich in der Sitzecke am Kamin zusammen; das war der schönste Platz im ganzen Haus. Sie hörte sehr genau zu, was die Erwachsenen sagten und begriff, dass die alte Dame früher eine Tochter gehabt hatte, die Serena geheißen hatte. Aber sie hatte sie nicht mehr gesehen, seit sie ein ganz kleines Baby gewesen war. Den Namen Serena hatte Bryony noch nie gehört, aber sie fand ihn wunderschön.

»Das bedeutet Heiterkeit«, erklärte Madeleine. »Gelassenheit und Friedlichkeit. Ich weiß nicht, ob sie das alles wirklich war, aber ich habe es immer gehofft.«

»Doch, das war sie«, antwortete Mama sofort. »Sie war sehr gelassen. Auch ihre Stimme war sehr angenehm.«

»Ah. Ja, gut. Vielleicht erzählen Sie mir irgendwann einmal davon? Wenn wir uns ein bisschen besser kennen?«

»Ja, natürlich. Irgendwo habe ich hier noch ein paar Fotos. Ich werde sie für Sie raussuchen.«

Bryony überraschte es, dass Mama die Bilder nicht jetzt gleich holte, doch dann sah sie, wie Madeleine nickte und lächelte, als fände sie das gut so. Da begriff sie, dass Madeleine nicht an einem einzigen Nachmittag alles über Serena erfahren wollte; sie wollte, dass Mama erst ihre Erinnerungen ordnete und sie ihr dann erzählte, immer eine auf einmal. Bryony war froh, dass Mama das verstanden hatte.

Madeleine blickte zu ihr hinüber. »Serena wäre deine Großmutter gewesen, Bryony. Also bin ich deine Urgroßmutter. Das ist doch schön, nicht wahr?«

Mit ihrer allerbesten Stimme antwortete Bryony, das wäre sehr schön, es wäre sogar ganz toll. Sie schielte ein wenig unsicher zu ihrer Mutter hinüber. Hoffentlich gab es jetzt kein peinliches Geheule und Geküsse und Getue um diese ganze Geschichte.

Aber Madeleine brachte niemanden in Verlegenheit. Sie musterte Mama nur die ganze Zeit über, als wollte sie sich genau einprägen, wie sie aussah, als ob sie die Augen gar nicht von ihr abwenden könnte. Nach ein paar Minuten streckte sie die Hand aus und schloss sie um Mamas Finger. »Dies ist eine sehr große Freude«, sagte sie. »Ich bin so froh, dass ich dich gefunden habe, mein Liebes.«

Und Mama drückte ihre Hand und antwortete: »Ja. Ich auch.«

Das war alles, was sie sagten. Bryony war sehr erleichtert. Es war zwar supertoll, eine Urgroßmutter zu haben, aber nicht, wenn es deswegen ein Riesengetue gab.

»Wie hast du uns gefunden?«, fragte Mama, als sie gemeinsam Tee tranken. Bryony bemerkte einen argwöhnischen Unterton in ihrer Stimme und blickte auf. Doch dann sagte Mama: »Ich meine, woher wusstest du, wo wir wohnen?«, und Madeleine lächelte.

»Liebes«, erwiderte sie, »man sieht gleich, dass du noch nie auf dem Land gelebt hast.«

»Haben die Leute geredet?«

»Die Leute haben schon seit ewigen Zeiten über dieses Cottage geredet. Es hat einiges erlebt, weißt du. Und ich habe ein Mädchen, das mir beim Putzen hilft, der entgeht nicht viel. Sie hat's ein bisschen sehr mit den Männern, fürchte ich, jedenfalls kennt sie deine Bauarbeiter und einen der Gehilfen des Auktionators. Sie ist schier geplatzt vom Weitererzählen der Neuigkeiten über diese romantische junge Witwe, Mrs. Stafford, die mit ihrer kleinen Tochter in Charect Cottage eingezogen wäre.« Sie lächelte. »Ich habe den Namen erkannt und mir so meine Gedanken gemacht. Stafford ist kein so ungewöhnlicher Name, aber dann habe ich dich eines Tages im Dorf gesehen… Na ja, du musstest einfach Felicity sein.«

»Du … du hast mich erkannt?«

»Ja, ich wusste von dir, auch wenn du nichts von mir gewusst hast«, sagte Madeleine. »Ich habe im Laufe der Jahre hin und wieder Neuigkeiten über deine Mutter erhalten. Ich habe gehört, dass sie gestorben ist, und dann hat meine Kusine mir einen Zeitungsausschnitt über deine Hochzeit geschickt. Dein Mann hat sehr gut ausgesehen; es tut mir so Leid, zu hören, dass er gestorben ist.«

»Ja, das war schlimm. Aber Bryony und ich hatten immer schon vor, eines Tages hierher zu kommen. Wir kennen auch eine ganze Menge Geschichten über unsere Familie. Bryony ist ganz wild darauf.« Sie lächelte Bryony auf ihre ganz spezielle Art an, die nur für sie beide reserviert war.

»Die Geschichten werden also nach wie vor erzählt, wie? Nun, das ist gut zu wissen«, meinte Madeleine. »Ich weiß auch ein paar Geschichten über die Familie. Ihr müsst mich bald besuchen, damit Bryony sie hören kann.«

»Das tun wir sehr gern«, erwiderte Mama. »Nicht wahr, Bryony?«

Bryony, die Madeleine wie verzaubert anblickte, sagte O ja und vergaß auch nicht, Danke zu sagen.

»Also, ich werde dir nicht zur Last fallen oder alle naselang bei dir vor der Tür stehen, falls du dir deswegen Sorgen machst.« Madeleine stellte ihre Teetasse hin und erhob sich aus ihrem Sessel. »Aber ich wohne ganz in der Nähe – mit dem Auto braucht man etwa eine Viertelstunde über die untere Straße. Man kann auch zu Fuß durch den Wald gehen. Ihr seid mir jederzeit willkommen, wenn ihr mich besuchen wollt.«

Sie sprach das Wort ›willkommen‹ nicht so aus wie andere Leute, sie machte zwei Worte daraus statt einem.

»Und du musst unbedingt mal allein zum Tee kommen, Bryony. Dann backen wir bei mir in der Küche Schokoladenkuchen, wenn du magst – ich habe ein altes Familienrezept für den besten Schokoladenkuchen der Welt. Und dann erzählen wir uns Geschichten über unsere Ahnen.«

Das war wirklich das Allerbeste, was je irgendjemandem auf der ganzen Welt passiert war. Bryony überlegte, wie sie diese erstaunliche alte Dame anreden sollte; wenn sie jedes Mal ›Urgroßmutter‹ sagen musste, würde man beim Reden kaum von der Stelle kommen. Doch dann sagte Madeleine: »Ich hoffe nur, ihr beide nennt mich jetzt nicht Großmutter oder Urgroßmutter. Mit so was könnt ihr mir in meinem Alter nicht kommen, das macht viel zu alt.«

Und als Mama lächelte, fügte sie hinzu: »Sagt einfach Mad zu mir, das tun hier alle.«

Bryony fand, das sei ein toller Name für eine Urgroßmutter.

Sie begleiteten Mad ein Stück auf dem Heimweg. Mama sagte, die Vorhänge könnten ruhig noch eine Stunde warten, sie würden gern das Haus sehen und wissen, wo der Weg durch den Wald führte.

»Eigentlich wohne ich im ehemaligen Torhaus des Foljambe-Anwesens«, erklärte Mad unterwegs. »Es ist ein bisschen groß für mich, aber der Garten gefällt mir, und Sonja hilft mir ja zwei Mal die Woche beim Saubermachen.«

»Ist das die, die es ein bisschen sehr mit den Männern hat?«

»Genau.«

Sonnenlicht durchflutete an diesem Nachmittag den Wald, strömte durch die Äste und zeichnete Muster auf den Farn zu ihren Füßen. An einem Nachmittag wie diesem könnte man bestimmt viele Eichhörnchen sehen, dachte Bryony. Sie hüpfte ein paar Mal, während sie so dahingingen, weil der Wald heute so ein fröhlicher Wald war.

»Das Herrenhaus ist uns nach und nach über dem Kopf zusammengekracht«, sagte Mad zu Mama. »Ich habe es natürlich nie gesehen, aber mein Großvater erinnerte sich, dass ihm sein Großvater davon erzählt hat. George Foljambe war's, der es hat verkommen lassen. Ein viktorianischer Verschwender, der gute George, scheint's. Er war besser darin, das Geld zum Fenster rauszuschmeißen, als darin, es zu verdienen. Das meiste hat er verspielt. Schlimm. Ich halte nichts vom Glücksspiel. Mein Großvater hat gesagt, von da an sei es mit dem Anwesen bergab gegangen. Francis Foljambe hat ihm zu seiner schönsten Blüte verholfen – war ein bisschen zu angetan von der Damenwelt, aber ich fand immer, dass er sich nett anhört. Ich weiß nicht, was er von Georges Treiben gehalten hätte.«

Sie zeigte auf einen schmalen Pfad, der zu ihrer Linken in den Wald führte. »Die Überreste des Hauses sind dort drüben. Wenn ihr Zeit habt, können wir sie uns ansehen. Es ist nicht weit.«

Bryony hätte sich die Ruine am liebsten allein angeschaut oder nur mit Mama, aber das wäre unhöflich gewesen. Deshalb sagte sie: »O ja, das möchte ich gern, bitte.«

»Na schön. Aber hör zu, du musst versprechen, dass du *niemals* allein in den Wald gehst. Stimmt doch, Felicity, oder?«

»Ja, das stimmt. Aber das hat sie schon versprochen, nicht wahr, Bryony?«

»Mmhm.« Sogar nette Erwachsene konnten manchmal absolut ätzend sein, wenn es um höchst wichtige Dinge ging. Aber Mama hatte darauf bestanden, und jetzt bestand Mad auch darauf, also antwortete sie: »Okay, ich versprech's noch mal. *Doppelt* versprochen.«

»Hier entlang«, sagte Mad, und Bryonys Herz schlug einen Purzelbaum vor Aufregung. Das hier war wirklich und wahrhaftig das Haus, wo früher die Foljambes gewohnt hatten.

Doch die Ruine war gar nicht toll. Bryony starrte sie an und spürte, wie ihr vor Enttäuschung ein dicker Kloß in die Kehle stieg. Einen schrecklichen Moment lang glaubte sie sogar, sie müsse gleich weinen.

Wo waren die fünf Türen, zwei auf der Vorderseite, und

eine davon mit einem Metallring zum Drehen als Klinke, wie bei einer Kirchentür? Wo waren die prächtigen grauen Mauern mit dem leuchtend grünen Efeu, und wo waren die Fenster – Reihen um Reihen von Fenstern –, in denen sich die untergehende Sonne spiegelte, so dass es aussah, als stünde das Haus in Flammen, wenn man im Abendlicht die Auffahrt hinaufkam?

Das hier war nichts als ein Haufen alter, verwitterter Steine, die zwischen den Bäumen auf dem Boden herumlagen. Es war noch nicht einmal ein *interessanter* Steinhaufen. Bryony stand mitten zwischen den verstreuten Trümmern und blickte sich um.

Schließlich schaffte sie es doch, nicht zu weinen; das war gut so. Sie sagte, sie fände alles ganz toll, und dann erzählte Mad, sie hätte eine alte Zeichnung von dem Haus, wie es zur Zeit von George dem Verschwender ausgesehen hatte. Die würden sie sich bald einmal zusammen anschauen und versuchen, herauszufinden, wo die einzelnen Zimmer gewesen waren. Danach fühlte Bryony sich etwas besser; es würde bestimmt Spaß machen, das Bild anzusehen. Sie fragte sich, ob auch die kleine, geheime Tür darauf zu sehen sein würde, die in den Keller mit all den Wolfsschlingen und den Fallen mit den Riesenzähnen hinunterführte.

Sie wartete, ob Mad etwas über diese Tür oder über den Keller sagen würde, doch sie tat es nicht, und nach einer Weile fragte Bryony sehr vorsichtig danach. Hatte es nicht einmal ein kleines Haus mit einem Keller gegeben, wo die Foljambes all die Sachen aufbewahrt hatten, die sie brauchten, um Wölfe zu jagen? Wusste Mad vielleicht, wo dieses Haus gestanden hatte?

Mad lachte auf einmal. »Du bist wohl ein bisschen blutrünstig veranlagt, meine Kleine, wie? Also, es gibt tatsächlich Spuren von etwas, das früher wahrscheinlich mal ein Keller war, und es heißt, dass dort die Fallen und Schlingen aufbewahrt wurden. Ich zeige es dir, wenn du das tatsächlich möchtest und wenn deine Mutter nichts dagegen hat.« Sie warf Felicity einen Blick zu, und Bryony schaute hoffnungsvoll zu ihr empor. Mama hasste Keller und unterirdische Räume mehr als alles andere auf der Welt.

Doch Mama grinste und sagte: »Was bist du doch für eine widerliche kleine Grabschänderin, Bryony. Ja, zeig es ihr ruhig, wenn du noch genug Zeit hast, Mad. Aber ich bin nicht gerade versessen darauf, in irgendwelchen alten Kellern herumzustochern. Ich setze mich hier auf den Stein und halte Zwiesprache mit dem Wald.«

»Also los, Bryony. Wir sollten uns hier lieber in Acht nehmen. Das ist der älteste Teil der Ruine. Weißt du, dass er fast tausend Jahre alt sein könnte?«

Sie waren sehr vorsichtig. Langsam wurde es ein bisschen dunkel im Wald; es war ein schöner, sonniger Nachmittag gewesen, doch als sie durch die Ruine stiefelten, ging die Sonne unter. Es war doch gut, dass Mama und Mad dabei waren, denn plötzlich fand Bryony den Wald gar nicht mehr so schön: Er erinnerte sie an Karabas und an den Abend, als er sie in den Wald geschleppt hatte. Sie hatte es fast geschafft, das alles zu vergessen, aber jetzt kam es zurück, und sie hatte das Gefühl, dass irgendetwas ihnen nachschlich und sich dabei hinter die Bäume duckte, damit man es nicht sah. Nicht Karabas, natürlich, aber vielleicht das böse alte Wolfswesen, das an jenem längst vergangenen Wolfsabend Edmund gefressen hatte. Bei Wölfen konnte man sich nie ganz sicher sein, man wusste nie genau, ob sie wirklich jemals starben.

Und dann sagte Mad: »Hier sind wir, mein Liebes«, und da waren sie. Genau vor ihnen war der finstere, stinkende Keller, wo Edmund von dem Wolf gefressen worden war.

Und irgendjemand hatte den Efeu heruntergerissen, der die Tür bedeckt hatte, und hatte die Tür aufgebrochen. Ein schwarzes Loch gähnte im uralten Fundament des Hauses im Wald, das Richard Foljambe vor fast tausend Jahren gebaut hatte.

Felicity war erstaunt, wie wenig es sie überrascht hatte, Madeleine Foulsham zu begegnen, und wie einfach es gewesen war, sofort eine enge Beziehung zu ihr aufzubauen.

Madeleine – Mad. Es war einfach, unter diesem Namen an sie zu denken, aber schwierig, sie als Großmutter zu betrachten. Vielleicht lag es daran, dass sie nie eine Großmutter gehabt hatte. Ich bin nicht an Familie und Verwandte gewöhnt, dachte sie, und lehnte sich mit dem Rücken an den Stamm eines alten Baumes. Die Rinde hatte die Nachmittagssonne aufgesogen, sie fühlte sich warm an. Das Sonnenlicht fiel durch die Blätter und sprenkelte den Boden mit Schatten. Irgendwo über ihr gurrte eine Taube in der stillen Luft. Schön. Sie konnte gerade noch Mad mit ihrem grünen Hut erkennen, die mit ihrem Stock herumfuchtelte und Bryony auf diese oder jene Besonderheit der Ruine hinwies, und sie konnte Bryonys kleine Gestalt sehen, die neben Mad hertrottete.

Es war nett von Madeleine Foulsham gewesen, sie auf so gezielt undramatische Weise aufzusuchen. Felicity war nicht entgangen, dass Mad nur eine halbe Stunde geblieben war und eine einzige Tasse Tee getrunken und die angebotenen Kekse abgelehnt hatte. Es war auch nett gewesen, dass sie ausdrücklich betont hatte, ihnen nicht zur Last fallen zu wollen. Und sie war fantastisch mit Bryony zurechtgekommen; sie hatte jenes instinktive, spontane Einfühlungsvermögen gezeigt, das unverheiratete ältere Frauen Kindern gegenüber so oft unvermutet an den Tag legten. Bestimmt würden sie bald im Torhaus vorbeischauen. Ein paar höfliche Schranken würden sie aufrecht erhalten, doch mit Sicherheit würden sie Mad sehr viel besser kennen lernen. Felicity freute sich, dass sie Fotos von Serena hatte, die sie Mad zeigen konnte.

Es war friedlich im Wald, obwohl es sich ein wenig merkwürdig anfühlte zu wissen, dass sie sich an jenem Ort befanden, wo ihre Vorfahren gelebt und in ihrem seltsamen Gewerbe ihrem König gedient hatten. Wenn ich ein bisschen überspannt wäre, würde ich jetzt anfangen, Gespenster zu sehen, dachte Felicity, eingelullt von der Wärme des alten Baumes. Schläfrig betrachtete sie den Wald. Die Sonne begann gerade unterzugehen, die Schatten auf dem Boden wurden länger, und die Vögel waren verstummt. Ein überwältigendes Gefühl der Stille lag über allem.

Als würde die Zeit für ein paar Sekunden langsamer vergehen, dachte sie. Als könnte ich in die Vergangenheit hinüberblicken, wenn ich bloß wüsste, wo ich hinschauen muss und wie ich das anstellen soll. Wenn ich das könnte, und wenn ich großes Glück hätte, könnte ich vielleicht einen flüchtigen Blick auf all diese Gespenster werfen …

Auf Bryonys geliebten Richard vielleicht, wie er unter der Herrschaft von William dem Eroberer das erste kleine Haus im Wald baute. Oder die schemenhaften attraktiven Zwillinge, die auf einem Kreuzzug gekämpft hatten … Und Francis. Bis heute hatten Felicity und Bryony nichts von Francis gewusst; Felicity gefiel das, was sie über ihn gehört hatte.

Ich glaube, ich kann ihn fast sehen, dachte sie benommen. Dunkles Haar mit rötlichen Strähnen, und sehr helle, klare Augen. Ja, er ist da, steht unter dem niedrigen Ast dort. Ich kann sehen, dass er mich beobachtet. Komisch, dass er mir so vertraut ist. Ist er das tatsächlich? Na ja, schließlich gehört er hierher … Ein Geist zwischen den Bäumen. Es erschien ihr absolut normal, dass Francis Foljambe, der das Anwesen der Familie zur höchsten Blüte geführt hatte und den Damen sehr zugetan gewesen war, hin und wieder in diesem Wald wandeln sollte, den er einst so gut gekannt hatte.

Und dann, von einem Herzschlag auf den anderen, verschwand der sonnengetränkte Frieden, und Felicity setzte sich kerzengerade auf, mit einem Schlag hellwach. Irgendwo stimmte hier etwas ganz und gar nicht. Irgendetwas Bedrohliches war in der Nähe. Etwas, das mit diesem Gefühl, die Vergangenheit zu berühren, zu tun hatte, oder? Oder damit, für einen Moment die schlanke Gestalt von Francis mit den hellen Augen unter den Bäumen gesehen zu haben?

Oder war es Francis selbst? Felicitys Nackenhaare stellten sich auf. Natürlich nicht, du Idiotin, du bist halb eingeschlafen und hast das geträumt. Es gibt keine Gespenster. Aber es gibt andere Dinge. Es gibt Wesen, die grauenhafte Versprechungen machen, dass sie dich beobachten werden …

Es war lächerlich, zu glauben, dass Karabas oder seine Leute ihr gefolgt sein könnten. Lächerlich zu denken, dass er dort gestanden und sie beobachtet hätte. Ja, aber *irgendwas* ist da zwischen den Bäumen. Ich *weiß*, dass da etwas ist. Sie starrte in die dichter werdenden Schatten. Nichts. Oder doch? Gleich würde sie nach Madeleine und Bryony rufen – panische Angst um Bryony schoss schlagartig in ihr empor. Wenn Karabas wirklich hier war …?

Direkt vor ihr bewegte sich das Gebüsch. Sie hörte, wie leise, verstohlene Schritte sich entfernten.

Sie fand, dass sie hinlänglich ruhig schien, als sie sich anschickten, nach Charect Cottage zurückzukehren und Mad den Heimweg antrat.

Einen Moment lang spielte Felicity mit dem Gedanken, Mad gegenüber zu erwähnen, dass sie glaubte, jemanden im Unterholz gehört zu haben. Dann verwarf sie die Idee. Wahrscheinlich war es nur Einbildung gewesen, bestenfalls ein Tier. Und Mad war es anscheinend gewöhnt, allein im Wald herumzulaufen. Sie zeigte Felicity die Messerklinge, die aus dem unteren Ende ihres Stocks hervorglitt. »Eine Halbstarke mit einem Springmesser«, feixte sie. »Und in der Tasche habe ich außerdem noch eine Trillerpfeife – eins von diesen schrillen Dingern, die einem glatt das Trommelfell zerfetzen. Ach ja, und eine Dose Abwehrspray, das Zeug, das sie bei Demonstrationen benutzen – hier, sieh mal.«

»Äh … ist das nicht illegal?«

»Klar«, erwiderte Mad. »Aber lieber illegal als ausgeraubt. Ich werde euch beiden auch eine besorgen. Es kann nie schaden, ein kleines Arsenal mit sich herumzutragen.«

Mad würde wahrscheinlich auf dem Heimweg keine Probleme bekommen, dachte Felicity. Sie hörte Bryony zu, die erzählte, dass sie den richtig alten Teil des Hauses gefunden hätten, und dass dort all die Wolfsfallen aufbewahrt worden wären. Die Wirklichkeit verschwamm ein wenig, denn es war schwer zu sagen, ob Bryony wieder eine ihrer übersinnlichen Schauergeschichten erzählte, oder ob sie und Mad tatsächlich etwas in der Ruine gefunden hatten.

Doch als Bryony sich ein paar Schritte entfernte, um sich ein paar dunkelrote Pilze anzusehen, die im Schatten eines uralten Baumes wuchsen, sagte Mad: »Felicity – halt Bryony lieber eine Weile von der Ruine fern.« Sie flüsterte nicht direkt, doch sie sprach mit gedämpfter Stimme.

»Aus irgendwelchen bestimmten Gründen?« Felicity warf einen Blick auf ihre anscheinend völlig faszinierte Tochter.

»Na ja, es sieht so aus, als wäre jemand in den alten Teil des Hauses eingebrochen, wo früher die Keller waren«, entgegnete Mad. »Vor kurzem, meine ich. Wir sind nicht näher rangegangen – man muss das Schicksal ja nicht herausfordern.« Sie blickte Felicity mit zur Seite geneigtem Kopf freundlich an. »Ist bestimmt nichts Ernstes, bestimmt nur Landstreicher oder irgendwelche Esoteriker. Die campieren ständig hier draußen. Aber bleibt lieber eine Weile vom Wald weg.«

Wahrscheinlich war es reiner Zufall, dass die Sonne genau in diesem Moment hinter dem Horizont versank.

33

Charect Cottage wieder herzurichten erwies sich als erstaunlich heilsam. Es war ein abgedroschenes Klischee, dass harte Arbeit das Allheilmittel für ein gebrochenes Herz wäre, doch in Bracken Hall hatte Felicity herausgefunden, dass es stimmte. Wenn man verbissen an etwas arbeitete und sich völlig darauf konzentrierte, gelang es einem, praktisch alles andere auszublenden. Das funktionierte nicht immer, aber manchmal, und das war das Beste, worauf man hoffen konnte. Indem sie sich in die Vorbereitungen für Bracken Halls Zweihundertjahrfeier stürzte, hatte Felicity es geschafft, die bittersüßen Erinnerungen an Connor zu verdrängen, und jetzt, indem sie Charect Cottage renovierte, verdrängte sie die albtraumhafte Erinnerung an Karabas' Brutalität und daran, dass sie Bryony um ein Haar verloren hatte.

Karabas... Bestimmt war er es nicht gewesen, an jenem Nachmittag im Wald, doch es war zumindest merkwürdig, dass sie in letzter Zeit mehrmals das Gefühl gehabt hatte, er wäre ganz in der Nähe. Reine Nervensache, eine verspätete Schockreaktion auf die Vergewaltigung – ja, und auf den unheimlichen Nachmittag in Bracken, als er wieder aufgetaucht war und ihr gedroht hatte, er würde sie beobachten, bis das Kind geboren wäre. Schon eins dieser Ereignisse würde ausreichen, um einen die Nerven verlieren zu lassen.

Das war wahrscheinlich auch der Grund, weshalb sie immer mehr das Gefühl hatte, dass Charect Cottage etwas Dunkles, sehr Beängstigendes beherbergte. Am Anfang, als sie auf dem Boden geschlafen und auf einem Campingkocher gekocht hatten, war ihr das kleine Haus hell und freundlich erschienen. Felicity hatte sich an ihren ersten Eindruck erinnert, dass, wenn hier ein Gespenst umging, es ein sanftes, ziemlich herzergreifendes Gespenst sein musste.

Das Haus war immer noch hell, und es war auch immer noch freundlich, und Felicity dachte, dass das traurige kleine Gespenst ab und zu nach wie vor ungesehen durch die Zimmer huschte. Doch etwas anderes war in das Cottage eingedrungen, etwas Boshaftes, Verschlagenes, und was immer es war, es trieb jede Nacht sein Unwesen im Haus, wenn Felicity im Bett lag; es spähte hinter den Türen hervor und lugte durch die Ritzen in den Schränken.

Du wirst nie sicher sein, wo ich bin… hatte Karabas gesagt. *Manchmal wirst du glauben, dass ich bei dir im Haus bin…*

Felicity ertappte sich dabei, wie sie abends, wenn Bryony ins Bett gegangen und alles still war, rasche Blicke über die Schulter warf, ob vielleicht die Tür zum Wohnzimmer leise aufgedrückt würde. Nachts stand sie mehrmals auf, um nachzusehen, ob die Türen verriegelt und die Fenster im Erdgeschoss fest geschlossen waren.

Denk daran, wenn du nachts deine Tür abschließt… Denk daran, dass du mich vielleicht nicht ausschließt, sondern mich mit dir zusammen einschließt…

Wenn das so weitergeht, schaue ich bald jeden Abend unters Bett wie eine vertrocknete alte Jungfrau, dachte Felicity verärgert. Ich glaube nicht, dass Karabas uns gefunden hat, und ich glaube auch nicht, dass er es war, den ich im Wald gesehen habe. Ich glaube, ich habe überhaupt nichts im Wald gesehen! Sie unterdrückte ihre absurde, nervöse Furcht und konzentrierte sich darauf, sich erneut in Charect Cottages sanfte, beruhigende Aura zu hüllen.

Sie war entschlossen, das Geld der Kirche und ihr eigenes kleines Guthaben sparsam und praktisch einzusetzen und versuchte, einen Kompromiss zwischen unnötigem Luxus und Pfennigfuchserei zu schließen. Der größte Teil des Mobiliars aus dem Haus in London passte in die Räume des Cottages, obwohl ein paar der größeren Stücke verkauft werden mussten. Felicity sah zu, wie der – jetzt zu riesige – Esstisch auf einem Lastwagen geladen wurde und verspürte einen scharfen, völlig unlogischen Stich im Herzen. Sie und Con hatten so oft Gäste um diesen Tisch versammelt. Es waren keine aufwendigen Dinner Partys mit Fünf-Gänge-Menüs gewesen, sondern laute, fröhliche Abende, bei denen die Leute riesige Portionen Curryreis verschlungen oder einfache Kasserollen, die haufenweise Knoblauch enthielten, mit Bergen von Baguette aufgetunkt hatten. Manchmal hatten sie sich auch einfach etwas vom Chinesen kommen lassen. Oh, *verschwinde*, dachte sie. Geh weg, schnell, und nimm die Erinnerungen mit, ich kann sie nicht ertragen!

Doch auch wenn der Esstisch und die Schränke fort waren, so machte sich die walisische Anrichte doch großartig in der Küche, und die kleinen Sofas – deren Chintzbezug genau das Richtige war – und der Schreibtisch aus Rosenholz passten wunderbar ins Kaminzimmer. Die Teppiche mussten neu gekauft werden – der Preis war wirklich unglaublich –, doch Felicity hatte versucht, die Kosten zu drücken, indem sie die wunderschöne Eichentreppe nur mit einem schmalen roten Läufer in der Mitte bedeckte. Vorhangstoff konnte man auf dem Markt für ein Viertel dessen bekommen, was er im Laden kostete, und Tapeten mussten nicht teuer sein, um gut auszusehen.

Gott sei Dank waren Küche und Bad inzwischen fertig. Die Küchenschränke waren aus hellem Eschenholz, schlicht, aber robust. Der Boden war ziegelrot gefliest, und Felicity hatte auf dem Markt ein paar prachtvolle Binsenmatten gefunden. Vor den Fenstern hingen Vorhänge aus grobem, ungebleichtem Leinen, und später würde sie eine rote Geranie auf das Fensterbrett stellen. Sie hatte Mad die Küche gezeigt, und diese hatte gesagt: »Großer Gott, Liebes, ich habe jede Menge Setzlinge in meinem Schuppen im Garten, du kannst so viele davon haben, wie du willst.«

Ihr Schlafzimmer war noch nicht ganz fertig. Die Bauarbeiter hatten kleine, offene Kamine in den Schlafzimmern eingebaut, und sie hatten einen ausgelassenen Nachmittag verlebt, als die Schornsteine gefegt wurden. Es würde wunderbar tröstlich sein, im Bett zu liegen, während das Licht des Feuers an den Wänden spielte, und zuzuhören, wie die Blätter des Baumes vor ihrem Fenster raschelten.

Und natürlich gab es kein Gespenst in Charect Cottage. Sie würden hier sehr glücklich sein, sie, Bryony und das Baby.

Langsam begann Felicity, das Baby als normales Wesen

anzusehen: Ein dunkelhaariges Stückchen Menschlichkeit mit einem weichen Köpfchen, das vielleicht ein bisschen so aussehen würde wie Bryony, das jedoch ganz sicher keinerlei Ähnlichkeit mit Karabas haben würde. Sie hatte sich einen freundlichen, sachlichen Gynäkologen in Ashbourne gesucht, und bald würde sie regelmäßig zur Geburtsvorsorge-Untersuchung gehen müssen. Sogar über Namen dachte sie schon nach. Sie überlegte, ob sie es nach ihrem Vater Peter nennen sollte, wenn es ein Junge würde, doch bei diesem Gedanken stiegen Erinnerungen an Prokofievs *Peter und der Wolf* in ihr auf. O Gott, nein, bloß das nicht! Es wäre vielleicht nett, das Baby nach jemandem aus Bracken Hall zu nennen, wo alle so unglaublich nett zu ihr gewesen waren. Morag vielleicht, für ein Mädchen, oder vielleicht lieber die irische Version, Maura. Maura war hübsch. Und Andrew oder Dominic, falls es ein Junge wurde. Dominic Stafford, das klang doch gut.

Angesichts all dieser Entscheidungen und all der Arbeit war es nicht schwer, das schleichende Unbehagen abzuschütteln. Tagsüber konnte Felicity sogar über sich selbst lachen. Als Bryony in ihre neue Schule kam, gab es zunächst einen Wirbel aus neuen Stundenplänen und neuen Freunden, mit denen sie sich vertraut machen musste. Sie hatte mit der Schulleiterin und einer der Lehrerinnen gesprochen; die Schule erschien ihr klein und freundlich. Es gab einen Schulbus, der die Kinder einsammelte; Felicity ging jeden Nachmittag zur Haltestelle, um ihn zu erwarten. Es war ein hübscher Spaziergang, gerade lang genug, um wirklich Spaß zu machen. Sie überlegte, ob sie sich einen Hund anschaffen sollten. Bryony wäre begeistert, sie könnten einen Welpen gemeinsam erziehen. Vielleicht sollte sie mal mit Mad darüber reden.

Sie begann, ein paar der anderen Eltern zu grüßen, während sie miteinander morgens oder nachmittags auf den Schulbus warteten, und zusammen mit zwei oder drei anderen Müttern wurde sie zum Kaffee eingeladen. Auch über einen Lunch-Club wurde geredet, der sich einmal im Monat zum Mittagessen treffen und jedes Mal ein anderes Restaurant ausprobieren sollte. Vom Elternbeirat und dem örtlichen Laientheater wurde gesprochen, und vom Geschichtsverein – alles sehr liebenswürdig und zwanglos und sehr erfreulich. Ich fange an, Wurzeln zu schlagen, dachte Felicity. Es klappt. Bryony wurde zum Tee und zu einem Ausflug in die Stalaktiten-Höhle von Matlock eingeladen. Der Ausflug war offensichtlich ein voller Erfolg.

Es geht ihr gut, dachte Felicity. Uns beiden geht es gut. Nach und nach begann sie, sich zu entspannen.

Und dann entdeckten die Bauarbeiter die ursprünglichen Fundamente des ersten Charect Cottage, und das Haus, das so ein sicherer Zufluchtsort gewesen war, wurde endgültig zu einem Ort, an dem Geister umgingen, und die Dunkelheit, die Felicity gespürt hatte, brach in einem gewaltigen, erstickenden Schwall über sie herein.

Es war reiner Zufall. Charect Cottage besaß einen kleinen Keller, der von der Küche aus zugänglich war, und in dem die Zentralheizung und ein zusätzlicher Anschluss für eine Waschmaschine eingebaut werden sollten. Felicity war einmal dort unten gewesen; es war düster und ein wenig feucht. An einer der Wände stand ein altmodisches Ungetüm von einem Boiler, der auseinander genommen und verschrottet werden musste. Wenn das jedoch erst einmal erledigt wäre, könnte man einen modernen Boiler installieren, die Wände verputzen und weiß streichen und den Fußboden mit hellen Fliesen belegen. Der Klempner meinte, der Keller wäre gut als Waschküche geeignet, und Felicity war ganz seiner Meinung. Es wäre wirklich schade, den zusätzlichen Platz nicht zu nutzen.

Den altertümlichen Boiler auseinander zu nehmen dauerte fast den ganzen Tag, und erst, als das letzte Teil von der

Wand weggezerrt wurde, kam die zugemauerte Tür dahinter zum Vorschein. Sie war klein, knapp anderthalb Meter hoch, und die spröden Ziegel waren von einer so dicken Schicht Spinnweben bedeckt, dass Felicity einen Moment lang glaubte, dort hinge ein grauer Vorhang.

»Müssen Sie das da wirklich aufstemmen?«, fragte sie und betrachtete das alte Mauerwerk angewidert.

»Ich fürchte ja, Mrs. Stafford. Der Keller hier hat nur etwa ein Viertel von der Grundfläche des gesamten Hauses. Wahrscheinlich ist auf der anderen Seite von dieser Mauer noch ein Raum; sieht aus, als wär der schon vor langer Zeit zugemauert worden. Anscheinend sind die alten Fundamente nie dicht gemacht worden. Und Sie wollen doch bestimmt wissen, was da drin ist, oder?«

Felicity unterdrückte das spontane Bedürfnis, zu antworten, nein, nicht in tausend Jahren. »Ja, natürlich.«

»Dauert nur ein, zwei Stunden«, meinte der Klempner fröhlich. »Ich sag dem Lehrling, er soll eine Spitzhacke besorgen.«

Bryony wusste, dass sie nicht in den Keller durfte, wenn die Maurer und Klempner dort unten arbeiteten, und besonders nicht heute, weil sie da unten eine Wand einrissen, oder so was. Der Keller war verfallen und modrig, freiwillig würde da sowieso niemand runtergehen. Da unten war etwas Schlimmes – nicht etwas gruseliges, *böses* Schlimmes, sondern etwas trauriges, einsames Schlimmes.

Vielleicht war es wegen Isobel, dachte Bryony. Sie hatte sich die ganze Zeit gefürchtet, auch nachdem der Zauber um das Haus gelegt worden war. In manchen Teilen des Hauses konnte man ihre Angst fühlen. Bryony hatte sie in verschiedenen Zimmern gespürt, aber am schlimmsten in der Küche, bei der Tür, die zum Keller führte. Dort war Isobel gewesen, als ihre Dienerin angerannt gekommen war und ihr erzählt hatte, dass die Leute aus dem Dorf ihr Zuhause niedergebrannt hatten – ihr richtiges Zuhause, wo sie mit ihrem Vater gewohnt hatte –, und dass ihr Vater gerade noch rechtzeitig aus dem Haus hätte laufen können, um nicht auch zu verbrennen. Isobel war sehr unglücklich, wegen ihres Hauses und wegen ihres Vaters. Jeder wäre deswegen traurig gewesen, doch Isobel hatte außerdem noch Angst, weil sie genau wusste, dass die Dorfbewohner heute Abend hierher kommen würden, und vielleicht würden sie versuchen, auch Charect Cottage niederzubrennen.

Sie hatten in panischer Angst ihre Sachen gepackt und versucht, sich zu beeilen und sich zu überlegen, wo sie hingehen und was sie tun sollten. Bryony konnte sich gut vorstellen, wie Isobel Kleider und Umschlagtücher und wollene Mäntel zusammenraffte und sie in eine Tasche stopfte. Und dann hatte sie plötzlich innegehalten, die Hände voller Kleidungsstücke, hatte den Kopf gehoben und gelauscht. Eine Sekunde später hatte sie die Dienerin angestarrt, die Augen vor Entsetzen weit aufgerissen.

Draußen, tief im dunklen Wald, ertönte Geschrei. Und als die Dienerin ans Fenster stürzte und in die Nacht hinausspähte, sahen sie beide das Licht lodernder Fackeln, die durch die Bäume auf sie zukamen.

Sie kauerten aneinander geschmiegt unter dem Fenster, damit man sie nicht sehen konnte, und beteten, dass sie irgendwie entkommen könnten. Die Dienerin erinnerte Isobel immer wieder an den Zauber, aber Isobel wusste, das der Zauber sie nicht länger schützen würde. Ganz am Anfang hatte er das noch getan, aber jetzt nicht mehr. Vielleicht war er während all der Monate, die sie jetzt schon hier waren, schwächer geworden – vielleicht musste man einen Zauber regelmäßig erneuern, und die Dienerin hatte das nicht gewusst. Oder möglicherweise war der Hass der Dorfbewohner schließlich stärker geworden als der Zauber.

Es war zu spät, um in die Nacht hinauszufliehen und sich

in Sicherheit zu bringen. Die Leute aus dem Dorf hatten das Haus entdeckt und umringten es laut rufend und brüllend. Isobel lugte über das Fenstersims und duckte sich rasch wieder, denn dieser kurze Blick hatte ihr die Menge gezeigt: Er hatte ihr die Gesichter der Leute gezeigt, sie waren gerötet und ihre Augen funkelten, als ob sie sich furchtbar freuten. Es war grässlich, wenn Leute sich über so schlimme Dinge freuten, wie darüber, jemand anderen lebendigen Leibes zu verbrennen. Isobel war übel geworden, als sie das gesehen hatte, und Bryony wurde auch richtig schlecht, wenn sie nur daran dachte.

Doch dann war der Dienerin etwas eingefallen, wie Isobel vielleicht entkommen könnte. Neben dem Kamin gab es ein Stück Täfelung, das sich verschieben ließ – das war dort angebracht worden, um einen Priester zu verstecken –, und die Dienerin meinte, wenn Isobel sich dahinter verbarg, würden die Dorfleute sie vielleicht nicht finden.

Es war dunkel hinter der Täfelung, und es roch nach Mäusen und toten kleinen Tieren. Isobel bekam nicht sehr viel Luft, nachdem die Täfelung wieder vorgeschoben war, aber es war besser, es eine Weile unbequem zu haben, als von den zornigen Dorfbewohnern hervorgezerrt und bei lebendigem Leibe verbrannt zu werden. Lauschend kauerte sie in dem dunklen Loch und wartete, und schon sehr bald hörte sie das, was sie gefürchtet hatte. Die Leute aus dem Dorf polterten gegen die Tür.

Sie hämmerten auf die Tür ein und brüllten im Chor, so dass Isobel sie hören konnte: *Sucht die Hexe, sucht die Hexe…*

Sie begann am ganzen Leib zu zittern, und das Gebrüll wurde heftiger, wurde zu *Verbrennt die Hexe, verbrennt die Hexe…*, und dann ertönte ein splitterndes Krachen und sie wusste, dass sie ins Haus eingedrungen waren.

Sie machte sich so klein wie möglich, doch ihr Herz pochte so wild, dass sie fürchtete, die Menge würde es hören und die

Täfelung herunterreißen. Sie gab sich große Mühe, tapfer zu sein, versuchte an die Priester zu denken, die sich hier vor den Schergen des Königs versteckt hatten. Sie erinnerte sich daran, dass Priester tapfere Männer waren, und vielleicht hatten sie ein bisschen von ihrem Mut hier zurückgelassen. Mut konnte man nicht sehen, aber womöglich konnte man ihn fühlen. Isobel hatte geglaubt, dass sie selbst tapfer sein könnte, wenn sie den Mut von jemand anderem spüren könnte.

Die Dorfleute rannten durch das ganze Haus, sie konnte ihre schweren Schritte auf der Treppe und in den Zimmern vernehmen und hörte, wie sie schrien, was sie mit ihr machen würden, wenn sie sie gefunden hätten. Sie zitterte vor Angst, und jetzt hatte sie auch Schmerzen – Bryony verstand nicht recht, was es mit diesen Schmerzen auf sich hatte, nur, dass es etwas mit dem Baby zu tun hatte und dass es sehr, sehr wehtat. Nach einer Weile krümmte sich Isobel und presste die Hände gegen ihren Bauch, und dann musste sie einen Fetzen von ihrem Kleid abreißen und ihn sich in den Mund stopfen, weil es so schlimm wurde, dass sie sonst geschrien hätte, und die Dorfbewohner sie gehört hätten.

Jetzt roch es plötzlich nach brennendem Holz, und einen schrecklichen Augenblick lang glaubte Isobel, das Haus würde abbrennen, und sie müsste in den Flammen sterben. Doch dann begriff sie, dass die Menge das Zimmer erreicht hatte; sie waren auf der anderen Seite der Täfelung, und was sie roch, waren ihre brennenden Fackeln.

Sie drückte sich in eine Ecke, krümmte sich vor Schmerzen, und dann gab es ein kratzendes Geräusch und Licht – heißes, trockenes, brennendes Licht, das in ihren Augen wehtat – flutete in das enge Loch. Sie blickte auf und sah die Männer, die mit funkelnden Augen auf sie herabstarrten. Hinter ihnen rang ihre Dienerin schluchzend die Hände und schrie, sie mögen doch Erbarmen haben, ob sie denn nicht sehen könnten, dass ihre Herrin in den Wehen läge.

Doch sie packten sie und zerrten sie aus ihrem Versteck; sie hatten grässliche, schwielige Hände mit schmutzigen, abgebrochenen Nägeln, die ihr die Haut zerkratzten, und sie rochen nach Rauch und Zwiebeln und Schweiß. Isobel wurde übel und schwindlig von dem Geruch und von den reißenden Schmerzen, und auch vor Angst.

Sie zerrten sie hervor und wollten sie zwingen, hinaus in den Wald zu gehen, aber sie konnte sich vor Qualen nicht auf den Beinen halten.

»Sie liegt wirklich in den Wehen«, rief einer der Männer, und die großen, roten Gesichter tauchten vor ihr auf, als sie sich über sie beugten.

»Die tut nur so«, sagte eine andere Stimme abfällig. »Das ist ein ganz alter Trick. Verpassen wir dem Miststück ein paar anständige Fußtritte, dann steht sie schon auf.«

Lautes Stimmengewirr erscholl, dann meinte jemand: »Nein, sie tut nicht nur so – seht doch, der Kopf ist schon halb draußen.« Die Stimme, die das von den Fußtritten gesagt hatte, rief: »Gut! Dann können wir die Hure töten, und ihren Wolfswelpen gleich dazu.«

»Stellt sie vor Gericht!«, schrie eine andere Stimme.

»Nein!«, widersprach eine andere. «Keine Verhandlung mehr, wo den ganzen Tag nur geredet wird! Lasst uns das Gleiche mit ihr machen, was die Leute heute Nacht mit ihrem Wolfsgeliebten anstellen werden!«

Als die Männer das sagten, hatte Isobel aufgehört, sich zu wehren. Sie hatte gewusst, dass sie sie töten würden, genau wie Bryony es wusste, aber sie hatte sich nicht mehr gegen sie zur Wehr gesetzt. Bryony konnte das nur sehr schwer verstehen.

Was sie am wenigsten verstehen konnte, war, dass Isobel von diesem Augenblick an keine Furcht mehr gezeigt hatte.

34

Was Piers am wenigsten verstehen konnte, war, dass Marcus Fitzglen offenbar keinerlei Furcht gezeigt hatte.

Viel war von Pater Berrys Schilderung nicht mehr übrig, und er las jetzt langsamer, achtete auf jedes Wort. Wenn ich es nicht besser wüsste, würde ich fast glauben, ich wünsche mir, dass diese Kreatur ungeschoren davongekommen ist, dachte er ärgerlich.

Den entscheidenden Beweis hatte Sir Francis Foljambe geliefert. In seiner kühlen, unerschütterlichen Art war er in den Zeugenstand getreten und hatte dem Gericht geschildert, wie sie, nachdem Fitzglen in die Verliese unter dem Gerichtsgebäude geschafft worden war, den halb fertigen Graben inspiziert hatten, den der unselige Walter ausgehoben hatte.

»Die unglücklichen Opfer des Werwolfs lagen alle dort drin«, sagte er. »Sie entlarven ihn ohne Fehl als die mordlustige Bestie, als die wir ihn kennen gelernt haben. Er hatte sie in dieses behelfsmäßige Grab geworfen, und sie lagen dort so, wie sie hineingefallen waren. Ein paar von ihnen waren nicht vollständig, aber einige haben wir anhand des Schmucks erkannt, den sie trugen.«

Eine Mischung aus Übelkeit und Mitleid stieg in Piers auf, als er dies las. Berry hatte unerwartete Zurückhaltung an den Tag gelegt, doch die Worte *nicht vollständig* waren grauenhaft bildlich, und die Leichen hatten sich mit Sicherheit in unterschiedlichen Stadien der Verwesung befunden. Die Erwähnung des Schmucks war herzzerreißend: Die Dorfmädchen hatten sich für das Stelldichein mit dem hinreißenden Gentleman, der nach Bishops Thane gekommen war, mit all ihrem armseligen Flitter herausgeputzt.

Die zwölf ehrenwerten, unbescholtenen Geschworenen hatten genau eine halbe Stunde gebraucht, um zu dem einstimmigen Verdikt zu kommen, dass Marcus Fitzglen des

Mordes, der Schändung und der Hexerei schuldig sei. Dass er sterben musste, stand fest, doch das Gericht hatte lange in einem anderen Raum beraten, ehe das Urteil verkündet worden war. Berry hatte an dieser Beratung teilgenommen, teils in seiner Funktion als Gerichtsschreiber, teils als Geistlicher. Wahrscheinlich war dies auf jene Zeiten zurückzuführen, als den Priestern in jeder Gemeinde eine gewisse Achtung entgegengebracht wurde, meist deswegen, weil sie die Einzigen waren, die lesen und schreiben konnten.

»Er darf nicht verbrannt werden«, hatte Sir Francis verkündet und die kleine Gruppe gemustert, die sich um den Tisch versammelt hatte. »Der Tod auf dem Scheiterhaufen setzt dem widernatürlichen Geschlecht, dem er entstammt, kein Ende.«

Der Richter hatte mit ausgesuchter Höflichkeit nachgefragt, was es damit auf sich habe, und Sir Francis hatte erwidert: »Er gehört zu einem Geschlecht von Missgeburten, weder ganz Tier noch zur Gänze menschlich. Meine Vorfahren sind diesen Wesen im Laufe der Jahrhunderte mehrmals begegnet, und wir sind immer auf die gleiche Weise mit ihnen verfahren.«

»Köpfen?«, fragte der Richter. »Hängen?«

»Nein. Hört mich an.« Mit leuchtenden grauen Augen hatte Sir Francis sich über den Tisch gebeugt, und Berry hatte ihn beobachtet und bei sich gedacht, dass er ihn durchaus ein wenig beneiden könnte, hätte er weltlichen Dingen, wie beispielsweise einem ansehnlichen Äußeren, nicht abgeschworen.

Francis Foljambe hatte sich natürlich durchgesetzt, und Berry hatte den Urteilsspruch wortgetreu zu Papier gebracht:

Da die Geständnisse und Aussagen vor diesem Gericht Eure Schuld erwiesen haben... Da Ihr, Marcus Fitzglen, erschrecklicher Verbrechen gegen die Menschheit sowie der Todsünde, mit Dämonen zu verkehren, schuldig seid und alsbald der Gerechtigkeit zugeführt werdet...

Euer Diener Walter wird die Strafe erleiden, welche das Gesetz vorschreibt, was daselbst bedeutet, dass er an einen Pfahl gekettet und bis zum Tode im Feuer brennen wird, auf dass seine Seele geläutert und gereinigt werde …

Bei lebendigem Leibe verbrannt. Piers fühlte, wie ihn eine Gänsehaut überlief und blätterte mit einem wachsenden Gefühl gespannter Erwartung weiter. Er merkte, dass er das Buch so fest umklammerte, dass seine Fingerknöchel weiß geworden waren. Und dann, ohne Warnung, enthüllte sich Marcus Fitzglens Schicksal.

Marcus Fitzglen, kraft der mir verliehenen Macht verurteile ich Euch zu ewig währender Gefangenschaft. Ihr werdet im Keller des Hauses von Sir Francis Foljambe eingemauert werden. Dies geschieht auf seinen ausdrücklichen Wunsch hin im Einklang mit der ihm von des Königs Gnaden verliehenen Autorität, welche seit beinahe fünf Jahrhunderten ununterbrochen fortdauert.

Und auf dass Ihr niemals wieder Eure schreckliche Rache an einem Menschen üben könnt, während noch Leben in Euch ist, werden eiserne Spieße durch Euren Kiefer getrieben werden, ehe Ihr eingemauert werdet.

»Am Morgen des Tages, an dem beide Urteile vollstreckt werden sollten«, schrieb Berry im Schlusskapitel, »wobei zugegen zu sein mich die Pflicht zwang, erhob ich mich mit einem Gefühl von meiner Ruhestatt, als lägen bleierne Gewichte in meinem Leib und eine schwere, finstere Bürde laste auf meinem Haupt.«

Der Morgen hatte rosig und golden gedämmert, mit einem leichten Dunstschleier, der in der Hitze des Tages vergehen würde. Berry hatte dies mit unendlicher Traurigkeit zur Kenntnis genommen. Es war ein zu schöner Tag, um zu sterben, meinte er.

Walters Tod schilderte er nur beiläufig, was trotzdem auf eine erstaunlich anschauliche Darstellung hinauslief. Als Piers las, wie Walters Haut sich gerötet hatte, um dann im Feuer aufzuplatzen, wie sein Haar Feuer gefangen und seine Augäpfel explodiert waren, war er nicht überrascht zu erfahren, dass Pater Berry danach keine Lust auf sein Abendmahl verspürt hatte, obgleich an diesem Tage Christi Himmelfahrt gefeiert wurde, eine Gelegenheit, zu der er sich sonst eine gut gebratene Jungente und ein Glas Wein zu gönnen pflegte.

Und dann, berichtete Berry wie jemand, der endlich zur Hauptattraktion kommt, hatte sich die ganze Aufmerksamkeit auf Marcus Fitzglen gerichtet, während sich die Nacht herabsenkte.

Das Urteil war um Mitternacht vollstreckt worden, doch schon den ganzen Tag hatte in den gesamten Thanes ein Gefühl der Unrast geherrscht. Berry hatte gehört, dass sich einige der Männer zu verstohlenen kleinen Grüppchen zusammengefunden hatten, als es Abend wurde, und leises Unbehagen war in ihm hochgekrochen. »Normalerweise«, schrieb er, »wäre ich zu ihnen getreten, um sicherzugehen, dass sie keine Untaten ausheckten, diesmal jedoch war ich zu sehr mit der kommenden Nacht beschäftigt.«

Als die Mitternachtsstunde näher rückte, schritt der Richter in Begleitung des Scharfrichters und Sir Francis Foljambes feierlich zum Gerichtsgebäude hinüber, wo Marcus Fitzglen eingekerkert war. Berry hatte sie begleitet, er war unruhig und unglücklich gewesen, hatte jedoch ohne Unterlass laut gebetet. Seinen Lesern hatte er anvertraut, dass er sich für den 91. Psalm entschieden hatte, da ihm jene Zeilen für diesen grausigen Anlass am angemessensten erschienen.

Wer im Schutz des Höchsten wohnt
Und ruht im Schatten des Allmächtigen,
der sagt zum Herrn: »Du bist für mich Zuflucht und Burg,

mein Gott, dem ich vertraue.«
Er rettet dich aus der Schlinge des Jägers
Und aus allem Verderben.

Piers las das Gebet drei Mal; seine Kraft schien ihn von der Seite aus förmlich anzuspringen. Es war beängstigend leicht, sich die entschlossenen Männer vorzustellen, wie sie mit grimmigen Gesichtern durch das Dorf zu ihrem Gefangenen marschierten, das Gerichtsgebäude betraten und in die Verliese hinunterstiegen.

Als sie die Zellentür aufschlossen, war Marcus Fitzglen vollkommen gefasst und schien seinen Henkern keinerlei Interesse entgegenzubringen. Während sie ihn durch den Wald zu Sir Francis' Haus führten, blickte er weder nach rechts noch nach links. Nur ein einziges Mal zeigte er so etwas wie Gefühle, als Pater Berry ihm ein silbernes Kruzifix reichen wollte, das, wie er schrieb, vom Kardinal selbst gesegnet worden war. Marcus hatte es ihm mit einem wüsten Fluch aus den Fingern geschlagen und dann hastig die Hand zurückgezogen, als habe er sich verbrannt.

Piers war sich nicht sicher, ob er dies glauben sollte. Das grenzte schon fast an Vampirgeschichten, natürlich auch an Werwolf-Mythen: das Kruzifix, die Silberne Kugel, die beide die Macht hatten, zu vernichten und zu töten. Er überlegte, ob diese Mythen aus echten mitteleuropäischen Volkssagen entstanden waren, oder ob die Bücher und Filme dafür verantwortlich waren. Er konnte sich nicht erinnern.

Der Dorfschmied und seine beiden stämmigen Söhne hatten einen behelfsmäßigen, jedoch durchaus brauchbaren Amboss im Keller von Sir Francis' Haus aufgestellt. Nach Einbruch der Dunkelheit hatten sie ihn auf einem Karren durch den Wald geschoben, und als die schaurige Prozession das Haus erreichte, vernahmen sie das Klingen des Hammers und rochen glühendes Metall.

Eisenspieße durch den Kiefer, dachte Piers schaudernd und

blätterte um. Er versuchte immer noch, es nicht zu glauben, doch er las jedes Wort, als sei es die Heilige Schrift oder der Koran. Sie würden eiserne Spieße durch seinen Kiefer treiben, damit er nie wieder jemanden anfallen könnte.

Die Spieße waren bereits geschmiedet und kühlten soeben aus; zwei lange, schmale Speere, schwarz und grausam. Der Schmied hatte Berry anvertraut, er wäre froh, den nächsten Tag heraufziehen zu sehen, auch wenn Sir Francis, der Richter und Berry selbst dabei sein würden.

Die Helfer des Scharfrichters schickten sich an, Marcus zum Amboss zu führen, doch er schüttelte sie ungeduldig ab und klopfte seinen Ärmel ab, wo sie ihn berührt hatten, als wolle er sich von etwas Unreinem befreien. Arrogant bis zum letzten Moment, dachte Piers und stellte fest, dass er ihn widerstrebend bewunderte.

Der Schmied hatte Stahlklammern mitgebracht, die seine Söhne so einstellten, dass Marcus den Kopf nicht bewegen konnte. Sein Gesicht war zur Decke gerichtet, sein Kopf rücklings über den Amboss geneigt, sein Haar hing bis auf den Boden. Seine Hände waren fest zusammengebunden, und eiserne Fußschellen umschlossen seine Knöchel. Als die Kerzen für einen Moment aufflammten und seltsame Schatten über die unheimliche Szene warfen, fiel ein dreieckiger Schein auf das Gesicht des Verurteilten und ließ es wie eine spitze, zähnefletschende Wolfsmaske erscheinen. Berry fühlte sich auf grauenhafte Art und Weise daran erinnert, wie Fitzglen in jener Nacht auf der Lichtung im Wald ausgesehen hatte.

Marcus Fitzglen heftete den Blick auf Sir Francis. Ohne Vorwarnung begann er zu sprechen. »Ihr glaubt, Ihr habt mich vernichtet, Francis Foljambe, aber mein Volk habt Ihr nicht vernichtet. Vergesst das nicht. Sie sind noch am Leben – ihr Stamm wird sich durch Isobel Weston fortsetzen, und meine Nachkommen werden wieder und wieder zurückkehren und Euch und Euer Geschlecht zur Strecke bringen, bis keiner mehr übrig ist.«

Dann schloss er die Augen, fast als wäre er gelangweilt und wolle sagen: Was ist? Macht doch weiter.

Doch als der erste Spieß angesetzt wurde und die Spitze sich in seine Haut presste, öffnete er die Augen wieder, und während allem, was nun folgte, hielt er sie fest auf die reglose, wachsame Gestalt von Sir Francis gerichtet.

Der Schmied wischte sich mit dem Handrücken den Schweiß von der Stirn und griff nach seinem schweren Hammer.

Der erste Schlag sandte einen Schauder der Pein durch Berrys Körper; das grässliche Knirschen splitternder Knochen war deutlich zu hören. Die Augen des Gefangenen wurden dunkel und ein leises Stöhnen entrang sich ihm. Seine Hände ballten sich krampfhaft zu Fäusten, doch dann rührte er sich nicht mehr. Blut quoll aus der tiefen Wunde unter seinem Kinn und tropfte auf den Boden. Berry schoss der absurde Gedanke durch den Kopf, dass irgendjemand lange würde schrubben müssen, um den Fleck zu entfernen. Einen Moment lang dachte er, Marcus wäre in eine gnadenvolle Ohnmacht gesunken – »Doch weshalb ich ihm, der seinen Opfern gegenüber keine gekannt hatte, Gnade wünschen sollte, kann ich nicht sagen«, schrieb er. Aber Sir Francis, der neben ihm stand, hatte sehr leise gesagt: »Die Kreatur ist noch bei Bewusstsein, Pater.«

Marcus' Augen ruhten immer noch auf Sir Francis, und obgleich er sich in seinen Fesseln kaum bewegen konnte, strahlte ein so flammender Hass aus seinen Augen, dass der Schmied – ein muskelbepackter Hüne – nicht mit seinem Tun fortfahren konnte und sein Sohn ihm den Hammer aus der zitternden Hand nehmen musste.

Als der Junge zum zweiten Mal zuschlug, ertönte ein Geräusch über ihnen, und alle schauten unruhig auf. Über ihren Köpfen grollte verhaltener Donner.

Sir Francis winkte dem Jungen, das Werk seines Vaters zu vollenden, und als er zum dritten Mal zuschlug, brach die

Spitze des Spießes durch das Gesicht des Verurteilten hervor. Blut und farbloses Wundwasser strömten ihm übers Gesicht, liefen ihm in die Augen, und Berry musste den unwillkürlichen Drang unterdrücken, vorzutreten und es fortzuwischen.

Während sie den zweiten Spieß bereitmachten, kam das Gewitter näher. Die Kerzen flackerten wild, dann erloschen sie plötzlich alle gleichzeitig. Ein durchdringender Geruch nach Wachs zog durch den Keller, und es dauerte mehrere Minuten, bis die Gehilfen des Scharfrichters sich so weit gefasst hatten, dass sie die Kerzen wieder anzünden konnten. Hinterher sagten sie, sie hätten halb damit gerechnet, dass der Gefangene verschwunden sein würde, als die Dochte wieder aufflammten. »Von seinem schrecklichen Meister geholt«, sagten sie, weshalb sich Berry am nächsten Sonntag für seine Predigt einen Text aus dem Brief an die Epheser aussuchte: »Denn wir haben nicht gegen Menschen aus Fleisch und Blut zu kämpfen, sondern gegen die Fürsten und Gewalten, gegen die Beherrscher dieser finsteren Welt, gegen die bösen Geister des himmlischen Bereichs.«

Das Gewitter grollte drohend, als sie beim Schein der neu entzündeten Kerzen den zweiten Spieß durch den Kiefer des Gefangenen trieben und sein Blut auf den Boden spritzte. Als die schwarze Spitze aus Marcus Fitzglens Wangenknochen hervordrang, ertönte ein lauter Donnerschlag, der alle zusammenfahren ließ. Wieder erloschen die Kerzen, und es dauerte lange Minuten, bis sie wieder angezündet werden konnten.

Der Scharfrichter richtete den Verurteilten wieder auf. Das Gewitter tobte jetzt ernsthaft über ihnen, und selbst hier im Keller war das Zucken der Blitze zu bemerken, was die Nerven aller Anwesenden aufs Äußerste strapazierte. Die grausamen Eisenspieße, die durch Marcus Fitzglens Kiefer gehämmert worden waren, glitzerten im unbeständigen Licht der niederbrennenden Kerzen. Sein Gesicht war mit Blut und seinem eigenen Schweiß verschmiert, doch obwohl seine

Augen vor Schmerz glasig waren, loderte noch immer sein Hass auf Francis Foljambe aus ihnen hervor.

Während der Donner über ihnen krachte, führten sie ihn zu dem Kerker, den sie an diesem Tag gebaut hatten, und als einer der Männer eine Kerze hochhielt, sah Berry das Verlies zum ersten Mal. Sein Herz stockte, denn es war wahrhaftig grauenvoll, nicht viel mehr als ein länglicher Kasten, ein dunkles, feuchtes Grab. Von den hastig aufgeschichteten Ziegelsteinen stieg der Geruch nach frischem Mörtel auf, und mehrere dicke Eisenstangen, die der Schmied genau auf das Maß der Öffnung gekürzt hatte, lehnten an der Wand. An Ort und Stelle gebracht, würden die Stangen ein Gitter bilden, über das dann die letzten Ziegelsteine gelegt würden.

Marcus saß aufrecht auf dem hölzernen Stuhl in der Kammer. Sein entstelltes Gesicht war so geschwollen und verzerrt, dass Berry, der bisher versucht hatte, ihn als gewöhnliches menschliches Wesen zu betrachten, plötzlich erkannte, dass dieses Zerrbild das wirkliche Geschöpf war: Was hier unten angekettet war, war etwas wahrhaft Ungeheuerliches, ein Wesen aus einer der alten Fabeln, die aus den dunklen Zeitaltern der Weltgeschichte überliefert worden waren…

Marcus rührte sich nicht, als der Schmied und seine Söhne das Gitter anbrachten. Es passte genau in die Öffnung. Dann begannen sie, die Ziegel aufzuschichten, und Berry begriff, dass die Eisenstangen als zusätzliche Sicherung dienen sollten. Frisch gemauerte Wände konnten eingedrückt, Mörtel zwischen den Steinen herausgekratzt werden, solange er noch feucht war, und ein verzweifelter Gefangener mochte in der Lage sein, sich durch die kleinste Öffnung zu zwängen. Das Gitter sollte die Wand verstärken.

Die Söhne des Schmiedes machten sich hastig daran, die Ziegel zu vermörteln, sie wollten diese Aufgabe rasch hinter sich bringen und vermieden es verbissen, den Verurteilten anzusehen. Berry begann wieder zu beten, doch das Gewitter über ihren Köpfen übertönte seine Worte, und schon nach kurzer Zeit geriet er ins Stocken und verstummte.

Doch als die letzte Reihe Steine aufgeschichtet wurde, überwältigte ihn das Mitleid beinahe, und er begann das Gebet von neuem, hob die Stimme, um den heulenden Wind und den ohrenbetäubenden Donner zu übertönen. Was immer er sonst noch tun oder nicht tun konnte, zumindest konnte er versuchen, dafür zu sorgen, dass das Letzte, was dieses bösartige Wesen hörte, das Wort Gottes war.

Er beschirmt dich mit seinen Flügeln
Unter seinen Schwingen findest du Zuflucht,
Schild und Schutz ist dir seine Treue.

Du brauchst dich vor den Schrecken der Nacht nicht zu fürchten,
noch vor dem Pfeil, der am Tag dahinfliegt,
nicht vor der Pest, die im Finstern schleicht,
vor der Seuche, die wütet am Mittag.

Die Macht und der Trost des Gebets schienen den ganzen Keller zu erfüllen, doch als der letzte Ziegel an seinen Platz geschoben wurde, ertönte ein gewaltiger Donnerschlag, der die Erde zu erschüttern schien, und feurige Blitze zuckten durch den Keller und knisterten in den Ecken.

Obwohl Marcus Fitzglen nicht länger sprechen konnte, obwohl ihm ein Maulkorb angelegt worden war wie einer reißenden Bestie, obwohl er eingemauert und hinter Gittern war, schien seine Stimme in der flackernden Finsternis widerzuhallen:

Ihr glaubt, Ihr habt mich vernichtet, Francis Foljambe, aber mein Volk lebt – ihr Stamm wird sich durch Isobel Weston fortsetzen, und meine Nachkommen werden wieder und wieder zurückkehren und Euch und Euer Geschlecht zur Strecke bringen, bis keiner mehr übrig ist.

Piers fühlte, wie er angesichts des Entsetzens und der Qualen, die Pater Berry vor langer Zeit in seine Geschichte hatte einfließen lassen, eine Gänsehaut bekam. Seine Augen und Ohren waren blind und taub für die Außenwelt.

Berry hatte bis zum Ende getreulich berichtet, doch Piers nahm an, dass der Priester am Schluss nicht mehr objektiv gewesen war. Auf den letzten Seiten hatte er seine eigene Seelenpein beschrieben, die er durchlitten hatte, als die Kreatur eingemauert worden war.

»Er war verlassener als jedes Geschöpf der Welt es je hätte sein können«, schrieb Berry. »Ich betete Tag und Nacht für ihn, verbrachte Stunden auf den Knien und flehte Gott und die Heiligen an, mir ein Zeichen zu senden, dass die Kreatur ihre Sünden bereut habe und wir ihn wieder in diese Welt zurückholen könnten, gezeichnet, gebrandmarkt, doch unversehrt im Angesicht des Herrn.«

Das war nicht geschehen. Es hatte kein Zeichen gegeben, und der junge, einst so betörende Mann, der die Gemeinde der Waldbewohner so bezaubert hatte, war allein in der schweigenden Finsternis seines grauenhaften Kerkers gestorben.

»Es war eine schreckliche Strafe«, meinte Berry auf der letzten Seite. »Es wäre besser gewesen, ihn an Ort und Stelle hinzurichten – sogar, ihn zusammen mit seinem elenden Helfershelfer zu verbrennen – und es damit ein Bewenden haben zu lassen.«

Und dann fügte er hinzu: »Doch trotz meiner Gebete für ihn – und ich betete noch lange, nachdem er schon längst tot sein musste –, gelang es mir niemals, daran zu glauben, dass Gott sich Marcus Fitzglens erbarmt hat.«

Piers legte Berrys Buch hin. Er glaubte das nicht; er *glaubte* es einfach nicht, und damit basta.

Das hier war ein Konglomerat aus jedem Horrorfilm, der je gedreht worden war, das böse Wesen aus der Vergangenheit, in die Enge getrieben und besiegt, das seinen Bezwingern die Krallen zeigt und ihnen trotzig seinen letzten Fluch entgegenschleudert: *Mein Volk wird leben – ihr Geschlecht wird durch Isobel Weston fortbestehen, und sie werden zurückkehren, wieder und wieder ...*

Doch Marcus' Volk lebte tatsächlich; Piers hatte seine Angehörigen auf Cruithin Island gesehen, und er hatte sie in den Augen seiner eigenen Mutter gesehen. Stirnrunzelnd starrte er aus dem Fenster. Es war mittlerweile vollständig dunkel, der uralte Wald war in undurchdringliche Schatten gehüllt. War das Geschöpf, das Marcus Fitzglen gewesen war, wirklich vor 450 Jahren durch diese Schatten geschritten? Oder war das Ganze irgendeine überzogene Legende dieser Gegend? Was ich brauche, dachte Piers, ist eine zweite Meinung zu Pater Berrys Buch.

Einen Augenblick später erhob er sich, steckte das Buch in die Tasche und ging den Flur hinunter zu Tybalts Zimmer.

35

Es war schon fast Zeit zum Abendessen, als Tybalt sich am nächsten Tag auf den Stuhl unter Piers' Zimmerfenster setzte und schweigend Pater Berrys Buch auf den Tisch legte.

Eine Weile sagte keiner von ihnen ein Wort, dann fragte Tybalt: »Warum wollten Sie, dass ausgerechnet ich das lese? Warum haben Sie nicht allen davon erzählt?«

»Das weiß Gott allein.«

»Erzählen wir es den anderen?«

»Noch nicht.«

»Warum nicht?«

»Nun ja«, erwiderte Piers. »Sie haben Berrys Buch ja gelesen.« Er wartete, ob der Junge sich als so einfühlsam erweisen würde, wie er es gehofft hatte.

»Es ist wegen Ihrer Familie«, sagte Tybalt nach einem Moment des Zögerns. »Dieses Mädchen, Isobel Weston, die mit Marcus … äh … im Wald war, die war eine Ihrer Ahnen, nicht wahr? Als ich den alten Druck gefunden habe, haben Sie gesagt, der Mädchenname Ihrer Mutter sei Weston gewesen …«

»Stimmt.«

»Das bedeutet … O Mann!« Tybalt schien jäh zu begreifen, was das bedeutete. »Das heißt also, dass, wenn sie ein Kind gekriegt hat, dass dann dieser Marcus, dieser abgedrehte Werwolf-Typ – ein Urahne von Ihnen gewesen sein könnte.«

»Schon möglich.«

»Und wenn Marcus einer von Karabas' Volk war …« Tybalt brach ab und starrte seinen Mentor an, hin und her gerissen zwischen Faszination und dem schrecklichen Gefühl, dass er zu weit gegangen sein könnte. »Äh … entschuldigen Sie, wenn das jetzt irgendwie zu persönlich ist.«

Doch Dr. Adair sagte: »Nein, ganz und gar nicht. Genau das wollte ich ja. Ich wollte sehen, ob jemand anderes zu dem gleichen Schluss kommt, ohne dass ich ihn darauf hinweisen muss. Deswegen habe ich Ihnen das Buch auch einfach so zu lesen gegeben.«

»Sie haben gedacht, Sie ziehen eventuell die falschen Schlüsse?«

»Genau.«

»Na, wenn Sie das getan haben, dann habe ich dieselben gezogen. Die Verbindung – ich meine, die Andeutung einer Verbindung – zu Ihrer Familie. Und die – nicht bloß angedeutete – Verbindung zu den Jungs auf Cruithin Island.«

»Bewundernswert knapp und prägnant«, meinte Piers und schenkte Tybalt jenes unverhoffte Lächeln, über das Nina und Priscilla jedes Mal in Verzückung gerieten.

»Gab es denn ein Kind? Ich meine – wissen Sie irgendwas darüber?«

»Keine Ahnung«, erwiderte Piers und begegnete Tybalts offenherzigem Blick.

»Nein, natürlich nicht, wenn das schon so lange her ist.« Tybalt furchte die Stirn und kaute auf dem Problem herum. »Also, ob das jetzt wahr ist oder nicht, so eine Geschichte würde ich anderen Leuten jedenfalls nicht erzählen wollen. Auch wenn es nur eine Fabel wäre.«

»Ich will es ihnen auch nicht auf die Nase binden. Ich werd's vielleicht Toby erzählen, wenn er wiederkommt. Allerdings werde ich ihm androhen müssen, ihn in Stücke zu reißen, wenn er das je veröffentlichen sollte.«

Tybalt fand auch, dass es wohl okay wäre, Toby die Geschichte zu erzählen. Toby hatte manchmal erstaunlich viel auf dem Kasten. »Aber nicht den anderen«, sagte er entschlossen. »Die werden entweder lachen oder überhaupt nichts kapieren. Und so oder so – Sie würden *eingehen.*«

»Priscilla würde bestimmt lachen«, meinte Piers trocken. »Dietfried wäre sehr ernst und gewissenhaft...«

»Ernst und Gewissenhaftigkeit können wir jetzt aber nicht brauchen. Wir brauchen ein bisschen Fantasie...«

»Genau. Nina hätte bestimmt Mitleid.«

»Ja, aber mit Mitleid können wir auch nichts anfangen. Wir wollen die Wahrheit wissen. Also, das ist jedenfalls das, was ich wollen würde«, wandte Tybalt ein.

»Das ist auch das, was ich will. Danke, Tybalt.«

Tybalt lief rot an, und Piers lächelte ein wenig geistesabwesend. »Wir werden versuchen, herauszufinden, was aus Isobel geworden ist und wo Sir Francis sie hingebracht hat«, sagte er. Er starrte vor sich hin und seine Hände schlossen sich um seinen Becher mit Tee, als wolle er sich daran wärmen. Tybalt konnte sich vorstellen, dass es einen ganz schön umhauen musste, zu erfahren, dass man einen Werwolf in der Familie hatte. Verdammt, Dr. Adair hatte alles Recht der Welt, sich die nächsten paar tausend Jahre wie ein Eisberg zu fühlen!

»Glauben Sie all das, was Berry schreibt, Tybalt?«

»Am Anfang habe ich gedacht, es wäre alles Quatsch«,

antwortete Tybalt. »Wissen Sie, ich war ziemlich skeptisch. All dieses Zeug von den Dorfmädchen und von der Wolfsmaske, die über Marcus Fitzglens Gesicht gelegen hätte. Das ist ganz schön schwer zu schlucken.«

»Diese Teile kann man vielleicht Pater Berrys Hang zur Romantik zuschreiben.« Piers' Lächeln konnte man nur als gequält bezeichnen, dachte Tybalt.

»Na ja, schon. Als ich fertig war, habe ich ihm dann doch geglaubt.«

»Weil Sie die Kreaturen auf Cruithin Island gesehen haben«, sagte Piers leise.

»Ja. Ja, wenn ich die nicht gesehen hätte, hätte ich das Ganze vielleicht als Blödsinn abhaken können. Aber so ergibt das einen neuen Faden in unserem Muster, nicht wahr?«

»O ja. Und dem müssen wir nachgehen.«

»Äh, ja, das müssen wir.« Tybalt würde Dr. Adair wohl nie ganz und gar verstehen – niemand würde ihn je ganz und gar verstehen –, doch ihm war klar, dass er ihm irgendetwas verheimlichte.

»Haben Sie Nina oder Dietfried seit gestern Morgen gesehen?«, fragte Piers.

»Nein, sie sind gestern Abend spät zurückgekommen und heute früh gleich wieder losgezogen. Dietfried wollte sich irgendeine Kirche in einem Ort namens Croyse Thane anschauen. Und außerdem hatte ich es mir mit Pater Berrys Sechzehnten-Jahrhundert-Schocker gemütlich gemacht. Wieso?«

»Sie haben gestern das Haus der Foljambes gefunden«, antwortete Piers sehr leise. »Deswegen sind sie auch so spät gekommen. Es ist nur noch eine Ruine, aber es sieht ganz so aus, als wäre es wirklich ihr Anwesen.«

»Das ist ja toll! Das heißt…« Tybalt hielt inne. »O mein Gott, dort haben sie ihn eingemauert.« Er starrte Piers an. »Großer Gott, Sie wollen versuchen, diesen Keller zu finden, nicht wahr?«

»Ja.«

»Und wenn Sie ihn gefunden haben, wollen Sie die Wand aufbrechen und nachsehen, ob Marcus Fitzglens Leiche noch da ist?«

»Ja.«

Sie sahen sich an.

»Wollen Sie, dass ich mitkomme?«

»Würden Sie das tun?«

»O Mann!«

»Es ist ganz einfach eine Frage der Kraft«, sagte Piers. »Allein schaffe ich das nicht.«

»Also gut. Ja, okay.«

»Wir sollten das lieber heimlich tun. Wenn die anderen alle im Bett sind.«

»Und wann genau...«

»Ich dachte an heute Nacht.« Dr. Adairs Stimme klang vollkommen unbeteiligt, als ginge es darum, das Auto in die Werkstatt zu bringen oder ins Kino zu gehen.

»Um wie viel Uhr?«

»Mitternacht.«

Eigentlich hätte er gar nicht zu fragen brauchen, dachte Tybalt.

»Wissen wir eigentlich genau, wo diese Ruine ist?«, fragte Tybalt, als sie den Range Rover die Auffahrt hinunterrollen ließen, um niemanden zu wecken.

»O ja.« Piers steuerte den Wagen auf die Straße hinaus und drehte den Zündschlüssel. Der Motor erwachte brummend zum Leben, und Piers schaltete die Scheinwerfer ein. »Dietfried hat es mir auf der Karte gezeigt. Nina und er sind durch puren Zufall darauf gestoßen, ein absoluter Glückstreffer. Sie waren völlig hin und weg. Auf dieser Straße brauchen wir nur eine halbe Stunde.«

Im Scheinwerferlicht des Rovers zeigte sich leichter Bodennebel, so ähnlich wie der künstliche Dunst, den man manchmal in Horrorfilmen zu sehen bekam. Das muss man den Briten lassen, dachte Tybalt, sie sind zwar ziemlich schwer zu verstehen, aber wenn es um schaurige Kulissen geht, kann der Rest der Welt sich eine Scheibe von ihnen abschneiden.

»Ich glaube, hier ist es«, meinte Piers schließlich und fuhr auf den Rasenstreifen am Straßenrand.

»Hinter den Bäumen da?«

»Genau. Holen wir unser Werkzeug.« Sie hatten Taschenlampen, Hämmer und Stemmeisen mitgebracht. Als sie diese aus dem Auto kramten, sagte Piers: »Wenn es so aussieht, als würden wir einen Vorschlaghammer brauchen, müssen wir das Ganze aufschieben, bis es hell wird. Aber ich glaube nicht, dass das nötig sein wird. Ich denke, wir werden es mit einer alten, brüchigen Mauer zu tun haben.«

»Fast so, als ob sie ohne Mörtel gebaut worden wäre?«

»Hoffen wir's. Lassen Sie uns vor allem hoffen, dass wir sie finden. Vierhundertfünfzig Jahre sind eine lange Zeit. Fertig? Dann mal los.«

Tybalt hatte gehofft, die Nacht auf Cruithin Island, als er mit Dr. Adair in die Katakomben eingestiegen war, hätte ihn mutiger gemacht. Jetzt stellte er fest, dass dem nicht so war. Es passte ihm überhaupt nicht, um Mitternacht in den Wald zu gehen, und der Gedanke, einen 400 Jahre alten Werwolf hinter einer alten Kellerwand auszugraben, jagte ihm schlicht und ergreifend eine Heidenangst ein.

Natürlich ließ er kein Wort darüber verlauten. Er trottete neben Dr. Adair dahin, und als dieser völlig gelassen etwas über den Nebel sagte, schaffte er es sogar, scherzhaft zu erwidern, dass kein Grabschänder, der etwas auf sich hielte, bei der Ausübung seines Berufes auf einen anständigen, geisterhaften Nebel verzichten würde.

»Sicher nicht«, erwiderte Dr. Adair. »Aber was immer wir dort finden werden, Tybalt, Geister werden es nicht sein.«

Tybalt verkniff sich mit großer Mühe ein »Ach ja?« Er gestand nicht einmal sich selbst ein, wie seltsam – wie *total* seltsam – es sich anfühlte, nachts durch diesen uralten Wald zu laufen und dabei zu wissen, dass unter den Vorfahren des Mannes neben ihm vielleicht, ganz vielleicht ein Werwolf gewesen sein könnte.

Er wusste, dass Werwölfe nur in Romanen und Legenden existierten, natürlich wusste er das. Doch als sie jetzt durch den Wald gingen, flüsterte ihm eine heimtückische kleine Stimme zu: Bist du dir da auch wirklich sicher? Und wenn es sie doch gibt? Wieder warf er Dr. Adair einen Blick zu, und als dieser sagte: »Das da drüben sieht aus wie die Ruine«, war er zutiefst erleichtert, weil Dr. Adairs Stimme völlig normal klang, und natürlich gab es weder Werwölfe noch irgendwelche Nachkommen von ihnen.

Unter anderen Umständen hätte er die Ruine faszinierend gefunden, hätte sie bis ins kleinste Detail erforschen wollen. Er hätte versucht, herauszufinden, wo genau welcher Raum gewesen war und sich über Worte wie ›Milchkammer‹ und ›Rittersaal‹ gefreut. So wie die Dinge allerdings lagen, wollte er nur so schnell wie möglich wieder hier weg.

Es dauerte eine Weile, bis sie den Keller fanden. Piers erforschte die Ruine mit der gleichen Hingabe, die Tybalt gern empfunden hätte; er leuchtete mit seiner Taschenlampe in von Spinnweben bedeckte Ecken und entdeckte die Überbleibsel des Kaminwappens, das auch Nina und Dietfried gefunden hatten und das möglicherweise einen Wolf darstellte, der von einem Menschen verschlungen wurde. Wenigstens der Nebel hatte sich ein wenig gelichtet.

Tybalt fing schon an zu glauben, sie würden den Keller nie finden. Und allmählich glaubte er auch, dass die ganze Geschichte von Marcus und all dem anderen Zeug Berrys Unterbewusstsein entsprungen war – vorausgesetzt, katholische Priester hatten so etwas wie ein Unterbewusstsein, und vorausgesetzt, es hatte überhaupt einen Pater Berry gegeben. Doch dann richtete sich Dr. Adair, der sich über das Wappen gebeugt hatte, auf und sagte: »Tybalt, ich glaube, der Keller ist da drüben, auf der linken Seite.«

Großer *Gott*!, dachte Tybalt, woher weiß er das? Er sah, dass Dr. Adairs Augen im Mondlicht hell leuchteten und fühlte erneut, wie Furcht in ihm hochkroch. »Sagen Sie mal, sind Sie sicher, dass Sie noch nie hier waren?«, fragte er. »In einem anderen Leben oder so?« Er fragte sich, ob das genauso lächerlich war, wie es sich anhörte.

»Ich habe mir Dietfrieds Zeichnung von der Ruine angesehen«, meinte Dr. Adair, und Tybalt antwortete: »Ach ja, natürlich, klar.«

Die Kellertür war genau dort, wo sie auf Dietfrieds sauberer Skizze verzeichnet war. Sie hing schief in den Angeln, die Türbalken waren schwarz und verrottet, doch der eiserne Ring war noch vorhanden. Die dicke Schicht Efeu, die Dietfried heruntergerissen hatte, lag ein Stück entfernt.

»Ob die abgeschlossen ist?«, flüsterte Tybalt.

»Nach vierhundert Jahren?«

»Nein, wohl eher nicht. Aber wir sollten uns darauf einstellen … ziemlich schnell zum Auto zu türmen, falls irgendwas da unten sein sollte.« Das hörte sich wirklich zu blöd an, und er fügte hinzu: »Ich meine Landstreicher, oder ein Tier oder so was.«

»Sie halten mich für verrückt, nicht wahr?« Piers grinste. Im Mondlicht leuchteten seine Zähne sehr weiß.

»Nein …«

»Nun, ich mich schon. Leuchten Sie doch mal, bitte.« Er ließ sich auf die Knie nieder und kroch vorsichtig über das Gewirr aus Efeuranken. Tybalt sah ihm dabei zu. Sein Herz hämmerte wild, er wusste nicht, ob vor Aufregung oder vor Angst.

Dr. Adair hatte die Tür erreicht; er stand auf und klopfte sich Efeublätter von den Knien. »Widerliches Zeug«, brummte er.

»Seien Sie froh, dass das kein Giftsumach ist.«

»Auch wieder wahr. Halten Sie die Lampe ruhig, Tybalt, ich schaue mal, ob ich die Tür aufkriege.«

Die Tür öffnete sich sofort. Mit einem protestierenden Kreischen der rostigen Angeln, das an ein Dutzend Gruselmärchen erinnerte, gab sie unter Piers' Hand nach und schwang nach innen. Piers und Tybalt erstarrten. Doch nichts rührte sich, und nach ein paar Sekunden knipste Piers seine eigene Taschenlampe an. Der Lichtstrahl zeigte schmale Steinstufen, die in die Dunkelheit hinabführten. Ein schwacher, irgendwie trauriger Geruch wehte heran, wie von etwas Uraltem, Unheimlichem. Zum Beispiel die vermodernden Gebeine eines eingemauerten Werwolfs? Sei nicht albern, wies Piers sich selbst zurecht. Es könnte genauso gut Trockenfäule sein.

Als Tybalt sich vorsichtig einen Weg über den Efeu bahnte und meinte: »Riecht irgendwie bedrohlich da unten«, erwiderte Piers sofort: »Ja, ich weiß. Das kommt aber wahrscheinlich nur vom Alter und von der Feuchtigkeit.«

Es war idiotisch zu denken, dass die dunkle Türöffnung aussah wie ein klaffender Rachen, der nur darauf wartete, leichtsinnige Anthropologen zu verschlingen. Tybalt fragte in seinem sachlichsten Ton, was es da drin zu sehen gäbe.

»Überhaupt nichts bis jetzt. Moment, versuchen wir's mal mit beiden Taschenlampen.«

»Vorsicht«, warnte Tybalt, als Piers auf die Türschwelle trat und sich in den Keller beugte. Als Piers sprach, hallte seine Stimme dumpf wider.

»Die Stufen reichen bis zum Boden, und da unten ist ein ziemlich großer Raum. Viel größer als man von hier oben denkt.«

Die Lichtkegel der Taschenlampen schnitten durch die Finsternis und beleuchteten den unterirdischen Raum. Der Boden und die steinernen Wände waren feucht und schmierig, und abscheuliche weiße Schimmelpilze wucherten in den Ritzen der Wände. Es stank nach vermodernden Pflanzen.

Neben dem Fuß der Treppe befand sich eine große Nische; möglicherweise war dort einmal ein großer Schrank gewesen. Die hölzerne Tür war verschwunden, doch an einer Seite hingen noch immer verzogene, rostige Türangeln. Tybalt versuchte hineinzuleuchten, doch die Nische lag in einem ungünstigen Winkel zur Treppe. Er ließ den Strahl langsam über den Boden wandern und unterdrückte einen Schauder, als er die unzähligen schwarzen Käfer und Spinnen erblickte, die vor dem Licht flohen.

Natürlich gab es außer Haufen verfaulender Blätter nichts zu sehen. Jahrzehnte alte Spinnennetze bedeckten Risse in den Wänden und graue Spinnweben schwankten leicht im Luftzug, der durch die geöffnete Tür hereindrang.

»Wir sind hier doch richtig, oder?«

»O ja«, entgegnete Piers. »Wir sind in der Ruine des Foljambe-Anwesens. Schauen Sie, dort!«

Der Lichtstrahl der Taschenlampe zeigte deutlich wie ein Fluch einen Teil der Wand, wo sich unverkennbar die Form einer Tür abzeichnete. Die Ziegelsteine in jenem Teil der Wand waren vom Schmutz der Jahrhunderte verfärbt, doch sie unterschieden sich deutlich von den Steinen, die den Rest der Mauer bildeten.

»Ich glaube, das ist es, Tybalt«, sagte Piers. »Ich glaube, wir stehen vor Marcus Fitzglens Grab.«

Piers' Herz klopfte ungemütlich schnell, was ihn maßlos ärgerte. Schließlich hatte er vor dem, was sie hier taten, keine Angst, es war vollkommen gleichgültig, was dort unten war. Marcus Fitzglen war *tot*, er war vor 400 Jahren gestorben.

Er packte seine Taschenlampe fester, hob die Tasche mit dem Werkzeug auf und stieg hinunter in den Kellerraum.

Der Gestank überwältigte sie fast, und mit dem Gestank kamen Emotionen, die einander in Schichten überlagerten. Ein paar konnte Piers als Furcht und Schmerz erkennen, andere entgingen ihm. Die vom Schmutz der Jahrzehnte verkrusteten Wände schlossen sich um ihn, drohten ihn zu ersticken, so dass er kurz fürchtete, er könne keinen Schritt weiter gehen.

Dann gewann die Vernunft wieder die Oberhand; das hier war schließlich nur ein verfallener alter Keller, und er selbst war ein erfahrener Anthropologe, und um des Projektes willen, an dem sie arbeiteten, würden sie jetzt nachsehen, ob der eingemauerte Leichnam Marcus Fitzglens...

Ob er *was* war? Quicklebendig? Ob er geifernd auf ein neues Opfer lauerte? Ob er auf magische Weise vor der Verwesung verschont geblieben war, mit dem frommen Gesichtsausdruck eines Heiligen? Oder aufgedunsen, die Gewänder mit frischem Blut bespritzt wie ein Vampir? Oder vielleicht mitten in einer grausigen Metamorphose begriffen, mit einem menschlichen Körper und dem zähnefletschenden, blutbeschmierten Antlitz eines Wolfes? Herrgott noch mal!

Als sie den Fuß der Treppe erreichten, vernahmen sie ein schwaches Geräusch. Sie hielten inne und wechselten einen Blick.

»Mitternacht«, meinte Piers. »Das ist die Kirche in Thane St. Mary, die zwölf Uhr schlägt.«

»Klar. Ich hab auch nicht gedacht, dass wir zu irgendeiner anderen Tageszeit irgendwelche Leichen ausbuddeln würden.«

Piers grinste. »Bringen wir's hinter uns.«

»War's nicht auch Mitternacht, als das Urteil an Marcus Fitzglen vollstreckt wurde?«

»Stimmt, aber ich versuche gerade, das zu vergessen.«

»Ich wollte, ich könnte das vergessen.«

»Bis jetzt scheint sich Pater Berrys Geschichte als wahr zu erweisen.« Piers betrachtete die Mauer. »Versuchen wir's erst mal mit Hammer und Stemmeisen.« Er hoffte, dass er dieser völlig bizarren Situation durch die Erwähnung von solch profanen Dingen wenigstens einen Anstrich von Normalität hatte verleihen können. »Setzen Sie das Stemmeisen in der Mauerfuge hier an, Tybalt; ich will mal sehen, ob ich es tief genug reinkriege, um die Steine rauszuhebeln. Wenn wir die

Lampen ungefähr hier auf den Boden legen, müssten sie eigentlich die Wand ganz gut beleuchten.«

»Okay.«

»Ganz ruhig halten«, wies Piers an und hob den Hammer.

Der erste Schlag zeigte wenig Wirkung, doch Piers schlug beim zweiten Mal kräftiger zu, und diesmal quoll eine Wolke aus Mörtelstaub hervor und mehrere Ziegel lösten sich. Tybalt setzte das Stemmeisen in einer neuen Fuge an, und diesmal polterten fast ein Dutzend Ziegel zu Boden. Sein Gesicht wirkte im Licht der Taschenlampe kalkweiß, als er zurücktrat. »Ich glaube, den Rest können wir so rausholen.«

Gemeinsam kratzten und zerrten sie an der Öffnung herum, die sie geschaffen hatten. Die Ziegel lösten sich leicht aus der Mauer; sie waren völlig ausgetrocknet und zerbröckelt. Mit rasendem Herzen bückte Piers sich nach seiner Taschenlampe. Gleich werden wir das Wesen erblicken, das eine ganze Gemeinde so sehr gefürchtet hat, dass sie nicht einmal gewagt haben, es hinzurichten, dachte er. Dies hier ist der Werwolf aus all den Legenden, das unmenschliche Geschöpf, dessen Artgenossen wir auf Cruithin Island gesehen haben ... Und wenn Pater Berry Recht hatte, ist er ohne Reue gestorben und hat geschworen, zurückzukehren. *Bist du mit ihm gestorben, Isobel? Haben die Dorfbewohner dich in derselben Nacht getötet? Bin ich doch frei von dem Makel?*

Er schob die Gedanken, die sich ihm aufdrängten, zur Seite, leuchtete mit der Taschenlampe in die Öffnung und ließ den Lichtstrahl langsam umherwandern.

Es gab keinen Zweifel. Dies hier war tatsächlich jenes dunkle, feuchte Verlies, das Berry beschrieben hatte. Es war unvorstellbar grauenvoll, ein schmales Gelass, nicht größer als ein Schrank, und es stank nach Hass und bitteren Todesqualen. *Denn er hat keine Furcht gezeigt, damals nicht, und überhaupt niemals...*

Als Piers die Lampe hin und her bewegte, stammelte Tybalt: »Er ist nicht da drin, Piers, er muss irgendwie rausgekommen sein …« Seine Stimme klang heiser vor unterdrückter Panik. Er verstummte und holte zitternd Atem. »'tschuldigung.« Ein unbeteiligter Teil von Piers' Bewusstsein registrierte, dass der Junge endlich auf die förmliche Anrede verzichtet hatte. »Ist schon okay, Tybalt«, antwortete er und griff erneut nach Hammer und Stemmeisen. Diesmal setzte er die Spitze des Stemmeisens weiter unten an der Mauer an. Als die Steine aus dem unteren Teil der Wand herauspolterten, sahen sie dahinter etwas Schwarzes glänzen, und ihnen fiel ein, dass der Schmied und seine Söhne ein Gitter aus Eisenstangen geschmiedet hatten, damit der Gefangene die frisch gemauerte Wand nicht eindrücken konnte, solange der Mörtel zwischen den Steinen noch feucht war.

»Oh«, sagte Tybalt plötzlich. »*O mein Gott!*«

Er war doch dort drin. Ein Haufen Knochen lag genau vor der Öffnung, als habe der Gefangene in seinen letzten Stunden versucht, durch die einstige Tür seines Gefängnisses zu kriechen. Reste von Kleidern hingen noch an den Knochen – Fetzen von verrottendem Samt und zerschlissener Seide, und auch die Überreste von Lederstiefeln mit grünspanbedeckten Sporen waren deutlich zu erkennen. Das Bild eines jungen Mannes mit unwiderstehlichen Augen, der mit wehenden Haaren über die Lichtungen des Waldes ritt, während ihm die bewundernden Blicke aller Frauen im Umkreis von vielen Meilen folgten, stieg plötzlich in Tybalt auf. Er musste Charisma gehabt haben, dieser Marcus Fitzglen. Charisma und Ausstrahlung und Autorität und ganz einfach Sex-Appeal.

»Leuchten Sie mal da rüber, Tybalt«, bat Piers. »Ich kann nichts … *Gütiger Gott!*«

Sie erstarrten beide vor Entsetzen. Die Knochen lagen so, wie sie schon seit Jahrhunderten dagelegen haben mussten, so wie Marcus Fitzglen dort gelegen haben musste, als er gestorben war. Es war eindeutig ein menschliches Skelett, die Knochen der Beine, das Becken und die Rippen waren ihnen von Hunderten von Fotografien und Abbildungen vertraut.

Piers, der als Doktorand einen Anatomiekurs belegt hatte, hätte beinahe schätzen können, wie alt Fitzglen gewesen war, als er hier unten gestorben war. 27? Vielleicht 28? Wie alt er auch gewesen sein mochte, er hatte sein Gesicht im Sterben nach oben gedreht, als habe er in seinem einsamen Todeskampf nach einem letzten Lichtstrahl Ausschau gehalten.

Sein Gesicht.

Es war das Gesicht eines Tieres, der Schädel eines hageren, zähnefletschenden Wolfs, unvereinbar mit dem menschlichen Rückgrat, aus dem er hervorwuchs. Der Lichtstrahl der Taschenlampe ließ die Details mit gnadenloser Deutlichkeit hervortreten; Piers konnte die Wölbungen der Augenhöhlen und der Schläfenknochen erkennen, ebenso wie die komplexen Strukturen der Keilbeine darunter. Doch das Nasenbein war unglaublich in die Länge gezogen, und die Wangenknochen waren flach und schräg angesetzt. Der Unterkiefer war lang und spitz.

Wie auch immer Marcus Fitzglen ausgesehen hatte, als er am Leben gewesen war, im Tode hatte er einen Wolfsschädel.

»Dafür gibt es bestimmt eine vollkommen logische Erklärung«, sage Piers schließlich. »Vielleicht hat es etwas mit dem Verfallsprozess zu tun. Oder es liegt an dem Licht hier unten.«

»Glauben Sie?«

»Ja. Weil die Alternative einfach undenkbar ist …«

Nach einer Weile meinte Tybalt: »Die Eisenstangen, von denen Berry erzählt hat, die, die ihm in den Kiefer gehämmert worden sind …«

»Ja, die sind da.« Piers leuchtete den Schädel mit seiner Lampe an. »Sehen Sie?«

»Ja. Wissen Sie, ich hatte irgendwie gehofft, dass sie nicht da wären. Weil, das würde bedeuten, dass der Schädel nicht echt ist.«

»Wie um alles in der Welt …? Oh, ich verstehe. Sie dachten, irgendjemand hat sich hier runtergeschlichen, nachdem er tot war und hat seinen Schädel gegen einen Wolfsschädel ausgetauscht. Aber warum zum Teufel soll jemand so etwas tun?«

»Als Warnung«, erwiderte Tybalt. »Wenn er ein Zauberer war, hatte er eventuell Anhänger hier in der Gegend. So eine Art Hexensabbath. Die haben möglicherweise versucht, ihn zu retten oder wollten später seinen Leichnam holen. Für ihre Rituale oder so.»

»Oder eine seiner Geliebten war aus anderen Gründen hinter dem Leichnam her«, scherzte Piers.

»Äh, na ja, vielleicht. Ach so, klar. Christliches Begräbnis.«

»Isobel«, murmelte Piers. »Die Dorfbewohner haben damals versucht, sie im Wald gefangen zu nehmen, nicht wahr? Aber Francis Foljambe ist mit ihr in den Sonnenuntergang geritten, nachdem er sie auf seinen Zelter geworfen hat...«

»Bitte?«

Piers grinste. »Sein Pferd. Wenn wir herausfinden könnten, was aus Isobel geworden ist...«

»Oh, das ist ganz einfach«, ließ sich eine leise Stimme hinter ihnen vernehmen. »Sie ist in einem Haus namens Charect Cottage gestorben.«

Piers und Tybalt fuhren herum. Hinter ihnen standen acht oder zehn junge, schlanke, sehnige Männer mit dunklen Augen. Sie versperrten den Weg zur Treppe.

Vor ihnen stand ein dunkeläugiger junger Mann; er war eindeutig der Anführer der Gruppe. Seine Wangenknochen standen ein wenig schräg. Mit schief gelegtem Kopf betrachtete er Piers und Tybalt einen Moment. »Guten Abend, Dr. Adair. Mein Name ist Karabas. Ich glaube, Sie waren daran interessiert, mich kennen zu lernen?«

36

Nina war gerade kurz vorm Einschlafen gewesen, als ein Geräusch unter ihrem Fenster sie aufschreckte. Sie setzte sich ruckartig im Bett auf.

Es gab alle möglichen Erklärungen für das Geräusch; am wahrscheinlichsten war, dass ein Dachbalken geknarrt hatte, weil das Haus langsam auskühlte. Die meisten Gebäude, vor allem so alte Häuser wie dieses hier, waren nachts nie wirklich still. Sie knarrten und seufzten, manchmal rieselte Wasser über die Dachziegel oder Tauben rührten sich auf dem Dachboden. Vermutlich war es eine Taube, dachte Nina, und lauschte gespannt. Tauben oder Sperlinge oder Schwalben, das ist alles.

Es hätte auch einer der anderen sein können, der aus einem vollkommen legitimen Grund noch unterwegs war. Durst vielleicht, oder eine mitternächtliche Hungerattacke. Jemand, der aufs Klo wollte, das sich am Ende des Flurs befand, oder der auf der Suche nach einem Aspirin war oder nach Magentropfen, weil er zu viel gegessen hatte. Priscilla hatte zum Abendessen eine gigantische Menge Curryhuhn gekocht – Nina musste zugeben, dass es köstlich gewesen war, obwohl sie fast an dem Lob erstickt wäre. Dietfried war derselben Meinung gewesen; er hatte sich mit stoischem Genuss zwei Portionen davon einverleibt und zum Nachtisch zwei Stücke des Obstkuchens verdrückt, den Tybalt auf einer seiner Expeditionen entdeckt und mitgebracht hatte.

Es könnte auch sein, dass da jemand zu einer heimlichen Verabredung unterwegs war; Priscilla, die sich in ein fremdes Schlafzimmer schlich – *wessen Schlafzimmer?* Ninas Gedanken schlugen abrupt eine völlig neue Richtung ein. Sie warf die Bettdecke zurück und tappte barfuß zum Fenster.

Anfangs schien sich draußen nichts zu rühren, obwohl ein leichter Bodennebel aufgekommen war. Eventuell hatte sie sich ja doch getäuscht. Langsam wurde ihr kalt hier am Fenster, und sie war gerade dabei, sich einzureden, dass es nichts weiter gewesen war und dass sie wieder in ihr warmes Bett zurückkehren sollte, als sie Piers Adair in den Range Rover steigen und diesen mit abgestelltem Motor die Auffahrt hinunterrollen sah.

Ein Gewissen zu haben ist manchmal eine lästige Sache. Gerade jetzt fand Nina es ausgesprochen lästig. Sie wollte Dr. Adair folgen, wollte mit ihm durch diesen seltsam anheimelnden Nebel fahren und herausfinden, wo er hinwollte.

Unschlüssig stand sie da und sah den verschwindenden Rücklichtern des Rovers nach. Saß da jemand auf dem Beifahrersitz? Nina beugte sich weiter vor, doch sie konnte nicht erkennen, ob noch jemand im Wagen war. Sie hörte, wie der Motor ansprang, als der Range Rover die Straße erreichte und trat vom Fenster zurück. Traute sie sich, ihm zu folgen? Priscillas Auto stand genau unter dem Fenster; das bedeutete, dass, wenn Dr. Adair jemanden mitgenommen hatte, es jedenfalls nicht Priscilla war. Nina hatte die Erlaubnis – von Priscilla und von der Versicherungsgesellschaft –, den Wagen zu fahren, und die Schlüssel hingen in der Küche. Der Gedanke an Priscilla brachte die Entscheidung. Priscilla würde nicht zögern, sie wäre sofort hinter Dr. Adair her.

Nina zog den dicken Pullover und den langen wollenen Rock an, den sie am Vorabend getragen hatte, stieg in ihre Stiefeletten, schlang sich einen Schal um den Hals und tappte leise hinunter in die Küche. Die Schlüssel waren da, und sie schlich sich aus dem Haus.

Priscillas Wagen sprang sofort an, und Nina bog links ab, als sie die Straße erreichte. Auch der Rover war links abgebogen; vor ihnen lag ein sehr langes Stück Landstraße, ehe man wieder abbiegen konnte. Nina ging davon aus, dass sie Piers schnell einholen würde. Priscillas Auto war ein schnittiger Sportwagen; normalerweise fand Nina das angeberisch, doch heute Nacht war sie dankbar dafür. Sogar für das Automatikgetriebe war sie dankbar, es war wirklich erstaunlich, wie viele Sekunden man beim Fahren einsparen konnte, wenn man sich keine Gedanken übers Schalten zu machen brauchte.

Der Nebel wirbelte im Licht der Scheinwerfer, und die Nacht fühlte sich irgendwie gedämpft an. Weiße Schwaden hingen in den Bäumen, so dass sie urplötzlich und ziemlich bedrohlich vor ihr auftauchten. Nina ertappte sich dabei, wie sie vor ihnen zurückschrak; hier auf dieser dunklen Straße war es auf einmal sehr leicht, an alle Gruselgeschichten zu glauben, die je geschrieben worden waren.

Sie hatte zwar nach dem Range Rover Ausschau gehalten, trotzdem erschrak sie, als sie ihn nach etwa 20 Kilometern plötzlich entdeckte. Er war ordentlich am Straßenrand abgestellt und die Scheinwerfer waren ausgeschaltet. Nina bremste scharf und parkte dahinter. Einen Moment lang konnte sie sich beim besten Willen nicht vorstellen, was Piers hier wollte, dann jedoch erkannte sie die Straße wieder. Hier waren sie und Dietfried vor zwei Tagen entlanggefahren. Er ist in den Wald gegangen, dachte sie. Er will sich die Ruine des Foljambe-Hauses ansehen. *Um Mitternacht?* Dafür konnte es natürlich jede Menge Gründe geben, obgleich Nina im Augenblick kein einziger einfiel.

Sie überlegte gerade, dass es wohl doch besser war, wieder ins Auto zu steigen und diskret nach Weston House zurückzufahren, als sie ein Licht im Wald aufblitzen sah. Eine Taschenlampe? Sie spähte zwischen den Bäumen hindurch.

Die Vorstellung, nach Hause zu fahren und so zu tun, als sei sie nie hier gewesen, wurde immer verlockender. Wenn Piers Adair dort draußen irgendwelchen privaten Vorhaben nachging, war es sein gutes Recht, dabei in Ruhe gelassen zu werden. Nina schlang schaudernd die Arme um ihren Oberkörper, um sich warm zu halten und verfluchte ihre Unschlüssigkeit. Sie erinnerte sich daran, wie fremdartig die Geschöpfe gewesen waren, die sie erforschten, und an die seltsame Unruhe, die sie bei der Ruine verspürt hatte – fast so, als hätte jemand sie aus einem Versteck heraus beobachtet. Außerdem erinnerte sie sich daran, wie weit die Ruine von der Straße entfernt war.

Wenn Piers ganz allein hier draußen war, wäre es vielleicht nicht verkehrt, sich davon zu überzeugen, dass alles okay war. Wenn er mit Tybalt oder Dietfried unterwegs war, brauchte sie ihn ja nicht wissen zu lassen, dass sie hier war, aber wenn er allein war, könnten sie die Ruinen gemeinsam erforschen. Der Gedanke, mit Piers durch den dunklen Wald zu gehen, war so verlockend, dass Nina ihre Angst energisch in die Schranken wies, noch einmal kurz nach rechts und links die verlassene Straße entlangblickte und dann in den düsteren Wald hineinmarschierte.

Es gelang ihr, sich einzureden, dass sie keine Angst hätte, doch es war sehr unheimlich, sich zwischen den mächtigen alten Bäumen hindurchzudrängen. Der dünne Nebel wand sich kalt um ihre Knöchel, doch bald verzog er sich, und eisiges Mondlicht ergoss sich über sie. Langsam wurde Nina klar, dass das Ganze ein Riesenfehler gewesen war. Sie hatte geglaubt, auf die Ruine und auf die flüchtigen Lichtblitze zu zugehen, doch jetzt war sie sich nicht mehr so sicher. Der Pfad schien nicht derselbe zu sein, den sie und Dietfried benutzt hatten, allerdings war sie auch nicht überzeugt davon, dass sie den Weg wiedererkannt hätte. Unsicher spähte sie über die Schulter zurück. Hatte sich dort drüben etwas bewegt? Ihr Herz begann wie rasend zu klopfen. War das Dr. Adair? Nina wartete reglos, und dann sah sie die Bewegung wieder, diesmal in einer anderen Richtung.

Wer immer es war, Piers Adair war es nicht. Die Gestalt war zu zierlich, zu flink und verstohlen. Nina hatte den Eindruck, dass eine undefinierbare Gestalt – mehrere undefinierbare Gestalten – durch die Schatten schlichen und hin und wieder über ihre Schultern blickten.

Sie machte auf der Stelle kehrt. Vorsicht war hier definitiv besser als Heldenmut; wenn sie sich wirklich Sorgen um Piers machte, war es besser, nach Hause zu fahren und die anderen zu holen, damit sie alle zusammen hierher zurückkehren konnten. Ja, das wäre das Vernünftigste. Die Straße müsste jetzt doch eigentlich genau vor ihr sein…

Die Straße war nicht genau vor ihr. Die Bäume und das Unterholz waren dichter als zuvor, und eine umgestürzte Eiche versperrte den Weg. Nina hatte sie mit Sicherheit noch nie gesehen. Versteinert stand sie da und starrte sie entsetzt an.

Sie hatte sich verirrt.

Mindestens 20 Angehörige von Karabas' Stamm betraten nacheinander schweigend den düsteren unterirdischen Raum. Piers und Tybalt, die von vier der Männer festgehalten wurden, erkannten sofort, dass es keine Möglichkeit gab, sie zu überwältigen und zu fliehen.

Es war ausgesprochen unheimlich, den Geschöpfen, die sie so lange beobachtet hatten, so nahe zu sein. Das Schaurigste in Piers' Augen war jedoch, dass hier, in der Mitte des Raumes, derjenige war, wegen dem sie Cruithin Island verlassen, den sie gesucht hatten; der, den sie mittlerweile als Symbol für den ganzen Clan betrachteten. Karabas. Piers starrte die dunkelhaarige Gestalt an.

Ihre Bewacher fesselten ihnen schweigend und effizient die Hände und stießen sie in eine Ecke. Zwei der Männer schlangen Stricke um ihre Fußknöchel und verknoteten sie fest.

Der Rest ging in dem Kellerraum umher und steckte Fackeln in verrostete Halterungen an den Wänden. Karabas jedoch blieb wo er war und beobachtete die anderen. Genau wie ein orientalischer Prinz, fand Piers, der Hof hielt und gelassen ein paar erbärmliche Gefangene begutachtete, die ihm vorgeführt worden waren, während seine Diener und Vasallen hierhin und dorthin huschten, um seine Befehle auszuführen.

Leise sagte er: »Tybalt – das hier ist nicht so schlimm wie es aussieht.«

»Ich bin echt froh, dass Sie das sagen.«

»Nein, hören Sie zu. Das Auto. Wir haben es an der Straße stehen lassen. Wenn die anderen mitkriegen, dass wir verschwunden sind, werden sie nach uns suchen. Sie werden den Wagen sehen.«

Tybalt drehte den Kopf halb zu ihm herum. »Nicht herschauen!«, befahl Piers sofort.

»'tschuldigung. Aber Sie haben Recht. Mann, das ist super.«

»Leise, er kommt hier rüber.«

»Dr. Adair.« Karabas trat vor sie hin. Seine Stimme war genauso, wie Piers sie von den Tonbändern her in Erinnerung hatte, die er auf Cruithin Island aufgenommen hatte; seidenweich, mit der Spur eines Akzents. »Also stehen wir uns endlich doch gegenüber.«

»Unter einer Gegenüberstellung verstehe ich etwas anderes«, erwiderte Piers. Seine Stimme enthielt genau das richtige Maß Kühle und Zorn. Tybalt war ihm unendlich dankbar: Er hätte es nicht ertragen können, wenn Dr. Adair sich gefürchtet oder gar gebettelt hätte, dass man ihn laufen lassen solle. Er versuchte unauffällig, seine Hände von den fest verknoteten Stricken zu befreien. Waren sie ein winziges bisschen lose? Nein, aber eventuell konnte er sie lockern.

Piers dachte nicht darüber nach, Angst zu haben oder freigelassen zu werden. Er war wütend auf sich selbst, weil er sich so leicht hatte überrumpeln lassen, und er machte sich Sorgen um Tybalt. Doch darüber hinaus war er sich eines seltsamen Hochgefühls und einer alles andere verdrängenden Neugier bewusst. Endlich stehen wir uns von Angesicht zu Angesicht gegenüber.

»Was haben Sie mit uns vor?«, fragte er.

»Sie werden an einem unserer alten Rituale teilnehmen«, sagte Karabas.

»Vielleicht an dem Erweckungsritus mit dem *Lia Fail?*«, fragte Piers sarkastisch.

»Halten Sie das für primitiv?«

»Es ist der primitive Aberglaube von Wilden.«

»Ah. Und doch birgt dieses Ritual Macht, verstehen Sie? Unser Fragment des *Lia Fail* besitzt eine bemerkenswerte Eigenart.«

Er warf einen Blick auf Tybalt, der bis jetzt nicht gewagt hatte zu sprechen, den jedoch Piers' eisiger Sarkasmus so sehr ermutigt hatte, dass er verächtlich meinte: »Ein Leben nach dem Tode?« Er schaffte es sogar, abfällig hinzuzufügen: »Also *wirklich*.«

»Nur weil eure unverfrorene junge Kultur den alten Religionen und den uralten Zauberbannen abgeschworen hat, heißt das nicht, dass sie nicht existieren«, sagte Karabas.

»In meiner Kultur«, entgegnete Piers, »gibt es eine Theorie, dass bestimmte Dinge nicht existieren *können*, wenn nicht an sie geglaubt wird.«

Karabas' Lippen verzogen sich zu einem so unverkennbar wölfischen Lächeln, dass Tybalt das Gefühl hatte, jemand hätte ihm Eis über den Rücken geschüttet. »Aber Ihre Kultur und Ihr Jahrhundert glaubt auch nicht an Menschen, die Wolfsblut in den Adern haben, Dr. Adair.« Er schaute Piers durchdringend an. »Aber Sie glauben daran«, sagte er leise. »Wir beide wissen es, und wir beide wissen, warum Sie daran glauben.«

Ein paar Sekunden herrschte absolute Stille. Tybalt konnte das leise Zischen der Fackeln hören, die von den Flammen verzehrt wurden.

Dann sagte Piers: »Und? Ist es der Erweckungsritus?«

Wieder kräuselte das Wolfslächeln Karabas' Lippen. »O nein. Es ist ein sehr viel älteres Ritual als der Erweckungsritus, Dr. Adair.«

Ehe einer von ihnen antworten konnte, wandte er sich ab, eilte die Treppe hinauf und verschwand in der Nacht.

Nina war weitergegangen, weil ihr nichts anderes übrig blieb. Früher oder später würde sie die Straße finden – irgendeine Straße –, und das Schlimmste, was passieren konnte, war, dass sie die Nacht hier verbringen musste und erst morgen früh hier herausfand. Das war kein besonders angenehmer Gedanke, doch es geschah ihr recht. Weshalb hatte sie auch versuchen müssen, Piers zu folgen.

Sie dachte daran, wie Dietfried und sie halb im Scherz gesagt hatten, dass sie Bäume markieren sollten, damit sie nicht im Kreis liefen. Mit dieser Erinnerung im Hinterkopf begann sie kleine Zweige abzubrechen, an den unteren Ästen der Bäume, damit sie ihr auffallen würden, wenn sie sie wieder sah. Ich komme damit klar, sagte sie sich entschlossen. Ich bin zwar in einer ziemlich unerfreulichen Lage, aber ich verhalte mich ungeheuer vernünftig, und es wird sich alles bestens lösen lassen.

Die Zweige abzubrechen machte erstaunlich viel Lärm in dem dunklen Wald. Jedes Mal schaute Nina sich hastig um, um sich zu vergewissern, dass sie nicht irgendetwas geweckt hatte, das man besser nicht hätte wecken sollen. Doch nichts rührte sich, und so ging sie jedes Mal weiter.

Sie war vielleicht seit einer halben Stunde im Wald, als sie auf eine kleine Lichtung stieß. Dieser Ort hätte eigentlich angenehme Erinnerungen an das eine oder andere sommerliche Nachmittags-Picknick hervorrufen sollen, aber er tat es nicht. Nina gefiel die Lichtung überhaupt nicht, doch sie machte dort Halt, um wieder zu Atem zu kommen und sich umzusehen. Irgendwo in der Ferne hörte sie eine Kirchturmuhr schlagen. Es war ein einsames Geräusch, das sie frösteln ließ. Ich bin mitten in einem uralten Wald, und ich bin ganz allein. Und nach allem, was ich weiß, könnten hier Kreaturen herumschleichen, die halb Mensch und halb Wolf sind. Und diese Lichtung da gefällt mir absolut nicht.

Während sie das noch dachte, vernahm sie ein Geräusch – halb Rascheln, halb Knacken, als hätte jemand das Gebüsch zur Seite geschoben, um sich hindurchzudrängen und sei dabei auf einen Zweig getreten. Sofort zuckte sie herum. War dort draußen irgendetwas? Lauerte dort etwas in den Schatten, beobachtete sie und wartete auf den rechten Moment, um sich auf sie zu stürzen…? Sie verharrte regungslos, und das Geräusch war erneut zu hören. Nina starrte den Rand der Lichtung an und versuchte, die Finsternis zu durchdringen. War es von dort gekommen? Oder vielleicht von da drüben?

Und dann hörte sie es noch einmal, und eine Gestalt erschien, als sei sie aus den Schatten selbst entstanden. Schlank, mit schräg stehenden Augen und dunklem Haar wie der Pelz eines Tieres. Nina hielt den Atem an. Er stand vor dem ältesten Baum am Rande der Lichtung. Seine Augen ruhten auf ihr, und dann lächelte er.

Ninas Herz machte einen Satz und nahm dann seinen schmerzhaften, viel zu schnellen Rhythmus wieder auf. Bestimmt hatte noch nie jemand mit einem Lächeln so viel gesagt. Stärke, Arroganz und Skrupellosigkeit und eine seltsame, verquere Schönheit. Vielleicht wollte er sagen: *Komm in meine Arme und lass mich dich zu Freuden entführen, von deren Existenz du noch nicht einmal geträumt hast…* abgesehen davon, dass sie natürlich keinen Schritt weit in seine Nähe gehen würde. Gleich würde sie sich umdrehen und davonrennen, was das Zeug hielt, hinein in die dunklen, sicheren Schatten, wo er sie nie finden würde. Gleich würde sie genau das tun…

»Hallo, Nina«, sagte Karabas sanft. »Hast du dich verlaufen, Liebes?«

Mit einem einzigen Satz überquerte er die Lichtung, seine Arme pressten ihre Handgelenke zusammen, und seine Augen leuchteten mit einem unnatürlichen Licht. Nina starrte zu ihm empor und sah mit Entsetzen, dass Dietfried seine Augen völlig korrekt beschrieben hatte: Die Pupillen waren schwarze Schlitze, die schräg geneigt in der Iris standen. Wolfsaugen. O Gott.

»Woher … woher wissen Sie meinen Namen?«, brachte sie heraus, und Karabas lächelte auf sie herab. Es war ein grauenhaftes Lächeln, voll von der unmenschlichsten Gier, die Nina je gesehen hatte. Gleichzeitig barg es jedoch eine solche Verheißung, dass in ihrem Inneren ein leises Pulsieren der Erregung begann. Das ist *Karabas*, dachte sie, er muss es sein; das hier ist das seltsame, erschreckend anziehende Geschöpf, das wir gesucht haben. Sie dachte nicht: Ich bin allein im Wald mit einem Wolf. Sie dachte: Er sieht viel besser aus als ich ihn mir vorgestellt habe.

Karabas sagte: »Natürlich kenne ich deinen Namen, Nina. Ich kenne alle eure Namen. Hast du geglaubt, ihr hättet mein Volk all diese Nächte lang beobachtet, und wir hätten es nicht bemerkt und euch nicht unsererseits beobachtet?«

»Haben Sie uns beobachtet?«

»O ja. Menschen zu studieren ist faszinierend«, erwiderte er leise, und Nina starrte ihn an und dachte: Jetzt habe ich *wirklich* Angst.

Doch es gelang ihr zu sagen: »Lassen Sie mich los – wenn Sie nicht loslassen, schreie ich um Hilfe.«

Das Lächeln glitt erneut hervor. O Gott, es war ein fürchterliches Lächeln. Doch es war unglaublich verführerisch. »Schrei ruhig«, entgegnete er. »Das würde mir gefallen. Das würde mich sogar noch mehr erregen.« Sein Gesicht war dem ihren sehr nahe; Nina konnte seinen Atem auf ihrer Wange spüren. Warm. Süß. Sauberer, männlicher Schweiß und frisch gewaschene Haare. O Gott, er sollte nicht so riechen, er sollte riechen wie das wilde Tier, das er ist.

»Angst ist erregend«, sagte Karabas. »Menschliche Angst ist *ungeheuer* erregend, Nina.«

Er hatte also ihre Gedanken erraten und verwendete sie jetzt gegen sie. Nina wehrte sich; er zog sie an sich und hob sie auf seine Arme.

Mit seiner schönen, gefährlichen Stimme sagte er: »Und jetzt, Nina, bringe ich dich zu deinen Freunden.«

Verschwommen wurde ihr bewusst, dass sie doch nicht so weit von der Ruine des Foljambe-Anwesens entfernt gewesen waren, aber als Karabas sie dorthin trug, wo sie und Dietfried die Tür zu dem unheimlichen Keller gefunden hatten, stieg erneut Panik in ihr auf.

Ich werde in die Wolfshöhle geschleppt. O mein Gott, das kann doch gar nicht wirklich passieren! Sie riskierte einen Blick auf das Gesicht des Mannes, der sie entführte, doch sie konnte in seinen Augen nichts lesen, und seine Miene war kühl und distanziert, als er sie eine schmale Steintreppe hinunterbugsierte.

Der unterirdische Raum war überraschend groß. Die Wände bestanden zum Teil aus Ziegeln und zum Teil aus Feldsteinen, als wäre hier ein neues Haus auf dem Fundament eines sehr viel älteren Gebäudes errichtet worden. Eine Wand schien teilweise eingerissen worden zu sein.

Mindestens 20 von Karabas' Artgenossen waren in dem Keller versammelt, und in einer Ecke saßen Piers und Tybalt; ihre Hände und Füße waren mit Stricken gefesselt. Nina war erschrocken, sie so zu sehen, doch ein ziemlich selbstsüchtiger Teil von ihr war froh, dass sie nicht allein war.

Karabas trug sie über den Steinfußboden und setzte sie neben Piers und Tybalt ab. Zwei der Männer fesselten ihr sofort Hände und Füße.

»Nina, was in aller Welt…«, begann Piers. »Nein, egal, darüber machen wir uns später Gedanken. Alles in Ordnung? Ich meine – hat Karabas Ihnen irgendwas getan?«

»Alles okay«, sagte Nina und fragte sich, ob das tatsächlich stimmte.

Karabas hatte zugesehen, wie Nina gefesselt wurde. Jetzt setzte er sich mit gekreuzten Beinen vor ihnen auf den Boden.

»Gleich wird er uns erzählen, was er mit uns vorhat«, sagte Piers voll eisigem Sarkasmus. »Wirklich bemerkenswert, dass Verrückte ständig das Bedürfnis verspüren zu reden, nicht wahr?«

»Das kommt von ihrem grundlegenden Gefühl der Unzulänglichkeit«, meinte Tybalt. »Jeder Psychoanalytiker könnte Ihnen das bestätigen.«

»Die Typen hier brauchen keine Analyse, die gehören abgeknallt.«

»Mit silbernen Kugeln?«, schlug Nina zaghaft vor und wurde mit Piers' Lächeln belohnt.

»Ihr kleiner Glaube und Ihr Aberglaube amüsieren mich, Dr. Adair«, sagte Karabas.

»Na, da bin ich aber froh«, antwortete Piers bissig.

Karabas fuhr fort: »Ein paar Kilometer von hier, im alten Torhaus der Foljambes, wohnt eine ältere Dame.«

»Madeleine Foulsham«, fiel Nina unwillkürlich ein.

»Genau. Wir haben diese Dame seit einiger Zeit beobachtet. Hauptsächlich deshalb, weil sie ein Nachkomme der verfluchten Foljambes ist. Und es haben sich äußerst interessante Zusammenhänge ergeben.« Karabas hielt inne, doch weder Nina noch die beiden Männer erwiderten etwas. »Es gibt da eine Enkelin dieser alten Dame, die vor kurzem hierher gezogen ist und in einem Cottage am Wald wohnt. Und es gibt da ein Kind, ein kleines Mädchen von etwa sieben Jahren. Dieses Kind ist es, dem unser Interesse gilt, und wegen dem einige meiner Freunde die Insel verlassen haben, die Sie als Cruithin Island bezeichnen, und hierher gekommen sind.«

»Es überrascht mich, dass so viele Wilde es bis nach Derbyshire geschafft haben, ohne als Landstreicher aufgegriffen worden zu sein«, meinte Piers, und Karabas betrachtete ihn nachdenklich.

»Normalerweise ziehen wir einzeln in die Welt hinaus oder zu zweit oder zu dritt«, sagte er. »Seit vielen Jahrhunderten hat keine so große Gruppe mehr Cruithin Island verlassen. Aber dieser Ort hat eine besondere Bedeutung für uns. Dies ist der uralte Nachtwald, wo unsere Vorfahren ihre größten Schlachten gegen die verfluchten Foljambes geschlagen haben.«

Piers' Augen waren fest auf Karabas' schlanke Gestalt geheftet. Die Worte des anderen hatten einen merkwürdig mittelalterlichen, kriegerischen Beiklang. So hätte der Angelsachse Harold voll bitterem Hass über ›den normannischen Eindringling‹ reden, so hätte Churchill die Bedrohung durch die Nazis verdammen können.

»Das Kind wurde von einem Angehörigen unseres Volkes und einer menschlichen Frau gezeugt«, fuhr Karabas fort. »Das ist in unserer Geschichte bisher nur ein einziges Mal geschehen.« Er blickte Piers unverwandt an, als erwarte er eine Reaktion. Piers starrte kalt und ungerührt zurück.

»Ich habe die Bekanntschaft der Dienerin der Großmutter gesucht«, sagte Karabas, und Tybalt warf sofort ein: »Dienerin? Da sind Sie ein wenig auf dem Holzweg, Karabas. Sie meinen wohl eine Putzfrau oder eine Haushälterin.«

»Wenn Sie sich unbemerkt in der Welt der Menschen aufhalten wollen, sollten Sie besser auf solche Details achten«, fügte Nina hinzu, ermutigt durch die kühle Verachtung, die Tybalt und Dr. Adair zur Schau trugen.

»Das spielt keine Rolle. Das Mädchen ist eine Bedienstete und wurde verführt. Es war sehr einfach«, meinte Karabas, und Nina erinnerte sich plötzlich, dass Madeleine Foulsham erzählt hatte, ihre Haushaltshilfe hätte eine Schwäche für Männer.

»Vorgestern Nacht«, fuhr Karabas fort, »habe ich den Schlüssel zum Torhaus der Foljambes gestohlen, als ich mit dem Mädchen im Bett war. Heute Nacht werde ich dort hingehen und die Großmutter töten. Meine Verwandten werden ihr Blut in die Zeremonienkrüge füllen.« Er machte eine Pause und sprach dann weiter. »Wenn das vollbracht ist, holen wir das Kind und bringen es her. Und dann werden wir das älteste Ritual meines Volkes zelebrieren.« Schweigen senkte sich herab, schwer und von einer wachsenden Bedrohung durchdrungen.

»Das Blut der Vorfahren trinken«, sagte Piers endlich. »Mein Gott, das ist es, was Sie meinen, nicht wahr?«

»Ja. Wir hatten eigentlich vor, das Kind nach Cruithin Island zu bringen und sie dort zu behalten, bis sie dreizehn ist. Dann wäre sie genauso in unsere Bräuche eingeführt worden wie die meisten unseres Volkes. Doch die Großmutter ist alt und nicht bei bester Gesundheit; es ist nicht sicher, dass sie noch sechs Jahre lang lebt. Außerdem wüssten wir gern, welche der beiden Abstammungen in dem Kind dominant ist, die ihres Vaters oder die ihrer Mutter. Das Ritual kann uns das vielleicht verraten.«

»Wie ungemein faszinierend«, sagte Piers sarkastisch.

Nina dachte an die nette alte Dame, die sie und Dietfried kennen gelernt hatten, und ihr wurde übel vor Angst. Sie beugte sich vor. »Aber Madeleine Foulsham gehört doch nicht zu Ihrem Volk«, wandte sie ein. »Sie können sie nicht in dieses Ritual mit einbeziehen. Sie ist eine … ein Mensch.« Flüchtig registrierte sie, dass sich das hier unten, in dieser Gesellschaft, gar nicht so makaber anhörte, wie man es hätte erwarten können.

»Aber das ist ja gerade das Interessante«, entgegnete Karabas. »Madeleine Foulsham ist ein Mensch. Also werden wir es bei dem kleinen Mädchen zuerst mit dem Blut eines menschlichen Vorfahren probieren, und dann …«

»Und dann was?«

»Mit dem Blut eines ihrer Wolfsvorfahren.«

»Einer von Ihren Leuten?« Nina ließ ihren Blick durch den Raum schweifen. Karabas' Männer schienen damit beschäftigt, die Reste der aufgebrochenen Mauer zu beseitigen, sie kamen und gingen über die schmale Kellertreppe. »Einer von denen?«

»Nein«, erwiderte Karabas. »Keiner meiner Leute. Einer von euren.« Er schaute Piers an. »Morgen Nacht werden wir auch Sie töten, Dr. Adair, und Ihr Blut dem Kind zu trinken geben.« Das schöne, grausame Lächeln streifte seine Lippen. »Es war wirklich sehr hilfreich von Ihnen, uns aufzusuchen. Das hat uns die Mühe erspart, Sie zu holen.«

In Piers' Kopf brodelten ein halbes Dutzend verschiedener Ängste, und der Gedanke an das Schicksal des kleinen Mädchens jagte einen kalten Schauer durch seinen Körper. Verzweifelt überlegte er, wie er sie alle hier herausholen könnte. Was war mit dem Ritual selbst? Könnte er vielleicht genug Zweifel daran säen, um Karabas von seinem Vorhaben abzubringen? Nach einer Minute des Schweigens sagte er: »Mit diesem Ritual des Bluttrinkens verschwenden Sie Ihre Zeit, Karabas. Ich gehöre nicht zu Ihrem Stamm mit seiner unnatürlichen Abstammung.«

»Sie sind ein direkter Nachkomme Marcus Fitzglens, der vor vierhundert Jahren in diesen Teil des Landes kam. Er gehörte zu unserem Volk, und obgleich er hingerichtet wurde, hat er doch vorher mit Isobel Weston ein Kind gezeugt.«

Piers bemerkte, dass Nina sich umdrehte und ihn ansah und dass Tybalt die Stirn runzelte, doch er schaute keinen von ihnen an. Mit der kältesten Stimme, die er zu Stande bringen konnte, erwiderte er: »Überlieferte Geschichten. Das ist doch nur eine hiesige Legende.«

Karabas betrachtete ihn einen Moment lang eingehend. Dann sagte er: »Es ist nicht nur eine Legende, Dr. Adair. Das Kind ist zur Welt gekommen, und entgegen aller Wahrscheinlichkeiten hat es überlebt. Die Bauern aus dem Dorf, die Marcus Fitzglen hingerichtet haben, wollten auch das Kind töten, aber sie haben es nicht getan. Das Kind wurde gerettet und im Hause von Hugo Weston aufgezogen.«

»Wer hat es gerettet?«, fragte Piers.

»Francis Foljambe.«

37

Felicity hatte sich absichtlich von den ziemlich unheimlichen Dingen fern gehalten, die im Keller von Charect Cottage vor sich gingen.

»Lassen Sie uns am besten einfach machen, Mrs. Stafford«, hatte der Klempner gesagt, der sich den Maurer zu Hilfe geholt hatte.

Felicity, die sich für die am wenigsten zimperliche oder überspannte Frau Westeuropas hielt, empfand eine ausgeprägte Abneigung gegen den feuchten, unterirdischen Raum. Sie hoffte inständig, dass sie in der Lage sein würde, den Keller von Charect Cottage zu betreten, ohne dieses ungute Gefühl einer bösen Vorahnung im Bauch zu verspüren, wenn er erst einmal renoviert und frisch gestrichen war. Anfangs hatte sie geglaubt, das Gefühl bedeute, dass etwas auf sie lauere und hatte dies als die Ursache ihrer früheren Unruhe angesehen. Doch nach einer Weile war ihr klar, dass das, was immer auch dort unten war, bestimmt nicht die Ursache war: Die Angst und das Gefühl der Bedrohung kamen nicht aus dem Innern des Cottage, sondern von draußen. Was war aus dem sicheren Zufluchtsort geworden?

Sie wusste, dass die Emotion, die den alten Keller so sehr prägte, keine Furcht war. Es war Verzweiflung. Es war die abgrundtiefste, vollkommenste Verzweiflung, mit der Felicity je in Berührung gekommen war. Es war nichts, was sich rational erklären ließ, aber Häuser hatten Erinnerungen, genau wie Menschen, und es war durchaus möglich, dass sich in diesem zugemauerten alten Fundament uralte, traurige Erinnerungen verbargen. Falls dem so war, würden sie verschwinden, wenn die Mauer aufgebrochen worden war. Felicity tröstete sich mit diesem Gedanken und ging hinaus vor das Haus, um sich mit dem völlig zugewucherten Garten zu beschäftigen. Sie und Bryony hatten es zu ihrer Mission gemacht, die altmodischen Blumen aufzutreiben, die zu einem Cottage gehörten: Lupinen, Stockrosen und Moosröschen. Einen Lavendelbusch hatten sie bereits entdeckt; Bryony wollte ein paar der Blüten haben, um sie in Duftsäckchen für die Schubladen ihrer Kommode zu stecken.

Bryony arbeitete gern im Garten. Sie legte gerade einen Wildblumen-Garten an. Mad hatte Mama mehrere Ableger geschickt, darunter auch ein wunderschöner Geißblatt-Steckling, und sie hatte Bryony ein paar Erdballen geschenkt, in denen Wildblumen wuchsen, für den Fall, dass Bryony sich einen eigenen kleinen Garten anlegen wollte. Außerdem hatte sie Scharbockskraut, Primeln und Glockenblumen.

Das Gefühl, dass vor ihr schon sehr viele Leute in diesem Garten gearbeitet hatten, gefiel Bryony. Es war interessant zu überlegen, wer wohl den Lavendelbusch gepflanzt hatte. Könnte es Isobel gewesen sein? Irgendwie hatte sie das Gefühl, dass an dem Abend, als Isobel von den Leuten aus dem Dorf gefangen genommen worden war, der Flieder geblüht hatte. Isobel hatte ihn trotz des heißen Atems und der stinkenden Kleider der schrecklichen Dorfbewohner riechen können, die sie aus ihrem Versteck gezerrt hatten. Einer von ihnen hatte ein Fenster eingeschlagen, damit sie ins Haus einsteigen konnten, und genau neben dem Fenster hatte ein riesiger weißer Fliederbusch gestanden. Der Geruch hatte das ganze Zimmer erfüllt.

Was am Ende mit Isobel passiert war, war so ziemlich das Schlimmste, was überhaupt jemandem zustoßen konnte. Bryony war wirklich froh, dass das alles schon so lange her war.

Isobel hatte es geschafft, nicht zu schreien, als sie sie durch das Haus und in den Keller gezerrt hatten. Bryony wusste genau, dass der Keller damals nicht so gewesen war wie heute; er war ein grässliches Loch mit steinernen Mauern gewesen, klein, kalt und stinkend. Dort unten war nicht viel gewesen, nur ein paar Flaschen Wein, die Sir Francis Foljambe Isobel geschenkt hatte. Er war manchmal zum Abendessen gekommen. Die beiden hatten sicher im vorderen Zimmer gegessen, dort gab es einen kleinen runden Tisch, den die Dienerin poliert hatte, bis er wie Seide glänzte. Bestimmt hatten dann auch Kerzen gebrannt.

An dem Abend, als die Leute aus dem Dorf gekommen waren, war Sir Francis nicht da gewesen. Sonst hätte er vielleicht etwas tun können, um Isobel zu retten. Doch niemand hatte irgendetwas tun können, und Isobel war halb in den kalten, spinnwebenbedeckten Keller hinuntergetragen, halb geschleift worden; zwei Männer hatten sie fest gepackt, so dass sie nicht davonlaufen konnte, obwohl sie wegen der schrecklichen Schmerzen in ihrem Bauch nicht einmal stehen konnte.

Sie hatten ein Menge Ziegel und Steinbrocken in den Keller geschleppt und dann angefangen, einen kleinen Teil des Kellers abzuteilen und eine Mauer darum herum zu bauen. Sie hatten sie von links nach rechts hochgezogen, vom Boden bis zur Decke, und dabei derb gelacht und sich ab und zu umgedreht, um Isobel zu verhöhnen und Sachen zu sagen wie: »Ist ja nichts weiter als eine Wölfin, die ihren Welpen wirft«, und »Sollten wir ihr nicht einen Maulkorb umbinden?«

Als nur noch eine ganz kleine Lücke in der Mauer war, zerrten sie Isobel über den Kellerboden, stießen sie hinter die Wand, die sie gebaut hatten und mauerten die Lücke zu.

Und dann gingen sie nach oben und lachten immer noch über das, was sie getan hatten, und als einer von ihnen fragte: »Warum sollen wir uns nicht auf Kosten der Wölfin die Bäuche voll schlagen?«, stimmte der Rest jubelnd zu und alle begannen, Essen aus den Schränken zu reißen. Einer von ihnen huschte zurück in den Keller, um ein paar Weinflaschen zu holen. Als er zurückkam sagte er, man könne die Wölfin gerade noch winseln hören, dass man sie hinauslassen möge, doch wenn man erst wieder oben im Haus sei, wäre nichts mehr zu hören. Er war ein widerlicher Kerl, mit dicker, grober Haut und kleinen Schweinsäuglein. Bryony hasste ihn.

Sie fesselten die Dienerin, während sie Isobels Essen aufaßen, und als diese jammerte, sie sollten doch Erbarmen haben, banden sie ihr mit einem Lumpen den Mund zu, um sie zum Schweigen zu bringen. Sie aßen alle ganz fürchterlich, verschütteten den Wein, rülpsten laut, redeten mit vollem Mund und sprühten Stückchen der Taubenpastete durch die Gegend. Bryony hätte Taubenpastete nicht gemocht, aber damals hatten die Leute das sehr gern gegessen.

Die Männer hatten lange gegessen und getrunken, und sie waren alle ein wenig benommen von dem Wein. Der Kerl mit den Schweinsäuglein hatte ein Fass Apfelwein gefunden, und das hatten sie auch fast ausgetrunken. Sie hatten sich überall in Isobels hübschem Zimmer mit dem polierten Tisch verteilt und waren in einem schrecklichen Zustand, als sie plötzlich durch Hufgetrappel aufgeschreckt wurden, das durch den Wald auf das Haus zukam.

Sie hatten keine Zeit mehr zu verschwinden, und der mit den Schweinsäuglein sagte, das sei auch gar nicht nötig. Sie genossen hier das, was man die Beute des Siegers nannte, und sie würden sich gegen jeden behaupten, der da draußen sein mochte.

Doch ein oder zwei Männer sahen ein bisschen verängstigt aus und flüsterten sich zu, Isobel Weston hätte den Werwolf geliebt, und Werwölfe verfügten über finstere, böse Mächte. Der Werwolf war heute Nacht hingerichtet worden, aber was war, wenn er *irgendetwas* gerufen hatte, das jetzt aus dem Wald galoppiert kam, um sie alle niederzustrecken? Bryony war sich nicht ganz sicher, was niederstrecken hieß, aber sie wusste, dass Werwölfe über böse Mächte verfügten; das wusste doch jeder.

Die Eingangstür von Charect Cottage wurde aufgerissen, und im Türrahmen stand Sir Francis. Bryony dachte sich, dass er bestimmt prachtvoll ausgesehen hatte. Seine Augen hatten vor Zorn geblitzt, und in der Hand hatte er sicher ein funkelndes, scharfes Schwert gehalten. Er war drauf und dran, allen die Köpfe abzuschlagen, und Bryony konnte es ihm nicht verdenken. Sie wusste, dass er gerade mitgeholfen hatte, den Werwolf einzusperren, und dann war er sofort losgeritten, um Isobel und das Baby zu retten. Sie sah das Pferd vor sich, das draußen vor dem Haus angebunden war, und den blauen Samtmantel, den Sir Francis trug. Es war ein langer Umhang, und er wirbelte um seine Stiefel herum, die aus weichem braunen Leder waren. Er sah so toll aus, dass Bryony überlegte, ob sie ihn nicht an Stelle von Richard zu ihrem Liebling machen sollte.

Er hatte die Dorfbewohner gar nicht beachtet, sondern einen Kerzenleuchter gepackt und war durch alle Zimmer geeilt und hatte alle Türen aufgerissen, um Isobel zu finden. Inzwischen hatten sich die Männer aus dem Dorf eng zusammengedrängt, denn Sir Francis war niemand, den sie gegen sich aufbringen wollten.

Schließlich war er in den Keller hinuntergestiegen und hatte die neue Mauer gesehen. Die Jüngeren, die sich gefragt hatten, ob der sterbende Werwolf *irgendetwas* gerufen hatte, wechselten Blicke und folgten ihm, um zu sehen, was als Nächstes passierte.

Sir Francis schlug mit der flachen Klinge seines Schwertes auf die Mauer ein. Das Zeug, das die Steine zusammenhielt, war noch nicht fest geworden, es war noch weich und pampig, und die Ziegel kamen fast sofort herausgepurzelt. Aber es dauerte trotzdem lange, und als Sir Francis endlich ein Loch gemacht hatte, das groß genug war, hielt er den Kerzenleuchter hoch und schaute hinein.

Das war der Teil, den Bryony bestimmt am schrecklichsten gefunden hätte, wenn sie dabei gewesen wäre. Isobel hatte völlig verdreht auf dem Boden gelegen, und überall war Blut gewesen. Das Blut war noch nicht ganz trocken und glänzte schwach im Kerzenlicht. Es roch fürchterlich.

Isobels Augen waren weit offen und starr, und ihre Haut war weiß und sah aus wie Marmor. Bryony begriff, dass dies hieß, dass sie tot war, und Sir Francis begriff das ebenfalls. Er hatte auf sie niedergestarrt, und einen Moment lang hatte er die geballte Faust gegen seinen Mund gedrückt. Bryony wusste, dass er das tat, um vor den grässlichen Dorfbewohnern keine Schwäche zu zeigen. Doch sie wusste auch, dass unter dieser Maske seine Gedanken hierhin und dorthin huschten – es waren so klare Gedanken, dass Bryony sie beinahe sehen konnte.

Obwohl Sir Francis die Leute aus dem Dorf weggeschickt hatte, wagte er es doch nicht, Isobel richtig zu begraben. Die Dorfbewohner glaubten, sie wäre eine Hexe, sie würden nie zulassen, dass sie auf dem Friedhof beerdigt würde. Bryony wusste, dass man Hexen nicht auf Friedhöfen begrub. Doch für Sir Francis war es sehr wichtig, dass Isobel ein richtiges Begräbnis haben sollte, und er war schlau und mutig. Er beschloss, nachts einen Priester zu holen und Isobel hier im Keller heimlich zu begraben. Niemand würde je davon erfahren, denn Priester verrieten keine Geheimnisse, und Sir Francis würde auch nichts verraten.

Und dann sah er das Baby. Es lag neben Isobel. Es war ihr gelungen, ein Stück von ihrem Rock abzureißen und es darin einzuwickeln. Das Baby war winzig und voller Blut, und seine Augen waren fest geschlossen. Aber es war am Leben, und nach einem Moment des Zögerns bückte sich Sir Francis, griff durch das Loch und nahm das arme kleine Baby in seine Arme.

Der Maurer und der Klempner waren äußerst betreten. Sie standen im halb verwilderten Garten von Charect Cottage und erklärten Felicity die Sachlage, wobei sie vorsichtig zu Bryony hinüberschielten, die ein paar Meter entfernt eifrig ein kleines Stück Erde für ihren Wildblumen-Garten umgrub.

Es war wirklich sehr traurig, meinte der Maurer. Zweifellos ein Teil einer uralten Tragödie. Wahrscheinlich würden sie den Rest der Geschichte nie erfahren. Der Klempner meinte, es sei offensichtlich, dass der Leichnam schon sehr lange dort unten gelegen hatte, schon seit Hunderten von Jahren. Ein Teil der Mauer war sehr viel sorgfältiger hochgezogen worden als der Rest – fast so, als wäre er niedergerissen und dann neu aufgebaut worden, obwohl sie das nicht beschwören könnten. Das Cottage wäre über dem Fundament eines sehr viel älteren Hauses errichtet worden, sagte der Klempner, wie Mrs. Stafford zweifellos wüsste. Es würde ihn doch immer wieder überraschen, was so alles in den Kellern, Abwasserkanälen und Sickergruben der Leute zum Vorschein käme, fügte er düster hinzu.

Felicity, in deren Kopf sich alles überschlug, schaffte es, sie zum Haus hinüberzulotsen, weg von Bryony. Das Kind hatte ohnehin schon viel zu viele seltsame Fantasien im Kopf. Felicity wollte nicht, dass sie sich in dieser makaberen Entdeckung festbiss und eine ihrer sonderbaren, beziehungsreichen Geschichten darum herumbaute.

Mit sorgfältig gedämpfter Stimme fragte sie: »Gibt es denn keine Hinweise darauf, wer dieser Leichnam gewesen sein könnte?«

Der Klempner meinte, die kläglichen kleinen Gebeine hätten zu einer Frau gehört. Sehr klein, erklärte er ernst. Vielleicht ein junges Mädchen. Der Maurer fügte hinzu, dass sie auch Überreste eines Samtmantels gefunden hätten, mit dem sie zugedeckt gewesen wäre. Er war zwar fast völlig vermodert, aber er könnte eventuell früher einmal blau gewesen sein.

»Oh.« Felicity hatte keine Ahnung, wie man mit Jahrhunderte alten Leichen in irgendwelchen Kellern umging. Sie fragte, wen sie benachrichtigen müsste. »Den Leichenbeschauer oder die Polizei?«

Der Maurer fand, dass man am besten das örtliche Polizeirevier verständigen sollte. Dort würde schon irgendjemand wissen, was zu tun sei.

»Ja, natürlich.« Felicity machte sich Gedanken über ein erneutes Begräbnis. Der Klempner meinte tröstend: »O ja, natürlich wird's so was geben, aber wissen Sie, Mrs. Stafford, es sieht so aus, als hätte die arme Seele da unten schon mal die Sterbesakramente erhalten.«

»Wirklich?« Das passte nicht zu einem Grab hinter einer Kellerwand.

»War schön ordentlich hingelegt, und mit dem blauen Mantel zugedeckt, wie Bill gesagt hat.«

Bill nickte gewichtig.

»Und die Arme waren über der Brust gekreuzt, wie's sich für 'ne Christin gehört«, ergänzte der Klempner.

Der Maurer fügte hinzu, dass irgendwann jemand – wer, würden sie wohl nie erfahren – der Toten ein Kruzifix in die Hände gelegt hatte. Das Kreuz war schwarz angelaufen, doch das gute, massive Silber, aus dem es bestand, war unter der Patina zu erkennen. Oh, und Reste von verwelkten Blumen hatte sie in der Hand gehabt. Waren fast zu Staub zerfallen, aber sie hätten sie noch erkennen können, als sie die Mauer durchbrochen hatten.

»Flieder?«, fragte Felicity unwillkürlich.

Doch weder der Maurer noch der Klempner konnten sagen, ob die vermoderten Blumen Fliederblüten gewesen sein könnten.

38

Die Stimme, die Felicity vernahm, als sie ans Telefon ging, klang verlegen, kam jedoch sofort aufs Wesentliche zu sprechen.

»Die verdammte Grippe«, sagte Madeleine. »Ich liege flach und kann nicht vor die Tür. Ich weiß, ich habe gesagt, ich will euch nicht zur Last fallen, und das habe ich auch nicht vor. Das hier ist wirklich eine absolut einmalige Geschichte. Es ist nur so, dass ich Medikamente aus der Apotheke brauche – Antibiotika, die sollte ich wohl nehmen …«

»Natürlich hole ich dir deine Medikamente«, erwiderte Felicity sofort. »Wird gleich erledigt. Nein, das ist wirklich kein Problem.«

Sie hatte sowieso vorgehabt, mit Bryony nach Ashbourne zu fahren, damit das Kind nicht dabei wäre, wenn die kläglichen Gebeine aus dem Keller abgeholt wurden. Gegen Ende der Woche sollte ein kurzer Gedenkgottesdienst stattfinden; Felicity hatte sich gedacht, dass sie wohl daran teilnehmen würde. Sie hatte Mad davon und von der Entdeckung des zierlichen Skeletts im Keller erzählen und ihr vorschlagen wollen, dass sie zusammen zu dem Gottesdienst gehen könnten.

Jetzt sagte sie: »Du warst immer so freundlich zu uns, seit wir hier eingezogen sind; ich bin froh, dass ich mich revanchieren kann. Ich meine, ich bin natürlich nicht froh, dass du Grippe hast.«

Mad war tatsächlich sehr freundlich gewesen. Sie hatte Bryony wie versprochen ins Torhaus zum Tee eingeladen, und obwohl das Picknick im Wald noch nicht stattgefunden hatte, weil Mad sich immer noch Sorgen wegen der Landstreicher in der Ruine machte, hatten sie einen Ausflug nach Hardwick Hall unternommen, um die berühmten Kräutergärten von Bess of Hardwick zu besichtigen und zu sehen, ob sie dergleichen nicht im Kleinformat in Charect Cottage anlegen könnten. Bryony hatte das viel Spaß gemacht. Mad hatte ihnen die Ableger für den Garten gegeben und ihnen zudem einen wunderschönen kleinen Nähtisch geschenkt. Die Tischplatte aus Mahagoni war mit Einlegearbeiten verziert, und darunter war ein Beutel aus grüner Seide angebracht. Darüber hinaus hatte der Tisch jede Menge kleine Schubladen für Nadeln, Garn und Stickzubehör.

»Der ist hier im Torhaus überflüssig«, hatte sie brüsk geantwortet, als Felicity protestiert hatte, so etwas Kostbares könne sie nicht annehmen. »Du kannst ihn wahrscheinlich besser für CDs oder für Büroklammern gebrauchen, aber benutze ihn einfach, wie es dir passt.«

Felicity und Bryony waren beide von dem eleganten kleinen Tischchen völlig hingerissen gewesen, und Mad hatte gemeint: »Na ja, bei mir zu Hause stolpere ich ständig darüber, und seit dem verflixten Schlaganfall ist es mir zu lästig, all die kleinen Teilchen zu polieren. Er hat mal einer Mary Foulsham gehört, vor ungefähr hundertfünfzig Jahren. Bleibt also in der Familie. Und hier macht er sich besser als im Torhaus.«

Vielleicht machte er sich nicht besser, doch sie stellten ihn ins Kaminzimmer, wo er wirklich wunderbar zur Geltung kam.

Deshalb freute sich Felicity aufrichtig, dass sie sich wenigstens ein bisschen für Mads Großzügigkeit erkenntlich zeigen konnte, indem sie Medikamente für sie abholte. Sie fragte, ob sie sonst noch etwas für sie besorgen könne. »Soll ich dir noch etwas einkaufen oder so was?«

»Ich brauche nichts«, meinte Mad. »Ich habe eine große Gefriertruhe und bin bestens versorgt. Der Arzt wollte das Rezept in der Apotheke in Ashbourne abgeben, in der am Marktplatz …«

»Ich weiß, welche du meinst. Glaubst du, das Medikament ist schon fertig? Dann holen wir es jetzt ab und bringen es dir.«

»Das ist wirklich lieb von dir«, sagte Mad, als sie eine Stunde später bei ihr eintrafen. »Ich gebe mich nicht allzu viel mit den Nachbarn ab, du verstehst – nicht, dass es hier viele Nachbarn gäbe, seit sie diese schreckliche Hauptstraße gebaut haben. Aber die, die hier wohnen, halten mich für exzentrisch und ich halte die meisten von ihnen für Trottel. Das ist eine Einstellung, die einundfünfzig Wochen im Jahr hervorragend funktioniert. Aber jetzt ist eben die zweiundfünfzigste.«

Felicity packte ihre Einkaufstasche aus. »Du hast gesagt, du brauchst keine Lebensmittel, und wahrscheinlich ist dir auch nicht gerade nach Essen zu Mute. Aber ich habe dir ein bisschen Obst mitgebracht.« Sie legte eine Tüte mit Orangen und Weintrauben auf den Tisch. »Oh, und eine Flasche Multivitamin-Saft.« Sie wusste nicht, was Mad gerne las, doch sie hatte auf jeden Fall zwei Taschenbücher – einen Krimi und eine Liebesschnulze – und eine Klatschzeitschrift dazugelegt.

»Wie aufmerksam von dir.«

Mad saß in einem Schaukelstuhl neben dem alten Kamin. Dort brannte zwar kein offenes Feuer mehr, dafür jedoch einer jener realistischen Gasbrenner, die von einem echten Kaminfeuer kaum zu unterscheiden waren. »Ich halt's nicht aus, im Bett zu liegen«, antwortete sie, als Felicity fragte, ob sie es hier unten auch bequem genug habe. »Ins Bett gehe ich, wenn ich sterbe, und nicht vorher. Hier unten ist es schöner, und ich bin näher am Telefon. Und der Fernseher ist auch hier.«

Felicity sah sich um. Das Zimmer war warm und gemütlich. Unter dem Vorwand, eine Schale für das Obst holen zu wollen, ging sie in die Küche und warf verstohlen einen Blick in Mads Kühlschrank und in die Gefriertruhe. Ja, Lebensmittel waren genug da, und im Kühlschrank waren Eier, Milch und Käse.

Mad wollte nichts davon hören, dass sie noch länger blieben. »Nein, nicht mal auf eine Tasse Tee. Wer weiß, ob ich euch nicht anstecke. Eigentlich hätte ich euch gar nicht reinlassen sollen. Ich bin euch wirklich dankbar für all dies.« Sie brachte ein Lächeln für Bryony zu Stande. »Das mit dem Küsschen lassen wir, nicht wahr? Ist doch ziemlich blöd. Aber du bist ein liebes Kind, und deine Mutter ist ein anständiges, liebes Mädchen.«

»Wir kochen ihr eine Suppe«, sagte Felicity zu Bryony, als sie nach Hause fuhren. »Richtige Hühnerbrühe. Und vielleicht auch noch Schmorfleisch. Ich habe in Ashbourne ein Suppenhuhn und ein paar Pilze gekauft. Heute Nachmittag können wir zusammen kochen, wenn du magst.« Sie machte eine Pause und fragte sich, ob das möglicherweise eine gute Gelegenheit sein könnte, Bryony von dem Baby zu erzählen. Das würde ein paar Halbwahrheiten erfordern, was Felicity jetzt schon schrecklich fand. Bryony, mit ihrem seltsamen, fast übermenschlichen Wahrnehmungsvermögen, würde es eventuell bemerken. Sie würde versuchen, die Situation einzuschätzen, während sie kochten. »Wir können Mad ihr Essen heute Abend oder morgen früh vorbeibringen«, sagte sie. »Wenn sie keinen Appetit hat, kann sie es ja einfrieren.«

Bryony half dabei, die Hühnerbrühe zu kochen. Die Küche war jetzt sehr hübsch, mit der warmen Farbe der Fliesen und den Bleiglasfenstern. Es war schön, all die guten Sachen zu riechen, die in dem riesigen Suppentopf kochten, und es machte Spaß, die Zutaten für das Schmorfleisch in den großen Topf zu legen. Bryony hatte das Gefühl, dass Mama überlegte, ob sie ihr etwas sehr Wichtiges erzählen sollte. Sie wartete gespannt, aber Mama überlegte es sich offenbar anders und konzentrierte sich stattdessen aufs Kochen.

»Das ist eine doppelte Portion«, sagte sie, als das Schmorfleisch schließlich leise im Ofen vor sich hinblubberte. »Für Mad und für uns. Eigentlich ist es eher eine dreifache Portion, würde ich sagen.«

»Sieht mehr aus wie vierfachig.«

»Vierfach.«

»Tschuldigung. Vierfach.« Bryony legte Wert darauf, Wörter richtig zu sagen.

»Wir lassen das zu Ende kochen, dann kann es über Nacht abkühlen. Morgen früh bringen wir es dann zu Mad.«

»Nicht heute Abend?«

»Heute Abend musst du deine Hausaufgaben für Montag machen.«

»Kann ich das nicht morgen machen? Morgen ist doch Sonntag«, fragte Bryony hoffnungsvoll.

»Nein, du hast viel mehr vom Sonntag, wenn du deine Hausaufgaben heute Abend erledigst.« Felicity betrachtete ihre Tochter mit einer Mischung aus Belustigung und Gereiztheit. »Ich glaube, du hast was in Rechnen auf, oder?«

»Mhm, ja, stimmt. Eigentlich hab ich überhaupt keine Lust dazu.«

»Hab ich mir doch gedacht. Na los, hol deine Bücher, wir schauen uns das gemeinsam an. Stell dir mal vor, wie toll du dich morgen fühlst, wenn du das alles schon heute erledigt hast.«

Madeleine Foulsham dachte, dass sie sich vor Felicity nicht hatte anmerken lassen, wie hundeelend es ihr tatsächlich ging. Natürlich fühlte man sich schlecht, wenn man Grippe hatte, und der Arzt hatte gesagt, dass dies ein ganz besonders übler Virus sei, der zur Zeit überall die Runde machte.

Grippe war widerlich. Krank und von anderen abhängig zu sein, war widerlich. Sie hatte lange mit sich gekämpft, bevor sie Felicity angerufen hatte; vielleicht war es besser, das Mädchen anzurufen, die ihr zwei Vormittage die Woche beim Putzen half. Sonja war ein nettes, fröhliches Mädchen – alle bezeichneten sie als Haushaltshilfe oder Betreuerin, Mad jedoch nannte sie ›Sonja, die mir beim Putzen hilft‹. Diese Woche hatte sie Mad von ihrem neuen Freund vorgeschwärmt; Mad fand es nett, Geschichten über ihn zu hören. Wenn man Sonja glauben konnte, war dieser Mann mit sämtlichen nur erdenklichen Tugenden ausgestattet. Madeleine, die zwischen den enthusiastischen Zeilen las, dachte bei sich, dass der Mann eher nach einem Halunken klang. Hoffentlich würde er Sonja nicht das Herz brechen.

Aber Sonja war eine treue Seele, und ganz sicher wäre sie in ihrem klapprigen kleinen Auto losgefahren und hätte ihr die Medizin besorgt. Das Problem war nur, dass Madeleine nicht nur ihre Schwäche hätte eingestehen müssen, sie hätte auch zugeben müssen, dass sie niemand anderen hatte, den sie anrufen konnte.

Sie hatte viele Bekannte – aus dem Gärtnerverein und dem Frauenclub; gelegentlich half sie auch bei Wohltätigkeitsveranstaltungen aus. Feste Freundschaften jedoch waren daraus nie entstanden. Das hatte ein bisschen damit zu tun, eine allein stehende Frau zu sein, mehr allerdings mit Mads eigener Einstellung, die entschlossen auf ihrer Unabhängigkeit beharrte. Doch es hatte sehr viel damit zu tun, zu einer Familie zu gehören, die mehr oder weniger die Feudalherrschaft über diese Gegend innegehabt hatte.

In einer großen Stadt, wo die Einwohner kamen und gingen, hätte dieser letzte Punkt schon längst keine Bedeutung mehr gehabt, doch auf dem Land hatten die Leute ein gutes Gedächtnis. Was die Bewohner dieser Gegend betraf, stammte Madeleine von einem Zweig der Foljambe-Aristokratie ab, die über George den Verschwender und Francis, der eine Art *droit de seigneur* über die weibliche Bevölkerung der Umgegend ausgeübt hatte, bis zu den ersten Foljambes zurückreichte, die unter der Schirmherrschaft Williams des Eroberers ihrem sonderbaren Handwerk nachgegangen waren.

Madeleine kannte die Geschichten; es hatte sie gerührt und gefreut, dass auch Felicity einige von ihnen kannte – bestimmt von ihrer Serena, natürlich. Seltsam, dass sie dagegen gewesen war, Serena zu jener entfernten Kusine in Kent zu geben, doch auch die Kusine hatte die Geschichten weitergegeben. Serena hatte sie Felicity erzählt, und Felicity hatte sie Bryony erzählt. Doch Bryony, dieses merkwürdige kleine Ding, schien ihnen eine eigene Bedeutung hinzuzufügen. Madeleine hatte keine Ahnung, woher das Kind so viel über die Familie wusste, doch entweder wusste sie eine Menge, oder sie hatte sich das alles ausgedacht. Auf jeden Fall kannte sie sich mit Richard und den Zwillingen aus, und sie schien auch eine Menge über dieses kleine Flittchen Isobel Weston zu wissen, die eine von Francis' Liebschaften gewesen war; jedenfalls vermutete Madeleine das.

Sie ging früher als sonst zu Bett und nahm eins von Felicitys Taschenbüchern mit. Gemütlich lehnte sie sich in die Kissen zurück und nippte an einem Glas mit heißem Grog. Es ging doch nichts über Grog, wenn es darum ging, angeschlagene Bronchien zu ölen!

Hoffentlich gelang es Felicity, Bryony ein wenig von diesen bemerkenswerten Fantasien zu lösen. Nicht zu weit – das Kind hätte das Zeug zu einer Schriftstellerin oder einer Malerin –, aber doch weit genug, damit sie Wirklichkeit und Märchen nicht durcheinander brachte. Sie überlegte, ob sie mit Felicity darüber sprechen sollte, entschied sich dann jedoch dagegen. Es gab nichts Lästigeres als eine alte Frau – noch dazu eine alte Jungfer! –, die sich in alles einmischte, und sie wollte auf keinen Fall, dass Felicity sie als lästig empfand.

Trotzdem war es schön, dass sie hierher gezogen waren. Es war schön, daran zu denken, dass sie gleich auf der anderen Seite des Waldes waren, oder am anderen Ende der Telefonleitung, obgleich Mad an ihrer Unabhängigkeit festhalten würde, die sie sich ihr Leben lang bewahrt hatte. 71 war heutzutage gar nicht so alt, und den leichten Schlaganfall letztes Jahr hatte sie auch überlebt. Nur ihre rechte Hand war nicht mehr so kräftig wie früher, und auf das eine Bein war nicht immer Verlass, wenn sie es zu sehr belastete. Doch es hätte sie viel schlimmer treffen können.

Der heiße Grog und die Tabletten, die ihr der Arzt verschrieben hatte – was immer das auch gewesen sein mochte – zeigten allmählich Wirkung. Ihr Kopf tat nicht mehr weh, und auch die bohrenden Gliederschmerzen hatten nachgelassen. Sie fühlte sich angenehm schläfrig, und im Bett war es warm und bequem.

Gerade war sie im Begriff, in den Schlaf hinüberzugleiten, als irgendetwas an ihr Bewusstsein rührte. Ein Geräusch? Eine Bewegung, wo keine Bewegung hätte sein sollen? Sie öffnete die Augen und sah sich im Zimmer um, doch nichts rührte sich. Sie lauschte. Hatte sie da ein leises Geräusch auf der Treppe gehört? Nein, das bildete sie sich nur ein. Im Haus regte sich nichts, und sie wusste genau, dass alle Türen verschlossen und verriegelt und dass die Fenster fest geschlossen waren.

Einbildung. Hoffentlich wurde sie nicht zu einem dieser

hysterischen Weiber, die ständig überall Einbrecher vermuteten. Sie schloss erneut die Augen.

Doch der Schlaf, der auf so ärgerliche Weise gestört worden war, wollte nicht zurückkehren. Madeleine überlegte, ob sie die Nachttischlampe einschalten und noch ein paar Seiten lesen sollte.

Sie streckte gerade die Hand nach dem Lichtschalter aus, als sie das Geräusch erneut hörte. Und diesmal war es kein Irrtum.

Jemand öffnete unten die Tür zum Garten.

Einen Moment lang dachte sie, es wäre Felicity, die zurückgekommen war, vielleicht, um ihr noch etwas zu bringen. Doch Felicity hatte keinen Schlüssel, und sie hätte auch vorher angerufen.

Es wäre möglich, dass es Sonja war, die allerdings einen Schlüssel hatte. Doch Sonja hatte ihren Schlüssel noch nie benutzt, ohne vorher zu klopfen, um zu sehen, ob Madeleine zu Hause war.

Wer immer es war, ging sehr leise zu Werke. Es musste ein Einbrecher sein. Vorsichtig tastete Mad nach dem Telefon. Die Nummer der Polizei wählen, und die nächste Streife wäre mit heulender Sirene und blinkendem Blaulicht zur Stelle.

Es brachte sie völlig aus der Fassung, als ihr einfiel, dass das Telefon auf der rechten Seite des Bettes stand, und als ihre Hand – die rechte, die ein wenig schwächer war – unbeholfen mit dem Hörer herumhantierte. Madeleine fühlte, wie Panik in ihrem Kopf zu pochen begann.

Sie konnte den Eindringling jetzt deutlicher hören; er – es musste ein Mann sein – hatte die Tür zur Diele geöffnet. Ganz deutlich hatte sie das typische Quietschen der Türangeln gehört. Völlig widersinnig schoss ihr durch den Kopf, dass sie schon seit Wochen zu Sonja gesagt hatte, diese Türangeln müssten geölt werden, sie hörten sich an wie das Klagen einer verdammten Seele.

Jetzt klagten die Türangeln und verrieten die Anwesenheit

des Eindringlings. Madeleine, die nach wie vor nach dem Hörer tastete, schob sich im Bett ein wenig in die Höhe, um das Telefon mit der anderen Hand erreichen zu können. Sie spürte, dass der Einbrecher innehielt. Er horcht, dachte sie. Er will wissen, ob er mich geweckt hat – ich kann *fühlen*, wie er lauscht.

Das Blut hämmerte in ihrem Kopf, trotzdem konnte sie leise, tappende Schritte hören. Er durchquerte die Diele im Erdgeschoss – dort lag kein Teppich auf dem schönen alten Parkett, und obgleich er sehr leise war, war kein Irrtum möglich.

Er will zur Treppe, dachte Madeleine voller Panik. Er bewegt sich sehr langsam und verstohlen, aber er wird die Treppe heraufkommen. Das Zimmer begann sich um sie zu drehen, und dazu gesellte sich jenes grauenvolle Gefühl des *Weggleitens* in ihrem Kopf, an das sie sich von ihrem Schlaganfall im letzten Jahr noch erinnerte. Sie unterdrückte die aufsteigende blinde Furcht, und diesmal gelang es ihr, das Telefon mit der gesunden Hand zu erreichen. Erleichterung durchflutete sie. Sie würde es schaffen! Sie würde die magische Zahl wählen, die Nummer der Polizei, und innerhalb weniger Minuten wären die Beamten hier.

Der Eindringling kam jetzt die Treppe herauf: Er hatte den Treppenabsatz erreicht und war stehen geblieben. Vor ihrer Zimmertür war ein Geräusch zu vernehmen, als ob jemand *schnüffelte*.

Und jetzt jagte jedes einzelne Bruchstück der langen, langen Geschichte ihrer Familie durch Madeleines Gehirn, und jeder Fetzen der Mythen, Folklore und Legenden, die je durch die Albträume ihrer Kindheit geschlichen waren, tauchte vor ihr auf, um sie zu verhöhnen. Der Mensch gewordene Wolf, der in den uralten Nachtwäldern des Königreichs Mercia sein Unwesen getrieben hatte… Das bösartige, hungrige Wesen, das unter dem alten Haus im Wald gekauert und in den blutigen Gebeinen seiner Opfer gescharrt hatte, während seine menschlichen Gegner schliefen... Die Wölfe, die schlau genug waren, die Häuser der Menschen zu beobachten – die die Tricks der Menschen gelernt hatten und wussten, wie man an die Tür klopft, die Klinke hinunterdrückt, den Riegel zurückschiebt und sich hineinschleicht.

Ein unerträglicher Druck nahm im Inneren ihres Schädels mehr und mehr zu. Er war genau vor der Tür, und wenn sie nur aufhören könnte, zu zittern, wenn sie nur ihre schlaffe rechte Hand zwingen könnte, ihr wenigstens so lange zu gehorchen, dass sie Hilfe herbeirufen konnte... Doch inzwischen zitterte sie zu heftig, und ihre schwache rechte Hand ließ sie vollends im Stich. Der Hörer glitt ihr aus den gefühllosen Fingern und landete krachend auf dem Fußboden. Sofort verstummten die Geräusche. Er lauscht, um herauszufinden, was ich als Nächstes tue! Madeleine holte bebend Luft und streckte die linke Hand aus. Diesmal schlossen sich ihre Finger durch schieres Glück um die Nachttischlampe. Sie packte sie hastig. Konnte sie dies als Waffe benutzen? Die Lampe war durch das Kabel an der Wand befestigt, doch sie müsste eigentlich genug Spielraum haben, um auszuholen und kräftig zuzuschlagen. Auf jeden Fall war es besser als gar nichts. Sie mühte sich ab, die Lampe besser in den Griff zu bekommen; ihre Augen waren fest auf die Tür gerichtet. Der Druck in ihrem Kopf wurde immer stärker, jeden Moment würden ihre Augäpfel platzen...

Die altmodische Türklinke wurde von außen niedergedrückt, und die Tür öffnete sich in Zeitlupe. Stumpf vor Entsetzen starrte Mad sie an. Er kommt herein. Er kommt ins Zimmer, und ich sitze in meinem Bett in der Falle... Ein warmer Tiergeruch zog durch den Raum, und obwohl ihr Kopf unter dem Druck zu bersten begann, obwohl die rechte Hälfte ihres ganzen Körpers wie durch Bleigewichte immer tiefer und tiefer hinuntergezogen wurde, sah sie zu, wie die Tür sich Zentimeter für Zentimeter öffnete.

Eine Hand griff um die Tür herum und packte die Kante

mit festem Griff. Ein dunkler Schatten fiel auf den Boden ihres Schlafzimmers. Ein paar Sekunden rührte sich nichts: Die Tür blieb halb geöffnet, die Gestalt stand regungslos.

Und dann schwang die Tür weit auf, und dort, direkt vor ihr, stand die Albtraumgestalt aus all den alten Erzählungen. Der Wolf, der aufrecht ging wie ein Mensch. Die menschliche Maske, die die geifernden Kiefer und Zähne verbarg… Schwarzes, seidiges Haar und hungrige Augen… Er stand bereits über ihr, und in seinen Augen funkelte das rote Glitzern eines nach Fleisch gierenden Tieres…

Sie hörte ihre eigene Stimme aufschreien, und voll ungläubiger Furcht stellte sie fest, dass der Schrei als unverständliches Gestammel herauskam. Alles verschwamm ihr vor den Augen, als würde langsam ein dicker roter Vorhang vor ihnen herabgelassen. Sie fühlte nicht, wie ihr die schwere Lampe aus der Hand glitt, und sie hörte nicht, wie sie krachend zu Boden fiel, um dort neben dem nutzlos baumelnden Telefonhörer liegen zu bleiben.

Doch sie sah, wie der Wolf auf sie zukam, und sie sah, wie er sich auf die Bettkante setzte und sie mit schief gelegtem Kopf anblickte.

Mit sanfter, kultivierter Stimme, die das Entsetzlichste, Bedrohlichste war, was Madeleine je gehört hatte, fragte der Wolf: »Habe ich Sie erschreckt, meine Liebe?«

Und er lächelte mit triefenden Reißzähnen ein grauenhaftes Wolfslächeln, als er sich über das Bett beugte…

39

In der Küche von Weston House fand eine besorgte Konferenz statt. Dietfried hatte sie einberufen, als er konsterniert festgestellt hatte, dass Nina nicht im Hause war, und dass es außerdem so aussah, als sei sie schon lange vor dem Frühstück verschwunden.

»Piers und Tybalt sind auch nicht da«, meldete Priscilla, die in den anderen Zimmern nachgesehen hatte. »Und beide Autos sind weg. Übrigens ist es eine verdammte Frechheit, einfach mein Auto zu nehmen, ohne mich vorher zu fragen.«

Dies hatte Dietfried zum sofortigen Handeln angespornt, und er hatte bereits mehrere Pläne geschmiedet, von denen einige unmöglich und andere hoffnungslos unpraktisch waren. Alle beinhalteten, auf der Stelle beim örtlichen Polizeirevier anzurufen und die Verschwundenen als vermisst zu melden.

»Toby kommt mit dem Zug um zwölf Uhr«, hatte Priscilla gemeint. »Lass uns warten, bis er hier ist.«

»Warum?«

»Na ja, womöglich gibt es eine logische Erklärung.«

»Und die wird Toby uns liefern?«

»Nein, aber vielleicht fällt ihm was ein, worauf wir nicht gekommen sind.«

Doch als Toby später eintraf und Dietfried sich sofort auf ihn stürzte, kaum dass er aus dem Taxi gestiegen war, konnte er sich nicht einmal ansatzweise vorstellen, warum Nina und die beiden Männer irgendwann in der Nacht weggefahren sein sollten, ohne jemandem Bescheid zu sagen.

»Sie sind bestimmt den Wolfsleuten in die Hände gefallen«, lamentierte Dietfried. »Ich weiß es. Ich hab's von Anfang an gewusst. Dieses ganze Projekt ist verflucht!«

»O Gott, Dietfried, wenn du jetzt anfängst, Kassandra zu spielen, nehme ich den nächsten Zug zurück nach London«, sagte Toby mit der typischen Abneigung des Engländers gegen alles Theatralische.

»Aber die arme kleine Nina ...«

»Und Piers und Tybalt«, warf Priscilla ein.

»Ihnen ist etwas zugestoßen. Ihnen allen! Sie sind alle in der Gewalt irgendeines üblen Schurken. Ich weiß es. Ich kann es fühlen – *hier*!«, deklamierte Dietfried und schlug sich mit der Faust auf die Brust. »Wir rufen jetzt die Cops«, fügte er hinzu, wobei er abrupt von wagnerianischem Pathos zum Autokino-Slang überging.

»Nein, warte mal, ich überlege noch. Sie haben die Autos genommen«, meinte Toby mit gefurchter Stirn. »Den Range Rover und deinen Wagen, Priscilla. Was darauf hinweist, dass sie aus freien Stücken aufgebrochen sind. Warum haben sie beide Autos genommen?«

»Keine Ahnung, aber wenn einer von denen eine Beule in meinen Wagen fährt…«

»Wir müssen sofort los und sie suchen…«

»Nein, warte, ich bin immer noch am Überlegen. Wenn Nina und Piers allein weg wären, oder Nina und Tybalt, würde ich das Ganze vom Standpunkt des Zynikers aus betrachten. Aber alle drei auf einmal, das ist ein bisschen schwer zu schlucken.«

»Also, ich ruf jetzt die Polizei an.«

»Jetzt *warte* doch mal!« Toby grübelte immer noch. »Was ist, wenn einer von ihnen etwas herausgefunden hat und diesem Hinweis nachgehen wollte?«

»Und die anderen beiden sind ihm gefolgt?«

»Also, ich kann mir ohne weiteres vorstellen, dass Piers Tybalt irgendwohin mitgenommen hat, und Nina hat Wind davon bekommen und ist ihnen nachgefahren.«

»Das würde erklären, warum sie beide Autos genommen haben«, meinte Priscilla. »Und wo sind sie dann jetzt?«

»Vielleicht hatten sie einen Unfall. Oder jemand hat sich den Knöchel verstaucht oder so was, irgendwo, wo sie nicht an ein Telefon herankönnen. Wir wissen ja nicht mal, wie lange sie schon weg sind. Ihr habt es beim Frühstück gemerkt – wann war das ungefähr?«

»Viertel vor acht«, antwortete Priscilla. »Aber jetzt ist es halb eins.«

»Ich glaube nicht, dass die Polizei jemanden nach fünf Stunden schon als vermisst betrachtet. Nicht bei einem Erwachsenen. Aber ich finde, wir sollten sie trotzdem schon mal anrufen.«

»Das mach ich.« Dietfried freute sich, endlich etwas Konkretes unternehmen zu können.

»Okay. Aber ich wette, die werden sagen, wir sollen vierundzwanzig Stunden abwarten«, meinte Toby. »Was wir meiner Ansicht nach tun sollten«, fügte er hinzu, als Dietfried davonstampfte, »ist, uns mal auf eigene Faust im Wald umzuschauen.«

»Und wie kommen wir da hin? Beide Autos sind weg. Können wir uns ein Taxi rufen?«

»Wenn man sich den Taxiservice am Bahnhof betrachtet, wird das nicht so einfach. Ich musste fast zwanzig Minuten warten«, antwortete Toby.

»Dann müssen wir versuchen, einen Mietwagen zu kriegen«, sagte Priscilla.

»Ja, und das am Sonntagnachmittag – das wird auch nicht so einfach. Oh, zum *Teufel* mit Piers«, knurrte Toby. »Warum konnte er nicht an einem Werktag verschwinden?«

Das Licht in dem unterirdischen Kellerraum veränderte sich kaum, doch Karabas' Männer waren den ganzen Tag gekommen und gegangen – »hatten sich rein- und rausgeschlichen«, wie Tybalt es angewidert bezeichnete –, und dabei die halb verrottete Tür oben an der Treppe offen gelassen.

Der Morgen war schon weit fortgeschritten, als Piers plötzlich sagte: »Hört mal beide zu. Nein, schauen Sie mich nicht an, tun Sie nichts, was deren Aufmerksamkeit erregen oder sie glauben lassen könnte, wir würden irgendetwas aushecken.«

»Ist Ihnen etwas eingefallen?«

In Ninas Stimme schwang so viel Hoffnung mit, dass Piers rasch erwiderte: »Eigentlich nicht. Aber die Sache mit den Autos müsste doch klappen. Nina, Sie haben Priscillas Wagen genommen, nicht wahr?«

»Ja, das habe ich Ihnen doch erzählt.«

»Sie haben hinter dem Rover geparkt, oder?«

»Ja.«

»*Gut.*« Piers' Augen leuchteten plötzlich. »Wenn also Priscilla und Dietfried nach uns suchen, wird ihnen als Erstes die Ruine einfallen. Sie werden dieselbe Straße entlangfahren wie wir alle und die beiden Autos sehen.«

Tybalt warf einen schnellen Blick in die Runde. Unter Karabas' Leuten hatte den ganzen Morgen über ein stetiges Kommen und Gehen geherrscht, doch es waren nie weniger als sechs in dem Keller gewesen. »Glauben Sie nicht, dass die Typen hier sie weggeschafft haben?«

»Wie denn? Wir haben die Schlüssel.«

»Na ja – sie könnten sie in den Wald geschoben haben oder so.«

»Nein, Piers hat Recht!« Nina richtete sich vor Aufregung kerzengerade auf, ehe ihr wieder einfiel, dass sie sich unauffällig verhalten sollte und sie wieder in sich zusammensackte. »Das sind primitive Geschöpfe! Die meisten von denen sind gerade erst von Cruithin Island gekommen. Die haben bestimmt nicht genug… genug menschlichen Grips, um daran zu denken, die Autos zu verstecken.«

»Karabas würde schon daran denken«, wandte Tybalt ein.

»Aber selbst wenn er das täte, er könnte sie nicht vom Fleck bewegen«, sagte Piers. »Priscillas Wagen hat ein Automatikgetriebe, und solange Nina die Automatik auf ›Parken‹ gestellt und die Handbremse angezogen hat…«

»Hab ich.«

»… lässt es sich nicht wegschieben«, fuhr Piers fort. »Und der Rover ist viel zu schwer, um ihn mit angezogener Handbremse zu schieben.«

»Aber sie könnten die Scheiben einschlagen, um in die Wagen reinzukommen und die Handbremsen zu lösen.«

»Können sie nicht«, widersprach Nina. »Selbst wenn sie wüssten, was eine Handbremse ist. Okay, Karabas weiß es vielleicht, er scheint schon lange genug von der Insel weg zu sein, um sich ziemlich gut an die menschlichen Gepflogenheiten angepasst zu haben. Aber beide Autos haben elektronische Alarmanlagen. *Laute* Alarmanlagen. Die würden den ganzen Wald in Aufruhr versetzen, und egal, wie gut sich die anderen an die Welt der Menschen angepasst zu haben glauben, sie würden total in Panik geraten. Ihr wisst doch, was so eine Auto-Alarmanlage für einen Krach macht.«

»Genau.« Piers lächelte die beiden an. »Und das heißt, alles, was wir tun müssen, ist, das hier aussitzen und hoffen, dass Dietfried und Priscilla nicht allzu lange brauchen, bis sie hier sind.«

Doch selbst mit dieser Ermutigung war es entsetzlich langweilig. Der Tag schleppte sich schier unendlich dahin. Tybalt sagte, er hätte nie gedacht, dass er sich langweilen könnte, während er darauf wartete, an einem schaurigen, uralten Ritual teilzunehmen, aber genau das täte er jetzt. Er war der Ansicht gewesen, ihre Retter müssten binnen einer Stunde auftauchen, doch Piers und Nina meinten, es würde sehr viel länger dauern.

»Vielleicht merken sie erst nach dem Frühstück, dass wir verschwunden sind«, sagte Nina.

»Und selbst dann suchen sie möglicherweise hier nicht zuerst«, fügte Piers hinzu.

»Werden sie nicht die Polizei rufen?«

»Doch, aber ich glaube nicht, dass die Polizei jetzt schon etwas unternimmt. Ich glaube nicht, dass man uns als vermisst ansieht, ehe wir nicht länger als vierundzwanzig Stunden verschwunden sind«, meinte Piers nachdenklich.

»Und vergesst nicht, dass sie sich erst noch irgendwo ein Auto besorgen müssen«, legte Nina nach. »Wir haben beide Wagen.«

»Ach ja, das hatte ich vergessen. Aber ich nehme doch an, dass sie uns finden bevor… bevor der Zauber hier losgeht, oder?«

»Ich hoffe es inständig«, erwiderte Piers leise, und Tybalt drehte sich um und sah ihn an. Er würde Dr. Adair nie verstehen, und wenn er ein ganzes Jahr ohne Unterbrechung in seiner Gesellschaft verbringen würde.

Für Bryony war dieser Tag richtig toll. Er hatte damit angefangen, dass die Sonne in ihr grün-weißes Schlafzimmer geschienen hatte und ihr eingefallen war, dass sie die blöden Rechenaufgaben schon gemacht hatte und deshalb den ganzen Tag frei hatte. Morgens waren sie ins Dorf hinuntergegangen, um die Sonntagszeitung zu kaufen, und auf dem Weg dahin hatten sie bei einem Bauernhof Halt gemacht, wo eine Hündin gerade Welpen gekriegt hatte. Mama hatte gesagt, sie könnten einen davon behalten, wenn die Hündchen ein bisschen älter wären, und Bryony hatte es vor Freude fast die Sprache verschlagen. Die Welpen waren Spaniel, eine durcheinander krabbelnde Masse aus blondem Fell und dicken kleinen Bäuchen. Sie suchten sich den aus, der den kugeligsten Bauch hatte und am eifrigsten krabbelte, und die Frau des Bauern sagte, Bryony dürfe ihn ein- oder zweimal in der Woche besuchen, damit er sich schon einmal an sie gewöhnen könnte. Dann würde es ihm nichts ausmachen, seiner Mutter weggenommen zu werden, wenn er alt genug wäre. Sie erklärte ihr auch, wie sie für ihn sorgen, mit ihm spazieren gehen und ihm beibringen sollte zu gehorchen.

Beim Mittagessen redeten sie über den kleinen Hund und dachten sich Namen für ihn aus. Mama überlegte, ob sie ihn Bracken nennen könnten, wie die Schule. Der Name hörte sich irgendwie golden und braun an, und das passte ja ganz genau.

Mama wollte den Nachmittag damit zubringen, den Keller sauber zu machen. Normalerweise konnte sie Keller nicht ausstehen, aber am Montag würden Männer kommen und überall mit weißer Tünche herumkleckern. Mama sagte, es sei wirklich erstaunlich, wie geräumig der Keller jetzt plötzlich wirkte, wo der alte Boiler weggeschafft und die Wand abgerissen worden war. Jetzt könnte sie den Staubsauger die Treppe hinunterschleppen und eine große Spinnenjagd veranstalten. Dann wäre alles bereit fürs Malern. Danach würden sie bei Mad vorbeifahren und ihr das Schmorfleisch und die Hühnersuppe bringen, doch das würden sie sich für später aufheben, damit Mad sich möglichst lange ausruhen könnte. Aber Bryony könnte ihr ja beim Staubsaugen helfen, fügte sie grinsend hinzu.

»Spinnen! Igitt!« Bryony meinte, sie würde lieber ihren Garten noch ein bisschen weiter umgraben. Sie und Mad hatten in Hardwick Hall ein paar kleine Töpfe mit Kräutern gekauft, und die wollte sie heute einpflanzen.

»Aber bleib im Garten«, sagte Mama, als sie den Staubsauger aus dem Schrank zerrte. »Und zieh dir eine Jacke an, es ist ziemlich kalt heute. Oh, und deine alten Gummistiefel, da draußen ist es nass und matschig.«

Es war tatsächlich sehr nass und matschig; Bryony bemerkte das gleich. Das Blöde an Matsch war, dass man zwar gut darin graben konnte, aber wenn es besonders nasser Matsch war, waren auch *besonders* viele Würmer darin. Heute waren jede Menge davon im Boden. Würmer waren doppelt eklig, Bryony hasste sie sogar noch mehr als Spinnen. Vielleicht war es besser, mit dem Kräuterpflanzen zu warten, bis der Boden ein bisschen trockener war.

Sie ging wieder in die Küche, zog die Gummistiefel gleich an der Tür aus und tappte auf Socken über den Küchenboden. Das Schmorfleisch und die Suppe für Mad standen auf dem Küchentisch – Mama hatte das Schmorfleisch in einen roten Tontopf mit einem Deckel getan, der sich fest zumachen ließ, und die Suppe war in einem Plastikbehälter. Bryony betrachtete sie nachdenklich. Mama war unten im Keller wie wild mit dem Staubsauger zugange; sie hatte ihr zugerufen, hier unten seien schrecklich viele Spinnen, und es würde nicht mehr lange dauern, aber sie müsste erst duschen und sich die Haare waschen, bevor sie irgendwo hinfahren könnten. Es kam Bryony ein bisschen blöd vor, später den ganzen langen Umweg zu Mad zu fahren, inzwischen kannte sie den Weg durch den Wald sehr gut. Sie und Mad waren schon mehrmals dort entlanggegangen, es war die einfachste Sache der Welt.

An diesem glitzernden Nachmittag durch den Wald zu gehen und Mad ihr Essen zu bringen, wäre einfach toll. Außerdem wäre sie damit Mama, die nach dem Staubsaugen bestimmt müde und dreckig sein würde, eine große Hilfe.

In der Speisekammer fand Bryony den großen Korb und legte ihn mit einem rot-weiß karierten Geschirrhandtuch aus. Das passte zu dem Tontopf und sah bunt und fröhlich aus. Dann ging sie zur Kellertreppe und schrie Mama zu, was sie vorhatte. Mama fuhrwerkte dort unten geräuschvoll mit dem Staubsauger herum, aber Bryony war so, als hätte sie irgendwas zurückgerufen, was sich anhörte wie: »Sieh dich aber vor.«

Dann war ja alles in Ordnung. Mama hatte nichts dagegen, dass sie sich auf den Weg machte. Ihr fiel ein, dass es draußen kalt war, deshalb ging sie in ihr Zimmer, um ihre Jacke zu holen. Es wäre nett, den roten Dufflecoat anzuziehen, den Papa ihr gekauft hatte. Behutsam zog sie ihn aus dem Schrank.

In ihrem roten Mantel, den Korb mit dem Essen für ihre Urgroßmutter fest in der Hand, machte sich Bryony auf den Weg in den Wald.

Felicity fühlte sich jetzt wohler im Cottage. In dem Keller fühlte sie sich zwar nicht sehr viel wohler, doch die einzige Möglichkeit, ihn als Waschküche zu benutzen, war, sich daran zu gewöhnen. Vertrautheit schaffte schließlich Verachtung gegenüber düsteren Gedanken.

Wenn ich hier alles sauber mache, wirklich alles abschrubbe, dann werde ich nicht mehr ständig an dieses arme kleine Geschöpf denken, das sie hinter der Mauer gefunden haben. Das heißt – ich werde an sie denken, aber es wird mir keine Angst machen, es wird nur traurig sein.

Komisch, dass Bryony behauptet hatte, es habe hier im Cottage früher ein geheimes Versteck gegeben. Während Felicity sich mit Spinnweben und Dreck herumschlug, der wirkte, als läge er schon seit Jahren hier herum und roch, als wären es eher Jahrhunderte, fragte sie sich, ob sie vielleicht diesen Keller gemeint hatte. Das Problem bei Bryony war, dass man nie genau wusste, wann sie über die Wirklichkeit redete und wann sie ihre eigenen, selbst erfundenen Geschichten meinte. Gestern, als sie das Essen für Mad gekocht hatten, schien sie in eine dieser Geschichten vertieft gewesen zu sein – von einem Mann in einem blauen Samtmantel, der durch den Wald ritt –, und Felicity hatte gemerkt, dass es der falsche Zeitpunkt gewesen wäre, ihr von dem Baby zu erzählen. Sie versuchte, Bryony dazu zu ermuntern, sich solche Geschichten auszudenken, ohne sie allzu weit in die pure Fantasie abrutschen zu lassen. Manchmal war das ganz schön schwierig. Doch im Großen und Ganzen konnte Felicity, die sich genug Horrorgeschichten von anderen Eltern angehört hatte, kaum glauben, was für ein Glück sie mit Bryony gehabt hatte. Sie war manchmal ein bisschen seltsam, doch dabei war sie stets freundlich und höflich. Hat sie das von dir oder von mir, Connor? Doch diese Frage musste sie sofort verdrängen; an Connors seltsame Herkunft durfte sie nicht einmal denken. Vorausgesetzt, dass ich überhaupt an all den Quatsch glaube, sagte Felicity sich entschlossen.

Den Keller sauber zu machen hatte länger gedauert als sie gedacht hatte, doch er sah jetzt schon viel besser aus. Wenn der hilfsbereite Maurer morgen die Wände getüncht hätte und der Fußboden gefliest wäre, würde es hier richtig schön aussehen. Ich habe nichts mehr gegen dich, sagte sie schweigend zu der Ecke, wo der arme, unbekannte kleine Geist gelegen hatte. Ich glaube, dass du es warst, die hier im Cottage umgegangen ist. Ich weiß nicht, ob du das jetzt auch noch tun wirst, aber wenn ja, wird es mich nicht stören.

Sie ging hinauf in die Küche. Bryony buddelte wohl immer noch im Garten herum. Vor einer Weile hatte sie irgendetwas zu ihr heruntergerufen; dass sie mit Mads Garten gut vorankäme, und dass sie Mad davon erzählen wollte, wenn sie ihr nachher das Essen brachten. Felicity hatte zurückgerufen, sie solle sich mit dem Matsch vorsehen.

Sie machte sich auf den Weg ins Badezimmer, um sich den Schmutz vom Leib zu spülen. Es war halb fünf, genug Zeit, um zu duschen, sich die Haare zu waschen und sie im Schnellverfahren trocken zu föhnen, ehe sie zum Torhaus fuhren. Wenn sie zurückkamen, würde sie etwas von dem Schmorfleisch zum Abendessen aufwärmen; im Kühlschrank waren noch die Zutaten für einen Salat, und einen schönen, knusprigen Laib Brot hatte sie ebenfalls. Und obwohl sie sich wegen ihrer Schwangerschaft beim Alkohol sehr zurückhielt, würde sie sich heute Abend vielleicht ein Glas Wein genehmigen.

Bryony genoss ihren Spaziergang durch den Wald. Es war ein richtiger Glitzernachmittag, weil es letzte Nacht geregnet hatte und die Sonne auf all die kleinen Regentröpfchen schien. Im Wald schien die Sonne nicht so, wie auf einer Wiese oder einer Straße, das Licht sickerte in unregelmäßigen Flecken durch die Blätter, so dass man hingekleckste Muster auf dem Boden sah. Es machte Bryony Freude, durch diese Muster hindurchzulaufen. Heute sangen viele Vögel, auch das gefiel ihr.

Dies war das erste Mal, dass sie allein im Wald war, und das bedeutete, dass sie über all die Foljambes nachdenken konnte, ohne dass jemand sie dabei störte. Es gab viele Foljambes, über die sie nachdenken konnte. Sie konnte so tun, als ob sie Richards Lady wäre und auf einem Schimmel mit einem Zaumzeug aus blauem Samt reiten würde. Oder als ob sie mit den Zwillingen durch den Wald zöge und mit ihnen übers Bogenschießen und über ihren Kreuzzug mit dem König mit den goldenen Haaren redete. Oder als ob sie mit Sir Francis unterwegs wäre, der versucht hatte, Isobel zu retten. Heute Nachmittag wäre sie am liebsten mit Sir Francis unterwegs, beschloss sie.

Sie war doppelt vorsichtig mit dem Korb mit dem Essen darin; Mad würde nicht viel davon haben, wenn sie die Hälfte verschüttete. Bryony passte genau auf, dass sie den Korb nicht schief hielt. Eigentlich war er ganz schön schwer, vielleicht wäre es doch besser gewesen, auf Mama zu warten und mit dem Auto zu fahren. Aber das Torhaus war jetzt nicht mehr weit weg. Da drüben auf ihrer rechten Seite war die Ruine des Foljambe-Hauses. Bryony wusste immer noch nicht genau, was sie davon halten sollte. Die Ruine fühlte sich nicht besonders schön an, und das war komisch, wenn man bedachte, wie sehr sie darauf gebrannt hatte, sie zu sehen. Vielleicht kam das ungute Gefühl daher, dass ein oder zwei schlechte Foljambes dort gewohnt hatten – es hatte mal jemanden namens George gegeben, der sich nicht sehr gut benommen hatte. Mad hatte erzählt, er hätte die Familie zu Grunde gerichtet. Bryony hätte diesen George wahrscheinlich nicht besonders gemocht.

Allmählich bekam sie auch Zweifel, was heute Nachmittag den Wald selbst betraf. Er funkelte nicht mehr so wie vorhin, als sie losgegangen war, und er war auch nicht mehr so schön. Um die Wahrheit zu sagen, fing er an, ein bisschen unheimlich zu werden. Die Vögel hatten aufgehört zu singen, und das taten Vögel nur, wenn etwas Gefährliches in der Nähe war. Bryony beschloss, sich zu beeilen, damit sie schnell bei Mad ankam. Sie konnte nicht rennen, weil sie dabei den Korb mit der Suppe und dem Schmorfleisch schief halten würde, aber sie würde so schnell gehen, wie sie konnte.

Das unheimliche Gefühl wurde immer schlimmer. Es

fühlte sich an, als ob jemand hinter ihr herschliche – dieser Gedanke war so schrecklich, dass sie einen raschen Blick über die Schulter riskierte. Hinter ihr war niemand. Doch Bryony dachte, dass da *doch* jemand war, jemand, der so leise und so schlau war, dass er jedes Mal anhielt, wenn sie stehen blieb und sich hinter einen Baum duckte, wenn sie sich umdrehte. Sie erinnerte sich, dass Mama und Mad gesagt hatten, sie dürfe niemals – *niemals* – allein in den Wald gehen.

Das Wichtigste war, Mads Haus zu erreichen. Dann wäre sie in Sicherheit. Sie konnte das Haus jetzt durch die Bäume sehen und eilte dankbar darauf zu, wobei sie immer noch nicht richtig rannte. Es sah freundlich und sehr sicher aus. Dort waren die Fenster mit den hübschen Vorhängen, die zurückgezogen waren, damit die Sonne in die Zimmer scheinen konnte, und durch das linke Fenster im Erdgeschoss, das zu Mads Esszimmer gehörte, konnte sie eine Gestalt erkennen. Das war toll, denn es bedeutete, dass es Mad besser ging und dass sie im Haus herumlief. Bryony holte erleichtert und ziemlich zittrig tief Atem – in dem alten Wald war es wirklich *gruselig* gewesen! – und ging den Pfad entlang zur Haustür.

Einen Moment dachte sie, Mad hätte sie nicht gehört, weil sie nicht an die Tür kam. Doch gerade als Bryony den Klopfer ein zweites Mal hob, hörte sie, wie jemand durch die Diele kam und auf die Tür zuging. Bryony rief Mad zu, sie sei es, und Mad solle sich Zeit lassen. Mad musste wegen ihres schlimmen Beines beim Gehen manchmal einen Stock benutzen, es wäre nicht gut, wenn sie auf dem Weg zur Tür darüber stolperte. »Ich bin's, Bryony. Ich hab dir Schmorfleisch und ein bisschen Suppe gebracht. Ich warte, bis du zur Tür kommst.«

Sie glaubte, Mads Stimme gehört zu haben, die ihr etwas zurief – sie klang heiser und kratzig, das kam bestimmt daher, dass Mad Grippe hatte. Gestern hatte sie Halsschmerzen gehabt.

Die Tür öffnete sich, und die Stimme, die nicht ganz Mads Stimme war, sagte: »Komm herein, Bryony. Komm rein, Liebes, und mach die Tür zu.«

Bryony trat in die Diele.

Sie wusste sofort, dass irgendetwas nicht stimmte. Irgendetwas war *anders*. Doch es sah so aus, als ob Mad im Wohnzimmer auf sie wartete, und so blickte Bryony sich ein wenig zweifelnd um und schloss dann die Tür. Die Vorhänge im Wohnzimmer waren zugezogen, so dass dort keine Sonne hineinschien, wie in die anderen Zimmer des Hauses. Vielleicht fühlte es sich deswegen so an, als ob etwas nicht stimmte. Bryony blieb im Türrahmen stehen. Es war dämmerig und düster im Wohnzimmer, doch sie konnte den Stuhl sehen, in dem Mad immer saß. Er war dicht an den Kamin gezogen worden, ein hübscher, bequemer Sessel mit einem geblümten Bezug. Mad saß darin …

Es war gar nicht Mad. Es war ein dunkelhaariger Mann, und er schaute sie an und lächelte. Angst begann Bryony zu erfüllen, als ob jemand sie aus einer riesigen Kanne in sie hineingösse. *Er* war es – Karabas, der sie in der grässlichen Hütte im Wald eingesperrt hatte, und der in Wirklichkeit ein Wolf war.

Einen Moment lang dachte sie, er wäre jetzt gerade kein Wolf, sondern der interessante Mann, der sich in Bracken mit ihr über Vögel und Blumen unterhalten hatte und der alles über die Foljambes gewusst hatte. Aber dann stand er auf und kam auf sie zu, und Bryony erkannte sofort, dass er natürlich doch ein Wolf war.

Mit einer kleinen, verängstigten Stimme fragte sie: »Wo ist Mad – ich meine, meine Urgroßmutter?« Und dann geschah etwas *wirklich* Furchterregendes.

Der Wolf erwiderte: »Sie ist tot, Bryony – ich habe sie getötet. Aber fressen werden wir sie gemeinsam.«

Felicity war fertig damit, ihre Haare zu trocknen. Sie zog Jeans und ein weites Hemd an und ging nach unten, um Bryony zu sagen, sie solle ihre Gartengeräte wegräumen und hereinkommen, um sich die Hände zu waschen, ehe sie zu Mad hinüberfuhren.

Sie konnte Bryony nicht gleich finden; wahrscheinlich war sie auf der anderen Seite des Hauses mit ihrem geliebten Kräutergarten beschäftigt. Sie nahm das Gärtnern sehr ernst, und sie wollte richtige Schilder malen, damit sie wussten, was alles dort wuchs.

Bryony war nicht auf der anderen Seite des Hauses, und es sah auch nicht so aus, als hätte sie viel an dem gearbeitet, was einmal ein Kräutergarten werden sollte. Felicity runzelte die Stirn und spähte um die Ecke herum zur Vorderseite. Dort war sie auch nicht. Es war völlig lächerlich, erste Anzeichen von Panik zu verspüren, Bryony war bestimmt nicht weit weg. Vielleicht war sie sogar im Haus; Felicity hatte sie wahrscheinlich nicht hereinkommen hören, als sie unter der Dusche gestanden hatte. Sie ging wieder hinein und schaute ins Kaminzimmer. Dann eilte sie in Bryonys Zimmer hinauf, während das angsterfüllte Pochen in ihrem Innern immer heftiger wurde. Und dann geriet sie wirklich in Panik. Sie riss die Schranktür auf und durchwühlte Bryonys Kleider, die an der Kleiderstange hingen.

Der rote Mantel war fort.

40

Felicity fühlte, wie alle Kräfte ihren Körper verließen, und für einen Moment sank sie auf den kleinen Stuhl vor Bryonys Schreibtisch. Es gab bestimmt eine vollkommen einleuchtende Erklärung für all das, *selbstverständlich* gab es eine Erklärung! Bryony würde jede Sekunde auftauchen – sicher war sie nicht weit weg. Wo könnte sie hingegangen sein?

Zu Madeleine! Natürlich. Felicity rannte fast in die Küche hinunter. Das Schmorfleisch und der Behälter mit Suppe waren weg, außerdem der große Korb aus der Speisekammer. Erleichterung durchströmte sie, gemischt mit einem Schuss Wut. Sie hatte Bryony ausdrücklich verboten, allein in den Wald zu gehen – genauer gesagt, sie hatte ihr ausdrücklich verboten, überhaupt irgendwo allein hinzugehen –, doch wenigstens wusste sie mit an Sicherheit grenzender Wahrscheinlichkeit, wo sie steckte. Sie würde sofort Mad anrufen, und wenn Bryony schon bei ihr war, sollte sie dort bleiben, bis Felicity kam. Während sie nach dem Telefon griff, überlegte sie, ob es schneller ginge, wenn sie durch den Wald lief, oder ob sie das Auto nehmen sollte.

Wütend stellte sie fest, dass das Telefon nicht funktionierte. Felicity drückte hektisch auf die Gabel, doch sie hörte keinen Wählton, nur totes Schweigen. Das hatte ihr gerade noch gefehlt. Jetzt musste sie zu Fuß zu Mad gehen, weil sie keine Ahnung hatte, wie lange Bryony schon weg war. Wenn sie das Auto nahm, war Bryony vielleicht schon auf dem Rückweg, und sie würden einander verpassen. Sie griff nach ihrer Jacke und ging ins Kaminzimmer, um die Schlüssel aus ihrer Tasche zu holen. Als sie durch das Zimmer hastete, hörte sie, wie jemand leise und heimlich am Schloss der Küchentür herumhantierte.

Felicity blieb wie angewurzelt stehen. Mit jenem seltsamen sechsten Sinn, der manchmal zwischen Bryony und ihr vermittelte – der wahrscheinlich zwischen jeder Mutter und ihrem Kind vermittelte –, wusste sie sofort und unmissverständlich, dass das nicht Bryony war. Bryony würde auch nicht so an dem Schloss herumscharren; wenn die Küchentür verschlossen war, würde sie an der Haustür klingeln.

Vorsichtig ging Felicity zur Tür des Kaminzimmers, von wo aus sie einen mehr oder weniger direkten Blick in die Küche hatte. Ein eisiger Schrecken durchfuhr sie, und ihr Herz schlug ihr bis zum Hals.

Die Küchentür war aus dickem, stabilem Eichenholz gemacht, wie es für die Tür eines einsam gelegenen Hauses ohne direkte Nachbarn angemessen war. Doch der ästhetisch veranlagte Tischler hatte ihr vorgeschlagen, eine rechteckige Scheibe aus gehärtetem Glas in die obere Hälfte einzulassen. »So haben Sie ein bisschen mehr Licht«, hatte er gesagt, »und es ist fast genauso sicher. Eigentlich sogar noch sicherer, weil Sie so sehen können, wer draußen ist.«

Jetzt konnte Felicity sehen, wer dort draußen war. Das Glas war ein wenig trüb und wurde von Drähten durchzogen, doch sie konnte trotzdem sehen, wer es war.

Karabas. Karabas war vor dem Haus und versuchte, hineinzugelangen.

Felicitys Gedanken rasten gleichzeitig in drei verschiedenen Richtungen. Zu Bryony, die eventuell da draußen im Wald war und sich sehr wohl wieder in Karabas' Gewalt befinden konnte. In panischer Angst zu der Frage ihrer eigenen Sicherheit; die Tür hatte zwar ein Sicherheitsschloss, doch das war im Moment nicht abgesperrt. Es würde ein Kinderspiel für ihn sein, die Tür aufzukriegen. Als Letztes schoss ihr die praktische Seite des Problems durch den Kopf: Wie sollte sie hier rauskommen und Alarm schlagen, ohne dass er es bemerkte?

Das Telefon war nutzlos, es war tot. Diese Tatsache schlug in ihren Verstand ein und brachte neues Entsetzen: Das hier war kühl geplant. Karabas hatte alles genau durchdacht, er hatte die Telefonleitung durchgeschnitten, damit sie nicht in der Lage wäre, die Polizei zu rufen. *Wie gut du dich inzwischen in der Welt auskennst, Karabas!*

Wenn sie es schaffte, die Haustür zu erreichen, könnte sie zu ihrem Mini rennen und die Straße hinunterbrausen, ehe er etwas dagegen unternehmen konnte. Doch das hieß, dass sie durch die Diele gehen müsste, und er würde sie mit Sicherheit durch das Glas in der Küchentür sehen. Außerdem hieß es, dass sie sich mit Riegeln und einem komplizierten Sicherheitsschloss beschäftigen musste, denn sie und Bryony hielten die Haustür meist verschlossen und benutzten die Hintertür zur Küche.

Trotzdem, wenn sie schnell war, könnte sie es durch die Tür und bis zu ihrem Auto schaffen. Den Autoschlüssel hielt sie in der Hand, er war an demselben Bund befestigt wie die Hausschlüssel. Sie warf einen Blick aus dem Fenster zu ihrem Mini hinüber, der dort draußen geparkt war. War das zu schaffen? Der Mini war bisher jedes Mal auf Anhieb angesprungen, und selbst wenn Karabas sie aufzuhalten versuchte, konnte sie die Tür verriegeln und einfach losfahren. Dann sah sie noch einmal genauer hin, weil irgendetwas an dem Wagen ihr komisch vorkam – irgendetwas war nicht in Ordnung, ein oder zwei Sekunden lang konnte sie nicht genau sagen was… O Gott, er kennt sich wirklich in der Welt aus! Der Kühler des Mini war abgesunken, er lag viel tiefer als der hintere Teil. Er hat die Reifen zerstochen, dachte Felicity von Panik erfüllt. Oder er hat die Luft rausgelassen. Egal, fahren kann ich auf jeden Fall nicht damit, und ich sitze hier in der Falle… *Er ist im Haus!*

Grenzenlose Furcht überflutete sie, dicht gefolgt von der Erinnerung daran, wie Bryony erzählt hatte, dass es in dem Cottage ein geheimes Versteck gäbe. Es war gar nicht der Keller, es war ein Stück der Täfelung, das sich zur Seite schieben ließ, hatte Bryony gesagt, für Leute, die in die falsche Kirche gingen. Ein Schlupfwinkel für Andersgläubige? Ehe sie wusste, wie ihr geschah, war Felicity bereits auf der anderen Seite des Zimmers und presste die Hände gegen die glänzende Holztäfelung. O bitte, *bitte* lass das nicht eine von Bryonys Fantasiegeschichten gewesen sein, und bitte, *bitte* mach, dass das Versteck noch da ist…

Es war noch da. Die Täfelung gab unter ihren Händen nach, sie glitt fast geräuschlos zur Seite und gab den Blick auf eine schwarze Öffnung frei. Felicity schnappte erleichtert nach Luft, taumelte hinein und zog die Täfelung wieder an ihren Platz.

Es war stockdunkel, und es stank widerlich. Felicity konnte nur mühsam atmen, doch als sie schließlich Luft holte, war ihr, als atme sie den Staub, den Schmutz und die Erinnerungen einer längst vergangenen Zeit ein. Sie hatte das deutliche Gefühl, dass der traurige, unbekannte kleine Geist ihr sehr nahe war.

Karabas war im Kaminzimmer. Felicity konnte hören, wie er im Raum umherging, einen großen Wandschrank öffnete, der in die Außenmauer eingebaut war, und die Vorhänge zurückzog, um in der Fensternische nachzusehen. Er weiß, dass ich hier bin. Ihr Herz hämmerte wild. Er weiß, dass ich zu Hause war, und er weiß, dass ich mich versteckt habe. Aber er weiß nicht, wo. Sie hörte, wie er in die Küche zurückging, und dann vernahm sie seine Schritte auf der Kellertreppe. Hatte sie genug Zeit, um die Täfelung zur Seite zu schieben und zu verschwinden? Aber wenn Karabas sie packte, sobald sie aus ihrem Versteck kam, wäre Bryony damit nicht im Geringsten gedient. Sie hörte ihn zurückkommen, und Tränen der Verzweiflung brannten in ihren Augen. Zu spät. Aber wenn er nach oben ging, um nach ihr zu suchen? Das würde er doch sicher tun?

Gerade als sie das dachte, hörte sie die Treppe knarren, und Hoffnung schoss in ihr empor. Sie würde abwarten, bis er oben angekommen war und sie das Quietschen der losen Diele hörte, wenn er ihr Zimmer betrat. Dann würde sie loslaufen. Ja, da war es. Sie würde bis 20 zählen, dann würde sie loslaufen. 10 – 15 – mach dich bereit...

Sie hatte gerade die Kante der Täfelung gepackt, als sie die Treppe erneut knarren hörte, und begriff, dass er zu schnell für sie gewesen war. Wieder brach Verzweiflung über sie herein. Sie hatte die Gelegenheit verpasst.

Es war nicht vollkommen dunkel in ihrem Versteck; Felicity konnte ihre eigenen Hände erkennen, und ein dünner Lichtfaden umgab das rechteckige Stück der Täfelung. Doch es war fürchterlich eng. Sie war gezwungen, in einer halb knienden Kauerstellung zu verharren, was nach den ersten zehn Minuten schrecklich unbequem wurde. Felicitys Muskeln begannen zu protestieren, und im Bauch verspürte sie eine eigenartige Schwere. Doch sie wagte nicht die kleinste Bewegung; die Täfelung war ziemlich dick, doch auf der anderen Seite würde man es hören, wenn sie sich rührte. Felicity schloss die Augen, um die Muskelschmerzen zu verdrängen, und genau in diesem Moment sprach Karabas.

Beim Klang seiner Stimme verkrampfte sich ihr Herz, weil sie so unglaublich nahe zu sein schien. Es hörte sich an, als stünde er gerade mal einen halben Meter neben ihr.

»Felicity, ich weiß, dass du im Haus bist – ich spüre, dass du hier bist. Und früher oder später finde ich dich auch.«

Ein Schauder reinen Grauens überlief sie, und diesmal folgte darauf ein stechender Schmerz in ihrem Unterleib.

»Ich habe Bryony«, fuhr Karabas' Stimme fort. »Es war so einfach; ich hatte alles genau geplant, aber das war gar nicht nötig. Ausnahmsweise ist diesmal die Beute zum Jäger gekommen.« Pause. Er lauscht, dachte sie. O Gott, es muss doch eine Möglichkeit geben, ihn zu überlisten!

»Ich habe sie an einen Ort gebracht, wo meine Brüder versammelt sind. Sie sammeln sich bereits seit mehreren Wochen; sie kommen von dem Ort, wo sie gelebt haben, dorthin, wo alles begonnen hat. Dabei gehen sie langsam und vorsichtig vor, Felicity, damit sie sich an eure Gepflogenheiten gewöhnen können – erinnerst du dich, dass ich dir gesagt habe, dass wir die Bräuche der Menschen schnell lernen? Aber jetzt sind sie fast alle hier, und heute Nacht, sobald es dunkel wird, wird Bryony an einem Ritual teilnehmen. Weißt du noch, an welchem, Felicity? Erinnerst du dich noch daran, dass wir das Blut der Ahnen trinken?« Wieder eine Pause. »Nur wird es diesmal das Blut einer Urahnin sein«, fügte Karabas hinzu, und Felicitys Gedanken schwenkten sofort in eine neue Richtung: Madeleine! O Gott, er hat auch Madeleine entführt! Was soll ich nur tun? Wieder verspürte sie den Schmerz, stärker diesmal, wie Klauen, die sich um ihren Unterbauch schlossen. Felicity grub die Nägel in ihre Handflächen und wartete, dass der Schmerz nachließ. Es war nichts, worüber sie sich den Kopf zerbrechen musste, bestimmt war es nur die Panik. Ja, jetzt hatte es aufgehört, und sie konnte sich wieder auf das konzentrieren, was hier passierte, und darauf, was sie unternehmen konnte.

Der Fußboden knarrte, als er ans Fenster trat, und dann hörte sie ein leises, seufzendes Geräusch, als er sich in dem großen Sessel niederließ, der vor dem Kamin stand. Ein alberner Gedanke schoss Felicity durch den Kopf: Ich werde mich nie wieder in diesen Sessel setzen.

«Ich bleibe hier, bis es dunkel ist, Felicity«, sagte Karabas leise. »Und wenn ich gehe, um das uralte Ritual meines Volkes zu beaufsichtigen, wird einer der Unseren meinen Platz einnehmen.«

Wie eine Katze, die ein Mauseloch bewacht... Mit mehreren Wachablösungen...

»Ich weiß, dass du irgendwo hier im Haus bist.« Diesmal hob er die Stimme ein wenig. »Aber ich weiß nicht, wo, und auch nicht, wie ich nach dir suchen soll. Siehst du, Felicity« – es hörte sich fast so an, als ob er lächelte – »wir wissen, dass du in deinem Haus schlaue kleine Schliche hast, die wir noch nicht kennen. Aber wir sind sehr geduldig«, fuhr er fort, und seine Stimme schien plötzlich noch näher zu sein. »Und wo immer du hier im Haus auch bist, denk daran, dass Bryony zur Zeit noch am Leben ist. Aber morgen ist sie das vielleicht nicht mehr.«

Gegen Mittag brachten zwei von Karabas' Leuten den Gefangenen zu essen – Brot, Käse und etwas Obst, dazu für jeden einen Becher Milch. Danach wurden sie nacheinander, jeweils von drei Wachen begleitet, in ein abgeschiedenes Waldstück gleich hinter dem Keller geführt.

Piers meinte, das sei sehr rücksichtsvoll und wäre ein gutes Zeichen, doch Tybalt fand es ekelhaft und erniedrigend. »Das war wirklich der Gipfel der Demütigung«, empörte er sich, als er zurückkam. »Die haben dagestanden und *zugeschaut*, könnt ihr euch das vorstellen?«

»Was glaubst du denn, wie ich mich gefühlt habe?«, wollte Nina wissen.

»Ich wünschte, Dietfried und Priscilla würden endlich aufkreuzen«, meinte Tybalt sehnsüchtig, und zum ersten Mal musste Piers daran denken, wie jung Tybalt war.

»Sie werden schon kommen«, erwiderte er. »Wir können uns darauf verlassen, dass sie nach uns suchen.«

»Na, ich hoffe es jedenfalls. Mann, ich hätte nie geglaubt, dass ich so was jemals sagen würde, aber das Schönste, was ich mir im Moment vorstellen kann, wäre Priscilla, die mit einer ganzen Ladung Cops die Treppe da runterkommt.«

Die Schatten begannen eben länger zu werden, als draußen Schritte ertönten. Ninas Herz machte einen hoffnungsvollen Satz.

Doch es waren nicht Priscilla und Dietfried, es war Karabas. Er kam leichtfüßig die Stufen herunter, und auf dem Arm trug er ein kleines Mädchen mit weit auseinander liegenden, angsterfüllten Augen. Ihr Haar hatte die Farbe von herbstlichem Buchenlaub. Er brachte sie zu den Gefangenen hinüber, fesselte sie und setzte sie neben die anderen.

Bryony hatte wirklich schreckliche Angst. Inzwischen war ihr klar, dass sie in die Wolfshöhle gebracht worden war – in die richtige Wolfshöhle, wo der Wolf sich versteckt und wo er Edmund gefressen hatte –, und sie wusste, dass etwas Fürchterliches mit ihr passieren würde. Sie wusste nicht, ob es darum ging, Mad aufzuessen, wie Karabas gesagt hatte, oder ob es etwas noch Grässlicheres sein würde. Es war allerdings schwer, sich etwas vorzustellen, was noch grässlicher wäre.

Die Wölfe waren alle hier im Raum: Sie saßen oder lagen am Boden, und sie sahen Karabas alle sehr ähnlich, doch Bryony wusste, dass sie in Wirklichkeit Wölfe waren, genauso wie Karabas in Wirklichkeit ein Wolf war.

Es war noch nicht ganz dunkel draußen, aber in der Wolfshöhle war es sehr finster. Die Wölfe zündeten ein paar Holzstücke an und klemmten sie dann in die Ritzen in der Wand, so dass die brennenden Enden einen roten Lichtschein verbreiteten. Bryony gefiel das rote Licht überhaupt nicht.

Trotzdem schaffte sie es, ziemlich tapfer zu sein, und das war gut. Hauptsächlich lag das an den drei anderen, die die Wölfe gefangen hatten. Die drei waren sehr nett zu ihr. Die Frau hieß Nina und war sehr hübsch; sie hatte ganz viel wuscheliges blondes Haar. Sie sagte, Bryony solle sich keine Sorgen machen, weil sie bald gerettet werden würden; sie und die anderen hätten Freunde, die jetzt gerade nach ihnen suchen würden. Die Wolfsmänner hätten zwar keine Ahnung davon, aber sie und die beiden Männer hätten mehrere Anhaltspunkte zurückgelassen, so dass man sie bald finden würde. Der jüngere der beiden Männer, der so redete wie die Amerikaner im Fernsehen, sagte, das stimme ganz genau; in weniger als einer Stunde wären sie hier raus.

Mit einer ganz kleinen, verängstigten Stimme brachte Bryony heraus, dass ihre Mutter sie bestimmt auch schon vermisste und dass sie kommen würde, um sie zu holen. Also gab es eigentlich nichts, worüber man sich besonders Sorgen zu machen brauchte, wo doch Ninas Freunde und Mama und all die Anhaltspunkte da waren.

Doch erst als der andere Mann – der mit den dunklen Haaren – sich zu ihr herüberbeugte und sagte: »Es ist alles gut, Bryony. Wir sind vollkommen sicher«, glaubte sie das wirklich.

Piers hatte einen seltsamen Schmerz verspürt, als er beobachtet hatte, wie sich Bryony mit kreidebleichem Gesicht tapfer bemühte, nicht zu weinen. Seine Kehle fühlte sich an wie zugeschnürt, als sie ihn plötzlich voll überwältigendem Vertrauen anblickte. Er war Nina unendlich dankbar, die sanft mit dem kleinen Mädchen redete und sie fragte, wie sie hieß und wo sie wohnte. Dann erklärte Tybalt, dass sie diese gemeinen Kerle schon länger beobachtet hätten und schilderte sehr genau, was sie mit denen machen würden, wenn sie frei kämen.

Wo immer sie auch hergekommen sein mochte und was Karabas auch immer mit ihr vorhatte, sie war nicht im herkömmlichen Sinne hübsch, dieses kleine Mädchen. Doch Piers, der sie genau betrachtete, konnte sich vorstellen, dass sie atemberaubend sein würde, wenn sie erwachsen war. Er ertappte sich dabei, wie er betete, dass sie lange genug lebte, um erwachsen zu werden.

Nina erzählte Bryony von Dietfried, Toby und Priscilla. Sie beschrieb ihr Dietfried und machte eine richtige Geschichte daraus, übertrieb dabei ein bisschen, so dass er sich anhörte wie eine dicke Cartoon-Figur, die dauernd gegen irgendwelche Dinge stieß und ständig alles verpatzte.

»Er wird bald hier sein«, versicherte Nina. »Bestimmt rennt er jetzt da draußen rum, stolpert ein paar Mal über irgendwas und rennt ein paar Mal gegen irgendwas anderes, aber er ist sehr, sehr zuverlässig.«

»Weißt du, was wir machen?«, meinte Tybalt. »Wir verprügeln die Typen, und dann lassen wir Dietfried drüberrollen.«

»Werden die dann platt gequetscht?«, fragte Bryony halb zweifelnd, halb hoffnungsvoll.

»Wie mit 'ner Dampfwalze«, antwortete Tybalt.

Doch sowohl er als auch Nina warfen unruhige Blick auf den Fuß der Treppe, wo das Licht des Waldes sich allmählich von Grün zu Türkis verfärbte. Bald würde es die blaugraue

Farbe des Zwielichts annehmen, und dann würde das Ritual beginnen.

Toby und Priscilla hatten fast alle Autovermietungen im Telefonbuch angerufen, doch die meisten waren sonntags geschlossen, und bei dem größten Teil der Firmen meldete sich lediglich ein Anrufbeantworter. Danach hatten sie es bei den Taxiunternehmen probiert. Es hatte qualvoll lange gedauert, doch schließlich waren sie auf ein kleines Unternehmen gestoßen, das ihnen ein Taxi nebst Fahrer schickte, der ihnen für die nächsten zwei Stunden zur Verfügung stehen würde. Angesichts des Preises musste sogar Priscilla blinzeln.

Vibrierend wie ein zu locker geratener Pudding war Dietfried nervös zwischen Haustür und Telefon hin und her gelaufen, wobei er gelegentlich die Hände rang. Er hatte die Telefonnummer der alten Dame gefunden, der er und Nina im Wald begegnet waren, Madeleine Foulsham, und hatte versucht, sie anzurufen, um zu fragen, ob sie die Vermissten gesehen hatte, jedoch ohne Erfolg.

»Da war ein Geräusch in der Leitung wie ein Schwarm Hummeln«, berichtete er. »Die Vermittlung meinte, da wäre irgendwas kaputt.«

Nachdem sie das Arrangement mit dem Taxiunternehmen getroffen hatten, ging er hinunter zur Straße, um auf den Wagen zu warten. »Sonst fährt der am Ende noch vorbei«, meinte er ängstlich besorgt. »Ich wink ihm lieber, um ganz sicherzugehen.«

Priscilla stand am Fenster und sah zu, wie er sich am Ende der Auffahrt postierte und vorüberfahrenden Autos zuwinkte wie eine rundliche Windmühle. »Toby, es war doch richtig, der Polizei nicht mehr Dampf zu machen, oder? Jetzt ist es schon fünf Uhr.«

»Die haben gesagt, wir sollen vierundzwanzig Stunden warten«, entgegnete Toby. »Und ich glaube, das war sogar ein bisschen wenig. Ich glaube, normalerweise wartet man bei Erwachsenen achtundvierzig Stunden. Schauen wir uns erst mal selbst ein wenig um – es ist ja noch nicht dunkel. Sagen wir, bis sechs Uhr – dann kommen wir zurück und fangen an, Druck zu machen.«

Dietfried hatte mittlerweile ihr Taxi herbeigewinkt und war keuchend wieder beim Haus angelangt. »Wir fahren zuerst zu der Ruine«, sagte er. »Wenn sie irgendwo hingegangen sind, dann dahin. Ich zeige dem Fahrer den Weg.«

»Hoffentlich kriegst du das hin«, meinte Toby und zog seine Jacke über. »Das letzte Mal, als du da warst, habt ihr euch verirrt.«

»Ich verirre mich nicht! Ich verirre mich doch nicht, wenn es um meinen Schatz geht.«

Am Ende dirigierte Dietfried den Fahrer äußerst effizient.

»Gleich kommt eine Kurve, und dann so ein Zaun mit gekreuzten Latten.«

»Ein Jägerzaun«, sagte Toby automatisch.

»Genau. Und dann kommt so eine Überführung …«

»Eine Brücke.« Diesmal war es Priscilla.

»Genau. Und dann ein Gasthaus namens Foresters Arms, und kurz danach ist die Stelle, wo wir hinwollen …«

»Oh!«, stieß Priscilla hervor.

»Was ist?«

»Mein Auto! Schaut doch, da! Und Piers' Range Rover! Sie sind direkt am Waldrand geparkt, wo die Bäume anfangen.«

»Ist das die Stelle?«, wollte der Fahrer wissen.

»Ja, vielen Dank.«

»Soll ich warten?«

»Ich glaube, das wird nicht nötig sein. Vorausgesetzt, wir haben die Schlüssel für einen von den Wagen dabei«, erwiderte Toby. »Priscilla, hast du deinen Reserve-Autoschlüssel mitgebracht?«

»Ja.«

»Dem Himmel sei Dank.« Toby bezahlte den Fahrer, gab

ihm noch ein großzügiges Trinkgeld und folgte den beiden anderen auf den Grasstreifen, der die Grenze zum eigentlichen Wald bildete. Das Taxi rollte wieder die Straße hinunter. »Alles in Ordnung mit den Autos?«

»Nein«, sagte Priscilla. »Irgendein Dreckskerl hat sämtliche Reifen aufgeschnitten.«

»O Gott, und ich hab das Taxi abhauen lassen...« Toby fuhr herum, doch es war bereits zu spät. »Verdammt noch mal! Na, wenigstens haben wir jetzt einen konkreten Anhaltspunkt für die Polizei. Hört zu, wir fahren per Anhalter zum nächsten Telefon...«

»Nein, wir gehen in den Wald«, widersprach Dietfried. »Es wird schon dunkel, wir haben keine Zeit mehr. Ich krieg langsam wirklich Panik.«

»Ehrlich gesagt, ich auch«, meinte Priscilla und blickte sich ein wenig trotzig um. »Wie wär's, wenn ich mich um die Mitfahrgelegenheit zum Telefon kümmere, und ihr beide geht in den Wald?«

»Ja, klar, wir lassen dich hier allein, wie?«, bemerkte Toby trocken. »Besonders, wenn hier ein Irrer rumrennt, der anderen Leuten die Reifen zerschneidet. Wir müssen zusammenbleiben.«

»Ich find's nicht gut, Priscilla irgendwohin mitzunehmen, wo es vielleicht gefährlich wird«, sagte Dietfried. »Aber ich halte auch nichts davon, sie hier allein zurückzulassen.« Er furchte die Stirn und fuhr dann fort: »Wir sehen uns ganz vorsichtig um, dann kommen wir zurück und suchen uns ein Telefon.«

»Ich dachte, du wolltest als Ritter auf dem strahlenden Schimmel auftreten.«

»Das war, bevor ich die Autoreifen gesehen habe«, gab Dietfried zurück.

»Toby, glaubst du, wir haben es mit Karabas zu tun?«

»Jedenfalls haben wir es mit jemandem zu tun, der kein Problem damit hat, drastische Maßnahmen zu ergreifen, um sich zu schützen«, meinte Toby. »Wer immer die Reifen zerschnitten hat, wollte offenbar verhindern, dass Piers und die beiden anderen schnell abhauen können. Dietfried, wo geht's zu dieser Ruine?«

»Hier entlang«, sagte Dietfried und stiefelte los, in den Wald hinein.

»Geh voran, Macduff. Aber sei leise. Mir gefällt's hier überhaupt nicht, und ich habe das komische Gefühl, dass uns jemand beobachtet...« Er verstummte abrupt.

Zwischen den Bäumen kamen acht Männer des Wolfsclans hervor. Ihre schräg liegenden Augen leuchteten.

Das schmale Rechteck aus Licht, das die Ränder der verschiebbaren Täfelung kennzeichnete, war für Felicity eine Art Stundenglas. Solange es sichtbar war, bedeutete das, dass draußen noch Tageslicht herrschte, und solange noch Tageslicht herrschte, war Bryony sicher.

Die bohrenden Schmerzen in ihrem Unterleib kehrten in regelmäßigen Abständen wieder, und einmal stieg heftige Übelkeit in ihr auf. O Gott, lass mich bloß nicht kotzen! Sie schluckte krampfhaft und atmete tief durch; egal, wie tapfer man war, es war unmöglich, sich lautlos zu übergeben. Ich werde *nicht* kotzen, sagte Felicity sich wie ein Mantra, auf *gar* keinen Fall! Und dann: *Ich werde das hier durchstehen, und ich werde hier rauskommen und Bryony finden!*

Der schmale Lichtstreifen verblasste allmählich, als sie bemerkte, dass sich in dem Zimmer auf der anderen Seite der Täfelung etwas tat. Sie presste den Kopf gegen das zerschrammte Holz und hörte Karabas' Stimme, und kurz darauf eine zweite Stimme, mit einem ähnlichen leichten Akzent wie Karabas, aber heller und jünger. Die Wachablösung fand statt; er war dabei, sich auf den Weg dorthin zu machen, wo er Bryony hingebracht hatte, um das Ritual vorzubereiten. Wieder stieg eine Woge der Übelkeit in ihr auf, und diesmal rammte sie die Fingernägel ihrer rechten Hand so tief in die Handfläche der linken, dass es blutete. Die Übelkeit ließ nach. Ich werde das hier überleben, um Bryony zu retten. Ich *muss* einfach! Alles andere ist undenkbar.

Sie hörte Karabas etwas sagen, das sich anhörte wie: »Bleib in diesem Zimmer – ich glaube, sie ist ganz in der Nähe.«

»Und wenn nicht?«

»Dann muss sie irgendwann wiederkommen«, erwiderte Karabas. »Aber sie ist hier irgendwo. Ich kann es *riechen.*« Felicity hörte, wie er durchs Zimmer ging. Dann vernahm sie das Öffnen und Schließen der Küchentür und hörte, wie die neue Wache sich in den Sessel setzte. Die Federn quietschten leise.

Das Rechteck aus Licht wurde eindeutig blasser. Bald würde es stockdunkel sein. Felicity starrte es an und grübelte verzweifelt, wie sie ihren unsichtbaren Gefängniswärter überlisten könnte. Kalte Angst schlug über ihr zusammen.

Wenn ich Bryony verliere, verliere ich alles, was irgendwie von Bedeutung ist. Ich bin dabei, das Baby zu verlieren – natürlich, das weiß ich schon seit einer ganzen Weile. Damit werde ich fertig. Aber wenn Bryony von diesen Verrückten umgebracht wird, werde ich nicht mehr leben wollen, weil es dann auf der ganzen Welt nichts mehr gibt, nichts, nirgendwo... Sie lehnte den Kopf an die Wand, Tränen brannten ihr in den Augen. Es gab nichts, was sie tun konnte, um Bryony zu helfen, aber es musste doch etwas geben, irgendetwas... Und dann, einen halben Herzschlag später, vernahm sie ein Geräusch aus dem Kaminzimmer, und ihr Herz hämmerte los, von plötzlicher Hoffnung erfüllt.

Die Sesselfedern hatten erneut gequietscht, und Schritte hatten sich entfernt. Der Wachposten, den Karabas zurückgelassen hatte, hatte das Kaminzimmer verlassen.

Felicity hatte keine Ahnung, ob er sich nur die Beine vertreten oder die anderen Räume des Hauses durchsuchen wollte, oder ob er einfach nur neugierig war. Doch egal, weshalb er hinausgegangen war, nun hieß es jetzt oder nie. Sie hörte, wie das Wasser in der Küche aufgedreht wurde – du verstehst also genug von moderner Technik, um einen Wasserhahn zu bedienen – und dann das Klappern von Geschirr. Sie musste etwas unternehmen, und sie musste es *jetzt* tun, auch wenn sämtliche Qualen der Verdammnis in ihrem Unterleib tobten. Sie schob die Täfelung zurück und warf einen Blick in den dämmerigen Raum dahinter. Eine grausige Schreckenssekunde lang dachte sie, ihre verkrampften Glieder würden sich nicht schnell genug bewegen lassen, und zusätzlich bohrte sich der Schmerz mit voller Wucht in ihren Leib. Doch nun wurde sie von reinem Adrenalin angetrieben. Es gelang ihr, aus dem Versteck zu klettern und in die Fensternische zu huschen, wo sie sich hinter den langen Chintzvorhängen verstecken konnte. Vorsichtig spähte sie um den Rand des Vorhangs herum und sah sich nach etwas um, was sie als Waffe benutzen könnte. Die Lampe auf Mads Nähtischchen war kompakt genug, aber es wäre schwer, sie schnell zu greifen, und eventuell war auch das Kabel zu kurz. Wie wäre es mit dem Blumentopf daneben?

Ihr Herz schlug so schnell, dass sie glaubte, sie würde gleich in Ohnmacht fallen, doch zum Glück waren die Schmerzen im Moment nicht so stark. Die Übelkeit hatte nachgelassen, doch Felicity war es jetzt ziemlich egal, ob sie dieses abscheuliche Geschöpf, das da ihr Wasser aus einem ihrer Gläser trank, von oben bis unten vollkotzte oder nicht.

Sein Schatten fiel auf den Fußboden, als er ins Zimmer zurückkehrte, und Felicity drückte sich mit angehaltenem Atem tief in die Fensternische. Wenn er sie sah, würde ihr Plan nicht funktionieren, wenn er jedoch sofort zu dem gähnenden Loch in der Täfelung stürzte, wie sie es sich wünschte … Er stand in der Tür und trank immer noch aus dem Wasserglas, das er sich geholt hatte. Obwohl es völlig nebensächlich war, bemerkte Felicity zornig, dass er eines ihrer besten Kristallgläser benutzt hatte; den Satz aus sechs Gläsern und einer dazu passenden Karaffe hatte sie zur Hochzeit geschenkt bekommen. Sie würde das Glas mit Vergnügen in tausend Splitter zertrümmern, wenn dies hier vorbei war.

Ein paar Sekunden lang verharrte er an der Tür und ließ seinen Blick durch das dunkle Zimmer schweifen. Felicity stand völlig regungslos da. Würde er spüren, dass sie hier war?

Dann entdeckte er die offene Täfelung. Es stellte das Glas hin, schoss mit ein paar Sätzen quer durchs Zimmer – schaudernd registrierte Felicity die Tatsache, dass er sich bewegte wie ein Tier, das seine Beute anfällt –, beugte sich vor und inspizierte das Versteck.

Felicity reagierte sofort; ihr Körper war ihrem Gehirn einen Schritt voraus. Sie packte den Blumentopf mit beiden Händen und hob ihn so hoch sie konnte. Es war ein schwerer Tontopf voller Erde, in der weiße Hyazinthen wuchsen. Mad hatte ihr die Zwiebeln mitgebracht, Bryony hatte sie eingepflanzt, und der Duft hatte jeden Abend das ganze Zimmer erfüllt. Bryony … Werd jetzt nicht schwach. Denk daran, dass du das hier für Bryony tust. Werd nicht schwach.

Sie wurde nicht schwach. Als er sie hörte und Anstalten machte, sich aufzurichten, ließ Felicity den Blumentopf auf seinen Kopf niederkrachen. Er stieß ein überraschtes, schmerzerfülltes Grunzen aus und sackte halb zusammen, seine Hände fuchtelten in der Luft herum. Bebend und schluchzend versetzte Felicity ihm einen zweiten Schlag, und dann einen dritten. Er brach zusammen und riss dabei den kleinen Nähtisch mit sich zu Boden. Felicity stand über ihm, bereit, ein viertes Mal zuzuschlagen, wenn es nötig wäre.

Doch er war entweder tot oder konnte sich nicht mehr bewegen. Nach einer Weile schaffte sie es, den Blumentopf abzustellen, die Augen nach wie vor fest auf ihn geheftet. Sein Hinterkopf war ein blutiger Brei, Knochensplitter ragten hervor, und der Duft der zerrupften Hyazinthen vermischte sich auf widerliche Weise mit dem Geruch nach Blut. Es war grauenhaft. Es war ekelhaft und Furcht erregend. Felicity wusste jedoch genau, dass sie das Gleiche wieder tun würde, wenn es sein müsste.

Jeder Muskel ihres Körpers zitterte, als wäre sie mit einer Eisenstange verprügelt worden, und im Bauch verspürte sie ein Unheil verkündendes Ziehen. Sie hatte das Gefühl, dass sie zudem noch blutete, doch sie hatte keine Zeit, sich darüber Gedanken zu machen. Irgendwie musste sie es bis zur Straße vor dem Cottage schaffen und das erste Auto anhalten, das vorbeikam.

Irgendwie musste sie Alarm schlagen und dafür sorgen, dass die Polizei ein zweites Mal den Wald nach Bryony absuchte.

41

Der Anblick von Dietfried, Priscilla und Toby, die in den Keller geführt wurden, traf Piers wie ein Schlag ins Gesicht. Er starrte sie an, und zum ersten Mal sah er sich der Tatsache gegenüber, dass es vielleicht doch kein Entkommen gab.

Priscilla und die beiden Männer wurden in die gegenüberliegende Ecke des Kellers gebracht. »Die wollen wohl nicht, dass wir uns zusammentun und einen Fluchtplan austüfteln«, murrte Tybalt giftig.

»Vielleicht können wir ihnen Zeichen geben.«

»Wozu?«

»Ich weiß auch nicht«, antwortete Nina niedergeschlagen. »Ich wünschte, sie wären nicht hier.«

»Sie sehen aus, als ob sie sich das auch wünschen.«

Priscilla platzte fast vor kalter Wut, und Dietfried fuchtelte aufgeregt mit den Armen. Toby schien zu versuchen, mit seinen Bewachern zu verhandeln. »Damit wird er kein Glück haben«, meinte Tybalt, als Nina ihn darauf aufmerksam machte.

Doch es gab keine Gelegenheit, einander Zeichen zu geben, oder auch nur die Anwesenheit der anderen drei zur Kenntnis zu nehmen. Karabas' Männer fesselten die drei Neuankömmlinge und machten sich dann daran, die heruntergebrannten Fackeln zu ersetzen. Hinter der Tür oben an der Treppe war Bewegung zu vernehmen.

»Es fängt an«, sagte Piers plötzlich, und Tybalt fühlte, wie sein Herz vor Angst einen Salto schlug und in seiner Kehle landete.

»Woher wissen Sie das?«

»Können Sie das nicht fühlen?«

Sie konnten es alle fühlen. Die tanzenden Flammen loderten, und gespannte Erwartung, gemischt mit einer fast sexuellen Gier, erfüllte allmählich den Keller. Von draußen ertönten Geräusche, als würden sich vor der Tür Menschen versammeln. Piers setzte sich auf, die Augen fest auf die Stufen geheftet.

»Können wir denn gar nichts tun?«, fragte Nina verzweifelt.

»Gegen all die Typen hier? Mit gefesselten Händen und Füßen?«, brummte Tybalt. »Die machen innerhalb von drei Sekunden Hackfleisch aus uns.« Er sprach leise, damit Bryony ihn nicht hörte, doch Nina rückte trotzdem näher an Bryony heran. Sie versuchte, die Arme um das Kind zu legen, doch mit zusammengebundenen Handgelenken ging das nicht. Bryonys kleines, herzförmiges Gesicht war weiß wie ein Bettlaken; genau wie Piers starrte sie wie gebannt zur Treppe. Piers warf ihr einen Blick zu. Wir können absolut nichts tun, um ihr zu helfen, dachte er. Und wenn wir sie hier rauskriegen, wird sie für den Rest ihres Lebens von diesen Erlebnissen gezeichnet sein, es sei denn, sie hat eine ganz außergewöhnliche Mutter. Er ertappte sich dabei, dass er sich wünschte, Bryony möge eine wirklich außergewöhnliche Mutter haben.

Eine Prozession aus sechs oder acht der älteren Männer

betrat den Keller; sie schritten ernst und feierlich die Treppe hinunter, Karabas an der Spitze. Die vom Feuerschein durchzogene Dunkelheit wallte über sie hinweg, und sowohl Nina als auch Tybalt dachten, dass, wenn man die wilde Erregung unter Karabas' Männern vorher noch nicht bemerkt hatte, sie jetzt nicht mehr zu übersehen war. Tybalt starrte sie an. Es ist eigentlich okay, sagte er sich. Es sind nur Menschen. Sie sind unzivilisiert und primitiv, und sie strahlen eine seltsame Macht aus, aber alles in allem sind es doch nur Menschen. Und dann teilte sich die Prozession, um eine Gasse für das zu bilden, was hinter ihnen einhergeschritten war, und Tybalt vergaß, dass dies hier gewöhnliche Leute waren. Eisiges Grauen schlug über ihm zusammen. Einen Augenblick lang verschwamm die fremdartige Szene vor seinen Augen. Neben ihm stammelte Nina entsetzt: »Es ist ein Wolf, Piers, das ist ein *Wolf*. Aber … er geht ja aufrecht …«

»Das ist der Schamane. Er trägt eine Maske aus einem Wolfskopf«, erwiderte Piers schnell.

»Sind Sie sicher?«

»Gott, ja, natürlich bin ich sicher! Das Gleiche habe ich in den Katakomben auf Cruithin Island gesehen.«

»Natürlich, stimmt«, sagte Nina. »Bryony, Liebling, hab keine Angst, das ist nur ein Mann, der sich verkleidet hat – mehr ist es nicht, wirklich …«

»Nein, das ist der Wolf!«, widersprach Bryony. Ihre Augen waren riesengroß in dem weißen Gesicht. »Das ist der Wolf, der Edmund gefressen hat – hier, in diesem Keller. Und jetzt will er uns zwingen, dass wir Mad aufessen. Das hat er *gesagt*.« Ihre Unterlippe bebte, doch sie gab sich alle Mühe, nicht zu weinen.

»Bryony, niemand wird dich zu irgendetwas zwingen«, sagte Piers, und wieder schaute sie ihn mit so viel Hoffnung und solch blindem Vertrauen an, dass die Sinnlosigkeit dessen, was er sagte, ihm schier das Herz umdrehte. Trotzdem wiederholte er: »Bryony, hör mir zu. Ich habe schon früher gesehen, wie diese Leute so etwas gemacht haben. Sie verkleiden sich als Wölfe – man kriegt ein bisschen Angst, wenn man das sieht, aber das ist auch schon alles.«

»Ganz bestimmt und wirklich?«

»Ja, ganz bestimmt und wirklich. Den Mann da nennt man einen Schamanen. Er will, dass sein Volk denkt, dass er ein Zauberer ist, deshalb setzt er sich einen Wolfskopf auf, damit er ein bisschen unheimlich aussieht. Wenn das alles hier vorbei ist, erzähle ich dir ein paar wirklich gute Geschichten über Schamanen.«

»Piers kennt ganz tolle Geschichten«, bestätigte Nina.

»Ich mag Geschichten«, sagte Bryony mit einem unterdrückten Schluchzen.

»Ich auch. Und hör mal, ich verspreche dir, dass wir nicht zulassen, dass dir etwas Schlimmes passiert. Wir sind alle hier, Bryony, wir passen auf dich auf…«

Sein Blick wanderte wieder zu der makaberen Prozession hinüber. Kommen wir hier überhaupt jemals wieder raus?

Der Schamane war in die Mitte des Kreises getreten; Karabas stand neben ihm. Unendlich langsam nahm er den Wolfskopf ab und blickte Piers unverwandt an. Nina, die neben Piers saß, war erleichtert. Sie hatte es grauenvoll gefunden, den grinsenden Wolfsrachen anzusehen. Sie starrte den Schamanen an und spürte die Macht, die von ihm ausging, und dann sah sie Karabas zum ersten Mal richtig an und stellte fest, dass er sie anschaute. Ich hasse dich!, dachte sie leidenschaftlich. Ich hasse dich, und ich habe Angst vor dir. Doch unter dieser Angst, mehrere Schichten tief darunter begraben, war sie sich auf eine dunkle, sinnliche Weise seiner Gegenwart bewusst.

Der Schamane wandte sich an Karabas wie ein älterer, erfahrener Politiker, der seinem Protegé seinen ersten öffentlichen Auftritt zugesteht. Karabas neigte den Kopf und winkte gebieterisch. Vier der Männer traten aus den Schatten hervor. Jeder von ihnen trug etwas, was sie in der Mitte des Raums absetzten. Dann traten sie zurück. Mittlerweile waren gut 20 oder 25 Mitglieder des Wolfsclans im Keller versammelt, und in dem engen Raum war es unmöglich, den warmen Tiergeruch nicht zu bemerken, den sie ausdünsteten.

»Sie sehen hier die Blutkrüge meines Volkes«, sagte Karabas und blickte Piers an. »Sie sind bereit.« Ein hungriger Unterton machte sich in seiner Stimme bemerkbar. »Sie sind *gefüllt und warm*«, verkündete er, und Nina schauderte. Sie dachte an Madeleine Foulsham, und ihr wurde übel.

Von der anderen Seite des Raums erklang Dietfrieds Stimme. »Ach, ist das primitiv«, sagte er angewidert.

Beim Anblick der Krüge stieg ein leises Stöhnen aus der Menge der Zuschauer auf, und einige von ihnen schienen kurz davor, vorwärts zu stürzen. Piers' Herz setzte einen Schlag aus; vielleicht würde dies für genug Ablenkung sorgen, dass sie einen Fluchtversuch wagen konnten. Doch dann fiel ihm wieder ein, dass sie alle an Händen und Füßen gefesselt waren und erst die Stricke um ihre Knöchel durchschneiden müssten, um zu fliehen. Die Wolfswesen wandten die Köpfe erwartungsvoll der Treppe zu. Ihr Gehör ist schärfer als unseres, dachte Piers, halb abgestoßen, halb fasziniert. Jähe Stille senkte sich herab.

Vorsichtig und langsam kamen sechs der jungen Männer die Treppe herab und trugen einen mit Schnitzereien verzierten Stuhl. Als sie ihn vor die halb zerstörte Wand stellten, die Piers und Tybalt 24 Stunden zuvor niedergerissen hatten, wurden links und rechts davon Wandfackeln entzündet, die den Stuhl in flackerndem Licht badeten.

Was auf dem Stuhl thronte, sah auf den ersten Blick aus wie ein Haufen Knochen – ein menschliches Skelett, sorgsam abgestützt, als wolle es Hof halten. Hier und da hingen noch Hautfetzen an den Gebeinen.

Doch obgleich der Körper der eines Menschen war – der Kopf war es nicht.

Von entsetztem Wiedererkennen erfüllt starrte Piers das

Skelett an. »So«, sagte er endlich. »Ihr betet also verrottende Leichen an, Karabas, oder?«

Karabas war zu dem Stuhl getreten, doch beim Klang von Piers' Stimme wandte er sich um. »Dies«, sagte er mit seiner schönen, bösen Stimme, »ist Ihr Vorfahre und auch der meine. Derjenige, dessen Leichnam Sie gestern Nacht freundlicherweise für uns exhumiert haben. Marcus Fitzglen.«

Felicity hatte sich nicht die Zeit genommen, einen Mantel überzuziehen. Sie konzentrierte sich ganz darauf, die Straße zu erreichen, ohne dabei noch mehr von Karabas' Leuten zu begegnen, und darauf, die Schmerzen zu ertragen, die ihren Unterleib wie ein Schraubstock zusammenquetschten.

Wenn ich es erst mal bis zur Straße geschafft habe, dann sind da auch Autos und Leute. Ich werde ein Auto anhalten und den Fahrer bitten, mich zur nächsten Telefonzelle zu bringen, damit ich die Polizei anrufen kann.

Dies wiederholte sie immer wieder, wie eine Litanei; es half nicht viel gegen die Schmerzen, aber es half ihr, zwischen den einzelnen Wellen des Schmerzes weiterzulaufen. Ich werde es schaffen, dachte sie entschlossen. Irgendwie werde ich es schaffen, und Bryony wird in Sicherheit sein, weil alles andere einfach unvorstellbar ist.

Der Wald kam ihr fremd und feindselig vor, und die Hauptstraße erschien ihr tausend Kilometer weit entfernt. Die Nacht brodelte vor gesichtsloser Bösartigkeit, und ein leiser Windhauch streifte die Blätter über ihr und schien sie zu verhöhnen.

Karabas hat Bryony geholt... Karabas hat Bryony geholt...

Nach einer Weile verwandelte sich das hämische Geflüster. *Du wirst es nie schaffen... Du wirst es nie schaffen...*

Aber ich muss, dachte Felicity, und schwamm benommen durch die Schmerzwellen. Ich muss.

In dem unterirdischen Raum begann der Schamane zu sprechen. Seine Stimme wies genau die gleichen leisen Zischlaute auf wie die von Karabas, stellte Piers fest.

In mir ist der Geist des Gottes Fenrir, Sohn des großen Loki, und vor diesem Geist müsst ihr euch beugen.

»Von wegen«, erklang Priscillas Stimme von der anderen Seite des Kellers her, dicht gefolgt von Tobys: »Sich vor einem Rudel Wölfe verbeugen? Verdammte Frechheit!«

Piers war seinen Gefährten unendlich dankbar dafür, dass sie sich nicht einschüchtern ließen, doch die Worte des Schamanen zogen seine Aufmerksamkeit auf sich.

Fenrir, dachte er. Fenrir, der manchmal auch als Fenriswolf bezeichnet wird. Der Wolf, der von Tyr in Bande geschlagen wurde, der sich jedoch losreißen wird, wenn alle Welten enden... Ja, *natürlich* verehren sie Fenrir! Und obwohl auf allen Seiten Gefahr drohte, obwohl sein Verstand fieberhaft arbeitete, um eine Fluchtmöglichkeit zu finden, empfand er doch ein Prickeln der Erregung, als er diese uralten zeremoniellen Worte vernahm.

Ich bin der allgegenwärtige Wolf der alten Zeiten, der Eine, der durch die Nachtwälder geschritten ist, die einst die Erde bedeckten, und den auch die Foljambes nicht bezwingen konnten. Ihr sollt keine anderen Götter haben neben mir. Ich werde meine Flüche und meine Vergeltung auf die Saat jener schleudern, die mir nicht dienen.

Piers bemerkte die schaurige Verschmelzung von Heiden- und Christentum und betete zu jeder Macht, von der er je gehört hatte, dass er das hier überleben möge, um diese Worte festzuhalten. Die Augen fest auf den Schamanen gerichtet, sagte er sehr leise: »Tybalt, die werden mich gleich in die Mitte des Raums zerren.«

»Ich weiß.«

»Ich glaube, dazu werden sie mir die Füße losbinden müssen«, fuhr Piers fort. »Was bedeutet, dass sie sich auf mich konzentrieren und nicht auf Sie achten werden. Können Sie und Nina aufstehen und irgendwie an die Fackeln da rankommen? Stützt euch mit dem Rücken an der Wand ab und stemmt euch hoch, wenn ihr könnt. Aber ganz gleichmäßig, damit sie keine plötzlichen Bewegungen bemerken. Wenn ich euch ein Zeichen gebe, löscht ihr die Fackeln.«

»Und wie?«, wollte Tybalt wissen und schielte zu den Fackeln hinüber, die auf halber Höhe in die Spalten der Mauer geklemmt worden waren.

»Nina trägt einen Schal, wenn sie den abnimmt, könnte das für eine davon reichen. Tybalt, meinen Sie, Sie könnten vielleicht einen Schuh ausziehen, um die andere zu löschen?«

Tybalt trug Mokassins ohne Schnürsenkel. Er meinte, dass er das wohl schaffen könne, ohne allzu viel Aufmerksamkeit zu erregen.

»Gut. Ihr müsst mit beiden Händen nach oben greifen«, wies Piers sie an. »Das wird nicht ganz einfach, aber wenigstens haben sie uns die Hände nicht auf den Rücken gebunden. Warten Sie, bis sie mich in die Mitte des Raumes holen, und erklären Sie dann Nina, worum es geht. Psst, sie kommen her. Achten Sie auf mein Zeichen.«

Sie banden Piers die Füße los, jedoch nicht seine Hände. Das war schon mal die halbe Miete. Doch in der Mitte des Raumes musste Piers gegen echte Panik ankämpfen.

Die Luft vibrierte vor Erregung, und als der Schamane in einer uralten Geste des flehentlichen Bittens die Hände hob, fielen Karabas' Männer auf die Knie.

»Fenrir, nimm dieses Opfer an und versieh diesen Menschen mit dem Zeichen Deiner Freigebigkeit«, rief der Schamane. Am Rande seines Gesichtsfeldes bemerkte Piers eine Bewegung. Tybalt und Nina waren beide auf den Füßen. So weit, so gut.

»Schamane«, sagte Piers. »Solltest du nicht erst einmal überlegen, ehe du weitermachst?« Der Schamane verstummte sofort und senkte die Hände. Schau mich an, dachte

Piers mit aller Kraft. Schau mich an, verdammt noch mal, und schau bloß nicht weg!

Er fuhr fort: »Was ist, wenn ich Marcus' Blut gar nicht geerbt habe? Hast du das bedacht?«

Der Schamane lächelte. »Natürlich«, antwortete er. »Aber wenn du das Erbe nicht in dir trägst, wirst du so oder so sterben.« Er streckte die Hand aus, und mit kaltem Schaudern erblickte Piers das matte Glänzen des pflaumengroßen Steins, den er in den Katakomben gesehen hatte. Der Stein der Bestimmung. Der *Saxum Fatale*, der *Lia Fail*!

An der Seite des Schamanen hob Karabas die linke Hand. Eine Messerklinge blitzte auf, und Piers starrte sie voll Grauen an. »Das Erweckungsritual!«, stieß er schließlich hervor. »Großer Gott, ihr wollt mich dem Erweckungsritual unterziehen, nicht wahr? Wenn mich der *Lia Fail* vor dem Tod bewahrt, ist das für euch der Beweis, dass ich vom gleichen Stamm bin wie ihr, und dann tötet ihr mich, um mein Blut zu kriegen.«

»Und wenn nicht, erspart uns das die Mühe, Sie zu töten, um unsere Geheimnisse zu bewahren«, vollendete Karabas höflich seinen Gedankengang.

»Ich bin also so oder so geliefert.«

»Ja. Der Stein der Bestimmung wird uns verraten, was wir wissen wollen.«

Piers musste sich zusammenreißen, um nicht zu Tybalt hinüberzuschauen. »Was ist mit meinen Freunden?«, fragte er. »Was geschieht mit ihnen?«

»Wenn dies hier vorüber ist, werden sie ebenfalls getötet und ihre Leichen im Wald verscharrt oder in den Fluss geworfen«, erwiderte der Schamane. »Wir können nicht zulassen, dass sie verraten, was sie gesehen haben.«

»Man wird euch kriegen.«

»Wir werden längst wieder auf unserer Insel sein, ehe die Leichen gefunden werden«, sagte Karabas. »Wir haben sehr viel Übung darin, unsere Spuren zu verwischen, Dr. Adair.«

»Wir wollen, dass unser Volk auch weiterhin so lebt wie seine Vorfahren«, fügte der Schamane hinzu, und aus seiner Ecke heraus ließ sich Dietfried vernehmen: »Für solch prätenziösen Bockmist habe ich wirklich nicht die Geduld.«

»Und jetzt«, sagte Karabas sanft, »nehmen Sie den Stein der Bestimmung in den Mund.« Er nickte dem Schamanen zu, der Piers den Stein hinhielt.

»Nein«, erwiderte Piers mit leiser Stimme.

»Tun Sie es.« Karabas winkte seinen Artgenossen. Sofort drängten sie heran, und Piers schaute sich in dem immer kleiner werdenden Kreis um; er erblickte schmale, leuchtende Augen und hochgezogene Lippen, die stark ausgeprägte Eckzähne zeigten. Doch hinter den Wolfswesen, die ihn umkreisten, sah er Tybalt und Nina, die beide die Fackeln beinahe erreicht hatten.

Einige der Wolfswesen stimmten einen eintönigen Chor an; Rhythmus und Worte hämmerten hartnäckig auf Piers' Verstand ein.

Der Stein ... Der Stein ...

Der Schamane vollführte eine rasche Geste, und zwei der Männer traten vor und stellten sich rechts und links neben Piers. Noch ehe Piers etwas unternehmen konnte, hatten sie seinen Kopf gepackt, und der Schamane zwängte den schimmernden Stein zwischen seine Lippen. Er keuchte und fühlte, wie der Stein in seinen Mund glitt. Zuerst fühlte er sich kühl an, dann begann er eine vibrierende Hitze auszustrahlen.

Abrupt wandelte sich der Chor. *Tötet, tötet, tötet ...* erklang es, und die Worte wirbelten und hallten durch den heißen, nach Wölfen riechenden Raum. Einen Moment lang sah Piers alles gestochen scharf: die von roten Streifen durchzuckten Schatten, die gespannten Gesichter, die schaurigen Gebeine auf dem Stuhl. Der Wolfsschädel grinste ihn an, und für eine Sekunde schien sich sein Blick zu verzerren, so dass er nicht länger ein Skelett vor sich sah: Es war ein schlanker junger Mann, der dort saß, alles mit schmalen dunklen

Augen beobachtete und mit der spitzen Schnauze jener gefährlichen Kreaturen, die einst im Nachtwald ihr Unwesen getrieben hatten, lächelte …

Tötet ihn … TÖTET IHN … Seht, ob er überlebt …

Piers blinzelte, und das Bild verschwand. Nur der heiße, vom Feuerschein erleuchtete Kellerraum war noch da und die hingerissenen Gesichter von Karabas' Gefolgsleuten und Karabas selbst, der eben das Messer hob.

Und Tybalt und Nina griffen nach den Fackeln.

Piers' Kopf wurde schlagartig klar. Er hob die Hände und holte den Stein aus seinem Mund. Ein Keuchen ging durch die Zuschauer, doch ehe irgendjemand reagieren konnte, holte Piers mit dem Stein weit aus und schmetterte ihn mit beiden Händen gegen Karabas' Schläfe. Mit einem überraschten Schmerzenslaut sackte dieser zu Boden.

Ein Wutgeheul zerriss die Luft. Habe ich ihn getötet?, fragte Piers sich fieberhaft. Ist Karabas tot?

Es gab keine Zeit, das herauszufinden. Der Schamane wirbelte mit vor Wut flammenden Augen herum; der dunkelrote Fackelschein warf unheimliche zuckende Schatten auf sein Gesicht und verlieh seinen Zügen das Aussehen eines schmalen, geifernden Wolfsrachens. Die meisten seiner Artgenossen kauerten über Karabas' hingestreckter Gestalt, doch einige starrten Piers mit gefletschten Zähnen hasserfüllt an. Piers duckte sich unter den ausgestreckten Händen des Schamanen weg und sprang zu Marcus Fitzglens Stuhl hinüber. Er packte den Wolfsschädel und schleuderte ihn mit voller Wucht auf den Boden. Der Schädel zerbarst in tausend Stücke, und ein gequältes Aufstöhnen hallte durch den Raum. Der Schamane machte einen Satz vorwärts, doch Piers wich ihm aus und trat dabei mit aller Kraft gegen die Blutkrüge. Einer von ihnen kippte um. Blut, dunkel, übel riechend und grauenvoll zähflüssig, ergoss sich über den Steinboden.

»*Jetzt,* Tybalt!«, schrie Piers, und Tybalt und Nina erstickten die Flammen der Fackeln.

Ein paar Minuten lang herrschte völlige Verwirrung. Karabas' Männer stolperten überall im Raum herum, einige von ihnen versuchten, die Fackeln wieder anzuzünden, rutschten jedoch auf dem grausigen Gemisch aus Blut und Knochensplittern aus. Es war zwar nicht stockfinster, doch es fehlte nicht viel.

Piers stand vollkommen regungslos da. Der Stein lag noch in seiner Hand, und er konnte immer noch die darin glühende Macht spüren. Und er spürte, wie eine goldene Stärke, die nicht seine war, in ihn hineinströmte.

Karabas lag da, wo er hingestürzt war, und Piers bückte sich und suchte nach dem Messer. War es zu Boden gefallen und von einem Fuß zur Seite gestoßen worden? Einen Moment lang stieg Panik in ihm auf, dann schloss sich seine Hand um den Griff.

Langsam tastete er sich durch den Keller, das Messer und den Stein unbeholfen, aber fest in einer Hand gepackt. Er war wild entschlossen, jedes der Wolfswesen niederzustechen, das versuchte, ihn aufzuhalten, doch der Stein verbreitete sein eigenes Licht und Karabas' Artgenossen zuckten zurück und hoben die Hände vor die Augen. Eine optische Täuschung, dachte Piers, sonst nichts. Zum Teufel, es ist mir egal, was es ist, solange es mir diese Kreaturen vom Leibe hält!

Ungehindert erreichte er Tybalts Ecke und drückte dem Jungen das Messer in die Hand. »Zerschneiden Sie meine Handfesseln, dann befreie ich Ihre Hände. Und dann befreien wir die anderen und sehen zu, dass wir hier verschwinden!« Während Tybalt verzweifelt an dem Strick herumsägte, mit dem Piers' Handgelenke zusammengebunden waren, warf dieser einen hastigen Blick in die Runde. »Schnell, Tybalt! Ich glaube nicht, dass der Stein diese Wesen noch lange zurückhält.«

»Geschafft!«, keuchte Tybalt. »Jetzt die anderen!«

Bryony auf dem Arm, rannten sie die Steintreppe hinauf. Dietfried half Nina.

»Nicht stehen bleiben!«, rief Piers, als sie in den Wald hinausstürmten. »Die werden jeden Augenblick hinter uns her sein! Wir müssen sie abhängen! Lauft immer weiter, bis wir die Straße erreicht haben.«

»Und bleibt zusammen!«, brüllte Toby. »Haltet euch an den Händen! Wir dürfen nicht getrennt werden!«

Ein wildes, albtraumhaftes Rennen durch den nächtlichen Wald begann, doch der kalte, saubere Waldgeruch, der sie umgab, wirkte nach dem stickigen, vom Bösen durchdrungenen Keller unglaublich belebend. Ein paar Mal glaubten sie, Karabas' Männer zu hören, die sie verfolgten, doch jedes Mal, wenn sie anhielten und sich umschauten, war nichts von ihnen zu sehen. Einmal quietschte Priscilla auf, als sie einen tief hängenden Ast ins Gesicht bekam, und ein anderes Mal stolperte Nina über eine Wurzel, doch Dietfried zog sie hoch, bevor sie hinfallen konnte, und sie rannten weiter.

Tybalt trug Bryony. Piers blickte zu ihr hinüber und brachte keuchend hervor: »Bryony, jetzt ist alles okay. Wir sind in Sicherheit.« Er warf einen raschen Blick auf die dunklen Bäume. Waren dort Gestalten, die durch die Schatten huschten? Schräg liegende Augen, die sie beobachteten.

Plötzlich rief Toby: »Schaut mal, Lichter!«

»Wo? Was für Lichter?«

»Taschenlampen«, meinte Tybalt einen Moment später. »Und Cops, so wie's aussieht.« Er stieß einen Freudenschrei aus. »Bryony, Schätzchen, die Siebte Kavallerie ist da, um uns zu retten!«

Schmutzig, zerzaust und atemlos verlangsamten sie ihre Schritte. Und dann sagte Bryony mit unsicherer Stimme: »Das ist meine Mama«, und als Tybalt sie absetzte, rannte sie, so schnell ihre Beine sie trugen, direkt in Felicitys weit geöffnete Arme.

Piers, der zwischen Toby und Tybalt ging, stellte fest, dass Bryonys Mutter, obgleich sie blass und verweint war und von einer Polizistin gestützt zu werden schien, genauso aussah, wie er gehofft hatte.

42

Felicity deckte den Tisch in der Küche von Charect Cottage und zählte noch einmal Teller, Besteck und Gläser nach. Neun Erwachsene waren eine ganze Menge, doch zum Glück konnten sie bei diesem Wetter in den Garten ausweichen. Es war einer von Bryonys grün-goldenen Tagen, und obwohl die Maiblüte vorüber war, hatte der Flieder bereits begonnen, die Luft mit seinem Duft zu erfüllen.

Felicitys Stimmung hob sich. Zum ersten Mal seit dem Albtraum im Wald und den höllischen zwei Tagen auf der Gynäkologie-Station hatte sie das Gefühl, dass das Leben eines Tages vielleicht wieder schön sein könnte. Charect Cottage würde auf jeden Fall schön sein. Sie hatte die hilfsbereiten Bauarbeiter gebeten, das Schlupfloch im Kaminzimmer ein für alle Mal zuzumauern. Doch draußen, auf der anderen Seite der Wand, hatte sie genau auf gleicher Höhe mit dem Versteck einen Rosmarinbusch gepflanzt. Weil Rosmarin für Erinnerung steht, und weil dies das einzige Andenken ist, das ich an dieses kleine, verlorene Geschöpf habe … Es tut mir Leid, sagte Felicity stumm zu dem Kind. Es tut mir Leid, dass ich dich nie kennen gelernt habe, aber jedes Mal, wenn ich den Busch hier sehe, werde ich an dich denken, denn hier ist der Ort, wo du letztendlich gestorben bist …

Sie würde auch an den unglücklichen kleinen Geist denken, wenn sie den Rosmarinbusch sah. Sie hatte das Gefühl, als hätte der Geist das Haus noch nicht verlassen; möglicherweise würde er nie verschwinden. Aber eigentlich gefällt es mir, dass du hier bist. Ich glaube, dir ist etwas sehr Tragisches zugestoßen, und wahrscheinlich werde ich nie erfahren, was es war. Aber bleib nur hier, kleiner Geist, für den Fall, dass es in diesem Haus noch einmal ein bisschen Glück gibt, an dem du teilhaben kannst.

Sie und Bryony wollten auch etwas für Madeleine pflanzen. Es würde lange dauern, bis sie über Madeleines Tod hinwegkamen, dachte Felicity. Sie versuchte immer noch, über den Inhalt von Madeleines Testament hinwegzukommen, in dem sie in einem Kodizill, das auf den Tag nach ihrer ersten Begegnung datiert war, zur Alleinerbin eingesetzt worden war.

»Es gehört alles Ihnen«, hatte der Anwalt in der unbekannten Kanzlei in Ashbourne gesagt und sie über seinen Schreibtisch hinweg angelächelt. »Das Torhaus, ein paar Aktien, und die Insel.«

»Meine Großmutter hat eine *Insel* besessen?«

»Ja. Sie wurde im Jahre – Moment – 1540 erworben. Von Sir Francis Foljambe«, hatte der Anwalt geantwortet, und Felicity hatte ihn sprachlos angestarrt.

»Die Insel wurde einfach immer weiter vererbt«, erklärte der Anwalt. »Von einer Generation auf die nächste. Niemand hat sich je groß darum gekümmert – ich glaube nicht, dass bekannt ist, warum Sir Francis sie damals überhaupt gekauft hat. Vielleicht hat er von Zeit zu Zeit besonderen Wert auf seine Privatsphäre gelegt.«

»Vielleicht«, sagte Felicity, doch vor ihrem inneren Auge tauchte das flüchtige Bild auf, das sie an jenem sonnigen Nachmittag kurz erblickt hatte, als sie mit Mad und Bryony im Wald gewesen war. Francis Foljambe, der den Ladys sehr zugetan gewesen war, schlank und helläugig, war durch die lichtgesprenkelten Schatten des Waldes geschritten… War Francis Karabas' Volk begegnet, und hatte er mit einer unübertrefflichen Mischung aus Geringschätzung und der Extravaganz des 16. Jahrhunderts eine weit entfernte Insel erworben, um sie dorthin zu verbannen?

»Die Verwalter sagen, die Insel hat nie viel Ertrag gebracht«, fuhr Mads Anwalt fort. »Die Akte ruht schon seit Jahren – mit Ausnahme der Gelegenheit, als Dr. Adair und sein Team die Erlaubnis erhalten haben, dort hinzufahren. Ach ja, und dann wird da so ein Mönchsorden erwähnt, von dem jemand vor fünfzehn, zwanzig Jahren mal einen oder zwei Tage dort zugebracht hat. Anscheinend liegt die Insel wirklich sehr abgeschieden.«

»Die Insel liegt sehr abgeschieden«, hatte Felicity Bruder Andrew berichtet, als sie in seinem vertrauten Arbeitszimmer mit den Bücherregalen an den Wänden und dem unvermeidlichen Tablett mit Teekanne und Tassen auf dem Schreibtisch gesessen hatte. »Aber das wissen Sie ja bereits, oder?«

»Cruithin Island«, sagte Bruder Andrew leise.

»Soweit ich es verstanden habe, lebt Karabas' Volk dort schon seit dem finstersten Mittelalter.«

»Soweit ich mich erinnern kann, herrscht auf Cruithin Island immer noch finsterstes Mittelalter«, erwiderte Andrew, und Felicity lächelte. »Mein Besuch dort hat Karabas' Leute auf die Idee gebracht, nicht wahr?«, fragte er stirnrunzelnd. »Das hat ihnen eine weitere dieser – wie hat er es ausgedrückt? – dieser Nischen in der Welt dort draußen gezeigt, wo sie untertauchen konnten, oder? Es ist schrecklich zu wissen, dass wir verantwortlich dafür sind, dass Karabas nach Bracken gekommen ist, Felicity.«

»Er hätte die Insel so oder so verlassen. Er hat nach mir gesucht – nach meinem Mann und nach Bryony«, widersprach Felicity sofort. »Es hätte keine Rolle gespielt, wo er hingegangen wäre. Und außerdem waren Bracken und die Mönche genau das, was ich damals gebraucht habe.« Sie beugte sich vor. »Bruder Andrew, vor ein paar Jahren haben Sie doch mal erwogen, auf Cruithin Island eine Stätte der Einkehr zu errichten.«

»Ja, aber wir sind zu dem Schluss gekommen, dass das zu unpraktisch wäre«, entgegnete Andrew. »Viel zu teuer und zu aufwendig.«

»Angenommen, die Insel würde Ihnen gehören«, meinte Felicity behutsam. »Angenommen, sie würde ausdrücklich an Sie abgetreten werden.«

Sie schauten sich an. »Weiter«, sagte Andrew.

»Ich habe mit Dr. Adair gesprochen. Er kennt die Insel natürlich, und er meinte, heutzutage ließen sich all diese Probleme ohne große Schwierigkeiten lösen.«

»Und Karabas' Volk?«

»Karabas' Männer sind am selben Abend von der Polizei im Wald aufgegriffen worden. Die Polizeibeamten haben mich gefragt, ob ich Anzeige erstatten will. Sie haben auch Dr. Adair und sein Team gefragt.«

»Und?«

Ein paar Sekunden tauchte die Erinnerung an jene Nacht in Bracken vor Felicity auf.

»Würdest du zulassen, dass sie mich hinter Gitter bringen, Felicity?«, hatte Karabas gefragt. *»Würdest du mir das wirklich antun?«*

»Wir haben gesagt, wir würden auf eine Anzeige verzichten«, antwortete sie. »Ganz unabhängig voneinander. Die Kerle sind ein Haufen mordlustiger Wilder, aber ...«

»Aber das waren ihre Vorfahren auch«, meinte Andrew. »Und unsere Ahnen auch, vor noch gar nicht mal so langer Zeit.«

»Genau.« Felicity war dankbar, dass er so rasch verstand. »Mein Vorschlag wäre, dass wir einen Teil der Insel irgendeiner Art von Treuhandgesellschaft überlassen, die sich um Artenschutz oder seltene Spezies oder so etwas kümmert. Davon muss es eine ganze Menge geben – Dr. Adair überprüft das gerade für mich. Ich finde, man sollte dem Stamm erlauben, den Rest seines Lebens auf der Insel zu verbringen – unter Bewachung, damit sie Cruithin Island nicht verlassen können, aber in der Umgebung, die ihnen vertraut ist. Ich glaube nicht, dass man sie für etwas bestrafen sollte, wofür sie eigentlich nichts können.«

Bruder Andrew klopfte nachdenklich mit dem Ende eines Bleistifts auf die Tischplatte. »Und ihre Nachkommen?«

»Die Treuhandgesellschaft würde vermutlich dafür sorgen, dass es keine Nachkommen gibt«, erwiderte Felicity vorsichtig.

»Ah«, sagte Andrew. »Ja, natürlich.« Eine Pause trat ein. »Wir wären verrückt, wenn wir das ablehnen würden«, fuhr er schließlich fort und sah sie an. »Was ist mit Charect Cottage? Werden Sie dort bleiben wollen? Denn wenn wir Cruithin Island bekommen sollen …«

»Ein Tausch?«

»Dabei würden Sie schlechter wegkommen. Aber könnten Sie weiter dort wohnen? Nach allem, was passiert ist?«

»Ich weiß es nicht«, antwortete Felicity.

Sie hatte keine Ahnung, ob sie und Bryony es fertig bringen würden, weiterhin in Charect Cottage zu wohnen. Hier würde es eine Menge Gespenster geben. Doch egal ob sie jetzt in dem Cottage blieben oder ins Torhaus zogen, oder ob sie ganz woanders hingingen, sie würden sich immer an Mad erinnern. Ich habe dich nicht sehr gut kennen lernen können, sagte Felicity in Erinnerung an Mad. Aber ich weiß, dass ich dich nicht vergessen werde, und ich werde auch nicht zulassen, dass Bryony dich vergisst.

Das Abendessen, das für morgen geplant war, würde ein paar der Gespenster vertreiben und vielleicht erfreulichere Geister ihre Plätze einnehmen lassen. Piers würde mit seinen fünf Assistenten kommen, und Morag Mackenzie und Bruder Andrew ebenfalls. Felicity hatte für die beiden im Prior's Arms Zimmer reserviert. Sie war der Ansicht, dass sie gut dazu passen würden; es gab genügend gemeinsame Interessen zwischen ihnen und Piers' Team, um sie in die Gruppe einzufügen. Sie hatte ein Büffet vorbereitet und richtig guten Wein besorgt.

Bryony freute sich darauf. Es würde toll werden, wenn Piers und die anderen zum Essen kamen. Das sagte sie auch, um sich dann in einem jener abrupten Stimmungsumschwünge, die so charakteristisch für sie waren, über eine

Schüssel zu beugen, in der Felicity gerade den Teig für eine Schokoladentorte anrührte, und mit völlig unbeteiligter Stimme zu fragen: »Äh ... was ist eigentlich mit den Wolfsleuten passiert, nachdem wir alle rausgelaufen sind? Weil, es wär doch ziemlich schlimm, wenn man sie alle ins Gefängnis stecken würde, nicht wahr?«

Würdest du zulassen, dass sie mich hinter Gitter bringen, Felicity ...?

Felicity warf ihrer Tochter einen prüfenden Blick zu. Sie hatten ausführlich über alles gesprochen, was passiert war, doch Felicity hatte Bryony das Tempo bestimmen lassen. Sie glaubte, dass sehr viel von dem Schrecken an dem Kind vorbeigegangen war – auf jeden Fall war die grauenhafte Bedeutung der Blutkrüge an ihr vorbeigegangen –, und dafür war sie Piers Adair und Nina und Tybalt unendlich dankbar. Sie achtete sehr darauf, stets Zeit zum Zuhören zu haben, wenn Bryony reden wollte, doch gleichzeitig versuchte sie, der Normalität – durch Schule, Unterricht und den neuen kleinen Hund – wieder den Weg in Bryonys Welt zu ebnen.

Jetzt antwortete sie bewusst beiläufig auf die Frage: »Die müssen alle wieder auf ihre Insel zurück. Die, von der ich dir erzählt habe.«

»Die, die Francis vor vielen, vielen Jahren für die Wolfsmenschen gekauft hat?«

»Wieso glaubst du, er hat sie für die Wolfsmenschen gekauft?«

»Na ja, ich glaub einfach, dass es so war. Die kommen doch nicht zurück, oder?«

»Nein, sie können nie mehr zurückkommen«, versicherte Felicity ihr sofort. »Sie werden bewacht werden, damit sie die Insel garantiert nie wieder verlassen können.«

»Und Karabas kommt auch nicht zurück?«

»Nie wieder. Er ist tot.«

»Versprochen? Doppelt versprochen?«

»Doppelt versprochen«, sagte Felicity. Sie nahm Bryony

den Rührlöffel aus der Hand und machte sich erneut über den Teig her. »Liebling, bist du sicher, dass du die O'Callaghan Zwillinge nicht für dieses Wochenende einladen möchtest? Dann könntest du deine eigene kleine Party feiern, ohne Erwachsene.«

»Nein, das hab ich doch gesagt. Die können später kommen, morgen will ich Piers für mich allein haben. Und Nina und Tybalt und die anderen natürlich auch. Tybalt sieht eigentlich ziemlich nett aus, findest du nicht?«

»Ja, sehr.«

»Nicht so nett wie Piers, aber trotzdem ziemlich nett.«

»Sie sind beide ganz toll, Liebling«, sagte Felicity.

»Hm, ja. Ich finde«, meinte Bryony, »es wäre richtig toll, ihn besser kennen zu lernen.«

»Tybalt?«

»Piers.«

Sie musterten sich gegenseitig. Dann sagte Felicity: »Ja. Ja, ich finde auch, dass das ganz toll wäre.«

»Also, am Anfang ist mir das ja gar nicht aufgefallen – als wir alle in dem ekligen alten Keller gewesen sind –, aber hinterher, nach dem Ritual – das war total ätzend, dieses blöde Ritual! –, na ja, plötzlich hat er fast genauso ausgesehen wie Papa.«

Sie schaute zu Felicity hoch, als sie das sagte.

Felicity blickte Bryony nicht an. Leise murmelte sie: »Komisch. Genau das habe ich auch gedacht, als ich ihn zum ersten Mal gesehen habe.«